KB212429

폭풍의 언덕

휴머니스트 세계문학 011

폭풍의 언덕

WUTHERING HEIGHTS

에밀리 브론테 | 황유원 옮김

차례

일러두기

1. 번역 대본으로는 Emily Brontë, *Wuthering Heights*(W. W. Norton&
   Company, 2019)를 사용했다.
2. 주석은 모두 옮긴이 주다.
3. 본문 중 굵은 글씨는 원서에서 이탤릭체로 강조한 부분이다.
4. 성서의 인용은 한국천주교주교회의에서 펴낸 새번역 성경에 따랐다.

제1권

제1장

1801년. 방금 집주인을 만나고 돌아왔다. 앞으로 나를 성가시게 할 유일한 이웃인 그를. 이곳은 정말이지 아름다운 고장이다! 영국 전역을 뒤져본들 이보다 더 세상의 소란으로부터 완벽히 동떨어진 곳을 찾을 수는 없으리라. 염세주의자에게는 더할 나위 없는 천국이다. 더군다나 히스클리프 씨와 나는 이러한 황량함을 나누어 갖기에 참으로 어울리는 한 쌍이다. 아주 멋진 친구가 아닌가! 말을 타고 다가가자 그의 검은 두 눈이 몹시 의심스럽다는 듯이 눈썹 뒤로 푹 꺼지고, 내가 이름을 대자 그의 손가락이 단호한 경계심을 보이며 조끼속으로 더욱더 깊이 숨어드는 것을 보고 내가 얼마나 마음이 끌렸는지 그는 상상도 못 했을 것이다.

"히스클리프 씨 되시나요?" 나는 물었다.

그는 대답 대신 고개만 끄덕였다.

"록우드라고 합니다. 이번에 새로 세 들어 살게 된 사람이에요. 도착하자마자 이렇게 찾아뵙는 것은, 스러시크로스 그레인지●를 빌려달라고 제가 끈질기게 간청하는 바람에 폐를 끼친 건 아닌지 염려되었기 때문입니다. 어제 듣기로는 다른 생각이 있으셨다고……."

"스러시크로스 그레인지는 내 소유요." 그가 얼굴을 찡그리며 말을 가로막았다. "그렇게 할 수만 있다면, 그 누구도 내게 폐를 끼치게 내버려두진 않을 거요. 들어오시오!"

그 '들어오시오'라는 말은 이를 악문 채 내뱉은 것이어서 마치 '꺼져버려!'라는 말처럼 들렸다. 심지어 그가 기대 있던 대문도 그 말에 찬성하는 듯한 움직임을 전혀 보이지 않았는데, 나는 그런 상황 때문에 그 초대에 응하기로 마음먹었던 것 같다. 나보다 훨씬 더 과하게 무뚝뚝해 보이는 그 사람에게 호기심이 생겼던 것이다.

그는 내가 탄 말이 가슴으로 그 장애물을 계속 미는 것을 보고서야 호주머니에서 손을 끄집어내 대문의 쇠사슬을 풀었다. 그러고는 포석이 깔린 길을 무뚝뚝하게 앞장서서 걸어가다가 안뜰에 이르자 외쳤다.

"조지프, 록우드 씨의 말을 데려가. 포도주도 좀 들고 오고."

'이 집에는 하인이 한 사람밖에 없나보군.' 한 사람에게 두 가지 명령을 내리는 것을 보니 그런 생각이 들었다. '포석 사이로 풀이 자라고, 소들이 뜯어 먹게 하는 걸로 산울타리 손질을 대신하는 것도 무리는 아니야.'

● '지빠귀(thrush)가 지나다니는(cross) 시골 저택(grange)'이라는 뜻이다.

조지프는 나이가 지긋한, 아니 나이가 많은 노인이었다. 몸이 정정하고 근육질이었지만 그래도 아주 늙어 보였다.

"주님, 우리를 도우소서!" 그는 내게서 말을 넘겨받으며 짜증스럽고 불쾌한 목소리로 나직이 혼잣말했다. 그러면서 내 얼굴을 정말 심술궂게 쳐다보았는데, 나는 그가 점심 먹은 것을 소화하기 위해 하느님의 도움을 구하는 게 분명하다고, 그의 경건한 외침이 나의 예기치 않은 등장과는 아무 상관도 없을 거라고 너그러이 생각해버렸다.

히스클리프 씨가 사는 집의 이름은 워더링 하이츠다. '워더링'은 이 지역에서 의미심장하게 사용되는 방언으로, 폭풍이 휘몰아치면 위치상 그대로 노출되고 마는 이 집이 겪는 대기의 소란을 나타낸다. 그 높은 곳에 사는 사람들은 1년 내내 깨끗하고 상쾌한 바람을 쐴 게 틀림없다. 집 주변으로 전나무 몇 그루가 자라지 못한 채 과도하게 기울어져 있는 것이나, 마치 태양에게 간절히 구걸하기라도 하듯 전부 한쪽으로만 가지를 뻗은 말라빠진 가시나무들을 보더라도 산등성이를 넘어 불어오는 북풍의 위력이 어느 정도인지 짐작할 수 있으리라. 다행히도 건축가는 선견지명이 있어 이 집을 튼튼하게 지었다. 좁은 창문은 벽 속에 깊이 박혀 있었고 집의 모서리는 튀어나온 커다란 돌들로 보호되고 있었다.

문지방을 넘기 전에 나는 집 정면, 특히 현관문 주위에 아낌없이 새겨진 수많은 기괴한 조각을 보며 감탄하느라 잠시 걸음을 멈추었다. 현관문 위로는 그리핀●과 파렴치한 어린 소년의 수많은 조각이 바스러져가고 있었는데, 그것들 사이로 '1500'이라는 연도와 '헤어턴 언쇼'라는 이름이 눈에 들어왔다. 나는 그것에 대해 몇 마디 이야기하며 퉁명스러운 집주인에게 그 집의 짧은 내력을 들려달라고 부탁할 수도 있었지만, 문간에서 보인 그의 태도는 빨리 들어오거나 아니면 당장 떠나라는 식이었고, 나는 집의 내실을 살펴보기도 전에 그의 조급한 성질을 건드리고 싶진 않았다.

한 걸음 들어서자 현관이나 복도 없이 곧장 거실이 나왔다. 이곳에서는 이런 방을 특별히 '하우스'라고 부른다. 이런 방에는 보통 부엌과 응접실이 딸려 있는데, 워더링 하이츠에서는 부엌이 다른 곳으로 완전히 밀려나버린 듯하다. 어쨌거나 안쪽 깊은 곳에서는 사람들이 재잘거리는 소리와 주방 도구들이 달그락거리는 소리가 들려왔다. 커다란 벽난로에서는 음식을 찌거나 끓이거나 구운 흔적을 전혀 찾아볼 수 없었고, 구리 냄비와 주석으로 만든 소쿠리가 벽에 걸려 반짝이고 있지도 않았다. 물론 한쪽 구석에서는 거대한 오크나무 찬장 위에 줄지어 쌓여 천장에 닿을 듯한 거대한 백랍 접시들, 그 사이사이에 놓인 은주전자와 큰 맥주잔 들이 화려한 빛과 열을 반사하고 있긴 했다. 천장은 판자를 댄 적이 한 번도 없었다. 귀리 비스킷과 쇠다리, 양고기, 햄을 잔뜩 쌓아둔 바람에 가려진 목재 틀 부분을 제외하면, 전체 골격이 보는 이의 눈에 그대로 드러나 있었다. 벽난로 위로는 형편없고 잡다한 구

● 머리와 앞발과 날개는 독수리이고 몸통과 뒷발은 사자인 상상의 괴물.

식 총들과 몇 개의 대형 권총이 있었고, 선반에는 야단스럽게 색칠된 차통 세 개가 장식용으로 놓여 있었다. 바닥은 매끈한 흰 돌로 되어 있었고, 의자들은 등받이가 높고 구식 구조에 초록색으로 칠해져 있었다. 으슥한 구석에 커다란 검은 의자 한두 개가 숨어 있기도 했다. 찬장 밑의 아치형 공간에는 다 갈색의 커다란 포인터* 암놈이 낑낑대는 새끼들 무리에 둘러 싸여 누워 있었고, 다른 개들은 다른 후미진 곳을 기웃거리고 있었다.

방과 가구는, 반바지와 각반 차림이 돋보일 튼튼한 다리에 고집스러운 표정을 한 소박한 북부 농부의 것이었다면 전혀 놀랍지 않았을 것이다. 만일 저녁 식사 시간 후 제시간에 찾아가기만 한다면, 거품이 이는 맥주잔을 앞에 놓인 둥근 테이블에 올려놓고 안락의자에 앉아 있는 사람을 이 언덕의 반경 8~9킬로미터 이내에 있는 집 어디서라도 만나볼 수 있다. 그러나 히스클리프 씨는 자기 거주지와 생활양식과는 두드러지는 차이를 보이는 사람이다. 얼굴 생김새는 거무스름한 피부의 집시인데, 옷차림과 예의범절을 보면 신사. 그래봤자 시골의 흔한 대지주를 신사라고 할 때의 그런 신사지만 말이다. 좀 단정치 못해 보일지언정 그런 부주의함으로 나쁜 인상을 주지는 않는데, 왜냐하면 그는 자세가 곧고 잘생겼기 때문이다. 물론 좀 침울해 보이기도 하지만. 어떤 사람은 그가 지

● 사냥개로 많이 쓰이는 개 품종의 하나.

닌 자존심이 상스러운 수준에 불과하다고 여길지도 모르겠으나, 마음속으로 그에게 깊이 공감하는 나로서는 그런 생각은 전혀 들지 않는다. 그의 무뚝뚝함은 감정을 현란하게 내보이는 것에 대한, 서로 상냥함을 내보이는 것에 대한 반감에서 기인하는 것임을 나는 본능적으로 알았다. 그는 사랑도 미움도 마음속으로만 할 것이며, 사랑했다고 사랑받고 미워했다고 미움받는 것은 불합리하게 여길 것이다. 아니, 이건 나의 지나친 속단이다. 나는 나 자신의 특성을 그에게 너무 제멋대로 대입하고 있다. 히스클리프 씨가 장차 알고 지내야 할 사람이 청하는 악수를 피하는 데는 내가 그러는 것과는 완전히 다른 이유가 있는지도 모른다. 나로서는 이런 성격이 나의 고유한 것이기를 바랄 뿐이다. 사랑하는 어머니께서는 내가 절대 안락한 가정을 꾸리지 못할 거라고 말씀하시곤 했는데, 바로 지난여름에 나는 내가 그럴 자격이 없다는 걸 완벽히 입증해내고야 말았다.

해변에서 날씨 좋은 한 달을 즐기는 동안, 나는 대단히 매력적인 아가씨를 알게 되었다. 그녀가 나를 무시하는 한 그녀는 내 눈에 진정한 여신으로 보였다. 나는 입으로 "절대 나의 사랑을 고백하지 않았다".● 하지만 만일 표정도 하나의 언어라면, 천하의 바보라도 내가 홀딱 빠졌다는 걸 알았을 거다. 그녀는 마침내 내 마음을 알아주었고, 그녀를 바라보는 나를

● 셰익스피어의 《십이야》 2막 4장에 등장하는 비올라의 대사 "그녀는 절대 자신의 사랑을 고백하지 않았어요"를 변형하여 인용한 것.

똑같이 바라봐주었다. 세상에서 상상할 수 있는 모든 시선 가운데 가장 감미로운 시선으로 말이다. 그래서 나는 어떻게 했던가? 부끄러운 마음으로 고백하건대, 나는 달팽이처럼 싸늘하게 움츠러들고 말았다. 그녀가 시선을 줄 때마다 더욱더 차갑게 더욱더 멀리 물러나고 말았다. 결국 그 가련하고 죄 없는 아가씨는 자신의 감을 의심하게 되었고, 자신이 실수한 것 같다는 당혹감에 휩싸인 나머지 자기 엄마를 졸라 서둘러 그곳을 떠나버렸다.

이런 유별난 성격 덕분에 나는 고의로 매정하게 구는 사람이라는 평판을 얻게 되었는데, 이런 평판이 얼마나 부당한지는 오직 나만이 알 것이다.

나는 집주인이 걸어가는 쪽 반대편의 벽난로 바닥돌 끄트머리에 앉았고, 침묵을 메우기 위해 어미 개를 쓰다듬어주려 했다. 그 어미 개는 새끼들을 놓아두고 내 다리 뒤로 살금살금 늑대처럼 다가오더니 잇몸과 흰 이빨을 드러낸 채 침을 흘리며 당장이라도 달려들 기세였다.

내가 쓰다듬자 개는 목구멍 깊숙한 곳에서 나오는 소리로 길게 으르렁거렸다.

"그 개는 건드리지 않는 게 좋을 거요." 히스클리프 씨가 개와 이중창이라도 하듯 으르렁거리며 더 사납게 굴지 못하도록 개를 발로 걷어찼다. "귀여움을 받는 데 익숙한 놈이 아니거든. 애완용으로 기른 게 아니니까."

그러더니 옆문으로 성큼성큼 걸어가 다시 소리를 질렀다.

"조지프!"

조지프는 지하실 깊숙한 곳에서 뭐라 뭐라 중얼거렸는데 올라올 기색은 전혀 없어 보였다. 그래서 그의 주인은 지하실로 뛰어 내려갔고, 나는 난폭한 암캐와 음침한 털북숭이 목양견 두 마리와 함께 그곳에 남겨졌다. 그 두 마리 개는 암캐와 경쟁이라도 하듯 내 일거수일투족을 주의 깊게 살폈다.

그놈들의 송곳니에 물리고 싶은 마음이 추호도 없던 나는 가만히 앉아 있었다. 그러다가 암묵적인 모욕은 전혀 알아차리지 못할 거라는 생각에 불행히도 그 삼인조를 향해 마음껏 윙크하고 얼굴을 찌푸리는 짓을 저지르고 말았는데, 내가 지은 몇몇 표정에 너무 약이 올랐던지 암놈이 돌연 불같이 화를 내며 내 무릎 위로 뛰어올랐다. 나는 그놈을 냅다 던져버리고는 우리 사이를 급히 테이블로 막아버렸다. 이런 행위로 인해 상황은 벌집을 온통 들쑤셔놓은 꼴이 되고 말았다. 크기와 나이가 제각각인 여섯 마리의 네발 달린 악마가 보이지 않는 소굴에서 뛰쳐나오더니 한데 모였다. 내 발꿈치와 외투 자락이 특히 놈들의 공격 대상인 듯했다. 나는 부지깽이를 휘둘러 커다란 투견들을 최대한 잘 막아냈지만, 다시 평화 상태를 불러오기 위해 큰 소리로 집안사람들에게 도움을 청할 수밖에 없었다.

히스클리프 씨와 그의 하인은 짜증이 나리만치 침착하게 지하실 계단을 걸어 올라왔다. 벽난로 쪽은 불안과 고함으로 그야말로 폭풍이 몰아치고 있었는데, 그렇다고 그들이 평소보다 일 초라도 더 빨리 움직인 것 같진 않다.

다행히 부엌에서 일하던 사람 하나가 더 빨리 와주었다. 옷

자락을 접어 올리고 소매를 걷어붙였으며 뺨이 불에 발갛게 달아오른 건장한 여자가 프라이팬을 휘두르며 우리 사이로 뛰어들었다. 그녀가 그 무기와 자신의 혀를 놀랍도록 잘 사용한 덕분에 폭풍우는 마법처럼 잦아들었고, 그녀의 주인이 현장에 나타났을 때 그녀는 세찬 바람이 지나간 바다처럼 혼자서 숨을 헐떡이고 있었다.

"대체 이게 무슨 소란이오?" 이런 형편없는 대접을 간신히 참아내고 있는 나를 쳐다보며 그가 물었다.

"정말이지 이게 대체 무슨 소란입니까!" 내가 투덜거렸다. "마귀 들린 돼지 떼●도 댁의 저 개들만큼 사악한 마귀를 품고 있진 않았을 겁니다. 차라리 손님을 호랑이 떼와 함께 두시지 그래요!"

"저놈들은 가만히 있는 사람을 건드리진 않소." 그가 술병을 내 앞에 놓고 테이블을 제자리에 갖다놓으며 말했다. "경계를 게을리하지 않는 게 개의 도리니 말이오. 포도주 한잔하시겠소?"

"아뇨, 됐습니다."

"물리지는 않았소?"

"물렸다면 나도 놈에게 따끔한 맛을 보여줬을 겁니다."

히스클리프가 표정을 누그러뜨리더니 씩 웃었다.

"자, 자." 그가 말했다. "당황하셨나보군, 록우드 씨. 여기,

● 〈누가복음〉 8장 33절, "마귀들이 그 사람에게서 나와 돼지들 속으로 들어갔다. 그러자 돼지 떼가 호수를 향해 비탈을 내리 달려 물에 빠져 죽고 말았다" 참조.

포도주 좀 드시오. 이 집에는 방문객이 워낙 드문지라 나도, 내가 기꺼이 데리고 있는 나의 개들도 손님을 맞이하는 법을 거의 모른다오. 당신의 건강을 위해, 건배하시겠소?"

고개를 숙이고 건배하자 똥개들의 나쁜 행실 때문에 골을 내며 앉아 있는 내 꼴이 우습게 느껴지기 시작했다. 게다가 그가 부리는 익살에서 그렇다는 걸 알 수 있었는데, 그에게 자진해서 계속 즐거움을 안겨주기도 꺼려졌다.

신중히 생각해보니 괜찮은 세입자를 불쾌하게 하는 것은 어리석은 짓이라고 본 모양인지, 그는 대명사나 조동사를 생략하는 간결한 말투를 조금은 누그러뜨렸고, 내가 관심을 가질 만한 화젯거리, 즉 내가 이제 은거하게 될 집의 장점과 단점에 관해 이야기를 꺼냈다.

그는 그 주제에 대한 이해력이 매우 높았다. 그래서 나는 집으로 돌아가기 전에 내일 또 찾아오겠노라고 자진해서 말할 만큼 용기가 났다.

그는 내가 다시 쳐들어오지 않길 바라는 게 분명했다. 그래도 나는 갈 것이다. 그에 비하면 나는 정말 사교적이라는 생각이 드니 참으로 놀라운 일이다.

제2장

　어제 오후부터 안개가 끼고 날이 추워졌다. 히스[*]와 진창
을 헤치며 워더링 하이츠까지 걸어가는 대신 서재의 난롯가
에서 하루를 보내면 어떨까 하는 생각이 들기도 했다.
　그런데 정찬(正餐)을 마치고 올라갔더니(주의: 나는 12시에서
1시 사이에 정찬을 한다. 집과 함께 딸려 온 나이 지긋하고 통통한 가
정부는 5시에 정찬을 하고 싶다는 내 요청을 이해하지 못하는 건지
그냥 무시하는 건지 모르겠다),[**] 그러니까 이처럼 느긋하게 하
루를 보낼 생각을 하며 계단을 올라가 방으로 들어섰더니, 하
녀 하나가 빗자루와 석탄 통을 늘어놓은 가운데 무릎을 꿇은
채 잿더미를 부어 불씨를 끄느라 먼지를 일으켜 지옥과도 같
은 광경을 만들어놓은 게 아닌가. 이 광경을 본 나는 재빨리

● 　황야에 자생하는 관목, 혹은 히스가 무성한 황야 자체를 가리키는 말.
●● 　정찬 시간은 지역과 계급에 따라 다른데, 록우드가 선호하는 5시는 남부 지
　　방 사람, 도시인의 정찬 시간이다.

돌아 나왔다. 모자를 집어 들고는 6킬로미터를 걸어서 히스클리프의 집 정원 대문에 도착했는데, 바로 그때 소낙눈의 첫 번째 눈송이가 하늘에서 막 떨어져 내렸다.

그 황량한 언덕 꼭대기의 흙은 거무스름한 서리가 내려 단단히 굳어 있었고, 바람은 어찌나 차가운지 온몸이 떨릴 지경이었다. 쇠사슬을 풀지 못한 나는 대문을 뛰어넘었고, 제멋대로 자라난 구스베리 덤불이 경계를 이룬 포석 깔린 길을 달려가 현관문을 두드렸으나 주먹만 얼얼해지고 개들만 짖어 댈 뿐이었다.

'가증스러운 인간들 같으니라고!' 나는 속으로 외쳤다. '이렇게 막돼먹고 불친절하니 영원히 외톨이로 지내도 싸지. 나만 해도 대낮에 문에 빗장을 질러놓진 않을 텐데. 알 게 뭐람. 나는 들어가고야 말겠어!'

그렇게 결심한 나는 빗장을 움켜잡고 맹렬히 흔들어댔다. 식초라도 삼킨 듯 얼굴을 찡그린 조지프가 헛간의 둥근 창문으로 머리를 쑥 내밀었다.

"뭔 일로 그러쇼?" 그가 외쳤다. "주인 나리는 양 우리에 가셨구먼. 할 말이 있으시걸랑 헛간 끝을 삥 둘러 가보시든가."

"집 안에 문을 열어줄 사람이 아무도 없는 거요?" 그의 말에 내가 외쳤다.

"부인 말곤 아무도 없구먼. 그라고 부인은 그짝이 밤까지 문을 두들겨댄들 안 열어줄 거고."

"대체 왜? 조지프 자네가 마님께 내가 누구인지 말해줄 순 없겠나, 응?"

"싫소! 난 상관 안 할 거요." 그가 내민 머리가 이렇게 중얼거리고는 사라져버렸다.

굵은 눈발이 휘몰아치기 시작했다. 다시 한번 시도해보려고 문손잡이를 움켜잡았을 때, 외투도 걸치지 않은 젊은 남자가 쇠스랑을 어깨에 멘 채 마당 뒤쪽에서 나타났다. 그는 나를 부르며 자기를 따라오라고 했다. 빨래터를 지나고 석탄 창고, 양수기, 비둘기장이 있는 포장된 공간을 지나 마침내 우리는 내가 전에 방문했던 널찍하고 따뜻하고 활기찬 방에 도착했다.

그 방은 석탄과 토탄과 나무를 함께 땐 거대한 벽난로의 불빛으로 기분 좋게 빛나고 있었다. 그리고 저녁 식사가 잔뜩 차려진 식탁 가까이에 전에는 있으리라고 생각지도 못했던 '부인'이 있는 것을 보고서 기쁜 마음이 들었다.

나는 머리를 숙여 인사하고는 내심 그녀가 자리를 권하기를 기다렸다. 그녀는 의자에 기대앉은 채 나를 보더니 더는 움직이지도 않고 입도 떼지 않았다.

"날씨 한번 험악하네요!" 내가 말했다. "유감스러운 말씀이지만, 히스클리프 부인, 댁의 하인들이 워낙 한가한 탓에 문이 참 고생이 많은 것 같습니다. 제가 문 두들기는 소리를 하인들이 듣게 하려고 제법 애를 먹었거든요!"

그녀는 한 번도 입을 열지 않았다. 나는 계속 쳐다보았고, 그녀도 계속 쳐다보기만 했다. 어쨌든 그녀가 차갑고 무관심한 눈길로 계속 쳐다봤기에 몹시 당혹스럽고 불쾌했다.

"앉으쇼." 젊은이가 무뚝뚝하게 말했다. "곧 돌아올 테니께."

나는 그의 말에 따르며 헛기침을 하고는 악당 같은 주노•
를 불렀는데, 이번이 두 번째 만남인 놈은 나를 알아본다는
표시로 황송하게도 꼬리 끝을 흔들어주었다.

"참 훌륭한 개로군요!" 내가 다시 말을 걸었다. "혹시 새끼
들을 분양해줄 생각이 있으신지요, 부인?"

"제 개가 아닙니다." 사랑스러운 안주인이 히스클리프 저리
가라 할 정도로 통명스럽게 대답했다.

"아, 부인께서 특별히 귀여워하시는 개들은 여기 있나보
죠?" 고양이 같은 것들이 잔뜩 올라가 있는 어둑한 방석을 돌
아보며 내가 계속 말했다.

"별걸 다 귀여워하네!" 그녀가 비웃듯이 대답했다.

재수 없게도 그것들은 죽은 토끼를 쌓아놓은 것이었다. 나
는 또 한 번 헛기침하고는 의자를 벽난로 쪽으로 끌어당기며
험악한 저녁 날씨를 다시 화제에 올렸다.

"나오질 마셨어야지." 그녀는 이렇게 말하고는 자리에서 일
어나 벽난로 선반으로 손을 뻗어 색칠된 차통 두 개를 집으
려 했다.

그녀가 이제껏 앉아 있던 자리는 빛이 닿지 않는 곳이어서
나는 그제야 그녀의 전체 모습과 얼굴을 똑똑히 볼 수 있었
다. 날씬하고, 분명 아직 소녀티를 벗지 못한 모습이었다. 감
탄이 절로 나오는 몸매에, 지금껏 보면서 이렇게 기분 좋았던

● 로마 신화에 나오는 유피테르의 아내인 '유노(Juno)'에서 따온 이름.

적이 없을 만큼 더없이 아름다운 작은 얼굴이었다. 오목조목한 이목구비에 희디흰 살결, 엷은 황갈색이라기보다는 금빛에 가까운 곱슬머리가 그녀의 부드러운 목까지 흘러내렸다. 두 눈은 그 눈빛만 상냥했더라면 저항할 수 없을 만큼 매혹적이었을 것이다. 쉽게 사랑에 빠지는 내 마음으로서는 다행스럽게도, 그 눈이 내뿜는 감정은 오로지 경멸과 절망 사이만 오가고 있었는데, 그런 눈에서 느껴지는 감정치고는 특히나 비정상적인 것이었다.

차통이 그녀의 손에 닿을락 말락 했기에 나는 자리에서 일어나 그녀를 도와주려 했다. 그녀는 마치 구두쇠가 금화를 세고 있는데 누가 도와주려고 했을 때 그러듯이 나를 돌아보았다.

"당신 도움은 필요 없어요." 그녀가 딱딱거렸다. "혼자서도 할 수 있어요."

"죄송합니다!" 내가 급히 대답했다.

"차를 마시러 오라는 초대를 받으셨나요?" 그녀가 단정한 검은 드레스에 앞치마를 두른 채 서서 찻잎 한 숟가락을 찻주전자에 넣으려다 말고 다그치듯 물었다.

"한잔 주시면 저야 감사하죠." 내가 대답했다.

"초대받으셨나요?" 그녀가 다시 물었다.

"아니요." 내가 살짝 웃으며 말했다. "초대해주실 분이 바로 부인이십니다만."

그녀는 차통이고 숟가락이고 할 것 없이 죄다 내던지듯 치워버리고는 부루퉁한 얼굴로 다시 의자로 돌아갔다. 이마를 찌푸리고 붉은 아랫입술을 비쭉 내민 모습이 꼭 금방이라도 울음을 터뜨릴 듯한 어린아이 같았다.

그러는 동안 돌아온 젊은이는 누가 봐도 허름한 상의를 걸친 채 불 앞에 똑바로 서서 마치 불구대천의 원수라도 되는 양 나를 흘겨보았다. 나는 그가 하인인지 아닌지 의심이 가기 시작했다. 옷차림과 말투 모두 무례한 것이 히스클리프 내외에게서 보이는 우월함 같은 건 조금도 찾아볼 수 없었다. 숱 많은 갈색 곱슬머리는 손질하지 않은 채 마구 헝클어져 있었고, 구레나룻은 곰처럼 양 뺨을 침범해 있었으며, 손은 천한 노동자처럼 거무스름했다. 그런데도 행동은 거의 불손할 만큼 제멋대로였고, 안주인의 시중을 드는 하인의 부지런함 같은 것은 전혀 찾아볼 수 없었다.

그의 신분을 알려줄 분명한 증거가 없었으므로 그의 별난 거동에 대해서는 신경을 끄는 게 상책이라고 생각했다. 그리고 오 분 후에 히스클리프가 돌아온 덕분에 이 어색한 상황에서 어느 정도 벗어날 수 있었다.

"자, 약속드린 대로 제가 왔습니다!" 내가 쾌활한 체하며 외쳤다. "그런데 날씨가 이리도 사나우니 반 시간쯤은 꼼짝없이 여기 있어야겠는걸요. 물론 그만큼 머무르게 해주신다면 그렇다는 얘기지만요."

"반 시간이라고?" 그가 옷에서 흰 눈송이를 털어내며 말했다. "왜 하필이면 이렇게 눈보라 치는 날을 골라서 돌아다니는 건지 모르겠소. 자칫하면 늪지에서 길을 잃을 수도 있다는 걸 모르시오? 이런 날 저녁에는 이곳 황야● 지대에 익숙한 사람이라도 종종 길을 잃곤 한단 말이오. 그리고 내 장담하건 대 지금으로서는 날씨가 전혀 좋아질 것 같지 않소."

"댁의 하인 중 한 명을 길잡이로 데려가서 그레인지에서 하 루 재운 후 아침에 돌려보내는 것도 괜찮은 방법일 듯싶습니 다. 그래주실 수 있을까요?"

"아니, 그럴 순 없소."

"아, 역시 그러시겠죠! 음, 그렇다면 제 능력에 의지하는 수 밖에요."

"흠!"

"차 끓이는 거여?" 허름한 외투를 걸친 젊은이가 사나운 시 선을 나에게서 젊은 부인에게로 돌리며 다그치듯 물었다.

"**저 사람**도 차를 드시는 건지?" 그녀가 히스클리프를 바라 보며 물었다.

"잔말 말고 준비하지 못해?" 대답이 어찌나 무지막지하던 지 나는 그만 깜짝 놀라고 말았다. 그의 말투에서 아주 고약 한 성미가 드러났다. 나는 히스클리프를 멋진 친구라고 부르 고 싶은 마음이 싹 사라져버렸다.

차 준비가 끝나자 히스클리프가 내게 자리를 권했다.

"자, 의자를 앞으로 당겨 앉으시오." 그래서 우리는 그 시골 뜨기 젊은이까지 모두 함께 식탁에 둘러앉았다. 다들 차를 마 시는 동안 엄숙한 침묵이 흘렀다.

● 특히 잡초와 히스로 뒤덮인 고지대의 황야를 말한다.

만일 먹구름이 낀 게 나 때문이라면, 그 먹구름을 몰아내려고 노력하는 것도 나의 의무라는 생각이 들었다. 그들이라고 매일같이 이렇게 암울하고 과묵하게 지낼 리는 없었다. 그리고 그들이 아무리 성미가 고약하다고 한들 이렇게 얼굴을 늘 찌푸리고 지낼 리도 없었다.

"참 이상한 일이죠." 차를 한 잔 마시고 또 한 잔을 받는 사이에 내가 말을 꺼냈다. "습관이라는 것이 우리의 취향과 생각에 그토록 큰 영향을 끼치니 말이에요. 당신처럼 세상과 완전히 동떨어져 지내는 삶에 행복이 존재하리라고 생각할 사람은 많지 않을 겁니다, 히스클리프 씨. 하지만 감히 말씀드리건대, 이렇게 가족에 둘러싸여 있고 사랑스러운 안주인께서 댁의 가정을 수호하고 마음을 위로해주시니……."

"사랑스러운 안주인이라니!" 그가 거의 악마 같은 냉소를 띠며 내 말을 끊었다. "어디 있단 말이오, 그 사랑스러운 안주인이?"

"히스클리프 부인, 그러니까 당신의 아내 말입니다."

"거참, 그렇군. 하! 아내의 육신은 사라졌지만 영혼은 구원의 천사가 되어 워더링 하이츠의 운명을 지켜준다는 말이로군. 그런 뜻이오?"

나는 큰 실수를 저질렀음을 깨닫고는 수습에 나섰다. 부부라고 하기에는 둘의 나이 차이가 너무 크다는 걸 눈치챘어야 했다. 한쪽은 마흔 살쯤이었는데, 그 나이대의 남자들은 활기찬 정신력을 지니고 있어서 어린 여자와 사랑에 빠져 결혼하려는 망상을 좀처럼 품지 않는다. 그런 꿈은 말년의 위안거리로 남겨두는 법이다. 다른 한쪽은 열일곱 살도 되어 보이질 않았다.

그때 문득 이런 생각이 떠올랐다. '내 옆에서 대접으로 차를 마시고 씻지도 않은 손으로 빵을 먹고 있는 이 촌뜨기가 그녀의 남편인가보군. 물론 히스클리프 2세일 테고. 그렇다면 이건 생매장을 당한 거나 마찬가지 아닌가. 세상에 더 좋은 남자가 있는 줄 전혀 모르고 저 천박한 시골뜨기한테 자신을 내맡겨버린 거야! 참으로 애석한 일이야. 그녀가 나를 보고 자신의 선택을 후회하지 않게 조심해야겠어.'

마지막 생각은 독단적으로 들릴 수도 있는데, 사실이 그랬다. 내 옆자리의 젊은이는 내게 거의 혐오감을 불러일으킬 정도의 인물이었다. 그리고 지금까지의 경험으로 봤을 때, 나는 꽤 매력적인 남자임이 분명했다.

"당신이 히스클리프 부인이라고 말하는 사람은 내 며느리요." 히스클리프의 이 말이 내 추측을 확증했다. 그는 이렇게 말하며 그녀 쪽을 향해 기이한 표정을 지었다. 그의 안면 근육이 다른 사람들과 달리 영혼의 언어를 전달하지 못할 만큼 비뚤어진 게 아니라면, 그건 증오의 표정이었다.

"아, 그렇군요. 이제 알겠습니다. 당신이 바로 저 선한 천사를 아내로 맞이한 운 좋은 남편이로군요." 내가 옆자리의 젊은이를 돌아보며 말했다.

이것은 아까보다 더 큰 실수였다. 젊은이는 얼굴이 시뻘게지더니 당장에라도 공격할 것처럼 주먹을 움켜쥐었다. 하지만 이내 마음을 가라앉힌 듯했고, 나를 향해 무자비한 악담을 중얼거리는 것으로 격분한 마음을 달랬다. 나는 그걸 그냥 못 들은 척 넘겼다.

"또 틀리셨군!" 집주인이 말했다. "우리 중 누구도 당신이 말하는 착한 천사의 남편이 되는 영광을 누리고 있진 못하오. 그녀의 남편은 죽었거든. 그녀가 내 며느리라고 했으니 분명 내 아들과 결혼했었겠지."

"그럼 이 젊은이는……."

"물론 내 아들이 아니오!"

히스클리프는 자신을 그 곰 같은 젊은이의 아버지로 보는 것은 너무 지나친 농담이라는 듯 다시 미소를 지었다.

"내 이름은 헤어턴 언쇼요." 젊은이가 으르렁거렸다. "충고 허는디 우리 집안을 얕보지 않는 기 좋을 거요!"

"얕본 적 없소." 나는 이렇게 대답하긴 했지만, 그가 자기 이름을 대며 위엄을 내세운 것을 속으로 비웃었다.

그는 나를 계속 빤히 쳐다보았는데, 나도 계속 쳐다보다가는 그의 따귀를 후려갈기거나 웃음이 터져 나오게 될까봐 도중에 눈을 피해버렸다. 나는 이 유쾌한 가족 틈에서 확실히 위화감이 들기 시작했다. 음울한 기운이 내 주위를 둘러싼 빛나는 육체적 안락을 압도한 것으로도 모자라 완전히 무력화했다. 나는 이 집에 감히 세 번째로 발을 들이는 일은 신중히 생각해봐야겠다고 다짐했다.

먹는 일이 끝났건만 사교적인 말을 단 한마디라도 꺼내는 사람은 아무도 없었다. 나는 날씨를 살피러 창가로 다가갔다.

슬픈 광경이 눈에 비쳤다. 너무 빨리 어두운 밤이 내렸고,

하늘과 언덕은 바람과 숨 막히는 눈의 격렬한 소용돌이 속에 한데 뒤엉켜 있었다.

"길잡이 없이는 집으로 돌아갈 수 없을 것 같군요." 나는 외치지 않을 수 없었다. "길은 이미 눈에 파묻혔을 테고, 그렇지 않더라도 한 치 앞도 분간할 수 없을 테니까요."

"헤어턴, 저 열두 마리 양을 헛간으로 몰아넣어. 밤새 우리에 두었다가는 눈에 뒤덮여버리겠군. 그리고 녀석들 앞에 널빤지도 하나 세워놓고." 히스클리프가 말했다.

"저는 어떻게 해야 하죠?" 나는 점점 짜증을 내며 계속 말했다.

내 질문에 대답해주는 사람은 아무도 없었다. 뒤를 돌아보니 조지프는 개 먹이로 줄 귀리죽 한 통을 들여오고 있었고, 히스클리프 부인은 난롯불 쪽으로 몸을 기댄 채 아까 차통을 제자리에 갖다놓다가 벽난로 선반에서 떨어뜨린 성냥 한 묶음을 태우며 기분을 풀고 있을 뿐이었다.

귀리죽 통을 내려놓은 조지프가 비난의 눈길로 방을 한번 둘러보더니 귀에 거슬리는 갈라진 목소리로 외쳤다.

"다들 밖에 나갔는디 왜 혼자 저리 게으름을 피우는지 모르겄구먼! 허긴 쓰잘데기없는 인간헌테 얘기혀봐야 헛일이지. 지 버릇 개 줄까. 니 에미처럼 확 악마헌테나 가버려라!"

나는 잠시 이 열변이 나를 향한 것이라고 생각했고, 화가 잔뜩 치민 나머지 그 늙은 악당을 문밖으로 차버리려고 발걸음을 옮겼다.

하지만 히스클리프 부인의 대답이 나를 멈춰 세웠다.

"이 가증스러운 늙다리 위선자 같으니!" 그녀가 대답했다. "악마의 이름을 입에 올릴 때마다 산 채로 끌려가지나 않을지 두렵지도 않아? 경고하건대 나를 자극하지 않는 게 좋을 거야. 안 그러면 특별히 부탁해서 널 잡아가라고 할 테니까. 닥치고 여길 봐, 조지프." 그녀가 선반에서 길쭉하고 어두운 책한 권을 꺼내며 말을 이었다. "내 흑마술 실력이 얼마나 늘었는지 보여주지. 곧 이 집을 싹 쓸어버릴 만큼 능수능란해질 거야. 붉은 소가 죽은 것도 우연이 아니라고. 네가 앓고 있는 류머티즘도 신의 섭리에 의한 것으로 생각하면 큰 오산이야!"

"오, 사악하도다, 사악해!" 늙은이가 헐떡이며 말했다. "주님께서 우리를 악에서 구원하시길!"

"아니, 넌 타락자야! 신에게서 버림받았다고. 꺼져버려, 안그러면 본때를 보여줄 테니! 내가 밀랍과 진흙으로 너희를 본뜬 인형을 만들 거야. 그리고 내가 정한 선을 처음으로 넘는 사람은 어떻게 될 거라고 굳이 내 입으로 말하진 않겠지만, 어쨌든 두고 보라고! 꺼져, 내가 지켜보고 있을 거야!"

귀여운 마녀가 아름다운 눈에 거짓된 악의를 띠자 조지프는 정말로 공포에 떨면서 기도문을 외고 "사악하도다"를 외치며 급히 나가버렸다.

나는 그녀가 따분한 나머지 장난을 친 거라고 생각했다. 그리고 이제 우리 둘만 남았으므로, 나는 그녀가 나의 곤경에 관심을 갖게끔 노력했다.

"히스클리프 부인." 내가 진지한 목소리로 말했다. "성가시게 해드려 죄송합니다. 그런데 부인의 얼굴을 보면 분명 마음씨도 고운 분이실 거라는 확신이 드는군요. 집으로 돌아가는 길에 길잡이로 삼을 만한 게 있으면 좀 알려주십시오. 부인께서 런던에 가는 길을 모르시듯 저도 집으로 돌아가는 길을 모르겠어요!"

"왔던 길로 되돌아가세요." 그녀는 이렇게 대답하고는 촛불을 켜고 그 길쭉한 책을 펼쳐 든 채 의자에 편히 앉았다. "짧지만, 제가 드릴 수 있는 가장 괜찮은 충고예요."

"그렇다면 부인은 제가 수렁이나 눈구덩이에 빠져 죽었다는 소식을 듣더라도 전혀 양심의 가책을 느끼지 않겠군요?"

"왜 느껴야 하죠? 저는 당신을 바래다줄 수 없어요. 집안사람들은 저를 정원의 담장 끝까지도 못 가게 하는걸요."

"**부인께서** 바래다주신다니요! 이런 날 밤에 제 편의를 위해 문지방을 넘어달라고 부탁드리는 것도 죄송한 일일 텐데요." 내가 외쳤다. "저는 돌아가는 길을 **알려달라는** 것이지 **바래다 달라는** 게 아닙니다. 아니면 히스클리프 씨를 설득해서 제게 길잡이를 하나 붙여주셔도 좋고요."

"누구를요? 이 집에는 그 사람이랑 언쇼, 질라, 조지프, 저뿐인데요. 누구를 붙여달라는 말씀이죠?"

"농장 일꾼은 없나요?"

"없어요. 우리가 다예요."

"그렇다면 하룻밤 묵어갈 수밖에 없겠군요."

"그건 집주인이랑 상의해보세요. 저와는 상관없는 일이니."

"이번 일을 교훈 삼아 다시는 이곳 산중을 경솔하게 돌아다니지 않길 바라오." 부엌 입구에서 히스클리프의 엄한 목소리가 들려왔다. "그리고 여기서 묵어가겠다고 하셨는데, 이 집에는 방문객을 위한 방이 따로 없소. 만일 묵어가시려거든 헤어턴이나 조지프와 한방을 쓰셔야 할 거요."

"저는 이 방 의자에서 자도 됩니다만." 내가 대답했다.

"아니, 그건 안 될 일이오! 부자든 가난뱅이든 외부인은 외부인이고, 내가 안 보는 사이에 누가 이 집을 마음대로 돌아다니는 건 허락할 수 없소!" 그 무례한 인간이 말했다.

이 모욕적인 말에 나의 인내심도 바닥나고 말았다. 나는 혐오감을 입 밖으로 내뱉으며 그를 밀치고 마당으로 나갔는데 너무 서두르다가 그만 언쇼와 부딪치고 말았다. 너무 어두워서 출구가 어디인지도 보이지 않았는데, 그렇게 헤매는 동안 그 집 사람들이 서로 얼마나 예의를 잘 지키는지 보여주는 또 다른 사례가 될 만한 대화를 엿듣게 되었다.

처음에는 그 젊은이가 내 편을 들어주는 줄 알았다.

"내가 대정원 입구●까지만 바래다주겠소." 그가 말했다.

"아예 지옥까지 데려다주지 그래!" 그의 주인인지 뭔지 알 수 없는 히스클리프가 외쳤다. "그럼 말은 누가 돌보나, 응?"

"하루 저녁 말을 못 돌보는 것보다는 한 사람의 생명이 더 중요하잖아요. 누군가는 함께 가야 해요." 히스클리프 부인이 뜻밖의 친절을 베풀며 중얼거렸다.

"니 명령을 듣고 가진 않겠어!" 헤어턴이 쏘아붙였다. "그

● 스러시크로스 그레인지는 드넓은 대정원 안에 있다.

사람이 소중허다면 잠자코 있는 기 좋을 거여."

"그러면 나는 그 남자의 유령이 너를 따라다니게 되길 빌 거야. 그리고 그레인지가 폐허로 변할 때까지 히스클리프 씨가 다른 세입자를 못 구하게 되길 빌 거야." 그녀가 앙칼진 목소리로 대꾸했다.

"다들 들었나, 들었어, 저 여자가 저주를 퍼붓는다!" 내가 다가가고 있는 쪽에 있던 조지프가 중얼거렸다.

조지프는 부르면 들릴 만한 거리에 앉아서 호롱불을 켜고 소젖을 짜고 있었다. 나는 그 호롱불을 막무가내로 붙들고는 내일 돌려주겠노라고 소리치며 가장 가까운 샛문 쪽으로 내달렸다.

"나리, 나리, 저놈이 호롱불을 훔쳐 가는구먼요!" 노인네가 나를 쫓아오며 외쳤다. "어이, 내셔!● 어이, 멍멍아! 어이, 울프! 저놈 잡아라, 저놈 잡아!"

작은 문이 열리자마자 털북숭이 괴물 두 마리가 내 목덜미를 향해 덤벼들며 나를 쓰러뜨렸고 호롱불도 꺼져버렸다. 그때 히스클리프와 헤어턴이 함께 깔깔대는 소리가 들려왔고 내 분노와 수치심은 절정에 달했다.

다행히도 그 짐승들은 나를 산 채로 잡아먹기보다는 앞발을 쭉 뻗고 하품하며 꼬리를 흔들어대는 데 더 열중한 듯 보였다. 하지만 다시 일어나도록 허락해주지도 않아서 나는 녀

● '이를 가는(gnash) 개'라는 뜻이다.

석들의 사악한 주인들이 흔쾌히 구해주기 전까지 거기 그대로 누워 있어야만 했다. 그러고서 나는 모자도 다시 못 쓴 채 분노에 떨며 그 악한들에게 나를 내보내달라고 명령했고, 보복하고 말 거라고, 잠시라도 더 잡아두면 너희가 무슨 일을 당할지 모른다고 앞뒤도 안 맞는 몇 마디 말로 위협했는데, 그 적의의 한량없는 깊이가 리어왕을 방불케 했다.

나는 너무 심하게 흥분한 나머지 엄청난 양의 코피를 쏟았다. 그런데도 히스클리프는 깔깔거리며 웃었고, 나도 계속 욕지거리를 내뱉었다. 만일 그 자리에 나보다 더 분별 있고 그 광대보다 더 자애로운 한 사람이 없었다면 상황이 어떤 결말로 치달았을지 모를 일이다. 그 사람은 바로 건장한 가정부 질라였다. 이게 다 무슨 난리인지 알아보기 위해 마침내 모습을 드러냈던 것이다. 그녀는 그들 중 누가 내게 심한 손찌검을 했다고 생각한 모양이었는데, 감히 주인을 공격할 수는 없는지라 젊은 악당을 향해 잔소리를 대포처럼 퍼부어댔다.

"아니, 언쇼 씨." 그녀가 외쳤다. "다음번엔 또 무슨 짓을 저지르실지 모르겠군요! 우리 집 문지방돌 위에서 살인이라도 저지를 생각이에요? 이 집은 내가 있을 곳이 아닌가봐. 저 불쌍한 젊은 양반을 좀 봐요, 저러다 숨넘어가겠네! 진정해요, 진정, 그러다 큰일 나겠어요. 들어와요, 내가 치료해줄 테니. 자, 가만히 있어봐요."

그녀는 갑자기 얼음물 한 사발을 내 목덜미에 끼얹고는 나를 부엌으로 데리고 들어갔다. 히스클리프 씨도 따라 들어왔는데, 돌발적인 유쾌함은 재빨리 사그라져 평상시의 언짢은 모습으로 돌아와 있었다.

　나는 심하게 메스껍고 어질어질해서 실신할 것만 같았다. 그래서 마지못해 그 집에서 하룻밤을 묵어갈 수밖에 없었다. 그는 질라더러 내게 브랜디 한 잔을 갖다주라고 말하고는 안방으로 들어가버렸다. 그녀는 곤경을 겪은 딱한 나를 위로해주며 주인의 명령을 따랐고, 덕분에 어느 정도 활기를 되찾은 나를 침대로 데려다주었다.

제3장

그녀는 앞장서서 계단을 올라가면서 내게 촛불을 가리고 아무 소리도 내지 말라고 충고했다. 주인이 내가 자게 될 방에 대해 이상한 생각을 갖고 있어서 누구도 그 방에서 재우지 않는다는 것이었다.

나는 이유를 물었다.

그녀는 자기도 모른다고 대답했다. 자기도 이 집에 들어온 지 한두 해밖에 되지 않았고, 괴상한 일이 하도 많이 일어나서 일일이 다 관심을 가질 수도 없다는 것이었다.

나도 거기에 관심을 가지기에는 너무 얼이 빠진 상태라 방문을 잠그자마자 방을 둘러보며 침대를 찾았다. 안에 있는 가구라고는 의자 하나, 옷장 하나, 윗부분을 마차의 창문처럼 네모나게 도려낸 커다란 오크나무 장이 전부였다.

가까이 다가가 장 안을 들여다보고는 그것이 가족 구성원들에게 일일이 방 하나씩을 내어주지 않아도 되게끔 고안된 특이한 구식 침상임을 알 수 있었다. 아닌 게 아니라 그것은 하나의 작은 방을 이루고 있었고, 안쪽 창문 아래에 붙인 선반은 테이블로 쓰이고 있었다.

나는 미닫이를 열고는 촛불을 든 채 안으로 들어가 다시 미닫이를 닫았다. 그러자 히스클리프나 다른 모든 이가 불침번을 서더라도 들키지 않을 거라는 생각에 안도감이 들었다.

한구석에 흰 곰팡이가 핀 책이 몇 권 쌓여 있는 선반에 촛불을 내려놓았다. 선반은 페인트칠을 긁어서 쓴 글씨로 가득했다. 그런데 이 글씨는 크고 작은 온갖 글씨체로 반복해서 쓴 이름에 불과했다. **캐서린 언쇼**라는 이름이 여기저기 보이더니 **캐서린 히스클리프**로 변하기도 했고, 그러다가 **캐서린 린턴**이 되기도 했다.

나는 무기력하고 노곤한 상태로 창문에 머리를 기대고서 캐서린 언쇼, 히스클리프, 린턴의 철자를 되풀이해 읽다가 그만 눈이 감겼다. 하지만 잠든 지 오 분도 채 되지 않아 어둠 속에서 흰 글자들이 유령처럼 생생히 빛나기 시작하더니 허공이 캐서린이라는 글자로 가득 찼다. 눈에 거슬리는 이 이름을 쫓아버리기 위해 정신을 차려보니 촛불의 심지가 고풍스러운 책 중 한 권으로 기우는 바람에 송아지 가죽 타는 냄새가 진동하고 있었다.

심지를 잘라낸 나는 추위와 계속되는 메스꺼움 탓에 몹시 불편했으면서도 자세를 똑바로 고쳐 앉고는 상처 입은 그 두꺼운 책을 무릎 위에 펼쳤다. 그것은 가는 활자로 인쇄한 성경으로, 지독한 곰팡내를 풍겼다. 책 앞의 면지에는 '캐서린 언쇼의 책'이라는 글자와 약 사반세기 전의 날짜가 적혀 있었다.

나는 성경을 덮고 다른 책들도 한 권 한 권 전부 살펴보았다. 캐서린의 장서는 엄선된 것이었고, 훼손된 상태로 미루어 보아 여러 번 읽은 것임을 알 수 있었으나, 반드시 적법한 용도로만 사용한 것은 아닌 듯했다. 인쇄공이 남겨놓은 작은 여백까지 모두 포함해서 거의 모든 장(章)마다 펜으로 쓴 주석, 적어도 그렇게 보이는 것으로 가득했다.

어떤 것은 독립된 문장이었고, 또 어떤 것은 미숙하고 유치한 필체로 휘갈겨놓은 정식 일기처럼 보였다. 처음 발견했을 때는 보물과도 같았을 백지 상단에 나의 친구 조지프의 캐리커처가 훌륭하게 그려진 것을 보고 대단히 즐거운 마음이 들기도 했다. 거칠지만 강렬한 스케치였다.

불현듯 이 미지의 여인 캐서린에 관심이 생긴 나는 당장 그녀의 빛바랜 상형문자를 해독하기 시작했다.

"끔찍한 일요일이다!" 그 아래 문장은 이렇게 시작했다. "아버지가 다시 살아나셨으면 좋겠다. 힌들리 오빠가 아버지 대신이라니 최악이다. 오빠는 히스클리프에게 지독하게 군다. H와 나는 반항할 거다. 우리는 오늘 저녁 그 첫발을 내디뎠다.

온종일 폭우가 쏟아졌다. 우리는 교회에 갈 수 없었고, 그래서 조지프가 다락방에 신도들을 불러 예배를 드려야만 했다. 그러는 동안 힌들리 오빠 부부는 아래층에서 아늑한 불에 몸을 녹이고 있었는데, 무슨 짓을 했는지는 모르겠지만 장담하건대 결코 성경을 읽진 않았을 거다. 히스클리프와 나와 불운한 머슴아이는 기도서를 들고 다락방으로 올라가라는 명령을 받았다. 우리는 곡식 자루 위에 일렬로 앉아 끙끙대고 부들부들 떨면서 조지프도 부들부들 떨기를, 그래서 그가 자기 때문에라도 설교를 짧게 끝내기를 바랐다. 터무니없는 생각이었다! 예배는 정확히 세 시간 동안이나 이어졌다. 그런데도 오빠는 우리가 내려오는 걸 보고는 뻔뻔스레 외쳤다.

'뭐야, 벌써 끝났어?'

예전에는 너무 시끄럽게 떠들지만 않으면 일요일 저녁에 노는 것이 허락되었는데, 이제는 조금만 킥킥대도 구석으로 쫓겨나고 만다!

'이 집의 주인이 여기 있다는 걸 잊었나보구나.' 폭군은 말한다. '누구든 나를 화나게 하는 녀석부터 먼저 끝장날 줄 알아! 나는 너희가 극도로 침착하고 조용히 굴어주길 바라거든. 어쭈, 그래! 너였냐? 프랜시스, 여보, 가면서 저놈 머리카락을 쥐어뜯어버려. 저놈이 방금 손가락을 튕겼어.'

프랜시스는 그 애의 머리카락을 힘껏 쥐어뜯고는 남편에게로 가 그의 무릎 위에 앉았다. 그러고는 한 시간 동안이나 갓난애들처럼 입을 맞추고 쓸데없는 이야기를 해댔다. 워낙 바보 같은 헛소리라 우리가 다 부끄러워질 지경이었다.

우리는 찬장 밑의 아치형 공간에 될 수 있는 한 아늑하게 들어앉았다. 내가 막 우리의 긴 앞치마를 한데 묶어 커튼 대신 드리웠을 때, 조지프가 마구간 일 때문에 안으로 들어왔다. 그는 내가 손수 만든 작품을 뜯어버리고는 내 따귀를 때리며 꽥꽥거렸다.

'주인님이 묻힌 지도 얼마 안 됐고, 안식일도 안 끝났는디, 그리고 복음 소리도 아직 귓전에 쟁쟁히 울리는디, 니들이 감히 장난질을 혀! 부끄러운 줄 알어! 똑바로 앉어, 이 망할 것 들아! 읽을 맘만 있다면 좋은 책은 얼마든지 있구먼. 똑바로 앉어서 니들 영혼이나 걱정혀!'

이렇게 말하며 조지프는 우리에게 케케묵은 책을 떠안기더니 멀리 떨어진 난로의 흐릿한 불빛에 의지해 책을 읽을 수 있도록 우리를 강제로 똑바로 앉혔다.

그런 상황은 견딜 수 없었다. 나는 좋은 책 따윈 질색이라고 말하며 그 거무칙칙한 책의 책등을 집어 들고 개집 안으로 던져버렸다.

히스클리프도 자기 책을 같은 곳으로 차버렸다.

그러자 떠들썩한 소동이 벌어졌다!

'힌들리 나리!' 우리의 목사님이 소리쳤다. '나리, 이리 좀 와보슈! 캐시 아가씨가 《구원의 투구》 뒤표지를 찢어버렸고, 히스클리프는 《멸망에 이르는 넓은 길》 1부를 발로 차버렸구먼요! 이 자식들을 이렇게 내버려두시다니 이기 무슨 가관이랍니까. 아이구야! 어르신 같았으면 호된 매질을 혀주셨을 텐디, 돌아가시고 안 계시니.'

힌들리 오빠가 천국 같은 난롯가에서 급히 달려오더니 우리 중 하나는 멱살을 잡고 다른 하나는 팔을 잡아서 뒤쪽 부엌으로 내팽개쳤다. 그곳에 있으면 틀림없이 '늙은 닉'●이 우리를 잡으러 올 거라고 조지프가 말했고, 그 말에 위안을 얻

● '악마'의 별칭.

40 |

은 우리는 각자 구석진 은신처에 숨어들어 악마가 찾아오길 기다렸다.

나는 선반에서 이 책과 잉크 통을 집어 들고는 거실 문을 아주 살짝 열어 빛이 들어오게 했고, 그 빛에 의지해 이십 분째 이 글을 쓰고 있다. 하지만 내 짝은 가만있지를 못하는 성격인지라 함께 소젖 짜는 여자의 망토를 훔쳐 뒤집어쓰고 황야에서 뛰놀자고 한다. 재미있는 생각이다. 그러면 성질머리 고약한 영감이 들어와 보고는 자신의 예언이 이루어졌다고 믿을지도 모르지. 빗속을 뛰어다니더라도 여기보다 더 축축하거나 춥지는 않을 거다."

캐서린은 그 계획을 실행했던 모양인지, 다음 문장에서는 다른 화제로 넘어갔다. 이번에는 더욱 눈물겨운 내용이었다.

"힌들리 오빠 때문에 이렇게 울게 될 줄은 꿈에도 몰랐다!" 그녀는 이렇게 썼다. "가만히 베개를 베고 있지도 못할 만큼 머리가 아픈데도 눈물이 그치질 않는다. 불쌍한 히스클리프! 오빠는 그 애를 떠돌이라고 부르면서 이제 우리 옆에 앉지도, 우리와 함께 먹지도 못하게 한다. 그러면서 나한테 그 애랑 놀아서는 안 되고, 만일 그 명령을 어기면 그 애를 집에서 쫓아내겠노라고 협박한다.

오빠는 아버지가 H를 너무 관대히 대해주셨다며 비난한다 (어떻게 오빠가 감히 그럴 수 있지?). 그리고 그 애에게 자기 분수를 알게 해주겠노라고 장담한다……."

나는 어둑한 책장 앞에서 꾸벅꾸벅 졸기 시작했다. 내 시선은 캐서린의 글에서 인쇄된 글자로 옮겨갔다. 화려한 글씨체의 붉은색 제목이 눈에 들어왔다. '일흔 번씩 일곱 번,[●] 그리고 그 일흔한 번째의 첫 번째. 기머든 서프 교회의 제이베스 브랜더럼 목사의 경건한 말씀.' 나는 비몽사몽간에 제이베스 브랜더럼 목사가 그 주제로 어떤 설교를 했을지 머리를 썩이다가 침대에 털썩 쓰러져 잠들어버렸다.

아아, 나쁜 차와 나쁜 기분 탓이다! 그렇지 않다면 그토록 끔찍한 밤을 보낸 이유가 달리 무엇이었겠는가? 고통이라는 것이 무엇인지 알게 된 이래로 그날 밤만큼 고통스러운 경험은 처음이었다.

내가 있는 곳이 어디인지 채 잊기도 전에 꿈을 꾸기 시작했다. 꿈속에서는 아침이 되어 있었고, 나는 조지프를 길잡이 삼아 집으로 돌아가는 중이었다. 길에는 눈이 높이 쌓여 있었다. 함께 버둥거리며 나아가는데, 순례자의 지팡이를 들고 오지 않았다며 나의 동행자가 나를 줄곧 비난하는 바람에 아주 넌더리가 났다. 그는 순례자의 지팡이 없이는 절대 집으로 들어갈 수 없다며 윗부분이 묵직한 곤봉을 뽐내듯 휘둘러 보였는데, 그것을 순례자의 지팡이라고 부르는 듯했다.

[●] 〈마태복음〉 18장 21~22절, "그때에 베드로가 예수님께 다가와, '주님, 제 형제가 저에게 죄를 지으면 몇 번이나 용서해주어야 합니까? 일곱 번까지 해야 합니까?' 하고 물었다. 예수님께서 그에게 대답하셨다. '내가 너에게 말한다. 일곱 번이 아니라 일흔일곱 번까지라도 용서해야 한다'" 참조.

내가 내 집에 들어가는데 그런 무기가 필요하다는 말이 잠시 터무니없이 여겨졌다. 그러다 문득 새로운 생각이 뇌리를 스쳤다. 나는 집으로 가고 있는 게 아니었다. 우리는 저 유명한 제이베스 브랜더럼 목사의 설교 '일흔 번씩 일곱 번'을 들으러 가는 길이었고, 조지프와 목사와 나 가운데 누군가가 '일흔한 번째의 첫 번째' 죄를 저질렀기에 공개적으로 파문당할 예정이었다.

우리는 교회에 도착했다. 산책하다가 실제로 두세 번쯤 지나친 적이 있는 교회였다. 두 언덕 사이의 골짜기, 지대가 약간 높은 골짜기에 위치했는데, 근처의 늪에서 뿜어내는 토탄을 머금은 습기가 그곳에 매장되는 몇 안 되는 시체의 부패를 방지하는 데 크게 이바지한다고들 했다. 지붕은 지금껏 온전히 보존되어 있었지만, 목사의 연봉이 겨우 20파운드밖에 되지 않는 데다가 방 두 개짜리 사택도 조만간 방 한 개짜리가 되고 말 형편이어서 이곳에서 사역하겠다는 목사는 아무도 없었다. 특히 최근에는 이곳 신도들이 목사를 굶겨 죽이면 죽였지 자기 호주머니에서 한 푼이라도 꺼내 교회 살림에 보태려 하지 않는다는 소문이 돌았기에 더더욱 그랬다. 어쨌거나 내 꿈속에서는 제이베스 목사 앞에 경청하는 신도가 잔뜩 모여 있었다. 그리고 그의 설교는, 하느님 맙소사, 정말이지 대단했다! 그것은 **490부**로 나뉘어 있었는데, 각 부가 보통의 설교 하나와 맞먹을 분량이었고, 또 그 각 부가 저마다 다른 죄를 논하고 있었다! 그가 어디서 그런 죄를 찾아냈는지 모르겠다. 그는 '일흔 번씩 일곱 번'이라는 구절을 제멋대로 해석했고, 그 말은 형제 신자들이 매번 다른 죄를 지어야만 한다는 것처럼 들렸다.

그것들은 더없이 기이한, 전에는 상상조차 해보지 못한 괴상한 죄였다.

아아, 어쩌나 지루하던지. 나는 계속 온몸을 비틀고, 하품하고, 꾸벅꾸벅 졸다가 한 번씩 정신을 차리곤 했다! 나는 몸을 꼬집기도 하고 찌르기도 하고, 눈을 비비고, 일어났다가 다시 앉고, 조지프를 팔꿈치로 쿡 찌르며 만일 목사가 **언젠가** 설교를 끝내는 날이 온다면 그때 알려달라고 했다!

저주스럽게도 나는 그 설교를 전부 들어야 했다. 마침내 목사가 '일흔한 번째의 첫 번째'에 이르렀다. 그 중대한 기로의 순간에 별안간 영감이 떠올랐다. 나는 벌떡 일어나서 제이베스 브랜더럼이야말로 그 어느 기독교인으로부터도 용서받을 수 없는 죄를 저지른 죄인임을 고발했다.

"목사님." 나는 소리쳤다. "저는 사방이 벽으로 막힌 이곳에 줄곧 앉아 목사님의 설교 490부를 참고 용서하며 들었습니다. 일흔 번씩 일곱 번, 저는 모자를 집어 들고 밖으로 나가려 했습니다. 일흔 번씩 일곱 번, 당신은 어처구니없게도 저를 강제로 자리에 앉혔습니다. 491번째는 정말이지 너무합니다. 함께 박해받은 동지 여러분, 저자를 넘칩시다! 서자를 끌어내리고 짓뭉개서 고향 사람들도 더는 알아보지 못하게 먼지로 만들어버립시다!"

"네가 바로 그 사람이다!" 잠시 엄숙하게 침묵하더니 제이베스가 등받이 안석에 몸을 기대며 외쳤다. "일흔 번씩 일곱 번, 너는 하품하며 얼굴을 일그러뜨렸지. 일흔 번씩 일곱 번, 나는 내 영혼과 상의했다. 보라, 이것이 바로 인간의 나약함이니 이 또한 용서받기를! '일흔한 번째의 첫 번째'가 왔다. 형제들이여, 저자에게 기록된 심판을 행하라. 주님의 성자 모두에게 이런 영광이 있기를!"

그 말을 끝으로, 모든 신도가 순례자의 지팡이를 치켜들고 몰려와 나를 에워쌌다. 방어할 무기가 없던 나는 가장 가까이에서 가장 흉악하게 덤벼들던 조지프의 무기를 빼앗고자 그와 맞붙기 시작했다. 여러 사람이 뒤엉킨 가운데 곤봉 몇 개가 이리저리 허공을 가로질렀고, 나를 겨냥한 곤봉이 다른 대가리를 때리기도 했다. 머지않아 교회 안은 온통 치고받는 소리로 쿵쿵 울려댔다. 모두가 자신의 이웃을 때렸고, 브랜더럼도 혼자 빈둥거리고 있기 싫었는지 열의를 다해 설교단을 수도 없이 내리쳤다. 그 소리가 어찌나 힘차게 울리던지 결국 나는 잠에서 깨어났고, 이루 말할 수 없는 안도감이 들었다.

그런데 무엇이 꿈속에 그 엄청난 소동을 불러일으킨 것일까? 그 소동에서 제이베스가 설교단을 내리치던 소리는 과연 무엇이었을까? 그것은 실은 돌풍이 울부짖는 가운데 전나무 가지가 격자창을 치는 소리, 메마른 방울 열매가 창문에 부딪혀 달가닥거리는 소리에 불과했다!

일순간 나는 의심스레 귀를 기울였다. 꿈자리를 사납게 한 게 무엇이었는지 알고는 돌아누워 잠깐 졸다가 다시 꿈을 꾸었다. 가능한 일인지 모르겠으나, 아까 꿈보다 더 기분 나쁜 꿈이었다.

이번에는 내가 오크나무 침상에 누워 있다는 것을 기억한 상태였고, 세찬 바람 소리와 휘몰아치는 눈보라 소리도 똑똑히 들려왔다. 또한 전나무 가지가 되풀이해서 내는 거슬리는 소리도 들려왔고, 그 원인도 제대로 알고 있었다. 하지만 그 소리가 내 신경을 너무 긁었기에 가능하면 조용하게 만들자고 마음먹었고, 그래서 자리에서 일어나 여닫이창의 걸쇠를 벗기려 애를 썼던 것 같다. 걸쇠는 꺾쇠처럼 땜질이 되어 있었다. 깨어 있을 때 보고 알았던 사실인데 그새 잊고 만 것이었다.

"그래도 저 소리는 꼭 멈추게 하겠어!" 나는 이렇게 중얼거리고는 주먹으로 유리창을 깨고 팔을 뻗어 그 끈질긴 가지를 붙잡으려 했다. 그런데 나의 손에 잡힌 것은 그 가지가 아니라 얼음처럼 차가운 작은 손이었다!

악몽의 극심한 공포가 나를 엄습했다. 나는 팔을 도로 빼보려 애썼지만 그 손이 꼭 매달려 놓아주질 않았고, 더없이 구슬픈 흐느낌마저 들려왔다.

"들어가게 해주세요, 들어가게 해주세요!"

"넌 누구야?" 그런 와중에도 손을 떼어내려고 버둥거리며 내가 물었다.

"캐서린 린턴." 덜덜 떠는 목소리가 대답했다(왜 내가 **린턴**을 떠올린 걸까? **언쇼**를 린턴보다 스무 배는 더 봤는데). "제가 집에 돌아왔어요. 황야에서 그만 길을 잃었었거든요!"

목소리가 이렇게 말했을 때, 창문 너머로 흐릿하게 비치는 아이의 얼굴이 보였다. 극도의 두려움이 나를 잔인하게 만들었다. 아무리 뿌리치려 해도 소용없다는 걸 깨닫고는 그 아이의 손목을 깨진 유리창 쪽으로 끌어당겨 앞뒤로 문질렀다. 흘러내린 피가 침구를 흠뻑 적셨다. 그래도 아이는 "들여보내줘요!" 하고 울부짖으며 꽉 움켜쥔 손아귀를 놓지 않았고, 나는 두려움으로 거의 미칠 지경에 이르렀다.

"대체 무슨 수로?" 마침내 내가 말했다. "**나**를 놔줘야 내가 널 들여보내줄 수 있을 거 아냐!"

그 손이 힘을 풀었다. 나는 얼른 구멍으로 내 손을 빼고는 서둘러 그곳에 피라미드 모양으로 책을 쌓고서 그 구슬픈 애원을 듣지 않으려고 귀를 막았다.

족히 십오 분은 귀를 막고 있었던 것 같다. 그런데 귀를 연 순간, 그 애절한 울먹임이 다시 들려오는 게 아닌가!

"썩 꺼져!" 내가 소리쳤다. "20년을 애걸한대도 절대 들여보내주지 않을 테다!"

"20년이에요." 한탄의 목소리가 들려왔다. "20년, 나는 20년을 집 없이 떠돌았어요!"

그때 밖에서 아주 약하게 긁는 소리가 들리기 시작하더니, 쌓아 올린 책들이 누가 밀기라도 한 것처럼 움직였다.

벌떡 일어나려 했으나 손가락 하나 까딱할 수 없었다. 나는 미쳐버릴 듯한 두려움에 비명을 내질렀다.

당혹스럽게도 그 비명은 나의 상상이 아니었던 모양이다. 다급한 발소리가 내 방문을 향해 다가왔다. 누군가가 손으로 힘차게 문을 밀어 열자 침대 윗부분의 네모난 구멍으로 희미한 빛이 새어 들어왔다. 나는 여전히 몸서리를 치며 앉아서 이마의 땀을 훔쳤다. 침입자는 망설이는 듯했고, 혼자 중얼거리고 있었다.

마침내 그가, 분명 대답을 기대하지는 않는다는 듯한 목소리로 반쯤 속삭이듯 말했다.

"여기 누가 있소?"

나는 내가 있다고 밝히는 게 상책이라는 생각이 들었다. 그것이 히스클리프의 말투임을 뻔히 알고 있었고, 계속 조용히 있다가는 그가 더 안쪽까지 들어와서 찾아볼까봐 걱정되었기 때문이다.

이런 생각에 나는 뒤돌아서 미닫이를 열었다. 그때 그 행동이 낳은 결과를 나는 한동안 잊지 못할 것이다.

히스클리프는 셔츠와 바지 차림으로 입구 근처에 서 있었는데, 녹아내린 촛농이 손 위로 뚝뚝 떨어지고 있었고, 얼굴은 바로 뒤에 보이는 벽만큼이나 창백했다. 미닫이가 삐걱하고 열리는 소리를 듣자마자 전기 충격이라도 받은 듯 소스라치게 놀란 것이었다. 들고 있던 촛불은 멀리 내동댕이쳐졌지만, 마음의 동요가 너무나도 큰 나머지 그것을 다시 집어 들지도 못했다.

"바로 접니다." 그가 계속 겁쟁이 같은 모습을 보여 더 큰 창피를 당하기 전에 내가 외쳤다. "끔찍한 악몽을 꾸는 바람에 불행히도 잠결에 비명을 지르고 말았군요. 폐를 끼쳐 죄송합니다."

"이런 빌어먹을, 록우드 씨! 내 당신을 그냥……." 집주인이 이렇게 말하며 초를 의자에 올려놓았다. 초를 똑바로 들고 있기도 힘든 모양이었다.

"그런데 누가 당신을 이 방에 들인 거요?" 그가 손바닥에 손톱자국이 날 만큼 꽉 주먹을 쥐고, 턱뼈에 이는 경련을 가라앉히고자 이를 갈며 말을 이었다. "대체 누구요? 당장 이 집에서 쫓아내야겠어!"

"댁의 가정부 질라입니다." 나는 바닥으로 휙 내려가 재빨리 옷을 걸치며 대답했다. "쫓아내든 말든 마음대로 하세요, 히스클리프 씨. 쫓겨나도 싸니까. 그녀는 아마 저를 이용해서 이 방에 유령이 나온다는 또 다른 증거를 잡으려 했던 것 같군요. 그런데, 정말 그랬어요. 유령과 요괴가 들끓고 있다고요! 당신이 이 방을 닫아놓는 데는 분명 이유가 있겠죠. 이런 유령의 소굴에서 잠깐 재워준다고 고마워할 사람은 아무도 없을 겁니다!"

"그게 무슨 소리요?" 히스클리프가 물었다. "그리고 지금 대체 뭐 하는 거요? **이왕** 이 방에 들어오셨으니 오늘 밤은 여기서 주무시오. 하지만 제발 부탁인데! 그런 끔찍한 비명은 다시는 지르지 마시오. 목이라도 잘리는 게 아닌 다음에야 절대 용서하지 않을 테니!"

"그 어린 악마가 창문을 넘어 들어왔다면 아마 나를 목 졸라 죽였을 겁니다!" 내가 받아쳤다. "댁의 친절한 조상님들의 박해를 참고 넘어가주는 일은 이제 없을 거예요. 제이베스 브랜더럼 목사는 당신의 외가 쪽 친척 아닙니까? 그리고 캐서린 린턴인지 언쇼인지 뭔지 하는 그 꼬마 말괄량이는, 분명 요정이 바꿔치기한 아이•겠지만, 어쩌나 못됐던지! 자기 말로는 지난 20년 동안 지상을 배회하고 있다던데, 지독한 죄를 지어 그에 합당한 벌을 받는 게 틀림없어요!"

이 말을 내뱉자마자 아까 그 책에서 히스클리프의 이름과 캐서린의 이름이 연관되어 있었다는, 지금까지 까맣게 잊었던 사실이 떠올랐다. 나의 경솔함에 얼굴이 달아올랐지만 불쾌한 말을 내뱉었다는 사실은 그냥 모른 척 넘겨버리고 황급히 말을 이었다.

"실은 제가 잠들기 전에……" 나는 말을 하다가 멈췄다. '저 낡은 책들을 읽고 있었습니다'라고 말하려던 참이었는데, 그러면 내가 그 책에 인쇄된 내용뿐 아니라 펜으로 쓴 내용도 봤다는 사실이 탄로 날 것이었다. 그래서 생각을 고쳐먹고 말을 이었다. "창문 선반에 새겨진 이름을 소리 내어 읽고 있었습니다. 단조로운 일을 하면 잠이 오지 않을까 싶어서요. 있잖습니까, 수를 센다든가 하는 그런……"

"도대체 **무슨** 생각으로 **나한테** 그따위 말을 하는 거요!" 히스클리프가 몹시 격분한 채 천둥 같은 고함을 질렀다. "어떻게…… 어떻게 **감히** 당신이 내 집에서…… 하느님 맙소사! 그런 말을 하다니 미쳤군!" 그러더니 분을 못 이겨 자기 이마를 내리쳤다.

나는 이 모욕적인 언사에 분개해야 할지, 아니면 변명을 이어가야 할지 알 수 없었다. 하지만 너무 심한 충격을 받은 듯

● 요정이 예쁜 아이를 빼앗아 가는 대신 두고 가는 못생긴 아이.

한 그의 모습에 애처로운 생각이 들어 그냥 꿈 이야기를 했다. 나는 여태껏 '캐서린 린턴'이라는 이름은 한 번도 들어본 적이 없지만 거듭 소리 내어 읽다보니 그것이 어떤 인상을 남겼고, 내 상상력이 걷잡을 수 없이 커진 순간 그 인상이 사람의 모습을 취하게 된 것 같다고 말했다.

내가 말하는 동안 히스클리프는 침대 쪽으로 조금씩 쓰러지더니 결국 주저앉아 거의 보이지 않을 지경이 되었다. 하지만 간간이 들려오는 불규칙한 숨소리로 미루어 보아 폭발할 듯 격렬한 감정을 달래느라 무진장 애를 쓰고 있는 듯했다.

그런 내면의 갈등을 모른 척해주고 싶은 마음에 나는 다소 부산스레 옷을 마저 입었고, 시계를 보고는 밤이 너무 길다며 혼잣말했다.

"아직 3시도 안 됐다니! 맹세코 6시는 된 줄 알았는데. 이곳은 시간이 흐르질 않는군. 다들 잠자리에 들러 간 게 분명 8시였던 것 같은데!"

"겨울에는 늘 9시에 자고 4시에 일어나오." 집주인이 신음을 삼키며 말했다. 그의 팔 그림자가 움직이는 모습으로 보아 황급히 눈물을 닦아내는 듯했다.

"록우드 씨." 그가 말을 이었다. "내 방에 가 계시는 게 좋겠소. 이렇게 이른 시간에 아래층으로 내려가봐야 방해만 될 테니. 나는 당신의 어린애 같은 비명 덕에 악마에게라도 쫓긴 듯 잠이 싹 달아나버렸소."

"저도 마찬가지입니다." 내가 대답했다. "마당이나 거닐다가 해가 뜨면 떠나겠습니다. 그리고 다시는 쳐들어오지 않을 테니 염려 놓으셔도 됩니다. 이제는 시골에서든 도시에서든 사교 생활의 즐거움을 누리고 싶은 마음이 싹 가셔버렸어요. 분별 있는 사람에게 친구는 자기 자신만으로 충분한 법이죠."

"퍽이나 좋은 친구를 두셨군!" 히스클리프가 중얼거렸다. "초를 들고 당신이 원하는 곳 어디든 가시오. 나도 곧 따라가겠소. 하지만 마당에는 가지 마시오. 개들을 풀어놓았으니까. 그리고 거실도 주노가 지키고 있으니 가면 안 되고……. 안 되겠군. 계단과 복도 말고는 돌아다닐 곳이 없겠소. 어쨌든 나가시오! 나는 이 분 후에 나갈 테니."

나는 그의 명령에 따라 방에서 나왔다. 하지만 좁은 복도들이 어디로 이어지는지 몰라 가만히 서 있다가 본의 아니게 집주인의 미신적인 면모를 목격하고 말았는데, 그것은 분별 있어 보이는 겉모습과는 이상하게 상반되는 것이었다.

그는 침대로 올라가 격자창의 걸쇠를 비틀어 풀더니 창문을 당겨 열며 걷잡을 수 없을 만큼 격정적인 눈물을 터뜨리기 시작했다.

"들어와! 들어와!" 그가 흐느꼈다. "캐시, 제발 들어와. 아아, 제발 **한 번만**이라도! 아아! 내 사랑! **이번** 한 번만이라도 내 말을 들어줘. 캐서린, 제발!"

유령은 유령이 원래 그렇듯 변덕스러웠고, 나타날 기미를 전혀 보이지 않았다. 다만 휘몰아치는 눈보라만이 내가 서 있는 곳까지 불어 들어와 촛불을 꺼버렸을 뿐이다.

이러한 광란과 함께 터져 나온 슬픔에서 엄청난 고통이 느껴졌기에 나는 그만 동정심이 들어 그의 어리석은 행동을 못

본 척 눈감아주었다. 그의 흐느낌을 엿들었다는 사실만으로도 반쯤 화가 났고, 나의 우스꽝스러운 악몽 이야기로 그를 고통스럽게 했다는 사실에도 마음이 어지러워져 자리를 피했다. 하지만 그가 **왜** 그렇게 고통스러워하는 건지는 당최 이해할 수 없었다.

나는 조심스럽게 아래층으로 내려가 뒤쪽 부엌에 도착했다. 한데 모아둔 잿더미에 불씨가 남아 있어서 다시 촛불을 밝힐 수 있었다.

잿더미에서 기어 나와 투덜거리듯 야옹대며 나를 맞이하는 잿빛 얼룩무늬 고양이를 제외하면 아무도 깨어 있지 않았다.

긴 의자 두 개가 원의 일부를 이루는 형태로 벽난로를 거의 빙 둘러싸고 있었다. 나는 이 의자 중 하나에 누워 몸을 뻗었고, 그리말킨●은 다른 의자에 올라갔다. 우리는 우리의 은둔처로 누군가가 침범해 들어오기 전까지 둘 다 꾸벅꾸벅 졸고 있었다. 그 누군가는 바로 천장 구멍으로 이어지는 나무 사다리를 타고 한 발 한 발 내려오고 있는 조지프였다. 그 구멍 위가 그의 다락방인 모양이었다.

그는 내가 벽난로 철책 사이에 겨우 고정해놓은 작은 촛불이 타오르는 것을 불길한 시선으로 쳐다보더니, 긴 의자에 올라와 있던 고양이를 몰아내곤 그 자리를 차지하고 앉아 8센티미터쯤 되는 파이프에 담배 가루를 쑤셔 넣기 시작했다. 내가

● 고양이를 가리키는 옛말로, 특히 늙은 암고양이를 뜻한다.

자신의 성소에 들어온 것을 입에 담기도 부끄러울 만큼 뻔뻔한 행동으로 여기는 게 틀림없었다. 그는 잠자코 파이프를 입에 물고는 팔짱을 낀 채 담배를 뻐끔뻐끔 피워댔다.

나는 그가 호사를 누리도록 가만히 내버려두었다. 그는 마지막 한 모금을 빨아들인 다음 깊은 한숨을 내쉬더니 자리에서 일어나 들어올 때와 마찬가지로 근엄하게 나가버렸다.

두 번째로 들어온 사람의 발걸음은 더욱 경쾌했다. 이번에는 '좋은 아침입니다' 하고 인사라도 하려고 입을 열었다가 도로 닫아버렸다. 헤어턴 언쇼가 쌓인 눈을 치울 삽이나 가래를 찾아 구석을 뒤적거리며 손에 뭔가가 닿을 때마다 낮은 소리로 기도라도 하듯 욕을 읊조리고 있었기 때문이다. 그는 콧구멍을 벌렁거리며 긴 의자 등받이 너머를 힐끗 쳐다보았지만, 나의 친구인 고양이와 인사를 나눌 생각이 전혀 없는 것만큼이나 나와도 그럴 생각이 전혀 없어 보였다.

나는 그가 일하러 나가려고 준비하는 모습을 보고 이제 떠날 수 있겠다고 생각하고는 딱딱한 침상을 떠나 그를 따라갈 몸짓을 취했다. 그가 나를 보더니 삽 끝으로 안쪽 문을 가리키며 만일 다른 곳으로 가려거든 거기로 가라고 불분명한 목소리로 일러주었다.

안쪽 문은 거실로 이어졌다. 여자들은 이미 깨어 있었다. 질라는 거대한 풀무로 벽난로에 불을 피우고 있었고, 히스클리프 부인은 난롯가에 꿇어앉아 불빛의 도움으로 책을 읽고 있었다.

그녀는 벽난로 열기가 닿지 않게 한쪽 손으로 눈을 살짝 가린 채였고, 독서에 열중한 듯 보였다. 책에서 눈을 뗄 때는 자꾸 불꽃이 날아온다며 하인을 꾸짖거나 이따금 자기 얼굴에 주제넘게 코를 비벼대는 개를 쫓아낼 때뿐이었다.

나는 히스클리프도 거기 있는 것을 보고 놀랐다. 그는 나를 등진 채 벽난로 앞에 서 있었는데, 불쌍한 질라에게 험악한 말을 막 퍼부어댄 참이었다. 질라는 때때로 하던 일을 멈추고 앞치마 끝자락을 들어 올려 눈물을 닦고는 분노의 신음을 내뱉었다.

"그리고 너, 이 쓸모없는 —." 내가 들어갔을 때, 그는 오리나 양처럼 무해하지만 글에서 보통 '줄표'로 표시되는 욕•을 며느리에게 퍼붓고 있었다. "아니, 거기서 또 빈둥거리고 있었군! 다른 사람들은 다 밥값을 하는데, 너는 내 자비심을 뜯어먹고 사는구나! 그 쓰레기 같은 책은 저리 치워버리고 할 일이나 좀 찾아봐. 항상 눈앞에서 얼쩡대며 나를 성가시게 하는 대가를 언젠가는 치르게 해주고야 말 테다. 이 망할 공주님아, 알아들어?"

"이 쓰레기 같은 책은 치워드리죠. 어차피 거절해도 소용없을 테니." 젊은 여인이 책을 덮어서 의자 위로 던지며 대답했다. "하지만 당신이 그렇게 혀가 닳도록 욕을 한들 나는 내가 하고 싶은 일 말고는 하지 않을 거야!"

히스클리프가 손을 번쩍 쳐들었고, 상대방은 그 손의 무게

• 'bitch'를 뜻한다. 당시에는 보통 'b—h'로 표기했다.

를 잘 알고 있다는 듯 안전한 거리로 휙 물러났다.

고양이와 개의 싸움을 구경할 마음은 추호도 없었던 나는 벽난로의 온기를 몹시 쬐고 싶다는 양, 그 중단된 말싸움에 대해서는 전혀 아는 바가 없다는 양 씩씩하게 앞으로 걸어 나갔다. 두 사람 다 더는 적의를 드러내지 않을 만큼의 예의 는 있었다. 히스클리프는 주먹을 휘두르고픈 유혹을 억누르 며 양손을 호주머니에 집어넣었다. 히스클리프 부인은 입술 을 비쭉거리며 멀리 떨어진 의자로 걸어가 내가 거기 머무는 동안 조각상을 연기함으로써 자신의 언약을 지켰다.

오래 머문 것은 아니었다. 나는 아침 식사 자리를 거절했 고, 동이 트자마자 그곳에서 탈출해 자유로운 공기를 만끽했 다. 공기는 이제 깨끗하고 고요했으며 만질 수 없는 얼음처럼 차가웠다.

내가 정원 대문에 이르기도 전에 집주인이 나를 불러 세우 더니 황야를 지나는 데까지 동행해주겠다고 했다. 다행스러 운 일이었다. 언덕 너머는 온통 물결치는 하얀 바다나 다름없 었고, 솟아오른 곳과 꺼진 곳이 원래의 지면 높낮이와 일치하 지 않았기 때문이다. 적지 않은 수의 웅덩이가 눈이 쌓여 평 평해져 있었고, 채석장에서 버려진 돌을 쌓아 만든 돌무더기 는 어제 걸어오면서 머릿속에 그렸던 지도에서 완전히 사라 진 후였다.

어제 나는 황야를 지나는 내내 이어지는 길 한쪽에 5~6미 터 간격을 두고 일렬로 세워둔 돌들을 봤었다. 어두울 때나 지금처럼 눈 때문에 길 양쪽의 깊은 늪과 단단한 길이 구분

되지 않을 때 길잡이 역할을 하도록 석회를 칠해 세워놓은 돌들이었다. 하지만 여기저기 지저분한 점처럼 솟아 있는 부분을 제외하면 그것들은 흔적도 없이 사라져 있었다. 그래서 내가 굽이진 길을 제대로 따라가고 있다고 생각했을 때도 내 동행자는 내게 오른쪽이나 왼쪽으로 꺾으라고 자주 주의를 주어야 했다.

서로 대화는 거의 나누지 않았다. 그는 스러시크로스 대정원 입구에서 걸음을 멈추더니 이제 길을 잘못 들 리는 없을 거라고 말했다. 우리는 잠깐 고개를 숙이는 것으로 작별 인사를 대신했고, 나는 나의 감을 믿으며 계속 나아갔다. 관리인 오두막에 아직 사람을 들이지 않았기 때문이다.

입구에서 저택까지의 거리는 3킬로미터인데, 나무 사이에서 길을 잃고 눈 속에 빠져 목까지 파묻히느라 6킬로미터는 족히 걸었던 것 같다. 그 고생이 어떠했는지는 겪어본 사람 말고는 아무도 모를 것이다. 어쨌거나 그렇게 이리저리 헤맨 후 집에 들어서자 시계가 12시를 쳤다. 워더링 하이츠에서 여기로 올 때 보통 다니는 길로 계산하면, 1.5킬로미터에 정확히 한 시간이 걸린 셈이었다.

집과 함께 딸려 온 가정부와 그녀의 종자들이 뛰쳐나와 나를 맞이했다. 그들은 내가 살아 돌아오리라는 희망을 완전히 접고 있었다며 떠들썩하게 외쳐댔다. 다들 내가 간밤에 죽은 줄 알았고, 시신을 어디서부터 찾아야 할지 고심하고 있었다는 것이다.

나는 그들에게 이제 내가 돌아온 걸 봤으니 조용히 하라고 이르고는 심장까지 무감각한 상태로 발을 질질 끌며 위층으로 올라갔다. 보송보송한 옷으로 갈아입고 삼사십 분 동안 이리저리 서성이며 동물의 체온을 회복한 다음, 새끼 고양이처럼 힘없이 서재로 자리를 옮겼다. 어찌나 힘이 없었던지 하인이 나의 원기를 회복시켜주려고 준비해놓은 기분 좋은 난롯불과 김이 모락모락 나는 커피도 즐길 수가 없었다.

제4장

　인간이란 어쩌면 그리도 풍향계(weathercock)●처럼 허망한 존재인지! 모든 사교 활동을 포기하기로 결심하고 마침내 교류하려고 해도 할 수 없는 곳을 발견했다고 저 행운의 별들에게 감사했건만, 나약하고 염치없는 나라는 인간은 땅거미가 내릴 때까지 무기력과 고독에 맞서 싸우다 결국 백기를 들 수밖에 없었다. 그래서 딘 부인이 정찬을 날라 왔을 때, 살림살이에 필요한 것들이 무엇인지 알고 싶다는 핑계로 내가 식사하는 동안 옆에 앉아 있어달라고 부탁했다. 그녀가 타고난 수다쟁이여서 내게 생기를 불어넣거나 이야기로 나를 달래서 잠재워주기를 진심으로 바라면서 말이다.

　"여기서 산 지 오래되셨다고 들었소만." 내가 운을 뗐다. "16년이라고 하지 않았소?"

● '변덕쟁이'라는 뜻도 있다.

"18년이에요. 이 댁 마님이 결혼하셨을 때 시중들러 왔으니까요. 마님께서 돌아가신 후에는 주인 나리가 제게 집안 살림을 맡기셨죠."

"그랬군."

잠시 침묵이 흘렀다. 안타깝게도 그녀는 자기 자신에 관한 일이 아니면 잘 떠들지 않는 모양이었고, 나도 그녀에 관한 이야기에는 전혀 흥미가 동하지 않았다.

그런데 그녀가 주먹을 양 무릎에 올려놓은 채 불그레한 얼굴에 깊은 사색의 구름을 드리우며 잠시 생각에 빠져 있는가 싶더니 이렇게 외치는 게 아닌가.

"아아, 그동안 정말 많은 게 변했죠!"

"그렇군." 내가 말했다. "정말 많은 변화를 지켜보셨을 것 같소만?"

"물론이죠. 골칫거리도 많았고요." 그녀가 말했다.

'옳거니, 이제 이야기를 집주인 가족으로 돌려야겠어!' 나는 속으로 생각했다. '그게 첫 번째 화젯거리로도 좋고, 그 예쁜 과부 아이의 사연이 궁금하기도 하니까. 그녀가 이 고장 출신인지, 아니면 아마 그럴 가능성이 크겠지만, 무뚝뚝한 토박이들이 친족으로 인정하지 않는 외지인인지 말이지.'

나는 딘 부인에게 왜 히스클리프가 스러시크로스 그레인지를 세놓고 위치로 보나 건물로 보나 그보다 훨씬 못한 곳에 살기를 택한 것인지 물었다.

"그분은 이곳을 제대로 관리할 수 있을 만큼 부유하지는 않은가보지?" 내가 물었다.

"부유하지 않긴요!" 그녀가 대꾸했다. "전부 얼마인지 아무도 모를 만큼 재산이 많고, 게다가 해마다 불어나고 있다고요. 네, 그럼요. 이 집보다 훨씬 더 좋은 집에 살 수 있을 만큼 충분히 부유하시죠. 그런데 그분은 아주 인색하세요. 설령 스러시크로스 그레인지로 이사 올 생각이었더라도 좋은 세입자가 있다는 말을 들은 이상 몇백 파운드를 더 벌 기회를 놓칠 수 없었을 거예요. 세상에 저 혼자뿐이면서도 그렇게 욕심을 부리다니, 참 이상하기도 하지!"

"아들이 있었던 것 같소만?"

"네, 하나 있었는데 죽었죠."

"그리고 그 젊은 부인, 히스클리프 부인이 그의 아내였고?"

"네."

"그녀는 원래 어디 출신이오?"

"이런, 모르셨군요. 아씨는 돌아가신 주인 나리의 따님이세요. 처녀 때 이름은 캐서린 린턴이었죠. 가엾은 분! 아씨는 제가 키웠어요. 히스클리프 씨가 여기로 이사 오길 제가 얼마나 바랐는지 모른답니다. 그러면 다시 함께 살 수 있었을 텐데."

"아니, 캐서린 린턴이라고!" 나는 깜짝 놀라 외쳤다. 하지만 잠시 생각해보니 그녀가 내 앞에 유령으로 나타났던 그 캐서린은 아니라는 확신이 들었다. 나는 말을 이었다. "그렇다면 이 집 전 주인의 이름이 린턴이었겠군?"

"그랬지요."

"그러면 그 언쇼, 히스클리프 씨와 함께 사는 헤어턴 언쇼는 누구요? 둘은 친척이오?"

"아뇨, 그분은 돌아가신 린턴 부인의 조카예요."

"그럼 그 젊은 부인과 사촌 간이란 말이오?"

"네, 그리고 아씨의 남편도 아씨와 사촌 간이었죠. 한 분은 외가 쪽, 한 분은 친가 쪽이랍니다. 히스클리프가 린턴 씨의 여동생과 결혼했거든요."

"워더링 하이츠의 본채 현관문 위에 '언쇼'라는 이름이 새겨져 있던데, 오래된 집안이오?"

"굉장히 오래됐죠. 헤어턴이 그 가문의 마지막 후손이에요. 우리 캐시 아가씨가 우리 가문, 그러니까 제 말은, 린턴 가문의 마지막 후손인 것처럼요. 워더링 하이츠에 다녀오셨던가요? 여쭙기 송구하지만, 아가씨가 어떻게 지내시는지 궁금하네요!"

"히스클리프 부인 말이오? 아주 건강하고 아주 매력적으로 보이던데. 그래도 썩 행복해 보이진 않았소만."

"에구구, 하긴 놀랄 일도 아니지! 그 집 주인은 보시기에 어떻던가요?"

"좀 거친 친구더군. 딘 부인, 그 사람 성격이 원래 그렇소?"

"톱날처럼 거칠고 현무암처럼 완고하지요! 그 사람이랑은 되도록 상종 안 하시는 게 좋을 겁니다."

"그렇게 막돼먹은 사람이 되기까지 인생에 이런저런 우여곡절이 있었을 텐데, 그 사람의 내력에 대해 좀 아는 게 있소?"

"뻐꾸기나 다름없는 인간이죠. 어디서 태어났는지, 부모가 누구인지, 처음에 무슨 수로 돈을 벌었는지만 빼면 그 사람에 대한 건 죄다 알고 있습니다. 헤어턴은 아직 깃털도 다 안 난

바위종다리 새끼처럼 둥지에서 내쫓긴 거예요! 자기가 어떤 식으로 속았는지 모르는 사람은 우리 교구에서 그 불행한 도 련님 혼자뿐이라고요!"

"그럼 딘 부인, 부디 너그러운 마음으로 내게 그 이웃들 이 야기를 좀 들려주시오. 잠자리에 들어도 잠이 올 것 같진 않아 서 말이오. 앉아서 한 시간만 이야기를 들려주시구려."

"네, 물론이죠! 잠깐 바느질거리만 가져올게요. 그러고 나 서 원하시는 만큼 앉아 있겠습니다. 그런데 감기에 걸리셨잖 아요. 아까 보니 몸을 떠시던데 죽이라도 좀 들고 추위를 몰 아내야 할 것 같네요."

그 훌륭한 가정부는 바삐 방을 나섰다. 나는 몸을 웅크려 불 가까이 다가갔다. 머리는 뜨겁고 몸은 차가웠다. 게다가 신경 과 머리가 온통 흥분되어 거의 바보가 된 듯한 기분이었다. 그 래서 불편한 건 아니었지만, 어제와 오늘 겪은 사건이 심각한 결과를 불러오지는 않을지 겁이 났고, 그건 지금도 그렇다.

딘 부인은 곧 김이 모락모락 나는 대접과 일감이 담긴 바 구니를 들고 돌아왔다. 그러고는 대접을 벽난로 시렁에 놓고, 내가 이렇게 붙임성 있는 사람이라는 걸 알게 되어 기쁘다는 내색을 하며 의자를 끌어당겨 앉았다. 그녀는 내가 청하기도 전에 대뜸 이야기를 시작했다.

저는 이곳에 와서 살기 전에 거의 늘 워더링 하이츠에서 지 냈습니다. 제 어머니가 힌들리 언쇼 씨, 그러니까 헤어턴의 아버지의 유모였거든요. 그래서 저는 그 집 아이들과 함께 놀

곤 했죠. 심부름도 하고, 건초 만드는 일도 돕고, 하여튼 누군
가가 무슨 일을 시켜도 바로 할 수 있도록 농장 주변을 어슬
렁거렸어요.

어느 화창한 여름날 아침이었습니다. 추수를 시작할 무렵
으로 기억하는데, 옛날 주인 나리인 언쇼 씨께서 여행 갈 채
비를 마치고 아래층으로 내려오셨어요. 나리는 조지프에게
그날 하루 동안 해야 할 일을 일러주시고는 힌들리와 캐시,
그들과 함께 귀리죽을 먹고 있던 제 쪽으로 와 아드님에게
말씀하셨어요.

"자, 사랑스러운 우리 아들, 아버지는 오늘 리버풀에 갈 거란
다. 뭘 사다줄까? 원하는 걸 말해보렴. 하지만 너무 큰 건 곤란
해. 걸어서 다녀올 거거든. 가는 길과 오는 길이 각각 90킬로
미터씩이니 멀고도 먼 여정이로구나!"

힌들리는 바이올린을 사달라고 했어요. 나리께서는 캐시
아가씨에게도 물으셨죠. 아가씨는 아직 여섯 살도 안 됐었지
만 마구간의 어느 말이든 탈 수 있었고, 그래서 채찍을 사달
라고 했어요.

나리는 저도 잊지 않으셨어요. 가끔 너무 엄하시긴 했지만
그래도 마음이 따뜻한 분이셨으니까요. 제게는 사과와 배를
주머니 가득 가져다주겠노라고 약속하셨고, 그러고는 아이들
에게 입을 맞추고 길을 떠나셨습니다.

우리 모두에게는 그분이 안 계시던 사흘이 아주 길게 느껴
졌습니다. 어린 캐시는 아버지가 언제 돌아오시냐고 여러 번
묻곤 했죠. 언쇼 마님은 나리께서 사흘째 저녁 식사 때까지는

돌아오시리라 예상하고는 식사 시간을 한 시간 미루셨어요. 하지만 나리께서 돌아올 기미는 전혀 보이지 않았고, 마침내 아이들도 대문까지 달려가서 기다리는 일에 지치고 말았죠. 그러고는 날이 어두워졌습니다. 마님께서는 아이들을 재우려 해봤지만 다들 계속 깨어 있게 해달라고 슬프게 애원했어요. 그리하여 11시쯤 되었을 때, 문의 걸쇠가 조용히 올라가더니 주인 나리께서 들어오셨습니다. 나리께서는 의자에 털썩 주저앉아 하하 웃기도 하고 끙 앓는 소리를 내기도 하시더니 지금 거의 죽을 지경이니 다들 물러서라고, 삼국●을 준다 해도 이런 도보 여행은 다시는 하지 않겠노라고 말씀하셨어요.

"그리고 막판에는 무서워서 죽을 뻔했지!" 나리께서 이렇게 말씀하시며 둘둘 말아서 양팔로 안고 온 커다란 외투를 펼쳤습니다. "여보, 여길 봐요. 살면서 무언가로 인해 이렇게 기진맥진했던 적은 처음이라오. 그래도 하느님께서 주신 선물로 생각하고 받아주시오. 물론 악마의 선물이라고 해도 이상하지 않을 만큼 거무스름하긴 하지만."

우리는 그 주위로 모여들었습니다. 캐시 아가씨의 머리 너머로 흘깃 쳐다보니 더럽고 누더기를 걸친, 검은 머리의 아이가 하나 있더군요. 걸을 수 있고 말도 할 수 있을 만큼 커 보였는데, 아닌 게 아니라 얼굴은 캐서린보다 더 나이 들어 보였습니다. 그런데도 두 발로 세워놓으니 주위를 빤히 쳐다보

● 잉글랜드, 아일랜드, 스코틀랜드를 가리킨다.

기만 하고 아무도 이해 못 할 횡설수설만 되풀이할 뿐이었어요. 저는 겁이 났고, 언쇼 마님도 당장 그 아이를 문밖으로 던져버릴 기세였죠. 마님은 아주 발끈하시며, 집에도 먹여 살려야 할 아이들이 있는데 무슨 생각으로 저런 집시 새끼를 데려온 거냐, 대체 저 아이를 어쩔 셈이냐, 미친 게 아니냐 하고 따지셨어요.

주인 나리는 자초지종을 설명하려고 애쓰셨지만 너무 피로한 나머지 거의 반죽음 상태였습니다. 그래서 마님이 잔소리를 퍼붓는 가운데 제가 이해한 말이라고는, 나리께서 리버풀 길거리에서 굶주리고 집도 없고 말을 못 하는 거나 다름없는 아이를 보시곤 주인을 수소문하셨다는 게 고작이었어요. 나리는 말씀하시길, 그 아이가 어느 집 아이인지 아는 사람이 아무도 없었다고 했죠. 그런데 돈도 시간도 여유가 없었기 때문에 거기서 헛수고하느니 차라리 당장 집으로 데려가는 게 좋겠다는 생각이 드셨대요. 도저히 거기 그냥 두고 올 수는 없었기 때문이죠.

자, 결론을 말씀드리면, 마님은 투덜대다가 곧 마음을 진정하셨어요. 언쇼 나리는 제게 아이를 씻겨서 깨끗한 옷을 입힌 다음 다른 아이들과 함께 재우라고 말씀하셨고요.

힌들리와 캐시는 집안 분위기가 다시 평화로워질 때까지 그냥 옆에서 보고 듣는 것으로 만족하고 있더니 갑자기 아버지가 약속한 선물을 찾아 아버지의 주머니를 뒤지기 시작했습니다. 힌들리는 열네 살 먹은 소년이었지만, 아버지의 커다란 외투 안에서 으스러진 바이올린 조각을 꺼내 들고는 큰 소리로 엉엉 울더군요. 캐시는 나리께서 그 낯선 아이를 돌보다가 채찍을 잃어버렸다는 말을 듣고는 그 멍청한 아이를 향해 이빨을 보이고 침을 퉤 뱉으며 성질을 부렸어요. 덕분에 아버지한테 예절 교육을 받느라 제대로 한 대 얻어맞았지요.

아이들은 그 애를 자기들 침대에는커녕 방에도 들이지 않으려 했어요. 저도 그 아이들보다 더 사려 깊진 못해서 그 애를 층계참에 내버려두고는 다음 날이면 사라졌기를 바랐죠. 그런데 우연인지 아니면 목소리를 듣고 찾아간 것인지 모르겠으나, 그 애가 언쇼 나리의 방문 쪽으로 기어갔고, 나리는 방에서 나오다가 그 애를 발견하셨어요. 그 애가 왜 거기 있는지 따져 물으시기에 저는 솔직히 말씀드릴 수밖에 없었습니다. 그리고 그런 비겁하고 비인간적인 짓을 저지른 대가로 그 집에서 쫓겨나고 말았죠.

이렇게 해서 히스클리프는 언쇼 집안에 첫발을 들이게 되었습니다. 그 집에서 영원히 쫓겨난 것은 아니라는 생각에 며칠 후 돌아가보니 그 애에게 '히스클리프'라는 이름이 붙어 있더군요. 어렸을 때 죽은 그 집 아드님 이름이었는데, 그 후로 쭉 그의 이름이자 성이 되어버린 거예요.

캐시 아가씨와 히스클리프는 벌써 꽤 친해져 있었습니다. 하지만 힌들리는 그 애를 미워했고, 솔직히 말해서 저도 그랬습니다. 그래서 우리는 그 애를 괴롭히고 계속 망신을 줬어요. 저는 그 일이 부당하다고 느낄 만큼 분별 있을 때가 아니었고, 마님은 저희가 나쁜 짓을 하는 걸 보고도 그 애를 위해 한마디도 말참견하지 않으셨거든요.

히스클리프는 침울하고 참을성 있는 아이 같아 보였는데, 아마 학대에도 냉담해진 듯했습니다. 힌들리가 때려도 눈 하나 깜짝하거나 눈물 한 방울 보이지 않고 참아냈고, 제가 꼬집어도 마치 자기가 실수해서 다친 것이니 남 탓을 할 수는 없다는 듯 한숨을 한 번 내쉬고는 눈을 껌벅거릴 뿐이었으니까요.

히스클리프가 이렇게 참고 지냈기 때문에 언쇼 나리는 자기 아들이 당신께서 '아비 없는 불쌍한 아이'라고 부르던 그 아이를 못살게 구는 걸 알자 몹시 화를 내셨어요. 나리는 히스클리프를 이상할 만큼 좋아하셔서 그 애가 하는 말이라면 전부 믿었고(아닌 게 아니라 그 애는 말이 거의 없었지만 일단 말을 하면 보통 사실만 말했거든요), 말썽이 너무 심하고 제멋대로여서 귀여워하기 힘든 캐시보다는 그 애를 훨씬 더 총애하셨죠.

이렇게 히스클리프는 맨 처음부터 집안에 악감정을 불러일으켰어요. 언쇼 마님이 그 후 2년도 지나지 않아 세상을 떠나자 그 어린 도련님은 아버지를 자기편이라기보다는 압제자로 여기게 되었고, 히스클리프를 아버지의 애정과 자신의 특권을 빼앗은 강탈자로 여겼습니다. 그리고 이런 상처들을 곱씹으며 점점 더 억울함을 키워갔지요.

한동안은 저도 같은 마음이었어요. 하지만 홍역에 걸린 아이들을 돌보는 동시에 집안일까지 떠맡게 되자 생각이 바뀌었죠. 히스클리프는 생명이 위태로울 만큼 아팠고, 상태가 가장 심했을 때는 제가 자기 머리맡을 계속 지켜주길 바랐습니다. 제가 자기한테 아주 잘해준다고 느꼈던 모양이에요. 제가 마지못해 그랬다는 사실은 몰랐던 거죠. 하지만 이 말만은 꼭 해야겠는데, 제 평생 병간호하면서 그렇게 조용한 아이는 처음이었어요. 다른 아이들과는 달라도 너무 달라서 그 후로는 덜 편파적일 수밖에 없었죠. 캐시와 그녀의 오빠는 제 속을 끔찍이도 썩였는데, **그 애는** 어린 양처럼 불평 한마디 하지 않았어요. 물론 다정해서가 아니라 무정해서 그랬던 것이겠지만요.

히스클리프는 병을 이겨냈고, 의사 선생님께서는 그게 순전히 제 간호 덕분이라며 저를 칭찬하셨죠. 그렇게 인정받았다는 게 큰 자랑으로 여겨졌고, 히스클리프 때문에 인정받을 수 있었으니 그 아이에 대한 마음도 자연히 누그러졌습니다. 이렇게 해서 힌들리는 자신의 마지막 동지를 잃고 말았죠. 그래도 히스클리프를 애지중지하는 마음은 들지 않았어요. 그리고 제가 기억하기로 히스클리프는 주인 나리께서 너그럽게 봐주셔도 한 번도 고마움을 표한 적이 없었는데, 저는 나리가 대체 그런 무뚝뚝한 아이의 어떤 점을 그리도 높이 평가하신 건지 궁금할 때도 많았어요. 히스클리프가 자신의 은인에게 버릇없이 굴었다는 말은 아닙니다. 그저 냉담했을 뿐이죠. 물론 자신이 나리의 마음을 사로잡았다는 사실은 너무나도 잘 알고 있었고, 말만 하면 집안사람 모두를 자기 뜻대로 움직일 수 있다는 사실 또한 자각하고 있긴 했지만요.

예를 들면, 한번은 언쇼 나리께서 교구 장날에 망아지 두 마리를 사 와서 히스클리프와 힌들러에게 한 마리씩 주신 적이 있었어요. 히스클리프가 더 멋진 망아지를 차지했는데, 얼마 안 가서 그 망아지는 절름발이가 되고 말았죠. 히스클리프가 그 사실을 알고는 힌들리에게 이렇게 말했어요.

"말을 바꿔줘. 내 것은 마음에 안 들거든. 만일 안 바꿔주면 네 아버지한테 가서 네가 이번 주에 나를 세 번 때렸다고 이를 테야. 그리고 어깨까지 퍼렇게 멍이 든 팔도 보여줄 테야."

힌들리는 혀를 내밀고는 히스클리프의 뺨을 후려쳤죠.

"당장 바꿔주는 게 좋을 거야." 히스클리프는 문 쪽으로 달아나면서도 계속 요구했어요(두 사람은 마구간에 있었죠). "바꿔줄 수밖에 없을걸. 그리고 네가 지금 또 때렸다고 말씀드리면 넌 이자까지 쳐서 톡톡히 얻어맞게 될 거야."

"꺼져, 이 개새끼야!" 힌들리는 이렇게 외치며 감자와 건초의 무게를 잴 때 쓰는 저울추로 히스클리프를 위협했어요.

"던질 테면 던져보시지." 히스클리프가 가만히 선 채로 대답했어요. "그러면 아버지가 돌아가시자마자 나를 집에서 쫓아낼 거라고 큰소리쳤다는 걸 일러줄 테야. 그 말을 듣고도 네 아버지가 너를 당장 쫓아내지 않을지 한번 두고 보자고."

힌들리가 저울추를 던졌고, 히스클리프는 가슴을 맞고 쓰러져 숨도 제대로 못 쉬고 얼굴이 창백해졌으면서도 즉시 비틀거리며 일어났습니다. 제가 막지 않았더라면 당장 주인 나리한테 달려가서 자신의 상태를 보여주며 누가 그렇게 만들었는지 슬쩍 알려주는 것만으로도 톡톡히 앙갚음했을 거예요.

"그럼 내 망아지를 가지시든가, 이 집시 놈아!" 힌들리가 말했어요. "타다가 목이나 부러져라. 내 망아지를 가지고 지옥에나 떨어져, 이 거지 새끼야! 그리고 우리 아버지를 구슬려서 아버지가 가진 걸 다 빼앗고, 그런 다음에야 네가 악마 새 끼라는 걸 보여드리라고. 자, 가져가. 그놈한테 걷어차여서 대가리나 빠개져버려려!"

히스클리프는 이미 망아지를 풀어서 자기 칸으로 옮기고 있었어요. 히스클리프가 망아지 뒤로 지나가는 순간, 힌들리는 그 애를 때려서 망아지의 말발굽 근처로 쓰러뜨리는 것으로 자기 말에 마침표를 찍고는, 자기 소망이 이루어졌는지 확인할 새도 없이 쏜살같이 도망쳐버렸습니다.

저는 그 애가 차분히 마음을 다잡고 일어나 안장을 가는 등하던 일을 계속하는 걸 보고 깜짝 놀랐어요. 그런 다음에야 아까 심하게 맞아서 생긴 현기증을 가라앉히기 위해 건초 더미에 걸터앉았다가 집으로 돌아갔죠.

저는 그 멍이 망아지 때문에 생긴 거라고 하는 게 좋겠다고 설득했고, 히스클리프는 제 말에 순순히 응했어요. 원하던 것을 얻었으니 다른 사정이야 아무래도 좋았던 것이지요. 이런 말썽에도 좀처럼 불평하는 일이 없는 아이였으니, 저는 그 애가 앙심 같은 건 전혀 품지 않았으리라고 생각했어요. 곧 알게 되시겠지만, 제가 감쪽같이 속은 거였죠.

제5장

　시간이 흐르면서 언쇼 나리의 건강이 나빠지기 시작했습니다. 활동적이고 건강한 분이었는데 갑자기 기운을 잃으셨어요. 난롯가에만 앉아 있게 된 이후로는 툭하면 짜증을 내셨고요. 아무것도 아닌 일에 화를 내고, 자신의 권위가 조금이라도 무시되었다고 생각하면 거의 발광하듯 길길이 날뛰셨답니다.

　자신이 귀여워하던 그 아이를 누가 이용하려 들거나 좌지우지하려고 할 때면 특히 더 그러셨어요. 누가 히스클리프에게 나쁜 말이라도 한마디 할까봐 극도로 마음을 졸이셨죠. 자기가 히스클리프를 좋아하니까 다들 그 아이를 미워하면서 심술궂게 대하려 한다는 생각이 머리에 박히신 것 같았어요.

　그건 그 아이에게도 좋지 않은 일이었어요. 저희 중 마음씨가 고운 쪽은 주인 나리의 심기를 건드리지 않으려고 나리의 편애에 맞장구를 쳐줬고, 그게 그 아이의 오만과 나쁜 성미를 크게 키운 꼴이 됐거든요. 그래도 어느 정도는 나리의 기분을 맞춰드릴 수밖에 없었습니다. 두 번인지 세 번인지, 힌들리가 아버지 있는 데서 히스클리프를 경멸해서 나리를 격분하게 만들었거든요. 나리께서는 지팡이를 들고 힌들리를 내리치려 다 실패하자 분노로 몸을 부들부들 떠셨어요.

급기야 우리 교구의 부목사님은 힌들리를 대학에 보내야 한다는 조언까지 했습니다(그때 이곳에는 린턴 가문과 언쇼 가문 의 아이들을 가르치고 자신의 작은 땅뙈기도 직접 일궈서 겨우겨우 살아가는 부목사님이 계셨지요). 언쇼 나리께서는 그 말에 동의 하면서도 마음은 무거우셨던 모양이에요. 이렇게 말씀하셨거 든요.

"힌들리는 아무짝에도 쓸모없는 녀석이니 어디를 가도 성 공하지 못할 거야."

저는 이제 이 집안에도 평화가 찾아오길 진심으로 바랐어 요. 주인 나리께서 선행을 베푸는 바람에 도리어 곤란에 빠지 셨다고 생각하니 마음이 아프더군요. 저는 나리의 노쇠와 병 고가 가족의 불화 때문이라고 믿고 싶었고, 나리께서는 실제 로 그렇게 믿으셨어요. 물론 진짜 원인은 그냥 노화였지만요.

그래도 그 두 사람, 캐시 아가씨와 하인 조지프만 없었다면 다들 그럭저럭 견딜 만했을 거예요. 조지프는 아마 저 위쪽 집에 갔을 때 보셨을 테죠. 그 영감은 자신을 칭송하고 주변 사람들한테는 저주를 퍼붓기 위해 성경을 샅샅이 뒤지는 아 주 피곤하고 독선적인 바리새인 같은 인간이었고, 아마 지금 도 그럴 겁니다. 설교를 늘어놓거나 경건한 이야기를 지껄여 대는 재주로 언쇼 나리의 마음을 사로잡았고, 나리께서 점점 쇠약해질수록 그의 영향력도 더욱 커져만 갔죠.

조지프는 나리의 영혼에 대한 염려와 아이들을 엄격히 다스려야 한다는 말을 늘어놓으며 나리를 끊임없이 괴롭혔습니다. 나리가 힌들리를 무뢰한으로 여기도록 부추겼고, 밤이면 밤마다 히스클리프와 캐서린에 관한 길고 긴 험담을 늘어놓았지요. 모든 게 캐서린 탓이라고 비난하며 언쇼 나리의 편애에는 아무 문제도 없다고 알랑거리길 늘 잊지 않았고요.

분명 캐서린은 다른 아이에게서는 한 번도 본 적 없는 별난 구석이 있었어요. 하루에 오십 번, 아니 그보다 더 많이 우리 모두의 인내심을 바닥나게 만들곤 했죠. 캐서린이 아래층으로 내려와 잠자리에 들기 전까지 어떤 사고를 칠지 몰라 우리는 단 일 분도 안심할 수 없었어요. 기분은 늘 최고조에 달해 있었고, 늘 입을 벌려 노래하고 깔깔대다가 자기를 따라 하지 않으면 그게 누구든 괴롭혔죠. 거칠고 성마른 성격에 가냘픈 아가씨였지만, 우리 교구에서 캐서린만큼 눈이 예쁘고 미소가 사랑스럽고 발이 빠른 사람도 없었습니다. 그리고 이제 와서 생각해보면 악의는 없었던 것 같아요. 일단 누군가를 제대로 울리면 대개는 그 옆을 떠나지 않아서, 나중에는 이쪽에서 어쩔 수 없이 울음을 그치고 캐서린을 위로해줘야 했을 정도니까요.

캐서린은 히스클리프를 지나치게 좋아했습니다. 우리가 캐서린에게 줄 수 있는 가장 큰 벌은 히스클리프와 떼어놓는 것이었지요. 그런데도 우리 중에서 히스클리프 때문에 가장 큰 꾸중을 듣는 건 바로 캐서린이었어요.

놀이할 때 캐서린은 어린 안주인 역할을 하길 무척 좋아해서 함부로 손을 놀리며 친구들에게 명령하곤 했어요. 저한테도 그랬는데, 저는 손찌검을 당하거나 명령받는 일은 견딜 수 없었어요. 그래서 그러면 안 된다고 똑똑히 일러주었죠.

그런데 언쇼 나리께서는 아이들의 장난을 이해하지 못하셨어요. 하긴 그 전에도 늘 아이들을 엄하고 진지하게 대하긴 하셨지만요. 그리고 캐서린은 또 캐서린대로 왜 아버지가 병이 든 후로 한창때보다 더 화를 잘 내고 참을성이 없어진 것인지 이해하지 못했어요.

나리께서 짜증을 내며 나무라시면 캐서린은 오히려 버릇없이 즐거워하며 나리를 약 올렸습니다. 우리 모두에게 한꺼번에 야단맞을 때만큼 행복해할 때가 없었고, 건방지고 심술궂은 표정으로 척척 말대꾸해대며 우리에게 반항했지요. 조지프의 종교적인 저주를 웃음거리로 만들고, 저를 골탕 먹이고, 아버지가 가장 질색하는 일만 골라 하면서 말이에요. 아버지는 진짜인 줄 알지만 실은 거짓으로 꾸민 자신의 오만함이 아버지의 다정함보다 히스클리프에게 더 큰 위력을 발휘한다는 것을, 그 아이는 **자기가** 시킨 일이라면 무엇이든 하지만 **아버지가** 시킨 일은 내킬 때만 한다는 것을 보여주며 나리를 괴롭혔어요.

캐서린은 온종일 있는 힘껏 못되게 굴다가 밤이면 때때로 귀여움을 떨며 화해를 청하러 오곤 했어요.

"아니다, 캐시." 나리께서는 말씀하셨어요. "나는 너를 도저히 사랑해줄 수 없구나. 너는 네 오빠보다 더 나빠. 가거라,

가서 기도드리고 하느님께 용서를 빌거라. 네 어머니와 내가 너 같은 것을 낳아 기른 게 후회스럽구나!"

그 말에 캐서린도 처음에는 울음을 터뜨렸습니다. 그러다 연거푸 퇴짜를 당하자 감정이 무뎌졌고, 잘못을 저질렀으니 용서를 빌라고 제가 말하면 도리어 웃음을 터뜨렸어요.

그러다 마침내 언쇼 나리께서 세상의 근심과 작별할 시간이 찾아왔습니다. 나리께서는 10월의 어느 저녁, 난롯가 의자에 앉아 조용히 숨을 거두셨지요.

거센 바람이 집 주위에서 사납게 몰아쳤고 굴뚝에서도 바람이 웅웅거렸습니다. 폭풍이 휘몰아치는 듯한 소리가 들려왔지만 춥지는 않았고, 우리는 모두 한데 모여 있었죠. 저는 벽난로에서 조금 떨어진 곳에서 바삐 뜨개질하고 있었고, 조지프는 테이블 근처에서 성경을 읽고 있었어요(그 시절에는 하인들이 일을 끝낸 후에 보통 거실에 머물렀으니까요). 캐시 아가씨는 몸이 좋지 않아 얌전한 상태였습니다. 아가씨는 아버지의 무릎에 기대어 있었고, 히스클리프는 아가씨의 무릎을 베고 바닥에 누워 있었지요.

주인 나리께서 깜빡 잠이 들기 전에 아가씨의 고운 머리카락을 쓰다듬으며(아가씨가 온순하게 있는 걸 보면 유난히 좋아하셨어요) 이렇게 말씀하셨던 게 떠오르네요.

"캐시, 늘 이렇게 착한 아이일 수는 없는 거니?"

그러자 아가씨가 나리의 얼굴을 올려다보더니 소리 내어 웃으며 대답했어요.

"아버지, 늘 이렇게 좋은 분일 수는 없는 건가요?"

하지만 아가씨는 나리가 다시 짜증을 내는 걸 보자마자 나리의 손에 입을 맞추고는 자장가를 불러드리겠다고 말했어요. 아가씨는 아주 나직한 목소리로 노래를 부르기 시작했고, 이윽고 아가씨를 잡고 있던 나리의 손이 풀리고 고개도 수그러졌습니다. 그래서 저는 아가씨에게 나리가 깨시면 안 되니 움직이지 말고 조용히 계시라고 말했죠. 우리는 꼬박 반 시간 동안 쥐 죽은 듯 침묵을 지켰어요. 조지프가 성경을 다 읽고 자리에서 일어나서는 주인 나리를 깨워서 기도하고 잠자리로 모셔야겠다고 말하지 않았더라면 더 오랫동안 그러고 있었을 겁니다. 조지프가 다가가서 나리를 부르며 나리의 어깨에 손을 얹었지만, 나리는 움직이지 않았어요. 그래서 조지프는 촛불을 들고 나리를 쳐다보았죠.

조지프가 촛불을 내려놓는 순간, 저는 뭔가 잘못되었다는 생각이 들었습니다. 그래서 아이들의 팔을 하나씩 붙잡고는 속삭였어요. "얼른 조용히 위층으로 올라가세요. 아버지께서는 할 일이 있으시니 오늘은 둘이서만 기도해야 할 거예요."

"먼저 아버지한테 안녕히 주무시라고 인사할 테야." 캐서린은 이렇게 말하더니 우리가 말릴 새도 없이 나리의 목을 끌어안고 말았습니다.

그 가엾은 것은 아버지가 돌아가셨다는 사실을 곧장 알아차리고는 비명을 질렀어요.

"아아, 돌아가셨어, 히스클리프! 아버지가 돌아가셨어!"

두 아이는 가슴이 미어질 듯이 울기 시작했습니다.

저도 그들과 함께 대성통곡했죠. 하지만 조지프는 천국에 가서 성자가 되신 분 앞에서 대체 무슨 생각으로 그렇게 울부짖고들 있는 거냐고 물었어요.

조지프는 제게 외투를 걸치고 기머턴으로 달려가서 의사 선생님과 목사님을 불러오라고 말했습니다. 저는 그 상황에서 의사나 목사가 무슨 소용이 있을까 싶었죠. 그래도 비바람을 뚫고 달려가서 의사 선생님 한 분을 모시고 돌아왔습니다. 목사님은 다음 날 아침에 오시겠다고 했죠.

사정을 설명하는 일은 조지프에게 맡겨두고, 저는 아이들 방으로 뛰어 올라갔습니다. 조금 열린 문틈으로 자정이 넘었는데도 잠들 생각이 없는 아이들을 볼 수 있었어요. 하지만 아까보다 진정된 상태여서 제가 달래줄 필요는 없었답니다. 그 어린것들은 저도 떠올리지 못했을 멋진 생각으로 서로를 위로하고 있었어요. 세상 어느 목사님도 그 아이들처럼 천진난만한 이야기를 나누며 그렇게 아름다운 천국을 그려내지는 못했을 겁니다. 흐느끼며 그 이야기에 귀를 기울이는 동안, 저는 우리 모두 함께 그곳에 가서 무사히 지낼 수만 있다면 얼마나 좋을까 하고 바라지 않을 수 없었어요.

제6장

힌들리 씨가 장례식에 참석하기 위해 집으로 돌아왔습니다. 그런데 우리를 놀라게 하고 이웃들도 사방에서 쑥덕거리게 한 일이 있었으니, 그가 부인을 데리고 온 것이었어요.

힌들리 씨는 그녀가 누구이고 어디 태생인지 우리에게 절대 말해주지 않았어요. 아마 그녀는 돈도 없고 내세울 만한 집안 출신도 아니었나봐요. 그렇지 않았다면 그가 자기 결혼을 아버지에게 숨겼을 리 없었겠지요.

그녀는 자기 때문에 집안을 어지럽힐 사람은 아니었습니다. 그 집의 문지방을 넘자마자 눈에 들어온 모든 물건에 기쁨을 느끼는 듯 보였고, 장례 준비와 문상객들의 존재를 제외하면 자기 주위에서 일어나는 모든 일에도 그렇게 느끼는 듯 보였으니까요.

그러는 동안 그녀가 보인 행동으로 미루어 저는 그녀가 약간 모자란다고 생각했어요. 그녀는 자기 방으로 뛰어들더니 제가 아이들 옷을 입혀야 하는데도 저를 방으로 부르더군요.

그녀는 거기 앉아서 두 손을 깍지 낀 채 몸을 떨며 되풀이해서 물었어요.

"아직 다들 안 갔나요?"

그러더니 히스테리 증세를 보이며 자기가 검은색을 보면 어떤 기분이 드는지 설명하기 시작했어요. 그러고는 깜짝 놀라고 몸을 부들부들 떨더니 결국 눈물을 터뜨리고 말았죠. 대체 왜 그러냐고 제가 물으니 자기도 모르겠다, 하지만 죽는 게 너무 두렵다고 대답하더군요.

제가 그렇듯 그녀도 당장 죽을 것처럼 보이진 않았어요. 몸은 좀 마른 편이었지만 젊고 안색도 좋았으며, 눈동자는 다이아몬드처럼 반짝거렸거든요. 물론 계단을 오를 적이면 금방 숨차 했고, 갑자기 들리는 작은 소음에도 온몸을 떨었으며, 가끔 곤란할 만큼 심하게 기침해댔지만, 저는 이러한 증상이 무엇의 전조인지 전혀 몰랐고 그녀를 동정할 마음도 전혀 들지 않았어요. 록우드 씨, 이곳에서는 외지인이 우리에게 먼저 마음을 열지 않는 한 우리도 보통 그들에게 마음을 열지 않는답니다.

언쇼 집안의 어린 주인은 집을 비운 지난 3년 동안 상당히 변해 있었어요. 몸은 여위었고 안색도 나빠졌으며 말투와 옷차림도 꽤 달라져 있었죠. 돌아온 바로 그날, 그는 조지프와 저에게 이제부터 뒤쪽 부엌에서 지내라고 말하며 거실은 자기를 위해 비워달라고 하더군요. 실은 작은 객실에 카펫을 깔고 벽지를 발라서 응접실로 사용할 생각이었는데, 아내가 흰 바닥과 타오르는 커다란 벽난로, 백랍 접시와 델프트• 찬장과 개집, 평소에 앉아 있으면서 돌아다닐 수도 있는 그 넓은 공간을 무척 좋아했기 때문에 그녀의 편의를 위해 별도의 응접실을 만들 필요는 없겠다고 여기고는 그 생각을 접었던 것이죠.

그녀는 새로 생긴 가족 중에 시누이가 있다는 사실에도 기뻐했습니다. 그래서 처음에는 캐서린에게 수다도 떨고, 입도 맞추고, 함께 돌아다니기도 하고, 선물도 잔뜩 주었어요. 하지만 그녀의 애정은 금세 식었고, 그녀가 짜증을 내기 시작하자 힌들리는 폭군으로 변해버렸어요. 히스클리프가 싫다는 그녀의 몇 마디 말만으로도 그 아이에 대한 해묵은 증오를 전부 되살리기에 충분했지요. 그는 히스클리프를 자신들 곁에서 하인들이 있는 곳으로 쫓아버렸고 부목사님에게 받던 교육을 그만두게 했으며, 대신 밖에 나가 일해야 한다고 주장했어요. 농장의 여느 청년들 못지않게 고된 일을 하게 했지요.

히스클리프는 처음에는 이런 수모를 꽤 잘 견뎌냈는데, 캐시가 그에게 자신이 배운 것을 가르쳐주었고, 밭에서 그와 함께 일하거나 놀아주었기 때문이었어요. 그들은 둘 다 야만인처럼 거칠게 자라날 게 뻔했습니다. 젊은 나리는 그들이 눈에 띄지만 않으면 행동이 어떻든 무슨 짓을 하든 전혀 신경 쓰지 않았으니까요. 힌들리는 그들이 일요일에 교회에 가는지도 신경 쓰지 않았는데, 조지프와 부목사님이 아이들이 교회

● 네덜란드의 델프트산 그릇에서 온 말로, 나중에는 비슷한 그릇이 영국의 리버풀 등지에서도 생산되었다.

에 나오지 않았다며 그의 무심함을 꾸짖으면, 그제야 생각났다는 듯 히스클리프에게는 매질을 하라는, 캐서린에게는 정찬이나 저녁을 굶기라는 명령을 내렸어요.

그런데 그 둘이 가장 재미있어하던 것 중 하나가 아침에 황야로 도망가서 온종일 머무는 일이었고, 나중에 받는 벌은 그저 웃어넘길 정도의 일이 되고 말았죠. 부목사님이 캐서린에게 아무리 많은 성경 속 장(章)을 외우게 해도, 조지프가 팔이 아플 때까지 히스클리프를 매질해도, 그들은 다시 함께 있게 되는 순간, 적어도 함께 못된 복수를 계획하는 순간만은 모든 걸 잊었어요. 저는 그들이 날로 무모하게 자라나는 모습을 지켜보며 홀로 눈물 흘린 적이 많았는데, 제가 그 의지할 곳 없는 것들에게 지닌 작은 영향력을 잃게 되기라도 할까 두려운 마음에 감히 한마디도 하지 못했습니다.

어느 일요일 저녁, 시끄럽게 떠들었다거나 하는 가벼운 잘못을 저질러서 아이들이 쫓겨난 적이 있었어요. 제가 저녁을 먹으라고 부르러 갔는데 어디서도 찾을 수 없었죠.

우리는 집의 위층과 아래층, 마당과 마구간까지 다 뒤져보았지만 아이들은 보이질 않았습니다. 결국 화가 난 힌들리는 우리에게 모든 문에 빗장을 지르라고 말하고는, 그날 밤에는 그 누구도 아이들을 집에 들여선 안 된다고 단언했지요.

집안사람들은 모두 잠자리에 들었지만, 너무 불안해서 도저히 몸을 눕힐 수 없던 저는 제 방의 격자창을 열었고, 비가 오는데도 머리를 내밀고 귀를 기울였어요. 아이들이 돌아오기만 하면 주인의 금지령을 어기고서라도 그들을 들여보낼 작정이었죠.

잠시 후 길을 따라 발걸음 소리가 들려오는가 싶더니, 대문으로 호롱불 불빛이 희미하게 비쳐 들었어요.

저는 아이들이 문을 두드려 언쇼 씨를 깨우지 않도록 머리에 숄을 두르고 당장 달려갔습니다. 그런데 거기 있는 건 히스클리프뿐이더군요. 저는 그가 혼자 있는 것을 보고 흠칫 놀랐어요.

"캐시 아가씨는 어디 있어?" 제가 다급히 외쳤어요. "사고가 난 건 아니겠지?"

"스러시크로스 그레인지에 있어." 히스클리프가 대답했어요. "나도 거기 있으려 했는데, 그 예의 없는 것들이 나한테는 묵어가라는 말을 하지 않더라고."

"아니, 그러다 혼쭐이 날 거야!" 제가 말했어요. "쫓겨나봐야 정신을 차릴 모양이네. 대체 어쩌다 스러시크로스 그레인지까지 간 거야?"

"우선 젖은 옷부터 좀 벗고. 그러고서 다 말해줄게, 넬리." 히스클리프가 대답했어요.

저는 히스클리프에게 나리가 깨지 않도록 조심하라고 일렀고, 제가 촛불을 끄려고 기다리는 동안 그 아이가 옷을 벗으며 말을 이었어요.

"캐시와 나는 마음껏 돌아다니려고 빨래터를 통해 탈출했는데, 언뜻 그레인지의 불빛이 눈에 들어오더라고. 그 집에서도 일요일 오후에 부모가 눈알이 벌게질 때까지 벽난로 앞에 앉아서 먹고 마시고 노래하고 웃는 동안 아이들은 구석에 서서 떨고 있을지 가서 한번 봐야겠다는 생각이 들었어. 그 집 아이들도 그럴까? 아니면 설교집을 읽거나 하인한테 교리문답을 당하다가 대답을 제대로 못 하면 세로 행으로 배열된 성경 속 이름을 한 페이지나 외워야 할까?"

"아마 안 그럴걸." 제가 대답했어요. "걔들은 분명 착한 아이들일 테니까 너희처럼 나쁜 행실로 그런 대접을 받을 일은 없겠지."

"위선적인 말은 집어치워, 넬리." 히스클리프가 말했어요. "말도 안 돼! 우리는 언덕 꼭대기에서 대정원까지 단숨에 달려갔어. 결과는 캐서린의 참패였는데, 왜냐하면 그 애는 맨발이었거든. 내일 늪지에 가서 그 애 신발을 찾아줘야 할 거야. 우리는 망가진 산울타리 사이로 기어가서 더듬거리며 앞으로 나아갔고, 그러다 응접실 창문 아래의 화단에 식물처럼 자리를 잡았어. 안에서는 빛이 새어 나오고 있었지. 덧창도 닫지 않았고, 커튼도 반만 쳐져 있었거든. 우리는 둘 다 받침돌에 발을 딛고 창턱에 매달려 안을 들여다보았는데, 아아! 아름다웠어. 정말 멋진 공간에 진홍색 카펫이 깔려 있었고, 의자와 테이블 덮개도 모두 진홍색에, 새하얀 천장에는 금색 테두리가 둘려 있었는데, 천장 한복판에 은사슬로 쏟아질 듯 매달린 유리 방울들이 작고 부드러운 양초들과 함께 희미하게 빛나고 있었지. 린턴 부부는 거기 없었어. 에드거 남매가 그곳을 독차지하고 있더군. 그들은 행복해야 마땅하지 않았을까? 우리였다면 천국에 와 있다고 생각했을 텐데! 그런데 말이야, 넬리가 착한 아이들이라고 말한 걔들이 어쩌고 있었는지 알아? 이저벨라는(그 애는 캐시보다 한 살 아래인 열한 살일 거야) 방 한쪽 끝에 드러누워서 마치 마녀들이 벌겋게 달군 바늘로 찌르기라도 하듯 비명을 질러대고 있었어. 에드거는 벽난로 앞에 서서 조용히 흐느끼고 있었고, 테이블 한가운데에는 작은 개 한 마리가 앞발을 흔들며 깽깽 울고 있었는데, 개들이 서로에게 퍼부은 비난으로 미루어보아 그 개를 서로 가지겠다고 잡아당기다가 거의 반으로 찢어놓을 뻔한 모양이었어. 멍청이들! 고작 그러고 놀다니! 누가 그 따뜻한 털 뭉치를 껴안을지를 두고 다투다가 실컷 싸운 후에 그걸 가지기 싫다며 저마다 울음을 터뜨리는 꼴이라니. 우리는 그 응석받이들을 대놓고 비웃어줬어. 그들을 경멸해줬지! 내가 캐서린이 원하는 것을 가지려 하는 모습을 상상이나 할 수 있겠어? 아니면 우리가 재미로 각자 방의 한쪽 끝에서 고함을 지르고 흐느끼며 뒹구는 꼴을 볼 일이 과연 있겠어? 나는 천 개의 목숨을 준다 해도 스러시크로스 그레인지의 에드거 린턴과 내 처지를 맞바꾸지 않을 거야. 설령 조지프를 가장 높은 박공지붕 위에서 밀어버리고 이 집의 정면을 힌들리의 피로 칠갑할 수 있는 특권을 준대도!"

"쉿, 쉿!" 제가 히스클리프의 말을 가로막았어요. "히스클리프, 캐서린이 어쩌다 혼자 남게 되었는지 아직 내게 말해주지 않았잖아?"

"우리가 비웃어줬다고 했잖아." 히스클리프가 대답했어요. "개들은 우리가 낸 소리를 듣고는 동시에 문 쪽으로 쏜살같이 달려갔어. 침묵이 흐르는가 싶더니 고함이 터져 나왔지.

'아아, 엄마, 엄마! 아아, 아빠! 아아, 엄마, 여기로 와보세요. 아아, 아빠, 아아!' 걔들은 정말 그런 식으로 울부짖었어. 우리는 개들을 더 겁주려고 무시무시한 소리를 내다가 창턱에서 내려왔어. 누군가가 빗장을 열고 있기에 도망치는 게 낫겠다는 생각이 들었거든. 나는 캐시의 손을 잡고 얼른 가자고 재촉했는데, 갑자기 캐시가 넘어지고 말았어.

'달려, 히스클리프, 달려!' 캐시가 속삭였어. '이 집 사람들이 불도그를 풀어놓았는데, 녀석이 나를 물었어!'

그 악마 녀석이 캐시의 발목을 물었던 거야, 넬리. 녀석이 코를 쿵쿵거리는 끔찍한 소리가 들려왔어. 캐시는 소리를 지르지 않았지, 절대로! 캐시는 미친 소의 뿔에 찔렸어도 소리 지르는 걸 수치로 여겼을 거야. 하지만 나는 소리를 질렀지. 이 기독교 세상의 모든 악마를 전멸시킬 만큼 큰 소리로 저주를 퍼부었어. 그리고 돌멩이 하나를 집어서 녀석의 아가리에 찔러 넣고는 온 힘을 다해 목구멍 안으로 쑤셔 넣으려고 했어. 결국 짐승 같은 하인 놈이 호롱불을 들고 나타나더니 이렇게 외쳤지.

'꽉 물고 있어, 스컬커,• 꽉 물어!'

하지만 스컬커가 뭘 물고 있는지 보자 목소리가 바뀌더군. 개의 목을 졸라 떼어놓았는데, 녀석의 입에서는 커다란 자줏빛 혓바닥이 두 뼘 길이만큼이나 축 늘어졌고, 쑥 내민 입술

• '몰래 숨어 행동하는(skulk) 자'를 뜻한다.

에서는 피가 섞인 침이 질질 흘렀어.

그 남자는 캐시를 일으켜 세웠어. 캐시는 사색이 되어 있었는데, 확신하건대 두려움이 아니라 고통 때문에 그랬을 거야. 그가 캐시를 안으로 데려갔지. 나는 저주와 복수의 말을 늘어놓으며 따라 들어갔어.

'뭐가 잡혔나, 로버트?' 린턴이 현관에서 외쳤어.

'스컬커가 여자애를 하나 잡았습니다요, 나리.' 그가 대답했지. '그리고 여기 사내애도 하나 있고요.' 그가 나를 꽉 붙잡으며 덧붙였어. '아주 돼먹지 못한 말썽꾸러기처럼 보이는 녀석입니다요! 아무래도 강도들이 애들을 창문으로 밀어 넣은 다음 우리가 다 잠들고 나면 자신들 패거리를 위해 문을 열게 하려던 게 분명해요. 우리를 쉽게 죽일 수 있도록 말이죠. 입 다물지 못해, 이 입버릇 더러운 도둑놈 같으니라고! 너는 이 일로 교수형을 당하게 될 거다. 린턴 나리, 총을 내려놓지 마세요.'

'당연하지, 로버트.' 그 멍청한 영감이 말했어. '그 악당 놈들이 어제가 소작료 들어오는 날이었던 걸 안 게야. 그래서 영리하게 나를 털어먹을 생각이었던 게지. 올 테면 오라지. 내가 멋진 환영 인사를 베풀어줄 테니. 이봐, 존, 사슬을 걸어. 제니, 스컬커한테 물 좀 주고. 치안판사의 성채에, 그것도 안식일에 공공연히 쳐들어오다니! 대체 언제쯤 그 오만함이 사라지려나? 아아, 내 사랑 메리, 여기를 좀 봐! 겁낼 거 없어, 그냥 사내애일 뿐이니까. 그런데 악당의 험한 표정이 얼굴에 이리도 분명히 나타나는 것을 보니, 녀석의 천성이 이목구비

뿐만 아니라 행동으로 드러나기 전에 녀석을 당장 목매다는 게 이 고장을 위해 친절을 베푸는 일일 것 같은데?'

그는 나를 샹들리에 아래로 끌고 갔고, 린턴 부인은 안경을 콧등에 올리더니 두려움에 망연자실했어. 그 겁 많은 아이들도 살금살금 가까이 다가왔고, 이저벨라가 혀 짧은 소리로 말하더군.

'아이, 무서워라! 쟤를 지하실에 가둬요, 아빠. 제가 길들인 꿩을 훔쳐 간 점쟁이 아들이랑 똑같이 생겼어요. 안 그래, 오빠?'

그들이 나를 살펴보는 동안 캐시가 정신을 차렸어. 캐시는 이저벨라가 한 말의 뒷부분을 듣고는 웃음을 터뜨렸지. 에드거 린턴은 호기심이 가득한 눈으로 한참을 쳐다보고 나서야 뒤늦게 캐시를 알아보았어. 다른 곳에서야 만날 일이 거의 없어도 교회에서는 우리를 봤을 테니까.

'이 애는 언쇼 양이잖아요?' 그가 자기 어머니에게 속삭였어. '스컬커가 문 데를 좀 봐요. 발에서 피가 나잖아요!'

'언쇼 양이라고? 말도 안 되는 소리!' 그 부인이 외쳤어. '언쇼 양이 왜 집시 애랑 이 근방을 뛰어다니겠니! 그런데 얘야, 이 아이는 상복을 입고 있네. 정말 그래. 그리고 이 아이는 평생 불구가 될지도 몰라!'

'얘 오빠가 무심한 탓이지!' 린턴 씨가 나에게서 캐서린 쪽으로 몸을 돌리며 외쳤어. '실더스(부목사님의 이름이랍니다)한테 들었는데, 걔가 자기 동생을 완전히 이교도처럼 자라게 방치한다는 거야. 그런데 얘는 또 누구지? 어디서 이런 친구를

사귄 거야? 아하! 이놈이 바로 고인이 된 나의 옛 이웃이 리버
풀로 여행을 갔다가 주워 왔다는 그 이상한 아이로군. 동인도
인 선원 꼬마거나 미국이나 스페인에서 조난당한 아이겠지.'

'아무튼 사악한 아이예요.' 그 늙은 부인이 말했어. '품위 있
는 집안에는 전혀 어울리지 않는다고요! 여보, 쟤가 하는 말 들
었어요? 우리 아이들이 듣기라도 했을까봐 소름이 끼치네요.'

나는 다시 저주를 퍼붓기 시작했어. 화내지 마, 넬리. 그러
자 로버트에게 나를 쫓아내라는 명령이 떨어졌지. 나는 캐시
없이는 가지 않으려 했는데, 그가 나를 정원으로 끌고 가서
내 손에 호롱불을 쥐여주고는 언쇼 씨에게 내가 저지른 일을
알릴 거라고 장담하더니, 뒤돌아서지 말고 떠나라고 명령하
고는 다시 문을 걸어 잠갔어.

한쪽 구석의 커튼이 여전히 말려 올라가 있기에 나는 아까
그 위치로 돌아가 안쪽을 염탐했어. 만일 캐서린이 돌아가길
바라는데 그들이 보내주지 않으면 그 집의 거대한 유리창을
산산조각 내버릴 작정이었거든.

캐시는 소파에 가만히 앉아 있었어. 린턴 부인은 우리가 짧
은 여행을 위해 소젖 짜는 여자에게서 빌려 온 잿빛 망토를
벗기더니 고개를 절레절레 흔들며 그 애를 타이르는 것 같더
군. 캐시는 아가씨니까 나랑은 대접이 달랐어. 그러더니 하녀
가 따뜻한 물이 담긴 대접을 들고 와서 그 애의 발을 씻겨주
었지. 그리고 린턴 부인은 니거스• 한 잔을 만들어주었고, 이
저벨라는 과자 한 접시를 캐시의 무릎에 전부 쏟아주었고, 에
드거는 약간 떨어진 곳에서 입을 헤벌린 채 서 있었어. 그러

고 나서 그들은 캐시의 아름다운 머리카락을 말려서 빗겨주었고, 캐시에게 커다란 슬리퍼를 신기고는 캐시가 앉은 소파를 불 앞으로 밀어주었지. 캐시는 작은 개와 스컬커에게 과자를 나누어주고, 그걸 받아먹는 스컬커의 코를 꼬집으면서 더할 나위 없이 즐거워 보였어. 그런 모습을 바라보는 그 집 사람들의 공허한 푸른 눈에도 생기가 돌았는데, 캐시의 황홀한 얼굴이 흐릿하게나마 비친 덕일 거야. 그래서 나는 그 애를 두고 왔지. 그 사람들은 캐시한테 감탄하느라 완전히 넋이 나갔더라. 캐시는 그들보다, 이 세상 그 누구보다 훨씬 더 우월하니까. 안 그래, 넬리?"

"이 일은 네가 예상하는 것보다 더 큰 일이 될 거야." 저는 히스클리프에게 이불을 덮어주고 촛불을 끄며 대답했습니다. "너는 구제 불능이야, 히스클리프. 이제 힌들리 나리도 극단적인 조처를 내릴 수밖에 없을걸. 두고 보렴."

제 말은 현실로 이루어졌는데, 제가 바랐던 것보다 정도가 더 심했죠. 그 운 나쁜 모험은 언쇼를 길길이 날뛰게 했어요. 다음 날 린턴 씨가 사태를 바로잡기 위해 우리를 직접 찾아와 젊은 나리에게 자신이 집안을 다스리는 과정에 대해 장황한 설교를 늘어놓자, 힌들리도 자극을 받아 진지하게 자기 주변을 돌봐야겠다고 결심했죠.

히스클리프는 매질을 당하진 않았지만, 대신 캐서린에게 한

● 포도주, 물, 설탕으로 만든 따뜻한 음료.

마디만 걸어도 쫓겨나게 될 거라는 말을 들었습니다. 그리고 언쇼 부인은 자기 시누이가 집에 돌아오면 그녀를 적당히 자제시키는 일을 맡기로 했죠. 강제력이 아니라 술책을 쓸 작정이었는데, 강제력을 쓴다고 될 일은 아니었을 테니까요.

제7장

 캐시는 스러시크로스 그레인지에서 다섯 주를 머물렀습니다. 크리스마스 때까지였죠. 그동안 발목은 완전히 나았고 품행도 많이 단정해졌어요. 우리 집 마님이 그사이에 캐시를 자주 찾아가서 좋은 옷과 아첨으로 자존감을 높여주려 애쓰며 교화하는 일에 착수했고, 캐시도 그 일을 선뜻 받아들였거든요. 그리하여 집 안으로 뛰어들자마자 달려들어 우리 모두를 숨도 못 쉬게 꼭 끌어안던 그 모자도 안 쓴 거칠고 작은 야만인 대신, 앞으로 나아가려면 어쩔 수 없이 양손으로 들어 올려야만 하는 긴 여성용 승마복 차림에 깃털 달린 비버 모피 모자 아래로 갈색 곱슬머리를 늘어뜨린 매우 위엄 있는 아가씨가 잘생긴 검은 조랑말 위에서 빛나고 있더군요.
 힌들리는 캐시를 말에서 안아 내려주며 기쁘게 외쳤어요.
 "아니, 캐시, 너 굉장히 미인이구나! 못 알아볼 뻔했어. 이제는 숙녀가 다 됐는걸. 이저벨라 린턴과는 비교도 안 될 정도야. 안 그래, 프랜시스?"

"이저벨라는 타고난 미인은 아니니까요." 그의 아내가 대답했습니다. "하지만 아가씨도 집에 돌아왔다고 다시 거칠어지지 않도록 조심해야 해요. 엘런, 캐서린 양이 옷 벗는 걸 좀 도와드려. 잠깐만요, 아가씨, 곱슬머리가 헝클어지겠네. 내가 모자 끈을 풀어줄게요."

제가 승마복을 벗겨드리자 기품 있는 격자무늬 실크 드레스 아래로 흰 바지와 잘 닦은 구두가 빛을 발하더군요. 개들이 반기며 껑충껑충 뛰어오르자 캐시는 기쁘게 눈을 반짝거리면서도 녀석들이 자신의 화려한 옷에 달라붙을까봐 감히 쓰다듬어주진 못했어요.

캐시는 제게 가볍게 입을 맞추고는(저는 크리스마스 케이크를 만드느라 온통 밀가루를 뒤집어쓰고 있었으니 제게 포옹해줄 수는 없는 노릇이었죠) 주위를 둘러보며 히스클리프를 찾았습니다. 언쇼 내외는 그 두 사람의 만남을 불안하게 주시하며, 이제 둘 사이를 떼어놓으려는 자신들의 기대가 얼마나 근거 있는 것인지 어느 정도 가늠할 수 있겠다고 생각했죠.

처음에는 히스클리프를 찾기가 쉽지 않았습니다. 그 아이는 캐서린이 있을 때도 무심하고 보살핌을 받지 못했지만, 캐서린이 없게 된 후로는 그 정도가 열 배나 더 심해졌거든요.

히스클리프를 지저분한 아이라고 부르며 일주일에 한 번은 씻으라고 말해주는 친절을 베푼 사람도 저뿐이었어요. 그 또래 아이들은 원래 비누와 물이랑 친하지 않은 법이잖아요. 그러니 석 달 동안이나 진흙탕과 먼지 속에서 뒹군 옷은 말할 것도 없고, 머리는 빗질하지 않아 더부룩했고, 얼굴과 손은 기분 나쁠 만큼 시커멨죠. 머리가 헝클어진 자신의 반쪽을 기대했는데, 그렇게 눈부시고 우아한 아가씨가 집으로 들어오는 것을 보고는 등받이가 높은 의자 뒤로 몰래 숨어버린 것도 당연했어요.

"히스클리프는 집에 없어?" 캐서린이 물으며 장갑을 벗었는데, 그러자 아무것도 안 하고 실내에만 머무른 덕에 놀랍도록 하얘진 손가락이 드러났어요.

"히스클리프, 나와도 좋아." 히스클리프가 당황하는 것을 즐기며, 그 아이가 어쩔 수 없이 험악한 어린 악당 꼴로 나타나야만 하는 걸 보게 될 생각에 흐뭇해하며 힌들리 씨가 외쳤어요. "너도 나와서 다른 하인들처럼 캐서린 양에게 인사를 드려야지."

캐시는 자기 친구가 숨어 있는 것을 언뜻 보자마자 달려가서 그를 껴안았어요. 눈 깜짝할 사이에 볼에 일고여덟 번 입을 맞추더니, 잠시 멈칫하며 뒤로 물러나서는 웃음을 터뜨리며 외쳤죠.

"아니, 왜 그렇게 시커멓고 시무룩한 얼굴을 한 거니! 왜, 왜 그렇게 웃기고 음침한 얼굴을 하는 거야! 그런데 그건 내가 에드거 린턴이랑 이저벨라 린턴에게 익숙해져서 그런지도 모르겠네. 얘, 히스클리프, 나를 잊은 거야?"

캐서린이 그렇게 물은 데는 이유가 있었어요. 수치심과 자존심이 히스클리프의 얼굴에 이중의 그늘을 드리워 그를 꼼짝도 못 하게 하고 있었거든요.

"악수해, 히스클리프." 언쇼 씨가 거들먹거리며 말했어요.

"가끔은 허락해주마."

"아니." 마침내 말문을 연 그 아이가 말했어요. "나는 비웃음을 당하고도 가만있진 않을 거야. 참지 않을 거라고!"

그 아이는 그곳을 빠져나가려 했지만, 캐시 양이 그를 다시 붙잡았어요.

"너를 비웃으려던 게 아니야." 캐시 양이 말했어요. "그저 웃음을 참을 수가 없었거든. 히스클리프, 적어도 악수라도 해줘! 대체 왜 그렇게 부루퉁한 거니? 네가 이상해 보여서 그랬을 뿐이야. 얼굴을 씻고 머리를 빗으면 괜찮아지긴 하겠지만. 그런데 왜 그렇게 더럽니!"

캐서린은 자신이 잡고 있던 그 거무스름한 손가락과 자신의 옷을 걱정스레 쳐다보았습니다. 히스클리프의 옷에 닿아 때가 묻진 않았을까 걱정돼서였죠.

"만지라고 한 적 없어!" 히스클리프가 캐시의 시선을 좇다가 와락 손을 빼며 대답했어요. "나는 마음껏 더럽게 살 테야. 나는 더러운 게 좋고, 앞으로도 더럽게 살 테야."

히스클리프는 그렇게 말하며 서둘러 방에서 뛰쳐나갔는데, 그러는 동안 나리와 마님은 즐거워했고 캐서린은 심각한 불안에 빠졌습니다. 자기가 무슨 말을 했다고 그렇게 발끈하는 건지 이해할 수 없었던 거죠.

새로 오신 숙녀분의 시녀 노릇을 하고, 케이크를 오븐에 넣고, 크리스마스이브답게 벽난로에 불을 잔뜩 지펴 거실과 부엌에 활기를 더한 뒤, 저는 앉아서 캐럴을 부르며 혼자 여유를 즐길 생각이었어요. 제가 부르는 흥겨운 곡조들이 유행가 나 다름없다고 주장하는 조지프는 무시하고 말이죠.

조지프는 벌써 자기 방으로 물러나 혼자 기도를 드리고 있었고, 언쇼 내외는 친절을 베푼 린턴 집안에 보답하기 위해 그 집 아이들에게 줄 잡다하고 화려한 장난감들로 캐시 양의 관심을 끌고 있었어요.

언쇼 내외는 다음 날 워더링 하이츠에 오라고 그 아이들을 초대했고, 그 초대는 받아들여졌지만 한 가지 조건이 있었어요. 린턴 부인이 그 '입이 거친 버릇없는 아이'가 자기 아이들 곁에 부디 얼쩡거리지 않게 해달라고 부탁했던 것이죠.

이런 사정으로 저는 혼자 남아 있었어요. 향신료가 데워지면서 진한 향이 풍겨왔죠. 저는 반짝이는 주방용 기구, 호랑가시나무로 장식한 반들반들한 시계, 저녁 식사 때 멀드 에일● 을 따를 수 있도록 쟁반에 가지런히 놓은 은제 머그잔들, 무엇보다도 제가 특별히 신경을 써서 박박 문지르고 열심히 쓸어 티끌 하나 없게 만든 바닥을 감탄하며 바라보았어요.

마음속으로 이 모든 것에 충분히 박수를 보내고 나자, 청소와 정리가 마무리되면 예전 주인 나리께서 들어와 저를 기운 찬 아가씨라고 부르며 크리스마스 선물로 1실링짜리 은화를 슬쩍 쥐여주시던 기억이 떠오르더군요. 나리께서 히스클리프를 아끼셨던 일, 자신이 죽어서 없어지고 나면 그 아이가 방치되고 말 거라며 걱정하시던 일도 떠올랐어요. 그러자 자연

● 에일맥주에 설탕과 향신료를 넣고 데운 것.

히 그 불쌍한 아이의 지금 처지가 생각났고, 마음이 변해 노래는 울음이 되고 말았죠. 하지만 곧 그런 일들을 생각하며 눈물을 흘리는 것보다는 그 아이의 잘못을 조금이라도 바로잡아주려고 노력하는 게 더 이치에 맞는 일이라는 생각이 들었어요. 저는 자리에서 일어나 그 아이를 찾으러 안뜰로 걸어 나갔습니다.

멀리 있진 않더군요. 히스클리프는 마구간에서 새로 들인 조랑말의 반질반질한 털을 매만져주고, 늘 그렇듯 다른 짐승들에게 먹이를 주고 있었어요.

"서둘러, 히스클리프!" 저는 말했죠. "부엌이 정말 아늑한데다 조지프는 위층에 올라가고 없거든. 서둘러, 내가 캐시 양이 나오기 전에 말끔히 옷을 입혀줄게. 그러면 둘이 같이 앉아서 벽난로를 독차지한 채 잠자리에 들기 전까지 오랫동안 수다를 떨 수 있을 거야."

히스클리프는 하던 일을 계속했고, 제 쪽으로는 얼굴 한번 돌리지 않았어요.

"어서, 올 거지?" 제가 계속 말했어요. "각자 하나씩 먹어도 될 만큼의 케이크도 있어. 그런데 옷을 갈아입으려면 삼십 분은 걸릴 거야."

저는 오 분을 기다렸지만 아무 대답도 듣지 못하고 돌아왔습니다……. 캐서린은 오빠와 올케랑 식사했어요. 조지프와 저는 비사교적인 식사를 함께했는데, 한쪽의 꾸지람과 다른 한쪽의 건방짐으로 양념이 된 식사 자리였죠. 히스클리프 몫의 케이크와 치즈는 마치 요정의 몫인 양 밤새 식탁에 놓여 있었어요. 그 아이는 용케도 9시까지 계속 일하다가 시무룩한 얼굴로 말없이 자기 방에 들어가버렸고요.

캐시는 새 친구들을 맞아들일 온갖 준비를 하느라 밤늦게까지 자지 않았어요. 한번은 자신의 옛 친구와 이야기를 나누려고 부엌에 들어왔는데, 그 아이는 가버린 후였고, 그래서 대체 그 애는 왜 그런 거냐고 묻기만 하곤 바로 돌아가더군요.

히스클리프는 아침에 일찍 일어났어요. 그날은 휴일이었죠. 그 아이는 언짢은 기분으로 황야에 가더니 집안사람들이 교회로 출발하고 나서야 다시 모습을 드러내더군요. 굶으면서 생각에 잠겨 있다보니 기분이 나아진 듯 보였습니다. 그 아이는 한동안 제 주변을 어슬렁거리더니 용기를 짜내서 불쑥 외쳤어요.

"넬리, 나 좀 근사하게 꾸며줘. 이제 착하게 굴게."

"진작 그럴 것이지, 히스클리프." 제가 말했어요. "너는 캐서린을 **이미** 슬프게 만들었어. 캐서린은 아마 집으로 돌아온 걸후회하고 있을걸! 다들 너보다 캐서린을 챙기니까 네가 캐서린을 시기하는 것 같아."

히스클리프는 캐서린을 **시기**한다는 게 무슨 뜻인지 이해하지 못했지만 그 아이를 슬프게 만들었다는 뜻은 충분히 이해했어요.

"캐시가 슬프대?" 히스클리프가 아주 심각한 얼굴로 물었어요.

"네가 오늘 아침에 또 뛰쳐나갔다고 말해주었더니 울던걸."

"흠, **나는** 어젯밤에 울었는걸." 히스클리프가 대꾸했어요.

"그리고 울 이유는 캐시보다 내가 더 많아."

"그래, 오만한 마음에 빈속으로 자러 갈 이유가 있으셨겠지." 제가 말했어요. "오만한 사람들은 없던 슬픔도 곧잘 만들어내니까. 하지만 까다롭게 군 게 부끄럽다면 캐서린이 돌아왔을 때 반드시 용서를 빌어야 해. 다가가서 입을 맞추겠다고 말하고, 그다음 뭐라고 해야 할지는 네가 가장 잘 알 테지. 다만 진심을 담아서 말해야 해. 캐서린이 멋진 옷을 입었다고 해서 낯선 사람이라도 된 양 말해선 안 돼. 자, 나는 저녁 식사를 준비해야 하지만, 잠시 짬을 내서 에드거 린턴이 네 옆에 오더라도 그냥 인형처럼 보일 만큼 너를 잘 꾸며줄게. 사실 그 애는 인형 같긴 하지. 너는 그 애보다 나이는 어리지만 분명 키가 더 크고 어깨도 두 배는 넓을 거야. 눈 깜짝할 사이에 때려눕힐 수 있을 거라고. 네 생각도 그렇지 않아?"

히스클리프의 얼굴이 순간 밝아졌는데, 이내 다시 어두워지며 한숨을 내쉬었습니다.

"하지만 넬리, 내가 그 녀석을 스무 번 때려눕힌다고 한들 그 녀석이 덜 잘생겨지거나 내가 더 잘생겨지는 일은 일어나지 않을 거야. 나도 밝은색 머리카락에 하얀 피부를 가졌다면, 그렇게 잘 차려입고 행실도 바르다면, 그 녀석처럼 부자가 될 수 있다면 얼마나 좋을까!"

"그리고 걸핏하면 엄마를 찾고 말이야." 제가 덧붙였어요. "또 촌뜨기 애가 주먹만 쳐들어도 벌벌 떨고, 소나기가 온다고 온종일 집에 죽치고 앉아 있지. 아아, 히스클리프, 너무 마음 약하게 굴지 마! 거울 앞으로 와봐. 네가 무엇을 바라야 하는지 보여줄 테니. 미간의 저 주름 두 줄, 아치 모양으로 치솟지 못하고 도중에 꺼져버린 저 짙은 눈썹, 너무 깊이 파묻혀서 당당하게 창문을 열지 못하고 악마의 첩자처럼 그 아래 숨어 반짝이는 검은 악령 한 쌍이 보이니? 저 뚱한 주름살을 말끔히 펴고, 눈꺼풀을 거침없이 들어 올리고, 그 악령들을 자신감 있고 순수한 천사들로 바꾸려고 한번 노력해봐. 아무것도 수상쩍어하거나 의심하지 말고, 적인지 아닌지 모르겠으면 그냥 친구로 보려는 눈을 가져봐. 자기가 발길질당해도 싸다고 여기면서도 그 고통 때문에 발길질한 사람뿐만 아니라 온 세상을 증오하는 악랄한 똥개 같은 표정은 짓지 마."

"한마디로 에드거 린턴의 크고 푸른 눈과 평평한 이마를 가지길 바라라는 말이잖아." 히스클리프가 대답했어요. "나도 그러길 바라지만, 바란다고 이루어지는 건 아니지."

"마음이 착하면 얼굴도 예뻐지는 거란다, 얘야." 제가 말을 이었어요. "설령 네가 진짜 흑인이라고 해도 말이야. 마음이 나쁘면 세상에서 가장 예쁜 얼굴도 이루 말할 수 없이 추하게 변하는 법이지. 이제 씻고 머리도 빗고 더는 부루퉁하게 굴지도 않는데, 어때, 꽤 잘생겨진 것 같지 않아? 내가 보기엔 정말 그래. 변장한 왕자라고 해도 믿겠는걸. 네 아버지는 중국의 황제고 네 어머니는 인도의 여왕이어서, 그중 한 명의 한 주 수입만으로도 워더링 하이츠와 스러시크로스 그레인지를 전부 살 수 있을지 누가 알겠어? 그리고 너는 못된 선원들한테 납치당해서 영국에 오게 된 거고. 내가 너라면, 나는 나를 귀한 집안 태생으로 생각할 거야. 내가 원래 누구였는지 생각하면 하찮은 농부에게 억압당하더라도 힘을 잃지 않을 용기와 위엄이 생길 테니까!"

그렇게 저는 계속 수다를 떨었습니다. 그러자 히스클리프도 서서히 찡그린 얼굴을 펴고 꽤 유쾌한 표정을 짓기 시작했는데, 그때 갑자기 길을 올라와 안뜰로 들어서는 마차 소리가 들려오는 바람에 우리의 대화는 끊기고 말았어요. 히스클리프는 창문으로 달려갔고 저는 문간으로 달려갔는데, 그때 마침 린턴 집안의 남매가 망토와 모피를 숨 막힐 만큼 두른 채 가족용 마차에서 내리는 모습과 언쇼 집안의 남매가 말에서 내리는 모습이 눈에 들어왔습니다. 겨울이면 종종 말을 타고 교회에 가곤 했거든요. 캐서린은 그 아이들의 손을 하나씩 잡고는 거실로 데리고 들어가 그들을 불 앞에 앉혔고, 두 아이의 하얀 얼굴은 곧 발그레해졌어요.

저는 얼른 가서 상냥한 모습을 보여주라고 히스클리프를 재촉했고, 그 아이는 순순히 따랐어요. 하지만 그날따라 운이 없었는지, 히스클리프가 부엌 쪽에서 문을 여는 순간 반대쪽에서 힌들리가 그 문을 열어버렸습니다. 둘은 마주쳤고, 나리는 히스클리프의 깨끗하고 쾌활한 모습에 짜증이 났는지, 아니면 린턴 부인과의 약속을 반드시 지키려고 그랬는지 그 아이를 다시 안으로 확 밀어버리더니 화난 목소리로 조지프에게 명령했어요. "이 녀석을 거실에 얼씬도 못 하게 해. 저녁 식사가 끝날 때까지 다락방에 가둬버려. 잠시라도 혼자 내버려두면 타르트에 손가락을 쑤셔 넣고 과일을 훔칠 테니까 말이야."

"아니에요, 나리." 저는 응수하지 않을 수 없었죠. "히스클리프는 아무것도 손대지 않을 겁니다. 절대로요. 그리고 이 아이도 우리가 먹는 맛있는 것을 맛봐야 한다고 생각합니다만."

"어두워지기 전에 아래층에 내려왔다가 나한테 걸리면 내 주먹맛을 보게 될 거야." 힌들리가 외쳤습니다. "꺼져, 이 부랑자 놈아! 어쭈! 멋을 부린 거야? 그 우아한 머리카락 좀 잡아보자. 당기면 더 길어지는지 봐야겠어!"

"이미 충분히 긴걸요." 린턴 도련님이 문간에서 훔쳐보다가 자기 생각을 말했습니다. "저러면 머리가 안 아픈가 몰라. 꼭 망아지 갈기가 눈을 덮고 있는 것 같잖아!"

모욕하려는 말은 아니었지만, 난폭한 성격의 히스클리프로서는 이미 그때부터 연적으로 여기며 증오하던 그 아이의 건방진 모습을 참아줄 마음이 없었습니다. 히스클리프는 우선 손에 잡힌 뜨거운 사과 소스 그릇을 집어 들고 상대방의 얼굴과 목에 그대로 끼얹어버렸죠. 그 아이가 당장 큰 소리로 울기 시작하자 이저벨라와 캐서린이 급히 달려왔어요.

언쇼 씨는 그 사건의 장본인을 붙잡아서 곧장 자기 방으로 끌고 갔고, 그곳에서 격양된 감정을 다스리기 위해 거친 해결책을 마련했던 게 분명해요. 다시 나타났을 때 상기된 얼굴로 숨을 헐떡이고 있었거든요. 저는 행주를 집어 들고 에드거의 코와 입을 약간 심술궂게 닦아주면서, 괜히 끼어들었다가 이런 꼴을 당한 것이니 그래도 싸다고 말해주었죠. 에드거의 누이는 집에 가겠다며 울기 시작했고, 캐시는 그 모든 광경에 얼굴을 붉히며 당황한 채 서 있었습니다.

"히스클리프한테 말을 걸지 말았어야지!" 캐시가 린턴 도련님을 타일렀어요. "그 애는 기분이 안 좋은 상태였는데, 이제 네가 오늘 방문을 망쳐버렸고, 그 애는 매질을 당하게 되겠지. 나는 그 애가 매질당하는 게 싫어! 저녁은 못 먹겠어. 왜 그 애한테 말을 건 거야, 에드거?"

"말 안 걸었어." 그 어린것이 제 손에서 빠져나가더니 아마포 손수건으로 정화 의식을 마무리하며 흐느끼듯 말했어요. "그 애한테는 한마디도 하지 않겠다고 엄마한테 약속했고, 그래서 정말로 말 안 걸었어!"

"야, 울지 마!" 캐서린이 경멸 조로 대꾸했습니다. "누가 널 죽인 것도 아니잖아. 더는 말썽 피우지 마. 오빠가 이리로 온다. 조용히 해! 쉿, 이저벨라! 누가 **널** 해치기라도 했니?"

"자, 자, 얘들아, 자리에 앉자꾸나!" 힌들리가 부산스레 들어오며 외쳤어요. "그 짐승 같은 놈 때문에 몸이 후끈 달아올랐네. 에드거 군, 다음번에는 자네 주먹으로 직접 처벌하도록 해. 그럼 입맛이 돌 테니까!"

향기로운 진수성찬이 나오자 그 작은 모임은 평정을 되찾았습니다. 말을 탄 뒤라 다들 배가 고팠고, 심각한 해를 입은 사람도 없었기 때문에 쉽게 마음이 풀렸던 것이지요.

언쇼 씨는 고기를 잘라서 접시 가득 담아주었고, 마님은 활기찬 대화로 아이들을 즐겁게 해주었어요. 저는 마님의 의자 뒤에서 시중을 들었는데, 캐서린이 눈물 한 방울 흘리지 않은 채 냉담하게 자기 앞에 놓인 거위 날갯죽지를 자르는 모습을 보고 있자니 가슴이 아리더군요.

'참 매정하기도 하지.' 저는 속으로 생각했어요. '죽마고우의 불행을 저리 가볍게 잊고 말다니. 저 정도로 이기적인 아이인 줄은 미처 몰랐어.'

캐서린은 한입 먹을 만큼의 고기를 입으로 가져가다가 다시 내려놓았습니다. 얼굴이 상기되더니 눈물이 줄줄 흘러내리더군요. 캐서린은 포크를 바닥에 슬쩍 떨어뜨리고는 급히 식탁보 아래로 기어들어 자신의 감정을 숨겼습니다. 캐서린이 매정하다는 생각은 그리 오래가지 않았어요. 캐서린이 온종일 지옥 같은 상태에 있었다는 것을, 혼자 마음을 추스르거나 히스클리프에게 갈 기회를 엿보느라 지쳐버렸다는 것을 깨달았거든요. 히스클리프에게 몰래 먹을 걸 가져다주려고 애쓰다 알게 된 사실인데, 그 아이는 나리가 이미 가두어둔 뒤였죠.

저녁에는 다 함께 춤을 추었습니다. 캐시는 이저벨라 린턴에게 파트너가 없으니 히스클리프를 풀어줘야 한다고 간청했지만 소용없었고, 저더러 그 빈자리를 채우라고 명령하더군요.

우리는 신나게 춤추며 우울한 기분을 모두 날려버렸고, 우리의 즐거움은 열다섯 명의 악사로 구성된 기머턴 악단이 도착하면서 더욱 고조되었어요. 트럼펫 한 명, 트롬본 한 명, 클라리넷 여러 명, 바순 여러 명, 프렌치 호른 여러 명, 비올라 다 감바 한 명에 가수도 여럿 있었죠. 그들은 크리스마스 때마다 덕망 있는 집들을 순회하며 기부금을 받았는데, 우리는 그들의 음악을 듣는 것을 제일가는 선물로 여겼습니다.

흔히 부르는 캐럴이 끝난 후, 우리는 가곡과 무반주 합창곡을 청했어요. 언쇼 부인은 음악을 아주 좋아했고, 그들은 우리에게 많은 노래를 들려주었죠.

캐서린도 음악을 아주 좋아했습니다. 그런데 계단 맨 위에서 듣는 게 가장 좋다고 말하고는 어둠 속으로 올라가기에 저도 따라갔지요. 아래에서는 사람이 너무 많아 우리가 사라진 줄도 모른 채 거실 문을 닫아버렸어요. 캐서린은 계단 꼭대기에서 멈추지 않고 히스클리프가 갇혀 있는 다락방까지 계속 올라가더니 그 아이를 불렀습니다. 히스클리프는 한동안 대답하지 않았지만 캐서린은 포기하지 않았고, 마침내 그 아이를 설득해서 판자 너머로 친교를 나눌 수 있었죠.

저는 그 불쌍한 것들이 방해 없이 이야기를 나눌 수 있도록 내버려두었고, 노래가 끝나서 가수들이 간식을 먹을 때쯤 캐서린에게 경고해주려고 다시 사다리를 타고 올라갔어요.

그런데 캐서린은 다락방 앞에 없고, 대신 안쪽에서 캐서린의 목소리가 들려오더군요. 그 원숭이 같은 아가씨가 다른 다락방의 천창(天窓)으로 기어 올라가 지붕을 타고 그 다락방의 천창으로 들어간 것이었는데, 구슬려서 다시 밖으로 나오게 하느라 무척 애를 먹었죠.

캐서린이 나올 때 히스클리프도 따라 나왔는데, 캐서린은 제게 그 아이를 부엌으로 데려가달라고 고집부리더군요. 제 동료 하인은 '악마의 찬송가'라고 자기 멋대로 부르는 우리의 음악을 피해 이웃집에 가고 없었으니까요.

저는 그런 속임수를 도와줄 마음이 전혀 없다고 말했지만,

그 죄수가 어제저녁 이후로 아무것도 먹지 못했기에 힌들리 씨를 속이는 걸 이번 한 번만 눈감아주기로 했습니다.

히스클리프는 아래로 내려왔고, 저는 그 아이를 난롯가의 의자에 앉히고는 맛있는 음식을 잔뜩 내주었어요. 하지만 히스클리프는 속이 메스껍다며 별로 먹지 않았고, 그래서 그 아이를 즐겁게 해주려는 저의 시도는 수포로 돌아가고 말았죠. 히스클리프는 두 팔꿈치를 무릎에 대고 두 손으로 턱을 괸 채 말없이 깊은 생각에 빠져 있었습니다. 무슨 생각을 하는 거냐고 묻자 심각한 목소리로 대답하더군요.

"힌들리에게 어떻게 복수해줄지 고민 중이야. 언젠가 복수할 수만 있다면 아무리 오래 기다려야 한대도 상관없어. 그 전에 죽지나 말았으면 좋겠네!"

"부끄럽지도 않니, 히스클리프!" 제가 말했어요. "사악한 사람들을 벌주는 건 하느님께서 하실 일이야. 우리는 용서하는 법을 배워야만 해."

"아냐, 그 만족감은 내가 누릴 것이지 하느님이 누릴 것이 아니야." 히스클리프가 대꾸했어요. "나는 어떤 방법이 가장 좋을지 알고 싶을 뿐이야! 그냥 내버려둬, 나는 계획을 세워야 하니까. 복수할 방법을 생각하고 있자니 아픈 줄도 모르겠네."

그런데 록우드 씨, 이런 이야기는 기분 전환을 위한 것이 못 된다는 걸 제가 깜박 잊고 말았네요. 어쩌다 이렇게 하염없이 떠들고 말았는지 속이 상할 지경이에요. 죽은 다 식어버렸고, 록우드 씨는 잠이 와서 졸고 계신데 말이죠! 히스클리프의 내력에 관해서라면 대여섯 마디면 충분했을 것을.

그 가정부는 이렇게 스스로 이야기를 중단하더니 자리에서 일어나 바느질거리를 치워버리려 했다. 하지만 나는 벽난로 옆을 떠날 수 없을 것만 같은 기분이었고, 전혀 졸지도 않았다.

"가지 마시오, 딘 부인." 내가 외쳤다. "반 시간만 더 앉아 있다 가시구려. 이야기를 느긋하게 들려준 건 잘한 일이오. 그게 내가 좋아하는 방식이니까. 이야기가 끝날 때까지 계속 그런 방식으로 들려주시면 좋겠소. 정도의 차이는 있지만, 부인이 들려준 이야기에 나오는 모든 인물에게 관심이 가는군."

"록우드 씨, 시계가 11시를 쳤는데요."

"상관없소. 나는 시계가 시간을 길게 칠 때● 잠자리에 드는 데 익숙하지 않거든. 아침 10시까지 누워 있는 사람에게는 새벽 1시나 2시도 이른 시간이라오."

"10시까지 누워 계시면 안 돼요. 그때는 벌써 아침의 가장 좋은 시간이 훌쩍 지나버린 후니까요. 10시까지 하루 일의 절반을 끝내지 못한 사람은 나머지 절반도 흐지부지 넘겨버릴 가능성이 큰 법이죠."

"그거야 어쨌든, 딘 부인, 다시 자리에 앉아요. 내일은 나의 밤을 오후까지 늘릴 작정이니까. 적어도 내가 보기에 나는 독감에 걸린 것 같소만."

"아니길 바랍니다, 록우드 씨. 음, 그럼 3년쯤은 건너뛰게 허락해주셔야 해요. 그동안 언쇼 부인은……."

● 밤 11시, 12시를 가리킨다.

"아니, 안 돼, 그건 절대 허락할 수 없소! 혹시 부인은 혼자 앉아서 앞에 깔린 양탄자 위의 고양이가 새끼를 핥아주는 모습을 정말 골똘히 지켜보고 있는데, 그 어미 고양이가 그만 한쪽 귀를 빼먹어서 정말 화가 나는 그런 기분을 잘 아시오?"

"지독히도 한가한 기분이네요."

"천만에, 성가실 만큼 활기찬 기분이라오. 지금 내 기분이 딱 그렇고. 그러니 이야기를 상세히 들려주시오. 지하 감옥에 갇혀 있는 사람이 보는 거미와 오두막집에 사는 사람이 보는 거미의 가치가 다르듯, 이 지역 사람들은 도시 사람들과는 다른 가치 기준을 가지게 되는 것 같소. 물론 그렇다고 그 깊어진 관심이 전적으로 구경꾼이 처한 상황에 달려 있다는 말은 아니오. 이곳 사람들은 **확실히** 더 진지하게, 더 자기 자신답게 살고 있고, 피상적인 변화와 하찮은 외부 자극에는 신경을 덜 쓰고 있소. 이곳에서라면 평생 가는 사랑도 꿈꿔볼 만할 것 같군요. 나는 어떤 사랑도 1년을 넘기지 못한다고 확고하게 믿는 사람인데도 말이오. 한쪽은 배고픈 사람에게 음식을 한 가지만 내놓아서 그가 그것에만 온통 식욕을 발휘해 제대로 맛보게 하는 상황이라면, 다른 한쪽은 그를 프랑스 요리사들이 차려준 식탁 앞에 데려다놓는 것이나 마찬가지인 셈이지. 아마 전체적으로는 한껏 즐거움을 누릴 수 있을지 모르지만, 각각의 음식이 그의 관심과 기억 속에서 차지하는 자리는 보잘것없을 거요."

"어머! 저희를 알고 나면, 이곳 사람들도 다른 사람들과 다를 바 없다는 걸 알게 되실 거예요." 딘 부인이 내 말에 약간 당황스러워하며 말했다.

"미안한 말이지만, 나의 좋은 친구인 딘 부인 당신이야말로 그 주장을 반박할 확실한 증거라오." 내가 대꾸했다. "대수롭지 않은 시골티가 좀 나는 걸 빼면, 부인에게서는 내가 부인과 같은 계층 사람의 특징이라고 생각해온 태도를 전혀 찾아볼 수 없으니까. 부인은 대다수의 하인보다 훨씬 더 많은 생각을 하며 살아온 게 분명하오. 시시한 잡일로 인생을 낭비할 기회가 없다보니, 어쩔 수 없이 사색하는 힘이 길러질 수밖에 없었던 게지."

딘 부인이 소리 내어 웃었다.

"분명 제가 침착하고 합리적인 사람인 것 같긴 해요." 딘 부인이 말했다. "그런데 언덕에 둘러싸여 살면서 똑같은 얼굴들, 똑같은 행동들만 봐서 그렇게 된 건 아니랍니다. 저는 가혹한 훈련을 거치며 지혜를 얻었고, 록우드 씨가 생각하시는 것보다 책도 많이 읽었어요. 이 집 서재에는 제가 들여다보지 않은 책이 없고, 그를 통해 무언가 얻지 않은 책도 없답니다. 물론 그리스어와 라틴어, 프랑스어로 된 책은 제외해야 할 텐데, 그것들도 뭐가 뭔지 구분할 줄은 알아요. 가난한 집 딸에게 그 이상을 바라는 건 무리겠지요.

어쨌든 진짜 수다쟁이들이 하는 식으로 이야기를 이어가라고 하신다면 얼른 시작하는 게 낫겠네요. 그럼 3년을 건너뛰는 대신 이듬해 여름으로 넘어가는 정도로 만족하도록 하죠. 1778년의 여름으로, 거의 23년 전 일이로군요."

화창한 6월의 어느 날 아침, 제가 처음으로 기른 어여쁜 아이이자 유서 깊은 언쇼 가문의 마지막 아이가 태어났습니다.

우리는 멀리 떨어진 밭에서 바쁘게 건초 작업을 하고 있었는데, 평소에 아침밥을 나르는 하녀 애가 한 시간이나 일찍 풀밭을 가로지르고 샛길을 달려오며 저를 불렀어요.

"아아, 정말 훌륭한 아이야!" 하녀 애가 헐떡이며 말했어요. "지금껏 본 중에서 가장 멋진 아이라고! 그런데 의사 선생님 말씀이, 마님은 가망이 없대. 폐병을 앓은 지 이미 여러 달이라지. 의사 선생님이 힌들리 씨한테 그렇게 말하더라고. 이제 마님은 버틸 힘이 없으니 겨울을 넘기지 못할 거래. 언니는 당장 집에 가봐야 할 것 같아. 넬리 언니, 언니가 그 아이를 키우게 될 거야. 우유에 설탕을 타서 먹이고 밤낮으로 돌보게 될 거라고. 나는 언니가 부러워. 마님이 안 계시게 되면 그 아이는 언니 아이나 마찬가지가 될 테니까!"

"그러면 마님이 많이 아프신 거야?" 제가 갈퀴를 내던지고 보닛 끈을 묶으며 물었어요.

"그런 것 같아. 그래도 씩씩해 보이셔." 하녀 애가 대답했어요. "그리고 꼭 그 아이가 다 자라서 어른이 되는 걸 볼 때까지 살 것처럼 말씀하셔. 기뻐서 제정신이 아니신 거지. 그만큼 예쁜 아이야! 내가 마님이라면, 나는 분명 죽지 못할 거야. 케네스가 그렇게 말하긴 했지만, 그 아이를 한번 보기만 해도 몸이 나을 거야. 그 사람 때문에 화가 나 미치는 줄 알았어. 아처 부인이 그 천사 같은 아이를 데리고 거실로 내려와서 나리 품에 안겼는데, 나리의 얼굴이 막 환해지기 시작하려는 찰나에 그 늙은 의사 놈이 나리한테 이렇게 말하지 뭐야. '언쇼, 자네 아내가 살아서 자네에게 이 아들을 남겨준 것은 하느님의 축복이네. 자네 아내가 여기 왔을 때부터 오래 살진 못하겠다는 확신이 들었거든. 그리고 이런 말 하긴 싫지만, 지금으로서는 아마 겨울을 넘기지 못할 것 같네. 너무 안달하고 애태우진 말게. 어쩔 수 없는 일이니까. 그러니 애초에 그런 연약한 여자를 아내로 택하지 말았어야지!'"

"그래서 나리는 뭐라고 대답하셨어?" 제가 물었어요.

"욕을 했던 것 같아. 그런데 나는 나리는 신경도 안 썼어. 그 아이를 보느라 안간힘을 쓰고 있었거든." 하녀 애는 이렇게 말하며 또다시 아이의 모습을 열광적으로 묘사하기 시작했어요. 그 하녀 애만큼이나 흥분한 저는 그 아이를 얼른 보고 싶어서 급히 집으로 향했죠. 물론 힌들리를 생각하면 무척 슬퍼지긴 했지만요. 힌들리의 마음속에는 오직 두 명의 우상을 위한 자리밖에 없었는데, 그게 그의 아내와 자기 자신이었거든요. 힌들리는 그 둘을 애지중지했고 그중 한 명은 사랑했는데, 사랑하는 그 사람을 잃는다면 어떻게 견딜 수 있을지 상상도 되지 않았어요.

우리가 워더링 하이츠에 이르렀을 때, 힌들리가 현관 앞에 서 있었습니다. 저는 안으로 들어가며 물었죠. "아기는 어떤가요?"

"당장에라도 뛰어다닐 기세야, 넬리!" 힌들리가 쾌활한 미소를 지으며 대답했어요.

"그럼 마님은요?" 제가 조심스럽게 물었습니다. "의사 선생님 말씀으로는……."

"망할 의사 놈!" 힌들리가 얼굴을 붉히며 제 말을 가로막았어요. "프랜시스는 아무 문제도 없어. 다음 주 이맘때면 완전히 괜찮아질 거라고. 위층으로 가는 거야? 그럼 프랜시스에게 말하지 않겠다고 약속하면 나도 올라갈 거라고 좀 전해줘. 입을 다물지를 않아서 두고 내려와버렸거든. 케네스 씨 말이, 프랜시스는 조용히 있어야만 한대."

제가 이 말을 언쇼 부인에게 전하자 들떠 보이는 그녀는 명랑한 목소리로 이렇게 대답했어요.

"나는 거의 한마디도 하지 않았는걸, 엘런. 그런데도 그이는 울면서 두 번이나 뛰쳐나가버렸어. 음, 말하지 않겠다고 약속할게. 하지만 그런다고 그이를 보면 웃음이 터지는 걸 막을 순 없을걸!"

가엾은 분 같으니! 그분은 돌아가시기 일주일 전까지도 그 명랑한 기분을 절대 잃지 않았습니다. 그리고 그분의 남편은 그분의 건강이 분명 매일 호전되고 있다고 완강하게, 아니 맹렬하게 우겨댔죠. 케네스가 이 정도에 이른 병에는 약도 무용지물이며, 그녀를 돌보기 위해 왕진비를 더 쓸 필요도 없다고 충고하자 힌들리가 쏘아붙였어요.

"그럴 필요 없다는 거 나도 알고 있소. 아내는 멀쩡하니까. 이젠 당신이 아내를 진료하러 올 필요가 없다고! 아내는 폐병에 걸렸던 적이 없어. 그냥 열병이었을 뿐이고, 그것도 이제는 다 나았소. 아내의 맥박은 이제 나만큼이나 느리고, 뺨도 나만큼이나 서늘한걸."

힌들리는 아내에게도 똑같이 말했고, 아내도 그 말을 믿는 듯했어요. 하지만 어느 날 밤, 언쇼 부인이 힌들리의 어깨에 기댄 채 내일이면 일어날 수 있을 것 같다고 말하는 도중에 발작적으로 기침해댔어요. 아주 가벼운 기침이었죠. 힌들리가 아내를 안아 올렸는데, 그녀는 두 손으로 남편의 목을 끌어안은 채 안색이 변하더니 그대로 죽어버렸어요.

하녀 애의 예상대로, 아기 헤어턴은 전적으로 제 손에 맡겨졌어요. 언쇼 씨는 자기 눈에 아기가 건강해 보이고 울지만 않으면 만족해했죠. 하지만 자신에 대해서는 점점 될 대로 되라는 식이었습니다. 그의 슬픔은 애도하기를 거부하는 슬픔이었어요. 그는 울지도 않았고 기도하지도 않았습니다. 대신 악담을 퍼붓고 반항했죠. 하느님과 인간을 저주하며 무모한 방탕에 몸을 내던졌어요.

하인들은 그의 폭압과 악행을 오래 견디지 못했어요. 결국 남은 건 조지프와 저 둘뿐이었습니다. 저는 떠맡은 아이를 두고 갈 만큼 모질지 못했고, 게다가 록우드 씨도 아시겠지만 힌들리는 저와 같은 젖을 먹고 자란 동생이나 마찬가지였기 때문에 저로서는 남들보다 그의 행동을 용서하기가 쉬웠죠.

조지프는 소작인들과 일꾼들에게 호통을 치려고 남았어요. 사악함이 넘쳐나는 곳에서 그것을 책망하는 일이 그의 천직 이기 때문이었죠.

주인의 나쁜 행실과 나쁜 친구들은 캐서린과 히스클리프에 게 좋은 본보기가 되었어요. 힌들리가 히스클리프를 취급하 는 방식은 성자도 악마로 바꿔놓기에 충분했죠. 그런데 그 아 이는 당시에 **정말로** 무언가 악마적인 것에 사로잡힌 것처럼 보였어요. 히스클리프는 힌들리가 구제할 수 없을 정도로 타 락하는 것을 지켜보며 몹시 즐거워했고, 나날이 눈에 띄게 사 나울 만큼 시무룩하고 흉포한 모습이 되어갔죠.

그때 그 집이 얼마나 지옥 같은 꼴이었는지는 이루 다 말할 수 없을 지경이에요. 부목사님도 더는 방문하지 않았고, 결국 점잖은 사람들은 누구도 우리 곁에 오지 않게 되었죠. 에드거 린턴이 캐시 양을 방문하던 것만 빼면요. 열다섯 살이 된 캐 시는 이 일대의 여왕이었습니다. 필적할 만한 상대가 없었고, 그래서 결국 거만하고 고집불통인 인간이 되고 말았지만요! 솔직히 저는 캐시가 유년기를 넘긴 후로는 그 아이를 좋아하 지 않았어요. 그 오만함을 꺾어주려고 애쓰다 캐시를 화나게 한 적도 많았고요. 그래도 캐시가 저를 혐오한 적은 한 번도 없었습니다. 캐시는 오래전에 마음을 주었던 사람들에게 놀 랄 만큼 한결같아서, 심지어 히스클리프도 변함없이 애정의

자리를 차지하고 있었어요. 모든 면에서 우월한 린턴 도련님도 캐시의 마음속에 히스클리프만큼 깊은 인상을 남길 순 없었죠.

그 린턴 도련님이 저의 이전 주인 나리로, 저 벽난로 위에 걸린 초상화가 바로 그분을 그린 것입니다. 예전에는 한쪽에 저 초상화가 걸려 있고, 다른 쪽에 아내의 초상화가 걸려 있었죠. 아내의 초상화는 치워버렸어요. 안 그랬다면 그분의 아내가 어떻게 생겼었는지 보실 수 있었을 텐데요. 저게 잘 보이시나요?

딘 부인이 촛불을 들어주어서 부드러운 인상의 얼굴을 알아볼 수 있었는데, 하이츠의 아가씨와 몹시 닮았지만 표정은 더 사려 깊고 상냥해 보였다. 보기 좋은 그림이었다. 밝은색의 긴 머리카락이 관자놀이 부근에서 살짝 말렸고, 두 눈은 크고 진지했으며, 풍채는 살짝 지나치리만큼 우아했다. 캐서린 언쇼가 이 사람 때문에 먼젓번 친구를 잊은 것도 놀랄 일은 아니었다. 오히려 나는 그런 풍채에 걸맞은 마음을 지닌 사람이 내가 아는 그 캐서린 언쇼를 좋아할 수 있었다는 사실이 더욱 놀라웠다.

"아주 느낌이 좋은 초상화로군요." 내가 그 가정부에게 말했다. "닮았나요?"

"네." 그녀가 대답했다. "하지만 활기가 있을 때는 더 보기 좋으셨죠. 저건 평상시의 얼굴이랍니다. 대체로 활기가 부족한 분이셨어요."

캐서린은 린턴 집안의 사람들과 다섯 주를 함께 보낸 후로 친분을 계속 이어갔어요. 그들 앞에서 자신의 거친 면을 드러낼 마음이 없었고, 그처럼 늘 예의를 베풀어주는 사람들에게 무례하게 구는 것은 부끄러운 일임을 알 만큼의 분별력은 있었기에, 캐서린은 자기도 모르는 사이에 기발한 다정함을 발휘해 린턴 내외를 속였고, 이저벨라를 감탄하게 했으며, 그녀의 오빠의 마음과 영혼을 얻고 말았어요. 캐서린은 야심만만한 아이였기 때문에 처음부터 자기가 얻은 성과로 우쭐했고, 그리하여 딱히 누구를 속일 의도 없이도 이중적인 성격을 갖게 되었어요.

히스클리프가 '상스러운 깡패 아이'나 '짐승만도 못한 것'으로 불리는 곳에서 캐서린은 그 애처럼 행동하지 않으려고 조심했지만, 집에서는 고상하게 굴어봤자 비웃음만 살 뿐이고 제멋대로인 성미를 억눌러봤자 인정받거나 칭찬받는 것도 아니어서 조심할 생각이 전혀 없어 보였어요.

에드거 씨는 워더링 하이츠를 공공연하게 방문할 용기를 좀처럼 내지 못했습니다. 언쇼의 악명에 겁을 먹고는 그와 마주치길 꺼렸죠. 하지만 에드거 씨가 찾아오면 우리는 늘 최대한 정중히 맞이했어요. 나리도 그가 왜 찾아오는지 알고는 그의 기분을 상하게 하지 않으려 했고, 품위를 지키지 못할 것 같으면 아예 자리를 피해 있었습니다. 아무래도 캐서린은 그가 찾아오는 걸 탐탁지 않아 했던 것 같아요. 캐서린은 교묘한 수작을 부릴 줄 몰랐고 아양도 떨 줄 몰랐으므로 두 친구가 마주치는 일 자체를 분명 싫어했던 것이지요. 히스클리프가 린턴이 있는 곳에서 린턴에게 경멸을 드러내면, 린턴이 없는 자리에서 했던 것처럼 반쯤 맞장구쳐줄 수 없었고, 린턴이 히스클리프에게 혐오감과 반감을 보이면, 자기 소꿉친구를 얕봐도 아무렇지 않다는 듯 대놓고 히스클리프의 감정을 무시하기 어려웠으니까요.

저는 캐서린이 느끼는 당혹감과 말 못 할 골칫거리를 보고 비웃은 적이 많은데, 캐서린은 저의 조롱을 피하려고 그것을 숨기려 무척 애썼지만 모두 허사였죠. 이렇게 말하면 제가 심술궂은 사람처럼 여겨질 텐데, 캐서린이 너무 오만했기에 그녀의 고통을 동정하기란 정말 불가능했어요. 자기 잘못을 깨닫고 좀 더 겸손해지기 전까지는 말이죠.

결국 캐서린은 제게 고백하고 비밀을 털어놓더군요. 조언을 해줄 사람이 저 말고는 아무도 없었으니까요.

어느 날 오후, 힌들리 씨가 집을 비웠고, 히스클리프는 그 기회에 자체적으로 휴일을 갖기로 했어요. 그때 히스클리프는 열여섯 살이었던 것 같고, 얼굴이 못난 것도 아니고 머리가 나쁜 것도 아니면서 일부러 속마음이나 겉모습 모두 혐오감을 불러일으키도록 꾸미고 다녔는데, 지금 모습에는 그런 흔적이 전혀 남아 있지 않죠.

당시 히스클리프는 어렸을 때 받은 교육의 혜택을 잃어버린 후였어요. 이른 시간에 시작해 늦은 시간에 끝나는 계속되는 고된 노동 탓에 한때 가졌던 지식에 대한 호기심과 책이나 배움에 대한 애정도 식어버린 후였죠. 돌아가신 언쇼 나리의 호의로 생겨난 어린 시절의 우월감도 사라지고 없었습니다. 히스클리프는 캐서린과 공부 수준을 맞추기 위해 오랫동안 애썼지만 사무치는 후회를 가슴에 묻은 채 굴복하고 말았어요. 하지만 아무리 그래도 너무 철저한 굴복이었습니다. 어쩔 수 없이 이전의 수준 아래로 떨어질 수밖에 없다는 걸 깨닫자 위로는 한 걸음도 올라가지 않으려 했죠. 그러자 외모도 정신적 퇴보에 동조하기 시작했어요. 걸음걸이는 구부정해지고 표정은 비열해졌으며, 타고난 내성적 성격은 거의 천치 수준의 반사회적 시무룩함으로 악화하고 말았죠. 몇 안 되는 지인에게 존경받는 것보다는 그들을 자극해 혐오감을 불러일으키는 데서 뒤틀린 쾌감을 얻는 게 분명해 보였어요.

히스클리프는 일을 쉴 때면 캐서린과 여전히 친한 친구였어요. 하지만 캐서린에 대한 애정을 더는 말로 표현하지 않았고, 캐서린이 장난치듯 입을 맞추고 포옹해도 성난 의심의 눈빛을 보내며 뒷걸음질 칠 뿐이었죠. 자신에 대한 그런 아낌없는 애정 표현으로도 만족감은 얻을 수 없으리라는 걸 알고 있기라도 하듯 말이에요. 아까 이야기한 그날 오후, 히스클리프가 거실로 들어오더니 자기는 하루 동안 아무것도 하지 않겠다고 선언했는데, 그때 저는 캐시 양의 옷 치장을 돕고 있었어요. 캐서린은 히스클리프가 갑자기 농땡이를 칠 거라고는 생각지 못했고, 그래서 집이 자기 차지라고 여기고는 어찌어찌해서 에드거 씨에게 오빠가 집에 없다는 사실을 알려놓고 그를 맞이할 준비를 하는 중이었죠.

"캐시, 오늘 오후에 바빠?" 히스클리프가 물었어요. "어디 가니?"

"아니, 비 오잖아." 캐서린이 대답했어요.

"그럼 실크 드레스는 왜 걸치고 있는 거야?" 히스클리프가 말했어요. "찾아올 사람이 있는 건 아니겠지?"

"내가 알기로는 없는데." 캐시 양이 말을 더듬었어요. "그런데 히스클리프, 지금은 밭에 나가 있을 시간이잖아. 점심때가 이미 한 시간이나 지났는걸. 이미 나간 줄 알았더니."

"쾌씸한 힌들리가 늘 집에 붙어 있으니 너랑 놀 수 있을 때가 별로 없잖아." 그 아이가 말했어요. "오늘은 일 안 하고 너랑 같이 있을래."

"어어, 그런데 조지프가 일러바칠 거야." 캐서린이 말했어요. "나가는 게 좋을걸!"

"조지프는 페니스턴 절벽 저쪽에서 석회를 싣고 있어. 어두워질 때까지 거기 있을 테니 절대 모를 거야."

히스클리프는 그렇게 말하며 벽난로 쪽으로 어슬렁어슬렁 걸어가 앉았어요. 캐서린은 눈살을 찌푸린 채 잠시 생각에 잠겼죠. 린턴이 쳐들어오기 전에 골칫거리를 제거할 필요가 있었으니까요.

"이저벨라 린턴이랑 에드거 린턴이 오늘 오후에 찾아올 거랬어." 일 분 동안 침묵한 끝에 캐서린이 말했어요. "비가 오니까 안 올 가능성이 커. 하지만 올 수도 있고, 만일 온다면 괜히 너만 야단맞게 될 거야."

"엘런을 보내서 다른 약속이 생겼다고 전해, 캐시." 히스클리프가 끈질기게 우겼어요. "그 한심하고 멍청한 네 친구 녀석들 때문에 나를 내치지 말라고! 가끔 걔들을 보면 정말이지 아주…… 아니다, 내가 말을 말아야지."

"걔들을 보면 뭐?" 캐서린이 심란한 표정으로 히스클리프를 쳐다보며 외쳤습니다. "아니, 넬리!" 캐서린이 제 손에서 머리를 홱 빼면서 심술궂게 말을 이었어요. "그렇게 빗기니까 컬이 다 풀려버리잖아! 이제 됐어. 날 가만히 내버려둬. 걔들을 보면 정말이지 아주 어떻다는 말이니, 히스클리프?"

"아무것도 아니야. 그냥 벽에 걸린 저 달력이나 한번 봐." 히스클리프가 창문 옆에 걸린 액자에 든 종이를 가리키며 말을 이었어요. "십자는 네가 린턴 남매랑 보낸 저녁을 표시한 거고, 점은 나랑 보낸 저녁을 표시한 거야. 보이니? 나는 매일 표시를 해뒀어."

"그래, 정말 멍청한 짓이네. 나는 신경도 안 썼어!" 캐서린이 역정을 내며 대답했습니다. "그런데 대체 저게 무슨 소용이니?"

"나는 신경 **쓴다**는 걸 보여주려고." 히스클리프가 말했어요.

"그럼 내가 늘 너랑 같이 있어야 한다는 거야?" 캐서린이 점점 더 짜증을 내며 따졌어요. "그런다고 나한테 무슨 소득이 있는데? 네가 무슨 말을 할 줄 아는데? 네가 나를 재미있게 해주려고 무슨 말을 하고 무슨 짓을 하든 너는 나한테 말 못 하는 갓난쟁이나 마찬가지야!"

"전에는 내가 말이 너무 적다고, 나랑 같이 있는 게 싫다고 말한 적이 한 번도 없었잖아, 캐시!" 히스클리프가 잔뜩 흥분한 목소리로 외쳤어요.

"아무것도 모르고 아무 말도 안 하는 사람이랑은 같이 있어도 같이 있는 게 아니지." 캐서린이 중얼거렸어요.

히스클리프는 자리에서 벌떡 일어났지만 더는 자기 기분을 표현할 시간이 없었어요. 포석 위로 말발굽 소리가 들려오고 나직이 문 두드리는 소리가 들리더니, 린턴 도련님이 뜻밖의 부름에 너무나 기뻐하는 표정으로 집 안에 들어섰기 때문이었죠.

한 사람은 들어오고 한 사람은 나가는 동안, 캐서린은 두 친구 사이의 차이를 확실히 느낄 수 있었습니다. 그 차이란 황량하고 험준한 탄광 마을을 보다가 아름답고 비옥한 골짜기로 눈을 돌린 것에 비견할 법했죠. 게다가 생김새뿐만 아니라 목소리와 인사말도 정반대였습니다. 린턴 도련님은 감미롭고 낮은 목소리로 말했고, 발음도 꼭 록우드 씨 같았어요. 이 고장 사람들 말투보다 덜 거친, 더 부드러운 말투였죠.

"내가 너무 빨리 왔나보군. 그런 건가?" 린턴 도련님이 제 쪽으로 눈길을 던지며 말했어요. 저는 찬장 저쪽 끝에서 접시를 닦고 서랍을 정리하던 참이었죠.

"아니야." 캐서린이 대답했어요. "거기서 뭐 해, 넬리?"

"저야 일하고 있죠, 아가씨." 제가 대답했어요(힌들리 씨가 혹시 린턴이 혼자 찾아오면 옆에 붙어 있으라고 지시했었거든요).

캐서린이 제 뒤로 걸어오더니 심술궂게 속삭이더군요. "걸레 들고 얼른 나가. 집에 손님이 와 계실 때 그 앞에서 청소를 시작하는 하인이 어디 있담!"

"나리가 안 계시니 청소할 수 있는 좋은 기회인걸요." 제가 큰 목소리로 대답했어요. "집에 계실 때 제가 이런 일로 수선을 떨면 싫어하시니까요. 에드거 씨도 분명 이해해주실 거예요."

"나도 **내가** 있을 때 수선을 떠는 게 싫어." 아가씨가 손님에게는 말할 기회도 주지 않고 도도하게 외쳤어요. 히스클리프와 소소한 언쟁을 벌인 후로 아직 평정을 되찾지 못한 상태였거든요.

"죄송하게 됐네요, 캐서린 아가씨!" 저는 이렇게 대답하고는 하던 일을 부지런히 계속해나갔습니다.

에드거가 자기를 못 볼 거라고 생각한 캐서린은 제 손에서 걸레를 낚아채고는 제 팔을 한참이나 표독스럽게 꼬집었어요.

아까 제가 캐서린을 좋아하지 않았다고 말씀드렸는데, 오히려 허영심 가득한 그 아이에게 굴욕감을 안겨주는 일을 살짝 즐기는 면도 없지 않았죠. 그런데 이번에는 저를 너무 고통스럽게 하기에 저는 꿇었던 무릎을 펴고 벌떡 일어나 비명을 지르고 말았어요.

"아야, 아가씨, 그건 너무 비열한 수법이에요! 아가씨는 저를 꼬집을 권리가 없고, 저도 가만있진 않을 거예요!"

"나는 넬리한테 손도 안 댔어, 이런 거짓말쟁이 같으니!" 캐서린이 또 꼬집고 싶어서 손가락을 꼼지락거리고 귀는 분노로 벌겋게 달아오른 채 외쳤어요. 캐서린은 자기 기분을 절대 숨길 줄 몰랐고, 분노에 휩싸이면 얼굴 전체가 불덩이처럼 달아오르곤 했거든요.

"그럼 이건 뭐죠?" 저는 캐서린의 말을 반박할 확실한 증거로 퍼런 멍을 내보이며 대꾸했어요.

캐서린은 발을 동동 구르며 잠시 망설이는가 싶더니 결국 못된 성미를 이기지 못하고 제 뺨을 후려쳤어요. 어찌나 얼얼

하던지 두 눈에 눈물이 핑 돌 지경이었죠.

"캐서린, 내 사랑! 캐서린!" 자신의 우상이 거짓말과 폭력이라는 이중의 잘못을 저지른 것에 큰 충격을 받은 린턴이 끼어들었어요.

"당장 나가, 엘런!" 캐서린이 온몸을 부들부들 떨며 거듭 말했어요.

제가 어딜 가든 따라다니던 어린 헤어턴이 그때도 제 근처 바닥에 앉아 있었는데, 저의 눈물을 보자 따라 울기 시작했고, 훌쩍거리며 "나쁜 캐시 고모"에게 불평을 쏟아내다가 운 나쁘게도 캐서린에게 분풀이를 당하고 말았어요. 캐서린은 아이의 어깨를 붙잡고는 그 불쌍한 아이가 시퍼렇게 질릴 때까지 세차게 흔들어댔고, 에드거는 아이를 구하고자 무심결에 캐서린의 양손을 붙잡았습니다. 바로 그 순간 캐서린은 한쪽 손을 비틀어 뿌리쳤고, 깜짝 놀란 도련님은 바로 그 손이 도저히 장난이라고는 할 수 없을 방식으로 자기 귀에 와 닿는 것을 느꼈어요.

에드거는 질겁하며 뒤로 물러섰습니다. 저는 헤어턴을 들어 안고 부엌으로 걸어가면서도 소리가 들리도록 문은 열어두었는데, 두 사람의 의견 충돌이 어떻게 매듭지어질지 궁금했기 때문이죠.

모욕당한 손님은 자기 모자를 두었던 곳으로 향했는데, 얼굴은 창백했고 입술은 떨고 있었어요.

"옳거니!" 제가 혼자 중얼거렸어요. "이 일을 본보기로 삼고 이제 가버려라! 캐서린의 참모습을 얼핏 보게 해주었으니 나로서는 호의를 베푼 셈이야."

"어딜 가는 거야?" 캐서린이 문 앞으로 나아가며 물었습니다.

에드거는 옆으로 몸을 피해 지나가려 했죠.

"가면 안 돼!" 캐서린이 힘차게 외쳤어요.

"아니, 갈 거야!" 에드거가 나직한 목소리로 대답했습니다.

"안 돼." 캐서린이 문고리를 움켜쥐고 고집을 부렸어요. "아직은 안 돼, 에드거 린턴. 자리에 앉아. 그렇게 성질을 부리며 나를 떠나선 안 돼. 그럼 나는 밤새 비참한 기분이 들 텐데, 너 때문에 비참해지긴 싫단 말이야!"

"네가 나를 때렸는데도 가지 말고 있으라고?" 린턴이 물었어요.

캐서린은 묵묵부답이었죠.

"나는 네가 무섭고 창피해졌어." 그가 말을 이었어요. "다시는 여기 오지 않을 테야!"

캐서린이 눈물을 글썽이더니 눈꺼풀을 깜박거렸죠.

"그리고 너는 고의로 거짓말했어!" 그가 말했어요.

"그러지 않았어!" 캐서린이 다시 말문을 열고 외쳤어요. "고의로 한 건 아무것도 없다고. 그래, 가. 그게 네가 원하는 거라면, 가버려! 이제 나는 울 테니까. 병이 날 때까지 울어버릴 테니까!"

캐서린은 의자 옆에 무릎을 꿇으며 쓰러지더니 정말로 목메어 울기 시작했어요.

에드거는 안뜰로 가는 동안에는 단호했는데, 그곳에 도착하자 머뭇거리더군요. 저는 에드거의 용기를 북돋워주기로 마음먹었습니다.

"도련님, 아가씨는 지독한 고집불통이에요!" 제가 큰 소리로 외쳤어요. "여느 응석받이와 다를 바 없이 성미가 고약하답니다. 얼른 말을 타고 돌아가시는 게 좋을 거예요. 안 그러면 오직 우리를 슬프게 할 작정으로 병이 나니 어쩌니 하고 떠들어댈 테니까요."

그 심약한 도련님은 창문으로 집 안을 곁눈질하더군요. 고양이가 반쯤 죽인 쥐나 반쯤 먹다 남긴 새를 두고 도저히 발길이 떨어지지 않듯 그도 발길이 떨어지지 않는 것 같았어요.

아아, 저는 생각했죠. 이이는 구제 불능이구나, 제 발로 파멸의 길에 들어서는구나!

역시 그랬습니다. 에드거는 갑자기 돌아서더니 급히 집 안으로 들어가 문을 닫았어요. 잠시 후에 저는 언쇼가 우리 낡은 집을 당장에라도 폭삭 주저앉힐 만큼 엉망으로 취해서 돌아왔다는 걸 알려주러 갔는데(그 상태가 되면 보통 그런 기분이었지요), 둘은 다투고 나서 오히려 더 가까운 사이가 되어 있더군요. 다툼 덕에 젊은이의 소심함이라는 외피가 깨져버렸고, 그리하여 우정이라는 가장을 떨쳐버리고 서로 사랑을 고백할 수 있게 되었던 것이지요.

힌들리 씨가 돌아왔다는 이야기를 들은 린턴은 재빨리 말에 올랐고, 캐서린은 자기 방으로 돌아갔어요. 저는 어린 헤어턴을 숨기고 나리의 엽총에서 총알을 뺐는데, 나리는 미친 듯이 흥분한 상태가 되면 그걸 갖고 놀기를 좋아했고, 그럴 때면 누가 그를 자극하거나 심지어 그의 눈에 너무 자주 띄기만 해도 목숨이 위태로워지곤 했죠. 그래서 저는 나리가 설령 총을 쏘게 되더라도 피해가 덜 생기도록 미리 총알을 빼놓는 묘안을 떠올렸던 겁니다.

　힌들리는 듣기만 해도 끔찍한 욕설을 고래고래 외치며 들어왔는데, 저는 그의 아들을 부엌 찬장 안에 숨기려다 그만 그에게 들키고 말았어요. 헤어턴은 아버지가 사나운 짐승처럼 달려들어 귀여워해주든 미친 사람처럼 격노하든 자신의 안전에 똑같이 공포를 느꼈죠. 귀여워해줄 때는 너무 세게 껴안고 입을 맞추는 통에 숨이 막혀 죽을 것 같았고, 격노했을 때는 불 속으로 던져지거나 벽에 내동댕이쳐질 위험이 있었으니까요. 그래서 그 가엾은 것은 제가 어디에 숨겨놓든 쥐 죽은 듯 조용히 있었어요.

　"거기 있었군. 드디어 찾았다!" 힌들리가 개한테 하듯 제 목덜미를 잡아당겼습니다. "너희가 저 아이를 죽이려고 작당한 게 틀림없어! 왜 늘 애가 안 보였는지 이제 알겠네. 이제 내가 사탄의 힘을 빌려 식칼을 삼키게 해주마, 넬리! 웃을 일이 아니야. 난 방금 케네스를 블랙호스 늪에 머리부터 거꾸로 처박고 온 길이거든. 둘이나 하나나 별 차이 없겠지. 너희 중 누구를 죽이기 전까지는 마음이 편하질 않겠어!"

"하지만 저는 식칼은 싫은데요, 힌들리 나리." 제가 대답했어요. "훈제 청어를 썰던 칼이거든요. 괜찮으시다면 차라리 총을 쏴주세요."

"너는 지옥에나 떨어지는 게 낫겠어!" 힌들리가 말했어요. "곧 그렇게 만들어주지. 영국 법은 가장이 집안을 바로잡는 것에 대해 아무런 훼방도 놓지 못하는데, 이 집안은 꼴이 아주 가관이니까! 주둥이 벌려."

힌들리는 식칼을 손에 들고는 칼끝을 제 이 사이로 밀어넣었어요. 하지만 저는 그의 괴팍한 행동이 전혀 두렵지 않았습니다. 저는 침을 퉤 뱉었고, 구역질 나는 맛이라고, 어떤 일이 있어도 그걸 삼키지 않겠다고 말해주었죠.

"아하!" 힌들리가 저를 놓아주며 말했어요. "그러고 보니 저 흉측한 작은 악당은 헤어턴이 아니로군. 이거 미안하게 됐어, 넬리. 만일 헤어턴이라면 달려와서 나를 맞아주기는커녕 마치 내가 요괴라도 되는 양 비명을 지른 죄로 산 채로 가죽을 벗겨도 쌀 텐데 말이야. 이 괴상한 새끼야, 이리 와봐! 마음씨 착하고 어리벙벙한 아비를 속여먹는 법을 가르쳐줄 테니. 그런데 저 녀석은 귀 끝을 잘라주면 더 잘생겨지지 않을까? 개새끼는 귀 끝을 잘라주면 더 사나워지는데, 나는 사나운 게 좋거든. 가위를 가져와. 나는 사납고 단정한 게 좋으니까! 그리고 말이야, 우리의 귀를 소중히 여기는 건 극악무도한 허세야. 사악한 독단이라고. 우리는 귀가 없어도 이미 멍청하니까. 울지 마, 이 녀석아, 울지 마! 그래, 그래야 내 새끼지! 쉿,

뚝 그쳐. 이제야 착하게 구는군. 아빠한테 뽀뽀해봐. 뭐! 싫다고? 아빠한테 뽀뽀해봐, 헤어턴! 이런 망할, 뽀뽀하라고! 하느님 맙소사, 내가 이런 괴물을 키워주나 봐라! 맹세코 저 버릇없는 애새끼의 모가지를 꺾어놓고 말 테다."

불쌍한 헤어턴은 아버지의 품에서 온 힘을 다해 악을 쓰고 울며 발길질해댔는데, 아버지가 그 아이를 위층으로 데려가서 난간 위로 들어 올리자 그 울음소리는 갑절로 커졌어요. 저는 그러다 아이가 겁에 질려 경기를 일으키겠다고 소리치며 아이를 구하러 달려갔죠.

제가 가까이 갔을 때 흔들리는 난간 너머로 몸을 내민 채 아래에서 들려오는 소리에 귀를 기울이고 있었어요. 자기가 손에 뭘 들고 있는지도 거의 잊은 듯했죠.

"저게 누구지?" 누군가가 계단 밑으로 다가오는 소리를 들으며 흰들리가 물었어요.

저도 따라서 몸을 내밀었는데, 그 발소리가 히스클리프의 것임을 알고는 더는 다가오지 말라고 신호를 주기 위해서였죠. 그런데 제가 헤어턴에게서 눈을 뗀 순간, 헤어턴이 갑자기 몸을 획 움직이더니 자신을 잡고 있던 부주의한 손아귀에서 벗어나 추락하고 말았어요.

소름 끼치는 공포를 경험할 새도 없이 우리는 그 불쌍한 아이가 무사하다는 것을 알게 되었습니다. 그 위기일발의 순간에 히스클리프가 정확히 바로 그 아래에 와 있었던 거죠. 히스클리프는 떨어지는 아이를 본능적으로 받아서 앞에 내려놓고는 그게 누구의 소행인지 확인하기 위해 위를 올려다봤어요.

행운의 복권을 5실링에 내준 다음 날 자신이 헐값에 팔아 버린 그 복권이 5000파운드짜리였다는 것을 알게 된 구두쇠라 해도, 위쪽에 있는 언쇼 씨를 본 히스클리프만큼 공허한 표정을 지을 수는 없었을 겁니다. 그 표정에는 스스로가 자신의 복수를 좌절시키는 수단이 되어버린 데 대한 더없이 강렬한 비통함이 그 어떤 말보다 더 명백히 드러나 있었어요. 감히 말씀드리건대, 만일 어둡기만 했다면 히스클리프는 헤어턴의 머리를 계단에 내리쳐서 자신의 실수를 바로잡으려 했을 겁니다. 하지만 우리는 그가 구조하는 모습을 보고 말았죠. 저는 당장 아래로 내려가서 제 책임인 그 소중한 아이를 꼭 끌어안았어요.

술이 깨서 겸연쩍어진 힌들리는 좀 더 여유를 부리며 내려 왔습니다.

"이게 다 네 잘못이야, 엘런." 힌들리가 말했어요. "애를 안 보이는 데 치워놨어야지. 애를 나한테서 빼앗았어야지! 어디 다친 데는 없어?"

"다친 데가 없냐고요!" 제가 화를 내며 외쳤어요. "죽지 않았더라도 바보가 되고 말았을 거예요! 아아! 애 아빠가 애를 이렇게 대하다니 애 엄마가 무덤에서 벌떡 일어날 노릇이네. 나리는 이교도만도 못한 인간이에요. 자기 혈육을 그런 식으로 대하다니요!"

겁에 질려 울다가 제가 곁에 있는 것을 알고는 바로 울음을 그친 그 아이를 힌들리가 만지려 했어요. 하지만 아이는 아버지의 손가락이 닿자마자 전보다 더 크게 악을 쓰며 울었고, 경기라도 일으킬 것처럼 몸부림을 쳐댔습니다.

"애한테 손대지 마세요!" 제가 계속 외쳤어요. "애가 나리를 싫어하잖아요. 다들 나리를 싫어해요. 정말이에요! 참 행복한 가족이로군요. 나리도 참 꼴좋게 되었네요!"

"아직 좋은 꼴이 되려면 멀었어, 넬리." 그 비뚤어진 인간이 원래의 무정한 모습으로 돌아와 웃음을 터뜨렸습니다. "지금은 애를 데리고 나가봐. 그리고 잘 들어, 히스클리프! 너도 내 눈에 띄지 않고 내 귀에도 들리지 않는 곳으로 멀리 꺼져버려. 오늘 밤만은 목숨을 살려주마. 뭐, 어쩌면 내가 이 집에 불을 지를지도 모를 일이지만. 내 기분이 어떻게 될지는 나도 모르니까."

이렇게 말하며 힌들리는 찬장에서 반 리터짜리 브랜디 병을 꺼내서 큰 잔에 조금 따랐어요.

"아니, 안 돼요!" 제가 끼어들었어요. "힌들리 씨, 제발 제 경고에 귀를 기울이세요. 자신에게는 신경을 안 쓰더라도 이 불운한 아이는 불쌍히 여기셔야죠!

"누가 길러도 나보다는 낫겠지." 힌들리가 대답했어요.

"나리의 영혼도 좀 불쌍히 여기세요!" 그의 손에서 잔을 빼앗으려 애쓰며 제가 말했어요.

"싫어! 그러기는커녕 나는 내 창조주를 벌하기 위해 기꺼이 내 영혼을 지옥에 떨어뜨릴 거야." 그 불경한 인간이 외쳤어요. "내 영혼의 열렬한 파멸을 위해 건배!"

힌들리는 독주를 들이켜고는 조바심을 내며 우리더러 나가라고 명령하더군요. 그 명령 끝에는 지독한 욕설이 이어졌는데, 너무 질 나쁜 것들이라 되풀이할 수도 없고 기억하고 싶지도 않아요.

"저 인간이 술 먹고 뒈지질 않아 유감이야." 문을 닫고 들어오자 히스클리프가 이어서 악담을 중얼거렸어요. "아무리 용을 써도 워낙 건강 체질이라 힘든가보지. 케네스 씨가 저 인간이 기머턴의 이쪽 편에 사는 그 누구보다 오래 살고, 백발이 될 때까지 죄를 짓고서야 무덤에 들어갈 거라는 데 자기암말을 걸어도 좋다고 말했어. 그 전에 운 좋게 사고라도 당하지 않는다면 말이지."

저는 부엌에 들어가 저의 어린 양을 달래서 잠재우기 위해 자리에 앉았죠. 히스클리프는 헛간으로 가버렸겠거니 생각하고 있었어요. 나중에 알고 봤더니 히스클리프는 나가다 말고 등받이가 높은 의자 뒤에서 멈춰 벽 옆의 긴 의자에 몸을 던지고는 벽난로에서 떨어진 채 잠자코 있던 것뿐이었죠.

저는 헤어턴을 무릎 위에 올려놓고 살살 흔들며 이렇게 시작하는 노래를 흥얼거리고 있었어요.

한밤중에 아기가 우니
무덤 속 어머니가 그 소릴 듣네

그때 자기 방에서 그 소동에 귀를 기울이고 있던 캐시 양이 머리를 내밀고는 속삭였어요.
"혼자 있어, 넬리?"

"네, 아가씨." 제가 대답했지요.

캐서린이 들어오더니 난롯가로 다가왔어요. 할 말이 있는 것 같았기에 저는 고개를 들고 쳐다보았죠. 불안과 근심으로 가득한 표정이었어요. 무슨 말을 할 것처럼 입을 반쯤 벌려 숨을 들이쉬더니 말 대신 한숨만 내뱉더군요.

캐서린이 아까 저한테 한 짓을 잊지 않았던 저는 다시 노래를 흥얼거렸어요.

"히스클리프는 어디 갔어?" 캐서린이 제 노래를 끊으며 물었어요.

"마구간에서 일하고 있겠죠." 저는 대답했죠.

히스클리프는 제 말에 그렇지 않다고 반박하지 않았어요. 아마 꾸벅꾸벅 졸고 있었는지도 모르죠.

그러고는 다시 긴 침묵이 이어졌고, 그사이 저는 눈물 한두 방울이 캐서린의 뺨을 타고 흘러내려 바닥에 떨어지는 것을 보았어요.

부끄러운 짓을 저지른 게 미안해서 저러나? 저는 혼자 중얼거렸죠. 그렇다면 전에 없던 일이겠지만, 미안하면 미안하다고 자기가 알아서 말하겠지. 내가 먼저 도와주진 않을 거야!

아니, 캐서린은 자기 일이 아니고서야 어떤 일에도 크게 신경을 쓰지 않았어요.

"아아, 세상에!" 캐서린이 마침내 외쳤어요. "나는 정말 불행해!"

"유감이네요." 제가 말했어요. "아가씨는 참 까다로운 사람이에요. 친구가 그렇게나 많고 신경 쓸 일은 그렇게나 적은데도 도통 만족할 줄 모르니까요!"

"넬리, 비밀 지켜줄 수 있어?" 제 옆에 무릎을 꿇은 캐서린이 마음껏 화를 내도 되는 상황에서도 도저히 화를 내지 못하게 하는 표정을 지은 채 그 애교 가득한 눈으로 제 얼굴을 올려다보며 말을 이었어요.

"지킬 가치가 있는 비밀인가요?" 제가 좀 덜 부루퉁한 목소리로 물었어요.

"물론이지. 그것 때문에 걱정이 돼서 털어놓지 않고는 못 배길 지경이야! 내가 어떻게 하는 게 좋을지 알고 싶어. 오늘 에드거 린턴이 나한테 청혼했고, 나도 답을 해주었어. 자, 내가 승낙했는지 거절했는지 말해주기 전에 내가 어떻게 해야 했는지 넬리가 말해줘."

"아니, 캐서린 양, 내가 그걸 어떻게 알겠어요?" 제가 대답했어요. "물론 오늘 오후에 아가씨가 그 사람 앞에서 보인 꼴을 생각하면 거절하는 게 현명했다고 할 수 있겠지만요. 그런 꼴을 당하고도 아가씨한테 청혼한 걸 보면 가망 없는 멍청이거나 무모한 바보임이 틀림없잖아요."

"그런 식으로 말하면 나도 더는 말 안 해줄 테야." 캐서린이 일어서며 신경질적으로 대꾸했어요. "나는 승낙했어, 넬리. 내가 잘못한 건지 아닌지 어서 말해줘!"

"승낙했다고요? 그러면 따져봤자 무슨 소용이죠? 약속했으니 돌이킬 수 없겠네요."

"그래도 내가 어떻게 해야 했는지 말해줘, 얼른!" 캐서린이 짜증 난 목소리로 외쳤습니다. 양손을 비비고 얼굴을 찌푸리며 말이죠.

"그 질문에 제대로 답하자면 우선 고려해야 할 사항이 많아요." 제가 거드름을 피우며 말했어요. "다른 무엇보다도, 아가씨는 에드거 씨를 사랑하시나요?"

"누군들 사랑하지 않을 수 있겠어? 물론 사랑하지." 캐서린이 대답했죠.

그러고서 저는 캐서린을 상대로 다음과 같은 질문 공세를 펼쳤어요. 스물두 살짜리 여자애치고는 그래도 꽤 신중하게 말이에요.

"왜 그 남자를 사랑하나요, 캐시 양?"

"허튼소리 하지 마, 사랑하면 그걸로 된 거지."

"절대 그렇지 않아요. 왜 그런지 이유를 말하셔야 해요."

"글쎄, 그이는 잘생겼고 함께 있으면 즐거우니까."

"부족해요." 저는 이렇게 평했어요.

"그리고 젊고 쾌활하니까."

"아직도 부족해요."

"그리고 나를 사랑하니까."

"부족하지도 충분하지도 않네요. 조금만 더 말해보세요."

"그리고 그이는 부자가 될 거고, 나는 이 근방에서 가장 대단한 여자가 되고 싶고, 그런 남편을 가져서 자랑스러울 테니까."

"최악이네요! 그럼 이제, 아가씨가 그 남자를 어떤 식으로 사랑하는지 말해보세요."

"다들 사랑하는 식으로 사랑하지. 멍청하구나, 넬리."

"전혀 그렇지 않아요. 대답해보세요."

"나는 그이가 밟고 있는 땅, 그이 머리 위의 하늘, 그이가 만지는 모든 것, 그이가 하는 모든 말을 사랑해. 나는 그이가 짓는 모든 표정, 그이가 하는 모든 행동, 그이의 모든 것을 전적으로 사랑해. 이제 됐지!"

"그건 왜죠?"

"됐어. 나한테 장난치고 있는 거였네. 정말 못됐어! 나는 장난이 아니란 말이야!" 아가씨는 이렇게 말하며 찡그린 얼굴을 벽난로 쪽으로 돌려버렸어요.

"전혀 장난치는 게 아니에요, 캐서린 양." 제가 대답했어요. "아가씨는 에드거 씨가 잘생겼고, 젊고, 쾌활하고, 돈 많고, 또 아가씨를 사랑하기 때문에 사랑한다고 했죠. 하지만 마지막 이유는 인정할 수 없어요. 아가씨는 아마 그 이유가 아니었더라도 그를 사랑했을 테니까요. 그리고 그 마지막 이유를 인정하더라도 그에게 앞서 말한 네 가지 매력이 없었다면 그를 사랑하지 않았을 테니까요."

"맞아, 그건 분명 그래. 그저 동정하고 말았겠지. 어쩌면 싫어했을지도 몰라, 만일 그가 못생긴 촌뜨기였다면."

"하지만 세상에 잘생기고 돈 많고 젊은 남자가 그 사람만 있는 건 아니에요. 어쩌면 그보다 더 잘생기고 돈 많은 남자가 있을지도 모르죠. 왜 그런 남자들은 사랑하지 않는 거죠?"

"그런 남자가 있다고 한들 내 주변에는 코빼기도 안 보이잖아. 나는 에드거 같은 남자는 본 적이 없어."

"보게 될지도 모르죠. 그리고 에드거도 늘 잘생기고 젊지는 않을 테고, 계속 돈이 많을 거라고도 장담할 순 없어요."

"지금은 그렇잖아. 나는 현재만 중요해. 좀 합리적으로 말해줬으면 좋겠네."

"흠, 그럼 됐네요. 아가씨가 현재만 중요하다고 생각한다면 린턴 도련님이랑 결혼하세요."

"지금 넬리한테 허락을 구하는 게 아니야. 나는 그이와 결혼을 **할** 거니까. 그리고 아직 나한테 내가 잘한 건지 잘못한 건지 말해주지 않았어."

"완전히 잘하신 거죠. 오직 현재만 위해 결혼하는 게 잘하는 짓이라면 말이에요. 그럼 이제 무엇 때문에 불행하다는 건지 한번 들어볼 차례네요. 아가씨의 오빠는 좋아할 테고, 린턴 씨 내외도 반대하진 않겠죠. 아가씨는 이 어수선하고 불편한 집을 떠나 부유하고 덕망 있는 집에 가서 살게 될 거예요. 아가씨는 에드거를 사랑하고, 에드거도 아가씨를 사랑해요. 모든 게 순조로워 보이는데, 대체 어디가 잘못됐다는 거죠?"

"**여기!** 그리고 **여기!**" 캐서린이 한 손으로는 이마를, 다른 한 손으로는 가슴을 치며 대답했어요. "영혼이 어디 깃들어 있는지는 모르겠지만, 어쨌든 내 영혼이나 내 마음에서 내가 잘못했다는 확신이 든단 말이야!"

"그것참 이상한 일이네요! 나는 잘 모르겠는데."

"그게 내 비밀이야. 하지만 날 놀리지 않겠다고 하면 말해줄게. 정확히는 말 못 하겠지만, 그래도 내 기분이 어떤지는 느낄 수 있을 거야."

캐서린은 다시 제 옆에 앉았습니다. 표정은 점점 더 슬프고 심각해졌고 꽉 쥔 두 손은 부들부들 떨고 있었어요.

"넬리, 혹시 괴상한 꿈 꾼 적 없어?" 캐서린이 몇 분 동안 생각에 잠겨 있다가 갑자기 말했죠.

"네, 가끔 꾸죠." 제가 대답했어요.

"나도 그래. 나는 그동안 살면서 한 번 꾸고 나면 그 후에도 마음에 남아 생각을 변화시키는 꿈들을 꾸어왔지. 마치 포도주가 물속에 퍼지듯 그것들은 내 안에 퍼지고 퍼져 마음의 빛깔을 바꾸어놓았어. 이 꿈도 그런 꿈이야. 뭔지 말해줄게. 하지만 듣다가 절대 웃으면 안 돼."

"아아! 말하지 마세요, 캐서린 양!" 제가 외쳤어요. "이 집은 일부러 유령과 환영을 불러내서 우리를 괴롭히지 않아도 될 만큼 이미 충분히 음울하다고요. 자, 어서요, 평소대로 즐거운 모습을 보여주세요. 이 어린 헤어턴을 좀 봐요. **얘는** 전혀 음울한 꿈을 꾸고 있지 않잖아요. 자면서 웃는 얼굴이 어찌나 귀여운지!"

"그러게, 얘 아빠가 혼자서 욕을 퍼붓는 꼴도 어찌나 귀여운지! 넬리도 얘 아빠가 딱 저렇게 토실토실한 아기였을 때를 기억할 거야. 얘만큼 어리고 순수했었지. 어쨌든 넬리, 내 이야기를 좀 들어주면 좋겠어. 그리 길진 않아. 그리고 오늘 밤 나는 즐거워할 여력도 없어."

"듣기 싫어요, 듣기 싫어요!" 제가 서둘러 연거푸 말했죠.

당시 저는 꿈에 대해 미신적인 생각을 갖고 있었어요. 물론 지금도 그렇긴 하죠. 게다가 캐서린이 평소와는 달리 침울한 모습이어서 괜히 꿈 이야기를 들었다가 어떤 예언을 감지하고 무시무시한 재앙을 예견하게 될까봐 두려웠거든요.

캐서린은 짜증을 냈지만 이야기를 계속하진 않았어요. 그러다 얼마 안 있어 또 다른 화제를 꺼내더군요.

"넬리, 만일 내가 천국에 있다면 나는 몹시 비참할 거야."

"왜냐하면 아가씨는 그곳에 어울리지 않는 사람이니까요." 제가 대답했어요. "죄인이라면 누구나 천국에서 비참하다고 느낄 거예요."

"내 말은 그런 뜻이 아니야. 한번은 천국에 있는 꿈을 꾼 적이 있어."

"꿈 이야기는 듣지 않겠다고 말했잖아요, 캐서린 양! 나는 자러 갈 거예요." 제가 다시 말을 끊었어요.

제가 의자에서 일어나려는 동작을 취하자 캐서린은 웃음을 터뜨리며 저를 붙잡아 앉혔어요.

"별거 아니야." 캐서린이 외쳤어요. "나는 그저 천국은 내가 있을 곳이 아닌 것 같다고 말하려 했을 뿐이야. 나는 지상으로 돌려보내달라며 가슴이 터지도록 울었어. 그러자 천사들은 크게 화를 내며 나를 워더링 하이츠 꼭대기에 있는 히스가 무성한 황야 한가운데로 내던져버렸지. 나는 그 대목에서 기쁨의 눈물을 흘리며 깨어났어. 다른 이야기는 할 것도 없이 이 이야기만으로도 내 비밀을 알았을 거야. 나는 천국에 있으면 안 되는 사람이듯 에드거 린턴과 결혼해서도 안 되는 사람이야. 저기 저 사악한 인간이 히스클리프를 그렇게 천하게 만들지만 않았어도 나는 이 결혼은 생각지도 않았겠지. 지금으로서는 히스클리프와 결혼하면 내 품위가 떨어지고 말 거야. 그러니까 내가 자기를 얼마나 사랑하는지 그 애가 알아서는 안 돼. 그리고 넬리, 그건 그 애가 잘생겨서 그런 게 아니야. 그 애가 나보다 더 나 자신이기 때문이지. 우리의 영혼이 무엇으로 만들어졌든 그 애의 영혼과 내 영혼은 같아. 그리고 린턴의 영혼은 달빛과 번갯불이 다르듯, 혹은 서리와 불꽃이 다르듯 우리의 영혼과는 다르지."

이 말이 끝나기 전에 저는 그곳에 히스클리프가 있음을 느꼈어요. 무언가 살짝 움직이는 것을 알아차리고 고개를 돌렸더니 히스클리프가 긴 의자에서 몸을 일으켜 아무 소리 없이 슬그머니 밖으로 나가더군요. 캐서린이 자기와 결혼하면 품위가 떨어지고 말 거라고 말하는 데까지 듣다가 더는 듣지 않고 나가버린 것이었어요.

바닥에 앉아 있던 캐서린은 긴 의자의 등받이에 가려 거기 히스클리프가 있었다는 것도, 그 애가 떠났다는 것도 알아차리지 못했습니다. 하지만 저는 깜짝 놀라서 캐서린에게 "쉿!" 하고 소리를 냈죠.

"왜?" 캐서린이 불안하게 주위를 두리번거리며 물었어요.

"조지프가 왔어요." 마침 길에서 그의 수레바퀴가 굴러오는 소리를 듣고 제가 대답했어요. "그리고 히스클리프도 같이 올 거예요. 어쩌면 벌써 문간에 와 있는지도 모르겠네요."

"괜찮아. 문간에서는 내 말을 엿듣지 못할 테니까!" 캐서린이 말했어요. "저녁을 준비하는 동안 헤어턴은 내가 볼게. 다 준비되면 불러. 같이 먹자. 나는 내 불편한 양심을 속여서라도 히스클리프가 나의 이런 생각을 전혀 모를 거라고 믿고 싶어. 그 애는 모를 거야, 그렇지? 그 애는 사랑에 빠진다는 게 어떤 건지 모르겠지?"

"아가씨가 아는 걸 히스클리프라고 모르리라는 법은 없죠." 제가 대꾸했어요. "그리고 만일 히스클리프가 택한 사람이 **아가씨**라면, 그 애는 이 세상에서 가장 불운한 존재가 되고 말거예요! 아가씨가 린턴 부인이 되는 순간 그 애는 친구도 잃고, 사랑도 잃고, 그야말로 모든 걸 잃게 될 테니 말이에요! 아가씨는 히스클리프와 떨어지는 걸 어떻게 견딜지, 또 히스클리프가 이 세상에서 완전히 버림받은 존재가 되는 걸 어떻게 견딜지 생각해보셨나요? 왜냐하면 캐시 양……"

"히스클리프가 완전히 버림받다니! 우리가 떨어진다니!" 캐서린이 분개한 말투로 외쳤어요. "누가 우리를 떼어놓는단 말이야, 응? 그런 인간은 밀로●의 운명을 맞게 될 거야! 내가 살아 있는 한 어림도 없어, 엘런. 누구도 그렇게는 못 해. 이 땅 위의 린턴 가문 사람들이 전부 녹아 없어진다 해도 나는 히스클리프를 저버릴 수 없어. 아아, 나는 그럴 생각이 없어, 그럴 마음이 없다고! 그런 대가를 치러야만 한다면 나는 린턴 부인이 되지 않겠어! 히스클리프는 지금까지 평생 그랬듯 앞으로도 내게 소중한 존재일 거야. 에드거도 그 아이에 대한 반감을 떨쳐야 하고, 아니면 적어도 그 아이를 참아줄 줄 알아야만 해. 히스클리프에 대한 나의 진심을 알고 나면 에드거도 그렇게 할 거야. 넬리가 나를 이기적이고 비열한 인간으로

● 고대 그리스의 위대한 운동선수로, 나무를 쪼개려다 갈라진 나무 틈에 손이 끼여 들짐승에게 잡아먹혔다.

생각하는 거 나도 알아. 그런데 만일 히스클리프와 내가 결혼하면 우리 둘 다 거지꼴을 면치 못할 거라는 생각은 한 번도 안 해봤어? 그에 반해 내가 린턴이랑 결혼하면 나는 히스클리프가 성공하도록 도와줄 수 있고, 오빠의 손아귀에서 벗어나게 해줄 수도 있어."

"아가씨 남편 돈으로 말이죠, 캐서린 양?" 제가 물었어요. "그이는 아가씨 생각만큼 고분고분하지 않을 거예요. 그리고 제가 판단할 일은 아니지만, 그건 아가씨가 린턴 도련님의 아내가 되어야 할 이유라고 말한 것 중 최악인 것 같네요."

"그렇지 않아." 캐서린이 쏘아붙였어요. "그게 최고의 이유야! 다른 이유들은 내 변덕을 만족시키기 위한 것이었고, 에드거 자신의 만족을 위한 것이기도 했어. 하지만 이건 에드거와 나 자신에 관한 나의 감정을 모두 이해하는 그 애를 위한 거야. 어떻게 표현하면 좋을지 모르겠는데, 분명 넬리를 포함한 모든 사람은 자신을 뛰어넘는 자신의 존재가 있고 또 있어야 한다고 생각하잖아. 만일 이 몸뚱이 안에 든 것만 나라면 내 존재가 무슨 소용이겠어? 내가 이 세상에서 느낀 가장 큰 고통은 히스클리프가 느낀 고통이었고, 나는 그 고통 하나하나를 처음부터 지켜보고 느껴왔어. 내가 살면서 가장 많이 생각한 건 바로 히스클리프야. 만일 다른 모든 게 사라지고 **그 애**만 남는다면 나는 계속 존재하겠지만, 다른 모든 게 남고 그 애가 소멸한다면 온 세상은 완전히 낯선 곳으로 변해버릴 거야. 나는 이 세상에 속한 것처럼 보이지 않을 거야. 린턴을 향한 나의 사랑은 숲속의 나뭇잎과도 같아. 겨울이 오면 나무가 변하듯 시간이 지나면 변할 거라는 걸 나도 잘 알아. 하지만 히스클리프에 대한 나의 사랑은 땅 아래 있는 영원한 바위와도 같아. 눈에 보이는 기쁨의 근원은 아니더라도 반드시 필요한 거야. 넬리, 내가 **곧** 히스클리프야. 히스클리프는 언제나, 항상 내 마음속에 있어. 내가 늘 나 자신에게 기쁨은 아닌 것처럼 기쁨으로서가 아니라 바로 나 자신으로서. 그러니 우리가 떨어진다는 말은 하지 마. 그건 있을 수 없는 일이고, 게다가……."

캐서린은 말을 멈추더니 제 옷자락에 얼굴을 파묻었어요. 하지만 저는 강제로 뿌리쳐버렸죠. 캐서린의 어리석은 말을 더는 참아줄 수 없었으니까요!

"아가씨의 허튼소리를 이해하려고 아무리 노력해봐도 결국 아가씨는 결혼에 따르는 의무가 뭔지 모르거나 사악하고 파렴치한 인간이라는 확신밖에는 들지 않네요." 제가 말했어요. "이제 비밀을 털어놓겠다느니 하는 말로 나를 괴롭히지 마세요. 비밀을 지키겠다는 약속 같은 건 못 하니까요."

"이 비밀은 지킬 거지?" 캐서린이 간절한 목소리로 물었어요.

"아니요, 약속 못 해요." 제가 거듭 말했어요.

캐서린이 계속 우기려는 참에 조지프가 들어와서 우리의 대화는 끝났어요. 캐서린은 구석에 가서 앉아 헤어턴을 돌봤고, 저는 그동안 저녁을 준비했습니다.

저녁이 준비된 후, 제 동료 하인과 저는 힌들리 씨에게 누가 음식을 가져다줄 것인지를 두고 다투기 시작했어요. 우리는 음식이 거의 다 식을 때까지 결정을 내리지 못했죠. 그러다가 배가 고파진 힌들리 씨가 스스로 음식을 달라고 할 때 가져다주는 걸로 합의를 봤습니다. 우리는 얼마간 혼자 있던 힌들리 씨 앞에 나서는 걸 특히 두려워했거든요.

"헌디 왜 아직 아무도 밭에서 안 돌아왔담? 그놈은 뭘 허는 거지? 그 천하의 게으름뱅이 놈!" 노인네가 히스클리프를 찾아 주위를 두리번거리며 물었어요.

"내가 불러오죠." 제가 대답했어요. "그 아이는 분명 헛간에 있을 거예요."

저는 나가서 불렀지만 아무 대답도 들려오지 않았습니다. 돌아와서 캐서린에게 아가씨가 한 말을 히스클리프가 거의 다 들은 게 분명하다고 속삭여주었고, 오빠가 히스클리프를 천하게 만들었다고 불평한 대목에서 그 애가 부엌을 뛰쳐나가는 걸 봤다고 말해주었어요.

캐서린은 깜짝 놀라 벌떡 일어나더니 헤어턴을 긴 의자에 내던져버리고 자기 친구를 찾으러 달려 나갔어요. 자신이 왜 그렇게 당황했는지, 히스클리프가 자기 말을 듣고 어떤 기분이었을지 미처 생각해볼 겨를도 없었죠.

캐서린이 한참 동안 돌아오지 않자 조지프는 더는 기다리지 말자고 말했습니다. 조지프는 교활하게도 그 아이들이 자신의 너무 긴 식사 기도를 듣기 싫어서 일부러 피했다고 추측했죠. 걔들은 "어떤 나쁜 짓이든 헐 몹쓸 것들"이라고 단언했어요. 그리고 그날 밤에는 보통 십오 분 동안 하는 식사 기도에 그 아이들을 위한 특별 기도를 덧붙였고, 그 기도 끝에 또 다른 기도를 하나 더 할 참이었는데, 그때 아가씨가 쳐들어오더니 조지프에게 당장 길 아래로 달려가서 히스클리프가 어디를 싸돌아다니고 있든 찾아내서 데려오라는 명령을 내렸어요.

"그 애한테 할 말이 있어. 자러 올라가기 전에는 **꼭** 해야만 해." 캐서린이 말했어요. "대문이 열려 있는데, 내 목소리가 들리지 않는 곳까지 간 것 같아. 내가 양 우리 꼭대기에 올라가서 아무리 큰 소리로 외쳐봐도 아무 대답이 없었거든."

조지프는 처음에는 명령에 따르지 않았어요. 하지만 캐서린은 너무 진지한 나머지 그 거부를 받아주지 않았고, 결국 조지프는 머리에 모자를 얹고 투덜거리며 걸어 나갔죠.

그동안 캐서린은 주위를 왔다 갔다 하며 이렇게 소리쳤어요.

"어디 있는 걸까, **대체** 어디로 간 거야! 내가 뭐라고 말했지, 넬리? 잊어버렸어. 내가 오후에 짜증을 낸 것 때문에 화났나? 맙소사! 내가 뭐라고 했기에 그 애를 슬프게 만든 건지 말해주겠어? 그 애가 꼭 돌아오면 좋겠어. 그 애가 꼭 돌아왔으면!"

"아무것도 아닌 일로 웬 호들갑이에요!" 저도 좀 불안하긴 했지만, 그래도 이렇게 큰소리를 쳤습니다. "겨우 이런 일로 웬 난리냐고요! 히스클리프가 달밤에 황야를 어슬렁거리고 있든 우리랑 말하기 싫어서 건초 다락에 누워 있든 전혀 놀랄 일은 아니잖아요. 그 애는 건초 다락에 숨어 있는 게 분명해요. 제가 찾아내고 말 테니 두고 보세요!"

저는 다시 찾아보러 나갔지만 별 소득이 없었고, 조지프의 탐색 역시 헛수고였습니다.

"그놈이 날로 몹쓸 것이 되어가네!" 조지프가 돌아오자마자 말했어요. "대문도 활짝 열어놓아서 아가씨의 조랑말이 밭을 두 이랑이나 짓밟고 황야로 쌩 달아나버렸구먼! 내일 나리가 보시면 아주 펄펄 뛰시겠어. 나리는 그딴 조심성 없고 쓰잘데기없는 놈을 정말 잘도 참으신단 말이지! 허나 나리가 언제까지고 참아주진 않을 기야. 다들 두고 보라고! 괜히 나리를 빡치게 혀선 안 되지!"

"이 멍청한 영감아, 히스클리프는 찾았어?" 캐서린이 조지프의 말을 끊었어요. "내가 명령한 대로 히스클리프를 찾아보긴 한 거야?"

"차라리 말을 찾으라면 찾겠구먼요." 조지프가 대답했어요. "차라리 그기 더 말이 되겠구먼요. 헌디 굴뚝처럼 시커먼 이런 밤에 말이고 사람이고 도통 찾을 수가 있나! 게다가 히스클리프가 **내가** 부른다고 나 여기 있습니다, 허고 나타날 놈도 아니고. **아가씨가** 부른다면 또 모를까!"

여름밤치고는 **정말** 아주 어두운 밤이긴 했죠. 구름을 보아 하니 곧 천둥이라도 칠 것 같았고, 그래서 저는 다들 앉아서 기다리는 게 낫겠다고 말했어요. 비가 오면 히스클리프도 더는 속을 썩이지 않고 분명 집으로 돌아올 거라고요.

하지만 캐서린은 좀처럼 침착하게 있질 못했어요. 대문에서 문간까지 계속 왔다 갔다 하면서 한시도 불안을 떨치지 못했고, 급기야 길가의 담장 한쪽에 자리를 잡더니, 저의 충고와 으르렁대는 천둥소리, 떨어지기 시작하는 굵은 빗방울에도 아랑곳없이 사이를 두고 그 애를 불렀다 귀를 기울이기를 반복하다가 결국 대놓고 울음을 터뜨리고 말았습니다. 캐서린이 욱해서 한번 울음을 터뜨렸다 하면 헤어턴이나 다른 어떤 아이도 상대가 되질 못했어요.

자정 무렵, 우리가 아직 안 자고 있을 때 폭풍이 하이츠를 맹렬히 덮쳐왔습니다. 천둥을 동반한 광풍이 몰아쳤는데, 그로 인해 건물 모퉁이에 서 있던 나무 한 그루가 쪼개져버렸어요. 커다란 가지 하나가 지붕에 떨어지면서 동쪽 굴뚝 일부가 무너져 내렸고, 그러면서 벽돌 조각과 검댕이 부엌 벽난로 속으로 와르르 떨어지고 말았어요.

우리는 우리 한복판에 벼락이라도 떨어진 줄 알았습니다. 조지프는 얼른 무릎을 꿇더니 이스라엘의 족장 노아와 롯●을 기억하시어 그때처럼 불경한 자들은 벌하시더라도 정의로운 자들은 구해달라고 하느님께 애원했어요. 저 또한 그것이 우리에게 내려진 심판이 틀림없다는 생각이 살짝 들긴 했습니다. 제 생각에 요나는 바로 언쇼 씨였고,●● 그래서 저는 언쇼 씨가 아직 살아 있는지 확인하려고 그의 방문 손잡이를 흔들어봤어요. 언쇼 씨는 충분히 들릴 만큼의 목소리로 대답했는데, 그 대답 방식에 제 동료 하인은 자신 같은 성인과 자기 주인 같은 죄인을 확실히 구분해달라며 조금 전보다 더 떠들썩

● 노아는 의로운 자여서 대홍수 때 방주를 만들어 살아남을 수 있었으며, 롯 또한 의로운 자여서 소돔과 고모라가 불로 멸망했을 때 살아남을 수 있었다.

●● 요나가 하느님의 명령을 거역해 다른 선원들 모두에게 불운을 가져다준 것을 말한다.

하게 고래고래 소리를 질러댔습니다. 하지만 그 소란도 이십
분 만에 잦아들었고, 우리는 모두 무사했어요. 물론 비를 피
하지 않겠다고 고집을 부리며 보닛도 쓰지 않고 숄도 두르지
않은 채 머리와 옷이 흠뻑 젖은 캐시만 빼고 말이죠.

캐서린은 물을 뚝뚝 떨어뜨리며 안으로 들어와 긴 의자에
드러눕더니 등받이 쪽으로 얼굴을 돌린 채 손으로 얼굴을 감
쌌습니다.

"아니, 아가씨!" 캐서린의 어깨에 손을 얹으며 제가 외쳤어
요. "설마 죽지 못해 안달인 건 아니겠죠? 지금이 몇 시인 줄
아세요? 12시 반이에요. 어서요, 어서 자러 가요! 그 멍청한
아이는 더 기다려봤자 아무 소용 없어요. 아마 기머턴에 가서
자고 있겠죠. 우리가 이렇게 늦은 시간까지 자기를 기다리고
있을 거라고는 상상도 못 할 거예요. 아니면 깨어 있는 사람
은 힌들리 씨뿐이라고 생각하고는 문을 열어주는 사람이 나
리가 될까봐 오지 않는 것이겠지요."

"아니, 아니, 그놈은 기머턴에 간 기 아녀!" 조지프가 말했
어요. "지금쯤 늪 구렁텅이에 빠져 있다고 혀도 이상할 기 하
나 없지. 방금 내린 천벌에도 다 이유가 있을 테고, 아가씨도
조심허는 기 좋을 거구먼요. 다음은 아가씨 차례일지도 모르
니. 하느님, 감사합니다! 하느님이 쓰레기 가운데 골라내신
이들에게는 모든 기 함께 작용혀 선을 이룬다는 걸 우리는
압니다!• 다들 알다시피 성경에 뭣이라 되어 있느냐면……."

그러더니 조지프는 몇몇 성경 구절을 인용하며 우리에게
그게 몇 장 몇 절 내용인지까지 일러주었어요.

고집 센 아가씨더러 자리에서 일어나 젖은 옷을 갈아입으라고 애원했지만 아무 소용도 없었기에, 저는 설교를 늘어놓는 조지프와 부들부들 떠는 캐서린을 내버려둔 채 헤어턴을 데리고 침대로 향했습니다. 헤어턴은 주변 사람들이 다들 잠들어 있기라도 하듯 곤히 잠들어 있었죠.

그 후로도 한동안 조지프가 성경을 읽는 소리가 들려왔어요. 그러다가 그가 천천히 사다리를 올라가는 소리가 들려왔고, 저는 곧 잠이 들었죠.

평소보다 조금 늦게 아래로 내려와보니 덧창 틈으로 새어 들어온 햇살에 여전히 난롯가에 앉아 있는 캐서린 양이 보이더군요. 거실 문도 살짝 열려 있었는데, 문밖의 닫지 않은 창문에서도 빛이 들어오고 있었어요. 힌들리도 이미 밖으로 나와 초췌하고 졸린 모습으로 부엌 벽난로 앞에 서 있었죠.

"어디 아프냐, 캐시?" 제가 부엌에 들어가는 순간 힌들리가 이렇게 말했어요. "물에 빠져 죽은 강아지처럼 침울한 얼굴이네. 왜 그렇게 창백한 낯빛으로 의기소침해 있는 거야?"

"비를 맞았어." 캐서린이 마지못해 대답했습니다. "그래서 추워. 그뿐이야."

"하여튼 아가씨는 말을 안 듣는다니까!" 나리가 그럭저럭 술이 깬 것을 보고는 제가 외쳤어요. "어제저녁에 비를 쫄딱

● 〈로마서〉 8장 28절, "하느님을 사랑하는 이들, 그분의 계획에 따라 부르심을 받은 이들에게는 모든 것이 함께 작용하여 선을 이룬다는 것을 우리는 압니다" 참조.

맞고는 밤새 저기 앉아 있었나보네요. 제가 아무리 말해도 꼼짝을 해야 말이죠."

언쇼 씨가 놀란 얼굴로 우리를 쳐다봤어요. "밤새." 그가 제 말을 되풀이하더군요. "대체 무엇 때문에 안 자고 있었던 거지? 천둥소리가 무서워서 그런 건 분명 아니었을 거야. 그렇지? 천둥은 한참 전에 멎었으니까."

우리는 둘 다 히스클리프가 없다는 사실을 최대한 모르는 체하고 싶어 했습니다. 그래서 저는 캐서린이 무슨 생각으로 밤을 새운 건지 도통 모르겠다고 대답했고, 캐서린도 아무 말 하지 않았죠.

그날 아침은 상쾌하고 시원했습니다. 제가 격자창을 열어젖히자 이내 정원에서 달콤한 향기가 들어와 거실을 가득 채웠어요. 하지만 캐서린은 짜증을 내며 제게 외쳤습니다.

"엘런, 창문 닫아. 추워 죽겠어!" 그러고서 캐서린은 이가 딱딱 부딪칠 만큼 떨며 거의 다 꺼진 벽난로 쪽으로 몸을 움츠렸어요.

"얘가 병이 났네." 힌들리가 캐서린의 손목을 잡으며 말했어요. "그래서 자러 가지 않은 거였어. 망할! 이 집에 아픈 사람이 더 생기면 곤란한데. 너는 대체 왜 비를 맞은 거야?"

"평소처럼 그놈 꽁무니를 따라간 기죠!" 우리가 우물쭈물하는 사이에 조지프가 목쉰 소리로 사악한 혀를 놀렸습니다.

"나리, 만일 지가 나리라면 귀한 것 천한 것 가릴 것 없이 저것들의 눈 앞에서 문을 쾅 닫아버릴 거구먼요! 나리가 나가실 때마다 그 린턴 놈이 고양이처럼 여기 기어들어 오지 않은 날이 하루도 없어요. 또 저 넬리 양은 어쩌나 훌륭헌지! 부엌에서 나리를 기다리며 망을 보다가 나리가 한쪽 문으로 들어오면 그놈이 다른 문으로 내빼게 혀준다니께요. 그러고 서 우리 잘난 아가씨는 또 아가씨대로 연애를 허러 나가신답 니다! 자정을 넘긴 시간에 그 더럽고 지독한 악마 집시 놈 히 스클리프랑 들판을 숨어 돌아다닌다니 참 꼴좋은 짓이다! 저 들은 **내가** 눈먼 봉사인 줄 알지만 그렇지 않죠. 그렇지 않고 말고! 나는 그 어린 린턴 놈이 오가는 걸 다 봤고, **너도** 봤어 (저더러 하는 소리였죠), 이 아무짝에도 쓰잘데기없는 방탕한 마녀 같으니! 나리의 말소리가 들려오자마자 벌떡 일어나서 거실로 달려가는 걸 봤다고."

"입 다물어, 남 얘기나 엿듣는 노인네야!" 캐서린이 외쳤어요. "감히 누구 앞이라고 건방을 떠는 거야! 오빠, 에드거 린 턴은 어제 우연히 들른 거야. 그리고 가라고 한 건 바로 **나야.** 오빠는 상태가 좀 그랬으니 만나고 싶어 하지 않겠다고 생각 했거든."

"너는 지금 거짓말을 하고 있어, 캐시." 캐서린의 오빠가 대 답했어요. "게다가 너는 괘씸한 얼간이야! 하지만 린턴 이야 기는 잠시 접어두도록 하지. 말해봐, 어젯밤에 히스클리프랑 같이 있었어? 자, 사실대로 말해봐. 내가 녀석을 해칠까 걱정 할 필요는 없어. 물론 녀석이 싫은 건 마찬가지지만 얼마 전 에 도움을 받았으니 양심상 녀석의 목을 부러뜨리긴 어렵겠 지. 그래도 혹시 그럴지 모르니까, 오늘 아침에 당장 녀석을 쫓아버려야겠어. 녀석이 사라지고 나면 다들 정신 바짝 차리는 게 좋을 거야. 이제 내 성질은 다 너희가 감당하게 될 테니까!"

"어젯밤에 히스클리프는 보지도 못했어." 캐서린이 서럽게 흐느끼기 시작하며 대답했어요. "그리고 만일 오빠가 그 애를 쫓아내면 나도 그 애를 따라 떠날 거야. 하지만 오빠한테는 그럴 기회가 없을 거야. 그 애는 이미 가버린 것 같거든." 캐서린은 여기까지 말하곤 걷잡을 수 없는 슬픔에 눈물을 터뜨렸고, 이후에 한 말은 정확히 알아들을 수 없었어요.

힌들리는 캐서린에게 한바탕 경멸 섞인 욕설을 쏟아냈고, 당장 방으로 꺼지지 않으면 진짜 제대로 된 이유로 울게 될 거라고 말했어요! 저는 캐서린에게 그 명령에 따르라고 할 수밖에 없었죠. 그리고 우리가 캐서린의 방에 들어갔을 때 캐서린이 피운 난동을 저는 절대 잊을 수 없을 거예요. 저는 겁에 질렸죠. 캐서린이 미쳐가고 있다고 생각한 저는 조지프에게 달려가서 의사 선생님을 불러오라고 간청했어요.

그것은 정신착란의 시작임이 판명되었습니다. 케네스 씨는 캐서린을 보자마자 위독한 상태라고 단언했죠. 열병에 걸린 것이었어요.

케네스 씨는 캐서린의 피를 뽑아낸 다음 제게 유장(乳漿)과 미음만 먹게 하고 계단 아래나 창문 밖으로 몸을 던지지 못하게 주의하라는 말을 남기고는 가버렸습니다. 교구 내의 집들은 보통 3~4킬로미터씩 떨어져 있어서 갈 길이 바빴거든요.

물론 제가 간호를 잘했다고는 할 수 없고 조지프와 나리도 저보다 나을 게 없었지만, 또 우리의 환자가 그 어느 환자보다도 사람을 피곤하게 하는 고집불통이었지만, 캐서린의 병세는 점차 호전되어갔습니다.

린턴 부인은 상황을 확인하기 위해 우리를 몇 차례 방문해서 이런저런 일들을 바로잡아주었고, 우리를 꾸짖고 모두에게 명령을 내려주었어요. 캐서린이 회복기에 접어들자 그녀를 스러시크로스 그레인지로 옮겨야 한다고 주장했죠. 우리로서는 병간호에서 벗어날 수 있게 되어 무척 감사한 일이었어요. 하지만 그 가엾은 부인은 자신이 베푼 친절을 후회할 수밖에 없었습니다. 자신과 남편 둘 다 열병이 옮아 불과 며칠 간격으로 세상을 뜨고 말았으니까요.

우리 아가씨는 그 어느 때보다 더 심술궂고 격정적이고 거만해진 모습으로 돌아왔어요. 천둥이 치고 폭풍이 불어오던 그날 저녁 이후로 히스클리프는 감감무소식이었습니다. 그러던 어느 날, 저는 캐서린 때문에 너무 약이 오른 나머지 불행하게도 그 애가 사라진 건 다 아가씨 탓이라고 말해버렸어요(캐서린도 잘 알다시피 그게 사실이긴 했죠). 그때부터 몇 달 동안 캐서린은 저에게 단순한 일을 시킬 때 외에는 그 어떤 말도 걸지 않았어요. 그건 조지프에게도 마찬가지였죠. 그러거나 말거나 조지프는 캐서린을 아이처럼 대하며 자기 생각을 **전부** 말하고 설교해댔지만, 캐서린은 자신을 어엿한 어른이자 우리 안주인으로 여겼고, 자신이 최근에 아팠던 만큼 극진한 대접을 받을 권리가 있다고 생각했습니다. 게다가 캐서린이 짜증을 너무 많이 참아서는 안 되며 자기 마음대로 하게 놔두어야 한다고 의사 선생님이 말씀하기도 했고요. 그래서 캐서린은 누가 자신에게 맞서서 말대꾸라도 하는 것을 살인 행위나 다를 바 없다고 여겼습니다.

캐서린은 언쇼 씨와 그의 친구들에게 냉담하게 굴었어요. 케네스 씨에게 들은 말도 있고, 캐서린이 격분하면 심각한 발작을 일으킬 위험도 있었기에 그녀의 오빠는 동생이 요구하는 것은 무엇이든 들어주었고, 웬만하면 동생의 불같은 성미를 돋우는 일을 피했습니다. 캐서린의 변덕을 **지나치게** 너그러이 받아주었다고도 할 수 있겠는데, 애정 때문이 아니라 자존심 때문이었죠. 언쇼 씨는 캐서린이 자기 집안과 린턴 집안을 하나로 맺어주는 영광을 가져다주길 간절히 바랐고, 자기를 가만히 내버려두기만 하면 캐서린이 우리를 노예처럼 짓밟더라도 눈 하나 깜짝하지 않았어요!

에드거 린턴으로 말하자면, 과거에 그러했고 앞으로도 그러할 수많은 사람처럼 사랑에 푹 빠져 있었습니다. 그리고 아버지가 돌아가시고 3년이 지난 어느 날, 그는 캐서린을 기머턴 교회로 데려가면서 자신이 세상에서 가장 행복한 사람이라고 믿었어요.

저는 제 의사와는 전혀 상관없이 워더링 하이츠를 떠나 캐서린과 함께 이곳으로 올 수밖에 없었어요. 그때 어린 헤어턴은 거의 다섯 살이었고, 저는 이제 막 그 아이에게 글자를 가르치기 시작한 참이었죠. 우리는 서로 슬픈 이별을 고했지만, 캐서린의 눈물은 우리의 눈물보다 더 강력했어요. 제가 따라가길 거부하고 자신의 애원으로도 제 마음을 바꿀 수 없다는 걸 알자 캐서린은 자기 남편과 오빠에게 읍소했지요. 남편은 제게 후한 급료를 제안했고, 오빠는 제게 짐을 싸라고 명령했어요. 그는 이제 집에 안주인이 없으니 여자는 필요 없다고 말하더니 헤어턴은 곧 부목사의 손에 맡기겠다고 하더군요. 그리하여 제게 남은 선택지는 하나뿐이었어요. 명령에 따르는 것이었죠. 저는 나리에게 제대로 된 사람은 다 쫓아냈으니 이제 파멸에 이르는 속도가 좀 더 빨라졌겠다고 말해주었고, 헤어턴에게는 입을 맞추며 작별 인사를 해주었어요. 그 이후로 그 아이는 제게 남이나 다름없는 존재가 되어버렸습니다. 생각해보면 정말 기이한 일인데, 어쨌든 그 아이는 이제 엘런 딘의 존재를 깨끗이 잊었을 게 분명하고, 서로가 서로에게 세상에서 가장 소중한 존재였다는 사실도 깨끗이 잊었을 게 분명해요!

이야기의 이 대목에서 무심코 벽난로 위의 시계로 눈을 놀린 가정부는 바늘이 1시 반을 가리키는 것을 보고는 깜짝 놀랐다. 그녀는 조금만 더 있어달라는 말은 들으려 하지도 않았다. 실은 나도 그녀가 들려줄 이야기의 뒷부분을 다음 기회로 미루고 싶은 마음이긴 했다. 그리하여 나는 그녀가 쉬러 간 후 다시 한두 시간 동안 깊은 생각에 잠겨 있었는데, 머리와 팔다리가 나른하게 쑤시긴 하지만 이제 나도 용기를 내서 그만 자러 가봐야겠다.

제10장

.

은둔자의 삶을 이렇게 멋지게 시작하다니! 사 주 동안이나 고통과 몸부림과 병과 함께하다니! 아아, 이 음산한 바람과 혹독한 북녘 하늘, 다닐 수 없는 길, 미적거리는 시골 의사들이란! 그리고 아아, 사람 얼굴이라고는 구경도 할 수 없구나! 무엇보다 최악인 것은, 봄이 올 때까지 집 밖으로 나갈 생각은 하지도 말라는 케네스의 끔찍한 통고다!

황송하게도 히스클리프 씨가 방금 나를 방문해주셨다. 이레 전쯤에는 이번 계절에 마지막으로 맛보게 될 뇌조 한 쌍을 보내주기도 했다. 악당 같으니라고! 내가 이렇게 병을 얻게 된 것은 그에게도 책임이 있고, 나는 그에게 그 사실을 제대로 알려줄 생각이었다. 하지만 아아! 어떻게 내가 내 침대 옆에 족히 한 시간은 앉아 알약과 물약, 발포제와 치료용 거머리가 아닌 다른 소재를 이야깃거리로 삼아주는 자선을 베풀어준 사람의 기분을 상하게 할 수 있었겠는가?

이제 어느 정도 안락한 막간에 접어든 듯하다. 책을 읽기에는 너무 허약하지만, 그래도 무언가 흥미로운 일이라면 즐길 수 있을 듯한 기분이다. 딘 부인을 불러서 이야기를 마저 들려 달라고 하면 어떨까? 들은 이야기 가운데 중요한 사건들은 기억이 난다. 그래, 남자 주인공은 달아나서 3년 동안 감감무소식이었고, 여자 주인공은 결혼했었지. 종을 울려야겠다. 내가 쾌활하게 이야기를 할 수 있는 걸 보면 그녀도 기뻐할 테지.

딘 부인이 왔다.

"약 드시려면 아직 이십 분 남았는데요, 록우드 씨." 부인이 입을 뗐다.

"아니, 약은 됐고!" 내가 대답했다. "나는 그저……."

"의사 선생님이 가루약은 그만 드셔야 한다고 했어요."

"그만 먹고말고! 내 말 좀 막지 말아요. 와서 여기 좀 앉지 그러시오. 그 쓴 약병들에서는 손 떼시고. 주머니에서 뜨개질 감을 꺼내서…… 그래, 그렇지…… 이제 히스클리프 씨의 내력이나 계속 들려주시오. 전에 중단했던 데서 지금에 이르기까지. 그가 유럽으로 가서 교육을 마치고 신사가 되어 돌아왔소? 아니면 장학생이 되었소? 아니면 미국으로 도망쳐서 자신을 길러준 나라 사람들의 피를 흘리게 해 명예를 얻었소? 아니면 영국의 큰길에서 노상강도 짓으로 더 빨리 떼돈을 벌었소?"

"그 모든 일을 조금씩 다 하고 다녔는지도 모르지요, 록우드 씨. 하지만 어떤 것도 제 입으로 장담할 수는 없네요. 전에도 말씀드렸다시피 저는 히스클리프가 어떻게 돈을 벌었는지 모르고, 야만스러울 만큼 무식한 상태에서 무슨 수로 벗어났는지도 알지 못하니까요. 그러니 실례지만, 만일 제 이야기가 지루하지 않고 재미있을 것 같다고 생각하신다면 제가 하던 식대로 이야기를 이어나가도록 하겠습니다. 오늘 아침에는 몸이 좀 괜찮으세요?"

"훨씬."

"반가운 소식이네요."

저는 캐서린 양과 함께 스러시크로스 그레인지로 왔습니다. 그런데 캐서린은 제 예상이 무색할 만큼 아주 훌륭히 처신해서, 저는 기분 좋은 실망감을 느껴야만 했죠. 캐서린은 린턴 씨를 살짝 지나치게 좋아하는 것 같았습니다. 심지어 린턴 씨의 동생에게도 지나친 애정을 보였죠. 린턴 남매가 캐서린의 안위에 매우 세심한 신경을 기울인 것은 분명 사실이었습니다. 가시나무가 인동덩굴 쪽으로 몸을 구부린 게 아니라 인동덩굴이 가시나무를 껴안은 꼴이었죠. 서로 양보한 것이 아니었습니다. 한쪽은 물러서지 않았고, 다른 한쪽은 굴복했어요. 상대가 내게 반대하지도 않고 무심하지도 않은데 그 앞에서 고약한 성질을 부릴 사람이 **과연** 누가 있겠어요?

저는 에드거 씨가 캐서린의 심기를 거스를까봐 속으로 깊이 두려워한다는 사실을 깨달았습니다. 캐서린에게는 그러한 사실을 숨겼는데, 하지만 제가 쏘아붙이듯 말대답하는 걸 듣거나 다른 하인들이 캐서린의 고압적인 명령에 어두운 낯빛을 띠는 걸 보면, 자기 일로는 한 번도 그런 적이 없던 사람이 얼굴을 찌푸리며 불쾌한 기색을 드러냈어요. 제가 당돌하게 굴면 엄하게 꾸짖은 적도 많았죠. 칼에 찔리는 아픔보다 아내가 짜증 내는 모습을 보는 게 더 고통스럽다고 단언하기도 했어요.

친절하신 나리를 슬프게 하지 않으려고 저도 덜 까다롭게 구는 법을 익혔습니다. 그리하여 화약은 반년 동안 모래처럼 무해하게 놓여 있었어요. 그것을 폭발시킬 불씨가 근처에 다가오지 않았기 때문이죠. 캐서린은 이따금 우울과 침묵의 시기를 보냈습니다. 그녀의 남편은 그에 동조하는 침묵으로 그 시기를 존중해주었어요. 아내가 예전에 앓았던 중병 때문에 체질이 변해서 그러겠거니 했거든요. 그 전에는 한 번도 우울증에 시달린 적이 없었으니까요. 아내의 얼굴에 다시 햇살이 비치면 그도 얼굴에 햇살을 비추며 화답했습니다. 둘의 행복은 나날이 더 깊어지고 있었다고 해도 과언이 아닐 거예요.

그 행복도 막을 내리고 말았습니다. 음, 결국 우리는 자기 자신을 위할 수밖에 **없는** 존재니까요. 온화하고 관대한 사람은 군림하려 드는 사람에 비해 좀 더 정당하게 이기적이라는 차이가 있을 뿐이죠. 그리하여 그 행복은, 한쪽의 관심사가 다른 한쪽의 주된 관심사가 아니라는 것을 서로 느끼게 된 상황 속에서 막을 내리고 말았습니다.

9월의 어느 그윽한 저녁, 잔뜩 딴 사과로 묵직해진 바구니를 들고 정원에서 돌아오는 길이었어요. 땅거미가 내렸고, 안뜰의 높은 벽 너머에서 비치는 달빛으로 건물의 수많은 돌출부 모서리에 알 수 없는 그림자가 어려 있었습니다. 저는 부엌문 옆에 있는 계단에 짐을 내려놓고 잠깐 쉬면서 그 부드럽고 감미로운 공기를 몇 번 더 들이마셨어요. 눈은 달을 향하고 등은 현관을 향하고 있었을 때, 등 뒤에서 누가 저를 부르는 목소리가 들렸습니다.

"넬리, 넬리 맞지?"

굵은 목소리에 낯선 말투였어요. 그런데도 제 이름을 발음하는 방식이 어딘지 모르게 귀에 익었죠. 저는 목소리의 주인공을 확인하기 위해 두려운 마음으로 뒤돌아보았어요. 문은 다 닫혀 있었고 계단 쪽으로 누가 오는 것도 보지 못했거든요.

현관 쪽에서 뭔가 움직이더군요. 가까이 다가가보니 검은 옷차림에 얼굴과 머리도 검은 키 큰 남자가 보였어요. 현관 옆에 몸을 기댄 채 마치 문을 열고 들어가기라도 하려는 듯 빗장에 손을 올리고 있었죠.

'대체 누구지?' 저는 생각했어요. '언쇼 씨인가? 음, 아니야! 목소리가 전혀 안 비슷해.'

"여기서 한 시간을 기다렸어." 그가 다시 말했고, 그동안 저는 계속 쳐다보기만 했어요. "그런데 그동안 주위가 온통 쥐 죽은 듯 조용한 거야. 감히 들어갈 용기가 안 났지. 나 모르겠어? 봐, 나는 낯선 사람이 아니라고!"

그의 얼굴에 한 줄기 달빛이 비쳤습니다. 누르스름한 뺨은 검은 구레나룻으로 반쯤 뒤덮여 있었고, 눈썹 끝은 아래로 처져 있었으며, 눈은 특이하게 푹 꺼져 있더군요. 저는 그 눈을 기억하고 있었습니다.

"세상에!" 그가 저세상에서 온 손님일지도 모른다는 생각에 저는 이렇게 외쳤고, 깜짝 놀라 두 팔을 쳐들었습니다. "세상에! 돌아온 거야? 정말 너야? 그런 거야?"

"그래, 히스클리프야." 그가 저에게서 눈을 떼고 창문을 올려다보며 대답했어요. 스무 개 정도의 창문이 달빛을 반사해 반짝이고 있었지만 안에서 새어 나오는 불빛은 없었죠. "다들 집에 있는 거야? 그 애는 어디 있지? 넬리, 내가 반갑지 않구나. 그래도 그렇게 불안해할 것까진 없잖아. 그 애가 여기 있어? 말해줘! 그 애랑 한마디만 하고 싶어. 넬리의 안주인 말이야. 어서, 가서 기머턴에서 온 어떤 사람이 보고 싶어 한다고 전해줘."

"마님이 이 일을 어떻게 받아들일까?" 제가 외쳤어요. "마님이 어떻게 할까? 나도 놀라서 어리둥절할 지경인데, 마님은 정신이 나가버릴 거야! 네가 **정말** 히스클리프라고? 그런데 변했어! 아니, 도저히 이해가 가질 않아. 군대라도 다녀온 거야?"

"가서 내 말 좀 전해줘." 그가 조바심치며 제 말을 끊었습니다. "그렇게 해주기 전까지는 난 지옥에 있는 셈이나 마찬가지라고!"

그는 걸쇠를 들어 올렸고, 저는 안으로 들어갔습니다. 하지만 린턴 내외가 있는 응접실 앞에 이르자 도저히 들어가질 못하겠더군요.

마침내 저는 촛불을 켜겠냐고 묻는 것을 구실로 삼기로 하고 문을 열었습니다.

두 사람은 창가에 앉아 있었어요. 격자창이 벽 쪽으로 열어 젖혀진 창문 밖으로 정원의 나무와 자연 그대로의 푸른 대정원, 그 너머의 기머턴 계곡도 눈에 들어왔습니다. 길게 피어오른 안개가 거의 계곡 꼭대기까지 굽이져 있었죠(록우드 씨도 보셨겠지만, 교회를 지나자마자 습지에서 흘러나온 도랑이 보이는데 그 도랑이 시냇물과 합류해서 굽이진 협곡을 따라 흐르거든요). 이 은빛 안개 위로 워더링 하이츠가 솟아 있었지만 우리의 그 옛집이 눈에 보이진 않았죠. 그 집은 언덕 반대편의 살짝 낮은 곳에 자리해 있거든요.

응접실과 거기 있는 사람들, 그들이 바라보던 경치 모두가 경이로울 만큼 평화로워 보였습니다. 저는 용건을 말하기가 꺼려져 주저했죠. 그래서 촛불을 켤지 말지 묻고는 아무 말 없이 나와버릴 뻔했는데, 그때 이게 무슨 바보짓인가 싶은 생각에 다시 돌아가 중얼거렸습니다.

"기머턴에서 오신 분이 린턴 부인을 뵙고 싶어 합니다."

"무슨 일로?" 린턴 부인이 물었어요.

"그건 물어보지 않았는데요." 제가 대답했어요.

"흠, 커튼을 쳐줘, 넬리." 캐서린이 말했어요. "그리고 차도 좀 내와. 곧 돌아올 테니."

캐서린이 응접실에서 나갔습니다. 에드거 씨가 무심코 누구냐고 묻더군요.

"마님이 예상치 못할 사람이죠." 제가 대답했어요. "히스클리프라고, 나리도 기억하실 겁니다. 언쇼 씨 댁에 살던 사람 말이에요."

"뭐라고? 그 집시, 그 머슴아이?" 나리가 외쳤어요. "왜 캐서린에게 그렇게 말하지 않은 거야?"

"쉿! 그 사람을 그렇게 부르시면 안 됩니다, 나리." 제가 말했어요. "마님이 들으면 무척 슬퍼할 거예요. 히스클리프가 뛰쳐나갔을 때 마님이 얼마나 상심했는데요. 그가 돌아왔으니 마님은 축제라도 벌일 듯 기뻐하실 거예요."

린턴 씨는 안뜰이 내려다보이는 응접실 반대편 창문 쪽으로 걸어갔습니다. 그러더니 창문을 열고 몸을 밖으로 내밀었죠. 린턴 씨가 곧장 외친 걸 보면, 바로 아래에 두 사람이 있었나봐요.

"여보, 거기 그렇게 서 있지 마요! 특별한 손님이거든 데리고 들어오고."

이윽고 걸쇠가 딸가닥하는 소리가 들리더니 캐서린이 정신없이 헉헉대며 위층으로 뛰어 올라왔습니다. 기뻐하는 모습을 보이기에는 너무 흥분한 것 같았어요. 아닌 게 아니라 얼굴만 봐서는 무슨 끔찍한 재앙이라도 닥친 줄 알았을 겁니다.

"아아, 에드거, 에드거!" 캐서린이 헐떡이며 남편의 목을 얼싸안았어요. "아아, 에드거, 여보! 히스클리프가 돌아왔어요. 그가 돌아왔다고요!" 그러면서 캐서린은 쥐어짜기라도 하듯 껴안았던 목을 더 세게 감싸 안았습니다.

"자, 자." 그녀의 남편이 기분이 뒤틀린 듯 외쳤습니다. "그렇다고 내 목을 조를 것까진 없잖소! 그 사람이 그렇게 놀라운 보물이라고 생각한 적은 한 번도 없으니까. 그렇게 난리칠 필요 없어요!"

"당신이 그 사람을 좋아하지 않았다는 건 나도 알아요." 캐서린이 강렬한 기쁨을 살짝 억누르며 대답했습니다. "그렇지만 이제 나를 위해서라도 그와 친구로 지내주세요. 올라오라고 할까요?"

"여기로?" 남편이 말했어요. "이 응접실로?"

"여기가 아니면 어디겠어요?" 캐서린이 반문했어요.

남편은 짜증이 나 보였고, 그 사람에게는 부엌이 더 적당하지 않겠느냐고 제안했죠.

린턴 부인은 우스꽝스러운 표정으로 남편을 쳐다보았어요. 남편이 까다롭게 구는 것을 반쯤은 노여워하고 반쯤은 비웃는 표정이었죠.

"안 돼요." 캐서린이 잠시 후 말을 덧붙였습니다. "내가 부엌에 앉아 있을 수는 없어요. 여기 상을 두 개 차려, 엘런. 하나는 상류층이신 나리와 이저벨라 양을 위해, 또 하나는 하층민인 히스클리프와 나를 위해. 그러면 당신도 만족하겠지요, 여보? 아니면 어디 다른 곳에 불을 지펴야 하나? 만일 그래야 한다면 분부만 내려주세요. 나는 아래층으로 달려가서 내 손님을 붙들어놓아야겠어요. 너무 기뻐서 마치 꿈만 같아!"

캐서린이 다시 아래로 쏜살같이 달려가려는 찰나, 에드거가 그녀를 붙잡았습니다.

"그 사람은 **자네가** 데려오도록 하게." 에드거가 저를 부르며 말했어요. "그리고 캐서린, 기뻐하는 건 좋지만 어리석은 모습은 자제해요! 당신이 달아난 하인을 오빠나 남동생처럼 환영하는 모습을 온 집안사람이 구경할 필요는 없으니까."

내려가보니 히스클리프가 현관에서 기다리고 있었는데, 들어오라는 말을 듣게 될 거라고 분명 예상했던 것 같았어요. 그는 말을 아끼며 묵묵히 저의 안내를 따랐고, 저는 그를 나리와 안주인 앞으로 안내했는데, 두 사람의 상기된 얼굴을 보니 따뜻한 말이 오간 것 같진 않더군요. 하지만 자신의 친구가 문간에 나타나자 린턴 부인은 또 다른 감정으로 얼굴이 달아올랐어요. 그녀는 휙 달려가 친구의 두 손을 잡고는 그를 린턴에게로 이끌었죠. 그러고는 린턴의 꺼리는 손을 붙잡아 친구의 손에 억지로 쥐여주었어요.

그런데 벽난로 불빛과 촛불에 완전히 드러난 히스클리프의 변한 모습을 본 저는 그 어느 때보다도 놀라고 말았습니다. 그는 훤칠하고 탄탄하고 균형 잡힌 몸매의 사나이로 자라 있었어요. 그에 비하면 옆에 선 나리는 너무 가냘프고 앳돼 보이더군요. 그의 꼿꼿한 행동거지를 보니 그동안 군대에 있었던 게 아닌가 싶었어요. 그의 표정이나 이목구비의 윤곽은 린턴 씨보다 훨씬 더 성숙해 보였죠. 지적으로 보였고, 예전의 천한 느낌은 흔적도 남아 있지 않았습니다. 아직 채 다 문명화되지 않은 흉포함이 푹 꺼진 눈썹과 검게 타오르는 눈동자에 도사리고 있긴 했지만, 그래도 어느 정도는 억눌려 있었어요. 심지어 그의 태도에는 위엄이 서려 있기까지 했지요. 우아하다고 하기에는 너무 근엄했지만, 그래도 난폭함은 거의 찾아볼 수 없었어요.

나리도 저보다 더 놀라면 놀랐지 덜 놀라지는 않았습니다. 방금 머슴아이라고 불렀던 그 사람을 뭐라고 불러야 할지 몰라 한동안 말을 잇지 못했죠. 히스클리프는 나리의 작고 여윈 손을 내려놓고는, 나리가 먼저 말을 걸기 전까지 나리를 냉랭하게 쳐다보며 서 있었습니다.

"앉으시지요." 마침내 나리가 말했습니다. "아내가 옛정을 생각해서 제가 당신을 정중히 맞아주길 바라는군요. 물론 저야 아내를 기쁘게 해줄 일이라면 뭐든 환영입니다."

"저도 그렇습니다." 히스클리프가 대답했어요. "특히 저도 이바지할 수 있는 일이라면 더더욱 그렇죠. 그럼 기꺼이 한두 시간 머물다 가겠습니다."

히스클리프는 캐서린의 맞은편에 앉았는데, 캐서린은 마치 그에게서 눈을 떼면 그가 사라져버릴까 두렵기라도 한 듯 그를 계속 응시했습니다. 히스클리프는 캐서린과 눈을 마주치는 일이 드물었고, 이따금 힐끗 쳐다보는 것으로 만족했어요. 하지만 그럴 때마다 그의 눈은 캐서린의 눈에서 숨김없는 기쁨을 흡수해 매번 더 대담하게 빛났죠.

두 사람은 서로의 기쁨에 너무 열중한 나머지 어색함에 시달릴 틈도 없었습니다. 에드거 씨는 그렇지 않았죠. 나리는 오로지 짜증 때문에 얼굴이 파랗게 질렸는데, 자리에서 일어난 아내가 양탄자를 밟고 건너가 또다시 히스클리프의 두 손을 잡고 제정신이 아닌 듯 웃음을 터뜨리자 그 짜증은 극에 달했습니다.

"내일이면 이 일이 꿈만 같이 느껴질 거야!" 캐서린이 외쳤어요. "또다시 너를 보고, 만지고, 너와 말했다는 걸 믿을 수 없을 거라고. 그런데 잠깐, 이런 잔인한 녀석 같으니! 너는 이런 환영을 받을 자격이 없어. 3년 동안이나 사라져서 침묵한데다가 내 생각은 한 번도 하질 않다니!"

"네가 날 생각한 것보다는 내가 널 생각한 일이 좀 더 많을 걸!" 히스클리프가 중얼거렸어요. "캐시, 최근에야 네가 결혼했다는 사실을 알았어. 나는 아까 저 아래 마당에서 기다리는 동안 이런 계획을 세웠지. 네가 놀란 표정을 짓든 겉치레로 기뻐하는 표정을 짓든 네 얼굴을 그저 잠깐만 한번 보고, 그러고는 힌들리에게 복수해준 다음 스스로 형을 집행해서 법의 손길을 피할 계획이었어. 그런데 네가 환영해주니 이런 생각들이 머릿속에서 싹 사라져버렸어. 그렇다고 다음에 만날 때 나를 다르게 대해선 안 돼! 아니, 너는 나를 다시는 내치지 않을 거야. 너는 나한테 정말 미안했을 거야, 그렇지? 그래, 그럴 만했지. 너의 목소리를 마지막으로 들은 이후로 나는 인생의 쓴맛을 보며 하루하루를 헤쳐왔어. 그러니 너는 나를 용서해줘야만 해. 내가 그렇게 몸부림친 것은 오직 너 때문이니까."

"캐서린, 우리 모두 식은 차를 마시게 할 작정이 아니라면 자리로 돌아오도록 해요." 린턴이 평상시의 말투와 적당한 예의를 지키려 애쓰며 끼어들었어요. "히스클리프 씨가 오늘 밤 어디 묵을지 모르겠지만, 어쨌든 갈 길이 멀 것 아니오. 게다가 나는 목이 마르군요."

캐서린은 찻주전자 앞에 자리를 잡았습니다. 이저벨라 양도 종소리를 듣고 그리로 왔죠. 저는 그들의 의자를 밀어준 뒤 방을 빠져나왔습니다.

차를 마시는 자리는 십 분을 채 넘기지 못했습니다. 캐서린의 잔은 애초에 채워져 있질 않았는데, 먹을 수도 마실 수도 없는 상태였으니까요. 에드거는 받침 접시에 차를 찰랑거릴 만큼 따르고는 거의 한 모금도 마시질 않았죠.

그날 저녁 그 손님이 머문 시간은 한 시간을 넘기지 않았습니다. 그가 떠날 때, 저는 "혹시 기머턴으로 가는 거야?" 하고 물었어요.

"아니, 워더링 하이츠로 갈 거야." 히스클리프가 대답했어요. "오늘 아침에 방문했는데, 언쇼 씨가 나를 초대하더군."

언쇼 씨가 **그를** 초대했다니! 그리고 **그가** 언쇼 씨를 방문했다니! 저는 그가 떠난 후 이 말을 곰곰이 생각해봤어요. 그가 위선자의 탈을 뒤집어쓴 채 나쁜 짓을 벌이려고 이 고장에 돌아온 건가? 저는 깊은 생각에 잠겼죠. 그러자 그가 돌아오지 않는 편이 나았을 거라는 불길한 예감이 마음속 저 깊은 곳에서 고개를 내밀었습니다.

한밤중에 제가 살짝 잠이 들었을 때, 린턴 부인이 제 방으로 슬그머니 들어와 침대 옆에 앉아서 제 머리카락을 잡아당기며 저를 깨웠어요.

"잠이 안 와, 엘런." 린턴 부인이 변명조로 말했어요. "그리고 나는 살아 있는 누군가와 내 행복을 함께하면 좋겠어! 에드거는 내가 자기 관심사가 아닌 일에 기뻐한다며 골이 났어. 입을 꾹 다물어버렸는데, 그나마 하는 말이라고는 심술궂고 멍청한 말이 전부야. 그리고 자기는 이렇게 아프고 졸린데 내가 대화를 바라는 건 잔인하고 이기적인 짓이라며 큰소리치더라고. 그이는 조금만 화가 나면 늘 용케 병에 걸려버려! 내가 히스클리프 칭찬을 몇 마디 했는데, 그이는 두통이 생겼는지, 가슴이 아플 만큼 질투가 났는지 눈물을 흘리기 시작하더라고. 그래서 일어나서 나와버렸어."

"대체 나리한테 히스클리프를 칭찬해서 뭐 하게요?" 제가 대답했어요. "둘은 어렸을 때부터 서로를 혐오했으니 히스클리프도 나리를 칭찬하는 말을 들으면 그만큼 질색할 거예요. 그게 인지상정이죠. 둘이 대놓고 싸우게 할 게 아니라면, 린턴 씨한테 히스클리프 이야기는 꺼내지도 말아요."

"하지만 그건 너무 나약한 거 아니야?" 캐서린이 계속 말했습니다. "나는 질투 같은 거 안 해. 이저벨라의 노란 머릿결과 흰 피부가 환히 빛나도, 이저벨라가 앙증맞은 우아함으로 온 식구의 사랑을 독차지해도 나는 절대 상처받지 않아. 이저벨라와 내가 가끔 언쟁을 벌이면, 심지어 넬리도 곧장 이저벨라 편을 들잖아. 그래도 나는 바보 같은 어머니처럼 순순히 굴복하고 말지. 나는 이저벨라를 귀염둥이라고 불러주고 듣기 좋은 말로 기분 좋게 해줘. 우리가 다정하게 지내는 걸 보면 남편도 기뻐하고, 그러면 나도 기쁘거든. 하지만 그 둘은 정말이지 너무 닮았어. 둘 다 응석받이로 자라서 그런지 세상이 자기들 편하라고 있는 줄로만 안다니까. 물론 내가 그 둘의 비위를 맞춰주고 있긴 하지만, 아무래도 따끔하게 혼이 나봐야 둘 다 정신을 좀 차릴 것 같아."

"잘못 알고 계신 거예요, 린턴 부인." 제가 말했어요. "그 두 분이 마님의 비위를 맞추고 있는 거라고요. 만일 두 분이 그러지 않는다면 무슨 일이 벌어질지 불 보듯 뻔하죠! 두 분이 미리 마님의 마음을 읽고 비위를 맞추니까 마님도 두 분이 어쩌다가 부리는 변덕을 그럭저럭 받아줄 수 있는 거라고요. 하지만 양쪽 모두에게 중요한 문제가 생긴다면 마님도 결국 그쪽과 사이가 틀어지고 말 거예요. 그러면 마님이 나약하다고 하는 그들도 마님만큼이나 고집이 세다는 걸 확실히 보여줄 거고요!"

"그럼 우리는 죽을 때까지 서로 싸우겠구나. 안 그래, 넬리?" 캐서린이 대꾸하며 웃음을 터뜨렸어요. "그렇지 않아! 분명히 말하는데, 나는 내가 린턴을 죽여도 그이가 보복하지 않을 만큼 나를 사랑한다고 믿어."

저는 그런 애정을 베풀어주는 사람을 더 소중히 여겨주라고 충고했어요.

"물론이야." 캐서린이 대답했죠. "하지만 그렇게 별것도 아닌 일로 우는소리를 할 필요는 없잖아. 너무 유치해. 내가 이제 히스클리프는 누가 봐도 훌륭한 사람이 되었고, 이 고장에서 제일가는 신사도 그와 친구가 되는 걸 명예로 여길 거라고 말했다고 질질 짜는 대신, 자기가 먼저 나한테 그런 말을 해주었어야지. 그리고 나의 기쁨을 함께 나누었어야지. 그이도 히스클리프에게 익숙해져야만 하고, 그 애를 좋아하는 편이 이래저래 나을 거야. 그이에게 반감을 품을 만한 충분한 이유가 있다는 걸 생각하면, 히스클리프는 분명 훌륭하게 처신한 거야!"

"히스클리프가 워더링 하이츠에 간 건 어떻게 생각하세요?" 제가 물었어요. "보아하니 완전히 개심한 모양이에요. 기독교인이 다 됐던걸요. 주변의 모든 적에게 친교의 악수를 권하고 있으니 말이에요!"

"히스클리프한테서 설명을 들었어." 캐서린이 대답했어요.

"나도 넬리만큼이나 놀랐거든. 히스클리프는 넬리가 아직 거기 사는 줄 알고 넬리한테 내 소식을 물으러 거길 방문했던 거래. 조지프가 힌들리 오빠한테 히스클리프가 왔다고 말하자, 오빠가 밖으로 나와서 히스클리프한테 그동안 어떻게 지냈으며 뭘 하고 살았느냐고 물었다더군. 그러다 결국 안으로 들어오라고 했다는 거야. 안에서는 몇 사람이 앉아 카드놀이를 하고 있었고, 히스클리프도 그 판에 끼었대. 오빠는 히스클리프한테 돈을 좀 잃었는데, 그 애한테 돈이 많은 걸 알고는 저녁에 다시 와달라고 했고, 히스클리프도 그러겠다고 한 거야. 힌들리 오빠는 너무 무모한 성격이라 아무나 친구로 사귀곤하잖아. 자기가 야비하게 학대한 사람을 믿어선 안 될 이유를 굳이 생각해보려 하지도 않은 거지. 하지만 히스클리프는 단언하길, 자기가 예전의 박해자와 다시 인연을 맺기로 한 것은 무엇보다도 그레인지까지 걸어 다닐 만한 위치에 거처를 마련하고 싶고, 우리가 함께 살던 집에 애착이 있으며, 기머턴보다는 그곳에 있어야 나를 볼 기회가 더 많아질 거라는 기대감 때문이래. 하이츠에서 하숙하는 걸 허락받으면 후한 대가를 치를 모양이던데, 탐욕스러운 오빠는 분명 그 조건을 당장 수락하겠지. 오빠는 늘 돈 욕심이 많았으니까. 물론 한 손으로 움켜쥔 걸 다른 손으로 내팽개쳐버리긴 하지만."

"젊은 사람이 살기에 퍽이나 좋은 집이겠네요!" 제가 말했어요. "어떤 일이 생길지 걱정되지도 않으세요, 마님?"

"내 친구는 전혀 걱정되지 않아." 캐서린이 대답했어요. "정신력이 강한 애니까 위험한 일은 알아서 피하겠지. 힌들리 오빠는 살짝 걱정되긴 하는데, 정신적으로는 어차피 타락할 대로 타락했으니 그건 더 걱정할 거 없고, 육체적으로 해를 입는 일만은 당하지 않도록 내가 막을 테야. 오늘 저녁에 있었던 일 덕분에 나는 하느님과 사람들이랑 화해했어! 그동안 나는 하느님의 섭리에 반항하며 화를 키워왔지. 아아, 그동안 나는 아주아주 쓰라린 고통을 참아왔어! 그 고통이 얼마나 쓰라렸는지 저 인간이 알았다면 내 고통을 없애주기는커녕 공연히 발끈해서 거기에 구름을 드리우고 만 것을 부끄럽게 여겼을 거야. 고통을 혼자 견뎌낸 것도 다 그이를 생각해서였지. 자꾸만 찾아오는 그 괴로움을 말로 표현했더라면 그이도 내 괴로움이 덜해지길 나처럼 열렬히 바랐을 텐데. 하지만 이제 다 지난 일이고, 그이의 어리석음에 복수하진 않겠어. 이제부터 나는 그 어떤 고통도 견뎌낼 수 있으니까! 세상에서 가장 천한 것이 내 뺨을 때리면 나는 다른 쪽 뺨도 내밀 거고, 뺨을 맞을 만한 짓을 해서 미안하다고 용서를 구할 거야. 그리고 그 증거로, 나는 당장 에드거한테 가서 그이랑 화해할 테야. 잘 자, 이제 나는 천사야!"

캐서린은 이렇게 자아도취적인 확신을 보이며 돌아갔는데, 다음 날 보니 그 굳은 결심이 성공을 거두었음을 확실히 알 수 있었죠. 린턴 씨는 투정 부리기를 관뒀을 뿐만 아니라 (물론 캐서린이 너무 활기찬 탓에 상대적으로 더 차분해 보이기도 했지만), 그날 오후에 이저벨라를 데리고 워더링 하이츠에 가겠다는 캐서린의 말에도 감히 반대하지 않았습니다. 그리고 캐서린은 그에 대한 보답으로 여름날과도 같은 감미로움과 애정을 베풀어 며칠 동안 집 안을 천국으로 만들었어요. 나리와 하인들 모두 그 무궁한 햇빛을 누릴 수 있었죠.

히스클리프(이제부터 히스클리프 씨라고 불러야겠군요)는 처음에는 스러시크로스 그레인지를 방문할 권리를 조심스럽게 누렸습니다. 집주인이 자신의 침입을 어느 정도까지 참아줄지 가늠해보려는 듯한 눈치였어요. 캐서린 또한 그를 맞이할 때 너무 기뻐하는 기색을 드러내지 않는 편이 현명하겠다고 여겼죠. 그리하여 그는 그곳을 찾는 것을 점차 당연한 권리로 만들어갔습니다.

그는 어린 시절과 마찬가지로 말수가 적었고, 그 덕에 남을 펄쩍 뛰게 할 만한 온갖 감정을 드러내는 일을 억누를 수 있었죠. 주인 나리의 불안함은 소강상태에 접어들었는데, 이후에 벌어진 상황 때문에 한동안 또 다른 국면으로 접어들었어요.

나리의 새로운 근심거리는 이저벨라 린턴이 그리 달갑지 않은 그 손님에게 갑자기 억누를 수 없는 호감을 드러내고만 뜻밖의 불행에서 생겨났습니다. 당시 이저벨라는 열여덟 살의 매력적인 아가씨였어요. 날카로운 기지와 감정을 지녔고, 짜증을 낼 때는 그 성질 또한 날카로워지긴 했지만, 그래도 행동거지는 어린아이나 다름없었습니다. 이저벨라를 사랑하고 아끼던 그녀의 오빠는 이런 기상천외한 선택에 질겁하고 말았지요. 원래 이름도 없던 남자와 결혼해서 품위를 떨어뜨리는 것이나, 상속받을 아들이 태어나지 않으면 자기 재산이 그런 인간의 손에 넘어갈 수도 있다는 사실은 차치하더라도 자신이 간파한 히스클리프의 기질은 그냥 넘길 수 없었으니까요. 나리는 그의 외모는 바뀌었을지언정 그의 마음은 달라지지 않았고 달라질 수도 없다는 걸 알고 있었습니다. 나리는 히스클리프의 그 마음을 두려워했어요. 그것에 혐오감을 느꼈죠. 그런 마음을 가진 자에게 이저벨라를 떠맡긴다는 불길한 생각은 하고 싶어 하지도 않았습니다.

그 애착이 어디까지나 자발적으로 생겨났으며 상대방의 호응을 전혀 이끌어내지 못했다는 사실을 알았더라면 나리는 훨씬 더 움츠러들었을 겁니다. 나리는 이저벨라의 애착을 알게 되자마자 그것을 히스클리프의 의도적인 수작으로 여기고 비난했으니까요.

우리 모두는 언제부턴가 린턴 양이 왠지 초조해하고 누군가를 애타게 그리워한다는 것을 알아차렸습니다. 린턴 양은 점점 더 짜증을 내며 피곤하게 굴었고, 계속 딱딱거리며 캐서린을 못살게 굴어서 그렇지 않아도 인내심이 부족한 캐서린을 폭발 직전까지 몰아갔어요. 우리는 어느 정도까지는 나쁜 건강을 탓하며 린턴 양을 봐주었죠. 딱 봐도 말라가고 기력이 쇠해가고 있었으니까요. 그런데 어느 날, 린턴 양이 유달리 고집을 부리며 아침 식사를 거부했고, 하인들이 자기 말을 듣지 않는다는 둥, 안주인은 자기를 집에 없는 사람 취급하고 에드거 오빠는 자기를 무시한다는 둥, 문을 열어놓아서 자기가 감기에 걸렸다는 둥, 자기를 짜증 나게 하려고 우리가 응접실의 난롯불을 일부러 껐다는 둥, 그 외에도 백 가지나 되는 하찮은 비난을 퍼부으며 불평을 늘어놓았어요. 린턴 부인은 당장 침대로 가라고 단호히 말했고, 실컷 야단을 친 후 의사를 부르겠다고 협박했습니다.

케네스의 이름을 듣자마자 이저벨라는 자신이 더할 나위 없이 건강하다고, 자신이 불행한 것은 캐서린이 가혹하게 대했기 때문일 뿐이라고 외쳤어요.

"내가 가혹하게 대했다니. 어쩜 그런 말을 할 수 있니, 버릇없는 애처럼?" 안주인이 부당한 주장에 기막히다는 듯 외쳤어요. "이제 정말 실성한 모양이네. 말해봐, 내가 언제 가혹하게 대했다고 그러니?"

"어제." 이저벨라가 흐느꼈어요. "그리고 지금도!"

"어제라니!" 이저벨라의 올케가 말했어요. "어제 언제?"

"같이 황야를 걸을 때요. 자기는 히스클리프 씨랑 천천히 걷고 있을 테니 나더러 마음대로 돌아다니라고 말했잖아요!"

"그게 가혹하게 대한 거라고?" 캐서린이 웃음을 터뜨리며 말했어요. "네가 옆에 없어도 된다는 뜻으로 한 말은 아니었어. 우리는 네가 옆에 있건 없건 상관없었으니까. 나는 단지 히스클리프의 이야기가 너한테는 아무 재미도 없으리라고 생각했을 뿐인걸."

"아아, 그런 게 아니야." 아가씨가 눈물을 글썽였어요. "내가 같이 있고 싶어 하는 걸 알고는 내가 없어지면 좋겠다고 생각했잖아!"

"얘가 제정신인가?" 린턴 부인이 제게 호소하며 물었어요. "이저벨라, 우리가 나눈 대화를 단어 하나하나까지 전부 다 되풀이해서 들려줄 테니 네가 듣기에 재미있는 부분이 있거든 내게도 알려주렴."

"대화는 아무래도 상관없어." 이저벨라가 대답했어요 "나는 그저 그 사람……."

"그 사람 뭐!" 이저벨라가 말끝을 흐리는 걸 알아채고는 캐서린이 말했어요.

"그 사람 옆에 있고 싶었어. 그리고 나도 언제까지고 밀려나지만은 않을 거야!" 이저벨라가 열을 올리며 말을 이었어요. "캐시 언니는 여물통의 개●야, 자기 말고는 누구도 사랑받는 꼴을 못 보니까!"

"이런 무례한 원숭이 같으니!" 린턴 부인이 놀라서 외쳤어요. "그런데 이건 또 무슨 바보 같은 소리람! 네가 히스클리프에게 사랑받길 원하거나 그에게 호감을 느낄 리는 없잖아! 내가 잘못 들은 거겠지, 이저벨라?"

"아니, 잘못 들은 게 아니야." 사랑에 홀딱 빠진 아가씨가 말했어요. "나는 언니가 에드거 오빠를 사랑하는 것보다 훨씬 더 그이를 사랑하고, 언니만 빠져준다면 그이도 나를 사랑해줄 거야!"

"그렇다면 나는 왕국을 통째로 준대도 너와 자리를 바꾸지 않겠어!" 캐서린이 단호히 말했는데, 진심으로 하는 말 같았죠. "넬리, 자기가 미쳤다는 걸 얘도 알 수 있게 나 좀 도와줘. 얘한테 히스클리프가 어떤 인간인지 좀 말해줘. 세련이나 우아함과는 거리가 먼 거친 인간, 가시금작화와 현무암밖에 없

● 자기는 먹지도 않으면서 다른 동물이 여물을 먹지 못하도록 여물통에 들어앉은 개가 등장하는 《이솝 우화》에서 비롯된 표현으로, 흔히 '심술쟁이'를 뜻한다.

는 메마른 황무지 같은 인간이라고 말이야. 너한테 그에게 마음을 주라고 권하느니 차라리 저 작은 카나리아를 겨울날 대정원에 풀어주는 게 낫겠어. 애, 너는 그의 성격에 관해 처참할 만큼 무지하니까 그런 꿈같은 생각을 품는 거야. 부탁인데, 그가 그 단호한 겉모습 이면에 깊은 자비심과 애정을 감추고 있을 거라고 상상해서는 안 돼! 그는 다듬어지지 않은 다이아몬드도 아니고 진주를 품은 조개 같은 시골뜨기도 아니야. 사납고 무자비한 늑대 같은 인간이라고. 나는 그에게 '주변의 적들을 가만히 내버려둬, 그들을 해치는 건 옹졸하고 잔인한 짓이니까'라고 절대 말하지 않아. '그들을 내버려둬, 그들이 잘못되는 건 **내가** 싫으니까'라고 말하지. 그리고 이저벨라, 그는 네가 성가시게 느껴지면 너를 참새 알처럼 으스러뜨려버릴걸. 그가 린턴 가문 사람을 사랑할 수 없다는 건 내가 잘 알아. 하지만 그는 재산과 유산 때문이라도 충분히 너와 결혼할 수 있는 인간이야. 그의 내면에 탐욕이 자라나면서 끊임없는 죄악을 낳고 있어. 내 생각은 그래. 그런데 나는 그의 친구거든. 그것도 너무 친한 친구라서, 그가 너를 붙잡으려고 정말로 마음먹는다면 나는 아마 조용히 입 다물고 네가 그의 덫에 걸리도록 놔두어야 할 거야."

린턴 양은 격분한 채로 올케를 쳐다보았어요.

"아이 부끄러워라! 아이 부끄러워!" 린턴 양이 성을 내며 거듭 외쳤죠. "언니는 스무 명의 원수보다 더 나빠. 이런 지독한 작자 같으니!"

"하! 그렇다면 내 말을 안 믿겠다는 말이야?" 캐서린이 말했어요. "너는 내가 사악한 이기심 때문에 이렇게 말한다고 생각해?"

"당연한 거 아니겠어." 이저벨라가 쏘아붙였어요. "나는 언니를 보면 진저리가 나!"

"좋아!" 상대편이 외쳤어요.

"정 그렇다면 직접 확인해봐. 나는 할 말 다 했고, 너처럼 심술궂고 건방진 애랑 말싸움하는 건 이제 관두겠어."

"저 인간의 이기심 때문에 내가 이렇게 시달려야 한다니!" 린턴 부인이 방을 떠나자 이저벨라가 흐느꼈습니다. "다들, 다들 나를 적대시해. 언니는 내 유일한 위안을 망쳐버렸어. 하지만 언니의 말은 거짓이지, 그렇지? 히스클리프 씨는 악마가 아니야. 그이의 영혼은 고결하고 진실해. 그러니까 언니를 잊지 않았던 거 아니겠어?"

"그 사람을 머릿속에서 쫓아버리세요, 아가씨." 제가 말했어요. "그는 흉조(兇鳥)예요. 아가씨 짝이 아니라고요. 린턴 부인이 모질게 말하긴 했지만 저도 그 말을 부정할 수는 없어요. 마님은 저보다, 혹은 주위의 누구보다 그의 속을 잘 아니까요. 그리고 마님이 그 사람을 실제보다 더 나쁘게 말할 리는 절대 없어요. 정직한 사람은 자신이 한 일을 숨기지 않는 법이죠. 그는 그동안 어떻게 살았던 거죠? 어떻게 부자가 된 거죠? 왜 그는 자신이 혐오하는 사람이 사는 워더링 하이츠에 머무는 거죠? 사람들 말이, 히스클리프가 온 이후로 언쇼 씨 상태가 점점 나빠지고 있대요. 두 사람은 연일 같이 밤을 새우고, 흔들리는 땅을 담보로 돈을 꾸었는데, 놀고 마시는 일 외에는 일절 하지 않는다더군요. 고작 한 주 전에 들은 이야기예요. 조지프가 말했죠. 기머턴에서 만났거든요.

'넬리.' 조지프가 말했어요. '우리 집에서 곧 검시(檢屍)를 허게 생겼구먼. 한 사람이 송아지 새끼 잡듯 자기 배때기에 칼을 쑤시려는 걸 다른 한 사람이 막다가 손가락이 달아날 뻔했다니께. 천국의 심판을 받지 못혀 안달인 그 사람은 바로 우리 나리여. 나리는 줄줄이 앉아 있는 심판관들이 무섭지도 않은가보구먼. 바울도, 베드로도, 요한도, 마태도, 그 누구도 말이여! 오히려 그 뻔뻔한 면상을 그분들 앞에 들이밀지 못혀 환장을 혔으니! 그라고 그 멀쩡허게 생긴 젊은 놈 히스클리프는 니도 알다시피 여간내기가 아니여. 악마가 농담을 혀도 그 앞에서 이빨을 내놓고 웃을 놈이라니께. 그레인지에 가면 자기가 우리랑 을매나 잘 살고 있는지 떠들어대지 않던가? 그라니께 이런 식이여. 해 떨어질 때 일어나서 주사위 굴리고 브랜디 마시고 덧창을 닫고는 다음 날 정오까지 촛불을 켜놓는다고. 그라면 멍청한 나리는 쌍욕을 허고 미쳐 날뛰면서 자기 방으로 돌아가는디, 점잖은 사람이라면 낯이 뜨거워서라도 손가락으로 귓구멍을 틀어막아야 할 정도지. 그라고 그 악당은 딴 돈을 헤아리고, 처먹고, 처자고, 다시 그 집으로 가서 부녀자랑 떠들어대는 거라고. 그라면서 캐서린 양헌테 니 아버지 돈이 자기 호주머니로 굴러 들어오고 있다고, 니 아버지 아들이 널찍한 길을 달려가는 동안 니 아버지는 앞질러 달려가서 미리 문을 열어놓고 있을 기라고● 말허고 있을 거구먼.' 자, 린턴 양, 조지프는 늙은 악당이지만 거짓말쟁이는 아니에요. 그리고 만일 그가 히스클리프의 행동에 대해 한 말이 사실이라면, 린턴 양도 그런 남편은 절대 원하지 않겠죠?"

"엘런도 다른 사람들이랑 한패였어!" 이저벨라가 대답했어요. "나는 그런 중상모략은 듣지 않겠어. 이 세상에 행복이 없다는 걸 믿으라니 정말 악의적이야!"

혼자 내버려져 있었다면 이저벨라가 이런 환상에서 벗어났을지, 아니면 굴하지 않고 그 환상을 영영 키워나갔을지 그건 저도 모르겠어요. 이저벨라는 그에 대해 생각해볼 겨를이 없었죠. 그다음 날에는 옆 마을에서 재판이 열려서 나리는 거기 참석할 수밖에 없었고, 나리가 없다는 사실을 안 히스클리프 씨는 평소보다 조금 일찍 찾아왔어요.

캐서린과 이저벨라는 서로 적개심을 품은 채, 하지만 말없이 서재에 앉아 있었습니다. 이저벨라는 최근의 무분별한 행동과 순간적으로 격정에 휘말려 은밀한 감정을 드러내고 만 것에 대해 경악했고, 캐서린은 생각하면 생각할수록 이저벨라 때문에 비위가 상했습니다. 만일 한 번만 더 버릇없이 굴어서 자신의 비웃음을 사게 되면, 그때 그 웃음은 **이저벨라에게는** 그냥 웃어넘길 일이 아니게 만들어줄 작정이었어요.

캐서린은 히스클리프가 창문 밖으로 지나가는 걸 보고 웃었습니다. 저는 벽난로를 청소하고 있었는데, 캐서린의 입술에 심술궂은 미소가 떠오르는 것이 보였죠. 이저벨라는 생각

● 〈마태복음〉 7장 13절, "너희는 좁은 문으로 들어가라. 멸망으로 이끄는 문은 넓고 길도 널찍하여 그리로 들어가는 자들이 많다" 참조.

에 잠겼는지 독서에 빠졌는지 문이 열릴 때까지 그냥 그 자리에 남아 있었어요. 도망칠 수만 있다면 기꺼이 그렇게 했겠지만 그때는 이미 늦어버렸던 거죠.

"들어와, 마침 잘됐네!" 안주인이 의자 하나를 벽난로 쪽으로 당기며 명랑하게 외쳤습니다. "여기 우리 두 사람은 서먹서먹한 분위기를 깨줄 제삼자를 애타게 필요로 하고 있었거든. 그리고 너야말로 우리 둘 다 선택할 바로 그런 사람이니까. 히스클리프, 마침내 나보다 더 너를 애지중지하는 누군가를 소개할 수 있게 되어 기뻐. 아마 우쭐한 기분이 들겠지. 아니, 넬리는 아니야, 넬리는 쳐다보지 말고! 우리 가엾은 아가씨가 너의 육체적이고 정신적인 아름다움에 관한 생각만으로도 이렇게 애를 태우고 있어. 네가 마음만 먹으면 에드거의 매부가 될 수 있다고! 아니, 아니, 이저벨라, 도망가면 안 돼." 당황한 아가씨가 화를 내며 자리에서 일어서자 장난인 양 붙잡으며 캐서린이 말을 이었어요. "우리는 히스클리프 너를 두고 고양이들처럼 티격태격하고 있었어. 그런데 이저벨라가 너에 대한 헌신과 찬양을 주장하기에 나는 깨끗이 지고 말았지. 게다가 내가 예의 있게 옆으로 비켜주면, 스스로를 나의 경쟁자라고 칭하는 분께서 너의 영혼에 화살을 쏘아서 너를 영원히 자기 것으로 만들고 나에 대한 기억 따위는 영원히 망각 속으로 사라지게 하시겠대!"

"캐서린 언니." 자신의 위엄을 지키며, 또 자신을 꽉 붙잡은 캐서린의 손길을 뿌리치려 몸부림치는 것도 자제하며 이저벨라가 말했어요. "오직 진실만 말하고, 농담으로라도 나를 중상

모략하는 일은 삼갔으면 고맙겠어요! 히스클리프 씨, 부디 당신 친구분께 저를 놓아달라고 말씀해주세요. 언니는 당신과 제가 그리 친밀한 사이가 아니라는 걸 잊었나봐요. 언니는 재미로 하는 이 일이 저로서는 말도 못 하게 고통스럽군요."

손님이 아무 대답 없이 자리에 앉아 그녀가 자신에 대해 어떤 감정을 품었든 전혀 관심이 없다는 표정을 지었기에, 이저벨라는 자기를 괴롭히는 사람을 향해 돌아서서 제발 놓아달라며 진심 어린 목소리로 속삭였습니다.

"어림도 없는 소리!" 린턴 부인이 큰 소리로 대답했어요. "여물통의 개라는 말은 다시는 듣지 않겠어. 가게 **놔둘** 줄 알아? 그럼, 자! 히스클리프, 내가 기쁜 소식을 전해주었는데 만족스러운 표정이라도 좀 짓지 그래? 이저벨라는 나를 향한 에드거의 사랑은 너에 대한 자신의 사랑에 비하면 아무것도 아니라고 장담해. 어쨌든 뭐 그런 비슷한 말이었어. 그렇지, 엘런? 그리고 그저께 산책을 다녀오고부터는 내가 자기를 네 옆에서 떼어놓은 것을 용납할 수 없다며 슬퍼하고 분노하면서 밥까지 굶고 있어."

"그건 거짓말 같은데." 히스클리프가 의자를 두 사람 쪽으로 돌리며 말했어요. "어쨌든 지금은 내 옆에 있고 싶어 하지 않는 것 같아!"

그러고서 히스클리프는 기이하고 혐오스러운 동물, 이를테면 인도에서 온 지네처럼 혐오감을 불러일으키지만 호기심 때문에 자세히 관찰하게 되는 동물을 쳐다보기라도 하듯 그 화제의 주인공을 빤히 쳐다보았어요.

가엾은 이저벨라는 그 눈빛을 견디지 못했습니다. 얼굴이 연거푸 창백해졌다 붉어졌다 했는데, 속눈썹에 눈물이 주렁주렁 맺히는 와중에도 캐서린의 꽉 움켜쥔 손에서 벗어나려고 작은 손가락에 단단히 힘을 주었어요. 하지만 손가락 하나를 떼어내자마자 다른 손가락이 조여오는 바람에 손가락 전체를 다 떼어내기란 불가능하다는 것을 깨닫고는 손톱을 사용하기 시작했죠. 그 날카로운 손톱들은 곧 자신을 억류한 사람의 손을 붉은 초승달 무늬로 장식했습니다.

"암호랑이가 따로 없네!" 린턴 부인이 이저벨라를 놓아주고 고통스러운 손을 털며 외쳤어요. "제발 가버려, 그 여우 같은 얼굴은 좀 숨기고! **그이** 앞에서 발톱을 드러내다니 정말 멍청하기도 하지. 그가 어떤 결론을 내릴지 생각도 안 해봤니? 이것 좀 봐, 히스클리프! 저걸로 사람 잡겠어. 너도 눈알 조심해야겠다."

"만일 저 손톱으로 나를 위협하면 손톱을 몽땅 뽑아버리겠어." 이저벨라가 나가고 문이 닫히자 히스클리프가 난폭하게 대답했어요. "그런데 캐시, 대체 무슨 생각으로 저 여자애를 그렇게 괴롭힌 거야? 아까 한 말은 진담이 아니었지, 그렇지?"

"맹세코 진담이야." 캐서린이 대꾸했어요. "저 애는 몇 주 동안 너 때문에 죽을 만큼 애를 태우더니 오늘 아침에는 너에 대해 열변을 토했고, 내가 그 흠모의 마음을 좀 덜어주려고 네 결점을 분명히 말해주니까 마구 욕설을 쏟아내더라고. 하지만 더는 신경 쓸 거 없어. 나는 저 애의 건방진 태도에 벌주고 싶었을 뿐이거든. 그래도 나는 저 애를 좋아하니까, 친애하는 나의 히스클리프, 네가 저 애를 완전히 붙잡아서 삼켜 버리게 그냥 놔두진 않겠어."

"그러기에는 내가 저 아가씨를 별로 안 좋아해서 말이야." 히스클리스가 말했어요. "잔인하게 괴롭히며 좋아하면 또 모를까. 내가 저 구역질 나는 밀랍 인형 같은 얼굴의 아가씨랑 단둘이 산다면 이상한 소문이 퍼질 거야. 그중 가장 흔한 소문은 하루가 멀다 하고 저 하얀 얼굴이 무지개색으로 물들고 파란 눈이 시커멓게 변한다는 소문이겠지. 저 눈은 불쾌할 만큼 린턴의 눈과 꼭 닮았군."

"유쾌할 만큼이겠지." 캐서린이 말했어요. "저건 비둘기의 눈, 천사의 눈이라고!"

"저 아가씨가 오빠의 상속인이겠지, 그렇지?" 히스클리프가 잠깐 침묵하다가 물었어요.

"그렇게 생각한다니 서운한걸." 그의 친구가 대꾸했어요. "하느님, 조카가 대여섯 명은 태어나게 하셔서 아가씨의 상속권을 없애주세요! 지금은 그 일에 신경 꺼. 너는 네 이웃의 재물을 너무 탐하는 경향이 있어. **이** 이웃의 재물은 내 것이기도 하다는 것을 잊지 말라고."

"그 재물이 **내 것**이라고 하더라도 그건 네 것이 되었을 거야." 히스클리프가 말했어요. "하지만 이저벨라 린턴이 좀 바보 같기는 해도 미치지는 않았겠지. 어쨌든 네 충고대로 이 이야기는 관두도록 하자."

두 사람은 그 이야기를 더는 입에 올리지 않았습니다. 캐서린은 아마 그 일을 더는 생각도 하지 않았을 거예요. 하지만 히스클리프는 그날 저녁 내내 그 일을 몇 번이고 떠올렸던 게 분명했습니다. 린턴 부인이 일이 생겨 방을 비울 때마다 혼자 미소를 지으며, 아니 히죽거리며 불길한 생각에 잠기는 것을 보았거든요.

저는 그의 행동을 주시하기로 마음먹었습니다. 제 마음은 늘 캐서린보다는 나리 편이었거든요. 거기에는 이유가 있었는데, 나리가 친절하고 믿음직하고 고결했기 때문이죠. 캐서린은 그 **반대**까지라고는 할 수 없지만, 그래도 스스로에게 너무 관대해 보였어요. 그래서 저는 캐서린이 지닌 원칙에 별로 믿음이 가지 않았고, 캐서린이 느끼는 감정에는 더더욱 공감할 수 없었어요. 저는 무슨 일이라도 일어나서 워더링 하이츠와 그레인지 두 곳 모두 히스클리프에게서 조용히 해방되길 바랐습니다. 모든 게 그가 나타나기 전으로 돌아가길 바랐죠. 그의 방문은 제게 끝없는 악몽이었고, 아마 나리도 그런 심정이었을 거예요. 그가 하이츠에 살고 있다는 사실에 이루 말할 수 없이 답답한 기분이 들었습니다. 하느님께 버림받은 길 잃은 양이 사악한 곳을 홀로 헤매고 있는데, 악랄한 짐승 한 마리가 양 우리 근처를 어슬렁거리며 달려들어 파멸시킬 기회만 엿보고 있는 것 같았죠.

제11장

혼자 이런 생각들에 잠겨 있다보면 가끔 갑작스러운 공포에 사로잡혔고, 그러면 저는 워더링 하이츠가 어떻게 돌아가고 있는지 확인하고픈 마음에 보닛을 쓰고 밖으로 나서곤 했어요. 저는 사람들이 힌들리에 대해 뭐라고 떠들고 다니는지 그에게 일러주는 것이 저의 의무라고 제 양심을 설득했죠. 그러다가도 힌들리의 고질적인 악습을 떠올리자 그를 돕는 일은 아무래도 가망이 없을 듯했고, 말한들 믿어주겠느냐는 의심이 들어 그 음울한 집에 다시 발을 들이는 일을 피하고 말았습니다.

기머턴에 가는 길에 그 집의 오래된 대문 앞을 지난 적이 한 번 있었어요. 지금 제가 들려드리는 대목이랑 거의 맞아떨어지는 시기에 있었던 일이네요. 어느 맑고 쌀쌀한 오후였어요. 땅은 헐벗었고 길은 단단히 메말라 있었죠.

저는 큰길에서 왼쪽으로 가면 황야가 나오는, 돌기둥이 세워진 바로 그 길목에 이르렀어요. 북쪽으로는 W. H., 동쪽으로는 G., 남서쪽으로는 T. G.●라고 새겨진 그 거친 사암 기둥 말이에요. 그레인지와 하이츠, 읍내의 방향을 알려주는 이정표 역할을 하는 기둥이죠.

태양이 그 돌기둥의 회색 꼭대기를 노랗게 물들이는 모습을 보자 여름날이 떠올랐어요. 그리고 왜인지는 모르겠지만, 갑자기 어린 시절의 감각이 마음속으로 물밀 듯이 쏟아져 들어왔습니다. 그곳은 20년 전에 힌들리와 제가 가장 좋아하던 장소였어요.

저는 비바람에 마모된 그 바윗덩어리를 한참이나 바라보았습니다. 허리를 굽히니 맨 아랫부분 근처에 구멍이 하나 보였는데, 그곳에는 여전히 달팽이 껍데기와 조약돌이 가득 들어 있었어요. 우리가 그보다 더 깨지기 쉬운 것들과 함께 재미로 거기 담아둔 것들이었죠. 그리고 마치 현실처럼 생생하게도, 저의 옛 소꿉친구가 시든 잔디에 앉아 검고 네모난 머리를 숙이고 작은 손에 돌조각을 든 채 흙을 퍼내는 모습이 눈앞에 보이는 듯했어요.

"가엾은 힌들리!" 저는 저도 모르게 이렇게 외쳤어요.

그러고는 깜짝 놀라고 말았습니다. 그 순간 그 아이가 고개를 들고 제 얼굴을 똑바로 바라보고 있다는 착각이 들었거든요! 그 아이는 눈 깜짝할 사이에 사라져버렸지만, 저는 당장 하이츠에 가봐야겠다는 억누를 수 없는 간절함에 사로잡혔

● W. H., G., T. G.는 각각 워더링 하이츠, 기머턴, 스러시크로스 그레인지의 약자다.

습니다. 미신적 믿음이 이런 충동을 부채질했어요. 그가 죽었다면! 저는 생각했습니다. 아니면 곧 죽는다면! 만일 이게 죽음의 징조라면!

그 집이 가까워질수록 저의 불안은 더 커져만 갔고, 그 집이 눈에 들어오자 온몸을 덜덜 떨었습니다. 유령이 저를 앞질러 그곳에 도착해서 대문 사이로 내다보며 서 있었으니까요. 장난꾸러기 같은 머리에 갈색 눈을 한 소년이 빗장에 불그레한 얼굴을 갖다 대고 있는 모습을 보자마자 가장 먼저 든 생각이었죠. 하지만 좀 더 생각해보니 그 아이는 분명 헤어턴, 열 달 전에 헤어졌을 때와 그다지 변하지 않은 **나의** 헤어턴이었습니다.

"하느님께서 축복하시길, 아가야!" 저는 바보 같은 두려움은 즉시 잊어버리고 외쳤습니다. "헤어턴, 나야. 넬리 유모야."

헤어턴이 제 팔이 닿지 않을 만큼 물러나더니 커다란 부싯돌을 집어 들었어요.

"네 아버지를 뵈러 왔단다, 헤어턴." 아이의 행동을 보아하니 만일 넬리를 기억하고 있다 하더라도 그게 저라는 사실은 전혀 모르는 듯해서 제가 말을 이었습니다.

아이는 자신의 무기를 던지려고 높이 쳐들었어요. 저는 달래보려고 입을 뗐지만 아이의 손을 멈추진 못했죠. 날아온 돌이 제 보닛을 쳤고, 이어서 말도 똑바로 못하는 그 작은 아이의 입에서 한바탕 욕설이 쏟아져 나왔어요. 무슨 뜻인지 알고 하든 모르고 하든 아주 능숙했고, 아이의 어린 얼굴은 충격적일 만큼 악의에 찬 표정으로 일그러졌습니다.

당연한 말이겠지만, 저는 이 일에 화가 나기보다는 비통한 마음이 들었어요. 저는 울고 싶은 심정으로 아이를 달래보려고 주머니에서 오렌지를 하나 꺼내 건넸어요.

헤어턴은 망설이더니, 제가 꼬드기기만 하다가 도로 빼앗아 갈 듯했는지 제 손에서 오렌지를 얼른 잡아채더군요.

저는 오렌지를 하나 더 꺼내 아이의 손에 닿게 들었습니다.

"아가, 그런 예쁜 말은 누구한테 배웠니?" 제가 물었어요. "부목사님한테 배운 거니?"

"제기럴 부목사, 니도 제기럴! 그거 나 줘." 헤어턴이 대답했어요.

"누가 가르쳐줬는지 말해주면 줄게." 제가 말했어요. "네 선생님이 누구시지?"

"악마 아빠." 헤어턴이 이렇게 대답했죠.

"그러면 아빠한테서는 뭘 배우지?" 제가 말을 이었어요.

헤어턴은 오렌지를 빼앗으려고 펄쩍 뛰었어요. 저는 더 높이 쳐들었죠. "아빠는 뭘 가르쳐주니?" 제가 물었어요.

"암것도." 헤어턴이 말했어요. "걍 자기 앞에서 비키래. 아빤 나 싫어해. 내가 아빠헌테 욕하니께."

"아하! 그럼 아빠한테 욕하라고 가르쳐준 건 악마고?" 제가 말했어요.

"으응, 아아니." 헤어턴이 느릿느릿 말했어요.

"그럼 누구지?"

"히스클리프."

저는 히스클리프 씨를 좋아하느냐고 물어보았어요.

"응!" 헤어턴이 다시 대답했죠.

그를 왜 좋아하는지 알고 싶었지만 겨우 이런 말만 들었을 뿐입니다. "나도 몰러. 아빠가 나 혼내면 아저씨가 복수해줘. 아빠가 나 욕허면 아저씨가 아빠 욕해줘. 아저씨는 나 허고 싶은 대로 허라고 혀."

"그럼 부목사님이 읽고 쓰는 법을 가르쳐주시지 않는 거야?" 제가 계속 물었어요.

"응, 부목사는 문지방만 넘어와도 ——● 이빨을 몽땅 아작 내서 —— 목구녕에 처넣어줄 거래. 히스클리프가 약속혔어!"

저는 아이 손에 오렌지를 쥐여주고는 아버지한테 가서 넬리 딘이라는 여자가 나눌 이야기가 있어 정원 대문 옆에서 기다린다고 전하라고 일렀습니다.

헤어턴은 길을 따라 걸어가 집으로 들어갔어요. 그런데 문지방돌 위에 나타난 것은 힌들리가 아닌 히스클리프더군요. 저는 곧장 돌아서서 있는 힘껏 달려 내려왔고, 마치 악귀라도 불러낸 것처럼 겁에 질린 채 이정표에 이를 때까지 단 한 번도 멈추지 않았습니다.

이 일이 이저벨라 양 사건과 직접 관련된 것은 아니에요. 그래도 이 일이 있고 난 후에는 앞으로도 계속 경계를 늦추지 말고, 린턴 부인의 즐거움을 방해해서 집안에 풍파를 일으키는 한이 있더라도 그레인지에 그런 악영향이 미치는 것만

● 욕을 빈칸으로 처리한 것이다.

은 최선을 다해 막아야겠다고 마음먹게 되었죠.

그다음에 히스클리프가 찾아왔을 때 아가씨는 마침 안뜰에서 비둘기 모이를 주고 있었어요. 사흘 동안 올케와 말 한마디 나누지 않은 상태였지만 그러는 동안에는 안달하며 불평하는 일도 없었기 때문에 우리로서는 매우 평안한 시기였죠.

제가 알기로 히스클리프는 평소에 린턴 양에게 불필요한 인사는 단 한마디도 건네는 법이 없었습니다. 그런데 그날은 린턴 양을 보자마자 집의 정면부터 재빨리 훑더군요. 저는 부엌 창가에 서 있다가 몸을 숨겼어요. 히스클리프는 린턴 양 쪽으로 걸어가더니 뭐라고 말을 걸더군요. 린턴 양은 당황한 채 그곳을 뜨려는 눈치였는데, 히스클리프가 그러지 못하도록 린턴 양의 팔을 붙잡았어요. 린턴 양은 얼굴을 돌렸죠. 보아하니 히스클리프로부터 대답하기 곤란한 질문을 받은 모양이었습니다. 그 악당은 다시 한번 재빨리 집 쪽을 쳐다보더니 아무도 안 본다고 생각하고는 뻔뻔스럽게도 린턴 양을 끌어안았어요.

"유다 같은 놈! 배신자!" 제가 외쳤어요. "게다가 위선자 놈이로군, 응? 간사한 사기꾼 놈 같으니라고."

"누가 그렇다는 거야, 넬리?" 바로 옆에서 캐서린의 목소리가 들렸습니다. 그 둘을 지켜보는 데 열중한 나머지 그녀가 들어오는 것도 몰랐던 거죠.

"마님의 비열한 친구 말이에요!" 제가 흥분한 목소리로 대답했습니다. "저기 저 야비한 악당 말입니다. 아, 우리를 봤네요. 이제 들어오네요! 마님한테는 린턴 양을 싫어한다고 말해놓고 이제 와서 구애하는 것에 대해 대체 무슨 용기로 그럴 듯한 변명을 꾸며댈지 궁금하군요!"

린턴 부인은 이저벨라가 히스클리프에게서 몸을 빼내고 정원으로 달아나는 모습을 보았습니다. 그리고 잠시 후에 히스클리프가 문을 열고 들어왔어요.

저는 분개한 나머지 입에서 나오는 대로 떠들지 않을 수 없었는데, 캐서린은 화를 내며 제게 입을 다물라고 했고, 감히 주제넘게 건방진 혀를 놀려대면 부엌에서 쫓아내겠다고 위협했습니다.

"누가 들으면 **넬리가** 안주인인 줄 알겠어!" 캐서린이 외쳤어요. "자기 주제를 알아야지! 히스클리프, 너는 대체 왜 이런 소란을 일으키는 거야? 이저벨라는 가만히 내버려두라고 내가 말했잖아! 여기 오는 게 싫증 난 게 아니라면, 그리고 린턴이 네가 오면 빗장을 걸어버리길 바라는 게 아니라면 그렇게 해야 할 거야!"

"린턴이 그럴 일은 절대 없을 거야!" 그 시커먼 악당이 대답했어요. 그에게 곧장 혐오감이 들더군요. "계속 온순하고 참을성 있게 구는 게 좋을걸! 나는 매일 그놈을 천국에 보내주고 싶어 아주 돌아버릴 지경이니까!"

"쉿!" 캐서린이 안쪽 문을 닫으며 말했어요. "날 짜증 나게 하지 마. 왜 내 부탁을 무시한 거야? 아가씨가 일부러 너와 마주치기라도 한 거야?"

"그게 너랑 무슨 상관인데?" 히스클리프가 으르렁거렸어요. "저 여자가 원한다면 나는 키스할 권리가 있어. 그리고 너한테는 반대할 권리가 없고. 나는 **네** 남편이 아니야. **네가** 나를 질투할 필요는 없어!"

"나는 널 **질투하는** 게 아니야." 안주인이 대답했어요. "나는 널 **지키려는** 거야. 얼굴 좀 펴. 날 노려보지 말라고! 이저벨라가 좋으면 걔랑 결혼해. 그런데 걔를 좋아하긴 해? 사실대로 말해봐, 히스클리프! 거봐, 대답 못 하잖아. 분명 좋아하지 않는 거야!"

"그런데 린턴 씨가 자기 동생이 저런 남자랑 결혼하는 걸 허락이나 하겠어요?" 제가 물었어요.

"허락하게 될 거야." 마님이 단호히 대꾸했죠.

"굳이 그렇게 수고할 필요 없어." 히스클리프가 말했어요. "그 작자의 허락 따윈 없어도 그만이니까. 그리고 너 말이야, 캐서린, 이왕 얘기가 나왔으니 몇 마디 해야겠어. 네가 나를 극악무도하게 대했다는 걸 내가 **안다는** 걸 명심하면 좋겠어. 극악무도하게 말이지! 알아들었어? 내가 모를 거라고 우쭐해 한다면 너는 바보야. 그리고 내가 달콤한 말에 위로받으리라고 생각한다면 너는 등신이야. 내가 복수하지 않고 넘어가리라고 생각한다면 큰 오산이라는 걸 조만간 똑똑히 느끼게 해주지! 어쨌거나 시누이의 비밀을 알려줘서 고맙게 생각해. 앞으로 최대한 이용해주겠어. 그러니 그냥 물러서 있어!"

"이런 모습은 또 처음이네?" 린턴 부인이 어이없어하며 외쳤어요. "내가 너를 극악무도하게 대했다니, 게다가 복수할 거라니! 어떻게 복수할 건데, 이 배은망덕한 짐승 놈아? 내가 널 어떻게 극악무도하게 대했는데?"

"너한테 복수하겠다는 게 아니야." 히스클리프가 조금 덜 격렬해진 목소리로 대답했습니다. "그럴 의도는 없어. 폭군이 노예들을 학대한다고 해서 노예들이 폭군에게 대들지는 않지. 그들은 자기 아랫것들을 짓밟아. 너의 즐거움을 위해 나를 죽도록 고문해도 괜찮아. 다만 나도 조금은 비슷한 방식으로 즐기게 허락해줘. 그리고 가능하면 나를 모욕하지도 말아줘. 내 궁전을 완전히 무너뜨린 자리에 가축우리를 집이랍시고 지어줘놓고 흐뭇한 얼굴로 생색내진 말라고. 나더러 이저 벨라와 결혼하라는 게 너의 진심이라면 나는 내 멱을 따버리고 말겠어!"

"아아, 내가 널 질투하지 **않아서** 이런 사달이 난 거구나?" 캐서린이 외쳤어요. "그래, 이제 다시는 네게 신붓감을 권하지 않겠어. 그건 사탄에게 길 잃은 영혼을 권하는 거나 마찬가지니까. 너는 사탄처럼 남을 비참하게 하는 데서 더없는 행복을 느끼지. 너는 그것을 몸소 보여주고 있어. 네가 온 것 때문에 심술을 부리던 에드거도 원래대로 돌아왔고, 이제 나도 안정과 평온을 되찾기 시작했는데, 너는 우리가 평화로운 모습에 가만히 있질 못하고 한바탕 싸움을 일으킬 작정인 것 같아. 원한다면 에드거랑 싸워, 히스클리프, 그리고 에드거 동생도 속여먹고. 그거야말로 나한테 복수하는 가장 좋은 방법일 테니까."

대화는 중단되었죠. 린턴 부인은 상기된 채 우울한 모습으로 난롯가에 앉았습니다. 자신을 섬기던 정령이 점점 다루기 힘들어지는데, 그녀는 그것을 진정시킬 수도 통제할 수도 없었어요. 히스클리프는 팔짱을 낀 채 사악한 생각에 잠겨 난롯가에 서 있었죠. 저는 이들을 이렇게 내버려둔 채 캐서린이 아래층에서 그리 오랫동안 무엇을 하고 있는지 궁금해하고 있을 나리를 찾으러 갔습니다.

"엘런." 제가 들어가자 나리가 말했어요. "안주인이 어디 있는지 알아?"

"네, 부엌에 계세요, 나리." 제가 대답했어요. "마님은 히스클리프 씨의 행동 때문에 몹시 화가 나 있어요. 정말이지 이제 그 사람이 방문하는 걸 다시 생각해봐야 할 때가 아닌가 싶네요. 너무 물렁하게 굴다가 피해가 생길 수도 있고, 지금 일이 이렇게 된 것도……." 그렇게 저는 안뜰에서 벌어진 사건과 그 이후의 다툼을 최대한 사실에 가깝게 이야기했어요. 저는 그게 린턴 부인한테 큰 해가 될 건 없다고 생각했죠. 나중에 자기 손님을 편들지 않는 한은 말이에요.

에드거 린턴은 제 이야기를 끝까지 듣기 힘들어했습니다. 그의 첫마디를 들어보니 자기 아내에게도 죄가 없지는 않다고 생각하고 있더군요.

"도저히 참을 수가 없군!" 나리가 외쳤어요. "그런 인간을 친구로 둔 것도 부끄러운 일인데, 나한테도 그와의 교제를 강요하다니! 현관에 가서 남자 둘을 데려와, 엘런. 캐서린이 그 천한 건달이랑 더는 다투게 하지 않겠어. 이만하면 캐서린의 비위는 충분히 맞춰준 거야."

나리는 아래층으로 내려가 하인들에게 복도에서 기다리라고 지시하고는 부엌으로 들어갔고, 저도 나리를 뒤따라갔어요. 부엌에 있던 두 사람은 다시 말싸움을 시작한 상태였습니다. 적어도 린턴 부인은 다시 활력을 되찾은 채 꾸짖고 있었고, 히스클리프는 창가로 가서 고개를 숙인 채 그녀의 질책에 어느 정도 주눅이 든 듯한 모습이더군요.

나리를 먼저 발견한 히스클리프가 린턴 부인에게 입을 다물라고 다급히 손짓했고, 그가 보낸 암시를 알아차린 린턴 부인은 즉시 그렇게 했어요.

"이게 무슨 꼴이오?" 린턴이 아내에게 말했습니다. "저 불한당에게 그런 말을 듣고도 여기 그냥 있다니, 당신은 예절이 뭔지도 몰라요? 저자가 평소에도 그런 식으로 말하니까 대수롭지 않게 여기는 것 같군. 당신은 저자의 천함에 익숙해져서, 아마 나도 그것에 익숙해질 수 있다고 생각하는 모양이로군요!"

"문 뒤에서 엿듣고 있었던 거예요, 에드거?" 안주인이 남편을 도발하려고 특별히 계산된 말투로 물었는데, 거기에는 남편의 짜증에 대한 무심함과 경멸이 모두 담겨 있었어요.

남편이 한 말에 눈을 쳐들었던 히스클리프는 아내의 말을 듣고 조롱 섞인 웃음소리를 냈습니다. 린턴 씨의 관심을 끌려고 일부러 그런 것 같았어요.

그 계획은 성공했습니다. 하지만 에드거는 울화통을 터뜨려서 히스클리프를 즐겁게 해줄 생각이 없었어요.

"지금까지 내가 당신에게 관용을 보인 것은……." 에드거가 조용히 말했어요. "당신의 비참하고 타락한 성격을 몰라서가 아니고, 그렇게 된 게 전적으로 당신 탓은 아니라고 느꼈기 때문이오. 그리고 캐서린이 당신과 계속 알고 지내길 바라기에 묵인하고 있었던 거지, 멍청하게도. 당신의 존재는 가장 고결한 사람조차도 오염시킬 정신적 해악이오. 그런 이유에서, 그리고 더 나쁜 일이 일어나는 걸 막기 위해 나는 이 시간 이후로 당신이 이 집에 발을 들이는 걸 금하는 바이고, 지금 당장 떠나주길 요구하는 바이오. 삼 분이 지나도 떠나지 않으면 창피를 당하며 강제로 끌려 나갈 줄 아시오."

히스클리프는 그렇게 말하는 상대의 키와 어깨너비를 조소가 가득한 눈으로 어림잡으며 쳐다봤습니다.

"캐시, 너의 이 어린 양이 황소처럼 나를 협박하네!" 히스클리프가 말했어요. "까딱 잘못하면 내 주먹에 대가리가 빠개질 판이야. 이런 맙소사, 린턴 씨, 당신이 때려눕힐 가치도 없는 인간이라 심히 유감이군!"

나리가 통로 쪽을 힐끗 쳐다보며 제게 남자들을 데려오라는 신호를 보냈습니다. 홀로 대적하는 위험을 무릅쓸 마음은 없었으니까요.

저는 그 신호에 따랐습니다. 하지만 뭔가 낌새를 알아차린 린턴 부인이 뒤따라왔고, 제가 그들을 부르려 하자 저를 끌어당기더니 문을 쾅 닫고 잠가버렸어요.

"참 정정당당하시네요!" 린턴 부인이 분노와 놀라움이 뒤섞인 남편의 얼굴을 바라보며 말했어요. "그에게 덤벼들 용기가 없으면 용서하든지, 아니면 차라리 그냥 두들겨 맞아요. 그럼 용기 있는 척하는 나쁜 버릇이 고쳐질 테니까. 아니, 당신한테 빼앗기느니 열쇠를 삼켜버리고 말겠어! 두 사람 모두에게 잘해주고 받은 보답이 고작 이거라니 기뻐서 눈물이 날 지경이네! 한 사람의 나약함과 다른 한 사람의 고약함을 계속 참아주고 받은 대가가 이런 배은망덕이라니, 정말 나도 보통 멍청한 게 아니야! 에드거, 나는 당신과 당신 재산을 지켜주고 있었는데 감히 그런 나에게 사악한 생각을 품다니, 히스클리프한테 토할 때까지 매질이라도 당하면 좋겠네요!"

나리를 그렇게 만드는 데는 매질도 필요 없었습니다. 나리는 캐서린의 손아귀에서 열쇠를 빼앗으려 했고, 캐서린은 안전을 위해 열쇠를 벽난로 안 가장 뜨거운 쪽으로 던져버렸어요. 그러자 에드거 씨는 불안해하며 온몸을 덜덜 떨기 시작했고, 얼굴은 점점 사색이 되어갔습니다. 아무리 노력해도 끓어오르는 감정을 어찌하지 못했고, 비통함과 굴욕감에 완전히 압도되고 말았지요. 나리는 의자 등받이에 몸을 기대고 얼굴을 가려버렸습니다.

"원, 세상에! 옛날 같으면 이걸로 기사 작위라도 받으셨겠네!" 린턴 부인이 외쳤어요. "우리가 졌어요! 우리가 졌다고요! 왕이 쥐 떼를 잡겠다고 군대를 보내지 않듯, 히스클리프도 당신 때문에 손가락 하나 까닥하는 일은 없을 거예요. 기운 내세요! 다칠 일은 없을 테니까! 당신은 어린 양이 아니라 젖먹이 토끼로군요."

"저 젖내 나는 겁쟁이랑 행복하게 살길 바란다, 캐시!" 그녀의 친구가 말했어요. "너의 취향에 찬사를 보내고픈 마음이야. 저렇게 침을 흘리며 벌벌 떠는 녀석이 나보다 더 마음에 들었다는 거군! 녀석을 주먹으로 패주진 않겠지만, 그래도 발로 한번 걷어차야 속이 좀 후련해지겠어. 저 녀석이 지금 울고 있는 건가, 아니면 겁이 나서 졸도하려는 건가?"

그 인간이 다가가더니 린턴이 기대고 있던 의자를 획 밀었습니다. 하지만 계속 거리를 두고 있는 게 나을 뻔했어요. 나리가 재빨리 몸을 일으키더니 호리호리한 사람이었으면 나가떨어졌을 만큼 그의 목을 세게 후려쳤거든요.

히스클리프는 한동안 숨을 쉬지 못했고, 그가 캑캑거리는 동안 린턴 씨는 뒷문을 통해 마당으로 빠져나가서 다시 현관으로 갔습니다.

"거봐! 이제 여기 못 오게 되어버렸잖아." 캐서린이 외쳤어요. "당장 떠나. 그이가 쌍권총을 들고 부하 대여섯 명과 함께 돌아올 테니까. 그이가 정말 우리가 하는 말을 엿들었다면 너를 절대 용서하지 않을 거야. 어쩌면 나한테 이럴 수가 있니, 히스클리프! 어쨌든 가, 어서! 네가 궁지에 몰리는 걸 볼 바에는 차라리 에드거가 그러는 걸 보는 게 나으니까."

"놈한테 맞아서 아직도 목구멍이 쓰라린데 내가 그냥 갈 것 같아?" 히스클리프가 고함쳤어요. "천만에, 어림도 없지! 이 집 문지방을 넘기 전에 녀석의 갈비뼈를 썩은 개암처럼 으스러뜨리고 말 테야! 지금 때려눕히지 않으면 언젠가 죽이고 말겠지. 그러니 녀석을 소중히 여긴다면 내가 녀석을 붙잡게 내버려두는 게 좋을 거야!"

"나리는 안 오세요." 제가 약간의 거짓말을 보태며 끼어들었습니다. "마부랑 정원사 두 명이 오고 있네요. 여기서 이러고 있다가 저들의 손에 쫓겨나고 싶은 건 아니겠죠! 각자 몽둥이를 하나씩 들고 있네요. 나리는 분명 저들이 자신의 명령에 따르는지 보려고 응접실 창문으로 지켜보고 계실 거예요."

정원사 둘과 마부가 온 것은 맞는데, 린턴도 함께였어요. 그들은 이미 안뜰을 지나고 있었습니다. 히스클리프는 생각을 고쳐 아랫것들 셋과의 싸움은 피하기로 마음먹었어요. 그러고는 부지깽이를 집어 들고 안쪽 문의 자물쇠를 내리친 다음 그들이 들어오는 순간 그곳을 빠져나갔습니다.

몹시 흥분한 린턴 부인은 제게 위층으로 함께 가달라고 말했죠. 린턴 부인은 제가 이 소동에 얼마나 책임이 있는지 몰랐고, 저로서는 린턴 부인이 계속 모르기를 간절히 바랐어요.

"정말 미쳐버릴 지경이야, 넬리!" 린턴 부인이 소파에 몸을 던지며 외쳤습니다. "천 명의 대장장이가 내 머릿속을 망치로 두들겨대는 것만 같아! 이저벨라한테 내 눈에 띄지 말라고 전해줘. 이 소란은 전부 그 애 탓이니까. 이저벨라든 누구든 지금 내 화를 돋우면 나는 미쳐버리고 말 거야. 그리고 넬리, 만일 오늘 밤에 에드거를 보거든 내가 심하게 앓아누울지도 모른다고 말해줘. 정말 그랬으면 좋겠다. 그이는 나를 충격과 고통에 빠뜨렸어! 나도 그이를 겁주고 싶어. 게다가 그이가 여기로 와서 욕설이나 불평을 늘어놓을지도 모르고, 그럼 나도 분명 되받아칠 텐데, 그러다 우리가 어떤 지경에 이르고 말지 누가 알겠어! 그렇게 해줄 거지, 착한 넬리? 내가 이 일로 비난받을 이유는 전혀 없다는 걸 너도 잘 알잖아. 그이는 대체 무엇에 홀렸기에 남의 말까지 엿들은 거지? 넬리가 나간 다음 히스클리프는 터무니없는 소리를 지껄였어.

하지만 이저벨라에 대한 그의 관심은 내가 금방 다른 곳으로 돌릴 수 있었을 텐데, 그러면 아무 일도 없었을 텐데. 그런데 귀신에게 홀리기라도 한 것처럼 자기 욕을 듣지 못해 안달인 그 바보 때문에 이제 모든 게 엉망진창이 되어버렸어! 우리 대화를 듣지 않는 게 에드거 자신을 위해서도 훨씬 좋았을 거야. 정말이지 나는 **그이를** 위해 목이 쉴 때까지 히스클리프를 꾸짖었는데 그렇게 들이닥쳐서 내게 부당하고 불쾌한 말을 지껄이다니, 그 둘이 서로 무슨 짓을 하든 신경도 쓰고 싶지 않더라고. 게다가 그 상황이 어떻게 끝나든 우리는 앞으로 얼마나 될지 모를 긴 시간 동안 뿔뿔이 흩어지게 되리라고 생각하니 더더욱 그랬지! 흥, 만일 히스클리프를 친구로 사귈 수 없다면, 에드거가 계속 쩨쩨하게 굴면서 질투나 한다면, 나는 내 마음을 아프게 해서 그들의 마음도 아프게 해주겠어. 내가 궁지에 몰리게 되면 그게 가장 빠른 해결책이 될 거야! 하지만 그건 일단 최후의 희망으로 남겨두는 게 좋겠지. 그런 식으로 린턴을 깜짝 놀라게 하고 싶지는 않아. 지금까지 나를 도발하지 않으려고 조심스럽게 굴어왔으니까. 이제는 그러지 않을 생각이라면 어떤 위험이 발생할지 넬리가 말해줘. 그리고 나의 격정적인 성미에 한번 불이 붙으면 거의 미쳐 날뛸지도 모른다는 걸 그이에게 상기시켜줘. 그렇게 무관심한 표정 말고 나를 조금이라도 걱정해주는 표정을 지어주면 좋겠네!"

이런 지시 사항을 무신경하게 듣고 있는 저의 모습은 분명 꽤 짜증스럽게 느껴졌을 겁니다. 상대방은 아주 진지하게 지시를 내리고 있었거든요. 하지만 저로서는 욱해서 일으키는 발작을 미리 계획할 수 있는 사람이라면, 발작 상태에 있을 때조차도 의지를 발휘해서 스스로를 웬만큼 제어할 수 있을 거라는 생각이 들었습니다. 그리고 저는 린턴 부인의 말대로 나리를 '겁주고' 싶지도, 린턴 부인의 이기심을 위해 나리의 골칫거리를 늘려드리고 싶지도 않았어요.

그래서 저는 응접실로 오는 나리와 마주치고도 아무 말 하지 않았습니다. 하지만 둘이 다시 다툼을 시작하는지 엿듣기 위해 실례를 무릅쓰고 뒤돌아서긴 했죠.

나리가 먼저 말을 꺼냈습니다.

"거기 그대로 있어요, 캐서린." 나리가 말했어요. 전혀 화난 목소리가 아니라 몹시 낙담하고 슬픔에 잠긴 목소리였죠. "오래 있진 않을 거요. 나는 언쟁하려고 온 것도 아니고 화해하려고 온 것도 아니에요. 그저 물어보고 싶은 게 하나 있는데, 오늘 저녁에 그 일을 겪고도 당신은 계속 그……."

"아아, 제발." 안주인이 발을 동동 구르며 끼어들었어요. "제발, 그 얘기는 이제 그만 좀 해요! 당신의 차가운 피는 아무리 흥분해도 뜨거워지질 않아. 당신의 혈관은 얼음물로 가득 차 있나봐. 하지만 내 피는 끓어오르고 있고, 그런 냉기를 쏘이면 미친 듯이 춤을 추죠."

"내가 나가길 바라거든 내 질문에 대답해주시오." 린턴 씨가 버티며 말했어요. "당신은 **반드시** 대답해줘야만 해요. 그렇게 난폭하게 굴어도 놀라진 않을 거요. 당신도 마음만 먹으면 누구 못지않게 극기심을 발휘할 수 있는 사람이라는 걸 알았으니까. 당신은 앞으로 히스클리프를 포기하겠소, 아니면 나를 포기하겠소? 당신이 **나의** 친구인 동시에 **그의** 친구가 된다는 건 있을 수 없는 일이에요. 그리고 나는 당신이 어느 쪽을 택할지 확실히 알려주면 **좋겠어요.**"

"나를 혼자 내버려두면 좋겠어요!" 캐서린이 미쳐 날뛰며 말했어요. "정말이에요! 당신은 내가 겨우 버티고 있는 게 안 보여요? 에드거, 당장, 당장 나가요!"

린턴 부인은 종을 팅 소리가 나며 부서질 때까지 울려댔고, 저는 여유를 부리며 들어갔어요. 그렇게 인사불성으로 미친 듯이 화를 내는 꼴이라니, 성자라도 참을 수 없을 지경이었죠! 소파 팔걸이에 머리를 내리치면서 이를 바득바득 갈고 있었는데, 저러다 이가 산산조각 나겠다 싶더군요!

린턴 씨는 갑자기 죄책감과 두려움에 사로잡혀 가만히 선 채로 그녀를 쳐다보고 있었습니다. 린턴 씨는 제게 물을 좀 가져오라고 말했어요. 린턴 부인은 숨이 차서 말도 할 수 없는 상황이었죠.

저는 물을 한 잔 가득 따라서 가져갔습니다. 린턴 부인이 마시려 하지 않자 저는 물을 얼굴에 끼얹었어요. 그러자 얼마 안 있어 부인의 몸이 뻣뻣해졌고 눈은 뒤집혔으며, 얼굴은 곧장 핼쑥하고 창백해져 마치 시체처럼 변해버렸어요.

린턴은 겁에 질린 모습이었죠.

"전혀 걱정하실 것 없어요." 제가 속삭였습니다. 저도 속으로 걱정이 되긴 했지만 나리가 굴복하는 것은 바라지 않았거든요.

"입술에서 피가 나잖아!" 나리가 몸서리를 치며 말했습니다.

"신경 쓰실 거 없어요!" 제가 쏘아붙이듯 대답했어요. 그러고는 나리가 들어오기 전에 린턴 부인이 발작을 연기하기로 마음먹었다는 걸 말해주었습니다.

그런데 제가 경솔하게도 너무 큰 소리로 이야기한 나머지 린턴 부인이 듣고는 자리에서 벌떡 일어나더군요. 머리는 어깨 위로 휘날렸고, 눈은 번쩍였으며, 목과 팔 근육은 기이한 모양으로 솟아오른 모습이었어요. 저는 적어도 뼈 몇 개는 부러질 각오를 했습니다. 하지만 린턴 부인은 그저 주위를 잠시 쏘아보더니 방에서 뛰쳐나가버리더군요.

나리가 저더러 따라가보라고 지시했고, 저는 그 지시에 따라 린턴 부인의 방문까지 따라갔습니다. 린턴 부인은 제가 들어오지 못하도록 제 앞에서 문을 쾅 닫아버렸어요.

다음 날 아침에는 아침을 먹으러 내려오질 않기에 저는 식사를 위로 날라줄지 물으러 올라갔습니다.

"싫어!" 린턴 부인이 단호히 대답했죠.

정찬 시간과 차 마시는 시간에도 똑같은 질문이 반복되었고, 다음 날 아침에도 똑같은 대답이 들려왔습니다.

린턴 씨는 린턴 씨대로 서재에서 시간을 보내며 아내가 어떻게 지내는지 물으려 하지도 않았어요. 린턴 씨는 이저벨라와 한 시간 동안 대화를 나누며 이저벨라가 히스클리프의 구애에 자연스레 경악스러운 감정을 느끼도록 애썼지만, 대답을 얼버무리는 이저벨라를 이해하지 못한 채 만족스럽지 못한 심문을 마칠 수밖에 없었죠. 하지만 심문을 끝내면서, 만일 이저벨라가 그런 하찮은 구혼자의 용기를 북돋우는 정신 나간 짓을 한다면 남매의 인연을 끊어버리겠노라는 엄중한 경고를 덧붙였습니다.

린턴 양은 늘 침묵을 지키며 거의 늘 눈물을 머금은 채 대정원과 정원을 맥없이 돌아다녔고, 그녀의 오빠는 캐서린이 자기 행동을 뉘우치고 제 발로 찾아와 용서를 구하고 화해를 청하리라는 막연한 기대를 거듭하다 지쳐버린 듯 생전 펼쳐 보지 않던 책들 사이에 파묻혔으며, **캐서린은** 에드거가 끼니 때마다 자신의 부재로 인해 곧장 숨이 막힐 지경이지만 자존심 때문에 당장 달려와 자신의 발치에 무릎 꿇지 못하는 것이겠거니 생각하며 끈질기게 단식을 이어갔습니다. 그러는 동안 저는 네 벽으로 둘러싸인 그레인지 안에 분별 있는 영혼은 하나뿐이며, 그 영혼은 바로 제 육신에 머무른다고 확신한 채 집안일에 전념했어요.

저는 아가씨를 위로하거나 안주인에게 충고하느라 시간을 낭비하지 않았고, 아내의 목소리는 듣지 못하니 아내의 이름만이라도 듣길 갈망하는 나리의 한숨도 크게 신경 쓰지 않았습니다.

저는 자기들이 좋을 대로 알아서 처신하겠거니 하고 마음을 굳혔어요. 지루하고 느린 과정이었지만, 기쁘게도 결국 희미한 새벽빛이 비쳐오기 시작했죠. 처음에는 그런 줄로만 알았어요.

사흘째 되던 날, 린턴 부인은 굳게 닫혀 있던 문을 열고는 주전자와 물병의 물을 다 마셨으니 물을 새로 채워달라면서 자기가 죽어가고 있는 것 같으니 죽 한 그릇도 가져다달라고 말하더군요. 에드거의 귀에 들어가길 바라며 하는 말 같았어요. 터무니없는 소리로 들렸기에 저는 그 말을 아무에게도 전하지 않았고, 린턴 부인에게는 버터를 바르지 않은 구운 빵과 차를 가져다주었습니다.

린턴 부인은 열심히 먹고 마시고는 다시 베개 위로 풀썩 쓰러지면서 주먹을 움켜쥔 채 끙 하고 앓는 소리를 냈어요.

"아아, 나는 죽을 거야." 린턴 부인이 외쳤어요. "아무도 내게 관심을 가져주지 않으니 말이야. 저것도 먹지 말걸 그랬어."

그러고는 한참 후에 이런 중얼거림이 들려왔어요.

"아니, 나는 죽지 않을 거야. 죽으면 그 인간이 기뻐하겠지. 그 인간은 나를 조금도 사랑하지 않아. 그 인간은 나를 절대 그리워하지 않을 거야!"

"혹시 시키실 일이라도 있나요, 마님?" 린턴 부인의 송장처럼 시퍼런 얼굴과 기이하고 과장된 태도에도 불구하고, 저는 겉으로 여전히 평정을 유지하며 물었어요.

"그 무심한 인간은 뭘 하고 있지?" 린턴 부인이 초췌해진 얼굴에서 잔뜩 뒤엉킨 머리카락을 걸어 올리며 따졌어요. "무기력증에라도 빠졌나? 아니면 죽었나?"

"둘 다 아니에요." 제가 대답했습니다. "린턴 나리를 두고
하시는 말씀이라면 말이죠. 서재에 너무 오래 붙들려 계시긴
한데, 그래도 웬만큼 건강하실 거예요. 딱히 어울릴 사람이
없다보니 계속 책만 읽고 계시네요."

만일 린턴 부인의 상태를 제대로 알았다면 그렇게 말해서
는 안 됐을 텐데, 하지만 저는 그녀가 꾀병을 부리고 있다는
생각을 지울 수 없었어요.

"책을 읽고 있다고?" 린턴 부인이 어리둥절해하며 외쳤어
요. "나는 죽어가고 있는데! 당장에라도 무덤에 들어갈 판인
데! 세상에나! 그 인간은 내가 이 지경이 된 걸 알고나 있는
거야?" 반대 편 벽에 걸린 거울에 비친 자기 모습을 쳐다보며
린턴 부인이 계속 말했어요. "저게 캐서린 린턴이야? 그 인간
은 내가 심술을 부리고 있다고, 어쩌면 장난을 치고 있다고
생각하나보군. 넬리가 가서 끔찍할 만큼 심각한 상황이라고
알려줄 순 없어? 넬리, 만일 너무 늦지 않았다면, 나는 그 인
간이 어떤 마음인지 알게 되자마자 둘 중 하나를 선택할 거
야. 당장 굶어 죽든지, 그 인간에게 마음이라는 게 없다면 그
건 벌도 안 되겠지만, 아니면 회복해서 이 고장을 떠나든지.
방금 그 인간에 대해 한 말이 사실이야? 신중히 말해. 그 인
간이 정말로 내가 죽든 말든 전혀 신경도 안 쓴단 말이야?"

"설마요, 마님." 제가 대답했어요. "나리는 마님이 정상이 아
니라는 걸 전혀 모르고 계세요. 물론 마님이 자진해서 굶어
죽을까봐 걱정하고 계시지도 않고요."

"그래? 그럼 내가 자진해서 굶어 죽을 거라고 말해주면 안 돼?" 린턴 부인이 대꾸했어요. "그 인간을 설득해줘. 넬리 생각이 그렇다고 말해주라고. 내가 그렇게 될 게 분명하다고 말해줘!"

"안 돼요, 린턴 부인. 벌써 잊으셨나보네요." 제가 말했어요. "오늘 저녁에 식사를 맛있게 하셨잖아요. 그리고 내일이면 그 효과를 제대로 보실 거예요."

"그 인간도 따라 죽을 게 확실하기만 하다면 당장 죽어버릴 텐데!" 린턴 부인이 끼어들었어요. "지난 사흘 밤은 정말이지 끔찍했고, 나는 한숨도 못 잤어. 아아, 나는 들볶였지! 나쁜 생각이 뇌리를 떠나지 않았어! 그런데 넬리가 나를 좋아하지 않는다는 생각이 들기 시작해. 정말 이상하기도 하지! 다들 자기들끼리는 서로 미워하고 경멸해도 나만은 사랑할 수밖에 없으리라고 생각했는데, 불과 몇 시간 만에 다들 적이 되고 말았어. **다들** 그렇게 되고 말았어, 확실해. **이곳** 사람들 말이야. 그들의 냉정한 얼굴에 둘러싸여 죽음을 맞으면 얼마나 음울할까! 이저벨라는 캐서린이 죽는 걸 보기가 너무 무섭다면서 두려움과 혐오감을 느끼며 이 방에 들어오길 꺼리겠지. 에드거는 곁에 엄숙히 서서 내가 완전히 죽을 때까지 대기할 테고, 그러고는 집안의 평화를 되찾게 해주셔서 감사하다고 하느님께 기도를 드리며 다시 **책을** 보러 갈 거야! 내가 죽어가는데 책이라니, 대체 그 인간한테 감정이라는 게 있긴 한 거야?"

린턴 부인은 제가 머릿속에 심어준 생각, 그러니까 린턴 씨가 달관한 듯한 체념에 빠져 있다는 생각을 도저히 못 견뎌

했어요. 몸을 이리저리 뒤척이며 몹시 흥분하고 얼떨떨한 상태에서 광기 어린 상태로 변하더니 이로 베개를 물어뜯더군요. 그러고는 온통 불타오르는 듯한 몸을 일으켜 세우면서 제게 창문을 열어달라고 했어요. 그때는 한겨울이었고 세찬 북동풍이 불어오고 있었으므로, 저는 그 요청을 거절했습니다.

린턴 부인의 얼굴을 스치는 표정과 기분 변화에 저는 몹시 두려워지기 시작했고, 예전에 아팠던 일과 린턴 부인을 화나게 해서는 안 된다는 의사 선생님의 명령이 떠올랐죠.

불과 일 분 전만 해도 난폭하게 굴던 린턴 부인이 이제는 한쪽 팔을 기댄 채, 제가 명령을 거절한 것도 알아차리지 못한 채 방금 찢어놓은 베개에서 깃털을 꺼내 종류별로 시트 위에 늘어놓는 유치한 장난을 치고 있는 듯 보였어요. 그새 다른 생각에 빠져버린 거죠.

"이건 칠면조 깃털이네." 린턴 부인이 혼자 중얼거렸어요. "그리고 이건 들오리 깃털. 이건 비둘기 깃털. 아하, 베개에 비둘기 깃털이 들어 있었구나. 어쩐지 죽질 않더라니!● 자기 전에 꼭 바닥에 던져버려야겠어. 그리고 이건 붉은뇌조 깃털이고, 또 이건…… 깃털이 천 개나 있어도 뭔지 알겠어……. 댕기물떼새 깃털이네. 어여쁜 새지. 황야 한복판에서 우리 머리 위를 맴돌잖아. 구름이 고지대에 드리우고 비가 쏟아질 것 같으면 둥지로 돌아가려 했어. 이 깃털은 황야의 무성한 히스

● 옛 요크셔 미신에 따르면, 죽어가는 사람의 베개에 비둘기 깃털을 넣으면 영혼이 육신을 떠나는 일을 막을 수 있다고 한다.

사이에서 주운 거지, 새를 쏘아 죽여서 얻은 게 아니야. 겨울에 둥지를 보니까 작은 뼈들이 가득했어. 히스클리프가 거기 덫을 놓아서 부모 새들이 감히 접근하지 못했지. 나는 히스클리프한테 앞으로 절대 댕기물떼새를 쏘지 않겠다고 약속하게 했고, 히스클리프도 그 약속을 지켰어. 그래, 여기 더 있네! 히스클리프가 내 댕기물떼새를 쐈을까? 이 중에 빨간 게 있나? 한번 보자."

"그런 어린애 장난은 그만둬요!" 저는 린턴 부인의 말을 끊으며 베개를 빼앗아서 구멍 난 부분을 매트리스 쪽으로 돌려 놓았어요. 린턴 부인이 안에 든 깃털을 한 움큼씩 빼내고 있었거든요. "누워서 눈을 감으세요. 마님 정신이 오락가락하네요. 아주 엉망이네! 깃털이 눈처럼 날리고 있잖아요!"

저는 이리저리 돌아다니며 깃털을 주웠습니다.

"넬리, 나는 넬리를 보면, 나이 든 여자가 보여." 린턴 부인이 꿈을 꾸듯 말을 이었어요. "머리는 백발에 어깨는 구부정한 여자 말이야. 이 침대는 페니스턴 절벽 아래에 있는 요정의 동굴●이고, 넬리는 지금 우리의 어린 암소들을 해치려고 요정의 돌 화살촉을 줍는 중이야. 내가 옆에 있을 때는 양털을 줍는 척하면서. 50년 후에 넬리는 그렇게 될 거야. 지금은 그런 모습이 아니라는 거 나도 알아. 정신이 오락가락하는 거 아니라고. 그건 넬리가 잘못 알고 있는 건데, 내 정신이 오

● 실제 동굴이 아니라 바위 아래에 자연적으로 생긴 구멍을 가리킨다. '페니스턴 절벽'의 실제 모델인 '폰던 커크' 아래에는 아직도 이 구멍이 남아 있다.

락가락하는 거라면 나는 넬리를 **정말** 저 쭈그렁 할망구로 알았을 거고, 내가 **정말** 페니스턴 절벽 아래에 있다고 생각했을 거야. 그리고 나는 지금이 밤이고, 테이블 위에 초가 두 개 밝혀져 있어서 저 검은 옷장을 흑옥처럼 빛나게 하고 있다는 것도 알아."

"검은 옷장이요?" 그게 어디 있는데요?" 제가 물었어요. "잠꼬대하고 계시네요!"

"벽 쪽에 있잖아, 늘 그랬는데." 린턴 부인이 대답했어요. "그런데 **이상하긴** 하네. 저기 얼굴이 보여!"

"이 방에는 옷장이 없고, 있었던 적도 없어요." 저는 이렇게 말하고 다시 자리에 앉으며 린턴 부인을 쳐다보기 위해 커튼을 말아 올렸습니다.

"**넬리는** 저 얼굴이 안 보여?" 린턴 부인이 거울을 열심히 쳐다보며 물었어요.

무슨 말로도 그것이 거울에 비친 자기 얼굴이라는 사실을 납득시킬 수 없었고, 그래서 저는 자리에서 일어나 거울을 숄로 덮어버렸습니다.

"아직도 저 뒤에 있어!" 린턴 부인이 불안해하며 말을 이었어요. "그리고 움직였어. 누구지? 넬리가 나간 후에 나오지 않으면 좋겠는데! 아아! 넬리, 이 방에 귀신이 있나봐! 혼자 있기 무서워!"

저는 린턴 부인의 손을 잡고 제발 진정하라고 말했습니다. 계속해서 온몸을 부들부들 떨면서도 **계속** 거울을 쳐다보려고 안간힘을 쓰고 있었으니까요.

"여긴 아무도 없어요!" 제가 단언했어요. "그건 린턴 부인 **자신**이었어요. 아까는 알고 있었잖아요."

"나 자신이라니." 린턴 부인이 헉하는 소리를 냈습니다. "그리고 시계는 12시를 치고 있고! 그렇다면 그건 사실이었구나. 너무 무서워!"

린턴 부인이 옷을 움켜쥐더니 끌어 올려 눈을 가렸습니다. 저는 부인의 남편을 불러와야겠다는 생각에 문 쪽으로 살며시 다가가려 했어요. 하지만 날카로운 비명에 다시 발걸음을 돌리고 말았죠. 거울에서 숄이 떨어져 있었어요.

"아니, 대체 **왜** 그래요?" 제가 외쳤어요. "겁쟁이처럼 왜 그러는 거죠? 정신 차려요! 저건 유리, 거울이잖아요, 린턴 부인. 그리고 저기 보이는 건 부인이고, 부인 옆에 보이는 건 저잖아요."

린턴 부인은 어리둥절한 표정으로 부들부들 떨며 저를 꼭 붙잡았지만 얼굴에서는 점차 공포가 사라졌습니다. 창백했던 얼굴이 이제는 부끄러움으로 붉어졌어요.

"아아, 이런! 나는 여기가 우리 집인 줄 알았어." 린턴 부인이 한숨지었어요. "내가 워더링 하이츠에 있는 내 방에 누워 있는 줄 알았어. 몸에 힘이 없으니까 머리가 이상해져서 나도 모르게 소리를 질렀네. 아무 말도 하지 말고 그냥 옆에 있어 줘. 잠들기가 두려워. 끔찍한 꿈만 꾸니까."

"한숨 푹 자고 나면 괜찮아질 거예요, 마님." 제가 대답했어요. "이렇게 난리를 치렀으니 이제 굶겠다는 말은 안 하시면 좋겠네요."

"아아, 지금 내가 옛집 내 침대에 누워 있다면 얼마나 좋을까!" 린턴 부인이 양손을 쥐어짜며 비통하게 말을 이었어요. "격자창 옆의 전나무를 흔들던 그 바람 소리를 듣고 싶어. 그 바람을 느끼게 해줘. 황야에서 곧장 불어오는 그 바람을. 그 바람을 한 번만 들이마시게 해줘!"

저는 린턴 부인을 진정시키려고 여닫이창을 잠깐 동안 아주 살짝 열어두었어요. 차가운 돌풍이 불어닥쳤습니다. 저는 창을 닫고 제자리로 돌아왔어요.

이제 린턴 부인은 눈물에 젖은 얼굴로 가만히 누워 있더군요. 기진맥진한 나머지 마음도 완전히 가라앉아버린 것이었지요. 불같은 성미의 우리 캐서린이 영락없는 울보 어린애가 된 꼴이라니!

"내가 여기 처박혀 있은 지 얼마나 된 거야?" 캐서린이 갑자기 기운을 되찾으며 물었어요.

"그때가 월요일 저녁이었는데." 제가 대답했어요. "지금은 목요일 밤, 아니 금요일 새벽이네요."

"뭐라고! 같은 주 금요일?" 캐서린이 외쳤어요. "겨우 그것밖에 안 됐어?"

"찬물이랑 심술궂은 성미만으로 버틴 것치고는 꽤 오래된 거죠." 제가 말했어요.

"아니, 지겨울 만큼 오래된 것 같은데." 캐서린이 의심스럽다는 듯 중얼거렸어요. "분명 더 지났을 거야. 히스클리프와 에드거가 싸운 후에 응접실에 있었던 게 기억나. 에드거는 나를 잔인하게 도발했고, 나는 될 대로 되라는 심정으로 이 방으로 달려왔지. 난생처음으로 내 방문에 빗장을 지르자마자 눈앞이 캄캄해졌고, 나는 바닥에 쓰러져버렸어. 에드거가 계속 나를 괴롭히면 발작을 일으키거나 길길이 날뛰게 될 것 같다는 확신이 들었는데, 그걸 에드거한테 설명해줄 수가 없었어! 혀도 머리도 말을 듣지 않았고, 그러니 에드거도 아마 내가 얼마나 괴로운지 짐작할 수 없었을 거야. 그이와 그이의 목소리로부터 도망치자는 생각만 겨우 할 수 있었지. 보고 들을 수 있을 만큼 정신을 회복했을 때는 날이 막 밝아오고 있었어. 넬리, 내가 그때 무슨 생각을 했는지, 이러다 미치는 게 아닌가 싶을 정도로 계속해서 떠올랐던 생각이 무엇이었는지 말해줄게. 나는 내가 거기 누워 있다고 생각했어. 머리를 테이블 다리 쪽에 두고서 잿빛의 네모난 창문을 희미하게 쳐다보면서, 나는 내가 옛집의 그 오크나무 침상 안에 누워 있다고 생각했던 거야. 너무 슬퍼서 가슴이 아플 지경이었는데, 막 깨어나서 그런지 그 이유가 떠오르지 않았어. 나는 그 이유를 알아내려고 곰곰 생각하며 나 자신을 괴롭혔는데, 정말 이상하게도 지난 7년의 세월이 텅 비어 있었어! 나는 그런 7년의 시간이 있었다는 사실조차 기억해낼 수 없었지. 나는 어린아이였어. 아버지는 이제 막 돌아가셨는데, 나는 힌들리가 히스클리프와 떨어지라고 명령한 것 때문에 고통스러워하고 있었어. 난생처음 혼자 누워 있었지. 밤새 울고 나서 깜빡 우울한 잠에 들었다 깨어난 나는 판자 미닫이를 열려고 손을 들어 올렸어. 그런데 손에 닿은 게 테이블 윗면이지 뭐야! 손으로 카펫을 쓸고 있는데 갑자기 기억이 밀려왔어. 그

때까지의 괴로움은 격렬한 절망에 삼켜져버렸지. 왜 그렇게 미칠 듯이 비참한 기분이 들었는지 나도 모르겠어. 아마 일시적인 정신착란이었을 거야. 비참할 이유가 별로 없었으니까. 하지만 겨우 열두 살 먹은 내가 하이츠와 어린 시절부터 친숙했던 것들을 포함한 나의 모든 것으로부터 그때 히스클리프가 그랬듯이 강제로 떠나야 했던 걸, 단번에 스러시크로스 그레인지의 안주인이자 낯선 사람의 부인인 린턴 부인이 되어야 했던 걸, 그때부터 나의 세상에서 쫓겨난 추방자가 되어야 했던 걸 한번 생각해봐. 그럼 내가 어떤 심연 속을 기어 다녔는지 조금은 상상할 수 있을 거야! 그렇게 계속 고개를 내저어봐, 넬리. 그래봤자 나를 **더** 안달하게 할 뿐이니까! 넬리가 에드거한테 말했어야지! 그이가 나를 가만히 내버려두게 했어야지! 아아, 몸이 너무 뜨거워! 밖에 나갔으면! 다시 아이가 되어서 적당히 야만적이고 강인하고 자유롭게 지냈으면, 상처를 비웃고 상처받아도 화내지 않았으면! 내가 왜 이렇게 변해버린 거지? 왜 말 몇 마디에 피가 거꾸로 솟고 요동을 치는 거지? 히스가 무성한 언덕의 황야로 가기만 하면 나도 원래 모습으로 돌아갈 수 있을 거야. 창문을 다시 활짝 열어줘. 연 채로 고정해버려! 어서, 왜 가만히 있는 거야?"

"왜냐하면 감기에 걸려서 죽게 놔둘 순 없으니까요." 제가 대답했어요.

"내게 살 기회를 주지 않겠다는 말이로군." 캐서린이 시무룩하게 말했어요. "하지만 나도 아직은 몸을 움직일 수 있으니까 내가 직접 열겠어."

그러고서 캐서린은 제가 막아서기도 전에 침대에서 미끄러져 내려와 매우 불안정한 걸음으로 방을 가로지르더니, 칼날처럼 날카롭고 얼음처럼 차가워 어깨를 에는 듯한 공기에도 개의치 않고 창문을 활짝 연 채 밖으로 몸을 내밀었습니다.

저는 애원하다가 결국 캐서린을 억지로 창문 쪽에서 떼어내려 했어요. 하지만 정신착란 상태인 캐서린의 힘을 당해낼 수 없다는 걸 곧 알게 되었죠(캐서린은 **정말** 정신착란 상태였는데, 이어진 행동과 헛소리를 보고 그렇다는 걸 확신할 수 있었습니다).

달은 보이지 않았고, 세상 모든 게 자욱한 어둠에 덮여 있었어요. 먼 집이든 가까운 집이든 모두 불을 끈 지 오래여서 그 어떤 집에서도 불빛 한 점 새어 나오지 않았습니다. 그리고 워더링 하이츠의 불빛은 원래 거기서 보이지 않았어요. 그런데도 캐서린은 그 집의 불빛이 보인다고 우겼습니다.

"봐!" 캐서린이 간절한 목소리로 외쳤어요. "내 방에 촛불이 켜져 있고, 그 앞에서 나무들이 흔들리고 있어. 조지프의 다락방에도 촛불이 켜져 있네. 조지프는 밤늦도록 잠들지 않아, 그렇지? 내가 집에 들어오면 대문을 잠그려고 기다리는 거야. 아직 한참 기다려야겠네. 여정은 험난하고, 여행하는 이의 마음은 슬프니까. 게다가 우리는 집으로 돌아가려면 기머턴 교회를 지나야만 해! 우리는 종종 함께 그곳을 지날 때도 그곳의 유령을 두려워하지 않았고, 서로에게 무덤 사이에 서서 유령들을 불러보라고 부추기곤 했지. 그런데 히스클리프, 만일 내가 지금 그렇게 해보라고 하면 할 수 있겠어? 만일 한다면 나는 널 붙잡을 거야. 나는 거기 혼자 누워 있지 않을 거야. 사람들이 나를 땅속 깊이 파묻고 그 위에 교회를 세워도, 너와 함께 있지 않다면 나는 편히 잠들지 못할 거야. 절대로!"

캐서린은 잠시 멈추더니 이상한 미소를 지으며 다시 말을 이었습니다. "그 애가 생각해보겠대. 차라리 내가 자기한테 오는 게 좋겠다고 하네! 그럼 길을 찾아봐! 교회 묘지를 지나는 그 길 말고. 왜 그렇게 느리니! 그냥 만족해, 너는 늘 내 뒤를 따라왔잖아!"

저는 미친 사람과 입씨름해봐야 부질없는 일임을 깨닫고, 캐서린을 붙잡은 손을 놓지 않은 채 다른 손을 뻗어 몸을 감싸줄 무언가를 잡을 수 없을지 궁리했습니다. 활짝 열린 창문 앞에 캐서린을 혼자 둘 수는 없었으니까요. 그런데 그때 문손잡이가 달가닥거리는 소리가 들리는 바람에 저는 소스라치게 놀라고 말았는데, 바로 린턴 씨가 들어오더군요. 린턴 씨는 그제야 서재에서 나와 복도를 지나가다 우리의 말소리가 들리자 호기심 반 두려움 반에 무슨 일인지 알아보기 위해 그 늦은 시간에 방으로 들어온 것이었어요.

"아아, 나리!" 눈앞의 광경과 그 방의 차가운 공기에 놀란 린턴 씨가 고함을 치려던 찰나에 제가 외쳤어요. "가엾은 마님이 병이 나셨는데 제 힘으로는 못 당하겠네요. 도저히 제가 어떻게 해볼 수가 없습니다. 제발 이리 오셔서 마님이 침대로 돌아가도록 설득해주세요. 마님은 본인의 화도 다스리기 힘들어하니 화는 내지 마시고요."

"캐서린이 병이 났다고?" 린턴 씨가 급히 우리 쪽으로 다가오며 말했습니다. "창문 닫아, 엘런! 캐서린! 대체 왜……."

린턴 씨는 말을 잇지 못했습니다. 아내의 초췌한 모습을 보고는 충격을 받아 말문이 막혔고, 몸서리칠 만큼 놀라서 아내와 저를 번갈아 쳐다볼 뿐이었어요.

"마님은 여기서 속을 태우고 계셨어요." 제가 말을 이었습니다. "거의 드신 것도 없는데, 그렇다고 고통을 호소하지도 않으셨어요. 오늘 저녁까지 아무도 들여보내주지 않았고, 그래서 저희도 마님의 상태를 몰랐기 때문에 나리께도 알려드릴 수 없었어요. 하지만 별일 아닙니다."

제가 생각해도 꼴사나운 해명이었습니다. 린턴 씨는 얼굴을 찌푸렸죠. "엘런 딘, 별일 아니라고?" 린턴 씨가 엄하게 말했어요. "왜 내가 이 일을 모르고 있었는지 좀 더 알기 쉽게 이야기해봐!" 그러고서 린턴 씨는 아내를 품에 안고 아내의 얼굴을 괴롭게 쳐다보았어요.

처음에 마님은 남편을 못 알아보는 듯했습니다. 정신이 딴 데 팔려 남편이 보이지 않았던 거지요. 하지만 정신착란은 일시적이었어요. 바깥의 어둠을 응시하던 눈길을 돌려 점점 남편에게 시선을 집중하더니 자신을 안고 있는 사람이 누구인지를 알아봤습니다.

"아하! 에드거 린턴, 당신이 왔네?" 린턴 부인이 성난 활기를 띤 채 말했어요. "필요 없을 때는 늘 옆에 있고, 필요할 때는 절대 옆에 없는 그런 사람이로군! 이제 애통해하는 소리가 넘쳐날 거예요. 나는 그렇게 될 거라는 걸 알아. 하지만 아무리 그래도 내가 저 바깥에 있는 나의 좁은 집으로 들어가는 걸 막을 수는 없어요. 봄이 끝나기 전에 내가 가게 될 나의 안식처! 명심해요 내가 가게 될 곳은 교회 지붕 아래에 있는 린턴 가문 무덤이 아니라 야외에 묘비가 세워진 곳이에요. 교회 지붕 아래로 가든 나에게로 오든 그건 당신 마음대로 해요!"

"캐서린, 이게 대체 어떻게 된 일이에요?" 나리가 입을 열었어요. "나는 이제 당신에게 아무 의미도 아닌 건가요? 당신이 사랑하는 건 그 비열한 히스⋯⋯."

"쉿!" 린턴 부인이 외쳤어요. "쉿, 지금 당장! 그 이름을 입 밖에 내면 지금 당장 창밖으로 뛰어내려 모든 걸 끝장내버리겠어! 지금 당신 손에 있는 건 당신이 가져도 좋지만, 당신 손이 다시 나에게 닿을 때 내 영혼은 저 언덕 꼭대기에 가 있을 거예요. 나는 당신을 원하지 않아요, 에드거. 당신을 원하던 때는 지났어요. 가서 다시 책이나 읽어요. 당신한테 위안거리가 생겨서 기쁘군요. 더 이상 내 마음에 당신 자리는 없으니까."

"마님은 정신이 오락가락하세요, 나리." 제가 끼어들었어요. "저녁 내내 말도 안 되는 소리만 하고 계시네요. 하지만 조용히 제대로 간호하면 회복하실 겁니다. 앞으로는 마님의 마음을 어지럽히지 않도록 반드시 주의를 기울여야겠어요."

"이제 자네의 충고는 듣고 싶지 않아." 린턴 씨가 대답했어요. "자네는 안주인의 성미를 잘 알면서도 나를 부추겨 그녀를 괴롭히게 했어. 그리고 지난 사흘 동안 아내의 상태가 어떤지 귀띔 한번 해주지 않았지! 정말 무정해! 몇 달을 앓았다고 해도 사람이 이렇게 변할 수는 없을 거야!"

저는 저 자신을 변호하기 시작했습니다. 다른 사람이 심술궂게 제멋대로 군 것 때문에 비난받다니 너무 억울했거든요!

"린턴 부인이 고집불통에 군림하려 드는 성격이라는 건 저도 알고 있었죠." 제가 외쳤습니다. "하지만 나리께서 마님의 사나운 성미를 더 키워주려고 하시는지는 미처 몰랐네요! 마님의 비위를 맞춰주기 위해 히스클리프 씨를 못 본 체해야 한다는 것도 몰랐고요. 저는 충실한 하인의 의무를 다하느라 나리께 말씀드린 것인데, 충실한 하인 노릇을 한 대가가 겨우 이런 것이로군요! 네, 이번 일로 다음부터는 조심해야 한다는 것을 배웠습니다. 다음번에는 어디 한번 직접 알아내보시지요!"

"한 번만 더 내게 고자질하면 자네는 해고야, 엘런 딘." 나리가 대답했습니다.

"그렇다면 나리는 차라리 아무 얘기도 듣지 않으시겠다는 말이로군요?" 제가 말했어요. "히스클리프가 아가씨한테 구애하러 오고, 나리가 안 계실 때마다 들러서 고의로 마님이 나리에 대한 독을 품게 해도 괜찮다는 말이로군요?"

캐서린은 여전히 혼란스러운 상태였지만 우리의 대화를 이해할 만큼은 정신이 깨어 있었습니다.

"아아! 넬리가 배신자였구나." 캐서린이 격렬하게 외쳤습니다. "넬리가 나의 숨은 적이었어. 이런 마녀 같은 것! 그러니까 우리를 해치려고 요정의 돌 화살촉을 찾고 있는 게 맞구나! 이거 봐, 내가 후회하게 해주겠어! 잘못했다고 울부짖게 해주겠어!"

눈썹 아래에서 미치광이의 분노가 활활 타올랐습니다. 캐서린은 린턴의 품에서 벗어나기 위해 필사적으로 몸부림치고 있었어요. 저는 일을 더 지체하고 싶은 마음이 없었고, 그래서 의사를 불러야겠다고 순전히 자의로 결정을 내리고는 그 방을 떠났죠.

정원을 지나 큰길로 향하는 도중에 말굴레를 거는 고리가 박힌 벽 쪽에서 뭔가 하얀 것이 불규칙적으로 움직이는 게 보였는데, 분명 바람 때문만은 아니었습니다. 바쁜 상황이긴 했지만 혹시 나중에 저세상에서 온 유령이라도 봤다고 확신하게 될까봐 걸음을 멈추고 살펴보았어요.

잘 보이지 않아 만져보고는 그만 대경실색하고 말았는데, 그것은 이저벨라 양의 스프링어 스패니얼● 패니였고, 손수건에 목이 매달려 숨이 넘어가기 직전이었어요.

저는 재빨리 그 개를 풀어 정원에 놓아주었어요. 자기 주인이 자러 갈 때 따라 올라가는 것을 보았는데 어떻게 거기 나와 있는 것인지, 어떤 심술궂은 인간에게 그런 짓을 당한 것인지 정말 궁금했습니다.

고리에 감긴 매듭을 푸는 동안 좀 떨어진 곳에서 질주하는 말발굽 소리가 계속 들려오는 듯했어요. 새벽 2시에 그 근방에서 그런 소리가 난다는 것은 이상한 일이었지만, 머릿속이 복잡한 생각들로 가득해서 따로 생각해볼 겨를이 없었습니다.

제가 거리에 들어섰을 때 케네스 씨는 다행히도 마을의 환자를 보러 가느라 막 집을 나선 참이었어요. 제가 캐서린 린턴의 병에 관해 이야기하자 곧장 저와 동행했습니다.

● 꿩 등의 사냥감을 날아오르게(spring) 하는 데 쓰는 스패니얼종의 사냥개.

케네스 씨는 솔직하고 거친 사람이었어요. 조금도 주저하지 않고 말하길, 캐서린이 지난번처럼 자신의 지시에 고분고분 따르지 않으면 이번에 재발한 병을 이겨낼 수 없을지도 모른다고 하더군요.

"넬리 딘." 케네스 씨가 말했어요. "병이 재발한 데는 분명 다른 이유가 있는 것 같아. 그레인지에 대체 무슨 일이 생긴 건가? 이쪽에 이상한 소문이 돌더군. 캐서린처럼 튼튼하고 쾌활한 아가씨는 웬만해서는 병이 나질 않는데, 그런 사람은 일단 병에 걸리면 잘 낫지도 않는 법이지. 열병 같은 것을 이겨내게 하기란 쉬운 일이 아니야. 대체 어쩌다 병이 난 건가?"

"나리가 알려주실 거예요." 제가 대답했습니다. "하지만 언쇼 가문 사람들 성격이 얼마나 난폭한지, 그중에서도 최고는 린턴 부인이라는 걸 선생님도 잘 아시잖아요. 이 말은 해도 될 것 같은데, 시작은 말다툼이었어요. 린턴 부인은 흥분해서 난리를 치다가 일종의 발작을 일으키고 말았죠. 적어도 본인 말에 따르면 그래요. 화가 머리끝까지 치밀었을 때 방으로 달려가서 문을 잠가버렸거든요. 그 후로는 식사도 거부했고, 지금은 헛소리하다가 비몽사몽간에 있다가를 반복하고 있는데, 주변 사람은 알아봐도 마음속에는 온갖 종류의 망상과 환상이 가득한 상태예요."

"린턴 씨가 유감스럽게 생각할까?" 케네스가 미심쩍어하며 물었어요.

"유감이라고요? 만일 무슨 일이라도 나면 나리는 가슴이 찢어지실 거예요!" 제가 대답했어요. "그러니 필요 이상으로 나리를 겁주진 마세요."

"흐음, 조심하라고 일렀건만." 그가 말했어요. "내 경고를 무시해서 생긴 일이니 견뎌야지 어쩌겠나! 린턴 씨가 최근에 히스클리프 씨랑 친하게 지내지 않았던가?"

"히스클리프가 그레인지를 자주 방문하긴 하죠." 제가 대답했어요. "하지만 나리가 그 사람과 함께 있는 걸 좋아해서라기보다는, 순전히 마님이 어렸을 때부터 히스클리프와 알고 지낸 사이여서 그런 거예요. 지금으로서는 더는 찾아오는 수고를 할 필요가 없게 된 상태죠. 주제넘게 린턴 양을 넘보다가 그렇게 되고 말았답니다. 이제 다시는 그레인지에 발을 들이지 못할 거예요."

"그럼 린턴 양은 히스클리프를 쌀쌀맞게 대하는가?" 의사 선생님이 다시 물었어요.

"린턴 양이 저한테 자기 속마음까지 털어놓는 사람은 아니라서." 그 이야기를 화제로 삼길 꺼리며 제가 대꾸했어요.

"물론 그렇겠지, 엉큼한 아가씨니까." 그가 고개를 저으며 말했어요. "자기 생각을 말해주는 법이 없지! 하지만 정말 어리석은 아가씨야. 믿을 만한 소식통한테서 들은 얘긴데, 간밤에(정말 아름다운 밤이었지!) 린턴 양과 히스클리프가 그레인지 뒤쪽의 숲을 두 시간 정도 거닐었다는군. 그리고 히스클리프가 린턴 양에게 집에 들어가지 말고 그냥 자기랑 말을 타고 떠나버리자고 간청했다는 거야! 소식을 알려준 사람이 말하길, 린턴 양은 다음에 만날 때 그러겠다고 맹세하고서야 그를 간신히 떼어낼 수 있었대. 그게 언제가 될지는 듣지 못했다는

데, 하여튼 린턴 씨에게 두 눈 단단히 뜨고 있으라고 충고해 주는 게 좋을 거야!"

이 소식을 들은 제 마음은 새로운 걱정거리로 가득 찼습니다. 저는 케네스를 내버려두고 거의 내내 달려서 집으로 돌아갔어요. 그 작은 개는 아직도 정원에서 짖고 있더군요. 저는 잠시 시간을 내서 대문을 열어주었는데, 그 개는 집 안으로 들어가는 대신 풀밭 여기저기를 킁킁대며 돌아다녔어요. 제가 붙잡아서 안으로 데려가지 않았다면 큰길 쪽으로 도망쳐 버렸을 겁니다.

위층으로 올라가서 이저벨라의 방에 들어서는 순간 제 의혹은 현실이 되었습니다. 방은 비어 있었어요. 제가 몇 시간만 빨리 찾아갔더라면 린턴 부인이 아프다는 소식을 전해서 그 경솔한 발걸음을 멈추었을 텐데. 하지만 일이 그렇게 되어버린 이상 제가 뭘 할 수 있었겠어요? 만일 당장 쫓아가면 그들을 앞지를 가능성도 아예 없진 않았습니다. 하지만 **제가** 그들을 뒤쫓을 수는 없었어요. 그리고 저는 감히 집안을 혼란으로 어지럽힐 생각이 없었고, 나리에게 그 사실을 알릴 생각은 더더욱 없었습니다. 나리는 당장 눈앞에 닥쳐온 재앙에 여념이 없는지라 두 번째 슬픔에 마음을 내줄 여력이 없었으니까요!

저는 어쩔 도리 없이 입을 꾹 다물어버렸고, 될 대로 되겠지 하는 마음으로 그 일을 그냥 내버려두었어요. 그러다 케네스가 도착했고, 저는 전혀 태연해 보이지 않는 얼굴로 그 사실을 알리러 들어갔습니다.

캐서린은 어지러운 잠에 빠져 있었어요. 남편이 캐서린의 넘치는 광란을 잠재우는 데 성공했더군요. 그는 이제 캐서린의 머리맡에 몸을 기댄 채 고통이 역력한 그녀의 얼굴에 드러나는 모든 기미와 모든 변화를 지켜보고 있었습니다.

의사는 환자를 진찰하더니, 환자가 계속해서 절대적인 안정을 취하도록 신경 써주기만 한다면 좋은 결과가 있을 거라며 남편에게 희망적인 말을 들려주었어요. 저에게는 당장 닥쳐올 위험은 죽음이 아니라 영구적인 정신이상이라고 귀띔해주었고요.

저는 그날 밤을 뜬눈으로 지새웠고, 그건 린턴 씨도 마찬가지였습니다. 아닌 게 아니라 우리는 아예 자러 가지도 않았어요. 하인들은 모두 평소보다 훨씬 더 일찍 일어났고, 발소리를 죽인 채 집 안을 돌아다녔으며, 일하다가 서로 마주치면 속삭임을 주고받았죠. 다들 바삐 움직이는데 이저벨라 양만 보이지 않았어요. 그러자 참 잘도 잔다는 말이 들리기 시작했고, 오빠도 동생이 일어났는지를 물었죠. 동생이 나타나기를 초조하게 기다리는 듯한, 동생이 올케에게 너무 무심한 것에 기분이 상한 듯한 눈치더군요.

저는 나리가 이저벨라 양을 불러오라고 시킬까봐 몸을 떨었습니다. 하지만 이저벨라의 도주를 처음으로 알리는 고통은 면할 수 있었어요. 이른 시간에 기머턴에 심부름하러 갔던 경솔한 하녀 애 하나가 입을 벌린 채 헐떡이며 위층으로 달려오더니 방 안으로 뛰어들며 이렇게 외쳤으니까요.

"아아, 세상에, 세상에! 다음엔 또 무슨 일이 생기려나? 나리, 나리, 우리 아가씨가요……."

"조용히 해!" 그 애의 시끄러운 목소리에 격분한 제가 다급히 외쳤어요.

"목소리 좀 낮추고 말해, 메리. 대체 무슨 일이야?" 린턴 씨가 말했어요. "이저벨라가 왜?"

"아가씨가 가버렸어요, 가버렸다고요! 그 히스클리프 놈이랑 달아났다고요!" 하녀 애가 헐떡이며 말했습니다.

"말도 안 되는 소리!" 린턴이 흥분한 나머지 벌떡 일어나며 외쳤습니다. "그럴 리가 없어. 대체 어쩌다 그런 생각을 하게 된 거야? 엘런 딘, 가서 이저벨라를 좀 찾아봐. 믿을 수 없는 노릇이로군. 말도 안 돼."

린턴은 이렇게 말하며 하녀 애를 문 쪽으로 데려갔어요. 그러고는 대체 무슨 근거로 그런 주장을 하느냐며 거듭 물었습니다.

"글쎄, 여기로 우유를 배달해주는 애를 길에서 만났는데요." 하녀 애가 말을 더듬었어요. "그레인지에 난리가 나지 않았느냐고 묻더라고요. 저는 마님이 아프신 걸 말하는 줄 알고 그렇다고 대답했죠. 그랬더니 그 애가 '뒤쫓은 사람이 있었겠지?' 하는 거예요. 저는 멍하니 쳐다만 봤죠. 그 애가 저는 아무것도 모르는 걸 알고 말해주길, 어젯밤 자정을 살짝 넘긴 시간에 기머턴에서 3킬로미터 떨어진 대장간에 신사분 하나랑 숙녀분 하나가 말굽에 편자를 박으러 왔었대요! 대장장이의 딸이 자다 말고 일어나 그들을 몰래 쳐보았는데, 보는 즉시 알아봤다고 하대요. 남자는 히스클리프가 틀림없었대요. 하긴 누가 그 사람을 잘못 보겠어요. 그 남자가 대가로 자기 아버지 손에 1파운드짜리 금화를 쥐여줬다고 하더라고요. 숙녀분은 얼굴에 망토를 두르고 있었는데, 물 한 잔을 달라고 해서 마시다가 망토가 흘러내리는 바람에 똑똑히 봤대요. 히스클리프는 고삐 두 개를 다 잡고 말을 몰았는데, 읍내 반대쪽을 향한 채 험한 길을 최대한 빨리 달려가더래요. 그 집 딸은 자기 아버지한테는 아무 말도 하지 않고 있다가, 오늘 아침에 기머턴에 소문을 쫙 퍼뜨렸대요."

저는 형식적으로나마 이저벨라의 방으로 달려가서 안을 들여다보았습니다. 돌아와서는 하녀 애의 말이 맞다고 전해 주었죠. 린턴 씨는 다시 침대 머리맡에 앉아 있었는데, 제가 다시 들어오자 눈을 들어 저의 멍한 표정의 의미를 읽어내고는 아무 지시나 말도 없이 시선을 떨구었습니다.

"무슨 수를 써서라도 쫓아가서 데려와야 할까요?" 제가 물었어요. "저희는 어쩌면 좋죠?"

"그 애는 자진해서 떠났어." 나리가 대답했어요. "떠나고 싶다면 떠날 권리가 있지. 더는 그 애 문제로 나를 힘들게 하지 마. 이제 그 애는 명목상으로만 내 동생인 거니까. 내가 그 애와 인연을 끊은 게 아니라 그 애가 나와 인연을 끊은 거야."

그 문제에 대해 나리가 한 말은 그게 다였어요. 제게 이저벨라의 새 보금자리가 어디인지 알게 되면 그곳이 어디든 그곳으로 이저벨라의 짐을 전부 보내라고 지시한 것을 제외하면, 더는 그 어떤 질문도 하지 않으셨고, 어떤 식으로든 이저벨라를 언급하는 일도 없었어요.

제13장

도망자들은 두 달 동안 모습을 보이지 않았습니다. 그 두 달 동안 린턴 부인은 뇌막염이라는 최악의 사태를 맞이했고 또 극복했죠. 외둥이를 간호하는 그 어떤 어머니라도 아내를 돌보는 에드거만큼 헌신적일 수는 없었을 거예요. 에드거는 밤낮으로 지켜보면서 예민한 신경과 불안한 정신에서 비롯된 온갖 짜증을 참을성 있게 견뎌냈습니다. 에드거가 되살려낸 사람은 그 보살핌에 대한 보상으로 앞으로 끝없는 걱정거리만 가져다줄 거라는 케네스의 말이 있긴 했지만(사실 에드거는 폐인이나 다름없는 사람을 지켜내려고 자신의 건강과 기력을 희생하고 있었습니다) 캐서린이 위험한 고비를 넘겼다는 말을 들었을 때 에드거는 무한한 감사와 기쁨을 느꼈어요. 매시간 캐서린의 머리맡에 앉아 육신의 건강이 점차 회복되는 것을 확인했고, 그녀의 정신도 원래대로 균형을 되찾아 캐서린이 예전 모습으로 완전히 돌아가게 될 거라는 지나치게 낙관적인 착각을 품곤 했죠.

캐서린이 처음으로 방에서 나온 것은 이듬해 3월 초순이었어요. 린턴 씨가 아침에 캐서린의 베개 위에 황금빛 크로커스한 다발을 올려둔 날이었습니다. 잠에서 깬 캐서린이 눈에 들어온 그 꽃을 보고 열렬한 마음으로 손에 쥔 순간, 오랫동안그 어떤 기쁨도 내비치지 않던 그녀의 눈이 즐거움으로 반짝였어요.

"이건 하이츠에서 가장 먼저 피는 꽃이잖아요!" 캐서린이외쳤어요. "이 꽃을 보니 얼음을 녹이는 부드러운 바람, 따스한 햇살, 거의 다 녹은 눈이 떠올라요. 에드거, 남풍이 불고있지 않나요? 눈도 거의 다 녹지 않았나요?"

"이쪽은 벌써 눈이 다 녹았어요, 여보." 남편이 대답했어요. "황야 전체에서 하얗게 보이는 곳은 딱 두 군데뿐이네요. 하늘은 푸르고, 종달새는 노래하고, 시냇물과 개울물도 가득 차올라 있어요. 캐서린, 작년 이맘때 나는 당신과 이 집에서 함께살길 간절히 바랐는데, 지금 내 소원은 당신이 저 언덕 위로1~2킬로미터라도 오르는 거예요. 아주 감미로운 바람이 불고 있으니, 이 바람을 쐬면 당신 병도 다 나을 것만 같네요."

"나는 저 언덕 위로 딱 한 번밖에 못 올라갈 거예요!" 환자가 말했어요. "그럼 당신은 나를 떠날 테고, 나는 거기 영원히남겨지겠죠. 다음 해 봄에도 당신은 나와 이 집에서 함께 살길 간절히 바랄 테고, 오늘을 되돌아보며 그때가 행복했었다고 생각할 거예요."

린턴은 아내에게 더없이 다정한 애무를 퍼부어주었고, 더없이 애정 어린 말로 아내의 기운을 북돋워주려 애썼습니다.

하지만 멍하니 꽃을 바라보던 캐서린의 속눈썹에 눈물이 맺히더니 뺨으로 마구 흘러내렸어요.

우리는 캐서린이 정말로 괜찮아진 줄로만 알았고, 그래서 이렇게 의기소침한 이유는 주로 한곳에 오랫동안 갇혀 있었기 때문이며, 장소를 바꾸면 어느 정도 나아지리라고 생각했습니다.

나리는 제게 여러 주 동안 비어 있던 응접실에 불을 지피고 햇볕이 드는 창가에 안락의자를 갖다놓으라고 말하고는 캐서린을 데리고 내려왔고, 캐서린은 한참을 앉아서 다정한 온기를 즐겼으며, 우리의 예상대로 주변의 물건들로 활기를 되찾았습니다. 익숙하지만, 지긋지긋한 병실을 떠올리게 하는 음울한 물건들은 아니었으니까요. 저녁이 되자 캐서린은 대단히 지쳐 보였어요. 하지만 아무리 말해도 그 방으로는 돌아가려 하질 않았고, 그래서 저는 다른 방이 준비될 때까지 응접실 소파에 잠자리를 마련해야 했습니다.

계단을 오르내리느라 생길 피로를 미리 방지하기 위해 우리는 응접실과 같은 층에 있는 이 방, 지금 록우드 씨가 누워 계신 이곳을 침실로 만들었습니다. 캐서린은 이내 에드거의 팔에 기대 이 방과 응접실을 오갈 수 있을 만큼 튼튼해졌어요.

아아, 캐서린이 건강을 회복할 수도 있겠어, 그러니 이제는 기다리는 일만 남았구나, 하고 저는 생각했습니다. 그렇게 바란 데는 다른 이유도 있었어요. 캐서린의 생명에 또 다른 생명이 의지하고 있었거든요. 우리는 상속인의 탄생으로 조만간 린턴 씨가 기뻐하게 될 것이고, 린턴 씨의 땅이 낯선 이의 손아귀에 넘어갈 걱정도 사라질 것이라는 희망을 품었습니다.

깜박하고 말씀드리지 않을 뻔했는데, 집을 떠난 후 여섯 주쯤 지났을 무렵, 이저벨라는 오빠 앞으로 짧은 편지를 보내 히스클리프와 결혼했다는 사실을 알렸습니다. 편지는 건조하고 냉담해 보였지만 편지 맨 아래에는 모호한 사과와 다정한 안부의 말, 자기 행동 때문에 오빠가 불쾌했다면 다정하게 화해하길 바란다는 간청이 연필로 빼곡히 적혀 있었어요. 그때는 자기도 어쩔 수 없었고, 이미 저지른 일이니 이제 와서 돌이킬 수도 없다는 것이었죠.

린턴은 이 편지에 답장을 보내지 않은 것 같습니다. 그리고 두 주가 조금 더 지난 후에 저한테도 편지가 왔는데, 이제 막 신혼여행을 마친 신부의 펜 끝에서 쏟아져 나온 말들이라기에는 이상하더군요. 한번 읽어보겠습니다, 아직 간직하고 있으니. 생전에 소중한 사람이었다면 그 유품도 뭐가 됐든 소중한 법이죠.

엘런에게, (편지는 이렇게 시작됩니다.)

간밤에 워더링 하이츠에 와서야 캐서린 언니가 매우 아팠고 아직도 그렇다는 소식을 처음 전해 들었어. 언니한테는 편지를 쓰면 안 될 것 같고, 오빠는 내가 보낸 편지에 답하기에는 너무 화났거나 너무 고통스러운 상태인 것 같아. 그래도 누군가에게는 편지를 써야만 할 것 같은 기분인데, 남은 사람은 엘런뿐이더라.

에드거 오빠한테 전해줘. 오빠의 얼굴을 다시 볼 수 있다면 무슨 일이든 하겠다고, 스러시크로스 그레인지를 떠난 지 스물네 시간 만에 내 마음은 그곳으로 돌아갔고 지금도 그곳에 있다고, 지금도 내 마음은 그곳에서 오빠와 캐서린 언니에 대한 다정함으로 가득하다고! **하지만 나는 내 마음을 따라갈 수 없어.** (이 문장에는 밑줄이 그어져 있어요.) 나를 기다릴 필요는 없고, 가지 못하는 이유도 마음대로 생각해도 좋아. 하지만 내 의지가 약하다거나 애정이 부족해서 그렇다고는 생각하지 말아줬으면 좋겠어.

지금부터는 엘런에게만 하는 말이야. 엘런에게 묻고 싶은 게 두 가지 있어. 첫째.

엘런은 여기 살면서 어떻게 인간으로서 지닌 보편적인 공감력을 용케도 잃지 않았던 거야? 여기서 나는 주변 사람들과 어떤 감정도 나눌 수가 없어.

내가 정말 묻고 싶은 두 번째 질문은 이거야.

히스클리프 씨는 사람이야? 만일 사람이라면, 미친 거야? 만일 미친 게 아니라면, 악마인 거야? 이런 질문을 하는 이유는 굳이 말하지 않겠어. 하지만 만일 내 질문에 대답해줄 수 있다면 내가 대체 뭐랑 결혼한 건지 꼭 좀 설명해줬으면 좋겠어. 그러니까, 나를 보러 와서 말이야. 꼭 와주어야 해, 엘런, 가능한 한 빨리. 편지는 쓰지 말고, 그냥 와줘. 그리고 올 때 에드거의 편지도 좀 받아 와줘.

이제 내가 나의 새집이 될 거라고 생각하는 하이츠에서 지금껏 어떤 대접을 받았는지 들려줄게. 편의 시설이 없다는 것을 화제 삼아 이렇게 자세한 이야기를 하는 건 그냥 재미로 그러는 거야. 편의 시설에 대해서는 그것이 없어서 아쉬울 때를 빼면 원래 생각해본 적도 없으니까. 만일 편의 시설이 없는 게 내 불행의 전부고 나머지는 기괴한 꿈에 불과하다면, 나는 기뻐서 웃고 춤이라도 추고 말 거야!

우리가 황야에 접어들었을 무렵에는 그레인지 너머로 해가 지고 있었지. 나는 그것을 보고 그때가 6시라고 생각했어. 히스클리프는 반 시간쯤 멈춰 서서 대정원과 정원들, 어쩌면 그레인지까지도 최대한 자세히 쳐다보더군. 그래서 우리가 워더링 하이츠의 포장된 마당에 도착해 말에서 내렸을 때는 이미 어두워져 있었고, 넬리의 옛 동료 하인인 조지프가 촛불을 든 채 우리를 맞이하러 바깥으로 나왔어. 자신의 평판에 걸맞게 아주 정중히 맞이하더군. 조지프는 우선 촛불을 내 얼굴 높이로 쳐들고 나를 심술궂게 흘겨보더니 아랫입술을 삐죽 내민 채 돌아서버렸어.

그러고서 그는 말 두 필을 끌고 마구간으로 가더니 바깥 대문을 잠그기 위해 다시 나타났어. 마치 우리가 사는 곳이 오래된 성이라도 된다는 듯이 말이지.

히스클리프는 뒤에 남아서 그와 이야기했고, 나는 부엌으로 들어갔어. 부엌이라기보다는 우중충하고 지저분한 굴이라고 해야겠지. 아마 넬리는 그곳을 알아보지도 못할 거야, 넬리가 책임자였던 때와는 정말 많이 변했으니까.

난롯가에는 골목대장 같은 아이가 하나 서 있었는데, 팔다리는 튼튼하고 옷은 지저분한데 눈과 입은 캐서린 언니를 닮았더군.

'이 아이가 에드거 오빠의 처조카로구나.' 나는 생각했어. '어떤 의미에서는 나한테도 조카뻘인 셈이네. 악수해야겠어. 그리고, 그래, 뽀뽀도 해줘야지. 처음부터 친하게 지내는 게 좋겠어.'

나는 다가가서 그 아이의 토실토실한 손을 붙잡으려고 하며 말했지.

"안녕, 얘야?"

그 아이는 내가 이해할 수 없는 말로 대답했어.

"우리 친구 할까, 헤어턴?" 나는 이렇게 다시 대화를 시도해 보았지.

인내심을 발휘한 데 대한 보답은 욕설과 내가 '꺼지지' 않으면 스로틀러●를 불러서 나를 공격하게 하겠다는 위협이었어.

"야, 스로틀러, 임마!" 그 몹쓸 꼬마가 구석에 은신해 있던 잡종 불도그를 깨우며 속삭였어. "자, 이쟈 *끄져주겠어?*" 그 아이가 명령조로 말하더군.

목숨이 아까웠으니 그 명령에 따를 수밖에 없었지. 나는 다른 사람들이 들어올 때까지 기다리려고 문지방을 넘어서 밖으로 나왔어. 히스클리프 씨는 어디에도 보이질 않았지. 나는 조지프를 따라서 마구간까지 가서 함께 안으로 들어가달라고 부탁했는데, 그는 나를 처다보며 뭐라고 중얼거리더니 코를 잔뜩 일그러뜨린 채 이렇게 대답했어.

● '목을 졸라 죽이는(throttle) 개'라는 뜻의 이름.

"잘났군! 잘났어! 잘났다고! 기독교도헌테 우째 그딴 소릴 지껄이지? 점잔 빼고 뽐내는 꼴이라니! 내가 그기 뭔 소린지 우째 알아먹어?"

"나랑 같이 집 안으로 들어가주면 좋겠다고 말하는 거야!" 조지프가 귀먹었다고 생각하며, 하지만 그 무례한 행동에 말도 못 할 만큼 넌더리를 내며 내가 외쳤어.

"안 돼! 나는 다른 헐 일이 있으니께." 조지프는 이렇게 대답하더니 하던 일을 계속했어. 그러는 동안 홀쭉하고 긴 턱을 움직이며 더없는 경멸을 담아 내 옷과 얼굴(옷은 지나칠 만큼 아름다웠지만 얼굴은 분명 그가 바라는 만큼 슬퍼 보였을 거야)을 살펴보더군.

마당을 돌아서 쪽문을 지나니 또 다른 문이 나왔고, 나는 좀 더 예의 바른 하인이 나오길 바라며 실례를 무릅쓰고 문을 두드렸어.

잠시 긴장하며 기다리자 키가 크고 수척한 남자가 문을 열어주었는데, 네커치프●도 두르지 않은 데다가 몹시 지저분한 모습이더군. 텁수룩한 머리카락이 어깨까지 내려온 탓에 얼굴도 보이질 않았고, **그의** 눈은 캐서린 언니의 눈을 닮았지만 거기서 모든 아름다움을 없애버린 듯한 유령 같은 눈이었어.

"무슨 용건이오?" 그 남자가 험악하게 물었지. "당신은 누구요?"

● 장식이나 보온을 위해 목에 두르는 정사각형의 얇은 천.

"결혼 **전** 이름은 이저벨라 린턴이었어요." 내가 대답했어. "전에 저를 보신 적이 있을 거예요. 최근에 히스클리프 씨와 결혼해서 그이가 저를 여기로 데려왔답니다. 아마 당신의 허락도 받았겠지요."

"그럼 그자가 돌아왔다는 말인가?" 그 은둔자가 굶주린 늑대처럼 이글거리는 눈으로 물었어.

"네, 저희는 이제 막 도착했어요." 내가 말했어. "그런데 그이는 저를 부엌 문간에 내버려둔 채 사라져버렸고, 제가 문 안으로 들어가려 하자 자제분이 그곳에서 보초 놀이를 하며 불도그로 저를 위협하지 뭐예요."

"그 가증스러운 악당이 약속을 지켰다니 다행이군!" 장차 내 집주인이 될 사람이 히스클리프를 찾으려는 마음에 내 뒤의 어둠을 눈으로 훑으며 으르렁거렸어. 그러고는 혼자서 저주의 말과 그 '마귀'가 자기를 속였다면 어떻게 했을지에 대한 위협의 말을 실컷 퍼붓더군.

나는 이 두 번째 문을 두드린 것을 후회했고, 그 남자가 욕을 끝내기 전에 슬그머니 떠나야겠다고 생각하기 시작했는데, 그 생각을 미처 실행에 옮기기도 전에 그 남자가 들어오라고 하더니 문을 닫고는 다시 잠가버렸지 뭐야.

커다란 벽난로가 타오르고 있었는데, 그 커다란 방을 비추는 빛이라고는 그 난롯불이 전부였어. 바닥은 죄다 잿빛으로 변해 있었고, 어렸을 때 나의 눈길을 끌던 눈부신 백랍 접시도 이제는 색이 바래고 먼지가 쌓여 바닥처럼 흐릿한 빛깔로 변해 있었지.

나는 하녀를 불러서 침실로 안내받아도 되겠냐고 물었어. 언쇼 씨는 아무 대답이 없더군. 호주머니에 손을 찔러 넣은 채 방 안을 왔다 갔다 하고 있었는데, 나의 존재는 이미 까맣게 잊은 듯했어. 그런데 정신이 너무 딴 데 팔려 있고 사람을 싫어하는 분위기를 너무 강하게 풍겨서 다시 말 붙이기가 꺼려지더라.

엘런, 내가 그 야박한 난롯가에 차라리 혼자인 것만도 못한 상태로 앉아서, 6킬로미터 떨어진 곳에 내가 지상에서 유일하게 사랑하는 사람들이 사는 나의 즐거운 집이 있다는 사실을 떠올리자 전에 없이 침울한 기분이 들었다고 해도 엘런은 놀라지 않겠지. 우리를 갈라놓은 그 6킬로미터가 차라리 대서양이라면 좋겠다는 생각이 들 정도였어. 어차피 건너갈 수 없을 테니까!

나는 자문했어. 대체 나는 어디서 위안을 구해야 하나? 그런데 그 어떤 슬픔보다 더 두드러진 슬픔이 있었으니, 그건 히스클리프에게 맞서 내 편이 되어줄 수 있거나 되어주려 하는 사람이 아무도 없다는 절망감이었어! (에드거 오빠나 캐서린 언니에게는 말하지 말아줘.)

내가 거의 기꺼운 마음으로 워더링 하이츠를 피난처로 삼으려 했던 이유는, 그러면 그이와 단둘이 살지 않아도 되겠다고 안심했기 때문이었어. 하지만 그이는 이곳 사람들이 어떤 사람들인지 알고 있었고, 그래서 이래저래 간섭받을 일도 없을 거라는 것도 알고 있었던 거야.

나는 서글픈 생각에 잠긴 채 앉아서 시간을 보냈어. 시계는

8시를 치고 9시를 쳤는데, 언쇼 씨는 여전히 고개를 푹 숙인 채 방 안을 서성이며 이따금 신음이나 쓰라린 절규를 내뱉을 때 외에는 완전한 침묵을 지켰지.

나는 집 안에 여자 목소리가 들리지 않나 알아내려고 귀를 기울였고, 그러면서 중간중간 걷잡을 수 없는 후회와 음울한 예감에 사로잡혔는데, 그것은 마침내 억누를 수 없는 한숨과 울음으로 터져 나오고 말았어.

한결같은 걸음걸이로 걷던 언쇼가 내 맞은편에 멈춰 서서 새삼 놀란 듯 나를 쳐다보기 전까지는 내가 그렇게 대놓고 슬퍼하고 있다는 것도 알아차리지 못했지. 그가 다시 관심을 보인 틈에 내가 외쳤어.

"먼 길을 오느라 피곤해서 이만 잠자리에 들어야겠어요! 하녀는 어디 있죠? 하녀가 제게 오질 않으니 제가 하녀를 찾으러 가야겠군요!"

"이 집에 하녀는 없소." 언쇼가 대답했어. "본인 시중은 본인이 들어야 할 거요!"

"그럼 저는 어디서 자야 하나요?" 내가 흐느끼며 말했어. 피로와 비참한 기분에 짓눌린 나머지 자존심이고 뭐고 생각할 겨를도 없었던 거지.

"조지프가 히스클리프의 방으로 안내해줄 거요." 언쇼가 말했어. "저 문을 열면 안에 그가 있을 거요."

그 말에 따르려는 순간 언쇼가 갑자기 나를 붙잡더니 기이한 말투로 덧붙여 말하더군.

"부디 문을 잠그고 빗장을 걸도록 하시오. 잊지 마시오!"

"아니!" 내가 말했어. "그런데 그건 왜죠, 언쇼 씨?" 나는 굳이 히스클리프와 나를 한방에 가둔다는 생각이 썩 내키지 않았거든.

"이걸 보시오!" 언쇼가 조끼에서 기이하게 제작된 권총을 꺼내며 대답했는데, 그 권총의 총신에는 스프링이 장착된 양날의 칼이 달려 있었어. "절망한 사람에게는 대단히 유혹적인 물건이지, 안 그렇소? 나는 매일 밤 이걸 들고 녀석의 방으로 올라가 방문을 열어보지 않고는 못 배긴다오. 문이 열리기라도 하는 날에는 녀석도 끝장이야! 그러지 말아야 할 이유를 백 가지나 떠올리고도 돌아서면 다시 녀석의 방문을 열어보고 있단 말이지. 어떤 악마 놈이 녀석을 죽이라고 충동질해서 내 계획을 망쳐버리려는 게 분명하오. 그 악마와 어디 한번 원할 때까지 실컷 싸워보시구려. 때가 되면 천국의 천사들이 모두 합심해도 녀석을 구할 수 없을 테니까!"

나는 호기심을 보이며 그 무기를 살펴보았어. 문득 끔찍한 생각이 뇌리를 스치더군. 이런 무기를 가진다면 얼마나 강력한 존재가 될 수 있을까! 나는 그것을 언쇼의 손에서 빼앗아서 칼날을 만져보았어. 아주 잠시 내 얼굴에 떠오른 표정을 본 그는 깜짝 놀란 모습이었지. 그것은 공포가 아니라 탐욕이었으니까. 언쇼는 경계심을 보이며 권총을 낚아챘고, 칼날을 접고는 도로 조끼에 숨겼어.

"녀석에게 말해도 상관없소." 언쇼가 말했어. "녀석을 경계시키고 잘 지키시오. 보아하니 우리 사이가 어떤지 아나보군. 녀석이 위험에 처해 있는데도 놀라지 않는 걸 보니."

"히스클리프가 당신한테 무슨 짓을 했죠?" 내가 물었어. "어떤 나쁜 짓을 당했기에 그이를 이토록 지독히 미워하는 거죠? 그이더러 집을 떠나라고 하는 게 더 현명한 선택 아닐까요?"

"안 돼." 언쇼가 고함을 질렀어. "나를 떠나겠다고 하면 녀석은 죽은 목숨이야. 떠나라고 설득하면 당신은 살인자가 되는 셈이나 마찬가지고! 나더러 되찾을 기회도 없이 **모든 걸** 잃으라고? 헤어턴더러 거지가 되라고? 아아, 이런 망할! 나는 되찾고 **말** 거요. 녀석의 돈도 빼앗을 거고, 그런 다음에는 녀석의 피까지 빼앗고 말 거야. 그러면 녀석의 영혼은 지옥에 떨어지겠지! 녀석 같은 손님이 찾아오면 지옥도 열 배는 더 어두워지겠군!"

엘런의 옛 주인이 어떤 성격인지는 엘런에게 들어서 익히 알고 있었지. 그 사람은 이제 미쳐버리기 일보 직전이야. 적어도 어젯밤에 보기론 그랬어. 그의 옆에만 있어도 몸서리가 쳐졌고, 차라리 못 배우고 뚱한 하인 쪽이 낫겠다는 생각이 들 정도였지. 언쇼는 다시 침울하게 서성이기 시작했고, 나는 빗장을 열고 부엌으로 달아났어.

조지프는 벽난로 쪽으로 몸을 숙인 채 그 위에 올려놓은 커다란 냄비를 들여다보는 중이더군. 바로 옆에 있는 긴 의자 위에는 귀리 가루가 든 움푹한 나무 그릇이 놓여 있었어. 냄비 속에 든 게 끓기 시작했고, 조지프는 그 나무 그릇에 손을 푹 집어넣으려고 몸을 돌렸지. 보아하니 우리가 먹을 저녁 식사를 준비하는 모양이었고, 마침 배가 고팠던 나는 좀 더 먹을 만한 걸 만들어보자는 생각에 날카롭게 외쳤어. "귀리죽은 내가 만들게!" 나는 그릇을 그의 손이 닿지 않는 곳으로 치우고 모자와 승마복을 벗기 시작했어. "언쇼 씨가 본인 시중은 본인이 들라고 하더라." 내가 말을 이었어. "그렇게 하겠어. 너희한테 귀부인 행세는 하지 않을 거야. 굶어 죽긴 싫으니까."

"하느님 맙소사!" 조지프가 이렇게 중얼거리며 자리에 앉더니 이랑 무늬로 짠 긴 양말을 신은 다리를 무릎부터 발목까지 어루만졌어. "이쟈 막 나리 둘을 모시는 디 익숙혀졌는디 새 명령이 떨어지는 거라면, 안주인을 상전 모시듯 혀야 허는 거라면 이쟈는 나도 떠날 때가 되었나보구먼. 이 정든 집을 떠나야겄다고 말할 날은 절대 안 올 줄 알았는디, 꼴을 보아허니 그날도 멀지 않았구먼!"

나는 이런 한탄을 무시하고 씩씩하게 일을 시작했는데, 순전히 재미로 식사를 준비하던 때를 떠올리니 한숨이 나오더라. 하지만 과거의 기억은 재빨리 몰아내버릴 수밖에 없었지. 행복했던 과거를 떠올리자 극심한 고통이 밀려왔고, 과거의 유령이 불려 나올 위험이 커질수록 주걱의 움직임도 끓는 물에 귀리 가루를 넣는 속도도 빨라졌어.

조지프는 내가 요리하는 방식을 보자 점점 더 화가 치미는 모양이었어.

"저것 좀 보게!" 조지프가 외쳤어. "헤어턴 도련님, 오늘 밤에는 귀리죽을 못 먹겠구먼요. 내 주먹만 한 커다란 덩어리밖에는 먹을 기 없겠네. 아니, 또! 나 같으면 걍 그릇까지 다 처넣고 말겠다! 아니, 저러다 냄비를 엎어버려야 일이 끝나겄구먼. 쾅, 쾅. 냄비 바닥이 떨어져 나가지 않는 기 참 용허네!"

대접에 담고 보니 솔직히 내가 봐도 **꽤** 엉망이더라고. 대접 네 개에 나눠 담았고, 낙농장에서 4.5리터들이 주전자에 새 우유도 담아 왔는데, 헤어턴이 그걸 주전자째 들고 마시기 시작하면서 벌어진 입 사이로 우유를 질질 흘리는 거야.

나는 머그잔에 따라 마셔야 한다고 타일렀어. 그렇게 불결하게 마시면 내가 마실 수 없게 된다고 꼬집어 말했지. 그 늙은 냉소가는 내가 까다롭게 구는 것을 아주 불쾌하게 여기기로 작정했는지 "그 아이는 당신만큼이나 잘났고 건강허다"고 거듭 장담하면서, 내가 뭐라고 그렇게 잘난 척하는 건지 의아해했어. 그러는 동안에도 그 꼬마 악당은 계속해서 주전자째 우유를 마시며 그 안에 침을 섞었고, 반항하는 눈빛으로 나를 노려보았지.

"난 다른 방에서 식사하겠어." 내가 말했지. "응접실은 없어?"

"**응접실**이라니!" 조지프가 조롱하며 내 말을 따라 했어. "**응접실**이라! 이 집에 **응접실** 같은 건 없구먼. 우리랑 있는 기 싫거든 나리 방으로 가야지. 나리가 싫으면 우리랑 있는 기고."

"그럼 나는 위층으로 가겠어." 내가 대답했어. "방으로 안내해!"

나는 내 대접을 쟁반에 올린 다음 직접 가서 우유를 좀 더 들고 왔어.

그 작자는 있는 대로 불평을 늘어놓으며 자리에서 일어나더니 앞장서서 올라갔지. 우리는 제일 위층까지 올라갔어. 조지프는 지나는 동안 이따금 방이 나오면 방문을 열고 안을 들여다보더군.

"여기 방이 있구먼." 마침내 조지프가 경첩이 곧 빠질 듯한 판자를 열어젖히더니 말했어. "들어가서 귀리죽 먹을 정도는 되겠네. 저 구석에 아주 깨끗헌 곡물 부대가 있으께. 실크 드레스가 더러워질까 걱정되면 부대 위에 손수건을 까시든가."

그 '방'이란 맥아와 곡물 냄새를 진하게 풍기는 일종의 창고였지. 이런저런 종류의 부대가 주위에 쌓여 있었고, 가운데는 널찍하게 텅 비어 있었어.

"아니, 이게 뭐야!" 나는 화난 얼굴로 조지프를 쳐다보며 외쳤어. "여긴 잠잘 만한 곳이 아니잖아. 나는 내 침실을 보고 싶어."

"**침실!**" 조지프가 조롱하는 말투로 내 말을 따라 했어. "이 집 **침실**은 죄다 구경시켜드리지. 저짝이 내 침실이고."

조지프가 두 번째 다락방을 가리켰는데, 첫 번째 다락방과 다른 점이라고는 벽이 좀 더 휑하고 한쪽 끝에 남색 누비 이불이 깔린 커다랗고 낮고 커튼도 없는 침대가 놓여 있다는 것뿐이었지.

"네 방은 봐서 뭐 하라고?" 내가 쏘아붙였어. "히스클리프 씨 방이 제일 위층에 있을 것 같진 않은데, 안 그래?"

"아아! **히스클리프** 나리의 방에 가려던 거였구먼?" 새로운 발견이라도 했다는 듯 조지프가 외쳤어. "진작 그렇다고 말을 허지? 그럼 이런 헛수고는 헐 필요도 없이, 그 방은 볼 수 없다고 말혀줬을 거구먼. 나리는 자기 방을 늘 잠가놓고 자기 말고는 아무도 들이지 않으께."

"참 좋은 집에 사는군, 조지프." 나는 내 속마음을 말하지 않을 수 없었어. "식구들도 참 예의 바르고. 아무래도 내가 너희와 운명을 함께하기로 한 날, 이 세상의 모든 광기가 한자리에 모여 내 머릿속에 보금자리를 틀기로 작정을 했었나봐! 하지만 지금 그게 중요한 게 아니지. 다른 방이 있을 거 아니야. 제발 당장, 어느 방이든 들어가서 쉬게 해줘!"

조지프는 나의 간청에 아무 대답도 하지 않더군. 그러고는 나무 계단을 터벅터벅 고집스레 내려가기만 하다가 어느 방 앞에 멈춰 섰는데, 그렇게 멈추는 모습이나 훌륭한 가구로 미루어 보아 이 집에서 가장 좋은 방 같았어.

그곳에는 좋은 카펫이 깔려 있었는데, 무늬는 먼지에 가려 보이지 않았어. 벽난로에는 낡아서 찢어진 색종이 장식이 달려 있었지. 꽤 비싼 천에 최신식으로 만든 멋진 오크나무 침대도 있었는데, 딱 봐도 험하게 사용한 티가 나더군. 장식 커튼은 고리에서 떨어져 장식용 줄처럼 매달려 있었고, 그것을 지지하는 쇠막대는 한쪽으로 둥글게 휘어 있어서 휘장이 바닥에 끌렸어. 의자도 망가져 있었는데, 그중 여러 개는 눈 뜨고 못 봐줄 지경이었지. 벽판은 움푹 들어간 자국들 때문에 볼품없었어.

나는 그 방에라도 들어가서 지내야겠다고 마음을 다잡고 있었는데, 그때 그 멍청한 안내인이 이렇게 말하지 뭐야.

"여긴 나리 방이구먼."

그때쯤 나의 저녁 식사는 차갑게 식어 있었고, 식욕은 사라졌고, 인내심도 바닥나버렸지. 나는 쉴 곳과 잠자리를 당장 마련해내라고 고집을 부렸어.

"대체 어디로?" 그 독실한 노인네가 입을 열었어. "하느님, 저희를 용서하소서! **대체** 어디로 가겠다는 거여? 이 천하에 버릇없고 짜증 나는 것! 헤어턴 방 빼고는 다 보여줬구먼. 이 집에 등 깔고 누울 다른 방은 없어!"

나는 너무 짜증이 나서 쟁반과 거기 놓인 것들을 바닥에 내 팽개쳐버리고는 계단 꼭대기에 앉아서 두 손으로 얼굴을 가리고 울음을 터뜨렸어.

"아이고! 아이고!" 조지프가 외쳤지. "잘허는 짓이구먼, 잘 허는 짓이여! 나리가 저 깨진 그릇을 밟고 넘어지기라도 허면 다들 한 소리 듣겠어. 어떤 소리를 듣게 되나 두고 보자고. 이런 아무짝에도 쓸모없는 얼간이 같으니! 암만 성질이 나도 그렇지, 하느님이 주신 귀한 선물을 발밑에 내팽개치다니, 크리스마스 때까지 굶어도 싸다! 허지만 그런 성질도 오래 못 갈걸. 히스클리프가 그런 꼴을 걍 보고만 있을 것 같어? 저렇게 성질내는 꼴을 히스클리프가 보면 소원이 없겠구먼. 정말 그러면 소원이 없겠어."

조지프는 그렇게 잔소리를 늘어놓으며 아래층의 소굴로 내려갔어. 촛불도 들고 가버려서 나는 어둠 속에 남겨졌어.

이런 멍청한 짓을 저지르고 난 후에 반성의 시간이 찾아왔고, 그러자 자존심과 분노를 억누르는 동시에 분발해서 그 결과를 수습해야 한다는 걸 어쩔 수 없이 인정하게 되었지.

그러다 곧 뜻밖의 도움이 스로틀러라는 개의 형태로 찾아왔는데, 다시 보니 녀석은 우리 스컬커의 새끼였지 뭐야. 강아지 시절을 그레인지에서 보내다가 아버지가 힌들리 씨에게 줘서 여기로 오게 된 개였어. 녀석도 나를 알아보는 것 같더군. 인사의 표시로 코를 내 코에 비비더니 바로 귀리죽을 핥아먹었어. 그러는 동안 나는 계단을 한 칸씩 더듬어가며 사방에 흩어진 그릇 조각들을 주워 모았고, 손수건으로 난간에 튄 우유를 닦았지.

우리가 작업을 끝내자마자 복도에서 언쇼의 발소리가 들려왔어. 스로틀러는 꼬리를 말아 넣고 벽에 몸을 딱 붙였고, 나는 가장 가까운 방으로 몰래 숨어들었지. 언쇼를 피하려는 스로틀러의 시도는 성공하지 못한 듯했어. 아래층으로 허둥지둥 뛰어 내려가는 소리에 이어 한동안 애처롭게 낑낑대는 소리가 들려왔거든. 나는 녀석보다 운이 좋았지. 언쇼는 나를 지나쳐 가서 방으로 들어가더니 문을 닫아버렸어.

곧바로 조지프가 헤어턴을 재우려고 녀석과 함께 올라오더군. 내가 피신한 곳은 헤어턴의 방이었고, 그 노인네는 거기 있는 나를 보자 이렇게 말했어.

"이쟈 거실에 방이 생겼으니 그 잘난 성격을 데리고 얼른 가버려. 비었으니 혼자 독차지허든지 말든지. 곧 있으면 악마가 찾아와서 셋이 같이 놀자고 허겠구먼!"

나는 이 통고를 기쁜 마음으로 받아들였지. 그리고 난롯가에 있는 의자에 몸을 던지자마자 꾸벅꾸벅 졸다가 잠이 들어버렸어.

하지만 나의 깊고 달콤한 잠은 너무 빨리 끝나고 말았어. 히스클리프 씨가 나를 깨운 거야. 방금 돌아온 그이가 특유의 사랑스러운 태도로 나더러 거기서 무얼 하는지 묻지 않겠어?

나는 내가 왜 그렇게 늦게까지 깨어 있었는지 이유를 말해 줬지. 우리 방의 열쇠가 그이의 호주머니에 들어 있기 때문이라고.

그 **우리**라는 말이 치명적인 화를 불러왔어. 그이는 그 방이 내 방이 아니며, 앞으로도 절대 그럴 일은 없을 거라고 단언하더군. 그러더니 그이는…… 아니, 그이가 한 말을 옮겨 적고 그이의 평소 행동을 설명하는 일은 관두겠어. 그이는 나의 혐오를 불러일으키기 위해 한시도 쉬지 않고 기발한 능력을 발휘하고 있어! 가끔 너무 놀란 나머지 두려움이 둔감해질 때도 있을 정도야. 하지만 분명히 말하건대, 호랑이나 독사라고 해도 그이가 일으키는 공포에 맞먹는 공포를 일으키지는 못할 거야. 그이가 나한테 캐서린 언니가 아프다는 말을 전해 주면서, 언니가 그렇게 된 건 다 에드거 오빠 탓이며, 오빠를 붙잡기 전까지는 대신 나를 괴롭혀줄 거래.

나는 그이가 정말 싫어. 나는 비참해. 나는 바보였어! 그레인지 사람들한테는 내가 한 말을 한마디도 전하면 안 돼. 넬리가 와주기를 매일 기다리고 있을게. 실망시키면 안 돼!

이저벨라

제14장

　저는 이 편지를 읽자마자 나리에게 가서 동생분이 하이츠에 도착했으며, 린턴 부인에 대한 걱정과 나리에 대한 열렬한 그리움을 담은 편지를 제게 보내 왔다는 사실을 알렸어요. 저를 통해 가능한 한 빨리 용서의 징표를 보내주길 바라고 있다는 사실도 덧붙였죠.

　"용서라니!" 린턴이 말했어요. "내가 용서할 게 뭐가 있겠어, 엘런. 원한다면 오늘 오후에 워더링 하이츠에 가봐도 좋아. 그리고 나는 그 애를 잃어서 **슬픈** 거지, **화난** 건 아니라고 전해주게. 그 애가 행복할 거라는 생각은 당최 들지 않으니 더더욱 그렇다고 말이야. 하지만 내가 그 애를 보러 간다는 건 있을 수 없는 일이야. 우리는 이제 영영 남남이니까. 만약 나를 정말로 기쁘게 해주고 싶다면, 남편으로 맞이한 그 악당 놈을 설득해서 이 고장을 떠나달라고 전해주게."

　"짧은 편지라도 전하지 않으시겠어요, 나리?" 제가 애원하듯 물었어요.

"아니." 나리가 말했어요. "불필요한 일이야. 우리 집안과 히스클리프 집안이 서로 연락하는 일은 적으면 적을수록 좋으니까. 그럴 일은 아예 없을 거야!"

에드거 씨의 냉담함에 저는 극도로 우울해졌습니다. 집을 나와 워더링 하이츠로 가는 내내 저는 나리의 말을 좀 더 다정하게 전할 방법은 없을지, 이저벨라를 위로하는 말 몇 마디를 적는 것조차 거절했다는 사실을 좀 더 부드럽게 전할 방법은 없을지 머리를 짜냈어요.

이저벨라는 아마 아침부터 저를 기다리고 있었나봅니다. 포석 깔린 정원의 길을 걸어 올라가는데 격자창 밖을 내다보고 있는 이저벨라가 보였고, 저는 고개를 끄덕여 인사했죠. 하지만 이저벨라는 누가 볼까 두려워하기라도 하듯 뒤로 물러서버렸어요.

저는 문을 두드리지 않고 안으로 들어갔습니다. 전에는 쾌적하던 집이 그렇게나 음침하고 황량하게 변한 꼴이라니! 솔직히 말하건대, 만일 제가 이저벨라의 처지였다면 적어도 난롯가를 쓸고 테이블을 걸레로 훔치기라도 했을 거예요. 하지만 이저벨라는 이미 자신을 에워싼 될 대로 되라는 식의 분위기에 한껏 젖어 있었습니다. 예쁜 얼굴은 창백하고 무기력해졌으며, 머리카락은 컬이 풀려 있더군요. 어떤 부분은 볼품없이 죽 뻗어 있었고, 또 어떤 부분은 아무렇게나 머리에 감겨 있었어요. 옷차림은 전날 저녁 그대로인 듯했고요.

힌들리는 보이지 않았습니다. 히스클리프 씨는 테이블에 앉아 돈지갑을 뒤적이고 있었어요. 하지만 제가 들어가자 자리에서 일어나 꽤나 친절하게 저의 안부를 묻더니 의자에 앉으라고 권하더군요.

그곳에서 고상해 보이는 사람은 히스클리프 씨뿐이었어요. 그 어느 때보다 멀끔해 보이더군요. 상황이 둘의 처지를 완전히 뒤바꿔놓은 탓에, 분명 모르는 사람이 봤다면 히스클리프는 날 때부터 신사로 자라난 줄로, 그의 아내는 완전히 채신머리없는 여자인 줄로 알았을 거예요!

이저벨라가 간절한 몸짓으로 저를 맞이하러 다가왔고, 기다리던 편지를 받고자 한 손을 내밀었습니다.

저는 고개를 내저었어요. 이저벨라는 저의 고갯짓을 이해하지 못했고, 제가 보닛을 놓으러 찬장 쪽으로 가자 따라와서는 가져온 편지를 당장 내놓으라고 속삭이며 졸라댔어요.

히스클리프는 이저벨라가 왜 그렇게 구는지 짐작하고는 이렇게 말했죠.

"넬리, 보아하니 이저벨라한테 전해줄 게 있는 모양인데 얼른 줘버려. 비밀로 할 필요는 없어. 어차피 우리 사이에 비밀은 없으니까."

"글쎄, 전해줄 건 없어요." 저는 당장 사실대로 말하는 게 상책이라고 생각하며 대답했죠. "저희 나리께서 지금으로서는 자신의 편지나 방문을 기대하지 말라고 아씨께 전하라 하셨어요. 아씨, 나리께서는 아씨께 안부와 더불어 행복하길 바란다는 말을 전했고, 자신을 슬프게 만든 것도 용서하신답니다. 하지만 이후로는 두 집안 사이에 연락을 끊어야 한다는 게 그분 생각이세요. 교류해봤자 좋을 일이 없다면서요."

히스클리프 부인은 입술을 살짝 떨더니 원래 앉아 있던 창가 자리로 돌아갔습니다. 부인의 남편은 제 옆의 벽난로 바닥돌에 자리를 잡고 서서 캐서린에 관해 묻기 시작했죠.

저는 캐서린의 병세에 관해 적당하다고 생각되는 만큼만 이야기했는데, 히스클리프는 엄한 추궁을 통해 그 병의 원인과 관련된 사실 대부분을 강제로 알아냈습니다.

저는 캐서린을 비난하면서, 캐서린 본인이 자초한 일이니 비난받아도 싸다고 말했어요. 그러고는 히스클리프 씨도 린턴 씨를 본받아 앞으로 좋든 나쁘든 남의 집안일에 신경을 꺼줬으면 좋겠다는 말로 마무리를 지었습니다.

"린턴 부인은 이제 겨우 회복되는 중이에요." 제가 말했죠. "결코 예전의 모습으로 돌아가진 못하겠지만, 그래도 목숨은 건졌답니다. 그리고 만일 정말로 린턴 부인을 생각한다면 다시는 부인과 마주치는 일이 없도록 하세요. 아니, 이 고장을 영영 떠나도록 하세요. 그렇다고 서운할 일도 아니잖아요. 저기 저 아씨와 제가 다른 사람이듯, 캐서린 린턴도 이제는 당신의 옛 친구 캐서린 언쇼와 다른 사람이 되었으니까요! 겉모습도 많이 변했지만 성격은 훨씬 더 많이 변했어요. 그리고 어쩔 수 없이, 마땅히 아내의 곁을 지켜야 하는 남편으로서는 앞으로 애정을 지탱해나가려면 아내의 예전 모습에 대한 기억, 인간이라면 누구나 지닌 인정, 의무감에 의지할 수밖에 없을 테지요!"

"충분히 가능한 얘기로군." 히스클리프가 애써 침착한 모습을 보이며 말했어요. "넬리의 주인 나리가 의지할 게 인정과 의무감뿐일 거라는 건 충분히 가능한 얘기야. 그런데 넬리는 내가 캐서린을 녀석의 **의무**와 **인정**에 맡겨두리라고 생각해? 캐서린에 대한 나의 감정을 녀석의 감정과 비교할 수 있다고 생각하는 거야? 넬리가 이 집을 떠나기 전에, 캐서린과 나를 만나게 해주겠다는 약속을 꼭 받아내야겠어. 약속하든 말든 나는 캐서린을 **만나고야** 말 테지만! 어떻게 생각해?"

"제 생각은요, 히스클리프 씨." 제가 대답했어요. "당신이 그래서는 안 된다는 거예요. 저를 통해서 만나는 일은 절대 없을 겁니다. 히스클리프 씨가 저희 나리와 한 번만 더 맞부딪치면 캐서린은 죽고 말 거라고요!"

"넬리가 도와준다면 그런 일은 생기지 않을 거야." 히스클리프가 말을 이었어요. "그리고 그런 일이 생길 위험이 있다면, 그러니까 녀석이 캐서린의 삶에 조금의 골칫거리라도 더하는 원인이 된다면, 나는 극단적인 행동을 하더라도 용서받을 거야! 정말 솔직히 말해줬으면 하는데, 캐서린이 그 녀석을 잃으면 얼마나 고통스러워할까. 그럴까봐 두려워서 참고 있는 거거든. 이제 우리의 감정에 어떤 차이가 있는지 알겠지. 녀석이 내 처지고 내가 녀석의 처지라면, 나는 하루하루가 쓰라린 고통일 만큼 녀석을 증오한다고 하더라도 녀석의 털끝 하나 건드리지 않을 거야. 원한다면 못 믿겠다는 표정을 지어도 좋아! 나는 캐서린이 바라는 한 녀석을 캐서린의 곁에서 절대 내쫓지 않을 거야. 물론 캐서린의 관심이 사라지는 순간, 녀석의 심장을 갈가리 찢어서 피를 벌컥벌컥 들이마시겠지만! 하지만 그때까지 나는(만일 내 말을 믿지 못하겠다면 넬

리는 내가 어떤 사람인지 모르는 거야), 내가 서서히 죽어갈지언
정 녀석의 머리털 하나 건드리지 않을 거야!"

"그러면서도 당신은 지금." 제가 말을 끊었어요. "당신을 거
의 잊은 캐서린의 기억 속에 뛰어들어 캐서린을 새로운 불화
와 고통에 빠뜨려서 캐서린이 온전히 회복될 희망을 한 치의
망설임도 없이 모두 망쳐놓으려 하고 있군요."

"캐서린이 나를 거의 잊었다고?" 히스클리프 씨가 말했어
요. "아아, 넬리! 그렇지 않다는 거 넬리도 알잖아! 캐서린이
린턴을 한 번 생각할 때 나를 천 번 생각한다는 걸 넬리도 나
만큼이나 잘 알고 있잖아! 내 인생에서 가장 비참했던 시기
에는 나도 그렇게 생각한 적이 있지. 작년 여름에 이곳으로
돌아왔을 때 그 생각이 나의 뇌리에서 떠나질 않았어. 하지만
캐서린이 자기 입으로 그렇다고 말하지 않는 한, 그런 끔찍한
생각은 다시는 하지 않을 거야. 만일 그렇다고 한다면, 린턴
은 아무 의미도 없어질 것이고, 그건 힌들리도, 내가 그동안
꾸어온 모든 꿈도 모두 마찬가지일 거야. 내 미래는 단 두 마
디, **죽음**과 **지옥**으로 요약되겠지. 캐서린을 잃은 후의 삶이란
지옥일 테니까.

하지만 잠깐이나마 캐서린이 에드거 린턴의 사랑을 내 사
랑보다 소중히 여긴다고 생각했다니 나도 참 바보였지. 에드
거가 그 작고 연약한 몸으로 온 힘을 다해 80년을 사랑한다
한들, 내가 하루 동안 사랑하는 것에도 못 미칠 테니 말이야.
그리고 캐서린의 마음은 내 마음만큼이나 깊어. 에드거가 캐
서린의 마음을 독차지하는 것보다는 여물통에 바다를 통째

로 옮겨 담는 게 더 쉬울걸. 쳇! 에드거는 캐서린한테 자기 개나 말보다 조금도 더 소중하지 않아. 나처럼 사랑받을 만한 구석이 녀석에게는 없는데, 어떻게 그 애가 사랑할 만한 구석이 없는 녀석을 사랑할 수 있겠어?"

"캐서린 언니와 에드거 오빠는 여느 부부 못지않게 서로를 좋아해요!" 이저벨라가 갑자기 활기를 띠며 외쳤어요. "누구도 그런 식으로 말할 권리는 없어. 오빠를 헐뜯으면 나도 가만히 듣고만 있진 않을 테야!"

"당신 오빠는 당신도 놀라울 만큼 좋아하지, 안 그런가?" 히스클리프가 경멸하듯 말했어요. "놀라울 만큼 재빠르게 당신을 떠돌이 신세로 만들어버렸어."

"오빠는 내가 어떤 고통을 겪는지 몰라요." 이저벨라가 대답했어요. "내가 말해주지 않았으니까."

"그러면 다른 이야기는 했다는 말인데. 편지를 썼군, 그런가?"

"결혼했다는 사실을 알리려고 쓴 거예요. 당신도 봤잖아요."

"그 후로는 아무 말도 안 전했고?"

"그래요."

"이저벨라 아씨가 여기 오고 나서 얼굴이 훨씬 더 안 좋아졌네요." 제가 말했어요. "분명 누군가의 사랑이 부족하기 때문이겠죠. 그게 누군지 짐작은 가지만 입 다물고 있는 편이 낫겠군요."

"그 누군가란 아마 본인일 테지." 히스클리프가 말했어요. "저 여자는 한낱 추잡한 인간이 되어가고 있어! 나를 즐겁게 하는 일에도 아주 일찌감치 싫증을 내버렸다고. 믿기 힘들겠지만, 결혼식 바로 다음 날 아침에 집에 가고 싶다고 울지 뭐야. 하지만 이 집에서 지내려면 너무 고상하게 굴지 않는 편이 훨씬 더 나을지도 모르겠어. 바깥을 싸돌아다니며 내 얼굴에 먹칠하지 않도록 조심시키긴 해야겠지만."

"그런데 말이죠, 히스클리프 씨." 제가 대꾸했어요. "히스클리프 부인은 보살핌과 시중을 받는 데 익숙한 분이라는 걸 생각해주셨으면 좋겠네요. 아씨는 모두가 언제나 시중을 드는 외동딸처럼 자라났단 말이죠. 히스클리프 씨는 아씨에게 수발들 하녀를 붙여주고, 또 다정하게 대해주셔야만 해요. 에드거 씨를 어떻게 생각하든 아씨의 강한 애착을 의심해서는 안 됩니다. 그렇지 않았다면 아씨는 예전에 살던 집의 우아함과 안락함과 친구들을 버리고 당신과 살기 위해 이런 황량한 곳으로 기꺼이 오려 하지 않았을 거예요."

"저 여자가 그것들을 버린 건 망상에 빠졌기 때문이었어." 히스클리프가 대답했어요. "나를 로맨스●의 남자 주인공으로 상상하고는 나의 기사도적인 헌신을 무한정 누리길 기대한 거지. 나는 저 여자를 이성적 존재로 생각하기 어려워. 나를 줄곧 이야기 속 인물로 여기면서 자신이 품은 잘못된 인상에 따라 너무 막무가내로 행동하고 있으니 말이야. 그런데 마침내 내가 누구인지 알아보기 시작하는 것 같군. 처음에 나

● 12세기 중세 유럽에서 발생한 통속소설로, 기사도의 무용담과 연애담이 중심을 이룬다.

를 도발하던 멍청한 미소와 찡그린 표정도 이제는 짓지 않아. 지금 나한테 홀린 상태라고 말해주고 내가 자기를 어떻게 생각하는지 진지하게 들려줘도 전혀 알아먹질 못하더니 이제는 알아먹는 것도 같고. 내가 자기를 사랑하지 않는다는 사실을 알아내는 데 기적적인 통찰력을 발휘해야 했던 거지. 한때는 어떤 교훈으로도 그 사실을 깨우쳐줄 수 없을 거라고 믿을 정도였어! 하지만 아직도 깨우침이 부족해. 오늘 아침만 해도 무슨 끔찍한 소식이라도 전하듯 선언하길, 마침내 내가 자기로 하여금 나를 미워하게 만드는 데 정말로 성공했다나! 분명 말하건대, 이건 헤라클레스의 과업이나 마찬가지야! 그 과업을 이룬다면 나로서는 감사드릴 일이지. 당신이 한 말을 믿어도 될까, 이저벨라? 나를 미워하는 게 확실해? 한나절만 혼자 내버려두면 다시 와서 한숨을 내쉬며 알랑거리는 거 아니야? 저 여자는 아마 내가 넬리 앞에서만은 애정이 가득한 모습을 보여주길 바라고 있겠지. 진실이 밝혀지면 허영심에 상처를 입을 테니까. 하지만 그 애착이 전적으로 일방적이었다는 사실을 누가 알건 말건 나는 신경 안 써. 그것에 대해 저 여자에게 거짓말한 적도 없고. 내가 한 번이라도 부드럽게 대하며 자신을 기만했다고 비난할 수도 없을걸. 그레인지를 떠나며 처음으로 본 나의 모습이 내가 자기 개새끼를 목매다는 것이었으니까. 그리고 개를 풀어달라며 애원했을 때, 내가 처음으로 내뱉은 말은 너희 식구를 모두 목매달고 싶은 심정이지만 한 명만은 예외라는 것이었는데, 아마 저 여자는 그게 자기인 줄 알았나봐. 하지만 저 여자는 잔인한 행위에 혐오감을 보이지 않아. 자신의 소중한 몸뚱이만 안전하게 지켜진다면 그런 잔인한 행위를 감탄하며 바라볼 수 있게 타고났나보지! 자, 저 가련하고 비굴하고 비열한 암사냥개가 내가 자기를 사랑했으리라고 생각했다니, 정말이지 한없이 어리석고 백치 같은 일 아니겠어? 넬리, 가서 주인 나리한테 전해. 내 평생 이렇게 천한 인간은 처음 봤다고. 심지어 린턴 가문을 욕보이기까지 하는 인간이라고. 나는 저 여자가 무엇까지 견딜 수 있을지 실험해보다가 가끔 순전히 아이디어가 바닥나는 바람에 쉴 때가 있는데, 그러면 수치스럽게 굽실대면서 다시 기어오는 거야! 하지만 오빠로서의, 그리고 치안판사로서의 걱정은 붙들어 매라는 말도 전해줘. 나는 법이 정해놓은 선을 엄격히 지킬 테니까. 이저벨라가 이혼을 청구할 권리를 내세우게 할 짓은 지금껏 조금도 하지 않았어. 게다가 누가 우리를 갈라놓는다 해도 저 여자는 전혀 고마워하지 않을 거야. 만일 갈 테면 가라지. 저 여자를 괴롭혀서 얻는 만족감보다 옆에 있어서 성가신 마음이 더 크니까 말이야!"

"히스클리프 씨." 제가 말했어요. "그런 소리를 하다니 당신은 미쳤군요. 당신의 아내도 아마 당신이 미쳤다고 확신할 거예요. 그러니 지금껏 당신을 참아준 것이겠죠. 하지만 가도 좋다고 당신 입으로 말했으니 아씨도 분명 그 허락을 그냥 넘기진 않을 겁니다. 아씨, 자진해서 저 사람 곁에 남을 만큼 넋이 빠진 건 아니겠죠?"

"조심해, 엘런!" 이저벨라가 분노로 눈을 반짝이며 대답했어요. 그 눈빛을 보니 자신을 혐오스러운 존재로 만들려는 남편의 노력이 완전한 성공을 거둔 데는 의심의 여지가 없었습니다. "저이가 하는 말은 한마디도 믿어선 안 돼. 저이는 거짓말을 일삼는 악마야! 아니, 괴물이야, 사람이 아니라고! 떠나도 된다는 말은 전에도 들었어. 그래서 떠나려 해봤는데, 이제 다시는 감히 그러지 않을 거야! 엘런, 저이가 오빠나 캐서린 언니에게 한 파렴치한 말은 한마디도 전하지 않겠다고 꼭 약속해줘. 저이가 꾸며대는 말은 모두 에드거 오빠를 자극해서 자포자기하게 만들려는 속셈으로 하는 말이야. 나랑 결혼한 것도 다 에드거 오빠를 지배하기 위해서였대. 하지만 그럴 수는 없을 거야. 그 전에 내가 먼저 죽어버릴 테니까! 나의 바람은 그저 저이가 자신의 악마 같은 신중함을 잠시 망각하고 나를 죽이는 거야! 내가 상상할 수 있는 유일한 기쁨은 내가 죽거나, 아니면 저이가 죽는 걸 보는 거야!"

"됐어, 오늘은 그쯤 해둬!" 히스클리프가 말했어요. "넬리, 만일 재판정에 불려가거든 저 여자가 지금 한 말을 기억해! 그리고 저 얼굴을 잘 보라고. 이제야 내게 어울리는 사람이 되어가고 있어. 안 돼, 이저벨라, 이제 당신은 스스로의 보호자가 될 수 없어. 그리고 나는 당신의 법적 보호자로서, 그것이 아무리 혐오스러운 의무일지언정 당신을 나의 감독하에 둘 수밖에 없어. 위층으로 올라가. 나는 엘런 딘과 단둘이 할 이야기가 있으니까. 그쪽이 아니라 위층 말이야! 아니, 위층으로 가는 길은 이쪽이야, 무슨 애도 아니고!"

히스클리프는 이저벨라를 붙잡고는 방 밖으로 밀어냈습니다. 돌아오면서 이렇게 중얼거리더군요.

"내게 동정심 따윈 없어! 그런 건 없다고! 벌레가 몸부림을 치면 칠수록 창자가 터지도록 더 짓뭉개주고 싶어지지! 이건 도덕이라는 이가 자라나는 것에 불과하고, 나는 고통이 커져 가는 만큼 더 세게 이를 갈고 있는 거야."

"동정심이라는 말이 무슨 뜻인지 알기나 하나요?" 제가 급히 보닛을 다시 쓰며 물었어요. "살면서 동정심을 조금이라도 느껴본 적이 있나요?"

"그것 내려놔!" 히스클리프가 제가 떠나려는 것을 알아채고는 말을 가로막았어요. "아직 가면 안 돼. 이리 와, 넬리. 나는 너를 설득하거나 위협해서라도 캐서린을 만나겠다는 결정을 이행하는 데 너의 도움을 받아야겠어, 그것도 지금 당장. 누구든 해칠 생각은 없다고 맹세해. 나는 소란을 일으키려는 것도, 린턴 씨를 격분시키거나 모욕하려는 것도 아니야. 나는 그저 캐서린이 어떤 상태인지, 왜 그동안 아팠던 건지 본인에게 직접 듣고 싶은 것뿐이야. 그리고 내가 뭐든 도울 일은 없는지 묻고 싶기도 하고. 어젯밤에 나는 그레인지에 여섯 시간 동안이나 있었고, 오늘 밤에도 그곳으로 돌아갈 거야. 매일 밤 그곳에 나타날 거고, 안으로 들어갈 기회가 생길 때까지 매일 그렇게 찾아갈 거야. 만일 에드거 린턴과 맞닥뜨리면 주저 없이 때려눕혀줄 테고, 내가 거기 머무는 동안 침묵하도록 완전히 뻗어버리게 해줄 테야. 만일 하인들이 내게 맞서면 이 권총으로 위협해서 쫓아버릴 거고. 하지만 내가 그들이나 그들의 주인과 마주치는 일을 미리 막는 게 더 낫지 않겠어? 넬리라면 아주 쉽게 그 일을 해줄 수 있을 거야. 내가 가면 신호를 줄게. 캐서린이 혼자 있게 되는 순간 나를 몰래 안으로 들여서 내가 떠날 때까지 망을 보면 넬리도 양심에 거리낄 게 없을 거야. 말썽을 막는 셈이 될 테니."

저는 주인댁에 그런 배신행위를 할 수는 없다고 항변했고, 게다가 자신의 만족을 위해 린턴 부인의 평온을 깨뜨리는 것은 잔인하고 이기적인 짓이라고 힘주어 말했어요.

"마님은 아무것도 아닌 일에도 정말 깜짝깜짝 놀라요." 제가 말했어요. "신경과민 상태여서 뜻밖의 일은 견디지 못할 거라고요. 나는 그렇다고 확신해요. 그러니 고집 좀 그만 부려요, 히스클리프 씨! 그러지 않으면 나도 나리께 당신의 계획을 알릴 수밖에 없어요. 그러면 나리도 그런 무단 침입으로부터 자기 집과 식구를 지켜낼 대책을 강구하시겠죠!"

"그렇다면 나도 넬리를 붙잡아둘 대책을 강구해야겠어!" 히스클리프가 외쳤어요. "내일 아침까지 워더링 하이츠를 떠나지 못할 줄 알아. 캐서린이 나를 만나는 일을 견디지 못할 거라는 건 어리석은 소리야. 게다가 나는 캐서린을 놀래줄 마음이 추호도 없어. 넬리가 미리 말해주면 되잖아. 내가 가도 괜찮을지 물어봐줘. 캐서린은 내 이름을 절대 입에 올리지 않고, 캐서린 앞에서 내 이름을 입에 올리는 사람도 없다고 했잖아. 만일 내 이름이 그 집에서 금기어라면, 캐서린이 누구한테 내 이야기를 하겠어? 캐서린은 너희 하인 모두를 남편의 첩자로 여기고 있어. 아아, 캐서린은 너희 틈에서 지옥에 있는 거나 다를 바 없는 신세로군! 나는 다른 무엇보다 캐서린의 침묵에서 그 애의 기분을 짐작할 수 있을 것 같아. 넬리는 캐서린이 종종 가만히 있지 못하고 불안해 보인다고 했지. 그게 어딜 봐서 평온한 거야? 캐서린의 정신이 불안정하다고도 했지. 그렇게 끔찍하게 고립되어 있는데 대체 어떻게 정신이 불안정하지 않을 수 있겠어? 게다가 그 지루하고 시시한 녀석이 **의무**와 **인정**으로 캐서린을 돌보고 있다며! **동정심**과 **자비심**으로! 자신의 얄팍한 보살핌으로 캐서린의 기력을 회복시킬 수 있다고 믿다니, 차라리 오크나무를 화분에 심고 무성해지길 바라는 편이 낫겠군! 지금 당장 결판을 내자. 넬리는 여기 남고, 나는 캐서린을 만나러 가면서 린턴과 그의 하인들과 한바탕 싸움이나 벌일까? 아니면 지금껏 그래왔듯이 내 편이 되어서 내 부탁을 들어줄래? 결정해! 계속 그렇게 고약한 성질머리로 고집을 부리겠다면, 나는 여기서 한시도 지체할 이유가 없으니까!"

록우드 씨, 저는 그와 언쟁을 벌이며 투덜거렸고, 딱 잘라서 쉰 번이나 거절했습니다. 하지만 결국 못 이기고 동의하고 말았죠. 저는 히스클리프의 편지를 캐서린 마님께 전하겠다고 했고, 만일 마님이 동의하면 린턴 씨가 다음에 집을 비울 때를 알려줘서 집에 들어오게 해주기로 약속했습니다. 저도 집을 비우고, 동료 하인들도 마찬가지로 방해가 안 되도록 피해 있기로 했어요.

잘한 일이었을까요, 잘못한 일이었을까요? 임시방편이었다고는 해도, 아무래도 잘못한 일 같아요. 저는 그 부탁에 응함으로써 또 다른 사건이 일어나는 걸 미리 막을 수 있겠다고 생각했고, 그 일이 캐서린의 정신 질환에 긍정적인 전기를 마런할 수도 있겠다는 생각도 했습니다. 그러다 에드거 씨가 저더러 소문을 퍼뜨리고 다닌다며 엄하게 꾸짖던 일이 떠올랐고, 이런 표현은 아무래도 좀 과한 것 같지만, 어쨌든 소위 신뢰를 배반하는 일은 이번이 마지막이라고 거듭 마음먹으며 그 문제에 대한 모든 걱정을 잠재우려 애썼어요.

그런데도 집으로 돌아가는 길은 집에서 나오던 길보다 더 쓰라렸습니다. 그 편지를 린턴 부인의 손에 전해줘야겠다고 스스로를 설득하기까지 정말 수없이 마음을 졸였고요.

그런데 케네스 씨가 왔나보네요. 제가 내려가서 록우드 씨가 훨씬 더 나아졌다고 전할게요. 제 이야기는 흔히 말하듯 **칙칙한** 것이지만, 나머지는 다른 날 아침에 느긋하게 들려드리도록 하지요.

칙칙하고도 음울하구나! 그 친절한 여인이 의사를 맞으러 아래층으로 내려갈 때 나는 이렇게 생각했다. 분명 기분 전환을 위해 들을 이야기는 아니었다. 하지만 아무려면 어떤가! 나는 딘 부인의 쓴 약초 같은 이야기에서 몸에 좋은 약을 뽑아낼 것이다. 그러니 우선 캐서린 히스클리프의 눈부신 눈동자에 도사린 매력을 조심하기로 하자. 그 젊은 여자에게 마음을 빼앗기고 말았는데 그녀가 자기 어머니의 재판(再版)으로 밝혀진다면 나는 묘하게 난처한 입장에 처하고 말 테니까!

제2권

제1장

또 한 주가 지났다. 그리하여 건강을 되찾을 날도 그만큼 가까워졌고, 봄도 그만큼 가까워졌다! 이제 나는 내 이웃의 내력에 대해 전부 알게 되었는데, 가정부가 이야기보다 더 중요한 일인 집안일을 하다가 짬짬이 내게 시간을 내준 덕분이다. 가정부가 들려준 이야기를 그녀의 목소리 그대로 전하되 살짝만 요약하고자 한다. 가정부는 대체로 매우 훌륭한 이야기꾼이어서 내 식대로 한다고 한들 그보다 더 나을 수는 없을 듯하니까.

그날 저녁, 그러니까 제가 하이츠에 다녀온 날 저녁, 저는 굳이 제 눈으로 직접 보지 않고도 히스클리프 씨가 근처에 있다는 것을 알 수 있었어요. 저는 집 밖으로 나가길 꺼렸죠. 그의 편지가 아직 제 호주머니에 들어 있었고, 그 일로 더는 협박이나 괴롭힘을 당하고 싶지 않았으니까요.

그 편지가 캐서린에게 어떤 영향을 끼칠지 알 수 없었기에,

저는 나리께서 외출하기 전까지는 편지를 전하지 않기로 마음먹었습니다. 그래서 사흘이 지나고야 전할 수 있었어요. 나흘째 되던 날은 일요일이어서, 저는 가족이 교회에 가고 난 후 편지를 들고 캐서린의 방으로 갔습니다.

남자 하인 하나가 남아 저와 함께 집을 지키고 있었죠. 우리는 보통 예배 시간 동안 습관적으로 문을 잠가두었지만, 그날은 날이 정말 따뜻하고 상쾌해서 제가 활짝 열어둔 터였어요. 누가 찾아올지 알고 있었던 저는 맡은 바 임무를 다하기 위해, 안주인이 오렌지가 몹시 먹고 싶다고 하시니 읍내로 달려가서 값은 내일 치르겠다고 하고 몇 개 사 오라고 동료 하인에게 말했습니다. 하인은 떠났고, 저는 위층으로 올라갔죠.

린턴 부인은 여느 때처럼 헐렁한 흰옷 차림에 가벼운 숄을 어깨에 두른 채 열린 창문 앞 구석진 곳에 앉아 있었습니다. 길고 치렁치렁한 머리는 발병 초기에 어느 정도 잘라냈고, 이제는 자연스럽게 빗어서 땋은 머리가 관자놀이와 목을 덮고 있었어요. 제가 히스클리프에게도 말했듯이 부인의 외모는 변했지만, 차분한 상태일 때는 그 변한 모습에서조차 이 세상 사람 같지 않은 아름다움이 느껴지는 듯했죠.

반짝이던 눈에는 이제 꿈꾸는 듯 애수 어린 부드러움이 서려 있었어요. 그 눈은 주변의 것들을 바라보고 있다는 인상을 더는 주지 않았습니다. 늘 저 너머 아주 먼 곳을 바라보는 듯했는데, 그곳이 이 세상 너머라고 해도 이상할 건 없었죠. 다시 살이 붙으면서 초췌함은 사라졌지만 그래도 창백한 얼굴과 정신 상태에서 비롯된 특유의 표정은, 그 원인이 무엇인지를 고통스럽게 암시하면서도 보는 사람의 애처로운 호기심을 더욱 자극했고, 회복의 징후가 명확한데도 부인을 곧 죽을 운명인 것처럼 보이게 했어요. 저한테는 늘 그렇게 보였고, 부인을 본 누구라도 그렇게 생각했을 겁니다.

부인 앞의 창턱에는 책이 한 권 펼쳐져 있었고, 미풍에 이따금 책장이 팔락거렸어요. 린턴이 거기 놓아둔 책이었을 겁니다. 부인은 독서를 포함해 기분 전환을 위한 그 어떤 노력도 하지 않았고, 그래서 린턴은 아내가 예전에 재미있어하던 것에 다시 관심을 갖게 하려고 몇 시간이고 애를 쓰곤 했거든요.

남편의 의도를 알고 있던 부인은 기분이 좋을 때는 남편의 노력을 얌전히 참아냈는데, 이따금 피곤한 한숨을 억누르며 그 노력이 헛수고임을 보여주었고, 결국에는 세상에서 가장 슬픈 미소와 입맞춤으로 남편을 좌절시켰어요. 어떤 때는 심통을 부리며 손으로 얼굴을 가리거나 심지어 화를 내며 남편을 밀어내기도 했죠. 그러면 남편은 자신의 노력이 아무 소용도 없다고 확신하고는 아내를 혼자 있게 해주었어요.

기머턴 교회의 종소리가 여전히 들려오고 있었습니다. 그와 함께 가득 차오른 계곡의 시냇물 소리가 마음을 달래듯 은은하게 흐르는 소리도 들려왔죠. 여름이 찾아와 그레인지 주변의 나무가 울창해지면 나뭇잎이 속삭이는 소리에 묻혀 버릴 감미로운 음악 소리였어요. 워더링 하이츠에서는 날이 확 풀리거나 장마철이 끝난 다음의 조용한 날이면 늘 들려오던 소리였죠. 캐서린은 그 소리를 들으며 워더링 하이츠를 생각했을 거예요. 그러니까 제 말은, 캐서린이 만약 무슨 생각을 하거나 무슨 소리를 듣거나 했다면 아마 그랬을 거라는 거죠. 하지만 아까 말씀드린 대로 캐서린은 먼 데를 바라보는 듯 멍한 표정이었고, 이 세상에 존재하는 것들에 귀를 기울이거나 시선을 주는 것 같진 않았어요.

"린턴 부인 앞으로 편지가 왔어요." 제가 부인의 무릎에 놓인 손에 편지를 부드럽게 쥐여주며 말했습니다. "답을 달라고 하니 당장 읽으셔야 할 것 같네요. 제가 편지를 뜯을까요?"

"그래." 부인이 눈길도 돌리지 않은 채 대답했어요.

저는 편지를 뜯었습니다. 내용은 아주 짧았어요.

"자." 제가 말을 이었습니다. "읽어보세요."

부인이 무릎 위에서 손을 떼는 바람에 편지가 떨어져버렸습니다. 저는 편지를 다시 부인의 무릎에 올려놓고는 부인이 살짝 내려다볼 마음을 먹을 때까지 서서 기다렸죠. 하지만 아무리 기다려도 그러질 않기에 결국 제가 다시 말을 이었어요.

"제가 읽어드릴까요, 마님? 히스클리프 씨한테서 온 편지인데요."

부인은 화들짝 놀라며 희미하게 떠오르는 기억에 괴로운 표정을 짓더니 생각을 가다듬으려고 애쓰는 기색을 보였습니다. 편지를 집어 들고 읽는 듯 보였는데, 서명 부분에 이르자 한숨을 내쉬더군요. 하지만 그 편지에 함축된 뜻을 파악한 것 같진 않았어요. 제가 답을 달라고 하자 그저 그 이름을 가리키며 애절하고도 미심쩍어하는 눈빛으로 저를 간절히 쳐다볼 뿐이었으니까요.

"저, 그 사람이 마님을 보고 싶어 해요." 부인에게 따로 설명해줄 필요가 있다고 생각하며 제가 말했습니다. "지금쯤 정원에서 기다리며 제가 어떤 소식을 가져다줄지 초조해하고 있을 거예요."

저는 이렇게 말하면서 햇살이 내리쬐는 풀밭에 누워 있던 커다란 개 한 마리를 내려다보았는데, 곧 짖을 듯 귀를 쫑긋 세우다가 도로 내리며 꼬리를 흔드는 걸 보아하니 다가오는 누군가가 낯선 이는 아닌 듯했어요.

린턴 부인이 몸을 앞으로 숙이더니 숨을 죽인 채 귀를 기울였습니다. 잠시 후에 현관을 가로지르는 발소리가 들려왔어요. 문이 열려 있었으니 히스클리프로서는 들어오고 싶은 유혹을 이길 수 없었던 거죠. 아마 제가 약속의 책임을 회피한다고 생각하고는 자신의 뻔뻔함을 믿어보기로 결심한 모양이었습니다.

캐서린은 긴장한 얼굴로 방문 쪽을 뚫어져라 쳐다보았어요. 히스클리프는 방을 바로 찾지 못했죠. 캐서린은 그를 방으로 들이라는 몸짓을 취했는데, 그는 제가 방문에 이르기도 전에 그 방을 찾아내고는 한두 걸음 만에 캐서린 옆으로 다가와 그녀를 품에 꼭 껴안았습니다.

히스클리프는 오 분 동안 입을 열지도, 껴안은 팔을 풀지도 않았는데, 아마 평생 했던 입맞춤보다 그때 퍼부은 입맞춤이 더 많았을 겁니다. 하지만 히스클리프에게 먼저 입맞춤을 한 것은 마님이었고, 그가 순전히 고통 때문에 마님의 얼굴을 감히 쳐다보지 못하는 것을 저는 똑똑히 보았어요! 마님을 보는 순간, 그도 저처럼 마님이 완전히 회복될 가망은 없다고, 곧 죽을 운명을 피할 수 없으리라고 확신했던 것이죠.

"아아, 캐시! 아아, 나의 생명보다 더 소중한 너! 나더러 어떻게 견디라고?" 그것이 히스클리프가 던진 첫마디였는데, 굳이 자신의 절망감을 숨기려 하지 않는 말투였어요.

그러고서 그가 캐서린을 너무나도 간절한 눈빛으로 쳐다보았기에 저는 그 시선의 강렬함만으로도 눈에 눈물이 고일 것 같다고 생각했습니다. 하지만 그의 눈은 고통으로 타오를 뿐 눈물로 녹아내리지는 않았어요.

"이번에는 또 뭐야?" 캐서린이 몸을 뒤로 젖히더니 갑자기 먹구름이 드리운 얼굴로 그를 마주하며 말했어요. 캐서린의 기분은 끊임없이 변덕을 부리며 방향을 바꾸는 풍향계 같았죠. "히스클리프, 너랑 에드거는 내 가슴을 찢어놓았어! 그런 주제에 둘 다 자기들이 불쌍한 사람이라도 된다는 양 내 앞에 와서 비통해하는 꼴이라니! 나는 너를 불쌍해하지 않아, 절대로. 너는 날 죽였어. 게다가 그 일을 즐겼지. 정말 굳세기도 하지! 내가 죽고 나서 몇 년이나 더 살려고 그러니?"

히스클리프는 캐서린을 끌어안기 위해 꿇고 있던 한쪽 무릎을 펴고 일어서려 했는데, 캐서린이 그의 머리카락을 붙잡고는 다시 앉혔어요.

"너를 안고 있으면 좋겠어." 캐서린이 비통하게 말을 이었어요. "우리 둘 다 죽을 때까지! 네가 겪은 고통이야 내 알 바 아니야. 네가 겪는 고통도 나는 전혀 신경 안 써. 왜 네가 고통스럽지 않아야 하는 거지? 나는 괴로운데! 너는 날 잊을 거니? 내가 땅속에 파묻히고 나면 너는 기뻐할 거니? 20년 뒤에는 이렇게 말할 거니? '저건 캐서린 언쇼의 무덤이다. 나는 오래전에 그녀를 사랑했고, 그녀를 잃어 불행했다. 하지만 그것은 과거일 뿐. 나는 그 후로도 다른 많은 사람을 사랑했고, 이제는 내 아이들이 그때 그녀보다 더 소중하다. 그리고 죽을 때가 오면, 나는 이제 그녀 곁으로 간다며 기뻐하지 않을 것이다. 나는 아이들을 남겨두고 가야 한다는 사실에 슬퍼할 것이다!' 이렇게 말할 거니, 히스클리프?"

"그만 좀 괴롭혀. 그러다가는 나도 너처럼 미쳐버릴 것 같으니까." 히스클리프가 캐서린의 손에서 머리를 억지로 빼내고 이를 갈며 외쳤어요.

냉정한 구경꾼이 보기에 그 둘의 모습은 기이하고도 무시무시했습니다. 육신과 함께 그 품성까지 내버리지 않는 한 캐서린은 천국도 유배지쯤으로 여길 판이었어요. 그때 캐서린의 창백한 뺨과 핏기 없는 입술과 불꽃 튀는 눈에는 격렬한 복수심이 서려 있었습니다. 꽉 쥔 주먹에는 방금까지 붙잡고 있던 머리카락이 한 움큼 남아 있었고요. 한편 히스클리프는 한 손을 짚고 일어나면서 다른 손으로는 캐서린의 팔을 붙잡고 있었는데, 캐서린의 상태에 걸맞은 부드러움이라고는 찾아볼 수 없는 인간이었기에 팔을 놓자마자 창백한 피부에 난 시퍼런 손가락 자국 네 개가 선명히 눈에 들어오더군요.

"악마한테 홀리기라도 한 거야?" 히스클리프가 사납게 말을 이었어요. "죽어가면서 나한테 그딴 식으로 말하다니? 네가 한 모든 말이 내 기억에 새겨져서 네가 나를 떠나고 난 뒤에 나를 영원히 갉아먹을 거라고는 생각 못 하는 거야? 내가 널 죽였다는 너의 말은 거짓이라는 거 너도 알잖아. 그리고 캐서린, 내가 나를 잊으면 잊었지, 너는 잊지 못할 거라는 거 너도 알잖아! 네가 고이 잠들어 있는 동안 내가 지옥의 고통 속에 몸부림칠 거라는 사실만으로는 너의 지옥 같은 이기심이 채워지지 않는 거야?"

"나는 고이 잠들지 못할 거야." 캐서린이 거칠고 불규칙한 심장박동을 느끼며 자신의 허약한 신체를 떠올린 듯 신음하며 말했습니다. 그녀의 심장은 이런 극도의 흥분 상태 속에서 눈에도 보이고 귀에도 들릴 만큼 거칠게 뛰고 있었죠.

캐서린은 발작이 가라앉을 때까지 아무 말도 하지 않더니 좀 더 다정한 목소리로 말을 이었습니다.

"히스클리프, 나는 네가 나보다 더 큰 고통을 받길 바라지 않아! 나는 우리가 절대 헤어지지 않길 바랄 뿐이라고. 그러니 내 말이 나중에 너를 괴롭히거든 나 또한 땅속에서 똑같이 괴로워하고 있다고 생각하고 나를 용서해줘! 이리 와서 다시 무릎을 꿇어! 너는 평생 내게 해를 끼친 적이 단 한 번도 없었어. 아니, 만일 지금 화를 품으면 그 화가 나중에 나의 가혹한 말보다 더 나쁜 기억이 될걸! 다시 이리로 와주지 않겠니? 얼른!"

히스클리프는 캐서린이 앉아 있던 의자 뒤로 가서 몸을 앞으로 구부렸는데, 캐서린이 그의 얼굴을 볼 수 있을 만큼 충분히 구부리진 않았어요. 그의 얼굴은 감정에 겨워 잿빛이 된 상태였죠. 캐서린은 그를 보기 위해 몸을 돌렸습니다. 히스클리프는 자기 얼굴이 보이길 허락하지 않으며 급히 돌아서서 벽난로 쪽으로 걸어가더니 우리에게 등을 돌린 채 말없이 서 있었어요.

린턴 부인은 의심의 눈초리로 그런 그를 지켜봤어요. 모든 동작 하나하나가 그녀에게 새로운 감정을 일깨웠죠. 부인은 그렇게 한참 동안 말없이 지켜보다가 다시 입을 열었어요. 분노와 실망이 담긴 목소리로 제게 말했죠.

"아아, 저것 좀 봐, 넬리! 내가 무덤에 들어가는 꼴을 보려고 저러는지 잠시도 화를 풀지 않네! 내가 **저 만큼**밖에 사랑받지 못한다니! 그래, 괜찮아! 저 인간은 **내** 히스클리프가 아니야. 나는 내 히스클리프만 사랑할 거고, 그 애를 데려갈 거야. 그 애는 내 영혼 속에 있으니까. 그리고……." 캐서린이 생각에 잠긴 채 말을 이었어요. "나를 가장 짜증 나게 하는 건 바로 이 산산이 부서진 감옥이야. 나는 지쳤어, 여기 갇혀 지내는 데 지쳐버렸다고. 나는 저 영광스러운 세상으로 탈출해서 그곳에 영영 머무르고 싶어. 흐르는 눈물 사이로 그곳을 흐릿하게 보는 게 아니라, 아픈 마음의 벽에 둘러싸여 그곳을 갈망하는 게 아니라 정말 그곳과 하나가 되어 그곳에 깃들고 싶다고. 넬리, 넬리는 자신이 나보다 행복하고 운 좋은 사람이라고 생각할 거야. 더없이 건강하고 기운차니까 나를 안타깝게 여기겠지. 하지만 곧 상황이 뒤바뀌고 말걸. 내가 **넬리를** 안타깝게 여기게 될 거야. 나는 비할 데 없이 높은 곳에 가 있게 될 거야. 그나저나 저 애는 내 곁에 오지 **않을** 모양이지!" 캐서린이 혼잣말을 이어갔습니다. "내 곁에 오길 바라

는 줄 알았는데. 얘, 히스클리프! 이제 나한테 뚱하게 굴면 안
돼. 나한테로 와, 히스클리프."

　캐서린은 간절히 애원하며 자리에서 일어나 의자 팔걸이에
몸을 기댔어요. 캐서린의 간절한 애원에 히스클리프가 돌아
섰는데 몹시도 절망한 표정이었습니다. 젖은 채 휘둥그레진
그의 눈은 마침내 캐서린을 향해 맹렬히 번쩍였고, 그의 가슴
은 경련이라도 일으키듯 마구 들썩였어요. 방금까지만 해도
떨어져 있던 둘이 어떻게 서로에게 다가갔는지는 미처 볼 겨
를도 없었는데, 어쨌든 캐서린이 갑자기 몸을 던지자 히스클
리프가 받아 안았고, 둘은 캐서린이 죽지 않는 한 절대 끝이
없을 것처럼 포옹했습니다. 아닌 게 아니라 제가 보기에 캐서
린은 곧장 정신을 잃은 듯 보였어요. 히스클리프는 가장 가까
이에 있는 의자로 몸을 던졌고, 저는 캐서린이 실신했는지 확
인하려고 급히 다가갔는데, 그러자 그가 저를 향해 이를 갈며
미친개처럼 거품을 문 채 탐욕과 질투가 뒤섞인 얼굴로 캐서
린을 끌어당겼습니다. 저랑 같은 인간이라고는 도저히 믿어
지지 않을 정도였죠. 말을 걸어봤자 알아먹지 못할 것 같아
저는 멀리 떨어져서 엄청난 당혹감을 느끼며 입을 다물어버
렸어요.

　이윽고 캐서린이 몸을 움직여서 저는 살짝 안도했습니다.
캐서린은 한 손으로 히스클리프의 목을 움켜잡고는 품에 안
긴 채 자기 뺨을 그의 뺨에 갖다 댔어요. 그러는 동안 히스클
리프는 캐서린을 미친 듯이 애무하며 거칠게 말했죠.

　"이제 내게 그동안 네가 얼마나 잔인했는지, 얼마나 잔인

하고 기만적이었는지 깨닫게 해주는구나. **왜** 나를 멸시한 거야? **왜** 네 마음을 배반한 거야, 캐시? 너에게 위로의 말은 한마디도 해줄 수 없어. 다 네가 자초한 일이니까. 네가 널 죽인 거야. 그래, 입을 맞추든 눈물을 흘리든 마음대로 해. 내 입맞춤과 눈물을 마음껏 짜내라고. 그것들이 너를 시들게 할 테니까, 너에게 저주를 내릴 테니까. 너는 나를 사랑했어. 그런데 무슨 **권리**로 나를 버린 거야? 무슨 권리로? 대답해줘. 린턴에게 느낀 보잘것없는 호감 때문에? 고통도, 몰락도, 죽음도, 신이나 사탄이 할 수 있는 그 어떤 일도 우리를 갈라놓을 수 없었는데, **네가** 너 자신의 의지로 그렇게 해버린 거야. 나는 네 마음을 찢어놓지 않았어. **네가** 네 마음을 찢어놓은 거야. 그리고 동시에 내 마음도 찢어놓은 거라고. 내가 굳세다는 건 그만큼 더 안 좋은 일이야. 내가 살고 싶겠어? 사는 게 무슨 소용이겠어. 네가 죽⋯⋯ 아아, 신이시여! 너 같으면 영혼이 무덤 속에 있는데 살고 싶겠냐고?"

"날 혼자 내버려둬. 혼자 내버려두라고." 캐서린이 흐느끼며 말했어요. "내가 잘못했다고 한들 나는 그것 때문에 죽어가고 있잖아. 그걸로 된 거잖아! 너도 나를 버렸어. 하지만 나는 너를 나무라진 않을 거야! 나는 너를 용서할 거야. 너도 날 용서해줘!"

"그 눈을 바라보면서, 그 쇠약한 손을 만지면서 용서하기란 쉬운 일이 아니야." 히스클리프가 대답했어요. "다시 입을 맞춰줘. 네 눈을 보지 않게 해줘! 네가 내게 한 짓은 용서할게. 나는 **나를** 죽인 사람을 사랑하니까. 하지만 **너를** 죽인 사람!

어떻게 내가 그를 용서할 수 있겠어?"

둘은 말이 없었습니다. 그저 서로 얼굴을 파묻은 채 서로의 눈물로 적실 뿐이었죠. 적어도 제 생각에는 둘 다 울었던 것 같아요. 그런 큰일 앞에서는 제아무리 히스클리프라도 울 수 **있는** 것처럼 보였으니까요.

그러는 사이에 저는 몹시 불안해졌습니다. 오후가 재빨리 지나가서 제가 심부름을 보낸 하인도 돌아왔고, 서쪽 계곡 위에서 쏟아지는 햇살에 기머턴 교회의 현관 밖으로 몰려나오는 사람들이 보였거든요.

"예배가 끝났습니다." 제가 알렸어요. "반 시간 후면 나리께서 돌아오실 거예요."

히스클리프는 신음하듯 욕을 내뱉고는 캐서린을 더 세게 껴안았습니다. 캐서린은 조금도 움직이지 않았죠.

머지않아 하인 한 무리가 길을 지나 부엌문 쪽으로 오는 모습이 보였어요. 린턴 씨도 그리 멀리 떨어져 있진 않았고요. 린턴 씨는 직접 대문을 열고 느긋하게 걸어오고 있었는데, 아마 여름날처럼 부드러운 바람이 불어오는 감미로운 오후를 즐기고 있는 듯했습니다.

"이제 오셨어요." 제가 외쳤어요. "제발 당장 내려가요! 앞쪽 계단으로 내려가면 누구와도 마주치지 않을 거예요. 서둘러요. 그리고 나리께서 완전히 들어올 때까지 나무 사이에 숨어 있어요."

"이제 가야 해, 캐시." 히스클리프가 캐서린의 품에서 빠져나오려 애쓰며 말했어요. "하지만 내가 그때도 살아 있다면,

네가 잠들기 전에 다시 보러 올게. 네 방 창문에서 5미터도 떨어져 있지 않을 거야."

"가면 안 돼!" 캐서린이 그를 있는 힘껏 꼭 끌어안으며 대답했어요. "못 보내, 정말이야."

"한 시간만." 히스클리프가 간절히 애원했어요.

"일 분도 안 돼." 캐서린이 대답했어요.

"나는 **가야만** 해. 린턴이 곧 올라올 거야." 불안해진 침입자가 힘주어 말했죠.

히스클리프는 일어나면서 캐서린의 손을 떼어낼 수도 있었어요. 하지만 캐서린은 숨을 헐떡이며 꼭 매달렸고, 얼굴에는 광기 어린 결의가 드러났습니다.

"안 돼!" 캐서린이 비명을 질렀어요. "아아, 가지 마, 가지 말라고. 이게 마지막이야! 에드거도 우릴 해치진 않을 거야. 히스클리프, 나는 죽을 거야! 죽고 말 거라고!"

"망할 바보 녀석. 저기 오는군." 히스클리프가 자리에 다시 털썩 주저앉으며 외쳤어요. "쉿, 내 사랑! 그만, 쉿, 캐서린! 여기 있을게. 만일 녀석이 나를 쏜다면 축복의 기도를 읊조리며 이승을 하직해주겠어."

그러고서 둘은 다시 끌어안았어요. 나리가 계단을 올라오는 소리를 들으니 이마에서 식은땀이 흐르더군요. 저는 등골이 오싹했어요.

"마님의 헛소리를 듣겠다고요?" 제가 격렬하게 말했어요. "마님은 지금 자기가 무슨 말을 하는지도 모르고 있어요. 마님이 분별력이 없어서 스스로를 어쩌지 못한다고 해서 마님을 파멸시킬 건가요? 일어나요! 당장 벗어날 수 있잖아요. 이건 그동안 당신이 저지른 짓 가운데 가장 사악한 짓이야. 이제 우린 다 망했어요. 나리도, 마님도, 하인들도."

저는 양손을 꽉 쥐고 비명을 질렀어요. 그러자 그 소리를 들은 린턴 씨가 발걸음을 재촉했죠. 어찌나 불안했던지, 캐서린의 팔이 축 늘어지고 머리가 앞으로 숙여지는 걸 보자 진정으로 기쁜 마음이 들더군요.

'실신했거나 죽은 거야.' 저는 생각했어요. '더 잘된 일이지 뭐야. 주변 사람들에게 계속 부담과 고통을 주느니 차라리 죽는 게 훨씬 더 나아.'

에드거는 경악과 분노로 창백해진 얼굴로 그 불청객에게 덤벼들었어요. 그가 어떻게 할 작정이었는지는 저도 모르겠는데, 어쨌든 상대가 목숨을 잃은 듯 보이는 몸뚱이를 그의 품에 떠안기자 그는 어떤 행동도 할 수 없었죠.

"그걸 좀 봐." 히스클리프가 말했어요. "당신이 악마가 아니라면 캐서린부터 먼저 살려. 그런 다음 나랑 얘기하자고!"

히스클리프는 응접실로 걸어가 자리에 앉았습니다. 린턴 씨가 저를 불렀고, 우리는 큰 어려움을 겪고 온갖 수단에 의지한 끝에 캐서린의 의식을 되살릴 수 있었어요. 하지만 캐서린은 완전히 어리둥절한 상태였죠. 한숨을 쉬고 신음을 낼 뿐 누구도 알아보지 못했어요. 에드거는 아내를 걱정하느라 아내의 끔찍스러운 친구는 까맣게 잊고 말았습니다. 저는 아니었어요. 기회가 생기자마자 그에게로 가서 떠나달라고 간청했죠. 캐서린이 나아졌으며, 내일 아침에 어떤 상태인지 직접 알려주겠다고 단언하면서 말이에요.

"집 밖으로는 기꺼이 나가겠어." 히스클리프가 대답했어요. "하지만 돌아가지 않고 정원에 있겠어. 그리고 넬리, 내일 약속 꼭 지켜야 해. 나는 저 낙엽송 아래에 있을 거야. 꼭이야! 안 그러면 린턴이 있든 없든 또 찾아갈 테니까."

히스클리프는 반쯤 열린 방문으로 방 안을 힐끗 쳐다보았고, 제 말이 사실임을 확인한 후에야 그 불길한 존재는 집 밖으로 나갔습니다.

제2장

　그날 밤 자정 무렵에 태어난 아이가 바로 록우드 씨가 워더
링 하이츠에서 본 그 캐서린입니다. 작고 허약한 칠삭둥이었
죠. 그리고 두 시간 뒤, 아이의 어머니는 히스클리프를 그리
워하거나 에드거를 알아볼 만큼의 의식도 회복하지 못한 채
세상을 떠나고 말았어요.

　린턴 씨가 아내와 사별하고 겪은 마음의 혼란은 다시 떠올
리기 너무 고통스러운 이야기네요. 그 슬픔이 얼마나 깊었는
지는 그 후유증을 보면 잘 알 수 있습니다.

　제가 보기에 린턴 씨를 더욱더 슬프게 한 것은 상속인 없이
홀몸이 되고 말았다는 사실이었어요. 저는 엄마 없는 그 허약
한 아이를 쳐다보며 그러한 사실을 한탄했고, 돌아가신 린턴
어르신이 자기 재산을 손녀 대신 딸에게 물려주기로 한 것을
속으로 욕했죠. 물론 그것은 자연스러운 편애의 결과일 뿐이
었지만 말이에요.

　그 아이는 환영받지 못했습니다. 불쌍한 것! 태어나고 처음

몇 시간 동안 울부짖다 죽어버렸다고 한들 눈곱만큼이라도 신경 쓰는 사람은 아무도 없었을 거예요. 나중에 우리가 방치했던 만큼 더 잘해주긴 했지만, 그 아이의 시작은 고독했고 그 끝 또한 그렇지 않을까 싶어요.

다음 날 아침이 고요한 방의 블라인드 사이로 몰래 은은하게 들어와 그윽하고 부드러운 빛으로 침상과 거기 누워 있는 사람을 뒤덮었습니다. 밝고 쾌적한 날이었죠.

에드거 린턴은 베개를 베고 누워 있었고, 그의 눈은 감겨 있었어요. 그의 젊고 아름다운 이목구비는 옆에 누워 있는 주검을 몹시 닮아 있었고 움직임도 거의 없었죠. 하지만 **에드거의** 표정에 고통으로 기진맥진한 후의 침묵이 깃들어 있었다면, **캐서린의** 표정에는 완전한 평화가 깃들어 있었어요. 캐서린의 매끄러운 이마, 감긴 눈, 미소를 머금은 입술은 천국의 그 어느 천사보다도 아름다웠죠. 저도 누워 있는 캐서린의 무한한 고요를 함께 나누었습니다. 거룩한 안식을 얻어 괴로움이 사라진 그 모습을 보았을 때만큼 제 마음이 경건했던 적은 없었어요. 저는 무의식적으로 캐서린이 몇 시간 전에 했던 말을 되뇌었습니다. "비할 데 없이 높은 곳으로 갔구나! 아직이 땅 위에 있든 아니면 이제 천국에 있든 캐서린의 영혼은 하느님의 품 안으로 돌아간 거야!"

제가 유별나서 그런지는 모르겠는데, 광분한 상태거나 절망에 빠진 애도자와 함께하는 것만 아니라면, 저는 고인의 방을 지키는 일에 거의 늘 행복을 느끼곤 합니다. 저는 그곳에서 지상도 지옥도 깨뜨릴 수 없는 평화를 느끼고, 영원하고 그림자도 없는 내세, 죽은 이들이 들어간 영원의 세계에 대한 확신을 느끼죠. 생명이 무한히 지속되고, 사랑은 공감을 얻으며, 기쁨은 충만한 그곳 말이에요. 저는 그때 린턴 씨가 캐서린의 복된 해방을 그토록 애석해하는 것을 보면서, 심지어 그분의 사랑 같은 사랑 속에도 그렇게나 많은 이기심이 숨어 있다는 사실을 깨달았어요!

물론 늘 제멋대로에다 안절부절못하는 성격으로 살다 간 캐서린이 종국에 평화로운 안식처에 들어갈 자격이 있는지 의심해볼 수도 있었을 거예요. 냉정하게 따져보면 그런 의심이 들기도 하죠. 하지만 그때는, 캐서린의 주검 앞에서는 그렇지 않았어요. 주검 자체가 스스로의 평온함을 주장하고 있었고, 그러한 사실 자체가 그 주검에 깃들었던 영혼 또한 평온하다는 징표로 보였거든요.

"그런 사람들도 저세상에서 **과연** 행복할 수 있다고 생각하세요, 록우드 씨? 저는 그게 정말 궁금해요."

나는 딘 부인의 질문이 어쩐지 이단적으로 느껴져서 대답을 꺼렸다. 딘 부인은 이야기를 계속 이어갔다.

"캐서린 린턴의 삶을 되짚어보면, 그녀가 저세상에서 행복하리라고는 생각할 수 없을 것 같아요. 하지만 캐서린의 일은 이제 조물주의 손에 맡겨두기로 하죠."

나리는 잠이 든 듯했고, 그래서 저는 해가 뜨자마자 몰래 방을 빠져나와 신선하고 상쾌한 공기를 들이마셨어요. 하인들은 오랫동안 고인의 방을 지키던 제가 졸음을 쫓으러 나간 줄 알았지만, 실은 히스클리프 씨를 만나는 게 저의 가장 큰 목적이었죠. 만일 그가 밤새 낙엽송 틈에 머물러 있었다고 해도, 기머턴에 가던 심부름꾼의 말발굽 소리를 듣지 못했다면 그레인지에서 일어난 소동은 알지 못했겠죠. 만일 그가 더 가까이 다가왔다면 이리저리 움직이는 촛불과 계속해서 여닫히는 덧문을 보고 집 안에 무슨 문제가 생겼다는 것을 알 수 있었겠지만요.

저는 히스클리프를 만나고 싶었지만 두렵기도 했어요. 저는 그 끔찍한 소식을 반드시 전해줘야만 한다고 생각했고 그 일을 얼른 끝내버리길 바랐지만, 과연 **어떻게** 전해야 할지 알 수 없었죠.

히스클리프는 거기 있었어요. 대정원 쪽으로 몇 미터 떨어진 곳이긴 했지만요. 모자를 벗은 채 오래된 물푸레나무에 기대서 있었는데, 그의 머리는 싹튼 가지에 맺혀 후두두 떨어지는 이슬에 흠뻑 젖어 있었어요. 그런 자세로 오랫동안 서 있었던 게 분명한데, 검은지빠귀 한 쌍이 그에게서 1미터도 떨어지지 않은 곳을 바삐 오가며 둥지를 지으면서도 가까이 있는 그를 무슨 통나무처럼 취급하고 있었으니 말이죠. 제가 다가가자 새들은 날아갔고, 그는 고개를 들며 입을 뗐습니다.

"그 애는 죽었어!" 히스클리프가 말했어요. "그 소리를 듣자고 넬리를 기다린 게 아니야. 손수건 저리 치워. 내 앞에서 훌쩍거리지 말라고. 너희는 다 망할 것들이야! 그 애는 **너희** 눈물 따윈 원치 않아!"

저의 눈물은 캐서린을 위한 것인 만큼이나 그를 위한 것이기도 했습니다. 우리는 자신이나 남에게 아무런 감정도 느끼지 못하는 존재들에게 가끔 동정심을 느끼곤 하잖아요. 저는 히스클리프의 얼굴을 보자마자 그가 그 대참사를 알고 있다는 걸 깨달았어요. 그가 입술을 움직이며 땅을 내려다보고 있는 모습을 보고는 마음을 가라앉히고 기도하고 있다는 멍청한 생각을 하기도 했죠.

"그래요, 죽었어요!" 제가 흐느낌을 억누르고 뺨을 닦으며 대답했어요. "아마 천국에 갔겠죠. 만일 우리가 적절한 교훈을 받아들여 악을 버리고 선을 따른다면 우리 모두 그곳에 가서 마님을 만날 수 있을 거예요!"

"그러니까 **그 애가** 적절한 교훈을 받아들였다고?" 히스클리프가 애써 비웃으며 대답했어요. "그 애가 성자처럼 죽었나? 자, 어떻게 죽었는지 내게 사실대로 들려줘. 그러니까 어떻게……."

히스클리프는 그 이름을 입 밖에 내려고 애썼지만 결국 그러지 못했어요. 입을 꾹 다물고 마음속의 고통과 조용히 싸우면서도 위축되지 않고 맹렬한 눈빛으로 저의 동정을 거부하더군요.

"그 애가 어떻게 죽은 거야?" 마침내 히스클리프가 다시 입을 뗐습니다. 그 불굴의 정신력에도 불구하고 어쩔 수 없이 몸을 기댈 곳을 찾으면서 말이죠. 한참 몸부림을 치더니 결국 자기도 모르게 손끝까지 덜덜 떠는 지경이 되어 있었거든요.

'불쌍한 놈!' 저는 생각했어요. '너도 마음이 있고 겁낼 줄 아는 인간이었구나! 왜 그걸 숨기려 애쓰는 거니? 네가 자존심을 세워봤자 하느님 눈까지 가릴 순 없어! 한번 해볼 테면 해보라고 하느님을 부추기다가 결국 굴욕을 당해 울부짖게 될걸!'

"어린 양처럼 조용히요!" 제가 큰 소리로 대답했어요. "잠에서 깨어나는 아이처럼 한숨을 내쉬며 몸을 쭉 뻗더니 다시 잠이 들었죠. 그리고 오 분 후에 심장이 약하게 한 번 뛰는가 싶더니 더는 뛰지 않았어요!"

"그럼…… 그 애가 내 이야기는 안 했어?" 그 물음에 대한 답이 듣기 힘든 이야기로 이어질까봐 두렵기라도 하듯 히스클리프가 망설이며 물었어요.

"캐서린은 의식을 되찾지 못했어요. 히스클리프 씨가 떠난 후로 아무도 못 알아봤죠." 제가 말했어요. "캐서린은 얼굴에 다정한 미소를 띠고 누워 있어요. 마지막 순간에 즐거운 어린 시절을 떠올린 거죠. 평온한 꿈속에서 생애를 마친 거예요. 부디 저세상에서도 그렇게 다정한 마음으로 깨어나기를!"

"고통 속에서 깨어나기를!" 히스클리프가 무시무시한 격정에 사로잡혀 발을 구르더니 갑자기 다스릴 수 없는 격렬한 발작을 일으키며 신음하듯 외쳤습니다. "이런, 끝까지 거짓말이군! 그 애가 어디 있다고? **그곳은** 아니야. 천국은 아니야. 아직 사라지지 않았어. 그럼 어디지? 아아! 너는 내 고통이야 알 바 아니라고 말했지! 나는 딱 하나만 기도할 거야. 혀가 딱딱하게 굳을 때까지 그 기도를 계속 읊조릴 거야. 캐서린 언쇼, 내가 살아 있는 한 편히 쉬지 못하기를! 너는 내가 널 죽였다고 말했지. 그럼 유령이 되어 나를 괴롭혀봐! 살해당한 자는 **분명** 유령이 되어 자신을 살해한 자에게 찾아가는 법이니까. 나는 유령들이 지상을 떠돌고 **있다는** 걸 알아. 늘 내 곁에 있어줘. 형체는 뭐가 됐든 상관없어. 나를 미치게 만들어도 좋아! **부디** 널 찾을 수 없는 이 심연에 나를 혼자 내버려두지만 말아줘! 아아, 신이시여! 형언할 수 없는 고통이로구나! 내 생명 없이 나는 살 수가 **없어**! 내 영혼 없이 나는 살 수가 **없어**!"

히스클리프는 올통불통한 나무에 머리를 박았어요. 그러고는 눈을 치뜨며 울부짖었는데, 사람이 아니라 꼭 칼과 창에 찔려 죽어가는 야수 같았죠.

나무껍질 주위에 피로 얼룩진 곳이 몇 군데 보였고, 그의 손과 이마에도 피가 묻어 있었어요. 아마 제가 목격한 그 장면이 밤새 계속 반복되었겠죠. 하지만 연민의 감정은 들지 않았습니다. 오히려 간담이 서늘했어요. 그래도 그를 그렇게 내버려두고 떠나기는 꺼려지더군요. 하지만 그는 제가 쳐다보고 있다는 걸 깨달을 만큼 충분히 마음을 가라앉히자마자 가버리라고 고함을 질렀고, 저는 그 말에 따랐어요. 그를 진정시키거나 위로하는 것은 제 능력 밖이었습니다!

린턴 부인의 장례식은 임종 후 첫 금요일에 치르기로 정해졌습니다. 그때까지 부인의 관은 뚜껑을 덮지 않은 채 안에 꽃과 향기로운 나뭇잎을 뿌려 넓은 응접실에 두었지요. 린턴은 밤낮으로 그곳에 있으면서 잠 못 이루는 수호자 역할을 했습니다. 그리고 저 말고는 아무도 모르는 사실이었지만, 히스클리프도 휴식이라고는 모르는 사람처럼 적어도 밤이면 바깥에서 그런 역할을 했죠.

저는 그와 연락을 주고받지는 않았지만 그가 기회만 생기면 집 안으로 들어올 생각이라는 것은 알고 있었어요. 그래서 화요일에 어둠이 막 내려앉았을 무렵, 나리께서 너무 피곤한 나머지 한두 시간쯤 자리를 뜨자 저는 얼른 가서 창문을 하나 열었습니다. 그의 끈기에 감동한 나머지 그의 빛바랜 우상에게 마지막 작별 인사를 할 기회를 주어야겠다고 생각했던 거죠.

히스클리프는 그 기회를 조심스럽고도 신속히 이용했어요. 너무 조심스러워서 자신의 존재를 드러낼 아주 작은 기척도 내지 않았죠. 아닌 게 아니라 주검의 얼굴을 가린 천이 헝클어져 있지 않았더라면, 바닥에 은실로 묶은 밝은색 머리털 한 움큼이 떨어져 있는 걸 보지 못했더라면 그가 왔다 갔다는 사실도 알지 못했을 겁니다. 자세히 살펴보니 그 머리털은 캐서린의 목에 걸린 로켓●에 들어 있던 게 분명했어요. 히스클리프가 그 작은 장신구를 열어 내용물을 빼버리고는 대신 자신의 검은 머리털 한 움큼을 넣어두었던 것이죠. 저는 두 머리털을 꼬아서 로켓 안에 함께 넣어주었습니다.

언쇼 씨는 동생의 하관식에 당연히 초대받았는데, 거절한다는 편지도 없이 불참했어요. 그리하여 남편을 제외하면, 문상객이라고는 소작인들과 하인들이 전부였습니다. 이저벨라

● 사진 등을 넣어 목걸이에 다는 작은 갑.

는 초대하지도 않았고요.

캐서린이 묻힌 곳은 린턴 가문의 묘석이 있는 교회 안도 아
니고, 언쇼 가문의 무덤 옆도 아닌 바깥이어서 마을 사람들의
놀라움을 자아냈죠. 무덤을 판 곳은 교회 묘지 한구석의 푸른
비탈이었습니다. 담이 너무 낮아서 황야의 히스와 월귤나무
가 담을 타고 넘어왔고, 토탄흙 때문에 담이 거의 파묻힐 지
경인 곳이었어요. 캐서린의 남편도 지금 바로 그곳에 묻혀 있
답니다. 위에는 수수한 묘비를 하나씩 세우고 발치에는 평범
한 잿빛 돌덩이를 하나씩 놓아서 그곳이 무덤이라는 사실을
표시해두었죠.

제3장

한 달간 계속된 화창한 날씨도 그날 금요일을 끝으로 막을 내렸습니다. 저녁이 되자 날씨가 변했어요. 바람이 남풍에서 북동풍으로 변하면서 비를 몰고 오더니 진눈깨비와 눈이 내렸죠.

다음 날이 되자 여름 날씨가 삼 주 동안이나 이어졌던 사실을 믿을 수 없을 지경이었어요. 프림로즈와 크로커스는 차가운 눈 더미에 파묻혔고, 종달새는 노래를 멈추었으며, 이른 시기에 돋아난 어린잎은 덮쳐온 겨울 날씨에 검게 변하고 말았죠. 그날 하루는 그렇게 음울하고 쌀쌀하고 음산하게 천천히 흘러갔습니다! 나리는 방에 틀어박혀 있었고, 저는 쓸쓸한 응접실을 독차지하고서 아기를 돌보고 있었죠. 칭얼대는 인형 같은 아이를 무릎에 앉힌 채 천천히 흔들어주며 커튼을 치지 않은 창문에 눈송이가 소리 없이 날려 와 쌓이는 걸 쳐다보고 있었을 때, 갑자기 문이 열리더니 누군가가 헐떡거리고 웃음을 터뜨리며 들어오는 게 아니겠어요!

순간 저는 놀라기도 했지만, 그보다는 화가 더 났죠. 하녀 중 한 명인 줄 알고 소리를 쳤어요.

"조용히 해! 감히 여기가 어디라고 경박한 모습을 보이는 거야? 린턴 씨가 들으면 뭐라고 하시겠어?"

"미안해!" 익숙한 목소리가 대답했어요. "하지만 에드거 오빠는 자고 있고, 나도 어쩔 수가 없어서 그런단 말이야."

이렇게 말하며 그 사람은 숨을 헐떡이고 한 손으로 옆구리를 붙잡은 채 벽난로 쪽으로 다가왔어요.

"워더링 하이츠에서 계속 뛰어왔어!" 그녀가 잠시 쉬었다 다시 말을 이었어요. "물론 중간중간 날아오기도 했지만. 몇 번이나 넘어졌는지 셀 수도 없을 지경이야. 아아, 다시 온몸이 아파오네! 놀라지 마. 조금만 기다리면 다 설명해줄 테니까. 하지만 그 전에 부탁이 있는데, 밖에 나가서 마부더러 나를 기머턴까지 좀 데려다주라고 하고, 하인한테 내 옷장에서 옷 몇 벌만 찾아오라고 말해줘."

침입자는 바로 히스클리프 부인이었어요. 분명 그렇게 웃고 있을 처지는 아닌 듯 보였죠. 눈에 젖어 어깨로 흘러내린 머리에서는 물이 뚝뚝 떨어지고 있었어요. 평상시와 다름없는 소녀다운 옷차림은 그녀의 지위보다는 나이에 걸맞은 것이었는데, 목 부분이 많이 파이고 소매가 짧은 드레스 차림에 머리와 목은 휑했죠. 가벼운 실크 드레스는 젖어서 몸에 딱 달라붙어 있었고, 발을 보호하는 것이라고는 얇은 슬리퍼뿐이었어요. 게다가 한쪽 귀 아래에는 깊게 베인 상처가 있었는데 추위만 아니었더라면 많은 피를 흘렸을 것이었고, 창백한 얼굴은 긁히고 멍이 들어 있었으며, 몸은 피로로 인해 지탱하기도 어려울 지경이었어요. 그러니 여유가 생겨 그녀를 자세히 살펴본 후에도 제가 처음에 느꼈던 경악은 별로 누그러지지 않았다고 해도 좋을 겁니다.

"세상에나, 아씨." 제가 외쳤어요. "그 옷을 전부 벗고 새 옷을 입기 전까지 저는 꼼짝도 하지 않을 거고 아무 말도 듣지 않을 겁니다. 그리고 오늘 밤에 기머턴에 가는 건 불가능하니 마부를 부를 필요는 없을 거예요."

"나는 꼭 갈 거야." 이저벨라가 말했어요. "걸어가든 말을 타고 가든. 하지만 제대로 된 옷으로 갈아입으라는 말에는 반대하지 않겠어. 그리고…… 아아, 이제 목으로 흘러내리네! 불을 쬐니까 욱신거리는구나."

이저벨라는 자신의 지시에 따르지 않으면 자기 몸에 손도 대지 못하게 하겠다고 우겼어요. 그래서 마부에게 출발할 준비를 하라고 말하고는 하녀에게 필요한 옷을 몇 벌 챙기라고 이르고 나서야 상처를 붕대로 감아주고 옷 갈아입는 걸 도와줄 수 있었습니다.

"자, 엘런." 제 일이 끝나자 이저벨라는 찻잔을 앞에 둔 채 난롯가의 안락의자에 앉아 말을 꺼냈어요. "내 앞에 와서 앉아. 캐서린 언니의 불쌍한 아기는 저리 치우고. 보고 싶지 않으니까! 내가 들어올 때 너무 멍청하게 굴었다고 해서 캐서린 언니 일을 조금도 신경 쓰지 않는다고 생각해서는 안 돼. 나도 비통하게 울었어. 그래, 다른 누구보다도 울 이유가 있었으니까. 엘런도 기억하듯이 우리는 화해도 하지 못한 채 헤어졌고, 그러니 나는 나 자신을 용서할 수 없어. 그래도 나는 그자를 동정하고 싶진 않았어. 그 짐승 같은 인간! 아, 그 부지깽이 좀 줘봐. 내가 가진 것 가운데 그 인간 물건은 이게 마지막이야!" 이저벨라는 약지에 끼고 있던 금반지를 빼서 바닥에 던져버렸습니다. "부숴버릴 거야!" 이저벨라는 어린아이 같은 심술을 부리며 반지를 내리치고는 이렇게 말했어요. "그리고 불태워버릴 거야!" 그러고는 망가진 반지를 주워서 불속에 던져버리더군요. "됐다! 만일 그 인간한테 다시 붙잡히면 하나 더 사주겠지, 뭐. 그자는 에드거 오빠를 괴롭힐 수만 있다면 나를 찾으러 여기까지 올 수도 있는 인간이야. 그자의 사악한 머릿속에 그런 생각이 떠오르지 않게 하려면 나는 감히 여기 머물러선 안 돼! 게다가 요즘은 에드거 오빠도 다정하게 굴어주지 않고, 그렇지? 그러니 나는 오빠의 도움을 구하러 오지도 않을 거고, 오빠에게 더 많은 골칫거리를 안겨주지도 않을 거야. 지금은 어쩔 수 없이 여기로 피신한 거라고. 하지만 오빠와 마주칠 일이 없다는 걸 몰랐더라면, 나는 부엌에서 쉬면서 세수하고 몸을 녹이고는 엘런한테 필요한 짐을 챙겨달라고 한 다음 그 저주받을 놈, 그 인간의 탈을 쓴 마귀의 손이 닿지 않는 그 어디로든 다시 떠났을 거야! 아아, 그자는 정말 불같이 화를 냈어! 만일 내가 붙잡혔더라면! 힌들리가 그자에게 힘으로 대적할 수 없다는 게 유감이야. 힌들리에게 그럴 힘이 있었다면 나는 그자가 거의 박살 난 꼴을 보고서야 그 집을 뛰쳐나왔을 텐데!"

"아니, 좀 천천히 말해요, 아씨!" 제가 끼어들었어요. "그러다가 얼굴에 묶어드린 손수건이 풀려서 상처에서 다시 피가 나겠어요. 차도 좀 마시고, 숨도 좀 돌리고, 웃는 건 이제 그만하세요. 이 집이랑 아씨의 지금 상황이랑 웃음은 전혀 어울리질 않잖아요!"

"그건 부정할 수 없는 사실이야." 이저벨라가 대답했어요. "저 애가 내는 소리를 좀 들어봐! 계속 울부짖고 있잖아. 저 소리 안 들리게 한 시간만 어디로 치워줘. 그 이상 머무르진 않을 테니까."

저는 종을 울려서 아기를 하녀의 손에 맡겼어요. 그러고는 무슨 일이 있었기에 그런 믿기 힘든 상태로 워더링 하이츠에서 도망쳤는지, 우리와 함께 있지 않겠다면 어디로 가겠다는 것인지 물었죠.

"나는 이 집에 머무르는 게 당연하고, 그리고 싶어." 이저벨라가 대답했어요. "에드거 오빠의 기운을 북돋워주고 조카도 돌봐주어야 할 뿐 아니라, 그레인지는 나의 진짜 집이기도 하니까. 하지만 그자가 날 그렇게 내버려두지 않을 거야! 엘런은 내가 살찌고 즐겁게 지내는 걸 그자가 가만히 보고만 있을 것 같아? 우리가 평온하게 지낸다는 생각이 들면 우리의 안락한 생활을 망쳐버리겠다고 다짐하지 않겠어? 내 목소리가 들리거나 내 모습이 눈에 띄기만 해도 몹시 짜증을 낼 만큼 그자가 나를 싫어한다는 확신이 드니 이제야 안심이 돼. 내가 앞에 나타나면 자기도 모르게 얼굴 근육이 증오로 일그러지더군. 그건 나도 그에게 그런 감정을 느낄 충분한 이유가 있다는 걸 알고 있기 때문이기도 하고, 또 나에게 원래 가졌던 혐오감 때문이기도 하지. 그 혐오감이 얼마나 강하냐면, 내가 완전히 종적을 감추기만 하면 나를 찾아 온 영국 땅을 뒤지는 일은 없으리라는 확신이 들 정도야. 그러니 나는 멀리 도망쳐야만 해. 그자의 손에 죽고 싶다는 애초의 바람은 잊었어. 이제 나는 그자가 차라리 자기 손으로 자기를 죽였으면 좋겠어! 그자가 내 사랑을 완전히 없애버려서 이제 나는 마음이 아주 홀가분해졌어. 그래도 내가 그자를 몹시 사랑했던 기억은 남아 있고, 여전히 그자를 사랑할 수 있을 거라는 생각이 희미하게 들기도 하는데, 그러니 만약…… 아니, 아니야! 그자가 나를 맹목적으로 사랑했다고 해도 그 사악한 천성은 어떻게든 모습을 드러냈을 거야. 그자를 그토록 잘 알면서도 그렇게나 소중히 여겼다니, 캐서린 언니도 참 끔찍하리만치 비뚤어진 취향을 지니고 있었네. 괴물 같은 놈! 그자를 내 세상에서, 내 기억에서 지워버릴 수만 있다면!"

"그만, 조용히 하세요! 그자도 사람이잖아요." 제가 말했어요. "더 동정을 베푸세요. 그자보다 더 나쁜 사람들도 있는데요, 뭐!"

"그자는 사람이 아니야." 이저벨라가 쏘아붙였어요. "그리고 그자는 내 동정을 받을 자격이 없어. 나는 그자에게 내 마음을 주었는데, 그자는 그걸 받아서 쥐어짜 죽여버리고는 다시 내게 내던졌지. 사람들은 마음이 있으니까 동정도 하는 거야, 엘런. 그자가 내 마음을 부숴버렸으니 나는 그자를 동정할 능력도 없어. 그리고 그자가 지금부터 죽는 날까지 신음하고 캐서린을 위해 피눈물을 흘린다 해도 나는 그자를 동정하지 않겠어! 아니, 절대, 절대로 그러지 않겠어!" 그러면서 이 저벨라는 울기 시작했어요. 하지만 곧 속눈썹에 맺힌 눈물을 털어버리고는 다시 이야기를 시작했죠.

"왜 결국 도망칠 수밖에 없었는지 물었지? 그자의 분노가 그자의 적의를 뛰어넘게 만드는 데 성공했기 때문이야. 붉게 달군 족집게로 신경을 건드리려면 머리를 때려 기절시킬 때보다 더 냉정해야 하잖아. 흥분하니까 평소에 자랑하던 그 사악한 신중함도 잊고 살인적인 폭력을 행사하더군. 나는 그자를 화나게 할 수 있다는 사실에 쾌감을 느꼈고, 그 쾌감이 나의 자기보호본능을 일깨워준 덕에 완전히 도망칠 수 있었지. 내가 다시 그자의 손에 붙잡히기라도 한다면 끔찍한 복수를 당해도 좋아.

어제는 언쇼 씨도 장례식에 가야 했었지. 그는 장례식에 참석할 생각으로 술을 마시지 않았는데, 아예 안 마신 건 아니고, 정신이 나간 채로 6시에 잠자리에 들어서 12시에 술이 안 깬 채 일어나지는 않을 정도로만 마셨어. 그 결과 잠에서 깨어나자 죽고 싶은 기분이 들 만큼 의기소침해져서, 춤을 추러 갈 상태가 아닌 것만큼이나 교회에 갈 상태도 아니었던 거지. 대신 난롯가에 앉아서 진인지 브랜디인지를 큰 잔에 따라서 벌컥벌컥 마셔댔어.

히스클리프는, 이름만 말해도 진저리가 나네! 지난 일요일부터 오늘까지 그 집에서 낯선 사람이나 다름없었어. 천사들한테 얻어먹었는지 같은 족속한테 얻어먹었는지 모를 일이지만, 어쨌든 거의 한 주 동안은 우리랑 같이 식사한 적이 없어. 새벽에 집에 들어오더니 위층 자기 방으로 들어가 문을 잠가버리더군. 마치 누가 자기 옆에 있고 싶어 하기라도 하는 것처럼 말이지! 거기서 그자는 다시 감리교 신자●처럼 계속 기도했어. 그런데 그자가 애원하는 대상인 신은 무분별한 먼지와 재였고, 하느님을 부를 때도 그자와 같은 족속인 그 어둠의 아버지와 이상하게 혼동되더군! 기도는 보통 목이 쉬고 목소리가 목구멍에 걸려 밖으로 나오지 않을 때까지 계속되었는데, 이렇게 고귀한 기도를 마치고 나면 다시 밖으로 나갔어. 언제나 곧장 그레인지로 향했지! 나는 에드거 오빠가 왜 치안관을 불러서 그자를 구속하지 않았나 모르겠어! 나로서는 캐서린 일이 슬프기는 했지만, 모멸적인 억압에서 해방되는 이때가 꼭 오랜만에 주어진 휴가처럼 생각되는 것만은 어쩔 수 없었지.

나는 조지프의 끝없는 설교를 울지 않고 견뎌내고, 겁에 질린 도둑처럼 집 안을 오르락내리락하는 일도 예전보다 줄었을 만큼 충분히 기운을 되찾았어. 엘런은 조지프가 무슨 말을 하든 울 필요는 없다고 생각하겠지만, 조지프와 헤어턴은 정말이지 혐오스러운 인간들이야. 나는 그 '작은 나리'와 그의 충복인 끔찍한 영감과 함께 있을 바에야 차라리 힌들리와 함께 앉아서 그의 지독한 욕설을 듣고 말겠어!

히스클리프가 집에 있을 때면 나는 종종 어쩔 수 없이 부엌

● '종교적으로 엄격한 사람', '지나치게 형식을 중시하는 사람'이라는 경멸의 의미도 있다.

으로 가서 그들과 함께 있거나 눅눅한 빈방 한 곳으로 들어가 굶을 수밖에 없었지. 이번 주처럼 그자가 집에 없을 때면 나는 거실 벽난로 한구석에 테이블과 의자를 갖다놓고 앉아서 언쇼 씨가 무슨 일에 빠져 있든 전혀 신경 쓰지 않았어. 그도 내 일에 간섭하지 않았지. 언쇼 씨는 자신을 도발하는 사람만 없으면 예전보다 훨씬 더 조용히 지내는 편이야. 더 시무룩하고 더 우울해하는 대신 화는 줄었지. 조지프는 언쇼 씨가 새사람이 되었다고 확신한다며, 주님께서 그의 마음을 매만져 그가 '불 속에서' 목숨을 건졌다고● 단언했어. 내 눈으로는 호의적인 변화의 징후를 발견할 수 없었지만, 내가 신경 쓸 일은 아니니까.

어제저녁, 나는 구석진 내 자리에 앉아서 자정 무렵까지 오래된 책들을 읽었어. 밖에는 세찬 눈보라가 휘몰아치고 머릿속에는 자꾸 교회 묘지와 새로 만든 무덤 생각이 떠올라서 위층에 올라가기가 너무 무서웠거든! 그 우울한 광경이 자꾸 불현듯 눈앞에 떠올라서 감히 책에서 눈을 뗄 수가 없었어.

힌들리는 손으로 턱을 괸 채 내 맞은편에 앉아 있었는데, 아마 나와 같은 생각을 하고 있었겠지. 이성을 잃을 지경에 이르기 전에 술잔을 내려놓은 후로 두세 시간 동안 꼼짝도 하지 않고 말없이 앉아 있었어. 이따금 신음하듯 불어와 창문

● 〈고린도전서〉 3장 15절, "어떤 이가 그 기초 위에 지은 건물이 타버리면 그는 손해를 입게 됩니다. 그 자신은 구원을 받겠지만 불 속에서 겨우 목숨을 건지듯 할 것입니다" 참조.

을 흔드는 바람 소리, 희미하게 탁탁 튀는 석탄 소리, 내가 중
간중간 길어진 촛불 심지를 잘라줄 때 나는 가위 소리를 제
외하면 거실은 고요했어. 헤어턴과 조지프는 아마 깊이 잠들
어 있었을 테고. 나는 정말, 정말 슬펐어. 책을 읽는데 한숨이
나오더라. 세상의 모든 기쁨이 사라져서 다시는 돌아오지 않
을 것만 같았으니까.

　그 서글픈 침묵을 깨뜨린 건 부엌에서 들려온 빗장 소리였
어. 히스클리프가 평소보다 빨리 불침번을 마치고 돌아왔던
거야. 아마 갑자기 불어닥친 폭풍 때문이었겠지.

　그 문은 잠겨 있었어. 우리는 그자가 다른 문으로 들어오려
고 돌아가는 소리를 들었지. 나는 억누를 수 없는 감정을 입
으로 쏟아내며 자리에서 일어났는데, 문 쪽을 응시하던 힌들
리가 갑자기 돌아서서 나를 쳐다보더군.

　'놈을 오 분만 밖에 세워두겠소.' 그가 외쳤어. '이의 없소?'

　'물론이죠. 저자를 밤새 밖에 세워둔대도 나는 찬성이에요.'
내가 대답했지. '어서요! 자물쇠를 잠그고 빗장을 질러요.'

　언쇼는 자신의 하숙인이 집 앞에 이르기 전에 이 일을 완수
했어. 그러고는 내 테이블 맞은편에 의자를 가져와 놓고는 거
기 몸을 기댄 채 불타는 증오의 눈빛으로 내 눈을 바라보며
공감의 기색을 찾아내려 했지. 그는 눈빛도 느낌도 암살자 같
았으나 정확히 자신이 바라던 것을 찾아내진 못했어. 하지만
용기를 내어 이렇게 말한 것을 보면, 만족할 만큼의 무언가를
찾아내긴 했나봐.

　'당신이나 나나 저기 저 인간에게 갚아줘야 할 큰 빚이 있

지!' 그가 말했어. '만일 우리 둘 다 겁쟁이가 아니라면 서로 힘을 합쳐 그 일을 해낼 수도 있을 텐데. 당신은 당신 오빠처럼 마음이 여린가? 끝까지 참기만 하고, 빚을 갚아줄 시도는 한 번도 해보지 않을 생각이오?'

'이제는 참는 것도 지쳤어요.' 내가 대답했어. '그 보복이 나에게 되돌아오지만 않는다면, 나도 기꺼이 보복하고 싶어요. 하지만 배반과 폭력은 양날의 창이에요. 그것에 의지하는 사람은 자신의 적보다 더 큰 상처를 입게 되는 법이죠.'

'배반에는 배반, 폭력에는 폭력으로 갚아주는 게 정의로운 거요!' 힌들리가 외쳤어. '히스클리프 부인, 당신은 뭘 할 필요도 없이 그냥 잠자코 있어주기만 하면 돼요. 어서 말해봐요, 그럴 수 있소? 저 악마가 끝장나는 꼴을 보면 당신도 나만큼이나 큰 기쁨을 느낄 게 분명하오. 당신이 저자에게 선수를 치지 않으면 저자가 **당신을** 죽이고 말걸. 그러고서 저자는 **나까지** 파멸시키고 말 거요. 망할 놈의 악당! 벌써 이 집의 주인이라도 된 것처럼 문을 두들겨대는군! 입 다물고 있겠다고 약속하시오. 그러면 시계가 치기 전에(1시 삼 분 전이로군) 당신은 자유의 몸이 될 테니!'

힌들리는 내가 전에 편지에서 말한 그 무기를 품에서 꺼내더니 촛불을 끄려고 했어. 하지만 내가 초를 낚아채며 그의 팔을 붙들었지.

'나는 입 다물고 있지 않을 거예요!' 내가 말했어. '그자에게 손을 대선 안 돼요. 문은 계속 닫아놓고 조용히 있어요!'

'안 돼! 나는 이미 결심을 굳혔고, 하느님께 맹세코 그 일을 저지르고야 말겠어!' 그 절박한 인간이 외쳤어. '나는 당신이 원하지 않더라도 당신에게 친절을 베풀어주고, 헤어턴에게는 정당한 지위를 되찾아줄 거야! 당신은 나를 보호해주려고 골치를 썩일 필요도 없소. 캐서린은 떠났소. 내가 지금 당장 내 목을 딴다고 해도 이 세상에 나를 위해 슬퍼하거나 나 때문에 부끄러워할 사람은 없겠지. 그러니 이제 결단을 내려야 할 때가 온 거요!'

차라리 곰이랑 씨름하거나 미치광이를 설득하는 게 낫지. 내가 할 수 있는 일이라고는 격자창 쪽으로 달려가서 힌들리가 희생양으로 삼으려는 그자에게 어떤 운명이 기다리고 있는지 경고해주는 것뿐이었어.

'오늘 밤은 어디 다른 데로 피신해 있는 게 좋겠어요!' 내가 살짝 의기양양한 목소리로 외쳤어. '당신이 계속 들어오려고 고집을 부리면 언쇼 씨가 당신을 쏘아 죽일 생각인가봐요.'

'당장 문 여는 게 좋을 거야, 이런 —.' 그자는 여기서 굳이 되풀이하고 싶지 않은 고상한 말로 나를 부르며 이렇게 대답하더군.

'나는 이 일에 간섭하지 않겠어요.' 내가 다시 쏘아붙였어. '원하거든 들어와서 총이나 맞으세요. 내 할 일은 다 했으니.'

나는 그렇게 말하며 창문을 닫고 벽난로 옆의 내 자리로 돌아갔어. 그자에게 닥친 위험을 조금이라도 걱정해주는 척하며 마음껏 위선을 떠는 것은 내 능력 밖이었으니까.

언쇼는 마구 성을 내며 나를 욕했어. 내가 아직도 그 악당을 사랑하고 있는 게 분명하다고 단언하며 내가 보인 비열한 태도를 두고 마구 욕을 퍼부어대더군. 그리고 나는 마음속으로(양심의 가책은 전혀 들지 않았어) 히스클리프가 그의 목숨을 끊어 그를 고통에서 구해준다면 **그에게** 얼마나 큰 축복일까, 그리고 그가 히스클리프를 지옥으로 보내준다면 **내게** 얼마나 큰 축복일까 하고 생각했어! 이런 생각을 하며 앉아 있는데, 내 뒤의 여닫이창이 히스클리프가 날린 주먹에 쾅 하고 바닥에 떨어졌고, 그 사이로 그자의 시커먼 얼굴이 그림자를 드리우며 안을 들여다보는 게 아니겠어. 하지만 칸막이가 너무 가까이 붙어 있어서 어깨를 넣을 수 없는 모양이었고, 나는 안전하다는 생각에 의기양양하게 미소를 지었어. 그자의 머리와 옷은 눈으로 하얗게 덮여 있었고, 추위와 분노로 드러난 식인종처럼 날카로운 이빨은 어둠 속에서 번뜩이고 있었지.

'이저벨라, 나 좀 들여보내줘. 안 그러면 후회하게 될 거야!' 조지프의 말을 빌리자면, 그자는 '아르렁거렸어'.

'살인을 저지를 수는 없어요.' 내가 대답했어. '힌들리 씨가 장전된 총에 칼을 달고 보초를 서고 있거든요.'

'부엌문으로 들어가게 해줘!' 그자가 말했어.

'힌들리가 나보다 먼저 가 있을 거예요.' 내가 대답했어. '그런데 겨우 눈 좀 내린다고 그걸 못 참고 돌아오다니 당신의 그 잘난 사랑도 별거 아니로군요! 여름 달빛이 비칠 때는 우리를 평화로이 잠자게 해주더니 차가운 겨울바람이 몰아치자마자 집으로 도망쳐 온 꼴이라니! 히스클리프, 만일 내가 당신이라면 캐서린 언니의 무덤 위에 몸을 뻗고 충직한 개처럼 죽었을 거예요. 이제 세상은 분명 살 가치가 없는 곳이 되어버렸을 테니 말이에요, 안 그래요? 당신은 내 머릿속에 캐서린이 당신 인생에서 누릴 수 있는 기쁨의 전부라는 인상을 또렷이 심어줬잖아요. 당신이 캐서린 언니를 잃고 어떻게 살 수 있을지 감히 상상도 안 되는군요.'

'녀석이 저기 있군, 그렇지?' 힌들리가 창문이 떨어져 나가서 생긴 구멍 쪽으로 급히 달려오며 외쳤어. '팔만 밖으로 내밀면 녀석을 맞힐 수 있겠어!'

엘런, 나는 엘런이 나를 정말 사악한 여자로 볼까봐 두려워. 하지만 엘런도 사정을 다 아는 건 아니니까 함부로 판단하지는 말아줘! 나는 무슨 일이 있어도 살인을 돕거나 부추기는 일은 하지 않아. 심지어 그게 **그자를** 죽이는 일이라고 해도 말이야. 하지만 그자가 죽길 바라는 마음이 드는 건 나도 어쩔 수 없었지. 그래서 그자가 언쇼의 무기에 달려들어 그것을 그의 손아귀에서 비틀어 빼앗았을 때 나는 지독히 실망했고, 조금 전의 내 조롱이 어떤 결과를 불러올지 몰라 두렵고 불안해졌어.

권총이 불을 뿜었고, 칼이 뒤쪽으로 튕기면서 권총 주인의 손목에 박혔지. 히스클리프는 그 칼을 힘껏 뽑으며 힌들리의 살을 길게 찢어놓고는 피가 뚝뚝 떨어지는 칼을 호주머니에 쑤셔 넣었어. 그러고는 돌멩이를 하나 집어 들더니 두 창문 사이의 칸막이를 쳐서 박살 낸 후 안으로 뛰어들었지. 그의 적수는 너무 큰 고통과, 동맥인지 대동맥인지에서 피가 솟구쳐 나오는 바람에 의식을 잃고 쓰러진 상태였어.

그 악한은 힌들리를 걷어차고 짓밟고 그의 머리를 계속해서 바닥에 내리쳤는데, 그러면서도 한 손으로는 내가 조지프를 부르러 가지 못하게 나를 붙잡았어.

히스클리프는 힌들리를 완전히 끝장내고 싶은 마음을 억누르고자 초인적인 자제력을 발휘했어. 숨이 가빠오자 결국 하던 짓을 관두고 겉보기에는 꼭 죽은 것처럼 보이는 몸뚱이를 끌어다가 긴 의자 위에 올려놓더군.

그러고는 언쇼의 상의 소매를 찢어서 인정사정없이 난폭하게 상처를 싸맸어. 그러면서도 아까 언쇼를 발로 찰 때처럼 힘차게 침과 욕설을 내뱉더군.

나는 자유의 몸이 되자마자 당장 그 늙은 하인을 찾아갔는데, 내가 황급히 전한 이야기의 뜻을 마침내 이해한 조지프는 계단을 한 번에 두 칸씩 내려갈 정도로 급히 아래층으로 향하며 숨을 헐떡였어.

'이쟈 이 일을 어쩐다? 이쟈 이 일을 어쩐다?'

'어쩌긴 뭘 어째.' 히스클리프가 고함을 질렀어요. '네 주인은 미쳤어. 만일 한 달을 더 버틴다면 정신병원에 처넣어버릴 거야. 그런데 어쩌자고 나를 밖에 가둬둔 거야, 이 이빨 빠진 사냥개 같은 영감아? 거기 서서 중얼중얼 우물우물하고 있지 말고 이리 와. 나는 저 인간을 치료해주지 않을 거니까. 저 피 좀 닦아내고, 촛불 불꽃이 튀지 않게 조심해. 저 피의 절반 이상은 브랜디일 테니!'

'나리를 죽일 생각이었구먼?' 조지프가 깜짝 놀라 두 손과 고개를 쳐들며 외쳤어. '살다 살다 별꼴을 다 보네! 오, 주님……'

히스클리프는 조지프를 밀어서 피가 흥건한 바닥에 꿇어앉히고는 수건을 던져줬어. 하지만 조시프는 피를 닦는 내신 두 손을 모으고 기도하기 시작했는데, 그 말투가 하도 특이해서 나는 웃음을 터뜨리고 말았지. 나는 그 어떤 것에도 충격을 받지 않는 상태가 되어 있었으니까. 아닌 게 아니라 교수대 아래에 선 몇몇 범죄자가 그렇듯 될 대로 되라는 심정이었어.

'아, 너를 잊고 있었군.' 그 폭군이 말했어. '너도 같이 닦아. 당장 무릎 꿇고. 저 녀석과 작당해서 내게 대항하려는 거냐, 이 독사 같은 것아? 어서 해. 너 같은 인간한테 딱 맞는 일이다!'

그자는 이가 덜덜 떨리도록 내 몸을 흔들고는 나를 조지프 옆으로 내동댕이쳤어. 조지프는 한 치의 흔들림도 없이 기도를 마치더니 자리에서 일어나 당장 그레인지에 가봐야겠다고 단언하더군. 린턴 씨는 치안판사니까, 설령 아내 오십 명이 죽었다고 해도 이 사건을 조사해야 한다면서 말이야.

조지프가 그 결심을 절대 꺾지 않으려 했기에, 히스클리프는 강제로 내 입을 빌려서 사건의 전말을 설명해주는 게 상책이겠다고 생각했어. 내가 자신의 질문에 대답하는 식으로 마지못해 그 사건을 설명하는 동안, 그자는 적의로 어깨를 들썩이며 옆에서 나를 지켜봤지.

히스클리프가 공격한 게 아니라고 그 영감을 납득시키는 데는 상당한 노력이 필요했어. 내 대답이 거의 쥐어짜낸 것이었으니 더 그랬겠지. 하지만 언쇼 씨는 자신이 아직 살아 있다는 사실을 영감에게 곧 확인시켜주었고, 영감이 서둘러 독주를 한 모금 먹인 덕에 이내 의식을 되찾아 몸을 다시 움직였어.

히스클리프는 그가 인사불성이어서 자신이 무슨 일을 당했는지도 모른다는 사실을 알아차리고는 그에게 제정신이 아닐 만큼 취했다고 말했고, 그가 한 극악무도한 행동은 모른 척 넘어가줄 테니 당장 가서 잠이나 자라고 충고했어. 기쁘게도 그자는 이 현명한 조언을 던지고는 떠나버렸고, 흔들리는 벽난로 바닥돌 위에 큰대자로 뻗어버리더군. 나는 그 상황에서 그렇게 쉽게 빠져나온 것을 경이로워하며 내 방으로 갔어.

오늘 아침 11시 반쯤에 아래층으로 내려가니 언쇼 씨가 곧 죽을 사람처럼 병든 모습으로 난롯가에 앉아 있었어. 그에게 붙어 다니는 악령은 그만큼이나 수척하고 섬뜩한 모습으로 굴뚝에 기대서 있었고. 둘 다 식사할 생각은 없어 보였고, 그래서 나는 식탁에 차려진 음식이 다 식을 때까지 기다리다가 혼자 먹기 시작했어.

마음껏 먹지 못할 이유는 전혀 없었지. 나는 중간중간 그 말 없는 인간들에게 시선을 던지며 일종의 만족감과 우월감을 느꼈고, 평온한 양심에서 우러난 편안함을 느꼈어.

식사를 마친 후 나는 평소와 달리 대담하게 벽난로 근처로 갔어. 언쇼의 자리를 돌아서 그의 옆 구석에 무릎을 꿇고 앉았지.

히스클리프는 내 쪽을 잠깐도 쳐다보지 않았고, 그래서 나는 마치 돌로 변해버린 얼굴을 쳐다보기라도 하듯 대담하게 그자의 이목구비를 응시했어. 한때 정말 남자답다고 생각했지만 이제는 그저 악마처럼 보이는 이마에는 짙은 먹구름이 드리워져 있었고, 바실리스크• 같은 눈초리는 잠을 못 이룬 탓에 그 빛이 거의 꺼져가고 있었어. 어쩌면 흘린 눈물 덕인 듯도 했는데, 그때 그자의 속눈썹은 젖어 있었거든. 입술은 흉포한 조롱의 기색을 잃은 채 이루 말할 수 없는 슬픔으로 꾹 다물어져 있었어. 그게 다른 사람이었다면 그런 슬픔을 차마 마주하지 못하고 얼굴을 가려버렸을 거야. 하지만 그게 **그자**였기 때문에 나는 마냥 흐뭇했지. 그리고 쓰러진 적을 모욕하는 행위가 야비해 보이긴 하지만, 나는 화살을 꽂을 절호의 기회를 도저히 놓칠 수 없었어. 악을 악으로 갚는 기쁨을 맛볼 수 있는 것은 그자가 나약해졌을 때뿐이었으니까."

"아이고머니나, 아씨!" 제가 끼어들었어요. "누가 들으면 평생 성경 한번 펼쳐본 적 없는 사람인 줄 알겠어요. 하느님께서 원수들을 벌해주시면 그걸로 만족하셔야죠. 아씨까지 나서서 그 사람을 괴롭히는 건 비열하고 뻔뻔스러운 짓이에요!"

"보통의 경우라면 나도 그렇게 생각할 거야, 엘런." 이저벨라가 말을 이었어요. "하지만 내가 히스클리프에게 직접 안겨주는 고통이 아니라면 대체 그 어떤 고통이 나를 만족시킬수 있겠어? 만일 내가 그자에게 고통을 안겨줄 수 있고, 그게 내가 한 짓이라는 걸 그자가 **알게** 할 수만 있다면, 그자가 받는 고통이 좀 **줄어들어도** 괜찮아. 아아, 나는 그자에게 빚진게 너무 많아. 내가 그자를 용서할 수 있을 조건은 딱 하나뿐

• 입김과 시선만으로 사람을 죽인다는 전설상의 도마뱀 같은 괴물.

이야. 그러니까 눈은 눈으로, 이는 이로 갚고,• 쓰라린 고통은 쓰라린 고통으로 되돌려주고, 그자를 나 같은 꼴로 끌어내렸을 때뿐이라고. 먼저 상처를 준 사람은 그자니까, 먼저 용서를 비는 것도 그자가 되게 해줘야 해. 그러고서야, 그때야 나도 엘런에게 어느 정도 관대한 모습을 보여줄 수 있겠지. 하지만 나한테 복수는 애초에 어림도 없는 일이고, 그러니 나는 그자를 용서할 수도 없을 거야. 힌들리가 물을 좀 달라고 했고, 그래서 나는 그에게 물을 한 잔 갖다주며 몸은 좀 어떠냐고 물었어.

'기대했던 것만큼 아프진 않소.' 그가 대답했어. '그런데 팔은 그렇다 치더라도, 꼭 떼거리로 몰려온 도깨비들하고 싸우기라도 한 것처럼 온몸이 안 쑤시는 데가 없군!'

'네, 놀랄 일도 아니죠.' 내가 말했어. '캐서린 언니는 당신이 육체적으로 해를 당하지 않도록 막겠다고 큰소리치곤 했어요. 혹여나 자기 기분을 상하게 할까 두려워 누구도 당신을 해치진 못할 거라는 말이었죠. 죽은 사람이 실제로 무덤에서 벌떡 일어나지 않으니 망정이지, 그렇지 않았다면 언니는 어젯밤에 혐오스러운 광경을 목격했을 거예요! 가슴이랑 어깨에 온통 멍이 들고 상처가 나지 않았나요?'

'모르겠소.' 그가 대답했어. '그런데 그게 무슨 뜻이지? 내가 쓰러졌을 때 저자가 감히 나를 때리기라도 했소?'

• 〈출애굽기〉 21장 23~25절, "그러나 다른 해가 뒤따르게 되면, (……) 눈은 눈으로, 이는 이로, (……) 갚아야 한다" 참조.

'저자는 당신을 짓밟고 걷어차고 바닥에 내리쳤어요.' 내가 속삭였어. '그리고 당신을 이빨로 갈가리 찢고 싶어서 침까지 질질 흘리더군요. 절반만 사람인 놈이니까요. 아니, 절반도 안 되겠죠.'

언쇼 씨는 나처럼 고개를 들어 공동의 적인 히스클리프의 얼굴을 쳐다보았지. 그자는 자신의 고통에 침잠한 나머지 주변의 그 어떤 것에도 무감각한 듯 보였어. 그자가 오래 서 있으면 서 있을수록 그자의 얼굴에 그 검은 속마음이 더욱더 분명히 드러났어.

'아아, 임종의 고통을 겪어야만 하더라도 하느님께서 내게 저자를 목 졸라 죽일 힘을 주신다면 기쁜 마음으로 지옥에 떨어질 텐데.' 안달이 난 그가 일어나려고 몸부림을 치다가 싸울 몸 상태가 아니라는 것을 깨닫고는 절망에 빠져 풀썩 주저앉으며 신음하듯 말했어.

'아니에요, 린턴 가문 사람 중에 저자 손에 죽은 사람은 한 명으로 족해요.' 내가 큰 소리로 말했어. '히스클리프 씨만 아니었더라면 당신 동생은 죽지 않았을 거라는 걸 모르는 사람은 그레인지에 아무도 없어요. 결국 저자에게 사랑받느니 미움받는 편이 더 낫군요. 우리가 얼마나 행복했었는지, 저자가 오기 전에 캐서린 언니가 얼마나 행복했었는지를 떠올리면 그날을 저주하고 싶어질 지경이에요.'

아마 히스클리프는 그 말을 한 사람의 기분보다는 그 말에 담긴 진실을 알아차렸나봐. 빗물처럼 흘려대는 눈물이 벽난로의 재 위로 뚝뚝 떨어지고 가슴이 답답한 듯 한숨을 쉬어대는 것으로 봐서 다시 정신을 차린 모양이었지.

나는 그자를 빤히 쳐다보며 비웃어주었어. 구름 낀 지옥의 창문이 나를 향해 잠시 번쩍이더군. 하지만 평소에는 그 창문 밖을 내다보던 악마가 물에 빠져 흐릿해 보였기에, 나는 겁도 없이 감히 다시 한번 조롱 섞인 웃음을 터뜨려주었지.

'일어나서 당장 내 눈앞에서 꺼져.' 슬퍼하던 그가 말했어.

거의 알아들을 수 없는 목소리였지만, 아마 그런 말이었을 거야.

'미안하지만, 나도 캐서린 언니를 사랑했어요.' 내가 대답했어. '그리고 언니의 오빠에게 간병인이 필요하다면 언니를 위해서라도 내가 나서야죠. 이제 언니가 죽고 없으니 힌들리 씨에게서 언니가 보여요. 당신이 후벼 파내려고 발악하는 바람에 멍들고 충혈되지만 않았어도 힌들리 씨의 눈은 언니의 눈과 똑같았을 텐데. 그리고 언니의……'

'일어나, 이 한심한 얼간이야, 내가 밟아 죽이기 전에!' 그자가 내게 다가오며 외쳤고, 나는 뒤로 한 걸음 물러섰지.

'하긴……' 내가 도망칠 준비를 마치고 말을 이었어. '불쌍한 캐서린 언니가 당신을 믿어서 히스클리프 부인이라는 우스꽝스럽고 하찮고 모멸적인 칭호를 얻게 되었더라도 곧 나 같은 꼴이 되고 말았겠지! **언니라면** 당신의 추악한 행동을 조용히 참아주지 않았을 거야. 분명 혐오를 내비치며 넌더리를 내고 말았겠지.'

그자와 나 사이는 긴 의자의 등받이와 언쇼 씨의 몸으로 가로막혀 있었어. 그래서 그자는 나를 잡으려고 하는 대신 식탁에서 식사용 나이프를 잡아채서 내 머리를 향해 던졌어. 나이프가 귀 아래에 꽂히는 바람에 나는 하던 말을 마저 끝내지 못했지. 하지만 나이프를 뽑고 문 쪽으로 뛰어가며 또 다른 욕을 퍼부어주었어. 내 욕이 그가 던진 나이프보다 살짝 더 깊이 박히길 바라면서 말이야.

내가 마지막으로 본 그자의 모습은 나를 향해 무서운 기세로 달려오다가 집주인에게 저지당한 모습이었어. 둘은 한데 뒤엉킨 채 벽난로 부근으로 나동그라졌지.

나는 부엌을 통과해 도망치면서 조지프에게 서둘러 주인한테 가보라고 일렀고, 문간에서 의자 등받이에다 한배에서 태어난 강아지들을 목매달고 있던 헤어턴을 넘어뜨렸고, 연옥을 탈출한 축복받은 영혼처럼 껑충껑충 뛰면서 가파른 길을 날개 돋친 듯 내려왔어. 그러고는 구불구불한 길은 포기하고 황야를 곧장 가로지르며 구르듯 강둑을 넘고 습지를 헤치며 걸어왔지. 실은 그레인지를 등대의 불빛으로 삼아서 스스로를 마구 재촉한 거야. 워더링 하이츠의 지붕 아래에서 하룻밤이라도 더 지낼 바에야 차라리 지옥에서 영원히 사는 저주를 받는 편이 훨씬 나아."

이저벨라는 이야기를 멈추고 차를 한 모금 마셨어요. 그러고는 자리에서 일어나 제게 보닛을 씌워달라고 하고 제가 챙겨 온 커다란 숄을 둘러달라고 하더니, 한 시간만 더 있다 가라는 제 간청은 듣지도 않은 채 의자 위로 올라가 에드거와 캐서린의 초상화에 입을 맞추고 저에게도 비슷한 작별 인사를 하고는 마차가 준비된 곳으로 내려갔어요. 주인을 다시 만난 기쁨에 미친 듯이 짖어대던 패니도 함께 내려갔죠. 마차를 타고 떠난 이저벨라는 다시는 이 동네로 돌아오지 않았어요. 하지만 어느 정도 자리를 잡은 후에는 이저벨라와 나리 사이에 정기적으로 서신이 오갔습니다.

이저벨라의 새 거처는 남부 지방으로, 런던 근교였던 것 같아요. 그곳으로 도망간 이저벨라는 몇 달 뒤에 아들을 낳았습니다. 이름을 린턴으로 지었는데, 처음부터 병치레가 잦고 투정이 심한 아이라는 말을 전해 왔어요.

하루는 읍내에서 히스클리프 씨를 만났는데 이저벨라가 어디 사는지 묻더군요. 저는 대답을 거부했죠. 그러자 어디 사는지는 전혀 중요하지 않지만, 오빠의 집에 와서 사는 일만은 없도록 조심해야 할 거라고 말하더군요. 자신이 억지로 데리고 사는 한이 있더라도 오빠랑 사는 꼴은 못 본다는 것이었습니다.

제가 아무 정보도 주지 않았는데도 그는 다른 하인들을 통해 이저벨라의 거처와 아이의 존재를 알아내고야 말았어요. 그런데도 이저벨라를 못살게 굴진 않았는데, 이러한 관용은 이저벨라에 대한 혐오감 때문이었을 겁니다. 이저벨라로서는 감사할 일이었죠.

히스클리프는 저를 보면 종종 아이에 관해 물었어요. 아이의 이름을 듣더니 음울한 미소를 지으며 이렇게 말하더군요.

"내가 아이도 미워하길 바라는 거로군, 그렇지?"

"당신이 아이에 대해 아는 것조차 바라지 않을 거예요." 세가 대답했어요.

"하지만 나는 아이를 데려오고야 말 테야." 그가 말했어요. "내가 원할 때. 그러니 그렇게 알고들 있으라고 해!"

다행히도 아이의 어머니는 그때가 오기 전에 세상을 떴습니다. 캐서린이 죽고서 13년쯤 지났을 때, 그러니까 린턴이 열두 살이거나 그보다 좀 더 됐을 때였죠.

이저벨라의 갑작스러운 방문이 있은 다음 날 저는 나리와 이야기를 나눌 기회를 잡지 못했습니다. 나리는 대화를 피했고, 무엇을 논의할 상태도 아니었어요. 마침내 기회를 잡아 사정을 들려주었더니 나리는 자기 동생이 남편을 떠났다는 사실에 기뻐하더군요. 히스클리프에 대한 나리의 혐오감이 그만큼 극심했던 거죠. 온순한 성격의 나리가 그 정도로 누군가를 혐오하는 것은 좀처럼 보기 드문 일이었습니다. 그 혐오감이 어찌나 깊고 과민했던지, 히스클리프를 보거나 그에 관한 이야기가 들릴 법한 곳에는 아예 가기를 꺼릴 정도였어요. 슬픔에 그런 혐오감까지 더해지자 나리는 완전히 은둔자가 되고 말았습니다. 치안판사 일은 때려치우고, 심지어 교회에 예배를 보러 가는 일도 관두고, 어떤 일이 있어도 읍내에 가는 일을 피하면서 대정원과 자신의 영역 내에서 철저한 고립의 시간을 보냈어요. 유일한 예외는 홀로 황야를 거닐거나 아내의 무덤을 찾아갈 때였는데, 그것도 대부분 저녁이나 다른 사람들이 집 밖을 거닐기 전인 이른 아침에 이루어졌죠.

하지만 나리는 그렇게 철저히 불행한 삶을 오래 이어가기에는 너무 좋은 사람이었어요. **나리는** 캐서린의 영혼이 자신을 찾아오게 해달라고 기도하지 않았죠. 시간이 체념과 함께 일상의 기쁨보다 더 감미로운 애수를 가져다주었어요. 나리는 열렬하고도 부드러운 사랑과 아내가 분명 갔으리라 믿어 의심치 않는 더 나은 세상에 대한 희망찬 열망을 품고 아내를 떠올렸어요.

그리고 나리에게는 세속적인 위안과 사랑도 있었습니다. 아까도 말씀드렸지만, 처음 며칠 동안 나리는 죽은 아내의 작고 연약한 후계자에게 아무런 관심도 없어 보였어요. 그런 냉담함은 4월의 눈처럼 재빨리 녹아버렸고, 그 작은 것은 말을 더듬거리고 아장아장 걷기도 전에 나리의 마음속에서 폭군의 홀(笏)을 휘둘렀습니다.

나리는 아이의 이름을 캐서린으로 지었지만, 그 이름을 늘 줄여서 불렀어요. 캐서린의 이름을 늘 줄이지 않고 불렀던 것처럼 말이죠. 아마 히스클리프가 습관적으로 그렇게 부르곤 했기 때문이었을 거예요. 아이는 늘 캐시였어요. 그런 식으로 그 아이는 나리의 마음속에서 아이의 어머니와 구별되면서도 연결될 수 있었죠. 그 아이에 대한 나리의 애착은 그 아이가 자기 아이라는 사실보다는 아이와 캐서린의 관계에서 생겨난 것이었어요.

한때 저는 나리와 힌들리 언쇼를 비교해보며 왜 그들이 비슷한 상황에서 그렇게 정반대로 행동했는지에 대한 만족스러운 해답을 얻지 못해 쩔쩔매곤 했죠. 그들은 둘 다 좋은 남편이었고 둘 다 아이에게 애착을 느꼈습니다. 그런데 왜 그들이 좋은 쪽으로든 나쁜 쪽으로든 같은 길을 걷지 않은 것인지 모르겠더군요. 하지만 생각해보니, 힌들리는 겉으로는 정신력이 더 강해 보였지만 실제로는 더 악하고 나약한 인간이었어요. 배가 침몰하자 선장은 자기 자리를 떠났고, 선원들은 배를 구하려고 노력하는 대신 폭동과 혼란에 빠져 그 운 나쁜 배를 살릴 희망을 완전히 저버린 것이었지요. 반대로 린턴은 충실하고 충직한 영혼에서 우러나온 진정한 용기를 보여주었어요. 그분은 하느님을 믿었고, 하느님은 그분을 위로해 주셨습니다. 한 사람은 희망을 품었고, 다른 한 사람은 절망했죠. 둘 다 스스로의 운명을 선택했고, 그 운명을 정당하게 감당할 수밖에 없었던 거예요.

하지만 지금 제 설교를 듣고 싶진 않으시겠죠, 록우드 씨. 록우드 씨도 저만큼이나 이 모든 일에 나름대로 판단을 내리실 거예요. 적어도 그렇게 할 생각이긴 하실 텐데, 사실 그게 그거니까요.

언쇼의 죽음은 예상 가능한 사건이었어요. 동생의 죽음이 있고 얼마 지나지 않아서였죠. 두 죽음 사이에 흐른 시간은 반년도 되지 않았어요. 그레인지에 사는 우리는 언쇼가 죽기 전에 어떤 상태였는지에 대해 아주 간결한 설명조차 듣지 못했습니다. 제가 아는 이야기는 장례식 준비를 도우러 갔을 때 들은 게 전부였죠. 케네스 씨가 찾아와서 나리께 그 소식을 전해주었어요.

"자, 넬리." 어느 날 아침에 케네스 씨가 말을 타고 마당으로 들어오며 말했는데, 너무 이른 시간이라 나쁜 소식이라는 불길한 예감에 두려워질 수밖에 없었죠. "이제 넬리랑 내가 상복을 입을 차례야. 이번에는 누가 우리를 따돌렸을 것 같나?"

"누구죠?" 제가 허둥지둥 물었어요.

"글쎄, 한번 맞춰봐!" 케네스 씨가 말에서 내려 문 옆의 고리에 말굴레를 매며 대꾸하더군요. "그리고 앞치마 자락이나 끌어올려. 분명 그럴 필요가 있을 테니까."

"분명 히스클리프 씨는 아니겠지요?" 제가 외쳤어요.

"뭐라고! 그자를 위해서도 울 생각인가?" 의사 선생님이 말했어요. "아니야, 히스클리프는 강인한 젊은이잖아. 오늘 보니 혈색이 아주 좋던걸. 방금 만나고 오는 길이거든. 자기 반쪽을 잃은 후로 금세 다시 살이 찌고 있어."

"그럼 누구죠, 케네스 씨?" 제가 안달하며 거듭 물었어요.

"힌들리 언쇼! 자네의 오랜 친구 힌들리 말이야." 케네스 씨가 대답했어요. "나와 함께 남을 욕하던 친구이기도 하고. 물론 내가 감당하기에는 너무 난폭해진 지 오래였지만. 거봐! 눈물이 날 거라고 내가 말했잖아. 하지만 기운 내! 힌들리답게 곤드레만드레 취한 채 죽었거든. 불쌍한 친구! 나도 안쓰러워. 오랜 친구가 그렇지 않을 사람이 누가 있겠나. 물론 그가 누구도 상상하지 못한 정말 질 나쁜 장난을 쳤고, 내게도 여러 번 악랄한 짓을 저지르긴 했지만 말이야. 이제 겨우 스물일곱인 것 같은데, 그럼 넬리와 같은 나이로군. 넬리와 힌들리가 같은 해에 태어났을 거라고 누가 생각이나 하겠어!"

솔직히 고백하건대 그때의 충격은 린턴 부인이 죽었을 때보다 더 컸어요. 옛 기억들이 마음속을 맴돌았습니다. 저는 현관에 앉아서 혈육이라도 잃은 것처럼 울었고, 케네스 씨에게는 다른 하인의 안내를 받아서 나리께 가보라고 했어요.

저는 이런 의문을 머릿속에서 떨칠 수 없었습니다. '정정당당하게 세상을 떠난 것일까?' 아무리 애를 써봐도 이 생각이 저를 괴롭혔어요. 아주 귀찮을 만큼 끈질기게 괴롭혔기에, 저는 워더링 하이츠에 장례식을 도우러 가겠다고 요청하기로 결심하기에 이르렀죠. 린턴 씨는 허락해주길 몹시도 주저했지만, 저는 고인이 친구도 없이 누워 있다며 유창한 말솜씨로 애원했고, 나리를 모시는 일만큼이나 저의 옛 주인이자 저와 같은 젖을 먹고 자란 사이인 그를 돌보는 일도 중요하다고 말했습니다. 게다가 헤어턴은 나리의 처조카이며, 더 가까운 친척이 없으니 나리가 그 아이의 후견인이 되어야 한다는 사실도 상기시켜주었죠. 또 남겨진 재산이 얼마나 되는지 반드시 물어봐야 하고, 형님의 뒷일도 반드시 살펴야 한다고도 말해주었습니다.

그때 린턴 씨는 그런 일을 돌볼 상태가 아니었는데, 그래도 제게 자기 변호사와 이야기해보라고 분부했고, 결국 장례식에 가는 것도 허락했습니다. 린턴 씨의 변호사는 언쇼의 변호사이기도 했죠. 저는 읍내로 찾아가서 그에게 저와 동행해달라고 부탁했어요. 그는 고개를 저으며 히스클리프를 혼자 내버려두는 게 좋을 거라고 충고하더군요. 만일 진실이 알려지면, 헤어턴은 거지나 다를 바 없는 신세라는 게 밝혀지고 말거라고 단언하며 말이죠.

"그 애의 아버지는 빚을 지고 죽었소." 변호사가 말했어요. "전 재산은 저당 잡힌 상태고, 상속인이 할 수 있는 유일한 일은 채권자의 마음을 조금이라도 사로잡아서 일을 관대하게 처리해줄 마음이 들게 만드는 것뿐이오."

하이츠에 도착한 저는 모든 일이 제대로 굴러가고 있는지 보러 왔다고 말했어요. 꽤 힘들어 보이던 조지프는 제가 나타난 것에 만족해하는 눈치더군요. 히스클리프 씨는 제가 왜 있어야 하는지는 모르겠지만, 원한다면 남아서 장례식 준비를 맡으라고 말했죠.

"엄밀히 따지자면……." 히스클리프 씨가 말했어요. "저 멍청이의 시신은 어떤 의식도 치를 필요 없이 그냥 사거리에 묻어버려야 해.● 내가 어제 오후에 잠깐 자리를 비웠는데, 그 사이에 거실 문 두 개를 다 잠가서 내가 못 들어오게 해놓고는 죽을 작정으로 밤새 술을 퍼마셨다고! 오늘 아침에 말이 콧김 내뿜는 소리 같은 게 들리기에 우리가 문을 부수고 들어가봤지. 그랬더니 저놈이 긴 의자 위에 뻗어 있더군. 살가죽을 벗기고 머리 가죽을 벗겨도 놈을 깨울 수는 없었을 거야. 나는 사람을 보내서 케네스를 불렀는데, 케네스가 왔을 때 저 짐승 놈은 이미 썩어가는 고깃덩어리로 변한 뒤였어. 죽어서 차갑게 식고 빳빳하게 굳어버렸다고. 그러니 놈을 살리겠다고 더 소란을 떨어봤자 아무 소용도 없었다는 건 너도 인정할 거야!"

늙은 하인은 이 말을 인정하면서도 이렇게 중얼거렸습니다.

"차라리 자기가 의사를 부르러 갔으면 좋았을 것을! 내가

● 1823년까지는 영국에서 범죄자, 특히 자살한 사람의 시신을 사거리에 묻는 것이 법적으로 허용되었다. 기독교도에게 자살은 일종의 범죄행위로 치부된다.

나리를 더 잘 보살필 수 있었을 거구먼. 그리고 나리는 내가 떠날 때만 혀도 전혀 죽을 사람처럼은 안 보였는디!"

저는 남부끄럽지 않은 장례식을 치러야 한다고 주장했어요. 히스클리프 씨는 그것도 제가 알아서 하라고 말하더군요. 다만 모든 비용은 자기 주머니에서 나온다는 사실을 명심하라고 덧붙이면서 말이에요.

그는 냉정하고 무관심한 태도를 유지하면서 기쁨도 슬픔도 내비치지 않았어요. 굳이 말하자면 어려운 일을 성공적으로 해낸 데 대한 냉혹한 만족감 정도를 내비쳤다고나 할까요. 실은 의기양양해하는 모습을 한 번 보이긴 했어요. 사람들이 관을 집 밖으로 내가던 바로 그때였죠. 그는 위선의 탈을 쓰고 문상객인 양하고 있었는데, 헤어턴과 함께 관을 따라 나가기 전에 그 불운한 아이를 테이블 위로 들어 올리더니 특유의 즐거워하는 목소리로 이렇게 중얼거리더군요.

"자, 이 귀여운 녀석아, 너는 이제 **내 거**다! 같은 바람을 맞으며 모든 나무가 휘고 있는데, 한 나무만 비뚤어지지 않고 자라날지 어디 한번 두고 보자꾸나!"

아무것도 모르는 아이는 그 말을 듣고 좋아하면서 히스클리프의 구레나룻으로 장난을 치며 그의 뺨을 쓰다듬었어요. 하지만 저는 그 말뜻을 직감적으로 알아차리고 신랄하게 말했죠.

"그 아이는 저와 함께 스러시크로스 그레인지로 가야만 해요. 이 세상에 그 아이만큼 당신 것이 아닌 게 또 어디 있겠어요!"

"린턴이 그렇게 말하던가?" 그가 따져 물었어요.

"물론이죠. 나리께서 그 아이를 데려오라고 제게 명령하셨어요." 제가 대답했죠.

"글쎄." 그 악당이 말했어요. "그 문제는 나중에 다시 따지도록 하지. 그런데 나는 내 손으로 아이 하나를 길러보고 싶은 소망이 있거든. 그러니 이 아이를 빼앗겠다면 나는 그 빈자리를 내 아이로 대신할 수밖에 없을 거라고 네 주인께 전해. 헤어턴을 순순히 보내줄 마음도 없지만, 혹 그렇게 되더라도 내 아이는 반드시 데려오고 말 거라고! 가서 꼭 그렇게 전해."

이 말은 우리의 손발을 묶어놓기에 충분했어요. 저는 돌아오자마자 그 말의 요지를 전했고, 처음부터 별 관심이 없었던 에드거 린턴은 참견하겠다는 말을 더는 꺼내지 않았죠. 발 벗고 나섰더라도 딱히 성과는 없었을 것 같지만 말이에요.

하숙인은 이제 워더링 하이츠의 주인이 되었습니다. 그는 확실한 소유권을 가지고 있었고, 언쇼가 도박에 빠져 자신이 가진 모든 땅을 저당 잡혔으며 자신이 바로 그 저당권자라는 사실을 변호사에게 입증했어요. 변호사는 다시 그 사실을 린턴 씨에게 입증했고요.

그리하여 지금쯤 이 동네에서 제일가는 신사가 되었어야 할 헤어턴은 자기 아버지의 숙적에게 완전히 얹혀살아야 하는 신세로 전락하고 말았습니다. 자기 집에서 급료 한 푼 못 받는 하인으로 살면서도 자신의 권리를 되찾지 못했어요. 아는 사람도 없는 데다 자신이 부당한 대접을 받는 줄도 몰랐기 때문이죠.

제4장

　그 음울한 시기 이후의 12년이 제 인생에서는 가장 행복한 날들이었어요. (딘 부인은 이야기를 이어갔다.) 그 세월 동안 제가 겪은 가장 큰 골칫거리는 어린 아씨의 자잘한 병치레였는데, 아이라면 부유하든 가난하든 누구나 거쳐야 하는 일이었죠.

　그 외에는 별문제가 없었고, 태어난 지 여섯 달이 지나자 낙엽송처럼 쑥쑥 자라서, 린턴 부인의 무덤에 히스가 두 번째로 피어나기 전에 나름대로 걷고 말도 할 수 있게 되었습니다.

　그 애교 넘치는 아이는 황량한 집 안에 햇살을 비춰주는 존재였어요. 얼굴이 정말 예뻤는데, 언쇼 집안의 멋진 검은 눈동자와 더불어 린턴 집안의 하얀 살결과 오목조목한 이목구비와 노란 곱슬머리까지 물려받았으니까요. 활기차지만 거칠지는 않았고, 애정을 품은 대상에게는 지나치리만큼 예민하고 적극적인 모습을 보였어요. 강렬한 애정을 보일 줄 아는 능력은 자기 어머니를 떠올리게 했지만, 그래도 어머니를 닮지는 않았어요. 비둘기처럼 여리고 온순하며, 목소리는 부드러웠고, 깊은 생각에 잠긴 표정을 지을 줄도 아는 아이였으니까요. 화를 내더라도 펄펄 뛰진 않았고, 사랑의 방식도 격렬하진 않았어요. 깊고 다정한 사랑이었죠.

하지만 그런 타고난 재능을 부질없게 하는 결점이 있었던 것도 사실이에요. 건방지게 구는 성향이 그중 하나였고, 응석받이로 자라난 아이라면 성격이 좋든 나쁘든 가지기 마련인 비뚤어진 고집도 있었죠. 어쩌다 하인이 살짝만 성가시게 해도 늘 "아빠한테 이를 거야!" 하고 말하곤 했어요. 아버지에게 꾸짖는 눈빛만 받아도 누가 보면 가슴이 미어질 듯한 일이라도 당한 줄 알 법한 반응을 보였죠. 린턴 씨가 그 아이에게 단한마디라도 가혹한 말을 한 적은 아마 없었을 겁니다.

린턴 씨는 아이의 교육을 혼자 떠맡았고, 그걸 위안거리로 삼았어요. 다행히도 캐시는 호기심이 왕성하고 두뇌 회전도 빨라서 똑똑한 학생이 되었죠. 빠른 속도로 열심히 배워서 가르치는 사람이 보람을 느끼게 했습니다.

캐시는 열세 살이 될 때까지 혼자서 대정원 밖으로 나간 적이 한 번도 없었어요. 린턴 씨가 아주 가끔 캐시를 데리고 1킬로미터 정도 밖으로 나간 적은 있었지만, 다른 사람에게 맡긴 적은 없었습니다. 캐시에게 기머턴은 상상 속 지명일 뿐이었고, 집을 제외하면 가까이 가보거나 들어가본 곳은 교회가 유일했죠. 워더링 하이츠와 히스클리프 씨는 캐시의 머릿속에 존재하지도 않았습니다. 캐시는 완전한 은둔자였고, 그 사실에 완전히 만족하는 듯 보였어요. 물론 가끔 자기 놀이방 창문으로 바깥 경치를 구경하다가 이런 말을 내뱉긴 했지만요.

"엘런, 나는 언제쯤 저 언덕 꼭대기로 걸어 올라가볼 수 있을까? 저 반대편에는 뭐가 있을지 궁금해. 바다가 있을까?"

"아니에요, 캐시 양." 저는 대답하곤 했어요. "저런 언덕들이 또 있을 뿐이죠."

"그럼 저 금빛 바위들은 아래에 서서 보면 어떻게 보일까?" 한번은 캐시가 이렇게 묻기도 했어요.

특히 가파른 페니스턴 절벽이 캐시의 관심을 끌었습니다. 지는 해가 절벽과 가장 높은 언덕을 비춰서 그 옆 풍경에 전부 그림자를 드리울 때를 유난히 좋아했죠.

저는 그것들이 헐벗은 바윗덩어리일 뿐이며, 갈라진 틈에는 왜소한 나무 한 그루가 자라날 흙도 없다고 설명해주었어요.

"그런데 여기는 벌써 저녁인데 저기는 왜 아직도 저렇게 환한 거야?" 캐시가 끈질기게 물었어요.

"우리가 있는 이곳보다 훨씬 더 높으니까 그렇죠." 제가 대답했어요. "너무 높고 가팔라서 아가씨는 못 올라가요. 저곳은 겨울에 서리가 이곳보다 먼저 내린답니다. 한여름에도 동북쪽의 저 움푹 파인 시커먼 곳에서 눈을 본 적이 있는걸요!"

"아아, 엘런은 저기 가봤구나!" 캐시가 기뻐하며 외쳤어요. "그럼 나도 다 자라면 가볼 수 있겠네. 아빠도 저기 가봤을까, 엘런?"

"아빠는 아마 일부러 가볼 만한 가치는 없는 곳이라고 말할 거예요." 제가 허둥대며 대답했어요. "캐시 양이 아빠와 함께 거니는 황야가 훨씬 더 좋죠. 그리고 스러시크로스 대정원은 세상에서 가장 훌륭한 곳이고요."

"하지만 대정원은 내가 아는 곳이고, 저기는 내가 모르는 곳이잖아." 캐시가 혼자 중얼거렸습니다. "저기 저 가장 높은 꼭대기에서 주위를 둘러보면 정말 기쁠 거야. 언젠가 내 조랑말 미니가 나를 저곳으로 데려다주겠지."

하녀 하나가 요정의 동굴 이야기를 해주는 바람에 캐시의 머릿속은 그 계획을 실행에 옮기겠다는 생각으로 가득 차버렸어요. 캐시는 그 일로 린턴 씨를 졸라댔고, 린턴 씨는 나이가 더 들면 데려가주겠다고 약속했습니다. 하지만 캐서린 양은 한 달이 지나면 한 살을 먹는 줄 알았는지, "이제 페니스턴 절벽에 갈 수 있을 나이가 되지 않았을까요?"라는 질문을 늘 입에 달고 다녔어요.

그곳으로 가는 길 바로 옆에는 워더링 하이츠가 있었습니다. 에드거는 도저히 그곳을 지날 용기를 내지 못했죠. 그래서 캐시가 듣는 대답은 늘 똑같았어요.

"아직은 아니란다, 얘야. 아직은 안 돼."

이저벨라가 남편을 떠나고 12년을 조금 더 살았다고 전에도 말씀드린 적이 있지요. 린턴 가문 사람들은 허약 체질이었고, 이저벨라와 에드거 둘 모두에게는 이 지역에서 흔히 볼 수 있는 혈색 좋은 건강함이 부족했어요. 부인의 목숨을 앗아간 병이 무엇이었는지는 저도 확실히 모르겠습니다. 추측건대 둘 다 같은 병으로 죽은 것 같은데, 처음에는 서서히 진행되면서 낫질 않다가 마지막에 이르러 순식간에 생명을 소멸시키는 일종의 열병이었죠.

이저벨라는 오빠에게 편지를 보내 자신이 넉 달 동안 앓던

가벼운 병의 예상되는 결말을 알렸고, 가능하면 자기를 보러 와달라고 간청했어요. 정리할 일도 많고, 오빠에게 마지막 작별 인사도 고하고 싶고, 린턴을 오빠의 손에 안전하게 맡기고 싶다고도 하면서 말이죠. 이저벨라의 바람은 린턴이 그동안 자기와 함께 있었던 것처럼 오빠와 함께 있게 되는 것이었습니다. 린턴의 아버지에게는 린턴의 양육과 교육이라는 짐을 떠맡을 생각이 없을 거라고 당연히 확신하면서 말이죠.

나리는 한 치의 망설임 없이 동생의 요청에 따랐습니다. 일상적인 부름에는 집을 떠나길 꺼렸으면서도 이 요청에는 나는 듯이 재빨리 집을 나서더군요. 저에게 자기가 없는 동안 캐서린을 특히 잘 돌보고 있으라고 지시하면서, 대정원 밖으로는 저와 함께라도 절대 나가선 안 된다고 거듭 당부하셨죠. 캐시 혼자서 밖으로 나갈 거라고는 생각하지 않으셨어요.

나리는 삼 주 동안 떠나 있었습니다. 처음 하루 이틀 동안 제가 떠맡은 그 아이는 너무 슬픈 나머지 독서나 놀이도 마다한 채 서재 한구석에 앉아 있었어요. 그렇게 조용히 있는 동안에는 별 말썽을 일으키지 않았습니다. 하지만 그다음부터는 짜증을 내고 지루해하며 조바심치기 시작하더군요. 저는 아이와 놀아주기 위해 계단을 오르내리기에는 너무 바쁘고 이제 나이도 너무 많은지라 아이를 혼자 놀게 할 만한 방법을 생각해냈어요.

저는 캐시를 내보내 그레인지 인근을 여행하게 했습니다. 어떨 때는 걸어서, 어떨 때는 조랑말을 타고서 말이죠. 그러고서 캐시가 돌아와 실제로 있었던 일과 상상의 모험담을 들려주면 끈기를 발휘해 전부 들어주었어요.

여름의 햇빛이 그 어느 때보다 강하게 내리쬐던 때였습니다. 캐시는 혼자서 돌아다니는 일에 크게 재미를 붙인 나머지 아침을 먹고 나갔다가 차 마실 시간이 되도록 돌아오지 않을 때가 잦았고, 그런 날이면 저는 캐시가 들려주는 상상의 이야기를 저녁 내내 들어주어야 했어요. 캐시가 무단으로 탈출할지도 모른다는 걱정은 들지 않았죠. 대문들은 보통 잠겨 있었고, 활짝 열려 있다고 하더라도 캐시가 혼자서 그런 모험을 감행할 거라고는 생각하지 않았으니까요.

불행히도 저의 확신은 빗나가고 말았습니다. 어느 날 아침 8시에 캐서린이 제게 오더니, 그날은 자기가 아라비아인 상인이 되어 대상(隊商)과 함께 사막을 건널 거라고 말하더군요. 그러니 자기와 짐승들이 먹을 식량을 잔뜩 달라고 했어요. 그 짐승들이란 말 한 마리와 낙타 세 마리였는데, 낙타 세 마리 역할은 커다란 사냥개 한 마리와 포인터 두 마리가 맡았죠.

저는 맛있는 음식들을 바구니에 한가득 담아서 말안장 한쪽에 매달아주었어요. 캐시는 챙이 넓은 모자와 얇은 베일로 7월의 햇빛을 가리며 요정처럼 명랑하게 휙 나타나더니, 말을 너무 빨리 몰아서는 안 되고 너무 늦게 돌아와서도 안 된다는 저의 조심스러운 충고를 조롱하듯 즐겁게 웃으며 재빨리 사라졌습니다.

그 장난꾸러기는 차 마실 시간이 되어도 나타나지 않더군요. 함께 떠난 짐승 가운데 나이 들어 편한 것을 좋아하는 사낭개는 돌아왔는데, 캐시와 조랑말과 포인터 두 마리는 어디를 둘러봐도 보이지 않았어요. 저는 이리저리로 사람들을 보냈고, 마침내 직접 캐시를 찾아 나서고야 말았습니다.

그레인지 인근의 경계를 이루는 숲 주변 울타리에서 일꾼 하나가 작업을 하고 있었어요. 저는 그에게 혹시 아가씨를 보았느냐고 물었죠.

"아침에 봤어요." 그가 대답했습니다. "저한테 개암나무 회초리를 하나 만들어달라고 하더니, 조랑말을 타고 저기 저 가장 낮은 산울타리를 넘어 전속력으로 사라져버리던걸요."

이 소식을 듣고 제가 어떤 기분이 들었는지 짐작하시겠죠. 페니스턴 절벽으로 향했을 거라는 생각이 곧바로 머릿속에 떠오르더군요.

"대체 어쩌려고 그런 걸까?" 저는 이렇게 외치고는 그 남자가 수리 중이던 울타리 구멍 사이로 빠져나가 곧장 큰길로 향했어요.

저는 내기라도 하는 사람처럼 몇 킬로미터를 계속 걸었고, 마침내 모퉁이를 도니 워더링 하이츠가 눈에 들어왔습니다. 하지만 캐서린은 먼 곳에도 가까운 곳에도 보이지 않았어요.

페니스턴 절벽은 히스클리프 씨의 집에서 2킬로미터 떨어진 곳, 그러니까 그레인지에서 6킬로미터 떨어진 곳에 있었기에 그곳에 이르기 전에 밤이 내리지나 않을지 걱정되기 시작하더군요.

'혹시 절벽을 기어오르다가 미끄러지기라도 해서…….' 저는 생각했습니다. '죽거나 뼈라도 부러졌으면 어쩌나?'

애가 타서 정말 고통스러울 지경이었어요. 그래서 하이츠 본채 옆을 급히 지나다가 우리 집 포인터 중에서 가장 사나운 찰리가 머리가 붓고 귀에서 피를 흘리며 창문 아래에 누워 있는 것을 보고 처음에는 몹시 기뻐하고 안도했죠.

저는 쪽문을 열고 현관으로 달려가 들여보내달라며 격렬히 문을 두드렸어요. 제가 아는 사람이 문을 열어주었는데, 전에 기머턴에서 살던 여자였죠. 언쇼 씨가 죽고 나서 그 집 하인으로 들어와 있던 것이었어요.

"아아." 하녀가 말했어요. "꼬마 안주인을 찾으러 오셨구나! 겁먹을 거 없어요. 안에 잘 있으니까. 그나저나 나리가 아니라서 다행이네요."

"그분은 안에 안 계시죠, 그렇죠?" 제가 빨리 걸어온 데다 불안한 나머지 숨을 헐떡이며 말했어요.

"네, 없어요." 하녀가 대답했어요. "나리와 조지프 둘 다 나갔고, 아마 한 시간 내로는 돌아오지 않을 것 같네요. 들어와서 잠깐 쉬지 그래요."

안으로 들어가니 저의 길 잃은 어린 양이 난롯가의 작은 의자에 앉아서 몸을 흔들고 있었는데, 그 의자는 그 아이의 어머니가 아이 때 사용하던 것이었습니다. 캐시는 모자를 벽에 걸어둔 채 그곳이 아예 자기 집이라도 되는 양 더없이 활기차게 웃으며 헤어턴에게 뭐라고 떠들어대고 있었고, 이제는 건장하고 힘센 열여덟 살의 젊은이가 된 헤어턴은 몹시 호기심 가득하고 놀라워하는 표정으로 캐시를 응시하고 있었어요. 캐시의 입에서 쉴 새 없이 유창하게 쏟아져 나오는 말들과 질문은 거의 이해하지 못하는 듯 보였죠.

"정말 잘하셨네요, 아가씨." 제가 짐짓 화난 얼굴로 기쁨을 감추며 외쳤어요. "아빠가 돌아올 때까지 이제 말은 못 타게 할 거예요. 이제 문지방도 못 넘게 할 거라고요, 이런 말썽쟁이 아가씨 같으니라고!"

"어, 엘런!" 캐시가 벌떡 일어나 제 옆으로 달려오며 외쳤어요. "오늘 밤에는 멋진 이야기를 들려주려고 했는데. 엘런이 나를 찾아버렸네. 그동안 살면서 여기 와본 적 있어?"

"모자 쓰고 당장 집에 가요." 제가 말했어요. "캐시 양 때문에 정말 너무 속상하네요. 아가씨는 큰 잘못을 저지른 거예요! 입을 삐죽 내밀고 울어봐야 소용없어요. 그런다고 내가 아가씨를 찾느라 이 근방을 샅샅이 뒤지고 다닌 수고는 어쩌지 못할 테니까. 린턴 씨가 꼭 붙들어두라고 신신당부했는데 그렇게 도망쳐버리다니. 알고 보니 아가씨는 교활한 작은 여우였네요. 이제 아무도 아가씨를 믿지 않을 거예요."

"내가 뭘 어쨌다고?" 캐시가 흐느끼더니 곧장 마음을 다잡았어요. "아빠는 내게 아무런 명령도 내리지 않았어. 나를 꾸짖지 않을 거야. 아빠는 엘런처럼 화낸 적이 한 번도 없어!"

"자, 어서요!" 제가 다시 말했어요. "제가 리본을 매줄게요. 자, 우리 이제 심술은 그만 부리기로 해요. 아이, 창피하기도 하지! 열세 살이나 됐으면서 이렇게 아기처럼 굴다니!"

제가 이렇게 외친 것은 캐시가 모자를 벗어 던지고 제가 잡지 못하게 굴뚝 쪽으로 도망쳐버렸기 때문이었어요.

"그런 게 아니에요." 하녀가 말했어요. "예쁜 아가씨한테 너무 모질게 굴지 마세요, 딘 부인. 아가씨의 발길을 멈춘 건 우리예요. 아가씨는 딘 부인이 불안해할 거라고 걱정하며 그냥 계속 가려고 했거든요. 헤어턴이 같이 가주겠다고 제안했고, 저도 그러는 게 좋겠다고 생각했죠. 언덕을 넘는 길은 험하니까요."

이런 말이 오가는 동안 헤어턴은 말을 꺼내기가 너무 어색한지 호주머니에 양손을 넣은 채 서 있었는데, 그래도 저의 침입을 달가워하는 눈치는 아니었어요.

"제가 얼마나 더 기다려야 하는 거죠?" 제가 하녀의 간섭을 무시하며 말을 이었어요. "십 분만 지나면 어두워질 거예요. 조랑말은 어디 있죠, 캐시 양? 그리고 피닉스는요? 서두르지 않으면 두고 갈 테니, 좋을 대로 해요."

"조랑말은 마당에 있어." 캐시가 대답했어요. "그리고 피닉스는 저기 가둬놨고. 물렸거든. 찰리도 마찬가지고. 전부 다 이야기해줄 생각이었어. 하지만 그렇게 화를 내니까 말해주지 않을 테야."

저는 모자를 주워 들고 다시 씌워주려고 다가갔습니다. 하지만 캐시는 그 집 사람들이 자기편인 걸 알고는 방 안을 신나게 뛰어다니기 시작했어요. 제가 뒤쫓기 시작하자 쥐새끼처럼 가구 위와 아래와 뒤로 뛰어다니며 뒤쫓는 제 꼴을 우스꽝스럽게 만들었죠.

헤어턴과 하녀가 웃음을 터뜨렸고, 캐시도 따라 웃으면서 점점 더 버릇없이 굴었어요. 마침내 저는 크게 화를 내며 외쳤죠.

"흥, 캐시 양, 만일 이 집이 누구 집인지 안다면 기꺼이 나가고 싶어질걸요."

"**너희** 아버지 집이잖아, 안 그래?" 캐시가 헤어턴 쪽을 돌아보며 말했어요.

"아녀." 헤어턴이 눈을 내리깔고 수줍음에 얼굴을 붉히며 대답했죠.

캐시의 눈이 자기 눈을 꼭 닮았는데도 헤어턴은 캐시의 흔들림 없는 시선을 마주하지 못했습니다.

"그럼 누구 집이야? 너희 주인집이야?" 캐시가 물었어요.

헤어턴은 아까와는 다른 감정으로 얼굴을 더욱 붉히며 중얼중얼 욕설을 내뱉고는 고개를 돌려버리더군요.

"저 애 주인이 누군데?" 그 성가신 아가씨가 이번에는 저에게 애원하듯 말했어요. "저 애는 '우리 집'이니 '우리 식구'니 하고 떠들어댔어. 그래서 이 집 주인 아들인 줄 알았지. 그리고 저 애는 나를 한 번도 아가씨라고 부르지 않았어. 만일 하인이라면 그렇게 불렀어야 했네?"

이 유치한 발언에 헤어턴의 표정에는 시커먼 먹구름이 드리웠습니다. 저는 질문하는 아이의 몸을 말없이 흔들었고, 마침내 출발할 채비를 하게 하는 데 성공했어요.

"자, 내 말을 데려와." 캐시는 헤어턴이 자기 친척인 줄도 모르고 그레인지에서 마구간 일꾼에게 하듯 말했어요. "그리고 나를 따라와도 좋아. 나는 도깨비 사냥꾼이 나온다는 습지도 보고 싶고, 네가 말하는 **요사스러운 정령** 이야기도 듣고 싶으니까. 하지만 서둘러! 왜 그러고 있어? 내 말을 데려오라고 했잖아."

"니가 지옥에 떨어지는 꼴을 보기 전에는, 내가 **니** 하인 노릇을 하는 일은 없을 거여!" 헤어턴이 으르렁거렸어요.

"내가 어떻게 되는 꼴을 본다고?" 캐서린이 놀라며 물었죠.

"지옥에 떨어지는 꼴 말이여, 이 시건방진 마녀야!" 헤어턴이 대답했어요.

"이런, 캐시 양! 참 좋은 친구를 사귀셨네요." 제가 끼어들었어요. "아가씨한테 하는 말이 참 곱기도 하지! 부탁인데 저 청년이랑 말싸움은 시작하지도 마세요. 어서요, 우리끼리 미니를 찾아서 떠납시다."

"하지만 엘런." 너무 놀란 캐서린이 헤어턴을 빤히 쳐다보며 외쳤어요. "어떻게 감히 나한테 저렇게 말할 수 있어? 내가 시키면 시키는 대로 해야 하는 거 아니야? 이런 사악한 것, 아빠한테 네가 한 말을 이를 테야. 두고 봐!"

헤어턴이 이런 위협을 들은 척도 하지 않자 캐시는 분한 나머지 눈물을 터뜨렸어요. "네가 내 조랑말을 데려와." 캐시가 하녀에게로 돌아서며 외쳤죠. "그리고 내 개도 당장 풀어주고!"

"진정하세요, 아가씨." 하녀가 대답했어요. "예의 바르게 군다고 손해 볼 건 없으니까요. 그런데 헤어턴 씨가 나리의 아들은 아니지만 아가씨의 사촌이고, 저도 아가씨를 모시라고 고용된 사람은 아니거든요."

"**저 애가** 내 사촌이라니!" 캐시가 비웃으며 외쳤어요.

"네, 정말인데요." 캐시를 꾸짖은 하녀가 대답했죠.

"아아, 엘런! 저것들이 저런 말 못 하게 해줘." 캐시가 몹시 괴로워하며 말을 이었어요. "아빠가 내 사촌을 데리러 런던에 갔잖아. 내 사촌은 신사의 아들이야. 그런데 저 애가……." 캐시가 말을 잇지 못하고 엉엉 울기 시작했습니다. 그런 촌뜨기와 친척 사이라는 생각만으로도 속이 뒤집혔던 것이죠.

"쉿, 그만 그치세요!" 제가 속삭였어요. "사촌은 여러 명일 수도 있고 성격도 다들 제각각일 수 있는데, 그렇다고 나쁠 건 없답니다. 무례하고 나쁜 사촌이면 어울리지 않으면 그만이에요."

"아니야, 저 애는 내 사촌이 아니야, 엘런!" 캐시는 아무리 생각해도 슬픔을 떨칠 수 없는지, 그 생각에서 도망치기라도 하듯 제 품에 뛰어들며 계속 외쳐댔어요.

저는 캐시와 하녀가 서로 그 사실들을 까발린 것에 정말이지 속이 상했습니다. 이제 린턴이 곧 올 거라는 사실이 히스클리프 씨에게 전해질 게 틀림없었고, 캐서린은 자기 아버지가 돌아오자마자 버릇없이 자란 그 친척의 주장에 대해 설명해달라고 요구할 게 분명했어요.

하인 취급을 당한 굴욕감을 떨쳐낸 헤어턴은 캐시가 고통스러워하는 모습에 마음이 움직인 듯 보였습니다. 조랑말을 문 앞에 데려다놓은 후, 캐시를 달래주려고 개집에서 다리가 굽은 훌륭한 테리어 새끼 한 마리를 데려와서 캐시의 손에 안겨주며 별 뜻 없이 한 말이었으니 그만 그치라고 말했어요.

잠시 울음을 그친 캐시가 공포와 혐오의 눈길로 헤어턴을 획 쳐다보더니 다시 울음을 터뜨렸습니다.

저는 캐시가 그 불쌍한 청년에게 반감을 드러내는 모습을 보고 조용히 웃지 않을 수 없었어요. 헤어턴은 풍채가 좋고 건장했으며 얼굴도 잘생겼고 튼튼하고 건강했지만, 옷차림은 그가 매일 하는 농장 일이나 황야를 어슬렁거리며 토끼 같은 사냥감을 뒤쫓는 일에 걸맞았죠. 그래도 저는 헤어턴의 얼굴 생김새에서 그의 아버지보다 더 나은 품성을 발견할 수 있었습니다. 그 훌륭한 자질이 황무지의 무성한 잡초 때문에 완전히 가려져 있었어요. 하지만 그것은 환경이 유리하게 바뀌면 풍성한 작물을 거둘 수도 있을 비옥한 토양이라는 증거이기도 했죠. 히스클리프 씨가 헤어턴을 신체적으로 학대하진 않았던 것 같아요. 헤어턴이 겁 없는 성격이었기 때문에 그런 식으로 억압할 마음은 들지 않았던 거죠. 헤어턴에게는 자신의 학대에 흥을 돋울 만한 소심하고 예민한 면이 전혀 없다고 판단한 히스클리프는 헤어턴을 짐승으로 만드는 데 자신의 악의를 모두 쏟아부었던 것 같아요. 헤어턴은 읽거나 쓰는 법을 배운 적이 전혀 없었고, 자신의 사육사를 성가시게 하지 않는 한 어떤 나쁜 버릇이 들어도 꾸짖음을 당한 적이 전혀 없었으며, 미덕으로 한 발짝이라도 이끌리거나 악덕으로 한 발짝도 가지 못하게 인도되는 일도 전혀 없었습니다. 그리고 제가 듣기로는, 조지프가 헤어턴을 타락시키는 데 크게 이바지했다고 해요. 유서 깊은 가문의 장손이라고 편애하면서 치켜세워주고 귀여워해준 것이죠. 그리고 조지프는 캐서린 언쇼와 히스클리프가 어렸을 때 "남우세스러운 짓"으로 나리의 인내심을 잃게 해서 나리를 술에서나 위안을 구하는 사람으로 만들었다고 비난하곤 했던 것과 마찬가지로, 이제는 헤어턴의 잘못을 그의 재산을 강탈한 히스클리프의 책임으로 전부 떠넘겼습니다.

헤어턴이 욕을 해도 조지프는 잘못을 지적해주지 않았어요. 아무리 괘씸하게 굴어도 마찬가지였죠. 조지프는 헤어턴이 최악의 지경에 이르는 걸 지켜보면서 만족감을 느꼈던 것 같아요. 그 청년이 파멸에 이르고 그의 영혼이 지옥에 떨어지도록 내버려두었는데, 그러면서도 그 책임은 히스클리프가 져야 한다고 생각했습니다. 헤어턴이 흘릴 피는 히스클리프의 손에서 비롯될 테고, 조지프는 그런 생각에서 엄청나 위로를 느꼈죠.

조지프는 헤어턴에게 가문과 혈통에 대한 자부심을 심어주었습니다. 그럴 엄두만 낼 수 있었다면 헤어턴에게 하이츠의 현재 주인에 대한 증오심을 키워줄 수도 있었을 테지만, 그 주인에 대한 조지프의 두려움은 거의 미신에 가까운 것이었어요. 그래서 그는 주인에 대한 자신의 감정을 빈정대는 중얼거림과 은밀한 저주의 말로 표현하는 데 그쳤습니다.

그 시절 워더링 하이츠에서의 일상이 어떠했는지에 대해 자세히 아는 척할 마음은 없습니다. 저는 그저 전해 들은 말을 들려드릴 뿐인데, 왜냐하면 직접 목격한 게 별로 없으니까요. 마을 사람들은 히스클리프 씨가 인색하고 소작인들에게 잔인하고 매정하게 구는 지주라고 단언했는데, 그래도 하녀가 집안일을 맡으면서 집 안은 예전의 안락함을 되찾았고, 힌들리가 생전에 흔히 벌이던 야단법석도 이제는 모습을 감추었어요. 새 주인은 좋고 나쁘고를 떠나 사람을 사귀기에는 너무 침울한 성격이었죠. 물론 그건 지금도 그렇지만요.

그런데 이야기가 잠시 딴 데로 새버렸네요. 캐시 양은 화해의 선물인 테리어를 거절하면서 자기 개인 찰리와 피닉스를 내놓으라고 요구했어요. 그 녀석들은 고개를 푹 숙인 채 다리를 절뚝이며 나타났고, 우리는 모두 몹시 언짢은 기분으로 집으로 향했습니다.

아가씨가 그날 하루를 어떻게 보냈는지는 아무리 애를 써도 알아낼 수 없었어요. 다만 예상했던 대로 아가씨의 목적지가 페니스턴 절벽이었으며, 워더링 하이츠 본채의 대문까지는 아무 일 없이 도착했는데, 그때 헤어턴이 우연히 견공 졸개들을 데리고 나온 바람에 공격당하고 말았다는 것까지는 알 수 있었죠.

개들은 맹렬한 싸움을 벌였고, 그러자 주인들은 개들을 떼어놓으면서 자연히 서로 인사를 나누게 되었어요. 캐서린은 헤어턴에게 자기가 누구이며 어디로 가고 있는지 말했고, 그에게 길을 안내해달라고 부탁했죠. 결국엔 그를 구슬려 동행하게 되었습니다.

헤어턴은 요정의 동굴의 신비●와 또 다른 기묘한 장소 스무 곳을 알려주었어요. 하지만 눈 밖에 난 저는 캐시가 본 흥미로운 것들에 대한 설명을 듣는 호의는 누리지 못했죠.

● 요정의 동굴, 즉 그것의 실제 모델인 폰던 커크 아래의 구멍은 한 번에 한 사람씩 들어갈 수 있을 만한 크기다. 이 구멍을 통과하면 그해가 가기 전에 결혼할 수 있다는 전설이 전해진다.

그래도 저는 캐시가 헤어턴을 하인이라고 불러서 그의 마음을 상하게 하고, 히스클리프의 하녀가 헤어턴을 캐시의 사촌이라고 말해서 캐시의 마음을 상하게 하기 전까지는 길 안내자인 헤어턴이 사랑받았다는 것을 알 수 있었어요.

그리고 그에게서 들었던 말도 캐시의 마음에 사무쳤겠죠. 그레인지에서는 모두에게 늘 '예쁜이'니 '귀염둥이'니 '공주'니 '천사'니 하는 말만 들었는데 낯선 사람에게 그렇게 충격적인 모욕을 당했으니까요! 캐시는 그것을 이해하지 못했습니다. 그래서 저는 그 불만거리를 아버지에게 말하지 않겠다는 약속을 받아내느라 꽤나 애를 써야 했어요.

저는 나리가 하이츠의 온 가족을 얼마나 싫어하는지, 아가씨가 거기 갔다는 걸 알게 되면 얼마나 슬퍼하실지 설명했습니다. 하지만 제가 무엇보다 강조한 점은, 만일 아가씨의 폭로로 저의 업무 태만이 밝혀지면 나리는 아마 몹시 화를 내며 저를 쫓아내고 말 거라는 사실이었어요. 캐시는 그런 일을 견디지 못했기에 아무 말도 하지 않겠다고 굳게 약속했고, 그 약속을 지켰죠. 어쨌거나 착한 아이였으니까요.

제5장

나리의 도착 날짜를 알리는 검은 테두리의 편지가 도착했습니다. 이저벨라가 세상을 떠난 것이었죠. 나리는 캐시가 입을 상복을 마련하고, 어린 조카를 위한 방과 다른 이런저런 것들을 준비해놓으라고 제게 분부했습니다.

캐시는 돌아오는 아버지를 맞이할 생각에 기뻐하며 마구 날뛰었어요. 그리고 자신의 '진짜' 사촌에게는 훌륭한 점이 정말 많을 거라는 낙관적인 기대에 잔뜩 부풀었죠.

나리가 조카를 데려 오기로 한 날 저녁이 되었습니다. 아침 일찍부터 자신의 소소한 일들을 처리하느라 바빴던 캐시는 그제야 새로 마련한 검은 드레스를 입었습니다. 불쌍한 것! 고모가 죽었는데도 어정쩡한 슬픔밖에는 느끼지 못했죠. 캐시가 계속 성가시게 졸라댄 나머지 저는 그레인지 인근의 대문까지 함께 마중을 나가야만 했어요.

"린턴은 나보다 딱 여섯 달 늦게 태어났대." 캐시가 저와 함께 나무 그늘의 이끼로 뒤덮인 울퉁불퉁한 잔디밭을 한가로

이 거닐며 재잘거렸습니다. "그 애랑 같이 놀면 얼마나 재미 있을까! 이저벨라 고모가 아빠한테 그 애의 아름다운 머리 타래를 보냈는데, 색깔이 내 것보다 더 밝았어. 더 연한 황갈 색이고, 내 것만큼이나 고왔지. 작은 유리 상자에 조심스럽게 넣어두고는 그 머리칼의 주인을 만난다면 얼마나 즐거울까 하고 종종 생각했는걸. 아아! 행복해라. 그리고 아빠, 사랑하 는 나의 아빠! 어서, 엘런, 달리자! 어서, 달리자고!"

캐시는 제가 침착한 발걸음으로 대문에 이르기 전까지 몇 번이나 달려갔다 달려왔다 또 달려갔고, 그러고는 길가의 풀 로 덮인 둔덕에 앉아 참을성 있게 기다려보려 했어요. 하지만 도저히 무리였습니다. 캐시는 잠시도 가만있질 못했어요.

"왜 이렇게 안 오는 거야!" 캐시가 외쳤어요. "어, 보인다. 길 위에 먼지가 일고 있어. 온다! 아니네! 대체 언제 오는 거 지? 조금만, 딱 1킬로미터만 더 가보면 안 될까, 엘런? 저 모 퉁이에 있는 자작나무 숲까지만 가보자!"

저는 딱 잘라서 거절했습니다. 그리고 마침내 캐시의 조바 심도 끝났어요. 달려오는 마차가 보이기 시작했거든요.

캐시 양은 창밖을 내다보는 아버지의 얼굴을 보자마자 소리 를 지르며 두 팔을 뻗었습니다. 아버지도 딸만큼이나 흥분한 모습으로 마차에서 내렸어요. 두 사람이 자신들 이외의 사람 에게도 관심을 보인 것은 상당한 시간이 흐른 후였죠.

둘이 끌어안고 있는 동안 저는 린턴을 챙기려고 마차 안을 슬쩍 들여다보았어요. 린턴은 마치 지금이 겨울이라도 되는 양 안에 털가죽을 덧댄 따뜻한 망토를 두르고 구석에 잠들어 있더군요. 창백하고 연약한 여자애 같은 아이였는데, 린턴 나리랑 워낙 닮아서 나리의 남동생이라고 해도 믿을 정도였죠. 하지만 에드거 린턴에게서는 절대 찾아볼 수 없는 병약하고 비뚤어진 면모가 엿보였어요.

나리는 마차 안을 들여다보고 있던 저를 보고는 저와 악수한 후, 아이는 먼 길을 와서 피곤할 테니 그냥 그대로 둔 채 문을 닫는 게 좋겠다고 하시더군요.

캐시도 마차 안을 기꺼이 들여다보고 싶어 했지만 아버지가 오라고 부르는 바람에 아버지와 함께 대정원을 걸어 올라갔고, 그동안 저는 하인들을 준비시키기 위해 먼저 서둘러 돌아갔습니다.

"캐시, 얘야." 린턴 씨가 현관 앞에서 걸음을 멈추며 따님에게 말했어요. "네 사촌은 너처럼 튼튼하거나 명랑하지 않고, 어머니를 떠나보낸 지도 얼마 되지 않았다는 사실을 명심하렴. 그러니 곧장 같이 뛰어놀 생각을 해서는 안 돼. 자꾸 말을 걸어 괴롭혀서도 안 되고. 적어도 오늘 저녁만은 가만히 내버려두도록 하렴, 알겠지?"

"네, 알았어요, 아빠." 캐서린이 대답했어요. "하지만 우선 얼굴이라도 보고 싶어요. 아직 한 번도 내다보질 않았잖아요."

마차가 멈추었고, 외삼촌은 자던 아이를 깨워서 땅에 내려놓았습니다.

"얘가 네 사촌 캐시란다, 린턴." 나리는 두 아이의 작은 손을 포개주며 말했어요. "캐시는 벌써 네가 마음에 든 모양이로구나. 그러니 오늘 밤에는 울어서 캐시의 마음을 아프게 해선 안 되겠지. 이제 기운을 좀 내보렴. 여행도 끝났으니 너는 그저 쉬면서 마음껏 즐기면 되는 거야."

"그럼 더 잘래요." 린턴이 캐서린의 인사를 피하며 대답했어요. 그러고는 손으로 방금 흘린 눈물을 닦더군요.

"자, 자, 착하죠." 제가 린턴을 안으로 데려가면서 속삭였어요. "도련님이 그러면 아가씨도 울고 말 거예요. 아가씨가 도련님 때문에 얼마나 슬퍼하는지 좀 보세요!"

린턴의 사촌은 린턴 때문에 슬퍼서 그런지는 모르겠지만, 어쨌든 린턴만큼이나 슬픈 표정을 한 채 아버지에게로 돌아갔어요. 세 사람은 집 안으로 들어가서 차가 준비된 서재로 올라갔습니다.

저는 린턴의 모자와 망토를 벗겨주고 린턴을 테이블 옆 의자에 앉혔어요. 그런데 앉히자마자 다시 울기 시작하더군요. 나리가 왜 그러느냐고 물었어요.

"의자에는 못 앉겠어요." 아이가 흐느끼며 말했죠.

"그럼 소파로 가렴. 엘런이 차를 가져다줄 거야." 아이의 외삼촌이 참을성 있게 대답했어요.

나리가 그 조바심치고 병약한 아이를 데려오느라 여행 중에 무진장 고생했을 거라는 확신이 들더군요.

린턴은 발을 질질 끌며 천천히 걸어가 소파에 드러누웠습니다. 캐시는 발판과 자기 찻잔을 들고 그의 옆으로 갔어요.

처음에는 캐시도 말없이 앉아 있었지만 그리 오래가진 못했어요. 사촌을 귀여워해주겠노라고 이미 굳게 다짐한 후였으니까요. 캐시는 린턴의 곱슬머리를 쓰다듬고 뺨에 입을 맞추기 시작하며 아기에게 하듯 자기 받침 접시에 차를 따라서 린턴에게 줬어요. 사실 아기나 다름없던 린턴은 기뻐했죠. 눈물을 그치더니 희미하게 미소를 짓기 시작했어요.

"음, 저 아이는 아주 잘해나갈 거야." 나리가 두 아이를 잠시 지켜본 후 제게 말했어요. "잘해나갈 거야, 엘런. 만일 우리가 저 아이를 데리고 있을 수만 있다면 말이지만. 또래 아이랑 지내다보면 곧 새로운 기분이 들 테고, 기운을 내야겠다고 마음먹으면서 기운찬 아이로 자라날 거야."

'네, 우리가 저 아이를 데리고 있을 수만 있다면요!' 저는 속으로 생각했어요. 그리고 그것은 한낱 희망에 불과할 거라는 극심한 불안감이 찾아들더군요. 그러자 저 약골이 워더링 하이츠에서 대체 어떻게 살아갈 수 있을까 하는 생각이 들었어요. 저 아이의 아버지와 헤어턴 사이에서 지내면 대체 누구랑 놀고 누구에게 뭘 배울 수 있을까.

우리의 염려는 심지어 제가 생각했던 것보다 더 빨리 현실로 나타났어요. 저는 차를 다 마신 후 아이들을 위층에 데려가서 린턴이 잠든 것까지 보고 나온 참이었죠. 잠들기 전까지는 저를 보내주려 하지 않았거든요. 아래층에 막 내려가 현관 테이블 옆에 서서 에드거 씨의 침실에 가져갈 초에 불을 붙이고 있었을 때, 하녀 하나가 부엌에서 나오더니 히스클리프 씨의 하인 조지프가 찾아와서 나리와 이야기하고 싶어 한다고 이르더군요.

"무엇 때문에 온 건지 가서 물어봐야겠어." 저는 큰 두려움을 느끼며 말했어요. "남을 성가시게 하기에는 너무 늦은 시간이고, 나리는 이제 막 긴 여행에서 돌아왔잖아. 나리는 조지프를 만날 수 없으실 거야."

제가 이렇게 말하는 동안 조지프는 부엌을 통과해서 어느새 현관에 모습을 드러냈습니다. 조지프는 일요일에 교회에 갈 때 하는 옷차림에 더없이 독실한 체하는 심술궂은 표정을 짓고 있었고, 한 손에는 모자를 들고 다른 한 손에는 지팡이를 든 채 매트에 신발 바닥을 비비고 있었어요.

"안녕하세요, 조지프." 제가 쌀쌀맞게 말했어요. "밤늦게 대체 무슨 일로 여기까지 온 거죠?"

"린턴 나리를 만나러 왔구먼." 조지프가 제게 넌 빠지라는 식의 경멸적인 손짓을 보내며 대답했어요.

"린턴 씨는 곧 주무실 거예요. 별다른 일이 아니라면 지금 만나주시지 않을 겁니다." 제가 말을 이었어요. "그냥 거기 앉아서 나한테 할 말을 전해주는 게 좋겠네요."

"나리 방이 어디지?" 조지프가 닫힌 문들을 살펴보며 계속 말했어요.

꼴을 보아하니 제 중재안에 따를 생각은 전혀 없는 듯했고, 그래서 저는 정말 마지못해 서재로 올라가서 불청객의 방문을 알리고는, 일단 돌려보낸 후 내일 다시 오라고 하는 게 좋겠다고 말했죠.

린턴 씨는 제게 그럴 권한을 줄 틈도 없었어요. 조지프가 저를 곧장 뒤따라와서 서재 안으로 몸을 들이밀더니 책상 저편에 자리 잡고 양손을 지팡이 손잡이에 포갠 채 마치 상대의 반대를 예상하기라도 하듯 목소리를 높여 말했거든요.

"히스클리프가 자기 애를 데려오라고 혀서 왔구먼요. 애 없이는 안 돌아갈 테니께, 그리 알고 계쇼."

에드거 린턴은 잠시 침묵을 지켰습니다. 크나큰 슬픔으로 얼굴이 어두워지더군요. 아이만 놓고 봐도 불쌍한 마음이 드는데, 이저벨라의 소망과 두려움, 아들에 대한 간절한 바람, 아이를 잘 부탁한다며 건넨 말 등을 떠올리니 아이를 넘겨주어야 한다는 사실이 쓰라릴 만큼 가슴 아팠고, 그래서 마음속으로 그 일을 어떻게 피할 수 있을지 궁리하는 듯 보였어요. 하지만 딱히 뾰족한 수는 떠오르지 않았죠. 아이를 데리고 있고 싶다는 마음을 보이는 순간 아이를 요구하는 쪽에서 더 위압적으로 나올 테니, 아이를 포기하는 것 말고는 다른 방법이 없었어요. 하지만 아이를 잠에서 깨울 생각은 없었죠.

"히스클리프 씨에게 전하게." 나리가 침착하게 대답했어요. "그의 아들은 내일 워더링 하이츠로 보내겠다고 말일세. 그 아이는 이미 잠자리에 들었고, 지금 그렇게 먼 길을 가기에는 너무 지쳐 있어. 린턴의 어머니가 나를 후견인으로 삼길 바랐다는 것과 지금은 아이의 건강 상태가 매우 안 좋다는 것도 함께 전하게."

"됐소!" 조지프가 지팡이로 바닥을 쿵 치면서 거만하게 말했어요. "쓸데없는 소리일랑 집어치우쇼! 히스클리프는 애 엄마랑 당신 사정은 신경도 안 쓰니께. 히스클리프는 자기 애를 되찾을 거고, 그러니께 나는 애를 데려가야만 허는 거요. 더는 말 안 혀도 아시겠지!"

"오늘 밤은 안 돼!" 린턴 씨가 단호한 목소리로 대답했습니다. "당장 내려가서 자네 나리께 내가 한 말을 전하게. 엘런, 아래로 안내해줘. 어서……."

그러고서 린턴 씨는 분개한 영감의 팔을 잡아서 방 밖으로 쫓아내고는 문을 닫아버렸어요.

"이렇게 나온다 이거지!" 조지프가 천천히 물러나며 외쳤어요. "내일은 히스클리프가 직접 찾아올 테니 어디 한번 **그 사람도** 내쫓아보시지!"

제6장

　위협이 현실로 이루어지는 것을 막기 위해 린턴 씨는 저에
게 아이를 캐서린의 조랑말에 태워서 아침 일찍 데려다주라
고 시키며 이렇게 말했어요.

　"이제 우리는 좋은 쪽으로든 나쁜 쪽으로든 아이의 운명에
간섭할 수 없을 테니, 아이가 어디로 갔는지는 내 딸아이에게
말하지 않는 게 좋겠어. 캐시는 이제 그 아이와 어울릴 수 없
을 테고, 그러니 그 아이가 가까운 곳에 있다는 사실도 모르
는 편이 좋아. 안절부절못하며 하이츠로 계속 가려고 하면 곤
란하니 말이야. 그냥 아이의 아버지가 갑자기 아이를 데려오
라고 사람을 보내서 어쩔 수 없이 보냈다고만 말해주게."

　린턴은 새벽 5시에 잠을 깨우는 것을 몹시 달갑지 않아 했
고, 또다시 떠날 준비를 해야 한다는 말에 깜짝 놀랐습니다.
하지만 저는 도련님이 얼마 동안 아버지인 히스클리프 씨와
함께 있게 될 것이며, 히스클리프 씨는 자기 아들이 너무 보
고 싶은 나머지 도련님의 여독이 풀릴 때까지 기다리지 못할

지경이라는 말로 그 일을 얼버무렸어요.

"아버지?" 린턴이 묘한 당혹감을 내비치며 외쳤어요. "엄마는 내게 아버지가 있다고 한 번도 말해준 적이 없는데. 아버지는 어디 살아? 나는 외삼촌이랑 사는 게 더 좋은걸."

"그분은 그레인지에서 조금 떨어진 곳에 사세요." 제가 대답했어요. "바로 저 언덕 너머인데, 그리 멀지 않으니 건강해지면 여기까지 걸어올 수도 있을 거예요. 집에 가서 아버지를 만난다니 기쁜 일이잖아요. 어머니를 사랑했듯이 아버지도 사랑하려고 애쓰면, 아버지도 도련님을 사랑해주실 거예요."

"그런데 왜 전에는 아버지 이야기를 듣지 못했지?" 린턴이 물었어요. "엄마와 아버지는 왜 다른 사람들처럼 함께 살지 않은 거야?"

"아버지는 사업 때문에 북쪽 지방에 머물러야 했어요." 제가 말했어요. "그리고 어머니는 건강 문제 때문에 남쪽 지방에 머물러야 했고요."

"그런데 왜 엄마는 아버지 이야기를 하지 않았던 걸까?" 아이가 끈덕지게 계속 물었어요. "가끔 외삼촌 이야기는 하셨어. 그래서 나도 오래전부터 외삼촌을 좋아하게 되었던 거고. 내가 아빠를 어떻게 사랑할 수 있겠어? 아빠에 대해 아무것도 아는 게 없는데."

"오, 자식이라면 누구나 자기 부모를 사랑하는 법이잖아요." 제가 말했어요. "아마 아버지 이야기를 자주 하면 아버지랑 살고 싶어 할까봐 그랬나보죠. 어서 서두르자고요. 이렇게 아름다운 날 아침 일찍 말을 타면 한 시간 더 자는 것보다 훨씬 더 기분이 좋아진답니다."

"그 애도 우리랑 같이 가는 거야?" 린턴이 물었어요. "어제 본 그 여자애도?"

"지금은 안 가요." 제가 대답했어요.

"외삼촌은?" 린턴이 계속 물었죠.

"안 가요, 제가 같이 갈 거예요." 제가 말했어요.

린턴은 침대에 풀썩 쓰러져 다시 베개를 베더니 골똘히 생각에 잠겼습니다.

"외삼촌이 안 가면 나도 안 갈래." 마침내 린턴이 외쳤어요. "네가 나를 어디로 데려갈지 내가 어떻게 알겠어."

저는 아버지를 만나려 하지 않는 것은 버릇없는 행동임을 납득시키려고 애썼어요. 그래도 린턴은 옷을 입히려는 제 손길을 완강히 거부했고, 저는 린턴을 구슬려 침대 밖으로 나오게 하기 위해 나리의 도움을 청할 수밖에 없었죠.

떠나 있는 시간은 길지 않을 것이며, 에드거 씨와 캐시가 그를 만나러 갈 거라는 몇몇 거짓 약속을 듣고서야 그 불쌍한 것은 마침내 출발할 마음을 먹었어요. 저는 역시 근거 없는 또 다른 약속들을 꾸며내서 가는 내내 되풀이해서 들려주었어요.

히스 향이 풍기는 신선한 공기와 밝은 햇빛, 조랑말 미니의 사뿐사뿐한 발걸음 덕분에 잠시 후 린턴은 의기소침한 기분을 얼마간 떨칠 수 있었어요. 린턴은 자신이 살게 될 새집과 거기 사는 사람들에 대해 큰 관심을 보이며 활기차게 질문을 던져대기 시작했습니다.

"워더링 하이츠도 스러시크로스 그레인지만큼이나 유쾌한 곳이야?" 린턴은 엷은 안개가 피어올라 파란 하늘 언저리에 양털 구름을 만들어내고 있는 계곡을 마지막으로 돌아보며 물었어요.

"나무가 그렇게 울창한 곳은 아니에요." 제가 대답했죠. "또 그렇게 넓은 곳도 아니지만, 사방으로 아름다운 경치를 볼 수 있답니다. 그곳 공기가 도련님한테는 더 좋을 거예요. 더 신선하고 건조하거든요. 어쩌면 처음에는 오래되고 칙칙하다는 생각이 들지도 몰라요. 하지만 훌륭한 집이고, 이 동네에서 두 번째로 좋은 집이랍니다. 그리고 황야에서 멋진 산책도 할 수 있어요! 캐시 양의 다른 사촌이니 어떤 의미에서는 도련님의 친척이기도 한 헤어턴 언쇼가 온갖 멋진 곳들로 안내해줄 거예요. 그리고 날씨가 좋은 날에는 책을 들고 나가서 움푹한 잔디밭을 서재로 삼아도 되고요. 이따금 외삼촌이 와서 함께 산책할 수도 있을 거예요. 그쪽 언덕으로 자주 산책하러 나가시니까요."

"그런데 아버지는 어떻게 생겼어?" 린턴이 물었어요. "외삼촌처럼 젊고 잘생긴 분이셔?"

"외삼촌만큼 젊으시죠." 제가 말했어요. "하지만 검은 머리와 검은 눈에, 더 엄격해 보이고, 키와 덩치도 대체로 더 큰 편이세요. 처음에는 그다지 온화하고 친절해 보이지 않을지도 모르는데, 그건 그분이 원래 그런 사람이 아니어서 그런 거고요. 그래도 뭐랄까, 아버지에게 솔직하고 다정히 대해보세요. 그러면 자연히 아버지도 외삼촌이 그러시는 것보다 도

런님을 더 좋아해주실 걸요. 도련님은 그분의 아들이니까요."

"검은 머리에 검은 눈이라니!" 린턴이 생각에 잠긴 채 혼잣말했어요. "상상이 안 돼. 그럼 나는 아버지랑 안 닮은 거네?"

"많이 닮진 않았죠." 제가 대답했어요. 하지만 속으로는 전혀 안 닮았다고 생각하면서 린턴의 창백한 얼굴빛과 가냘픈 몸집, 크고 나른한 눈을 유감스러운 마음으로 살펴보았습니다. 자기 어머니의 눈을 쏙 빼닮긴 했는데, 그래도 병적인 과민함으로 잠깐 번쩍일 때를 제외하면 이저벨라의 생기 넘치는 눈빛이라고는 흔적도 찾아볼 수 없는 눈이었어요.

"아버지가 엄마랑 나를 보러 온 적이 한 번도 없었다는 게 너무 이상해." 린턴이 중얼거렸어요. "아버지는 나를 본 적이 있기나 할까? 봤다고 해도 분명 내가 아기 때였을 거야. 아버지에 대해서는 기억나는 게 하나도 없어!"

"아니, 린턴 도련님." 제가 말했어요. "500킬로미터는 굉장히 먼 거리예요. 그리고 어른들에게 10년이라는 세월은 도련님이 생각하는 것만큼 그리 긴 세월이 아니랍니다. 히스클리프 씨는 아마 매년 여름 찾아가려고 생각했지만 적당한 기회를 잡지 못했을 거예요. 그러다 이제는 너무 늦어버린 것이죠. 그 문제를 꼬치꼬치 따져서 아버지를 괴롭히진 마세요. 쓸데없이 아버지 마음만 어지러워질 테니까요."

아이는 워더링 하이츠 본채의 정원 대문 앞에 멈춰 서기 전까지 가는 내내 생각에 잠겨 있었어요. 저는 아이가 그 집을 보고 어떤 인상을 받았는지 알아내려고 아이의 얼굴을 쳐다보았습니다. 아이는 현관문의 조각과 폭이 좁은 격자창, 제멋

대로 자란 구스베리 덤불과 구부러진 전나무를 침통한 얼굴
로 열심히 살펴보고는 고개를 내저었어요. 자신이 새로 살게
될 집의 외양을 매우 못마땅하게 여기는 모습이었죠. 하지만
불평은 나중으로 미룰 정도의 분별력은 있었습니다. 안에 그
런 못마땅함을 보상해줄 무언가가 있을지도 모를 일이었으
니까요.

아이가 조랑말에서 내리기 전에 제가 먼저 가서 문을 열었
습니다. 그때는 6시 반으로, 식구들이 막 아침 식사를 마친 참
이더군요. 하녀는 식탁을 치우며 행주질을 하고 있었어요. 조
지프는 자기 주인 옆에 서서 절뚝발이 말에 관해 이야기하고
있었고, 헤어턴은 건초 밭에 나갈 채비를 하는 중이었죠.

"어이, 넬리!" 히스클리프 씨가 저를 보자 말했어요. "그러
지 않아도 내가 직접 가서 내 소유물을 챙겨 와야 하나 걱정
하던 참인데. 넬리가 데려왔구나, 그렇지? 어디 쓸 만한 구석
이 있는지 한번 보자."

히스클리프는 자리에서 일어나 성큼성큼 문 쪽으로 걸어왔
고, 헤어턴과 조지프도 호기심에 입을 멍하니 벌린 채 따라왔
어요. 가엾은 린턴은 겁먹은 눈으로 그 세 사람의 얼굴을 번
갈아 쳐다봤지요.

"틀림없습니다요." 조지프가 엄숙한 표정으로 살펴본 후 말
했어요. "애를 바꿔치기헌 게 분명혀요, 나리. 저 애는 그 집
딸애구먼요!"

히스클리프는 자기 아들이 당황해서 덜덜 떨 때까지 쳐다
보고는 조소에 가까운 웃음을 터뜨렸습니다.

"이런! 정말 예쁘기도 하지! 정말 사랑스럽고 매력적인 녀석이 아닌가!" 그가 외쳤어요. "달팽이랑 쉰 우유를 먹여서 기른 건 아니겠지, 넬리? 아아, 이런 빌어먹을! 이건 생각했던 것보다 더 최악이로군. 딱히 희망을 품은 것도 아니었는데!"

저는 벌벌 떨며 어리둥절해하는 아이에게 말에서 내려 들어가자고 했어요. 아이는 자기 아버지의 말이 무슨 뜻인지 제대로 이해하지 못했고, 그게 자기한테 한 말인지도 확신하지 못했죠. 아닌 게 아니라 그 음침하고 냉소적인 낯선 이가 자기 아버지라는 사실조차 확신하지 못했어요. 아이는 점점 더 공포에 떨며 제게 매달렸고, 히스클리프 씨가 자리에 앉으며 "이리 와" 하고 말하자 제 어깨에 얼굴을 파묻고는 울어버렸습니다.

"쯧쯧!" 히스클리프가 한 손을 뻗어 아이를 자기 무릎 사이로 거칠게 끌어당기고는 아이의 턱을 들어 올렸어요. "그런 바보 같은 짓은 집어치워! 우린 널 해치려는 게 아니야, 린턴. 그게 네 이름 맞지? 정말이지 네 어머니를 쏙 빼닮았구나! 이 겁쟁이 울보야, 네 안에 **내** 몫은 어디 있는 거냐?"

히스클리프는 아이의 모자를 벗기더니 숱 많은 황갈색 곱슬머리를 뒤로 쓸어 넘겼고, 아이의 가녀린 팔과 작은 손가락도 만져보았습니다. 그러는 동안 린턴은 울음을 그치고 커다란 푸른 눈을 들어 자신을 살펴보는 사람을 쳐다보았어요.

"너는 내가 누군지 아느냐?" 히스클리프가 아이의 팔다리가 모두 여리고 허약하다는 것을 실컷 확인한 후 물었어요.

"몰라요!" 린턴이 멍한 공포의 눈길을 보내며 말했어요.

"내 이야기를 들어본 적은 있겠지?"

"없어요." 린턴이 다시 대답했어요.

"없다고? 자식으로서 아버지에게 가져야 할 존경심을 한 번도 일깨워주지 않았다니, 정말이지 괘씸한 어머니로군! 그럼 내가 말해주마. 너는 내 아들이다. 그리고 네 어머니는 너한테 이런 아버지가 있다는 사실도 모르게 놔둔 사악하고 몹쓸 여자야. 자, 움찔하지 말고, 얼굴도 붉힐 필요 없어! 그래도 피까지 하얀 건 아닌 듯하니 **참** 다행이로군. 착하게 굴면 나도 잘해주마. 넬리, 피곤하면 좀 앉든가 해. 피곤한 게 아니면 집으로 돌아가고. 가서 그레인지의 그 시시한 인간에게 보고 들은 걸 보고해야 할 테니. 넬리가 여기 있으면 이 녀석도 마음을 못 붙일 거야."

"그럼 그 아이에게 잘해주시길 바랄게요, 히스클리프 씨." 제가 대답했어요. "안 그러면 곧 다시 데려가고 말 테니까요. 그리고 이 넓은 세상에 당신의 혈육은 그 아이뿐이라는 사실을 부디 명심하세요."

"**아주** 잘해줄 테니 전혀 걱정할 거 없어." 그가 웃음을 터뜨리며 말했어요. "다만 나 말고 또 잘해주는 사람이 있어서는 안 돼. 나는 이 아이의 애정을 독차지하고자 애쓰고 있으니 말이야. 그럼 이제 잘해주기 시작해야겠군. 조지프! 이 아이에게 아침 좀 갖다줘. 헤어턴, 이 지긋지긋한 녀석아, 넌 당장 나가서 일이나 해. 참, 넬리." 다들 자리를 뜬 후 그가 덧붙였어요. "내 아들은 장차 네가 있는 그 집의 주인이 될 몸이고, 그러니 나는 이 녀석이 그 집의 계승자가 되는 게 확실해지기 전까지는 이 녀석이 죽는 걸 바랄 수 없어. 게다가 이 녀석은 **내 것**이고, 나는 **내** 후손이 공정하게 그 집 재산의 주인이 되는 걸 보는 승리감을 누리고 싶거든. 내 아이가 그 집 아이들을 일꾼으로 고용해서 그들 아버지의 땅을 경작하게 하고 싶단 말이지. 오로지 이런 이유로 내가 이 강아지 같은 것을 참고 견딜 수 있는 거야. 나는 이 녀석을 경멸하고, 이 녀석 때문에 기억이 되살아나는 것도 정말 싫어! 하지만 그런 이유 때문이라면 충분히 참을 수 있지. 이 녀석은 나랑 아무 탈 없이 잘 지낼 거고, 나는 네 주인이 자기 자식을 보살피는 것만큼이나 이 녀석을 세심하게 잘 보살필 거야. 위층에 녀석의 방도 근사하게 꾸며놓았고, 가정교사도 30킬로미터 떨어진 곳에서 한 주에 세 번 찾아와 녀석이 배우고 싶어 하는 걸 가르치도록 고용해두었어. 헤어턴에게는 녀석이 시키는 대로 하라고 명령해두었지. 사실 나는 녀석이 주변 것들보다 훨씬 뛰어난 우월함과 신사다움을 지켜나갈 수 있도록 만반의 준비를 해두었어. 그런데 녀석이 그런 수고에 값할 만한 자격이 거의 없는 인간이라니 정말 유감이로군. 내가 이 세상에서 바란 축복이 있다면, 그건 바로 저 녀석이 자랑할 만한 자식임을 알게 되는 것이었는데. 창백한 얼굴에 징징거리는 놈이라니 실망이 이만저만이 아니야!"

히스클리프가 이렇게 말하는 동안 조지프가 우유죽 한 대접을 들고 돌아와 린턴 앞에 놓았습니다. 린턴은 혐오감을 드러낸 얼굴로 그 가정식을 이리저리 휘젓더니, 자신은 이런 걸 먹을 수 없다고 단언했어요.

그 늙은 하인은 자기 주인과 마찬가지로 그 아이를 경멸하는 눈치더군요. 하지만 히스클리프가 아랫사람들이 그 아이를 잘 모시길 바랐기 때문에 그 하인은 자신의 감정을 가슴속에 숨겨둘 수밖에 없었어요.

"먹을 수 없다고?" 조지프가 린턴의 얼굴을 응시하며 그 말을 따라 했고, 남이 엿듣지 못하게 목소리를 낮추어 속삭였습니다. "허지만 헤어턴 도련님도 어렸을 적엔 이것밖에 안 먹었구먼. 헤어턴 도련님도 잘 먹었는디 니가 왜 못 먹어!"

"나는 먹지 **않겠어**!" 린턴이 퉁명스럽게 대답했어요. "가저가."

조지프는 성을 내며 음식을 낚아채 우리에게 들고 왔습니다.

"이 음식에 무슨 문제라도 있슈?" 조지프가 쟁반을 히스클리프의 코앞에 들이밀며 물었어요.

"문제는 무슨 문제?" 히스클리프가 말했어요.

"아이고!" 조지프가 대답했어요. "저기 저 앙증맞은 분께서 이건 못 드시겠다고 허는구먼요. 허긴 틀린 말도 아니지! 저 도련님의 어미도 딱 저랬구먼. 우리는 그분이 드실 빵을 만들곡식을 심기에도 너무 추잡한 것들이었으니께."

"아이의 어머니 이야기는 내 앞에서 꺼내지 마." 주인이 화를 내며 말했어요. "그냥 저 애가 먹을 수 있는 걸 갖다주면 되잖아. 저 애는 보통 뭘 먹지, 넬리?"

저는 끓인 우유나 차가 좋겠다고 했고, 가정부는 그것을 준비하라는 명령을 받았어요.

저는 생각했죠. 그래, 아이 아버지의 이기심 때문에 아이가 편안히 지낼 수 있겠구나. 아이의 허약한 체질을 알고는 웬만큼 잘 대해줘야 할 필요가 있다는 걸 본인도 느끼겠지. 히스클리프가 지금 어떤 심정인지 에드거 씨에게 알려 그분을 위로해드려야겠어.

저는 더 머물 핑곗거리도 없어서, 린턴이 다정한 양치기 개가 다가오는 걸 소심하게 물리치느라 정신이 없는 사이에 그곳을 슬쩍 빠져나왔어요. 하지만 린턴은 속지 않을 만큼 바짝 경계하고 있었습니다. 제가 문을 닫자 린턴이 울부짖으며 미친 듯이 거듭 외치더군요.

"날 두고 가지 마! 난 여기 있지 않을래! 난 여기 있지 않을래!"

그러고는 빗장을 올렸다 내리는 소리가 들려왔습니다. 린턴이 나가도록 내버려두지 않겠다는 거였어요. 저는 미니에 올라 빠르게 말을 몰았습니다. 그리하여 저의 짧은 후견인 역할도 끝이 났죠.

제7장

우리는 그날 꼬마 캐시 때문에 골치를 앓았습니다. 사촌과
놀 생각에 기뻐 날뛰며 일어났는데 사촌이 떠났다는 소식을
듣고는 어찌나 서럽게 울고 애통해하던지, 에드거가 직접 나
서서 곧 데려오겠다고 단언하며 캐시를 달래줄 수밖에 없었
죠. 물론 에드거는 "만일 내가 데려올 수만 있다면"이라는 말
을 덧붙이긴 했는데, 그럴 가망성은 전혀 없었어요.

이런 약속으로도 캐시를 완전히 달랠 수는 없었습니다. 하
지만 시간이 더 강한 힘을 발휘했어요. 물론 그 뒤로도 가끔
아버지에게 린턴이 언제 돌아오느냐고 묻곤 했지만, 린턴의
얼굴은 캐시의 기억 속에서 점차 희미해져서 나중에 다시 만
났을 때는 알아보지도 못할 정도였죠.

저는 볼일을 보러 기머턴에 갔다가 우연히 워더링 하이츠
의 가정부와 마주치면 그 젊은 도련님이 어떻게 지내는지 묻
곤 했어요. 린턴도 캐서린만큼이나 은둔 생활을 했기 때문에
한 번도 보이질 않았거든요. 가정부의 말로 미루어보아 린턴

은 여전히 몸이 허약하고 남들에게 성가신 존재인 듯했습니다. 히스클리프 씨는 자신의 속마음을 애써 감추기는 하지만, 린턴을 점점 더 싫어하는 눈치라고 하더군요. 린턴의 목소리만 들어도 넌더리를 내고, 같은 방에 몇 분 동안 같이 앉아 있는 것도 못 견딘다고 했어요.

둘이 이야기를 나누는 일도 거의 없다고 했습니다. 린턴은 그들이 응접실이라고 부르는 작은 방에서 공부하거나 저녁을 보내고, 그렇지 않은 날에는 온종일 침대에 누워 있다고 하더군요. 늘 감기에 걸려서 기침하거나 여기저기가 아프고 쑤셨기 때문이래요.

"그렇게 심약한 아이는 처음 봤어요." 하녀가 덧붙였어요. "그렇게 몸을 사리는 아이도 처음이고. 내가 어쩌다 저녁에 창문을 조금 늦게까지 열어두면 **계속** 이렇게 찡얼거린답니다. '아아! 밤바람 때문에 죽을 것 같아!' 한여름에도 불을 때줘야 하고, 조지프의 파이프 담배는 독이나 다름없고, 늘 단것과 맛있는 것이 옆에 있어야 하고, 또 '우유, 우유' 하고 노래를 부르고, 겨울이면 나머지 식구들은 추워서 몸을 웅크리든 말든 벽난로 시렁에 토스트와 물이나 죽처럼 홀짝거릴 것을 올려두고 털 망토를 두른 채 난롯가 의자에 앉아 있지 뭐예요. 그리고 헤어턴이 그 애가 가여워서 놀아주러 오면(헤어턴은 거칠긴 해도 심성이 나쁘진 않으니까요) 분명 둘 중 하나는 욕을 하고 나머지 하나는 울면서 헤어지고 말죠. 린턴이 자기 아들만 아니었다면, 나리는 언쇼가 린턴을 때려눕혀도 대단히 즐거워했을 거예요. 린턴이 자기 몸을 얼마나 챙기는지 나리가 반만 알아도 당장 집 밖으로 쫓아내버릴 텐데. 하지만 나리는 그런 위험한 유혹을 애초에 멀리하는 것 같아요. 응접실에 절대 들어가는 법이 없고, 자기가 거실에 있을 때 린턴이 그런 짓을 할 기미를 보이면 당장 위층으로 쫓아버리니까요."

이 이야기를 들은 저는 어린 히스클리프가 원래 그런 성격이 아니었다면, 마음을 나눌 사람이 아무도 없는 탓에 그렇게 이기적이고 무례한 성격으로 변해버렸을 거라고 짐작했죠. 그러자 그 아이에 대한 관심도 사그라들었습니다. 물론 그 아이가 처한 운명에 대한 슬픔과 우리와 함께 있었더라면 좋았을 거라는 바람은 여전히 마음속에 남아 있었지만요.

에드거 씨는 소식을 좀 알아 오라며 저를 부추겼습니다. 린턴 생각을 아주 많이 하는 것 같았고, 그 아이를 만나기 위해서라면 어느 정도의 위험까지도 감수할 모양이었어요. 한번은 저더러 그 집 가정부에게 린턴이 읍내에 나올 때가 있는지 물어보라고 한 적도 있었죠.

가정부가 말하길, 린턴이 아버지와 함께 말을 타고 읍내에 간 적이 딱 두 번 있는데, 두 번 다 다녀온 후로 사나흘 동안 완전히 나가떨어진 시늉을 했다고 하더군요.

만일 제 기억이 정확하다면, 그 가정부는 린턴이 오고 나서 2년 후에 떠났고, 제가 모르던 다른 여자가 들어와서 그 뒤를 이었어요. 그 하녀는 아직도 그 집에 살고 있죠.

그레인지에서의 시간은 예전처럼 즐겁게 흘러가 캐시 양은 어느덧 열여섯 살이 되었습니다. 우리는 캐시 양의 생일에 기뻐하는 티를 낸 적이 한 번도 없었는데, 그날은 돌아가신 안주인의 기일이기도 했기 때문이죠. 그날이면 캐시의 아버지는 온종일 혼자 서재에 있다가, 날이 저물면 기머턴의 교회 묘지까지 걸어가서 자정 이후까지 머물다 올 때가 많았어요. 그러니 캐서린은 별도리 없이 혼자서 놀거리를 찾아내야만 했죠.

그해 3월 20일은 아름다운 봄날이었어요. 아버지가 서재에 들어가자 아가씨는 나들이용 옷을 차려입고 내려왔습니다. 저와 함께 황야 언저리까지 산책을 다녀와도 되느냐고 아버지에게 물어봤더니, 너무 멀리 가지 않고 한 시간 안에 돌아오기만 하면 그래도 된다고 허락하셨다더군요.

"그러니까 서둘러, 엘런!" 캐시가 외쳤어요. "가보고 싶은 곳이 있어. 붉은뇌조 떼가 날아와서 자리를 잡은 곳인데, 이제는 둥지를 틀었는지 보고 싶어."

"거기는 꽤 먼 곳일 텐데요." 제가 대답했어요. "뇌조는 황야 언저리에서는 알을 까지 않으니까요."

"아냐, 그렇지 않아." 캐시가 말했어요. "아빠랑 바로 근처까지 가본 적이 있거든."

저는 그 문제에 대해 더는 생각하지 않은 채 보닛을 쓰고 경쾌하게 길을 나섰어요. 캐시는 그레이하운드 새끼처럼 제 앞으로 껑충껑충 달려갔다가 제 옆으로 돌아왔다가 다시 앞으로 달려갔죠. 처음에는 저도 여기저기서 들려오는 종달새들의 노랫소리를 들으며, 감미롭고 따사로운 햇살을 즐기며, 저의 귀염둥이이자 기쁨인 캐시를 바라보며 큰 즐거움을 느꼈어요. 캐시의 황금빛 곱슬머리는 등 뒤로 나부꼈고, 눈부신 뺨은 활짝 핀 들장미처럼 부드럽고 순수했으며, 두 눈은 구름 한 점 없는 즐거움으로 환히 빛났습니다. 그 시절의 캐시는 행복한 천사나 다름없었어요. 그러면서도 만족할 줄 몰랐던 것은 애석한 일이죠.

"아니." 제가 말했어요. "붉은뇌조가 대체 어디 있단 말이죠, 캐시 양? 지금쯤 보여야 했는데 말이에요. 이제 대정원의 울타리에서 너무 멀리 와버렸어요."

"아이참, 조금만 더, 조금만 더 가보자, 엘런." 캐시는 계속 이렇게 대답하기만 했죠. "저 작은 언덕을 올라서 저 둑을 지나 반대편에 이르렀을 때쯤엔 내가 이미 새들의 잠을 깨운 뒤일 거야."

하지만 올라야 할 언덕과 지나야 할 둑이 너무 많아서 결국 저는 지치기 시작했고, 캐시에게 이제 그만 돌아가야 할 것 같다고 말했어요.

캐시는 저보다 한참 앞서가고 있었기 때문에 저는 큰 소리로 말했습니다. 캐시는 제 말을 듣지 못한 건지 무시하는 건지 계속 뛰어갔고, 저도 어쩔 수 없이 뒤따라갔죠. 마침내 캐시는 움푹한 곳으로 뛰어들어버렸습니다. 캐시가 다시 제 눈앞에 나타났을 때는 자기 집보다 워더링 하이츠에 3킬로미터 더 가까운 곳으로 가버린 후였죠. 그리고 두 사람이 나타나 캐시를 가로막고 있었는데, 그중 한 명은 분명 히스클리프 씨라는 확신이 들었어요.

뇌조의 알을 훔치다가, 그게 아니라면 최소한 뇌조의 둥지를 찾아다니다가 붙잡힌 모양이었습니다.

하이츠는 히스클리프의 땅이었고, 그는 밀렵꾼을 꾸짖는 중이었죠.

"저는 알을 가져가지도 않았고 찾지도 못했어요." 제가 느릿느릿 움직여 그쪽에 이르렀을 때, 캐시가 자기 말을 증명하기 위해 양손을 펼치며 말했어요. "가져갈 생각도 없었어요. 아빠가 여기 오면 뇌조 알이 잔뜩 있다고 말해줘서 그냥 보러 온 거라고요."

히스클리프는 악의적인 미소를 띤 채 저를 힐끗 쳐다보며 그 아이가 누구인지 안다는 기색을 내비쳤고, 적의를 아이에게 돌리며 '아빠'가 누구인지 물었습니다.

"스러시크로스 그레인지의 린턴 씨예요." 캐시가 대답했어요. "제가 누군지 모르실 줄 알았어요. 알았다면 그런 식으로 말하진 않았을 테니까."

"그렇다면 너는 네 아빠가 대단히 존경받는 사람이라도 되는 줄 아는 모양이로구나?" 그가 빈정대며 말했죠.

"그런데 아저씨는 누구죠?" 캐서린은 상대방을 호기심 어린 눈빛으로 쳐다보며 물었어요. "저 사람은 전에 본 적이 있어요. 아저씨의 아들인가요?"

캐시는 헤어턴을 가리켰습니다. 헤어턴은 지난 2년 동안 덩치만 커지고 힘만 세졌을 뿐 꼴사납고 상스러운 모습은 변함이 없었죠.

"캐시 양." 제가 끼어들었어요. "이제 나온 지 한 시간이 아니라 세 시간이 되어가고 있어요. 이제는 정말 돌아가야 합니다."

"아니, 저 녀석은 내 아들이 아니야." 히스클리프가 저를 옆

으로 밀어내며 대답했어요. "아들이 있긴 한데, 너도 전에 본
적이 있을 거다. 네 유모는 급한 모양인데, 내 생각에는 둘 다
잠깐 쉬는 게 좋을 것 같아. 잠깐 이 황야 꼭대기를 돌아서 우
리 집으로 가지 않겠니? 좀 쉬고 나면 집에도 더 빨리 돌아갈
수 있을 거야. 제대로 된 대접을 해주마."

저는 캐서린에게 무슨 일이 있어도 그 제안에 응해서는 안
된다고 속삭였어요. 완전히 말도 안 되는 소리였죠.

"왜?" 캐시가 큰 소리로 물었어요. "나는 뛰어다니느라 지쳤
고, 땅은 이슬에 젖어서 앉을 수도 없어. 같이 가자, 엘런! 게
다가 내가 저 아저씨 아들을 본 적이 있다고 하시잖아. 아마
잘못 아신 걸 거야. 하지만 나는 저 아저씨가 어디 사는지 알
것도 같아. 페니스턴 절벽에 갔다가 돌아오는 길에 들렀던 그
집이 맞을 거야, 그렇죠?"

"그렇단다. 자, 넬리, 그만 입 다물어. 우리 집을 방문하면
저 아이도 기뻐할 거라고. 헤어턴, 너는 저 아가씨를 데리고
먼저 가도록 해. 넬리는 나랑 좀 같이 걷지."

"안 돼요, 아가씨는 그곳에 절대 가지 않을 거예요." 저는
그에게 붙잡힌 팔을 빼내려고 몸부림치며 외쳤습니다. 하지
만 캐시는 전속력으로 뛰어가 언덕 꼭대기를 돌더니, 벌써 거
의 문지방돌에 이르렀더군요. 동행자로 지목되었던 헤어턴은
캐시를 데려다주는 시늉도 하지 않았어요. 길가에서 주춤하
며 멀어지다가 어느덧 사라져버렸죠.

"히스클리프 씨, 이건 정말 잘못된 일이에요." 제가 말을 이
었어요. "좋은 뜻으로 하는 일은 아니잖아요. 이제 캐시가 린

턴을 보게 될 거고, 그러면 집에 돌아가자마자 있었던 일을 전부 말해버리겠죠. 비난은 전부 제 몫이고요."

"나는 저 애가 린턴을 만나면 좋겠어." 그가 대답했어요. "린턴은 요 며칠 사이에 전보다 좀 나아졌거든. 사람들 앞에 내보여도 괜찮을 때가 별로 없는 녀석이지. 우리 집에 간 일은 우리만의 비밀로 해두자고 금방 설득할 수 있을 거야. 그런다고 나쁠 거 없잖아?"

"나쁠 게 없다니요. 제가 저 애를 당신 집에 들어가도록 내버려둔 걸 알면 저 애 아버지가 저를 증오하게 될 텐데요. 그리고 캐시를 그렇게 부추기는 데는 나쁜 의도가 숨어 있는 게 분명해요." 제가 대답했어요.

"내 의도는 그지없이 투명해. 전부 다 말해주지." 그가 말했어요. "두 사촌이 사랑에 빠져서 결혼하게 만드는 게 내 의도야. 나는 네 나리에게 선심을 쓰는 셈이지. 저 어린 딸년은 물려받을 유산도 없을 텐데, 내 바람에 따르기만 하면 당장 린턴과 함께 공동상속인이 되어 앞날을 대비할 수 있을 테니까."

"그런데 린턴이 얼마나 살지는 아무도 모르잖아요." 제가 대답했어요. "만일 린턴이 죽으면 캐서린이 상속인이 될 거예요."

"아니, 그렇진 않을 거야." 그가 대답했어요. "유언장에는 그런 조항이 없거든. 그 녀석의 재산은 나에게 오게 되어 있어. 하지만 분쟁을 벌일 일이 없게끔 나는 둘이 결혼하길 바라고, 그 일을 성사하고야 말겠다고 다짐했어."

"그리고 나는 다시는 캐시와 함께 당신 집 근처에 오지 말아야겠다고 다짐했어요." 우리가 대문에 이르렀을 때 제가 대꾸했어요. 캐시 양은 대문 앞에서 우리가 오기를 기다리고 있었죠.

히스클리프는 저에게 입을 다물라고 하고는 앞장서서 걸어가 급히 문을 열었습니다. 아가씨는 히스클리프를 어떻게 생각해야 좋을지 모르겠다는 듯 그를 여러 번 쳐다보았는데, 그는 아가씨와 눈이 마주치자 미소를 지었고 말할 때도 목소리를 누그러뜨리더군요. 그래서 저는 멍청하게도 그가 아가씨의 어머니에 대한 기억 때문에 아가씨를 해치려는 마음을 버렸을 수도 있겠다고 생각하고 말았어요.

린턴은 벽난로 근처에 서 있었습니다. 들판에 산책을 다녀온 듯 모자를 쓰고서 조지프에게 마른 신발을 가져오라고 외치고 있더군요.

열여섯 살이 되려면 아직 몇 달이 남았는데도 그 나이에 비해 키가 큰 편이었어요. 이목구비는 여전히 예뻤고, 눈빛과 얼굴빛은 제가 기억하던 것보다 더 밝았습니다. 물론 건강에 좋은 공기와 온화한 햇빛으로부터 잠시 빌려 온 광채에 지나지 않는 것이었겠지만 말이에요.

"자, 저게 누굴까?" 히스클리프 씨가 캐시를 향해 돌아서며 물었어요. "누군지 알겠니?"

"아드님인가요?" 캐시가 의심스럽다는 눈빛으로 두 사람을 번갈아 쳐다보고는 말했어요.

"그래, 맞아." 그가 대답했어요. "그런데 네가 저 아이를 본 게 이번이 처음일까? 생각해보렴! 아아! 너는 기억력이 좋질 않구나. 린턴, 보고 싶다며 그렇게 우리를 못살게 굴던 네 사촌이 기억 안 나니?"

"아니, 린턴이라니!" 캐시가 그 이름을 듣고는 뜻밖의 기쁨
으로 얼굴을 환히 밝히며 외쳤어요. "그 조그맣던 린턴? 지금
은 나보다 더 크네! 네가 정말 린턴이니?"

소년이 앞으로 나오며 그렇다고 말했습니다. 캐시는 그에
게 열렬히 입을 맞추었고, 두 사람은 시간이 흐르며 변한 서
로의 모습에 놀라워하며 서로를 쳐다보았어요.

캐서린은 이미 키가 다 자라 있었고, 몸매는 토실토실하면
서도 호리호리했고 강철처럼 탄력적이었으며, 어디를 보나
건강과 활기로 반짝거렸죠. 린턴의 표정과 움직임은 아주 나
른했고, 몸매는 극히 가냘팠습니다. 하지만 우아한 태도가 이
런 결점들을 덜어주어서 그렇게 보기 안 좋은 모습은 아니었
어요.

캐시는 사촌과 이런저런 다정한 대화를 나눈 후 문 옆에서
서성이던 히스클리프에게로 다가갔습니다. 히스클리프는 집
안팎의 일에 모두 관심을 기울이고 있는 듯했는데, 실은 집
밖을 보는 척하면서 집 안에서 벌어지는 일에만 온통 주의를
쏟고 있었죠.

"그럼 아저씨는 저의 고모부네요!" 캐시가 그에게 인사하
려고 다가가며 외쳤습니다. "처음에 저한테 화를 내시긴 했지
만, 그래도 저는 아저씨가 마음에 들었던 것 같아요. 린턴을
데리고 그레인지에 놀러 오시지 그래요? 지금껏 이렇게 가까
운 곳에 살았으면서 한 번도 우리를 보러 오지 않았다니 이
상한 일이네요. 대체 왜 그런 거죠?"

"네가 태어나기 전에 너무 자주 갔었지." 히스클리프가 대답했어요. "그곳에는…… 이런 빌어먹을! 입맞춤해주고 싶거든 린턴에게나 해주렴. 나한테 하는 건 낭비니까."

"엘런, 나빠!" 캐서린이 이번에는 제게 아낌없이 입맞춤을 퍼부으려고 달려들며 외쳤어요. "엘런, 못됐어! 나를 여기 못 들어오게 막으려 하다니. 하지만 내일부터는 아침마다 이 길로 산책할 테야. 그래도 될까요, 고모부? 가끔은 아빠랑 같이 와도 될까요? 우리를 보면 기쁘시겠죠?"

"물론이지!" 고모부는 찾아오겠다는 두 사람에 대한 깊은 혐오감으로 찌푸려진 표정을 겨우 감추며 대답했어요. "그런데 잠깐." 그가 아가씨를 향해 돌아서며 말을 이었어요. "생각해보니 너한테 이 이야기를 해주는 게 좋을 것 같구나. 린턴 씨는 나에게 편견을 갖고 계셔. 우리는 언젠가 한 번 기독교도답지 못하게 몹시 다툰 적이 있거든. 만일 네가 여기 왔었다고 이야기하면, 린턴 씨는 네가 아예 이곳에 못 오게 하실 거야. 그러니 앞으로 네 사촌을 안 봐도 상관없는 게 아니라면, 이 일을 절대 말해서는 안 된단다. 오고 싶으면 와도 좋지만, 절대 그랬다고 말해서는 안 돼."

"왜 다퉜는데요?" 캐서린이 잔뜩 풀이 죽어 물었어요.

"린턴 씨는 내가 자기 여동생이랑 결혼하기에는 너무 가난하다고 생각했어." 히스클리프가 대답했어요. "그리고 내가 결국 결혼하자 대단히 슬퍼했지. 자존심에 상처를 입었으니 절대 그 일을 용서하지 않을 거야."

"그건 잘못된 일이잖아요!" 아가씨가 말했어요. "언젠가는 아빠한테 그렇게 말할 거예요. 하지만 린턴과 저는 두 분의 다툼이랑은 아무 상관도 없는걸요. 그럼 저는 여기 오지 않겠어요. 린턴이 그레인지로 오면 되겠네요."

"나한테는 너무 먼 거리야." 캐시의 사촌이 중얼거렸어요. "6킬로미터를 걸으면 나는 죽고 말걸. 아니, 캐서린 양이 가끔 여기로 오는 게 낫겠어. 매일 아침은 말고, 일주일에 한두 번 정도만."

아버지는 아들에게 매서운 경멸의 시선을 던졌습니다.

"넬리, 내가 괜한 헛수고를 하는 건 아닌지 걱정되는군." 그가 제게 중얼거렸어요. "저 멍청이가 캐서린 양이라고 부르는 저 아이가 린턴의 값어치를 알아차리고는 린턴을 지옥으로 보내버릴 것만 같아. 하지만 만일 저게 헤어턴이었다면……. 헤어턴이 그 꼴인데도 내가 하루에도 스무 번씩 그 녀석을 탐내고 있는 거 알아? 만일 헤어턴이 다른 사람의 자식이었다면 나는 그 녀석을 사랑하고 말았을 거야. 하지만 헤어턴이 **저 아이**에게 사랑받을 일은 없겠지. 저 보잘것없는 녀석이 기운차게 분발하지 않으면 헤어턴과 겨루게 해야겠어. 우리가 예측하기로 저 녀석은 열여덟 살까지도 살기 힘들 것 같으니까. 아아, 저 지겨운 녀석 좀 보게. 발을 말리는 데 정신이 팔려서 캐시는 쳐다보지도 않는군. 린턴!"

"네, 아버지." 소년이 대답했어요.

"네 사촌에게 구경시켜줄 데 없니? 하다못해 토끼 굴이나 족제비 굴이라도 말이야. 신발을 갈아 신기 전에 정원에도 데려가고, 마구간에 가서 네 말도 보여줘."

"그냥 여기 앉아 있는 게 좋지 않니?" 린턴이 다시 나가기 싫은 듯한 목소리로 캐시에게 물었어요.

"글쎄, 잘 모르겠네." 캐시가 문 쪽으로 열망이 가득한 시선을 보내며 대답했는데, 활발히 돌아다니고 싶은 게 분명해 보였습니다.

린턴은 계속 자리에 앉아서 벽난로 쪽으로 몸을 더 웅크렸어요.

히스클리프는 자리에서 일어나 부엌으로 갔고, 거기서 다시 마당으로 가 헤어턴을 불렀어요.

헤어턴은 대답했고, 곧 두 사람이 다시 들어왔습니다. 헤어턴은 세수를 하던 모양이었는지 뺨과 젖은 머리가 빛나고 있었어요.

"아, **고모부한테** 물어볼 게 있어요." 캐시 양이 가정부가 했던 말을 떠올리며 외쳤어요. "저 애는 제 사촌이 아니죠, 그렇죠?"

"물론 네 사촌이지." 그가 대답했어요. "네 어머니의 조카야. 저 애가 싫으니?"

캐서린은 기묘한 표정을 지었어요.

"잘생긴 청년이지 않니?" 그가 말을 이었어요.

그 무례한 아가씨가 발끝으로 서서 히스클리프의 귀에 뭐라고 속삭여댔죠.

히스클리프가 웃음을 터뜨리자 헤어턴의 표정이 어두워졌어요. 누가 자신을 모욕하기라도 하는 것 같으면 몹시 민감하게 반응했고, 자신의 열등함도 어렴풋이나마 자각하고 있는 게 분명해 보였어요. 하지만 그의 주인인지 후견인인지가 이렇게 외치며 그의 찡그린 얼굴을 펴주었죠.

"네가 우리 중에서 가장 사랑받는 것 같구나, 헤어턴! 얘가 그러는데 너는…… 뭐라고 했더라? 어쨌든 너를 아주 으쓱하게 할 법한 말이었지. 자! 같이 가서 농장을 한 바퀴 돌고 오너라. 그리고 반드시 신사답게 행동해야 해! 나쁜 말은 한마디도 해선 안 돼. 그리고 아가씨가 너를 보고 있지 않을 때 빤히 쳐다봐선 안 되고, 아가씨가 너를 빤히 쳐다보면 곧장 고개를 돌려야 해. 말할 때는 천천히 하고, 손은 주머니에 넣지 말고. 이제 가봐. 아가씨를 최대한 즐겁게 해주어야 한다."

그는 창밖으로 그 두 사람이 걸어가는 것을 지켜보았어요. 언쇼는 자신의 동행에게서 얼굴을 완전히 돌리고 있었죠. 익숙한 풍경을 이방인이나 화가라도 되는 양 흥미롭게 관찰하는 듯 보였어요.

캐서린은 그에게 음흉한 눈빛을 보낼 뿐 크게 감탄하는 기색을 드러내진 않았습니다. 이내 재밋거리를 스스로 찾아내는 일에 관심을 돌렸고, 대화의 결핍을 즐겁고 신나는 노래로 채우며 경쾌하게 걸어갔어요.

"내가 저 녀석의 말문을 막아두었어." 히스클리프가 말했어요. "그러니 돌아다니는 내내 감히 말 한마디 내뱉지 못할걸! 넬리, 내가 저 녀석 나이였을 때, 아니 몇 년 더 어렸을 때를 기억하지? 나도 저렇게 멍청해 보였던가? 조지프의 말을 빌리자면, 나도 저렇게 '얼뜨기'였던가?"

"더 심했죠." 제가 대답했어요. "거기다 시무룩하기까지 했으니까요."

"나는 저 녀석에게서 기쁨을 맛보고 있어." 히스클리프가
속마음을 털어놓으며 말을 이었습니다. "저 녀석은 내 기대
를 충족시켰어. 만일 저 녀석이 태어날 때부터 바보였다면 나
는 지금의 절반도 즐기지 못했겠지. 하지만 저 녀석은 바보
가 아니야. 그리고 나는 저 녀석이 느끼는 모든 감정에 공감
할 수 있어. 나도 느껴본 감정이니까. 이를테면 나는 저 녀석
이 지금 무엇 때문에 고통스러워하는지 정확히 알고 있어. 물
론 그건 저 녀석이 느끼게 될 고통의 시작에 불과하겠지만.
저 녀석은 천함과 무지의 심연에서 절대 빠져나올 수 없을
거야. 나는 저 녀석의 악당 같은 아버지가 나를 옭아맸던 것
보다 녀석을 더 단단히, 더 저열하게 옭아맸어. 저 녀석이 자
신의 야수성에 자부심을 느끼게 되었을 만큼 말이야. 나는 저
녀석에게 짐승 같지 않은 것은 죄다 시시하고 나약한 것으로
경멸하도록 가르쳤지. 힌들리가 저 녀석을 본다면 자랑스러
워할 것 같지 않아? 내가 내 자식을 자랑스러워하는 것만큼
이나 자랑스러워할 거야. 하지만 둘 사이에는 이런 차이가 있
지. 하나는 금덩어리인데 포장용 돌로 사용되고 있고, 다른
하나는 양철인데 잘 닦여서 은식기 흉내를 내고 있어. **내 자
식**은 거의 아무런 가치도 없는 놈이지만, 나는 그 형편없는
가치나마 최대한 이용해서 만끽해볼 생각이야. **그놈의 자식**
은 최상의 가치를 타고났지만 그 가치는 이제 사라져버렸어.
차라리 무익한 것만도 못하게 되어버렸지. 나는 아무런 유감
도 없어. 반면에 그놈은 유감스러울 일이 아주 많을 텐데, 그

건 나만 아는 사실일 테지. 그중에서도 가장 유감스러울 일은 헤어턴이 나를 지긋지긋할 만큼 좋아한다는 사실이야! 그 점에서는 내가 힌들리보다 한 수 위라는 걸 넬리도 인정해야 할 거야. 만일 그 악당이 무덤에서 벌떡 일어나 자기 자식을 망쳤다고 나를 욕하면, 곧바로 그 자식이 그놈에게 어디 감히 이 세상에 하나뿐인 내 친구를 욕하느냐고 분개하며 맞서는 꼴을 구경하는 재미를 맛보게 생겼으니 말이야!"

히스클리프는 그 생각에 악마처럼 킬킬 웃어댔습니다. 대답을 바라고 한 말이 아니란 걸 알았기에 저는 아무 대답도 하지 않았죠.

그러는 동안 우리가 하는 말을 듣기에는 너무 멀리 떨어진 곳에 앉아 있던 린턴이 불안한 티를 내기 시작했어요. 아마도 약간의 피로감 때문에 캐서린과 어울릴 특별한 기회를 스스로 저버린 것이 후회스러워서 그런 것이었겠죠.

아버지는 아들의 불안한 시선이 창문 쪽으로 쏠리는 것과 아들이 우유부단하게 모자 쪽으로 손을 뻗는 것을 알아차렸습니다.

"일어나, 이 게으른 것아!" 히스클리프가 쾌활한 척하는 목소리로 외쳤어요. "가서 저 애들을 따라가봐! 이제 막 모퉁이에 이르러 벌통 옆을 지나고 있으니까."

린턴은 기운을 내서 벽난로 쪽에서 몸을 일으켰습니다. 그가 격자문을 열고 나가는 순간, 캐시가 자신의 무뚝뚝한 안내인에게 문 위에 새겨진 글자가 뭐냐고 묻는 소리가 들렸어요.

헤어턴은 위를 올려다보더니 진짜 촌뜨기처럼 머리를 긁적거렸죠.

"걍 망헐 글자잖어." 헤어턴이 대답했어요. "난 읽을 줄 몰러."

"읽을 줄 모른다고?" 캐서린이 외쳤어요. "나는 읽을 수 있어. 저건 그냥 영어잖아. 내가 알고 싶은 건 왜 저 글자가 저기 있냐는 거지."

린턴이 킥킥거렸어요. 그가 웃음소리를 낸 건 그때가 처음이었죠.

"걔는 글자를 몰라." 린턴이 사촌에게 말했어요. "저렇게 커다란 바보가 있다는 게 믿어져?"

"쟤 괜찮은 거야?" 캐시 양이 진지하게 물었어요. "아니면 좀 모자라거나 어디 문제가 있는 건가? 벌써 두 번이나 물어봤는데, 매번 정말 멍청한 표정을 짓는 걸 보니 내 말을 알아듣지 못하나봐. 실은 나도 **쟤** 말을 잘 못 알아듣겠어!"

린턴은 다시 한번 킥킥거리며 헤어턴을 조롱하듯 힐끗 쳐다보았어요. 헤어턴은 그때 그 상황을 제대로 이해하지 못하는 게 분명해 보였죠.

"게으르다는 것 말고는 아무 문제도 없어. 안 그래, 언쇼?" 린턴이 말했어요. "내 사촌은 네가 천치인 줄 알고 있어. 나를 '책벌레'라고 멸시하더니 참 꼴좋네. 캐서린, 저 애가 끔찍한 요크셔 사투리를 쓴다는 거 눈치챘어?"

"거참, 저런 망헐 책벌레를 어따 쓸라고?" 헤어턴은 매일 보는 쪽이 대들기 더 편한지 린턴에게 으르렁거렸습니다. 헤어턴은 욕을 더 퍼부어주려던 참이었는데, 두 아이가 갑자기 미친 듯이 유쾌하게 웃음을 터뜨리고 말았죠. 경박한 아가씨는 헤어턴의 이상한 말투를 장난거리로 삼을 수도 있다는 사실을 알게 되어 무척 즐거운 모양이었어요.

"그 말에 '망헐'을 왜 쓰는 건데?" 린턴이 킥킥거리며 말했습니다. "아빠가 나쁜 말은 한마디도 하지 말라고 했는데, 너는 입만 열면 나쁜 말이구나. 신사답게 행동하려고 노력이라도 해봐, 어서!"

"니가 가시나 같지 않고 좀만 머시마 같았어도 내가 당장 자빠뜨렸을 거여, 이 비쩍 마른 한심헌 약골 자슥아!" 화가 난 시골뜨기가 이렇게 쏘아붙이고는 분노와 치욕으로 벌겋게 달아오른 얼굴로 물러섰습니다. 모욕당했다는 사실은 알았지만 분한 마음을 어떤 식으로 표출해야 할지 몰라 당황했기 때문이죠.

저처럼 그 대화를 엿듣고 있던 히스클리프 씨는 헤어턴이 떠나는 것을 보고 미소를 지었지만, 곧이어 문간에서 계속 떠들고 있는 건방진 두 아이에게 심한 혐오의 눈길을 던졌습니다. 소년은 헤어턴의 잘못과 결점에 관해 이야기하고 그가 그동안 저지른 비난받을 만한 짓을 고자질하면서 꽤나 활기를 띠었고, 소녀는 소년의 당돌하고 악의적인 말을 즐기며 거기서 드러나는 비열한 성격에는 조금도 신경 쓰지 않는 듯했어요. 저는 린턴에 대해 동정보다는 반감이 들기 시작했고, 린턴을 깔보는 그의 아버지도 어느 정도 용서하게 되었죠.

저희는 오후까지 그 집에 머물렀습니다. 캐시 양을 그보다 더 빨리 데리고 나오기란 도저히 불가능했어요. 하지만 다행히도 나리께서는 그때까지 서재를 떠나지 않고 있었고, 그래서 저희가 그렇게 오랫동안 집에 돌아오지 않았다는 사실을 알지 못했습니다.

저는 캐시와 함께 집으로 걸어가면서 우리가 방금 헤어진 사람들이 어떤 이들인지 깨우쳐주려고 했어요. 하지만 캐시는 제가 그 사람들에게 편견을 갖고 있다고 생각했습니다.

"아하!" 캐시가 외쳤어요. "엘런은 아빠를 편들잖아. 엘런은 편파적이야. 그렇지 않았다면 린턴이 여기서 멀리 떨어진 곳에 산다고 나를 여러 해 동안이나 속이진 않았겠지. 나는 정말 화가 나서 미쳐버릴 지경인데, 너무 기뻐서 그런 티를 내지 않는 것뿐이라고! 하지만 **내** 고모부에 대해 함부로 말하는 건 용납하지 않겠어. 그분은 내 고모부라는 사실을 명심해. 그리고 고모부랑 다툰 아빠도 야단치고 말 테야."

캐시는 이렇게 계속 나불거렸고, 결국 저는 캐시의 잘못된 생각을 바로잡아주려는 시도를 포기하고 말았습니다.

캐시는 그날 밤 워더링 하이츠에 갔던 일을 말하지 않았는데, 그건 순전히 린턴 씨를 보지 못했기 때문이었어요. 다음 날 저로서는 몹시 분하게도 모든 게 밝혀졌는데, 그래도 전적으로 유감스러운 일만은 아니었습니다. 지시와 훈계를 내리는 부담스러운 일은 저보다는 린턴 씨가 더 잘할 수 있을 거라는 생각이 들었으니까요. 하지만 린턴 씨는 용기가 부족한 나머지 캐시가 하이츠 사람들과 만나지 않으면 좋겠다는 소망에 대한 이유를 충분히 설명하지 못했고, 응석받이로 자라난 캐시는 자신을 괴롭히는 그 구속에 대해 납득할 만한 이유를 요구했습니다.

"아빠!" 캐시가 아침 인사를 한 후 외쳤어요. "제가 어제 황야로 산책하러 나갔다가 누굴 만났는지 한번 알아맞혀보세요. 아하, 깜짝 놀라는군요! 아빠는 잘못한 게 있는 거예요, 그렇죠? 제가 누굴 만났냐면…… 아니, 먼저 제 말을 들어보세요. 그럼 제가 어떻게 아빠의 잘못을 알았는지 알게 되실 테니까요. 그리고 엘런의 잘못도요. 엘런은 제가 린턴이 돌아오길 바라다 늘 실망했을 때 아빠랑 결탁해서 저를 동정하는 척했잖아요!"

캐시는 산책하러 갔을 때 있었던 일과 그 이후의 일까지 그대로 전했습니다. 나리는 저에게 책망의 눈길을 몇 번 보내긴 했지만, 캐시의 이야기가 끝나기 전까지는 아무 말도 하지 않았어요. 이야기가 끝나자 나리는 캐시를 가까이 끌어당기더니 왜 자기가 린턴이 근처에 산다는 사실을 숨겼는지 아느냐고, 자기가 너에게 아무런 해도 없을 즐거움을 빼앗기 위해 그랬다고 생각하느냐고 물었어요.

"그건 아빠가 히스클리프 씨를 싫어해서 그런 거잖아요." 캐시가 대답했어요.

"캐시, 그럼 너는 내가 네 기분보다 내 기분을 더 위한다고 생각하는 거니?" 나리가 말했습니다. "아니, 그건 아빠가 히스클리프 씨를 싫어해서 그런 게 아니라 히스클리프 씨가 아빠를 싫어해서 그런 거야. 그리고 히스클리프 씨는 자기가 싫어하는 사람이 약간만 틈을 보여도 그를 학대하고 망쳐놓으며 기쁨을 느끼는 더없이 사악한 인간이란다. 아빠는 네가 네 사촌과 친분을 유지하려면 그 사람을 만날 수밖에 없다는 걸 알았고, 그 사람이 나 때문에 너를 혐오할 거라는 것도 알았어. 그러니 네가 린턴을 다시는 만나지 않도록 미리 조치한 것은 오직 너를 위해서였지 다른 이유는 없었다. 네가 더 자라면 언젠가 이 일을 설명해줄 생각이었는데, 이럴 줄 알았으면 더 빨리 말해줄 걸 그랬구나!"

"하지만 히스클리프 씨는 아주 다정하던걸요, 아빠." 전혀 납득하지 못하겠다는 듯 캐서린이 말했어요. "그리고 **그분**은 저랑 린턴이 만나는 걸 반대하지 않았어요. 원하면 언제든 집으로 찾아오라고 했다고요. 다만 아빠와 다툰 적이 있고, 자신이 이저벨라 고모와 결혼한 걸 아빠가 용서하지 않을 테니 아빠한테는 말하지 말라고 했을 뿐이에요. 그리고 아빠는 그 일을 용서할 생각이 없으니 비난받아야 할 사람은 바로 **아빠**예요. 그분은 **우리**가, 그러니까 적어도 린턴과 제가 친구가 되길 바라는데, 아빠는 그렇지 않잖아요."

고모부가 사악한 사람이라는 말을 캐시가 믿으려 하지 않자, 나리는 그자가 이저벨라에게 한 짓과 워더링 하이츠를 자신의 소유로 만든 방법을 짧고 간단하게 설명해주었습니다. 나리는 그 문제에 대해 길게 이야기하는 걸 못 견뎌 했어요. 그 이야기를 꺼낼 일은 좀처럼 드물었지만, 린턴 부인이 세상을 떠난 후로 자신의 마음을 차지한 그 오래된 적에 대한 경악과 혐오의 감정에는 변함이 없었기 때문이죠. '그놈만 아니었으면 아내는 아직 살아 있었을 텐데!'라는 쓰라린 생각이 나리의 머릿속을 떠나지 않았고, 나리의 눈에 히스클리프는 살인자나 마찬가지로 보였습니다.

캐시 양은 급한 성미와 무심함 때문에 저질렀다가 바로 그 날 뉘우치는 사소한 잘못들, 즉 반항적이고 부당하고 격정적인 행위 외에는 아무런 나쁜 짓도 알지 못했죠. 그러니 몇 년 동안 복수할 방법을 몰래 궁리하다가 아무런 양심의 가책도 없이 그 계획을 신중히 실행에 옮기는 사악한 정신의 소유자에 관한 이야기를 듣고는 깜짝 놀랄 수밖에 없었습니다. 캐시는 여태껏 책에서도 보지 못했고 상상해보지도 못한 인간 본성의 새로운 면모에 깊은 인상과 충격을 받은 듯 보였고, 에드거 씨는 그 문제에 대해 더는 말할 필요가 없다고 생각했어요. 단지 이런 말만 덧붙였습니다.

"애야, 이제 왜 내가 너에게 그 집과 그 집 사람들을 피하라고 하는지 너도 잘 알겠지. 이제 그만 평소에 하던 일과 놀이로 돌아가고, 그 일은 잊으려무나!"

캐서린은 아버지에게 입을 맞춘 후, 평소에 하던 대로 조용히 앉아서 두어 시간 정도 공부했습니다. 그러고는 아버지와 함께 그레인지 인근을 산책했고, 나머지 하루도 평소대로 보냈죠. 하지만 저녁에 캐서린이 자기 방으로 물러갔을 때 옷 갈아입는 걸 도와주려고 들어가보니 침대 옆에 무릎을 꿇은 채 울고 있더라고요.

"오, 이런 바보 같으니라고!" 제가 외쳤어요. "정말 슬픈 일을 겪고 나면 이런 사소한 일에 눈물을 낭비한 게 부끄러워질걸요. 캐서린 양은 진짜 슬픈 일의 그림자도 밟아본 적이 없어요. 나리와 제가 죽고 캐서린 양 혼자 이 세상에 남겨졌다고 한번 상상해봐요. 그럼 어떤 기분이 들겠어요? 지금 상황과 그런 고통스러운 일을 한번 비교해보면서, 친구를 더 가지려고 욕심내는 대신 지금 옆에 있는 친구들을 소중히 여기세요."

"나 때문에 우는 게 아니야, 엘런." 캐시가 대답했어요. "그 애 때문이야. 내일 나를 다시 만날 거라며 기대했다가 크게 실망하게 될 테니까. 그 애는 나를 기다릴 텐데, 나는 못 가잖아!"

"말도 안 되는 소리 마세요!" 제가 말했어요. "아가씨가 린턴을 생각하는 것만큼 린턴도 아가씨를 생각할 줄 아세요? 린턴한테는 헤어턴이 있지 않았던가요? 어느 오후에 한 번, 또 어느 오후에 한 번, 이렇게 딱 두 번 본 친척을 더는 못 보게 된다고 우는 사람은 백 명 중에 한 명도 없을 거예요. 린턴은 어떻게 된 일인지 짐작하고는 더는 아가씨 때문에 힘들어하지 않을 거라고요."

"그럼 왜 못 가는지 편지로 알려주면 안 될까?" 캐시가 일어나며 물었어요. "그리고 빌려주기로 약속한 책들만 보내주면 안 될까? 그 애가 가진 책들은 내 책들만큼 좋지 않은데, 내 책들이 얼마나 재미있는지 말해주니 그 애도 정말 보고 싶어 했단 말이야. 그러면 안 될까, 엘런?"

"안 돼요, 절대 안 돼요!" 제가 결연히 대답했어요. "그러면 린턴이 아가씨한테 편지를 쓸 테고, 그렇게 되면 끝이 없을 거예요. 안 돼요, 캐서린 양, 그냥 절교해야 해요. 아빠도 그러길 바라시고, 저도 그렇게 되는지 지켜볼 테니까요!"

"하지만 짧은 편지 한 장인데……." 캐시는 애원하는 표정으로 다시 말했습니다.

"그만!" 제가 가로막았어요. "편지 이야기는 이제 됐어요. 이제 그만 자러 가세요!"

캐시가 아주 못된 눈빛으로 저를 쏘아보았는데, 너무 못돼서 처음에는 잘 자라는 입맞춤도 해주고 싶지 않더군요. 저는 매우 불쾌한 나머지 이불만 덮어주고 문을 닫아버렸어요. 하지만 도중에 후회가 돼서 살며시 돌아가봤더니, 세상에! 캐시가 책상에 백지 한 장을 올려놓고 손에는 연필을 든 채 서 있다가 제가 다시 들어가자마자 죄라도 지은 것처럼 그것들을 슬쩍 치워버리는 게 아니겠어요.

"캐서린 양, 그 편지를 쓰더라도 전해줄 사람은 구할 수 없을 거예요." 제가 말했어요. "그리고 촛불은 지금 끄겠어요."

제가 덮개로 촛불을 끄는 순간, 캐시가 제 손을 찰싹 때리더니 심술궂게 "못된 것!" 하고 외치더군요. 그러고서 저는 다시 방을 나왔고, 캐시는 온갖 짜증과 화를 내며 빗장을 걸어버렸어요.

그때 그 편지는 완성되어 읍내에서 오는 우유 배달부를 통해 목적지로 전해졌습니다. 하지만 저는 한동안 그 사실을 모르고 있었죠. 몇 주가 흘렀고, 캐시도 냉정을 되찾았어요. 물론 혼자서 몰래 구석으로 가는 일이 놀라울 만큼 부쩍 늘었고, 책을 읽는 동안 제가 갑자기 다가가면 깜짝 놀라며 책 위로 고개를 푹 숙이는 일도 잦아졌지만요. 분명 무언가를 숨기려는 눈치였는데, 책장 밖으로 낱장의 종이 모서리가 튀어나와 있는 게 보일 때도 있었죠.

또한 캐시는 무언가가 도착하길 기다리는 사람처럼 아침

일찍 아래층에 내려와서 부엌 주변을 어슬렁거리는 잔꾀를 부리기도 했어요. 그리고 서재에 있는 캐비닛의 작은 서랍 하나를 자기 것으로 사용하면서 몇 시간이고 서랍 안을 만지작거렸는데, 서재를 나올 때는 서랍 열쇠를 꽂아두지 않도록 특별히 신경을 썼죠.

어느 날 캐시가 그 서랍을 점검하는 것을 보니, 최근까지만 해도 들어 있던 장난감과 장신구 대신 접힌 종이들이 가득하더군요.

호기심과 의심이 생겨난 저는 캐시의 비밀스러운 보물을 슬쩍 엿보기로 마음먹었습니다. 밤이 되어 캐시와 나리가 위층으로 올라가자마자 제가 가진 집안 열쇠들을 뒤져서 그 서랍에 맞는 열쇠를 손쉽게 찾아냈어요. 저는 서랍을 열고 내용물을 전부 제 앞치마에 쏟고는 제 방에서 느긋하게 살펴보려고 가지고 나왔죠.

수상쩍다고 생각하긴 했지만, 그래도 저는 그것들이 산더미 같은 편지라는 걸 알고 놀랄 수밖에 없었습니다. 린턴 히스클리프가 캐시에게 보낸 답장이었는데, 거의 매일 보내온 게 분명했어요. 초기의 편지들은 어색하고 짧았는데, 점점 긴 연애편지로 발전해가더군요. 편지를 쓴 사람의 나이를 생각하면 바보 같은 내용도 당연했지만, 그래도 더 경험이 많은 누군가의 입김이 여기저기 작용한 듯 보이기도 했습니다.

그중에는 열정과 단조로움이 특이할 만큼 기이하게 뒤섞인 것들도 있었는데, 강렬한 감정으로 시작해서 마치 어떤 남학생이 실체가 없는 상상의 연인에게 쓰듯 가식적이고 장황한 말투로 끝을 맺더군요.

이런 편지들이 캐시를 만족시켰는지는 모르겠지만, 저한테는 아무짝에도 쓸모없는 쓰레기로 보일 뿐이었죠.

이 정도면 됐다 싶을 만큼 훑어본 다음, 저는 그 편지들을 손수건에 싸서 따로 치워두고는 빈 서랍을 다시 잠갔어요.

캐시는 평소처럼 아침 일찍 아래층으로 내려와 부엌으로 갔습니다. 캐시는 어떤 어린 소년이 도착하자 문 쪽으로 가더군요. 그리고 소젖 짜는 하녀가 그 소년의 우유 통을 채워주는 동안 캐시는 소년의 외투 호주머니에 무언가를 집어넣더니 또 무언가를 꺼냈어요.

저는 정원을 돌아간 다음 그 전령이 나타날 때까지 숨어서 기다렸습니다. 전령은 위탁물을 지키기 위해 용감히 싸웠고, 그러느라 우유도 쏟았죠. 하지만 저는 그 서간을 훔치는 데 성공했고, 당장 집으로 돌아가지 않으면 험한 꼴을 당할 줄 알라고 위협하고는 담벼락 아래 남아서 캐시 양의 애정 어린 편지를 읽었습니다. 사촌의 편지보다 더 단순하고 유창했는데, 아주 귀여우면서도 우스꽝스럽더군요. 저는 고개를 내젓고는 생각에 잠긴 채 집으로 돌아왔어요.

그날은 비가 오는 바람에 캐시는 기분 전환을 위한 대정원 산책을 할 수 없었습니다. 그래서 아침 공부가 끝나자 그 서랍에서 위안을 구하려 했지요. 캐시의 아버지는 책상에 앉아 독서 중이었고, 저는 일부러 창문 커튼의 뜯어진 술을 일감으로 구해놓고서 캐시의 행동들을 주의 깊게 살폈습니다.

짹짹거리는 새끼들을 잔뜩 남겨두고 떠났다가 습격당한 둥지로 돌아와 날개를 퍼덕이며 비통한 울음을 우는 그 어떤 새의 절망도 캐시가 "아!" 하는 외마디 소리와 함께 행복했던 안색을 싹 바꾸는 모습보다 더 완벽히 절망적이진 않았을 거예요. 린턴 씨가 고개를 들었습니다.

"대체 왜 그러니, 얘야? 어디 다치기라도 했니?" 린턴 씨가 말했어요.

캐시는 아빠의 말투와 표정에서 자신이 숨겨놓은 보물을 발견한 것은 **그**가 아니라고 확신했죠.

"아니에요, 아빠……." 캐시가 숨을 헐떡이며 말헸습니다. "엘런! 엘런! 위층으로 가자. 나 아파!"

저는 캐시의 호출에 따라 캐시를 데리고 거실 밖으로 나갔죠.

"아아, 엘런! 네가 가져갔구나." 캐시는 우리 둘만 있게 되자 곧장 무릎을 꿇더니 이렇게 말했습니다. "아아, 편지를 돌려줘, 그럼 절대 다시는 안 그럴게! 아빠한테는 말하지 말아줘. 아빠한테 말한 거 아니지, 엘런, 아니라고 말해줘! 내가 그동안 정말 못되게 굴었지만 이제 더는 그러지 않을게!"

저는 엄숙하고 가혹한 태도로 캐시에게 일어나라고 명령했습니다.

"보아하니 캐서린 양." 제가 외쳤어요. "진도가 꽤 많이 나갔던데요. 창피한 것도 무리는 아니죠! 한가할 때 그 훌륭한 쓰레기 뭉치로 공부를 하셨나봐요. 아니, 책으로 내도 될 만큼 훌륭하던걸요! 나리한테 보여드리면 과연 어떻게 생각하실까요? 아직 보여드리진 않았지만, 제가 아가씨의 터무니없는 비밀을 지켜드릴 거라고는 상상도 하지 마세요. 아이, 망측해라! 그런 어리석은 글을 주고받는 데 앞장선 것은 아가씨가 틀림없겠죠. 분명 린턴이 먼저 그런 일을 생각해내진 않았을 거예요."

"내가 그런 거 아니야! 내가 그런 거 아니라고!" 캐시가 금세 가슴이 찢어지기라도 할 것처럼 흐느끼며 말했어요. "나는 그 애를 사랑할 생각이 한 번도 없었는데, 그러다⋯⋯."

"**사랑**이라고요!" 제가 그 단어를 최대한 경멸스럽게 발음하며 외쳤어요. "**사랑**이라고요! 이게 대체 무슨 소리람? 차라리 1년에 한 번씩 우리 집에 곡식을 사러 오는 방앗간 주인을 사랑한다는 말을 듣는 게 낫지. 평생 린턴을 본 시간이 다 합해서 네 시간도 안 되는데, 정말 대단한 사랑이로군요! 자, 그 유치한 쓰레기는 여기 있어요. 저는 이걸 들고 서재로 갈 테니 아가씨의 아버지가 그런 **사랑**에 대해 뭐라고 말하시나 한번 들어봅시다."

캐시는 자신의 소중한 서간을 붙잡으려고 뛰어올랐지만 저는 그것을 머리 위로 높이 쳐들었어요. 그러자 캐시는 그것을 태워버려도 좋다며, 아버지에게 보여주지만 않는다면 무슨 짓이든 해도 좋다며 또다시 미친 듯이 애원하더군요. 저는 그게 다 소녀다운 허영심이라는 생각에 야단치고 싶은 마음만큼이나 웃음을 터뜨리고 싶은 마음도 커져서 결국 화를 얼마간 누그러뜨리며 이렇게 물었어요.

"만일 제가 이걸 태우겠다면, 아가씨는 다시는 편지나 책이나⋯⋯ 책도 보냈다는 걸 알고 있어요, 머리 타래나 반지나 장난감을 주고받지 않겠다고 단단히 약속하시겠어요?"

"우리는 장난감 같은 건 주고받지 않아!" 캐시가 자존심이 상한 나머지 수치심도 잊은 채 외쳤어요.

"어쨌든 아무것도 주고받지 않겠다고 약속해요!" 제가 말했죠. "안 그러겠다면 저는 이만 가봐야겠어요."

"약속해, 엘런!" 캐시가 제 옷을 붙잡으며 외쳤어요. "아아, 그걸 불 속에 던져버려, 어서, 어서!"

하지만 제가 부지깽이로 편지를 넣을 공간을 마련하기 시작하자 그 희생이 견딜 수 없이 고통스럽게 느껴졌나보더군요. 캐시는 한두 통만 남겨달라고 간절히 애원했습니다.

"한두 통만, 엘런, 린턴을 위해 간직할래!"

저는 손수건을 풀어 편지를 비스듬히 던져 넣기 시작했고, 굴뚝으로 불길이 솟아올랐어요.

"하나라도 가져야겠어, 이런 잔인한 것!" 캐시가 이렇게 소리치며 불 속으로 손을 휙 집어넣더니 손가락까지 데어가면서 반쯤 타버린 종잇조각들을 끄집어냈습니다.

"좋을 대로 하세요. 그럼 저도 몇 장 가지고 나리한테 가야겠군요!" 저는 이렇게 대답하며 남은 편지를 긁어모아 다시 문 쪽으로 돌아섰어요.

캐시는 검게 탄 종잇조각을 불길 속에 전부 쏟아 넣고는 나머지 희생물도 끝장내버리라는 몸짓을 했습니다. 저는 그렇게 했고, 재를 휘저은 후 석탄을 한 삽 가득 떠서 그 위에 덮었어요. 캐시는 큰 상처를 입곤 말없이 자기 방으로 물러났죠. 저는 아래층으로 내려가서 나리께 아가씨의 현기증은 거의 가라앉았지만 아무래도 잠시 누워 있는 게 좋겠다고 말했어요.

캐시는 정찬을 걸렀지만, 차 마시는 시간에는 다시 나타났습니다. 얼굴은 창백하고 눈가는 발그스름했지만, 겉으로는 놀라울 만큼 차분해 보이더군요.

다음 날 아침, 저는 "린턴 양은 앞으로 편지를 받지 않을 것이니 히스클리프 도련님도 더는 편지를 보내지 말아주세요"라고 쓴 쪽지를 답장으로 보냈습니다. 그날 이후로 그 어린 소년은 빈 주머니로 찾아왔죠.

제8장

여름이 끝나고 초가을이 찾아왔습니다. 성 미카엘 축일•도 지났지만 그해는 추수가 늦어서 우리 밭 일부도 아직 곡식을 거두어들이기 전이었죠.

린턴 씨는 따님을 데리고 일꾼들 사이로 종종 산책하러 다니곤 했습니다. 마지막 곡식 더미를 운반하던 날에는 황혼이 내릴 때까지 밖에 머물렀는데, 하필 그날 저녁은 쌀쌀하고 눅눅해서 나리가 심한 감기에 걸리고 말았어요. 감기 균은 나리의 폐를 좀처럼 떠날 줄 몰랐고, 나리는 거의 겨우내 실내에 갇혀 지내야만 했습니다.

가엾은 캐시는 저의 위협으로 소소한 연애 감정을 포기해버린 후로 부쩍 더 슬퍼하고 따분해했어요. 아버지는 딸에게 책 읽는 시간을 줄이고 운동을 좀 더 하라고 휘주어 말했죠.

• 9월 29일로, 영국에서는 4분기 결산일 중 하나다.

나리는 캐시의 친구 노릇을 더는 해줄 수 없었고, 그래서 저는 그 역할을 대신하는 게 제 의무라고 생각했어요. 하지만 저로서는 역부족이었어요. 하루 동안 해야 할 일이 많아서 캐시의 뒤를 졸졸 따라다닐 시간이 두세 시간밖에 없었고, 캐시도 저랑 있는 것을 아버지랑 있는 것만큼 좋아하지 않는 게 분명했으니까요.

10월이나 11월 초의 어느 선선하고 축축한 오후였어요. 잔디와 오솔길은 젖은 낙엽들로 바스락거렸고, 차가운 푸른 하늘은 구름에 반쯤 가려 있었는데, 서쪽에서 재빠르게 다가오는 어두운 잿빛 구름 띠가 당장에라도 폭우를 쏟을 듯했습니다. 저는 캐시 양에게 비가 올 게 분명하니 산책할 생각은 관두는 게 좋겠다고 말했죠. 캐시는 거절했습니다. 그래서 저는 마지못해 망토를 걸치고 우산을 챙긴 후 대정원의 끝까지 걸어가는 산책에 동행했어요. 아가씨가 마음이 울적할 때면 즐겨 걷는 산책로였는데, 에드거 씨의 병세가 나빠진 후로 캐시의 마음은 늘 그렇게 울적했죠. 에드거 씨는 자신의 병세가 나빠졌다고 절대 스스로 말하지 않았지만, 캐시와 저는 그분이 점점 더 말수가 줄고 얼굴에 우수가 깃드는 것을 보고 그렇다는 걸 짐작할 수 있었어요.

캐시는 슬픈 표정으로 계속 걸었습니다. 찬 바람이 불어와 달리고 싶은 유혹을 느꼈을 게 분명한데도 이제는 달리거나 뛰어오르는 일이 없었어요. 저는 가끔 곁눈질로 캐시가 손을 들어 올려 뺨에서 무언가를 닦아내는 모습을 보기도 했습니다.

캐시의 생각을 다른 데로 돌려줄 게 없을까 하는 마음에 주위를 둘러보았어요. 길 한쪽에 높고 거친 둔덕이 솟아 있었는데, 개암나무와 자라지 못한 오크나무가 뿌리를 반쯤 드러낸 채 불안정하게 버티고 서 있더군요. 오크나무가 자라기에는 흙이 너무 푸석푸석했고, 몇몇 오크나무는 강한 바람을 맞은 탓에 거의 수평으로 누워 있었어요. 여름이면 캐시 양은 이런 나무를 타고 올라가 가지에 앉아서 6미터 높이에서 몸을 흔드는 걸 즐겼습니다. 저는 캐시의 민첩함과 아이처럼 명랑한 마음에 기뻐하면서도 그렇게 높은 곳에 올라가 있는 걸 발견할 때마다 야단쳤는데, 상대가 내려올 필요가 없다는 걸 알아차릴 정도에 그쳤죠. 캐시는 정찬 시간과 차 마시는 시간 사이에 산들바람에 흔들리는 요람에 누워 제가 캐시를 키울 때 불러주던 옛 노래를 부르거나, 같은 나무에 세 든 새들이 새끼에게 먹이를 주고 나는 법을 가르치는 걸 구경하거나, 눈을 감고 반쯤 생각에 잠긴 듯 반쯤 꿈을 꾸는 듯 이루 말할 수 없이 행복하게 둥지를 틀고 있는 일 외에는 아무것도 하지 않곤 했죠.

"보세요, 아가씨!" 제가 구부러진 나무의 뿌리 아래 후미진 곳을 가리키며 외쳤어요. "여긴 아직 겨울이 찾아오지 않았나 보네요. 저기 작은 꽃이 한 송이 피어 있잖아요. 7월에 저 층층대 같은 잔디를 연보랏빛 안개처럼 자욱이 뒤덮었던 블루벨 가운데 마지막 한 송이네요. 기어 올라가서 꺾어다가 아빠한테 보여드리지 그래요?"

캐시는 흙 속 피난처에서 떨고 있는 외로운 꽃송이를 오랫동안 쳐다보다가 이렇게 대답했습니다.

"싫어, 그냥 둘래. 그런데 엘런, 꽃이 우울해 보이지 않아?"

"그러네요." 제가 말했어요. "아가씨만큼이나 춥고 의기소침해 보이는걸요. 아가씨 뺨에 핏기가 하나도 없네요. 우리 손잡고 같이 뛰어요. 아가씨가 이렇게 기운이 없으니 제가 뒤처지지는 않겠는데요."

"싫어." 캐시는 다시 그렇게 대답하고는 계속 천천히 걸어갔고, 중간중간 걸음을 멈추고서 뒤덮인 이끼, 색 바랜 풀포기, 갈색 나뭇잎 더미 사이에서 밝은 오렌지빛 갓을 펼친 버섯을 쳐다보며 생각에 잠겼습니다. 그리고 이따금 고개를 돌리며 손을 얼굴 쪽으로 가져갔지요.

"아가씨, 왜 우는 거예요?" 제가 다가가서 어깨를 안으며 물었습니다. "아빠가 감기에 걸렸다고 울면 안 돼요. 더 심한 병이 아닌 걸 감사히 여겨야죠."

그러자 캐시는 더는 울음을 참지 못하고 숨도 못 쉴 만큼 몹시 흐느꼈어요.

"아아, **더** 심한 병이 되고 말 거야." 캐시가 말했어요. "아빠와 엘런이 떠나고 혼자 남겨지면 나는 어떡하지? 엘런이 한 말이 잊히질 않아. 언제나 귓가에 울리는걸. 아빠와 엘런이 죽고 나면 내 인생은 얼마나 변할 것이며, 이 세상은 또 얼마나 적적해지는 걸까."

"아가씨가 우리보다 먼저 죽을지 누가 알겠어요." 제가 대답했어요. "나쁜 일을 예견하는 건 옳지 않아요. 우리 셋 중 누구 하나라도 죽으려면 아직 오랜 세월이 남았길 바라야죠.

나리는 젊고, 아직 마흔다섯도 되지 않은 저는 이렇게 튼튼하잖아요. 제 어머니는 여든까지 사셨는데 마지막까지 활기가 넘치셨답니다. 그리고 린턴 씨가 예순까지만 산다고 하더라도, 그러려면 아가씨가 지금까지 산 세월보다 더 긴 세월이 흘러야 해요. 20년도 더 후에 있을 불행을 지금 미리 슬퍼하는 건 어리석은 일 아니겠어요?"

"하지만 이저벨라 고모는 아빠보다 어렸잖아." 캐시는 이렇게 말하며 좀 더 위안을 구해보려는 소심한 희망을 품고 저를 올려다봤어요.

"이저벨라 고모는 아가씨와 제가 옆에서 간호해주질 못했잖아요." 제가 대답했어요. "고모는 나리만큼 행복하지 못했고, 나리만큼 살아야 할 이유가 많지도 않았어요. 아가씨는 아버지를 잘 모시고, 즐거운 모습을 보여 힘을 북돋워드리고, 무슨 일로든 아버지께 염려를 끼쳐드리지 않기만 하면 돼요. 명심하세요, 캐시 양! 솔직히 말해서 아가씨가 제멋대로 무모하게 군다면, 아버지가 무덤에 묻히면 기뻐할 사람의 아들에게 어리석고 비현실적인 애정을 품는다면, 아버지가 서로 떨어져 지내는 게 좋겠다고 하신 것을 두고 초조해하는 모습을 보인다면 그분은 돌아가실지도 몰라요."

"나는 아빠가 아픈 것 말고는 그 어떤 일에도 초조해하지 않아." 캐시가 대답했어요. "나는 그 누구도 아빠보다 더 소중히 여기지 않아. 그리고 나는 내가 제정신인 한 절대로, 아아, 절대로 아빠를 짜증 나게 하는 말이나 행동은 하지 않을 거야. 엘런, 나는 나 자신보다 아빠를 더 사랑해. 그렇다는 걸 어떻게 알 수 있느냐면, 나는 매일 밤 아빠보다 오래 살게 해 달라고 기도하거든. 왜냐하면 아빠가 비참한 것보다 차라리 내가 비참한 게 나으니까. 그게 나 자신보다 아빠를 더 사랑한다는 증거야."

"좋은 말이네요." 제가 대답했어요. "하지만 행동으로도 그 말을 입증해야 해요. 그리고 나리가 다 나으신 후에도 지금 아가씨가 한 결심을 절대 잊으면 안 돼요."

우리는 이런 대화를 나누며 길 쪽에 나 있는 문으로 다가갔습니다. 캐시는 다시 햇살처럼 환해진 얼굴로 담장에 올라앉아 큰길 쪽으로 그림자를 드리운 들장미의 맨 윗가지에 매달린 진홍색 열매를 따려고 손을 뻗었어요. 낮은 쪽 열매는 이미 사라졌지만, 더 위쪽 열매는 새가 아니고서야 캐시의 그때 그 위치에서만 건드릴 수 있었거든요.

열매를 따려고 손을 뻗다가 모자가 떨어지고 말았어요. 문이 잠겨 있었기 때문에 캐시는 아래로 재빨리 내려가서 주워 오겠다고 했습니다. 저는 떨어지지 않도록 조심하라고 일렀고, 캐시는 민첩하게 제 눈앞에서 사라졌죠.

하지만 도로 올라오는 건 결코 쉬운 일이 아니었습니다. 매끄러운 돌이 말끔하게 쌓여 있었고, 장미 덤불과 블랙베리의 멋대로 뻗은 가지들도 올라오는 데 아무런 도움을 주지 않았죠. 멍청하게도 저는 캐시가 웃음을 터뜨리며 외치는 소리를 듣기 전까지는 그 사실을 미처 생각하지 못했어요.

"엘린! 가서 열쇠 좀 가져와줘. 안 그러면 내가 관리인 오두막까지 달려가서 돌아가야 해. 이쪽에서는 성벽을 도저히 오를 수 없어!"

"거기 그대로 계세요." 제가 대답했어요. "제 호주머니에 열쇠 꾸러미가 있는데, 이 문에 맞는 열쇠가 있을지도 모르겠네요. 없으면 제가 가지러 가죠."

캐서린이 문 앞을 왔다 갔다 하며 춤추고 노는 동안, 저는 커다란 열쇠들을 모두 차례로 열쇠 구멍에 넣어봤어요. 마지막 열쇠까지 넣어봤는데 그것도 맞지 않더군요. 그래서 아가씨한테 거기 그대로 있으라고 다시 말하며 최대한 빨리 집으로 가려던 순간, 점점 가까워지는 소리가 제 발목을 붙잡았어요. 말이 빠르게 달려오는 소리였죠. 캐시도 춤을 멈췄습니다.

"누구죠?" 제가 속삭였어요.

"엘런, 문 좀 열어주면 좋겠어." 캐시도 불안한 목소리로 속삭였습니다.

"이게 누구야, 린턴 양!" 굵은 목소리가 들리더군요(말을 탄 사람의 목소리였죠). "만나서 반갑구나. 그렇게 급히 들어가지 않아도 돼. 해명을 부탁할 일이 있으니."

"저는 히스클리프 씨랑 말하지 않겠어요." 캐서린이 대답했어요. "아빠가 그러는데 히스클리프 씨는 사악한 사람이고, 아빠와 저를 둘 다 증오한다고 했어요. 엘런도 똑같이 말했어요."

"지금 그게 중요한 게 아니야." 히스클리프가 말했어요(네, 바로 그자였죠). "어쨌거나 내가 내 아들을 증오하진 않을 텐데, 내가 묻고 싶은 건 바로 그 녀석과 관련된 일이다. 그래! 얼굴을 붉힐 만도 하지. 두세 달 전에 린턴에게 열심히 편지를 쓰지 않았나? 장난으로 사랑 놀이를 하면서 말이야, 응? 너희는 둘 다 매를 맞아도 싸! 특히 너는 린턴보다 몇 달 먼저 태어났으면서도 알고 보니 배려가 부족하더구나. 나한테 네가 보낸 편지가 있으니 만일 네가 조금이라도 버릇없이 굴면 그 편지를 네 아버지에게 보내버릴 거야. 보아하니 너는 그 사랑 놀이에 싫증이 나서 그걸 관둔 것 같던데, 안 그래? 네가 그렇게 한 덕분에 린턴은 절망의 구렁텅이에 빠져버렸어. 그 녀석은 진심이었거든. 정말로 사랑했던 거지. 내가 살아 있는 것이 사실이듯 린턴이 너 때문에 죽어가고 있는 것도 사실이야. 네 변덕 때문에 마음이 찢어졌다고. 비유가 아니라 정말로 그래. 헤어턴이 그 녀석을 여섯 주 동안이나 웃음거리로 삼았고, 나도 좀 더 진지한 방법으로 겁을 줘서 어리석음에서 헤어나도록 해봤는데도 상태가 나날이 심각해지고 있어. 네가 다시 살려주지 않으면 여름이 가기 전에 죽어서 땅에 묻히고 말 거야!"

"가엾은 아이한테 어쩜 그렇게 속이 훤한 거짓말을 할 수가 있담!" 제가 안쪽에서 외쳤어요. "그냥 가던 길이나 계속 가요! 어쩜 그렇게 하찮은 거짓말을 꾸며낼 수 있죠? 캐시 양, 제가 돌멩이로 자물쇠를 부숴버릴게요. 저런 비열한 거짓말은 믿지 마세요. 알지도 못하는 사람을 사랑해서 죽는다는 건 말도 안 되는 소리라는 것쯤은 아가씨도 알 수 있잖아요."

"엿듣는 사람이 있는 줄은 몰랐는걸." 거짓말을 들킨 그 악당이 중얼거렸어요. "존경하는 딘 부인, 나는 당신을 좋아하지만 당신의 말과 행동이 속마음과 다른 건 좋아하지 않아."

그가 큰 소리로 덧붙였어요. "**당신은** 내가 저 '가엾은 아이'를 미워한다는, 어쩜 그렇게 속이 뻔히 보이는 거짓말을 할 수 있지? 그리고 어쩜 그런 말도 안 되는 도깨비 이야기로 린턴 양에게 겁을 줘서 우리 집에 발을 들이지 못하게 할 수 있지? 캐서린 린턴(나는 네 이름만 들어도 마음이 따뜻해진단다), 나의 예쁜 아가씨, 나는 이번 주 내내 집에 없을 테니까 가서 내 말이 사실인지 아닌지 한번 확인해보렴. 그래, 그래야 착한 아이지! 네 아버지가 내 처지고, 린턴이 네 처지라고 한번 상상해봐. 네 아버지가 린턴에게 애원하는데 린턴은 너를 위로해줄 기미를 전혀 보이지 않는다면, 너는 너의 무심한 연인을 어떻게 생각하겠니? 그러니 순전히 어리석음 때문에 그런 잘못을 저지르진 말거라. 나의 구원을 걸고 맹세하건대, 린턴은 죽어가고 있고, 그 녀석을 구해줄 수 있는 사람은 너뿐이야!"

저는 자물쇠를 부수고 밖으로 빠져나갔어요.

"맹세하건대 린턴은 정말 죽어가고 있어." 히스클리프는 다시 그 말을 되풀이하며 저를 잔뜩 노려봤습니다. "그리고 슬픔과 실망감이 그 녀석의 죽음을 재촉하고 있지. 넬리, 캐시를 보내줄 수 없다면 넬리가 한번 직접 가보지 그래. 나는 다음 주 이맘때까지는 돌아오지 않을 거야. 넬리의 주인 나리도 캐시가 사촌을 만나러 간다고 하면 반대하진 않을걸!"

"들어가죠." 저는 이렇게 말하며 캐시의 팔을 붙잡고 거의 반강제로 안으로 끌고 들어갔어요. 캐시가 너무 근엄해서 검은 속마음이 드러나지 않는 상대의 표정을 불안해하는 눈빛으로 살피며 머뭇거렸기 때문이죠.

그는 말을 가까이 붙이며 허리를 숙이더니 이렇게 말했어요.

"캐서린 양, 솔직히 말해서 나는 린턴을 보면 참을 수가 없어. 헤어턴과 조지프는 나보다 더하지. 솔직히 그 녀석은 가혹한 인간들과 함께 살고 있어. 린턴은 사랑뿐만 아니라 다정함도 애타게 그리워하고 있는데, 네가 해주는 다정한 말 한마디가 그 녀석에게는 최고의 약이 될 거야. 딘 부인의 잔인한 경고는 신경 쓰지 말고 너그러운 마음을 발휘해 어떻게 해서든 그 녀석을 꼭 좀 만나주렴. 그 녀석은 밤낮으로 네 생각뿐인데, 네가 편지도 없고 찾아와주지도 않으니 네가 그 아이를 싫어하는 게 아니라고 말해줘도 통 믿질 않거든."

저는 문을 닫고 돌멩이 하나를 굴려 부서진 자물쇠를 대신했습니다. 그러고는 우산을 펼치고 캐시를 그 아래로 끌어당겼어요. 신음하는 나뭇가지들 사이로 비가 쏟아지기 시작하면서 우리에게 지체하지 말라는 경고를 보냈기 때문이죠.

서둘러 집으로 돌아가느라 히스클리프와 마주친 일에 대해서는 아무 이야기도 할 수 없었습니다. 하지만 저는 캐서린의 마음에 드리운 어둠이 이제 갑절로 늘어났음을 본능적으로 알아차렸어요. 캐서린의 얼굴은 너무 슬퍼 보여서 꼭 딴사람 같더군요. 자신이 들은 말 한마디 한마디를 모두 사실로 여기는 게 틀림없었습니다.

우리가 돌아왔을 때는 나리가 이미 잠자리에 든 후였어요. 캐시가 살그머니 아버지의 방으로 들어가 몸은 좀 어떠시냐고 물어보려 했는데 이미 잠드셨다고 하더군요. 돌아온 캐시가 제게 함께 서재에 있어달라고 부탁했습니다. 우리는 함께 차를 마셨죠. 그러고서 캐시는 양탄자에 드러누웠고, 피곤하니까 말을 걸지 말라고 했어요.

저는 책을 한 권 집어 들고 읽는 척했습니다. 캐시는 제가 독서에 빠졌다고 생각하자마자 다시 조용히 울기 시작했어요. 당시 캐시가 기분 전환을 위해 가장 즐겨 하는 건 바로 우는 일 같았습니다. 저는 캐시가 잠시 울음을 만끽하도록 내버려두었어요. 그러고는 캐시를 타일렀죠. 캐시도 동의할 거라고 확신하기라도 하듯 히스클리프 씨가 자기 아들에 대해 한 모든 주장을 조롱하고 비웃어주었어요. 아아! 제게는 히스클리프 씨의 이야기가 낳은 효과를 뒤엎을 재간이 없었습니다. 그가 의도한 대로 되고 만 것이죠.

"엘런 말이 맞을지도 몰라." 캐시가 대답했어요. "하지만 사실을 확인하기 전까지는 절대 안심할 수 없을 것 같아. 그리고 내가 편지를 쓰지 않는 것은 내 책임이 아니라는 걸 말해주고, 내 마음은 변치 않을 거라는 걸 확신시켜줘야만 하겠어."

캐시가 바보처럼 완전히 속아 넘어가버렸는데 화를 내거나 이의를 제기한들 무슨 소용이 있었겠어요? 그날 밤 우리는 서로에게 적개심을 품은 채 헤어졌습니다. 하지만 다음 날 저는 저의 고집 센 어린 안주인의 조랑말을 따라 워더링 하이츠로 향하고 있었어요. 캐시가 슬퍼하는 모습, 캐시의 창백하고 낙담한 표정과 풀 죽은 눈을 차마 봐줄 수 없었거든요. 그리고 린턴이 우리를 맞이하는 모습을 보면 히스클리프의 이야기가 얼마나 터무니없는 말인지 입증될 거라는 희미한 기대감에 그만 항복해버리고 말았던 것이죠.

제9장

밤새 비가 와서 아침에는 서리 반 보슬비 반인 안개가 자욱했고, 고지대에서 쏴 하고 내려온 빗물이 일시적으로 만들어낸 개울이 여기저기서 우리가 가는 길을 방해했어요. 제 발은 완전히 젖어버렸죠. 저는 짜증이 나고 침울했는데, 이처럼 내키지 않는 일을 하기에 딱 맞는 기분이었어요.

우리는 히스클리프 씨가 정말 없는지 확인하기 위해 부엌을 통해 본채로 들어갔습니다. 저는 그가 확신에 차서 하는 말을 별로 믿지 않았거든요.

조지프는 맹렬히 타오르는 벽난로 옆에 마치 낙원에라도 온 듯 혼자 앉아 있더군요. 바로 옆 탁자에는 1리터짜리 에일 맥주 잔과 커다란 귀리 비스킷이 잔뜩 놓여 있었고, 그의 입에는 검고 짧은 파이프가 물려 있었죠.

캐서린은 난롯가로 뛰어가서 몸을 녹였습니다. 저는 주인 나리가 계신지 물어봤어요.

오랫동안 대답이 들려오지 않자 저는 그 영감이 귀가 먹은 줄 알고 다시 큰 소리로 물었어요.

"없다!" 조지프가 으르렁거리듯, 아니 오히려 콧구멍으로 고함이라도 지르듯 말했죠. "없다! 니네 집으로 썩 끄지라."

"조지프!" 제 목소리와 동시에 안쪽 방에서 짜증스러운 목소리가 들려왔어요. "대체 몇 번이나 불러야 하는 거야? 이제 불씨가 얼마 안 남았단 말이야. 조지프! 당장 이리로 와."

파이프를 힘차게 뻐끔뻐끔 피우며 벽난로에서 전혀 눈을 떼지 않는 걸 보니 조지프는 그 애원하는 목소리를 들어줄 생각이 없는 듯했습니다. 가정부와 헤어턴은 보이지 않았어요. 아마 한 명은 심부름 갔고, 다른 한 명은 일하고 있었겠죠. 우리는 그것이 린턴의 목소리임을 알고 안으로 들어갔어요.

"아아, 너 같은 건 다락방에서 죽어버려! 굶어 죽어버리라고." 소년은 우리를 자신의 태만한 수행원으로 착각하고 이렇게 말했습니다.

자신의 실수를 알아차린 린턴이 말을 멈추었고, 그의 사촌은 린턴에게 날 듯이 달려갔어요.

"린턴 양, 너야?" 린턴이 커다란 의자 팔걸이에 기대고 있던 머리를 들어 올리며 말했어요. "아니, 입은 맞추지 마. 숨차단 말이야. 아, 이런! 아빠가 린턴 양이 찾아올 거라고 말했어." 린턴이 캐서린의 포옹에서 조금 풀려나자 말을 이었어요. 그러는 동안 캐서린은 깊이 뉘우치는 표정으로 옆에 서 있었죠. "괜찮으면 문 좀 닫아줄래? 열어두고 그냥 왔잖아. 그런데 저 것들, 저 **가증스러운** 것들은 벽난로에 석탄을 넣어주질 않네. 너무 추워!"

저는 재를 뒤적거려놓은 후 직접 가서 석탄 통에 석탄을 가 득 담아 왔어요. 환자는 재가 날린다며 불평을 늘어놓았죠. 하지만 성가실 만큼 기침을 해대는 데다 열이 나고 아파 보 여서, 저는 환자가 성깔을 부려도 꾸짖지 않았습니다.

"얘, 린턴." 린턴의 주름 잡힌 이마가 펴지자 캐서린이 중얼 거렸어요. "나를 보니 반가워? 내가 뭐라도 좀 도와줄까?"

"왜 진작 오지 않았어?" 린턴이 물었어요. "편지를 쓰지 말 고 그냥 오지 그랬어. 그 긴 편지들을 쓰느라 정말 끔찍하게 피곤했단 말이야. 그냥 이야기하는 편이 훨씬 나았을 텐데. 이제는 말할 힘도 없고, 다른 뭔가를 할 힘도 없어. 질라는 대 체 어디 간 거야! (저를 보며 말하더군요.) 부엌으로 가서 좀 찾 아봐줄래?"

저는 방금 해준 일에 고맙다는 말도 듣지 못했고, 그 아이 의 명령에 이리저리 뛰어다니고 싶지도 않아서 이렇게 대답 했어요.

"거기에는 조지프 말고는 아무도 없어요."

"목이 마른걸." 린턴이 짜증스럽게 외치며 고개를 돌리더군 요. "질라는 아빠가 나가고 나면 늘 기머턴으로 놀러 가버려. 정말 괘씸해! 그래서 나는 여기로 내려올 수밖에 없었어. 위 층에서는 불러도 다들 절대 들은 척도 안 하니까."

"아버지가 히스클리프 도련님을 챙겨주시나요?" 캐서린이 친하게 굴고 싶은 마음을 억누르고 있는 것을 보고 제가 물 었어요.

"챙겨주느냐고? 최소한 **저것들한테** 나를 조금 더 챙겨주라고 시키긴 하지." 린턴이 외쳤어요. "저 망할 것들! 있잖아, 린턴 양, 저 짐승 같은 헤어턴은 나를 비웃어. 나는 저놈이 정말 싫어. 사실, 다들 꼴도 보기 싫어. 혐오스러운 인간들이라고."

캐시는 물을 찾기 시작했어요. 그러다가 찬장 위에서 주전자를 발견하고는 큰 잔에 물을 가득 따라서 들고 왔죠. 린턴은 캐시에게 테이블 위에 있는 병에서 포도주를 한 숟가락 떠서 섞어달라고 했어요. 조금 삼키더니 마음이 좀 차분해진 모양인지 캐시에게 정말 고맙다고 하더군요.

"그래서 나를 보니 반가워?" 캐시는 아까 한 질문을 되풀이하고는 린턴의 얼굴에 미소가 살짝 번지는 것을 보고 기뻐했어요.

"물론 반갑지. 린턴 양 목소리를 듣는 것만으로도 새로운 기분이 드니까!" 린턴이 대답했어요. "하지만 나는 **그동안** 네가 와주지 않아서 괴로웠어. 아빠는 그게 내 책임이 분명하다고 했지. 나더러 핑계나 대는 한심하고 쓸모없는 녀석이라면서, 린턴 양이 나를 경멸한다고 했어. 만일 자기가 나였다면, 지금쯤 스러시크로스 그레인지의 주인은 린턴 양의 아버지가 아니라 자기였을 거라면서 말이야. 하지만 너는 나를 경멸하지 않아, 그렇지? 린턴……."

"캐서린이나 캐시라고 불러줬으면 좋겠어!" 아가씨가 말을 가로막았어요. "너를 경멸하느냐고? 천만에! 나는 이 세상에서 아빠와 엘런 다음으로 너를 가장 사랑하는걸. 하지만 히스클리프 씨는 사랑하지 않아. 그리고 그분이 돌아오시면 나는 감히 여기 못 오게 될 거야. 여러 날 있다 오실까?"

"여러 날은 아니야." 린턴이 대답했어요. "하지만 이제 사냥 철이 시작되어서 자주 황야로 나가시긴 해. 아빠가 안 계실 때 한두 시간쯤은 나랑 같이 있을 수 있을 거야. 그렇게 해줘! 그러겠다고 말해줘! 너랑 같이 있으면 짜증이 나지 않을 것 같아. 너는 나를 화나게 하지 않고, 늘 기꺼이 나를 도와줄 테니까, 그렇지?"

"그래." 캐서린이 린턴의 길고 부드러운 머리카락을 쓰다듬으며 말했어요. "아빠가 허락해주기만 한다면 내 시간의 절반을 너랑 같이 보낼 텐데. 귀여운 린턴! 네가 내 동생이었으면 좋겠어!"

"그러면 너희 아버지만큼 나를 좋아해줄 거야?" 린턴이 좀 더 쾌활한 목소리로 말했어요. "그런데 아빠가 말하길, 네가 내 아내라면 너희 아버지나 이 세상 전부보다 나를 더 사랑해줄 거래. 그러니 나는 차라리 네가 내 아내였으면 좋겠어!"

"안 돼! 내가 다른 누군가를 아빠보다 더 사랑하게 되는 일은 절대 있을 수 없어." 캐시가 진지하게 대꾸했어요. "그리고 사람들은 가끔 자기 아내를 미워하기도 하지만 자기 남매를 미워하지는 않잖아. 네가 내 동생이라면 우리와 함께 살게 될 테고, 아빠도 나만큼이나 너를 좋아해주실 거야."

린턴은 자기 아내를 미워하는 사람은 없다고 말했어요. 하지만 캐시는 그렇지 않다고 단언했고, 머리를 굴리더니 바로 린턴의 아버지가 자신의 고모를 질색한 사실을 예로 들었죠.

저는 캐시의 무심한 발언을 막아보려고 애썼습니다. 하지만 그 노력은 실패로 돌아갔고, 캐시가 아는 모든 것이 알려지고 말았죠. 히스클리프 도련님은 몹시 화를 내며 캐시의 말이 거짓이라고 주장했어요.

"아빠가 나한테 그렇게 말했어. 그리고 아빠는 거짓말 따윈 하지 않아!" 캐시가 당돌하게 대답했어요.

"**우리** 아빠는 너희 아버지를 경멸해!" 린턴이 외쳤어요. "너희 아버지보고 비열한 멍청이라고 했어!"

"너희 아빠는 사악한 사람이야." 캐서린이 쏘아붙였어요. "아빠가 한 말을 감히 그대로 옮기다니 너도 정말 버릇이 없구나. 이저벨라 고모가 너희 아빠를 버리고 떠난 걸 보면, 너희 아빠는 사악한 사람이 분명해!"

"엄마는 아빠를 버리고 떠나지 않았어." 소년이 말했어요. "내 말에 반박하지 마!"

"버리고 떠났어!" 아가씨가 외쳤죠.

"흥, 그럼 나도 **너한테** 알려줄 게 있어!" 린턴이 말했어요. "너희 어머니는 너희 아버지를 미워했대. 이제 어쩔래?"

"아아!" 캐서린은 이렇게 외치고는 너무나 격분한 나머지 말을 잇지 못했죠.

"그리고 너희 어머니는 우리 아빠를 사랑했대!" 린턴이 계속 말했어요.

"이런 거짓말쟁이! 이제 나는 네가 싫어." 분노로 얼굴이 시뻘겋게 달아오른 캐시가 숨을 헐떡이며 말했어요.

"사랑했대! 사랑했대!" 린턴은 이렇게 노래를 부르며 의자에 푹 주저앉더니, 뒤에 서 있는 상대가 동요하는 모습을 즐기려고 머리를 뒤로 젖혔어요.

"쉿, 히스클리프 도련님!" 제가 말했어요. "그것도 도련님 아버지가 지어낸 이야기겠죠."

"그렇지 않아. 너는 그냥 잠자코 있어!" 린턴이 대답했어요. "사랑했대, 사랑했대, 캐서린, 너희 어머니는 우리 아빠를 사랑했대, 사랑했대!"

이성을 잃은 캐시가 의자를 난폭하게 밀어버리자 린턴이 의자 팔걸이 위로 넘어지고 말았어요. 넘어지자마자 숨이 막힐 듯 기침해대기 시작하면서 그의 승리도 곧 막을 내렸죠.

기침이 너무 오랫동안 멈추지 않아서 저까지 겁에 질릴 지경이었어요. 린턴의 사촌은 자신이 초래한 결과에 아연실색한 채 온 힘을 다해 울었지만, 말은 한마디도 안 하더군요.

저는 그 발작성 기침이 잦아들 때까지 린턴을 붙잡고 있었습니다. 린턴은 기침이 잦아들자 저를 밀치고는 말없이 고개를 숙였어요. 캐서린도 슬픔을 가라앉히고 맞은편 의자에 앉더니 진지한 표정으로 난롯불을 쳐다보았죠.

"이제 좀 어때요, 히스클리프 도련님?" 십 분쯤 기다렸다가 제가 물었어요.

"쟤도 나처럼 아팠으면 좋겠어." 린턴이 대답했어요. "심술궂고 잔인한 것! 헤어턴도 내게 손댄 적이 한 번도 없는데. 헤어턴도 평생 나를 한 번도 때리지 않아. 그리고 오늘은 몸이 좀 괜찮았는데, 그런데……." 린턴이 말끝을 흐리더니 흐느끼기 시작했습니다.

"나는 널 때리지 않았어!" 캐시가 또다시 울음이 터져 나오려는 것을 참느라 입술을 깨물며 중얼거렸어요.

린턴은 매우 고통스러운 사람처럼 십오 분 동안이나 계속해서 한숨을 쉬고 신음을 내뱉었는데, 보아하니 자기 사촌을 괴롭힐 목적으로 그러는 것이더군요. 캐시가 흐느낌을 참는 게 보일 때마다 자기 목소리에 다시금 고통과 비애를 불어넣었거든요.

"아프게 해서 미안해, 린턴!" 캐시가 도저히 참을 수 없을 만큼 괴로워하다가 결국 입을 열었어요. "하지만 나라면 그렇게 살짝 민 것 가지고 아파하진 않았을 거고, 너도 나처럼 그럴 줄 알았어. 많이 아픈 건 아니지, 린턴? 내가 너를 해쳤다고 생각하며 집으로 돌아가게 하진 말아줘! 대답해줘, 뭐라고 말 좀 해봐."

"난 할 말 없어." 린턴이 중얼거렸어요. "네가 나를 아프게 해서 나는 이렇게 기침해대며 뜬눈으로 밤을 지새워야 해! 너도 이렇게 기침하면 그게 어떤 기분인지 알 수 있을 텐데. 하지만 내가 옆에 아무도 없이 고통에 몸부림치는 동안 **너는** 편히 잠들어 있겠지! 나라면 그런 끔찍한 밤을 무슨 수로 보낼지 궁금하네!" 그리고서 린턴은 순전히 자기 연민 때문에 큰 소리로 울부짖기 시작했어요.

"도련님이 평소에도 끔찍한 밤을 보낸다니……." 제가 말했어요. "도련님이 편안함을 누리지 못하는 게 아가씨 때문은 아니네요. 아가씨가 오지 않았어도 마찬가지였을 테니 말이에요. 어쨌든 캐시 양이 도련님을 괴롭히는 일은 두 번 다시 없을 거고, 우리가 떠나고 나면 도련님도 아마 조금이나마 안정을 되찾을 거예요."

"나 갈까?" 캐서린이 린턴 쪽으로 몸을 굽히며 서글프게 물었어요. "내가 가길 바라니, 린턴?"

"네가 이미 저지른 일은 너도 바꿀 수 없잖아." 린턴이 캐서린에게서 몸을 피하며 뿌루퉁하게 대답했어요. "열이 나도록 괴롭혀서 더 안 좋은 쪽으로 바꾼다면 또 모를까."

"그러게. 그럼 나 갈까?" 캐시가 다시 물었어요.

"그거야 어쨌든 날 좀 가만히 내버려둬." 린턴이 말했죠. "네가 떠드는 소릴 견딜 수가 없으니까!"

캐시는 제가 그만 가자고 아무리 설득해도 듣지 않고 지겨울 만큼 오랫동안 계속 서성였어요. 하지만 린턴이 올려다보지도 않고 말도 하지 않자 마침내 문 쪽으로 향했고, 저도 캐시를 따라갔죠.

우리는 비명이 들리는 바람에 발길을 돌렸습니다. 린턴은 의자에서 미끄러져 내려와 벽난로 바닥돌 위에 누워 몸부림치고 있더군요. 성가신 응석받이 아이가 부리는 심술일 뿐이었는데, 우리를 최대한 괴롭고 귀찮게 하려고 작정한 모양이었어요.

저는 린턴의 행동에서 그 아이의 성격을 완전히 파악했고, 비위를 맞추려는 시도는 어리석은 짓임을 단박에 깨달았어요. 하지만 캐시는 그렇지 않았죠. 캐시는 깜짝 놀라며 다시 달려가 무릎을 꿇고 울면서 달래고 애원했어요. 마침내 린턴은 안정을 되찾았는데, 캐시를 괴롭혔다는 죄책감 때문이 아니라 단지 숨이 찬 까닭이었습니다.

"제가 도련님을 긴 의자에 올려놓을게요." 제가 말했어요.

"거기서 마음대로 뒹굴면 되겠네요. 우리는 여기서 도련님을 지켜보고 있을 수가 없어요. 캐시 양, **아가씨는** 도련님에게 도움을 줄 수 있는 사람이 아니고, 도련님의 건강이 나쁜 게 아가씨에 대한 애착 때문도 아니라는 걸 이제 충분히 아셨겠죠. 자, 저것 보세요, 또 저러네! 우리는 그만 갑시다. 도련님은 자신의 허튼수작에 반응해줄 사람이 없다는 걸 아는 순간 잠자코 누워 있을 테니까요!"

캐시는 린턴의 머리에 쿠션을 받쳐주었고, 물도 가져다주었어요. 린턴은 물을 거부했고, 쿠션이 마치 돌멩이나 나무토막이라도 되는 양 뒤숭숭하게 머리를 이리저리 돌렸죠.

캐시는 쿠션을 좀 더 편안한 위치에 놓아주려고 애썼어요.

"이건 안 되겠어." 린턴이 말했어요. "너무 낮아!"

캐서린은 쿠션을 하나 더 들고 와서 그 위에 놓으려 했어요.

"그건 **너무** 높잖아!" 그 짜증스러운 녀석이 중얼거렸죠.

"그럼 어떻게 해줘야 해?" 캐시가 절망적인 목소리로 물었어요.

린턴은 몸을 꼬며 일어나 캐시 쪽으로 향하더니, 긴 의자 옆에 반쯤 무릎을 꿇고 있던 캐시의 어깨를 베개로 삼았습니다.

"아니, 그건 안 돼요!" 제가 말했어요. "그 쿠션으로 만족하셔야죠, 히스클리프 도련님! 아가씨는 도련님 때문에 이미 너무 많은 시간을 허비했어요. 우리는 오 분도 더 지체할 수 없어요."

"아냐, 아냐, 지체해도 돼!" 캐시가 대답했어요. "린턴은 이제 착하게 잘 참고 있잖아. 내가 와서 린턴이 더 아파졌다고 생각하면 오늘 밤에 내가 자기보다 훨씬 더 고통스러워하리라는 걸 얘도 이제 아는 거야. 그리고 만일 그게 사실이라면 나는 감히 다시 와서는 안 되겠지. 사실대로 말해줘, 린턴. 내가 널 아프게 했다면 다시 와서는 안 되니까."

"나를 낫게 해주려면 꼭 다시 와야 해." 린턴이 대답했어요. "네가 나를 아프게 했으니까 꼭 와야 한다고. 너 때문에 이렇게 지독히 아픈 거잖아! 네가 오기 전에는 지금처럼 아프지 않았어, 안 그래?"

"하지만 네가 울면서 화를 내는 바람에 스스로 건강을 해친 거잖아. 그게 다 내 책임만은 아니야." 그의 사촌이 말했어요. "어쨌든 이제 친구로 지내자. 너도 나를 원하잖아. 너도 가끔 나를 보고 싶은 거지, 그렇지?"

"그렇다고 말했잖아!" 린턴이 조바심치며 대답했어요. "의자에 앉아서 네 무릎에 기댈 수 있게 해줘. 엄마가 오후 내내 그렇게 해주곤 했거든. 아무 말 없이 가만히 앉아 있어줘. 하지만 노래할 줄 알면 노래를 불러줘도 괜찮아. 아니면 멋지고 긴 발라드●를 들려줘도 괜찮고. 나한테 가르쳐주겠다고 약속한 것 중 하나를 골라서 말이야. 아니면 이야기를 들려줘도 괜찮아. 물론 나는 발라드가 좋긴 하지만. 그럼 시작해."

캐서린은 자기가 기억하는 가장 긴 발라드를 들려주었어요. 두 아이 모두 무척 즐거워했죠. 린턴은 제가 격렬히 반대

● 이야기를 담은 일종의 시나 노래.

했는데도 하나를 더 들려달라고 했습니다. 그렇게 낭독이 이어지다가 시계가 12시를 쳤고, 우리는 정찬을 먹으러 돌아온 헤어턴이 안뜰에서 내는 소리를 들었어요.

"그럼 캐서린, 내일, 내일도 올 거야?" 히스클리프 도련님이 마지못해 일어나는 캐서린의 드레스를 붙잡으며 물었죠.

"안 돼요!" 제가 대답했어요. "그다음 날도 안 돼요." 하지만 캐시는 다른 대답을 해준 게 분명했는데, 캐시가 몸을 굽혀 린턴의 귀에 뭐라고 속삭여주자 그 아이의 이마가 펴졌거든요.

"내일 여기 오면 안 돼요. 명심하세요, 아가씨!" 그 집을 나오며 제가 말을 꺼냈어요. "설마 그럴 생각인 건 아니겠죠?"

캐시는 소리 없이 웃더군요.

"이런, 신경을 단단히 써야겠네요!" 제가 말을 이었어요. "그 자물쇠를 고쳐두면 아가씨는 다른 어디로도 도망칠 수 없을 거예요."

"담장을 넘으면 되지, 뭐." 캐시가 웃음을 터뜨리며 말했습니다. "그레인지는 감옥이 아니고, 엘런은 내 교도관이 아니야. 게다가 나는 이제 거의 열일곱 살인걸. 다 컸다고. 내가 옆에서 돌봐주기만 하면 린턴은 금방 회복할 게 분명해. 나는 린턴보다 먼저 태어나서 더 현명하고 덜 어린애 같잖아, 안 그래? 조금만 구슬리면 그 애는 곧 내가 시키는 대로 하게 될 거야. 말 잘 들을 때는 정말 귀여운 애잖아. 내 동생이었다면 정말 귀여워해줬을 텐데. 서로 친해지고 나면 다툴 일도 없지 않겠어? 엘런은 그 애가 좋지 않아?"

"좋지 않냐고요?" 제가 외쳤어요. "저렇게 성질 고약하고 병약한 말라깽이가 무슨 수로 10대가 될 때까지 버텼는지 모르겠네요! 다행히 히스클리프 씨가 짐작한 대로 스무 살까지 살진 못할 거예요! 사실 봄까지 살아 있을지도 모르겠지만요. 언제 죽든 그 집안에 큰 손실이 되진 않겠어요. 아버지가 그 아이를 데려간 게 우리로서는 다행스러운 일이에요. 그 아이는 친절하게 대해주면 대해줄수록 더 지긋지긋하고 이기적인 아이가 되었을 테니까요! 캐시 양이 그 아이를 남편으로 맞이할 기회가 없으리라는 게 얼마나 다행스러운지!"

캐시는 이 말을 듣고 심각해졌습니다. 린턴의 죽음을 너무 함부로 말한 게 마음에 상처를 준 모양이었어요.

"린턴은 나보다 늦게 태어났으니까." 캐시가 한참 동안 생각에 잠겨 있다가 대답했어요. "그러니 가장 오래 살아야만 해. 그렇게 될 거야. 린턴은 나만큼이나 오래 살아야 해. 린턴은 처음 북쪽 지방에 왔을 때 그랬던 것처럼 지금도 튼튼하잖아. 나는 그렇다고 확신해! 아빠가 그런 것처럼 그 애도 감기 때문에 아픈 것뿐이야. 넬리는 아빠는 나을 거라고 말하면서 왜 린턴은 아니라는 거야?"

"자, 자." 제가 외쳤어요. "어쨌거나 우리가 신경 쓸 문제는 아니에요. 제 말 잘 들어요, 아가씨. 그리고 명심해요. 저는 제가 한 말을 꼭 지키니까요. 만일 저와 함께든 혼자든 또다시 워더링 하이츠에 가려고 한다면 린턴 씨께 말씀드릴 거고, 린턴 씨가 허락하지 않는 한 사촌이랑 다시 친하게 지내서도 안 돼요."

"벌써 다시 친해졌는걸!" 캐시가 부루퉁하게 중얼거렸어요.

"그럼 더는 친하게 지내지 마세요!"제가 말했죠.

"두고 보라지!"캐시는 이렇게 대답하며 느릿느릿 걷는 저를 뒤에 남겨놓고 전속력으로 말을 몰고 가버렸어요.

우리는 둘 다 정찬 시간 전에 집에 도착했습니다. 나리는 우리가 대정원을 거닐다 온 줄 알았기에 굳이 어디 갔었느냐고 묻지 않았죠. 저는 집으로 들어가자마자 급히 젖은 신발과 긴 양말을 갈아 신었지만, 하이츠에서 한참 동안 그 상태로 있었던 게 문제였어요. 다음 날 아침 저는 꼼짝없이 드러누웠고, 그 후로 삼 주 동안 제가 맡은 일을 할 수 없었죠. 그전에는 한 번도 겪어보지 못한 대참사였고, 다행히 그 뒤로도 그런 일은 겪은 적이 없답니다.

저의 작은 안주인은 천사처럼 제 방에 와서 제 시중을 들어주고 고독을 달래주었어요. 그렇게 갇혀 있자니 극도로 침울해지더군요. 저처럼 늘 움직이는 활동적인 사람에게는 피곤한 일이었죠. 하지만 불평할 이유는 거의 없었어요. 캐서린은 린턴 씨의 방을 나오자마자 제 침대 머리맡에 나타났거든요. 캐서린의 하루는 린턴 씨와 저를 돌보는 시간으로 양분돼 있었어요. 잠시도 노는 법이 없었죠. 식사, 공부, 놀이를 모두 뒷전으로 미룬 채 더없이 다정하게 간호해주었어요. 아버지를 그토록 사랑하면서 제게도 그만큼의 사랑을 베풀어주다니 캐서린은 따뜻한 마음씨를 가진 게 분명했어요!

캐서린의 하루가 린턴 씨와 저를 돌보는 시간으로 양분돼 있었다고 말하긴 했지만, 린턴 씨는 일찍 잠자리에 들었고 저도 보통 6시 이후로는 필요한 게 없었으니, 저녁 시간은 온전히 캐서린만의 것이었습니다.

　가엾은 것, 저는 캐서린이 차 마시는 시간 이후에 무엇을 하는지 한 번도 생각해보지 못했어요. 물론 캐서린이 잘 자라는 인사를 하러 들를 때 종종 뺨에 혈색이 돌고 가느다란 손가락에 분홍빛이 도는 걸 알아차리긴 했지만, 저는 그게 추운 황야를 가로질러 달리느라 그렇게 된 거라고는 상상도 하지 못했고, 그저 서재에서 뜨거운 난롯불을 쬔 탓인 줄로만 알았죠.

제10장

삼 주쯤 지나자 저는 방에서 나와 집 안을 돌아다닐 수 있
게 되었습니다. 처음으로 똑바로 앉아서 저녁 시간을 보낼 수
있게 된 날, 저는 눈이 침침하니 책을 좀 읽어달라고 캐서린
에게 부탁했지요. 나리는 잠자리에 든 후여서 서재에는 우리
둘뿐이었어요. 캐시는 살짝 마지못해 동의하는 듯한 눈치더
군요. 제가 좋아하는 책들은 캐시의 마음에 들지 않겠다는 생
각에, 저는 캐시에게 읽고 싶은 책을 직접 고르라고 했어요.
　캐시는 자기가 좋아하는 책 한 권을 골라서 한 시간 정도 쭉
읽어나갔습니다. 그러면서 빈번히 이렇게 묻더군요.
　"엘런, 피곤하지 않아? 지금 눕는 게 낫지 않을까? 너무 오
래 앉아 있으면 병이 도질 거야."
　"아뇨, 괜찮아요. 저는 피곤하지 않답니다." 저는 이렇게 거
듭 대꾸했죠.
　제가 요지부동인 걸 알아차린 캐시는 책 읽어주는 일이 지
겨워졌다는 걸 보이기 위해 다른 방법을 시도했어요. 하품하

기도 하고 기지개도 켜다가 이렇게 말했죠.

"엘런, 나 피곤해."

"그럼 책 읽는 건 관두고 이야기나 해요." 제가 대답했어요.

그건 더 나쁜 선택이었습니다. 캐시는 초조해하며 한숨을 쉬었고, 8시가 될 때까지 시계만 쳐다보다가 마침내 자기 방으로 가버렸는데, 언짢고 심각한 표정으로 계속해서 눈을 비벼대는 것으로 보아 졸려서 완전히 녹초가 된 모양이었어요.

다음 날 밤에는 더욱더 안달하는 모습을 보였고, 저와 다시 함께 있게 된 세 번째 밤에는 두통이 있다고 호소하며 나가버렸어요.

캐시의 행동이 이상하게 생각되더군요. 저는 한참을 혼자 있다가 캐시에게 가서 몸이 좀 괜찮아졌는지 물어보고, 어두운 위층에 있지 말고 아래로 내려와서 소파에 누워 있으라고 말해주어야겠다고 결심했어요.

캐서린은 위층에도 없고 아래층에도 없었습니다. 하인들은 캐서린을 보지 못했다고 단언했어요. 에드거 씨의 방문에 귀를 기울여보았지만 아무 소리도 들려오지 않았죠. 저는 캐시의 방으로 돌아가서 들고 있던 촛불을 끄고 창가에 앉았어요.

달이 환히 빛나고 있었습니다. 땅은 드문드문 눈으로 덮여 있었죠. 어쩌면 캐시는 기분 전환을 위해 정원으로 산책하러 나갔는지도 모르겠다는 생각이 들더군요. 대정원의 안쪽 울타리를 따라 누군가가 살금살금 움직이는 모습이 제 눈에 들어왔습니다. 하지만 캐시는 아니었어요. 밝은 곳으로 나왔을 때 보니 우리 집 마부 중 한 명이더군요.

마부는 한참 동안 서서 그레인지 인근의 마찻길을 쳐다보더니 무언가를 발견한 듯 빠른 걸음으로 걸어가기 시작했고, 이윽고 아가씨의 조랑말을 끌고 다시 나타났습니다. 말에서 방금 내린 캐시가 그의 옆을 따라 걸어오고 있었죠.

마부는 조랑말을 끌고 은밀히 잔디밭을 지나 마구간으로 향했습니다. 캐시는 응접실의 여닫이창을 열고 들어와 제가 기다리던 곳으로 소리 없이 미끄러지듯 올라왔어요.

캐시는 문을 살며시 닫고는 눈이 묻은 신발을 벗고 모자의 끈을 풀었어요. 제가 몰래 지켜보고 있다는 것을 모른 채 외투를 벗어놓으려는 찰나, 제가 갑자기 자리에서 일어나 모습을 드러냈습니다. 깜짝 놀란 캐시는 순간 돌처럼 굳어버렸어요. 알아들을 수 없는 외마디 비명을 지르더니 그 자리에 꼼짝도 하지 않고 서 있었죠.

"사랑하는 캐서린 양." 저는 캐시가 최근에 다정하게 대해준 기억이 너무 생생해서 곧바로 야단을 치지 못하고 이렇게 입을 뗐습니다. "이 시간에 말을 타고 어디를 다녀온 거죠? 그리고 왜 저를 속이려는 거예요? 어디 갔었던 거죠? 말해요!"

"대정원 끝까지 다녀왔어." 캐시가 더듬거리며 말했어요. "그리고 나는 거짓말한 적 없어."

"다른 데는 안 갔고요?" 세가 추궁했어요.

"안 갔어." 캐시가 중얼거리며 대답했죠.

"아아, 캐서린 양." 제가 몹시 슬퍼하며 외쳤어요. "자기가 잘못한 줄은 아나보네요. 안 그랬으면 거짓말하지도 않았을 텐데. 저는 그게 슬퍼요. 아가씨가 일부러 거짓말을 꾸며내는 걸 듣느니 차라리 석 달 동안 몸져눕는 게 낫겠어요."

캐시는 갑자기 제게로 뛰어와 제 목을 끌어안고 눈물을 터뜨렸어요.

"있잖아, 엘런. 나는 엘런이 화내면 너무 무서워." 캐시가 말했어요. "화내지 않겠다고 약속해줘. 그럼 사실대로 다 말해줄게. 나도 숨기는 건 정말 싫다고."

우리는 창가에 앉았습니다. 저는 캐시의 비밀이 무엇이건 절대 꾸짖지 않겠다고 약속했는데, 물론 그게 뭔지는 대충 짐작이 갔죠. 그러자 캐시가 이야기를 시작했습니다.

"워더링 하이츠에 다녀왔어. 엘런이 앓아누운 후로 하루도 빼먹지 않고 갔지. 엘런이 처음 앓아누웠던 사흘이랑 엘런이 방에서 나오고 난 후 이틀만 빼고 말이야. 마이클한테 책이랑 그림을 주면서 매일 저녁 미니를 준비해주고 나중에 다시 마구간에 데려다놓으라고 부탁했어. **마이클도** 꾸짖으면 안 돼, 정말이야. 6시 반에 하이츠에 도착해서 보통 8시 반까지 있다가 전속력으로 달려서 집으로 돌아왔어. 그저 놀러 간 건아니었지. 내내 비참한 적도 많았고. 이따금 행복하기도 했는데, 그래봤자 일주일에 한 번 정도였을까. 처음에는 린턴에게한 말을 지키기 위해 엘런을 설득하려면 꽤나 고생하겠다고생각했어. 린턴이랑 헤어질 때 다음 날 또 찾아가겠다고 약속했었거든. 그런데 다음 날 엘런이 위층에만 있게 되어서 그런 번거로움은 면할 수 있었지. 그날 오후에 마이클이 대정원의 자물쇠를 다시 고정하고 있었을 때 그에게서 열쇠를 얻었어. 그리고 그에게 '내 사촌이 아파서 그레인지에 못 오는 대신 내가 찾아와주길 바란다, 그런데 아빠는 내가 가는 걸 반대할 거다'라고 말하면서 조랑말 문제를 협상했지. 마이클은 독서를 좋아하는데, 곧 이곳을 떠나서 결혼할 생각이래. 그러니 내가 자기한테 서재의 책을 빌려주면 원하는 대로 해주겠다고 하더군. 하지만 나는 마이클한테 내 책을 줬고, 그래서 그 애도 더 만족해했어.

두 번째로 찾아갔을 때 린턴은 기분이 좋아 보였지. 그 집 가정부 질라가 방을 치워주고 불도 피워주면서 우리에게 말하길, 조지프는 기도 모임에 갔고 헤어턴 언쇼는 개들을 데리고 나갔으니 하고 싶은 대로 하고 놀라는 거야. 나중에 들으니 헤어턴은 우리 집 숲으로 꿩을 밀렵하러 갔던 거래.

질라는 나에게 따뜻한 포도주와 생강 쿠키를 갖다주었는데 정말 좋은 사람 같더라. 린턴은 벽난로 바닥돌에 놓인 안락의자에, 나는 작은 흔들의자에 앉아서 서로 정말 유쾌하게 웃고 떠들었는데, 할 말이 진짜 많았어. 여름에 함께 어디 가서 무엇을 할지 계획도 세웠지. 넬리가 바보 같다고 할 테니 그게 뭔지는 말해주지 않을래.

그런데 한번은 거의 다툴 뻔했어. 린턴은 뜨거운 7월의 하루를 가장 즐겁게 보내는 방법이 글쎄, 벌들이 꽃들 사이로 꿈결처럼 윙윙거리며 날아다니고, 종달새가 머리 위 높은 곳에서 노래 부르고, 구름 한 점 없는 푸른 하늘에 뜬 환한 태양이 한결같이 햇빛을 내리비추는 황야의 한가운데, 히스로 뒤덮인 둔덕에 아침부터 저녁까지 누워 있는 거래지 뭐야. 그게 린턴이 생각하는 가장 완벽한 낙원이래. 내가 생각하는 가장 완벽한 낙원은 바람에 바스락거리는 푸른 나무에 앉아 몸을 흔들며, 서풍이 불어오는 가운데 새하얗게 빛나는 구름이 하늘을 재빨리 스치듯 지나는 걸 보고, 종달새뿐만 아니라 개똥지빠귀와 검은지빠귀와 홍방울새와 뻐꾸기가 사방에서 쏟아내는 노랫소리를 듣고, 멀리 보이는 황야에 간간이 시원하고 어스름한 작은 골짜기가 끼어들고, 하지만 가까이로는 길게 자란 무성한 풀들이 산들바람에 물결치듯 흔들리고, 숲과 물소리와 온 세상이 깨어나 기쁨으로 미쳐 날뛰는 걸 보는 거라고 말해주었지. 린턴은 모든 게 평화의 황홀경에 취해 누워 있기를 원했고, 나는 모든 게 찬란한 축제 속에서 광채를 발하며 춤추길 원했어.

나는 그 애의 천국은 반만 살아 있다고 말했고, 린턴은 나의 천국이 술에 취해 있다고 말했지. 나는 그 애의 천국에서는 잠들어버릴 것만 같다고 말했고, 린턴은 나의 천국에서는 숨도 못 쉴 것 같다고 말하며 아주 딱딱거리기 시작했어. 마침내 우리는 그런 날이 오자마자 둘 다 시도해보기로 하고는 서로 입을 맞추고 화해했어. 한 시간쯤 가만히 앉아 있다가 매끄러운 바닥에 카펫도 깔려 있지 않은 그 커다란 방을 보니, 테이블만 치우면 재미있게 놀 수 있겠다는 생각이 들더라. 그래서 나는 린턴에게 질라를 불러서 우리를 도우라고 시키면 술래잡기 놀이를 할 수 있겠다고 말했어. 질라가 술래가 되어 우리를 잡으면 되겠다고 말이야. 왜, 엘런이 예전에 그런 역할을 했었잖아. 린턴은 그게 무슨 재미가 있겠느냐며 싫다고 했어. 하지만 나와 함께 공놀이하는 데는 동의했지. 우리는 벽장 속에 쌓인 오래된 장난감, 팽이, 굴렁쇠, 배드민턴 채, 셔틀콕 사이에서 공 두 개를 찾아냈어. 하나에는 C, 또 하나에는 H라고 쓰여 있더군. C는 캐서린의 첫 자니까 내가 가지고, H는 히스클리프의 첫 자니까 린턴이 가지면 좋을 것 같았지. 하지만 린턴은 H가 쓰인 공을 좋아하지 않았어. 그 공에서는 겨가 새어 나왔거든.

내가 계속 이기자 린턴은 다시 화를 내고 기침하며 자기 의자로 돌아갔어. 그래도 그날 밤에는 린턴의 기분이 금세 다시 좋아졌어. 듣기 좋은 노래 두세 곡을 불러주니 화색이 돌더라. 전부 **엘런이** 가르쳐준 노래였어. 내가 갈 시간이 되자 린턴은 다음 날 저녁에도 와달라고 애걸했고, 나는 그러겠다고 약속했지.

미니와 나는 가벼운 바람처럼 날 듯이 집으로 돌아왔고, 나는 아침까지 워더링 하이츠와 귀엽고 사랑스러운 사촌 꿈을 꿨어.

그다음 날은 슬펐지. 엘런이 아파서 그렇기도 했고, 아버지가 사정을 알고 나의 짧은 여행을 허락해주면 좋겠다는 생각이 들었거든. 하지만 차 마시는 시간이 지난 후에는 달빛이 아름답게 비쳤고, 말을 타고 달리다보니 우울함도 사라졌어.

오늘 저녁도 즐겁게 보내야지, 나는 속으로 생각했어. 귀여운 린턴도 그러리라고 생각하니 더욱더 기쁜 마음이 들었지.

내가 말을 몰아 그 집 정원으로 들어가서 집 뒤로 돌아가려는 순간, 언쇼가 나타나서 고삐를 붙잡더니 앞문으로 들어가라고 하더라고. 미니의 목을 쓰다듬으며 예쁜 말이라고 했는데, 내가 말을 걸어주었으면 하는 눈치였어. 나는 내 말을 가만히 내버려두지 않으면 걷어차일 거라고 말해줬지.

그 애가 상스럽게 대답했어.

'걷어채여도 하나도 안 아프겠구면.' 그러고는 미소를 지으며 말의 다리를 살펴봤지.

걷어차이게 해줘야겠다는 생각이 살짝 들더군. 그런데 그 애가 문을 열어주러 달려가서 빗장을 올리며 문 위에 새겨진 글자를 쳐다보더니, 어색하면서도 의기양양한 바보 같은 목소리로 이렇게 말하지 뭐야.

'캐서린 양! 이쟈 나도 저거 읽을 줄 알어.'

'놀랍네.' 내가 외쳤어. '한번 들어봐야겠다. 너 **정말** 똑똑해졌구나!'

그 애는 글자 하나하나를 느릿느릿 말하며 그 이름을 읽었어.

'헤어턴 언쇼.'

'그럼 저 숫자는?' 나는 그 애가 더는 읽지 못하는 걸 알아차리고는 용기를 북돋워주려고 외쳤어.

'저건 아즉 몰러.' 그 애가 대답했어.

'아, 이런 바보!' 나는 크게 웃음을 터뜨리며 말했지.

그 멍청이는 나를 따라 웃어야 할지 말아야 할지 모르겠다는 듯 입 주변으로는 싱긋 웃음을 짓고 이마는 찌푸린 채 나를 쳐다봤어. 그건 그냥 경멸의 웃음이었는데도 나의 웃음이 유쾌한 친근감의 표시인지 경멸의 표시인지 모르겠다는 듯 말이지.

나는 재빨리 엄숙한 표정을 지으며 그가 아니라 린턴을 만나러 온 것이니 비켜주면 좋겠다고 말하는 것으로 그 애의 의혹을 풀어주었어.

그 애는 얼굴을 붉히더군. 달빛이 비쳐서 그렇다는 걸 알 수 있었어. 그러더니 빗장에서 손을 떼고 슬그머니 사라졌는데, 허영심에 상처를 입은 모양이었지. 이제 자기 이름을 읽을 수 있게 되었으니 린턴만큼 교양 있는 사람이 된 줄 알았나봐. 내가 그렇게 생각해주질 않으니까 몹시 당황하고 만 거지."

"잠깐만요, 캐서린 양!" 제가 말을 가로막았습니다. "꾸짖지는 않겠지만, 그래도 저는 아가씨의 행동이 마음에 들지 않는군요. 헤어턴도 히스클리프 도련님처럼 아가씨의 사촌이라는 사실을 잊지 않으셨다면, 그런 식으로 행동하는 게 얼마나 잘못된 일인지 아셨을 텐데요. 헤어턴이 린턴처럼 교양 있는 사람이 되고 싶어 하는 건 어쨌거나 칭찬할 만한 일이잖아요. 그리고 아마 헤어턴은 그저 뽐내려고 공부한 게 아닐 거예요. 아가씨가 전에 무식하다고 창피를 준 게 틀림없어요. 그래서 그 잘못을 만회해 아가씨를 기쁘게 해주려던 거겠죠. 노력이 좀 부족하다고 비아냥거리는 건 정말 못 배운 사람들이나 하는 짓이에요. 만일 **아가씨가** 헤어턴과 같은 환경에서 자랐다면 덜 무식했을 것 같나요? 헤어턴도 어렸을 때는 아가씨만큼이나 머리가 잘 돌아가는 똑똑한 아이였답니다. 그 비열한 히스클리프가 그 애를 너무 부당하게 대우한 탓에 지금 그 애가 이렇게 멸시당해야 한다니 마음이 아프네요."

"아니, 엘런, 그 일 때문에 우는 건 아니겠지?" 캐시가 저의 진지한 말에 놀라며 외쳤어요. "하지만 내 이야기를 좀 더 들어봐. 그러면 그 애가 과연 나를 기쁘게 해주려고 ABC를 외웠는지, 그런 짐승에게 예의를 갖춰줄 필요가 있었는지 엘런도 알게 될 테니까. 나는 집 안으로 들어갔어. 린턴은 긴 의자에 누워 있다가 나를 맞이하려고 몸을 반쯤 일으켰지.

'오늘 밤은 몸이 안 좋아, 캐서린.' 린턴이 말했어. '그러니까 이야기는 너 혼자 하고 나는 듣기만 할게. 와서 내 옆에 앉아. 나는 네가 약속을 지킬 줄 알고 있었어. 오늘도 네가 떠나기 전에 다시 약속하게 할 테야.'

나는 린턴이 아플 때 괴롭히면 안 된다는 걸 알고 있었지. 그래서 부드러운 목소리로 말하며 어떤 질문도 하지 않았고, 어떤 식으로든 그 애를 자극할 일은 피했어. 나는 린턴을 위해 내가 가장 아끼는 책 몇 권을 들고 갔었지. 린턴이 그중 한 권을 조금 읽어달라고 해서 읽어주려는 순간, 언쇼가 문을 벌컥 열고 들어왔어. 아까 일을 곰곰이 생각해보고는 독이 올랐나봐. 언쇼는 곧장 우리 쪽으로 다가오더니 린턴의 팔을 붙잡고 의자에서 끌어냈어.

'니 방으로 끄져!' 언쇼가 거의 알아들을 수 없는 목소리로 말했는데 화가 잔뜩 난 얼굴이었지. '니를 보러 왔다니께 저 가시나도 델고 가. 니들 땜에 내가 여기 못 들어올 순 없어. 둘 다 썩 끄져!'

언쇼는 우리에게 욕을 퍼부었고, 린턴이 대답할 틈도 없이 그 아이를 부엌으로 거의 패대기쳐버렸어. 언쇼는 내가 린턴의 뒤를 따라가자 주먹을 움켜쥐었는데, 꼭 나를 때려눕히고 싶어 하는 것처럼 보이더라. 순간 겁이 난 나는 책을 한 권 떨어뜨리고 말았어. 언쇼가 그 책을 내 쪽으로 차더니 문을 쾅 닫아버렸지.

벽난로 옆에서 악의에 찬 목쉰 웃음소리가 들려와서 뒤돌아보았더니, 그 혐오스러운 조지프가 거기 서서 앙상한 손을 비비며 몸을 떨고 있었어.

'니들이 헤어턴 도련님헌테 그런 꼴을 당할 줄 내 알았지! 아주 당당한 청년이구먼! 패기가 넘쳐! **도련님은** 아는 거여. 그래, 나도 아는 것처럼 도련님은 이 집의 진짜 주인이 누군지 아는 거여. 헤헤헤! 도련님이 니들을 아주 지대로 쫓아내셨구먼! 헤헤헤!'

'우리는 어디로 가야 하지?' 나는 그 몹쓸 영감의 조롱을 무시하고 사촌에게 물었어.

린턴은 하얗게 질려서 부들부들 떨고 있었지. 그때는 전혀 귀여운 모습이 아니었어. 아아, 그래! 린턴은 무시무시해 보였어! 야윈 얼굴과 커다란 눈이 무력한 광기의 분노로 일그러져 있었거든. 린턴은 문고리를 잡고 흔들어댔지만, 문은 안쪽에서 잠겨 있었어.

'들여보내주지 않으면 죽여버릴 거야! 들여보내주지 않으면 죽여버릴 거야!' 그건 말보다는 비명에 가까웠지. '이런 악마! 악마 새끼! 죽여버릴 거야, 죽여버릴 거야!'

조지프가 또다시 꺽꺽대며 웃음을 터뜨리더군.

'저것 좀 보게, 지 아버지랑 똑같네!' 조지프가 외쳤어요. '딱 지 아버지구먼! 우린 다들 우리 안에 또 다른 모습을 숨기고 있는 모냥이여. 헤어턴 도련님, 신경 쓸 거 없구먼요. 두려울 기 뭣이 있겄어요. 저놈이 도련님을 어쩌겠어요!'

나는 린턴의 손을 붙잡고 그 아이를 문에서 떼어놓으려고 했어. 하지만 정말 충격적일 만큼 큰 소리로 비명을 질러대는 통에 감히 계속 그럴 수가 없었지. 린턴은 그렇게 외쳐대더니 결국 발작적으로 기침을 터뜨렸고, 입에서 피를 쏟으며 바닥에 쓰러지고 말았어.

나는 겁에 질린 채 마당으로 달려가서 있는 힘껏 질라를 불렀어. 곧 질라가 내 목소리를 들었지. 질라는 헛간 뒤쪽의 가축우리에서 소젖을 짜다 말고 급히 달려와서 대체 무슨 일이냐고 물었어.

나는 설명하기에는 너무 숨이 차서 질라를 집 안으로 끌고 들어가 린턴을 찾았어. 마침 자신이 저지른 잘못의 결과를 확인하러 나온 언쇼가 그 불쌍한 아이를 위층으로 옮기고 있더군. 질라와 나는 언쇼를 따라 올라갔는데, 언쇼가 계단 꼭대기에서 나를 막아서더니 들어올 수 없다고, 그만 집으로 돌아가라고 말했어.

나는 언쇼가 린턴을 죽였다고 외치며 **꼭** 들어가야겠다고 했지.

조지프는 문을 잠그고는 내게 '그딴 망설'을 해서는 안 된다고 분명히 말했고, 나도 '린턴처럼 미쳐버리려는 거냐'고 물었어.

나는 질라가 다시 나타날 때까지 서서 계속 울었지. 질라는 내게 린턴은 곧 괜찮아질 테지만, 그렇게 악을 쓰며 울어대는 소리는 견디지 못할 거라고 말했어. 그러고는 나를 거의 들어 안다시피 해서 거실로 데려갔어.

엘런, 나는 당장에라도 머리를 다 쥐어뜯고 싶은 기분이었어! 너무 흐느껴서 앞은 거의 보이지도 않았고. 그런데 엘런이 그렇게 동정하는 그 악당 놈이 내 맞은편에 서서 이따금 주제넘게 내게 '쉿' 하는 소리를 냈고, 그 일이 자기 잘못임을 부인했어. 그러다가 내가 아빠한테 이르겠다, 그러면 너는 감옥에 갇혀서 교수형에 처하고 말 거라고 말했더니 마침내 겁에 질려 엉엉 울어버리더군. 그러고는 겁쟁이처럼 불안한 모습을 숨기려고 급히 나가버렸어.

그런데 나는 그놈을 완전히 떨쳐버린 게 아니었어. 결국 강제로 그 집을 나와 몇백 미터쯤 우리 집으로 향했을 때, 갑자기 언쇼가 길가 그늘에서 튀어나와 미니의 걸음을 멈추고 나를 붙잡지 뭐야.

'캐서린 양, 나도 가슴이 넘 아퍼.' 언쇼가 말을 꺼냈어. '허지만 암만 그려도 그렇지⋯⋯.'

나는 언쇼가 나를 죽일지도 모른다는 생각에 그에게 채찍질해서 상처를 입혔어. 언쇼는 지독한 욕을 퍼부으며 손을 놓았고, 나는 거의 정신이 나간 채 전속력으로 말을 몰아 집으로 달려왔지.

그날 저녁에는 엘런에게 잘 자라는 인사를 하지 못했고, 다음 날에는 워더링 하이츠에도 가지 않았어. 정말 가고 싶었지만 때로는 린턴이 죽었다는 말을 들을까봐 이상하게 가슴이 뛰면서 겁이 났고, 또 때로는 헤어턴과 마주친다는 생각만으로도 몸이 덜덜 떨렸거든.

셋째 날에는 용기를 냈어. 어쨌든 더는 조마조마한 마음을 견딜 수 없었고, 그래서 다시 한번 슬그머니 빠져나간 거지. 5시에 출발해서 걸어가기 시작했어. 그러면 그 집에 몰래 들어가서 누구의 눈에도 띄지 않고 린턴의 방까지 올라갈 수 있을 줄 알았거든. 그런데 개들 때문에 들통이 나고 말았어. 질라가 나를 맞이하며 '도련님은 빠르게 회복 중이세요'라고 말하고는 카펫이 깔린 작고 잘 정리된 방으로 안내해주더군. 나는 그곳에서 린턴이 작은 소파에 앉아 내 책 중 한 권을 읽고 있는 모습을 보고는 형언할 수 없는 기쁨을 느꼈어. 그런데 엘런, 린턴은 한 시간 동안이나 내게 말도 걸지 않고 나를 쳐다보지도 않지 뭐야. 개는 정말이지 성미가 고약해. 그러다 입을 열고는 한다는 말이, 그 소란을 일으킨 장본인은 바로 나고 헤어턴에게는 아무 잘못도 없다는 헛소리여서 정말 황당했어!

화를 내지 않고는 대답을 할 수 없을 것 같아서 그냥 일어나서 방에서 나와버렸지. 뒤에서 희미하게 '캐서린!' 하는 소리가 들리더군. 내가 그런 식으로 반응하리라고는 생각지 못했던 거야. 하지만 나는 뒤돌아보지 않았어. 나가지 않고 집에만 있었던 두 번째 날인 다음 날에는 이제 린턴을 찾아가지 않겠다고 거의 결심할 뻔했지.

하지만 린턴의 소식을 전혀 듣지 못한 채 잠자리에 들고 깨어나는 일이 너무 비참한 나머지 내 결심은 제대로 굳기도 전에 녹아 공중으로 사라지고 말았어. **한때는** 그곳에 가는 게 잘못으로 느껴졌는데, 이제는 그곳에 가길 꺼리는 게 잘못으로 느껴지지 뭐야. 마이클이 와서 미니한테 안장을 올릴지 물었고, 나는 '그래' 하고 대답해버렸어. 미니를 타고 언덕을 넘을 때는 내 의무를 행하고 있는 거라는 생각까지 들었지.

안뜰로 들어가려면 본채 정면의 창문 앞을 지날 수밖에 없었기 때문에 내 존재를 숨기려 해봐야 헛일이었어.

'도련님은 거실에 있어요.' 질라가 응접실로 향하는 나를 보고는 이렇게 말했어.

거실로 들어가니 언쇼도 있었는데 곧장 나가버리더군. 린턴은 커다란 안락의자에 앉아서 졸고 있었어. 나는 벽난로 쪽으로 걸어가서 진지한 목소리로 이렇게 말하기 시작했는데, 어느 정도는 진심이기도 했지.

'린턴, 너는 나를 싫어하고, 내가 너를 아프게 하려고 찾아온다고 생각하고, 마치 내가 너를 매번 아프게 하는 듯 행동하니까, 오늘이 우리의 마지막 만남이야. 이제 그만 작별하자. 히스클리프 씨께 더는 나를 만나고 싶지 않다고 말씀드리고, 그 문제에 대해서도 더는 거짓말을 꾸며내지 말라고 말씀드려.'

'모자 벗고 앉아봐, 캐서린.' 린턴이 대답했어. '너는 나보다 훨씬 더 행복하니까 나보다 더 나은 사람일 거야. 아빠는 늘 내 흠을 잡고 나를 대놓고 멸시하니까, 내가 스스로를 믿지 못하는 것도 당연해. 나는 아빠 말대로 종종 내가 쓸모없는 인간은 아닐지 의심이 들고, 그럴 때면 너무 화가 나고 억울해서 모두가 싫어져! 나는 정말 쓸모없고, 성질도 고약하고, 거의 늘 기분이 나쁘지. 그러니 네가 나와 작별하고 싶다면 그렇게 **해**. 그러면 골칫거리를 하나 더는 셈이 되겠지. 하지만 캐서린, 부디 이것만은 믿어줘. 너처럼 상냥하고 친절하고 착한 사람이 될 수만 있다면 나는 기꺼이 그렇게 될 거라는 걸. 행복하고 건강한 사람이 되는 것보다 그렇게 되기를 훨씬 더 바라고 있다는 걸. 그리고 내가 너의 다정한 성격 때문에 네가 날 사랑하는 것보다 너를 훨씬 더 깊이 사랑하게 되었다는 걸 믿어줘. 물론 내가 너의 사랑을 받을 자격이 있는지는 모르겠지만 말이야. 나는 네게 성질을 부릴 수밖에 없었고 그건 지금도 어쩔 수 없지만, 나는 그 일을 후회하고 뉘우치고 있어. 아마 죽을 때까지 후회하고 뉘우칠 거야!'

나는 린턴의 말이 진실이라고 느꼈고, 그 아이를 용서해줄 수밖에 없다는 생각이 들었지. 곧장 다시 다투더라도 그 아이를 또다시 용서해줄 수밖에 없겠다고 말이야. 화해는 했지만 내가 거기 있는 내내 우리는 둘 다 울었어. 슬퍼서 그랬던 것만은 아닌데, 그래도 나는 린턴이 그렇게 비뚤어진 성격을 가지게 되었다는 사실이 **못내** 안쓰러웠지. 린턴은 절대 자기 친구들의 마음을 편하게 해주지 못할 테고, 본인의 마음도 절대 편할 수 없을 테니까!

그날 밤 이후로 나는 늘 린턴의 작은 응접실로 갔어. 그다음 날에 린턴의 아버지가 돌아오셨거든. 첫째 날 저녁처럼 즐겁고 희망에 부풀었던 때는 세 번 정도였을까. 나머지는 죄다 따분하고 불안했지. 린턴이 어떤 날은 제멋대로 굴며 심술을 부렸고, 또 어떤 날은 괴로워했으니까. 하지만 나는 이럴 때

나 저럴 때나 거의 화내지 않고 참는 법을 알게 됐어.

히스클리프 씨는 나를 일부러 피하는 것 같아. 거의 마주친 적이 없거든. 실은 지난 일요일에 평소보다 일찍 찾아갔다가 히스클리프 씨가 가엾은 린턴이 전날 밤에 한 행동을 무자비하게 혼내는 소리를 들었어. 엿듣지 않았다면 알 수 없는 일이었을 텐데 말이야. 린턴이 분명 나를 심하게 약 올리긴 했지만 그건 전적으로 내 문제였고, 그래서 나는 안으로 들어가서 히스클리프 씨의 설교를 가로막으며 그렇게 말해줬어. 히스클리프 씨는 웃음을 터뜨리더니 그 문제를 그렇게 생각한다면 다행이라고 말하며 가버리더군. 그때부터 나는 험한 소리를 할 때는 목소리를 낮추라고 린턴에게 말했지.

자, 엘런. 지금까지 들려준 이야기가 전부야. 내가 워더링 하이츠에 가지 못하게 막으면 두 사람에게 고통을 안겨주는 셈이 돼. 반면에 엘런이 아빠에게 말하지만 않는다면, 내가 간다고 해서 평온을 잃을 사람은 아무도 없어. 말 안 할 거지, 그렇지? 만일 말하면 그건 정말 무자비한 짓이야."

"캐서린 양, 그 문제는 내일까지 결정하도록 하죠." 제가 대답했어요. "생각을 좀 해볼 일이네요. 아가씨는 그만 쉬세요. 저는 가서 생각을 좀 해볼 테니까요."

저는 니리 옆에서 무심코 혼잣말을 하며 그 문제를 생각했어요. 캐시의 방에서 곧장 나리의 방으로 가서 캐시와 사촌이 나눈 대화와 헤어턴에 관한 언급만 빼고는 들은 이야기를 모두 그대로 전했거든요.

린턴 씨는 겉으로 드러난 것보다 더 놀라고 고통스러워하는 듯했어요. 다음 날 아침, 캐서린은 제가 신뢰를 저버렸다는 것을 알게 되었고, 또한 자신의 은밀한 방문도 끝났다는 것을 알게 되었습니다.

캐서린은 그 금지 명령에 울면서 몸부림을 쳤고 아버지에게 린턴을 불쌍히 여겨달라고 애원해보기도 했지만 허사였어요. 위안거리라고는 린턴에게 편지를 써서 그레인지에 오고 싶을 때 오라고 알리겠다는 아버지의 약속이 전부였습니다. 물론 편지에는 이제 워더링 하이츠에서 캐서린을 만날 기대는 하지 말라는 내용도 반드시 적겠다고 했죠. 나리가 조카의 기질과 건강 상태를 알았더라면 그런 작은 위안도 주어서는 안 된다는 사실을 알았을 거예요.

제11장

"이게 작년 겨울에 있었던 일이죠." 딘 부인이 말했다. "그 뒤로 1년도 채 지나지 않았네요. 작년 겨울에만 해도 열두 달 후에 그쪽 집안사람들과 아무 관련도 없는 분께 재밋거리로 이런 이야기를 들려주게 될 거라고는 상상도 못 했어요! 하지만 언제까지 아무 관련도 없을지 누가 알겠어요? 록우드 씨는 독신으로 늘 만족하며 지내기에는 너무 젊고, 제 생각에 캐서린 린턴을 보고 반하지 않을 사람은 아무도 없거든요. 웃으시는군요. 그럼 제가 캐서린 이야기를 할 때 왜 그렇게 활기가 넘치고 흥미로워하시는 거죠? 그리고 왜 제게 캐서린의 초상화를 록우드 씨의 방 벽난로 위에 걸어달라고 부탁하신 거죠? 그리고 왜……."

"이보시오, 그쯤 해두시지!" 내가 외쳤다. "**내가** 그 여자를 사랑하게 될지도 모른다는 건 그렇다 치더라도, 그 여자가 나를 사랑하겠소? 내가 위험을 무릅쓰고 유혹에 뛰어들어 나의 평온을 깨뜨린다는 건 말도 안 되는 일이고, 이곳을 집으로 삼아 계속 머물 것도 아니오. 나는 바쁜 세상에 속한 사람이고, 그러니 그 품 안으로 돌아가야만 하거든. 이야기나 계속해보시오. 캐서린은 아버지의 명령에 순순히 따랐소?"

"그랬죠." 가정부가 이야기를 이어갔다.

그래도 아직 캐서린의 마음속에는 아버지에 대한 애정이 가장 큰 자리를 차지하고 있었으니까요. 그리고 린턴 씨도 화를 내며 말하지는 않았어요. 린턴 씨는 이제 곧 위험과 적들 사이에 자신의 보물을 두고 가야 하는 사람처럼 깊은 애정에서 우러난 목소리로 말했는데, 캐서린의 길잡이 역할로 남겨줄 거라고는 자신의 그 말밖에 없었으니까요.

며칠 후에 린턴 씨가 제게 말했습니다.

"엘런, 조카 녀석이 편지를 쓰거나 찾아와주면 좋겠는데. 그 녀석을 어떻게 생각하는지 솔직히 말해줘. 좀 나아졌어? 아니면 나이가 들어서 어른이 되면 나아질 가망이 있는 것 같아?"

"도련님은 너무 허약해요." 제가 대답했어요. "아무래도 어른이 될 때까지 살 것 같진 않네요. 하지만 한 가지 말씀드릴 수 있는 건, 도련님이 자기 아버지를 닮지는 않았다는 거예요. 캐서린 양이 불행히 도련님과 결혼하게 되더라도 도련님을 통제하지 못하거나 그러진 않을 겁니다. 너무 과하고 어리석을 만큼 너그럽게 대해주지만 않는다면 말이죠. 하지만 나리, 린턴 도련님에 대해 알아보고 도련님이 아가씨에게 어울리는 상대인지 알아볼 시간은 앞으로도 많을 거예요. 도련님이 성년이 되려면 아직 4년도 더 남았으니까요."

에드거 씨는 한숨을 내쉬더니 창가로 걸어가서 기머턴 교회 쪽을 내다보았습니다. 안개가 낀 오후였지만 2월의 태양이 흐릿하게 비쳐서 교회 묘지에 서 있는 전나무 두 그루와 여기저기 흩어져 있는 묘비는 알아볼 수 있었죠.

"나는 자주 기도했어." 에드거 씨가 거의 혼잣말을 하듯 말했습니다. "어서 죽게 해달라고 말이야. 그런데 이제는 겁이 나고 두려워. 나는 신랑이 되어 저 협곡을 내려오던 때의 기억도 내기 조만간, 몇 달 뒤, 아니 어쩌면 몇 주 뒤에 저 위로 실려 가 그곳의 쓸쓸한 구덩이에 드러눕게 될 거라는 기대에 비하면 덜 감미로울 거로 생각했지! 엘런, 나는 그동안 내 딸 캐시 덕분에 정말 행복했어. 겨울밤과 여름낮 동안 캐시는 내 곁에서 살아 있는 희망이나 마찬가지였어. 하지만 저 오래된 교회 아래 묘비들 사이에서 혼자 사색에 잠길 때도 그만큼 행복했지. 긴 6월의 저녁 내내 아내의 푸른 무덤 위에 누워서 나도 그 아래 드러누울 날을 고대하고 갈망했을 때 말이야. 내가 캐시를 위해 뭘 해줄 수 있을까? 내가 어떤 식으로 캐시를 떠나야 할까? 만일 내가 떠난 후에 린턴이 캐시를 위로해줄 수만 있다면 린턴이 히스클리프의 아들이건 히스클리프가 내게서 캐시를 빼앗아 가건 아무래도 좋아. 히스클리프가 자기 목적을 이루고 내게서 나의 마지막 축복을 강탈했다며 승리를 자축해도 상관없어! 하지만 린턴이 하찮은 녀석이라면, 그저 자기 아버지의 시시한 수단일 뿐이라면 나는 캐시를 녀석에게 넘겨줄 수 없어! 만일 그렇다면, 캐시의 들뜬 마음을 짓밟는 것은 힘든 일이겠으나, 나는 살아 있는 동안 인내하며 캐시를 계속 슬프게 만들고, 죽을 때 캐시를 외톨이로 남겨둘 수밖에 없어. 사랑하는 내 딸! 차라리 캐시를 하느님께 맡기고 내가 직접 땅에 묻는 게 낫겠구나."

"캐시를 지금 모습 그대로 하느님께 맡기세요." 제가 대답했어요. "또 그렇게 되지 않기를 바라지만, 그분의 섭리에 따라 우리가 나리를 잃게 된다면 제가 캐시의 친구로서 끝까지 조언자가 되어줄게요. 캐서린 양은 착한 아이예요. 일부러 잘못된 길을 갈 일은 없을 겁니다. 자신의 의무를 다하는 사람은 늘 최후에 보답받는 법이고요."

봄이 다가와도 린턴 나리는 기운을 제대로 차리지 못했는데, 그래도 딸과 함께 그레인지 인근을 다시 산책하기 시작했어요. 경험이 부족한 캐시는 그 산책을 회복의 징후로 여겼습니다. 그리고 아버지의 뺨이 종종 빨개지고 눈이 반짝이는 걸 보고는 낫고 있는 거라고 확신했죠.

캐시의 열일곱 번째 생일날, 린턴 나리는 교회 묘지에 가지 않았습니다. 비가 내리고 있었죠. 제가 물었어요.

"오늘 밤에 나가시는 건 아니겠죠, 나리?"

나리가 대답했어요.

"그래, 올해는 조금 미룰 생각이야."

나리는 린턴에게 꼭 만나고 싶다는 내용의 편지를 다시 보냈습니다. 만일 환자가 남 앞에 내놓아도 부끄럽지 않을 만한 상태였다면 그의 아버지는 분명 가는 걸 허락했을 거예요. 하지만 사정이 그러했으므로, 린턴은 아버지의 지시로 답장을

써서 아버지가 자신을 그레인지에 가지 못하게 한다고 넌지
시 알렸죠. 하지만 외삼촌의 다정한 전갈을 받아서 매우 기뻤
고, 가끔 산책하다가 만나 뵙게 되기를 바라며, 개인적으로는
자신과 사촌이 그렇게 오랫동안 떨어져 있지 않기를 간절히
바란다는 말도 함께 전했어요.

　편지의 마지막 대목은 단순했는데, 아마 린턴이 직접 쓴 듯
했어요. 히스클리프는 린턴이 캐서린과 만나게 해달라는 애
원 정도는 유창하게 할 수 있다는 걸 알았던 거죠.

　"캐서린이 이곳에 찾아오게 해달라고 부탁하는 건 아닙니
다." 린턴은 이렇게 썼어요. "하지만 아버지는 제가 캐서린의
집에 못 가게 하시고 외삼촌은 캐서린을 우리 집에 못 오게
하시니, 저는 캐서린을 영영 만나지 못하는 것 아닙니까? 부
디 가끔이라도 캐서린과 함께 말을 타고 하이츠 쪽으로 와주
세요. 그리고 외삼촌이 보는 앞에서 몇 마디 말이라도 나눌
수 있게 해주세요! 우리는 이런 이별을 당할 만큼 잘못한 게
없습니다. 외삼촌도 저한테 화가 나신 건 아니잖아요. 외삼
촌도 인정하셨다시피 저를 싫어하실 이유는 없으니까요. 친
애하는 외삼촌! 내일 제게 다정한 편지 한 통으로 만나 뵐 수
있을 곳을 알려주세요. 스러시크로스 그레인지만 아니면 어
디든 좋습니다. 저와 이야기를 나눠보시면 제 성격이 아버지
와는 다르다는 걸 확신하실 수 있을 거예요. 아버지는 제가 자
기 아들이라기보다는 외삼촌의 조카라고 단언하시거든요. 그
리고 비록 제가 캐서린과 어울리기에는 결점이 많은 사람이
만 캐서린은 그것을 용서해주었고, 그러니 캐서린을 생각해서

라도 외삼촌도 용서해주셔야 해요. 제 건강이 어떤지 물으셨죠. 많이 나아졌습니다. 하지만 모든 희망을 박탈당한 채 고독을 벗 삼을 수밖에 없는 운명인데, 혹은 저를 한 번도 좋아한 적 없고 앞으로도 그럴 일은 없을 사람들 틈에 끼어 있을 운명인데, 어떻게 제가 기운차고 건강할 수 있겠어요?"

에드거 씨는 그 소년을 불쌍히 여겼지만, 그의 부탁을 들어줄 수는 없었습니다. 캐서린과 함께 나갈 수 있는 상태가 아니었으니까요.

에드거 씨는 어쩌면 여름에는 만날 수 있을지도 모르겠다고 썼어요. 그때까지 짬짬이 계속 편지를 보내주길 바란다는 부탁과 함께 그가 집안에서 얼마나 힘든 상황에 있는지 잘 알고 있으니 자신도 편지로나마 가능한 조언과 위로를 전하겠다는 약속도 덧붙였죠.

린턴은 그 부탁에 따랐습니다. 그냥 놔뒀더라면 아마 편지를 불평과 한탄으로 가득 채워 일을 망쳐버렸겠지만, 그의 아버지가 린턴을 빈틈없이 감시했죠. 나리가 보낸 편지를 한 줄도 빼지 않고 보여달라고 한 것은 물론이고요. 그래서 린턴은 늘 자기 생각을 사로잡는 주제인 자신만의 남다른 고통과 괴로움에 관해 쓰는 대신, 친구이자 연인인 캐서린과 떨어져 있어야 하는 잔인한 상황에 관해 거듭 쓸 수밖에 없었습니다. 그리고 린턴 씨가 조만간 만남을 허락해주지 않으면 괜히 공허한 약속을 해서 자신을 속였다고 생각해야 할지도 모르겠다는 뜻을 넌지시 밝혔죠.

이쪽에서는 캐시가 유력한 협력자였습니다. 그리하여 두

사람은 결국 나리를 설득해서, 제 보호 아래 일주일에 한 번 정도 그레인지 근처의 황야에서 함께 말을 타거나 산책해도 좋다는 허락을 받아냈어요. 6월이 되어서도 나리의 건강은 계속 나빠졌거든요. 나리는 매년 수입 일부를 아가씨의 몫으로 떼어놓고 있긴 했지만, 아가씨가 조상 대대로 물려받은 집을 계속 소유하거나 적어도 짧은 기간 안에 다시 돌아와 살기를 당연히 바랐습니다. 그러려면 자신의 상속인과 결혼하는 수밖에 없다고 생각했죠. 나리는 그 상속인의 건강이 자신만큼이나 빠르게 쇠약해지고 있다는 사실을 몰랐어요. 아마 아무도 몰랐을 겁니다. 하이츠를 찾아가는 의사는 아무도 없었고, 우리 중에도 히스클리프 도련님을 만나고 와서 그의 상태를 알려줄 사람이 없었으니까요.

저도 제 불길한 예감이 틀렸을지 모른다는 생각이 들기 시작했는데, 황야에서 말을 타거나 산책하자는 말로 미루어보아 원기를 되찾은 게 분명했고, 자기 목적을 이루려는 데 아주 열심인 것처럼 보이기도 했기 때문이죠.

나중에 알고 보니 그런 열심인 모습은 히스클리프가 강요해서 만들어낸 것이었어요. 저는 죽어가는 아이를 그렇게 포학하고 사악하게 다루는 아버지가 있을 거라고는 상상도 하지 못했죠. 히스클리프는 자신의 탐욕스럽고 냉혹한 계획이 닥쳐올 죽음으로 당장 실패하게 될까봐 달리는 말에 채찍질을 가하고 있었던 거예요.

제12장

　에드거 씨가 마지못해 애원을 들어줘서 캐서린과 제가 처
음으로 말을 타고 사촌을 만나러 갔을 때는 여름도 절정을
넘긴 무렵이었습니다.

　찌는 듯이 더운 날이었어요. 햇볕은 내리쬐지 않았는데, 하
늘에는 희고 작은 구름 덩이만 여기저기 떠 있어서 비가 올
것 같진 않았죠. 우리가 만날 장소는 사거리에서 이정표 역할
을 하는 돌기둥 옆으로 정해져 있었어요. 그런데 그곳에 도착
해보니 심부름꾼으로 와 있던 어린 목동이 우리에게 이렇게
말하더군요.

　"린턴 도련님은 워더링 하이츠 쪽 언덕에 계시는데요, 조금
만 더 올라와주시면 감사하겠대요."

　"그럼 린턴 도련님은 외삼촌의 첫 번째 명령을 잊은 것이로
군." 제가 말했어요. "나리께서는 우리에게 그레인지의 영역을
벗어나지 말라고 하셨어. 우리는 여기 있을 테니 당장 가봐."

　"음, 그럼 우리가 린턴한테 가서 다시 말 머리를 돌리면 되

잖아." 캐시가 대답했어요. "거기서 우리 집 쪽으로 가면 돼."

하지만 우리가 린턴을 만난 곳은 린턴의 집 대문에서 400미터도 떨어지지 않은 곳이었고, 린턴에게는 말도 없었어요. 그래서 우리는 어쩔 수 없이 말에서 내려 말들이 풀을 뜯게 내버려두었습니다.

린턴은 히스 꽃밭에 누워 우리가 다가오길 기다리고 있었는데, 우리가 몇 미터 앞으로 다가갈 때까지도 일어나지 않더군요. 자리에서 일어난 린턴이 정말 창백한 얼굴로 정말 힘없이 걷는 것을 보자마자 저는 이렇게 외쳤어요.

"아니, 히스클리프 도련님, 오늘 아침에는 산책을 즐길 만한 상태가 아니네요. 정말 아파 보이세요!"

캐서린은 슬프고 놀란 얼굴로 린턴을 살폈습니다. 입 밖으로 나온 기쁨의 외침은 불안한 탄식으로 바뀌었고, 오랫동안 미뤄온 만남을 축하하는 말은 평소보다 건강이 안 좋아진 거냐는 염려의 질문으로 바뀌었죠.

"아냐, 괜찮아, 괜찮아!" 린턴이 숨을 헐떡이며 말했습니다. 몸을 부들부들 떨면서 캐시의 손에 의지한 채였고, 커다란 푸른 눈은 캐시 쪽을 소심하게 두리번거렸죠. 움푹 꺼진 눈에는 한때 보이던 나른함 대신 매서운 눈빛이 자리하고 있었습니다.

"하지만 평소보다 더 안 좋아졌어." 캐시가 계속 말했어요. "마지막으로 봤을 때보다 더 안 좋아졌고 더 말랐어. 그리고……."

"나 피곤해." 린턴이 다급히 말을 가로막았어요. "너무 더워서 못 걷겠으니까 여기서 좀 쉬자. 원래 아침이면 종종 속이 울렁거리곤 하거든. 아빠는 내가 너무 빨리 자라서 그런 거래."

캐시는 전혀 납득하지 못한 채 자리에 앉았고, 린턴은 캐시 옆에 몸을 눕혔습니다.

"여기는 꼭 네가 말한 낙원 같네." 캐시가 애써 쾌활한 모습을 보이며 말했어요. "너랑 내가 하루를 가장 즐겁게 보낼 수 있다고 생각한 곳에서 하루씩 보내기로 했던 거 기억나지? 여기는 네가 말한 낙원이랑 정말 비슷하네. 구름이 조금 있긴 하지만 부드럽고 은은한 구름이어서 햇볕이 내리쬐는 것보다 더 좋아. 다음 주에는 너만 괜찮으면 말을 타고 그레인지 대정원에 가서 내가 말한 낙원에서도 하루를 보내보자."

린턴은 캐시가 한 말을 기억하지 못하는 듯했고 그 어떤 대화도 이어가기 몹시 힘들어하는 게 분명했어요. 린턴은 캐시가 꺼낸 화제에 관심이 전혀 없어 보였고 캐시를 즐겁게 해줄 마음도 전혀 없어 보였기에, 캐시는 실망감을 감추지 못했습니다. 린턴의 성격과 태도는 어딘지 모르게 전반적으로 변해 있었어요. 토라져도 다정히 대해주면 금방 귀엽게 굴곤 했었는데, 이제는 무기력한 모습과 무관심밖에는 보이질 않았죠. 예전에는 위로받으려고 아이처럼 심술궂게 조바심치고 졸라댔다면, 이제는 고질병 환자처럼 자신에게만 몰두한 채 시무룩한 모습이었어요. 위로도 거부했고, 다른 사람의 쾌활한 웃음소리도 자신에 대한 모욕으로 받아들일 것 같았죠.

캐서린도 저처럼 린턴이 우리의 만남에 기뻐하기보다는 형벌로 여기며 견디고 있다는 걸 알아차렸습니다. 그래서 망설임 없이 당장 작별을 고하려 했죠.

그 말을 들은 린턴은 뜻밖에도 무기력한 상태에서 깨어나더니 기이할 만큼 심한 마음의 동요를 느끼더군요. 걱정스러운 눈빛으로 하이츠 쪽을 힐끔거리더니 적어도 반 시간만 더 있어달라고 애걸했어요.

"하지만 너는 여기 앉아 있는 것보다 집에 있는 게 더 편할 거야." 캐시가 말했어요. "그리고 보아하니 오늘은 내 이야기나 노래나 잡담으로도 너를 즐겁게 해줄 수 없는 것 같네. 지난 여섯 달 동안 네가 나보다 더 똑똑해졌나봐. 이제는 내가 기분 전환 삼아 하는 놀이에 별 관심을 안 보이니 말이야. 물론 내가 널 즐겁게 해줄 수 있다면 나도 기꺼이 더 있다 가겠지만."

"그냥 앉아서 쉬어." 린턴이 대답했어요. "캐서린, 내 건강이 **몹시** 안 좋다는 생각은 하지도 말고 그렇게 말하지도 마. 날씨가 흐리고 더워서 몸이 둔해진 것뿐이니까. 그리고 네가 오기 전에 나로서는 꽤 오랫동안 산책했어. 외삼촌한테는 내 건강이 웬만큼 괜찮다고 말해줘야 해, 그럴 거지?"

"**네가** 그렇게 말했다고 전해줄게, 린턴. 적어도 내 눈에는 그렇게 보이질 않으니까." 아가씨는 린턴이 분명 사실이 아닌데도 그렇다고 끈질기게 주장하는 것을 이상하게 여기며 말했어요.

"그리고 다음 주 목요일에 여기서 또 보자." 린턴이 캐시의 어리둥절해하는 시선을 피하며 말을 이었어요. "외삼촌께 네가 여기 올 수 있게 허락해주셔서 감사하다고, 정말 감사하다고 전해줘, 캐서린. 그리고, 그리고 **혹시** 우리 아버지를 만나면, 그리고 아버지가 나에 관해 물으면, 내가 정말 과묵하고 멍청하게 있었다는 식으로 대답해서는 안 돼. **지금처럼** 그렇게 슬프고 풀 죽은 모습을 보여서도 안 돼. 그럼 아버지가 화내실 거야."

"난 네 아버지가 화내건 말건 신경 안 써." 캐시가 자기한테 화낼 거라는 말로 이해하고 이렇게 외쳤어요.

"나는 그렇지 않아." 캐시의 사촌이 몸을 떨며 말했어요. "내 문제로 아버지를 화나게 해선 **안 돼**, 캐서린. 아버지는 몹시 엄하시거든."

"아버지가 히스클리프 도련님께 엄하게 구시나요?" 제가 물었어요. "응석을 받아주는 데 지쳐서 이제는 소극적으로 미워하는 대신 적극적으로 미워하기로 했나보죠?"

린턴은 저를 쳐다보았지만 아무 대답이 없더군요. 캐시는 린턴 옆에 십 분을 더 앉아 있었고, 그동안 린턴은 졸린 듯이 고개를 푹 숙이고는 지쳐서 나오는 것인지 고통스러워서 나오는 것인지 모를 신음을 참는 것 외에는 아무 소리도 내지 않았어요. 그러고서 캐시는 월귤나무 열매를 찾아다니며 위안을 얻었고, 그렇게 찾은 열매를 제게도 좀 나누어주었어요. 린턴에게는 주지 않았는데, 더 관심을 줘봐야 지치고 짜증 날 뿐이라는 걸 알았기 때문이죠.

"엘런, 이제 반 시간 지나지 않았어?" 캐시가 마침내 제 귀에 속삭였어요. "우리가 왜 여기 있어야 하는지 모르겠어. 린턴은 잠들었고, 아빠는 우리가 돌아오길 기다리고 계실 테니 말이야."

"그래도 잠든 린턴을 그냥 놔두고 갈 수는 없잖아요." 제가 대답했어요. "깰 때까지 조금만 참고 기다리세요. 출발할 때는 가엾은 린턴을 보고 싶어 아주 난리더니 그 마음이 참 빨리도 사라져버렸네요!"

"**린턴은** 왜 나를 보고 싶어 했을까?" 캐서린이 대꾸했어요. "차라리 예전에 정말 심하게 짜증을 부렸을 때가 지금처럼 이상하게 굴 때보다 나았어. 이건 마치 아버지한테 꾸중을 들을까봐 억지로 나를 만나러 나온 것 같잖아. 히스클리프 씨가 린턴에게 이런 고행을 시키는 이유가 무엇이든 나는 히스클리프 씨를 기쁘게 하는 일은 하지 않을래. 그리고 린턴의 건강이 나아진 건 기쁜 일이지만, 저 애가 예전처럼 즐거워하지 않고 나한테도 다정하게 대해주지 않으니 섭섭하네."

"그럼 아가씨는 **도련님의** 건강이 나아졌다고 생각하세요?" 제가 말했어요.

"응." 캐시가 대답했죠. "예전에는 늘 아프다고 난리였잖아. 아빠한테 전하라고 한 것처럼 건강이 웬만큼 괜찮지는 않겠지만, 그래도 많이 나아진 것 같은데."

"그럼 캐시 양은 저와 생각이 다르군요." 제가 말했어요. "저는 도련님의 건강이 훨씬 더 나빠졌다고 생각해요."

그때 린턴이 흠칫 놀라며 겁에 질려 당황한 얼굴로 선잠에서 깨어나더니 누가 자기 이름을 불렀느냐고 물었어요.

"아니." 캐서린이 말했어요. "꿈속에서 들었겠지. 어떻게 바깥에서, 그것도 아침에 그렇게 깜빡 잠이 들 수 있는 건지 내 머리로는 도무지 이해가 안 가네."

"아버지가 날 부른 줄 알았어." 린턴이 우리 머리 위쪽의 눈살을 찌푸린 듯 위압적인 바위를 힐끗 쳐다보고는 헐떡이며 말했어요. "정말 아무도 안 불렀어?"

"정말이고말고." 린턴의 사촌이 대답했어요. "나랑 엘런이랑 네 건강에 대해 서로 다른 의견을 주고받고 있었을 뿐이야. 린턴, 우리가 지난겨울에 헤어졌을 때보다 더 건강해진 게 사실이니? 몸은 강해졌는지 어떤지 모르겠지만, 다른 하나는 강해지지 않은 게 분명한데, 나에 대한 애정 말이야. 말해봐, 그게 사실이니?"

린턴이 눈물을 쏟으며 이렇게 대답했어요.

"그래, 사실이야. 나는 건강해!"

그러면서도 여전히 그 상상의 목소리에 홀려 있던 린턴이 목소리의 주인을 찾아 이리저리 시선을 옮겼습니다.

캐시는 자리에서 일어났어요.

"오늘은 이만 헤어져야겠어." 캐시가 말했어요. "솔직히 오늘 우리의 만남은 정말이지 실망스러웠어. 물론 이건 다른 사람이 아닌 너한테만 하는 말인데, 그렇다고 히스클리프 씨가 두려워서 그런 건 아니야!"

"쉿." 린턴이 중얼거렸어요. "제발 좀 조용히 해! 아버지가 오고 계셔." 그러더니 린턴은 캐서린의 팔에 매달리며 못 가게 붙들었어요. 하지만 캐서린은 그 말을 듣자마자 황급히 린턴을 떼어내고 휘파람을 불어 미니를 불렀죠. 미니는 개처럼 그 부름에 따랐고요.

"다음 주 목요일에 여기로 올게." 캐시가 안장에 뛰어오르며 외쳤어요. "잘 가. 엘런, 어서!"

그렇게 우리는 린턴을 떠났는데, 린턴은 아버지가 오신다
고 넘겨짚고는 그 일에 정신이 팔려서 우리가 떠나는 것도
모르는 듯했어요.

우리가 집에 도착하기 전에 캐서린의 불쾌감은 동정심과
후회가 뒤섞인 당혹감으로 누그러졌고, 거기에 린턴의 실제
건강 상태와 그의 주변 환경에 대한 막연하고 불안한 의심이
다시 크게 뒤섞였죠. 저도 그런 기분이 들었지만, 그래도 아
가씨께는 다음에 다시 만나보면 더 나은 판단을 할 수 있을
테니 아버지께 너무 많이 말씀드리진 말라고 말했어요.

나리는 우리에게 무슨 일이 있었는지 이야기해달라고 하셨
습니다. 캐시 양은 린턴의 감사 인사를 적절히 전하고서 나머
지 내용은 간단히 언급하는 데 그쳤죠. 저도 나리의 궁금증에
큰 실마리를 던져주진 못했는데, 무엇을 숨기고 무엇을 밝혀
야 할지 확신이 서지 않았거든요.

제13장

어느덧 일주일이 지나갔고, 에드거 린턴의 병세는 매일매일 급속도로 나빠졌습니다. 이제는 최근 몇 시간 동안 병세가 나빠진 게 지난 몇 달 동안의 악화에 맞먹을 정도였죠.

우리는 캐서린에게 그 사실을 숨기려 했지만 워낙 영리한 아가씨라 그럴 수 없었어요. 캐서린은 그 일을 남몰래 직감하고는 끔찍한 예상이 점차 확신으로 굳어가는 상황에 대해 곰곰이 생각했습니다.

목요일이 돌아왔을 때, 캐시는 차마 말을 타고 나가겠다는 말을 꺼낼 수 없었죠. 제가 대신 그 말을 꺼내고는 바깥세상에 나가도 좋다는 허락을 받아냈습니다. 그때 캐시에게는 아버지가 매일 들러서 겨우 잠깐 앉아 있는 서재와 아버지의 방이 온 세상이나 다름없었거든요. 캐시는 아버지의 침대 머리맡에 몸을 숙이고 있거나 아버지 옆에 앉아 있지 않은 모든 순간을 아까워했습니다. 캐시의 얼굴은 아버지를 밤새 간호하며 슬퍼하느라 점차 야위어갔고, 그래서 나리는 캐시가 다른 풍경을 보고 다른 사람을 만나면 좀 행복해지리라 생각하고는 기꺼이 외출을 허락했던 것이지요. 이제는 자기가 죽어도 캐시가 완전히 혼자 남겨지진 않을 거라는 희망을 위안으로 삼으며 말이에요.

나리는 고정관념을 가지고 있었습니다. 나리가 무심코 입 밖에 낸 말들로 추측하건대, 나리는 조카의 외모가 자신을 닮았으니 성격도 닮았을 거라고 여겼던 것 같아요. 게다가 린턴의 편지에는 성격적 결함이 거의, 아니 전혀 나타나지 않았거든요. 저는 어쩔 수 없이 마음이 약해진 탓에 그런 잘못을 바로잡아주기가 꺼려졌습니다. 사실을 알아봤자 어떻게 해볼 도리도 기회도 없을 텐데, 괜히 알려줘서 삶의 마지막 순간을 방해해봐야 무슨 소용이 있겠느냐는 생각이 들기도 했고요.

우리는 외출을 오후로 미뤘습니다. 8월의 황금빛 오후였죠. 언덕에서 불어오는 모든 바람의 숨결이 어찌나 생명으로 충만한지, 그것을 들이마시기만 하면 죽어가던 사람도 되살아날 것 같았어요.

캐서린의 얼굴은 꼭 풍경 같았습니다. 그림자와 햇빛이 그 얼굴을 재빨리 연달아 스쳐 지나갔어요. 하지만 그림자는 더 오래 머물렀고, 햇빛은 아주 잠시만 머물렀죠. 가엾은 캐서린은 그렇게 잠시나마 아버지를 돌보는 일을 잊은 것마저 자책했어요.

우리는 린턴이 지난번과 같은 자리에서 우리를 기다리고 있는 모습을 보았죠. 아가씨가 말에서 내리더니 저에게 말하길, 자기는 아주 조금만 있다가 가기로 마음먹었으니까 조랑말의 고삐를 잡고 계속 말에 타고 있으라고 하더군요. 하지만 저는 동의하지 않았습니다. 제가 맡기로 한 아가씨를 시야에서 잠시라도 놓치는 위험을 무릅쓸 수는 없는 노릇이었죠. 그래서 우리는 히스로 뒤덮인 비탈을 함께 올라갔습니다.

히스클리프 도련님은 지난번보다 더 활기차게 우리를 맞이했어요. 하지만 기분이 좋다거나 기뻐서는 아니었습니다. 두려운 것 같았어요.

"늦었네!" 린턴이 간신히 힘을 내어 짧게 말했어요. "아버지가 많이 아프신 거야? 나는 네가 안 오는 줄 알았어."

"왜 솔직하질 못하니?" 캐서린이 인사를 하려다 말고 외쳤습니다. "왜 나를 보고 싶지 않다고 속 시원히 말 못 하는 거야? 우리를 둘 다 괴롭히려는 것 말고 다른 이유는 없어 보이는데, 그것 때문에 나를 여기까지 다시 불러내는 건 이상한 일이잖아!"

린턴은 몸을 떨면서 반은 간청하는 듯하고 반은 부끄러워하는 듯한 눈빛으로 캐시를 힐끗 쳐다봤어요. 하지만 캐시는 이런 수수께끼 같은 행동을 참아줄 만큼 인내심이 넘치지 않았습니다.

"아버지가 **정말** 많이 아프셔." 캐시가 말했어요. "그런데 왜 아버지의 침대 옆을 지키고 있는 나를 불러내는 거니? 내가 약속을 지키지 않길 바랐다면, 왜 내게 편지를 보내서 약속을 지킬 필요가 없다고 알려주지 않았니? 말해! 나는 해명을 꼭 들어야겠어. 시시한 농담이나 주고받으며 놀고 싶은 생각은 머릿속에서 싹 다 사라졌다고. 그리고 이제 나는 너의 가식적인 행동에 비위를 맞춰줄 생각이 없어!"

"가식적인 행동이라니!" 린턴이 중얼거렸어요. "뭐가 가식
적이라는 거야? 제발 캐서린, 그렇게 화난 표정 짓지 마! 나
를 경멸하려면 얼마든지 그렇게 해. 나는 쓸모없는 겁쟁이니
까. 아무리 멸시당해도 부족하겠지! 하지만 나는 너무 보잘것
없어서 네가 화를 내기에도 아까운 인간이야. 그러니 우리 아
버지를 미워하고, 나는 그냥 경멸해줘!"

"말도 안 돼!" 캐서린이 잔뜩 화를 내며 외쳤어요. "이런 바
보, 멍청이 같은 놈! 저것 좀 봐! 내가 정말 손찌검이라도 한
까봐 벌벌 떨잖아! 경멸해달라고 부탁할 필요 없어, 린턴. 누
구든 네 꼴을 보면 얼마든지 자발적으로 경멸해줄 테니까. 이
거 놔! 집에 돌아갈 테야. 너를 벽난로 앞에서 끌어낸 것도,
이런 가식도 다 어리석은 짓이야. 우리가 가식적으로 행동할
이유가 대체 뭐지? 이 옷 놔. 네가 정말 겁에 질린 얼굴로 운
다고 내가 너를 동정한다면, 너는 그런 동정을 뿌리쳐야 마땅
해. 엘런, 이런 행동이 얼마나 수치스러운 짓인지 얘한테 좀
말해줘. 일어나, 그리고 비열한 도마뱀처럼 네 품위를 떨어뜨
리지 마! 그러지 **말라고!**"

린턴은 그 나약한 몸을 바닥에 내던진 채 괴로운 표정으로
눈물을 줄줄 흘리고 있었죠. 격렬한 공포로 경련을 일으키는
듯 보이더군요.

"아아!" 린턴이 흐느꼈어요. "난 도저히 견딜 수가 없어! 캐
서린, 캐서린, 나는 배신자이기도 하지만 왜 그런지 네게 말
해줄 수가 없어! 하지만 네가 날 떠나면 나는 죽임을 당하고

말 거야! **사랑하는** 캐서린, 내 목숨은 네 손에 달렸어. 너는 전에 나를 사랑한다고 말했고, 만약 정말 그렇다면 그게 너한 테 해가 되는 일은 아닐 거야. 그러니 가지 않을 거지? 친절 하고 다정하고 착한 캐서린! 그리고 **어쩌면** 너는 승낙할지도 몰라. 그럼 아버지는 나를 네 곁에서 죽게 해주겠지!"

아가씨는 린턴이 극도로 괴로워하는 걸 보고는 몸을 굽혀 린턴을 일으켜주었습니다. 너그럽고 다정했던 옛 감정이 짜 증을 압도한 나머지 아가씨는 완전히 마음이 움직인 동시에 불안해지고 말았어요.

"무슨 승낙?" 캐시가 물었어요. "가지 않고 더 있어주겠다는 승낙? 이 이상한 이야기가 대체 무슨 소린지 말해주면 그러 든가 할게. 네가 모순된 말을 하니까 머리가 어질어질하잖아! 진정하고 솔직히 말해봐. 네 마음을 짓누르는 모든 이야기를 당장 털어놓으라고. 나를 해치려는 건 아니잖아, 안 그래? 네 가 막을 수만 있다면 어떤 적도 나를 해치게 내버려두진 않 을 거잖아? 나는 네가 자신의 문제에서는 겁쟁이더라도, 너 의 가장 친한 친구를 배신하는 겁쟁이는 아닐 거라고 믿어."

"하지만 아버지가 나를 위협했어." 소년이 몹시 여윈 손으 로 깍지를 끼고는 헐떡이며 말했어요. "나는 아버지가 무서 워. 아버지가 무섭다고! 그러니 **감히** 네게 말해줄 수가 없어!"

"그럼 좋아!" 캐서린이 경멸과 연민이 뒤섞인 목소리로 말 했어요. "그 비밀을 지키도록 해. **나는** 겁쟁이가 아니니까, 네 몸이나 잘 보살펴. 나는 두렵지 않아!"

캐서린의 담대함이 린턴의 눈물샘을 자극했습니다. 린턴은 격렬히 울면서 자신을 부축해주는 캐서린의 손에 입을 맞추었는데, 그러면서도 비밀을 털어놓을 용기는 내지 못했죠.

저는 그 비밀이 무엇일지 곰곰이 생각해보았고, 캐서린이 린턴이나 다른 누구를 도와주려다가 고통받는 일은 절대 없도록 호의를 베풀어야겠다고 다짐했어요. 그런데 그때 히스 꽃밭 사이에서 바스락거리는 소리가 들려 위를 쳐다보니 하이츠에서 내려온 히스클리프 씨가 거의 우리 바로 앞까지 와 있더군요. 그는 린턴의 흐느낌이 들릴 만큼 두 아이와 충분히 가까이 있었는데도 그들에게 눈길 한번 주지 않았어요. 하지만 저에게는 다른 누구에게도 그러지 않았을 법한 꽤나 다정한 목소리로 크게 인사를 건넸고, 저는 그것의 진정성을 의심할 수밖에 없었습니다. 그가 이렇게 말했어요.

"넬리, 우리 집 근처에서 만나다니 정말 반갑군! 그레인지 분들은 다들 별고 없으신가? 궁금하군! 그런데 들리는 소문에 의하면……." 그가 낮은 목소리로 말을 이었어요. "에드거 린턴이 오늘내일한다던데. 아마 과장이겠지?"

"아뇨, 나리는 죽어가고 계세요." 제가 대답했습니다. "그건 분명한 사실이죠. 우리 모두에게는 슬픈 일이겠지만, 나리께는 축복일 거예요!"

"얼마나 버틸 것 같은가?" 그가 물었어요.

"나도 모르죠." 제가 말했어요.

"왜 묻느냐면……." 히스클리프가 두 아이를 쳐다보며 말을 이었어요. 두 아이는 그가 지켜보는 가운데 꼼짝도 하지 못했는데, 린턴은 감히 조금이라도 움직이거나 고개도 들지 못하는 것 같았고, 캐서린도 몸을 움직이지 못했죠. "왜 묻느냐면, 저기 저 녀석이 나를 쩔쩔매게 만들기로 작정한 것 같거든. 그래서 녀석의 외삼촌이 좀 서둘러서 녀석보다 먼저 가준다면 고마울 것 같아. 이런! 저 강아지 녀석이 계속 저따위 장난을 치고 있었던가? 자꾸 울고 보채면 어떻게 되는지 **제대로** 가르쳐주었건만. 린턴 양이랑 대체로 활기차게 놀던가?"

"활기차게요? 아뇨, 아주 괴로워 보이던데요." 제가 대답했어요. "제가 보기에 도련님은 연인과 함께 언덕을 산책하는 대신 침대에 누워서 의사의 보살핌을 받아야 해요."

"하루 이틀 뒤에 그렇게 될 거야." 히스클리프가 중얼거렸어요. "하지만 그 전에 먼저…… 일어나, 린턴! 일어나라고!" 그가 외쳤어요. "그렇게 땅에서 기어 다니지 말고, 당장 일어나!"

린턴은 감당하지 못할 두려움에 또다시 발작을 일으키며 쓰러져 있었는데, 아마 아버지의 시선 때문에 그랬던 것 같아요. 그런 굴욕적인 모습을 보일 다른 이유는 없었으니까요. 린턴은 아버지의 말에 따르려고 몇 차례 애썼지만 얼마 안 되는 힘마저 소진했는지 신음과 함께 다시 쓰러지고 말았습니다.

히스클리프 씨가 다가가 린턴을 일으키고는 잔디의 솟은 부분에 기대놓더군요.

"이제는 점점 화가 치미는군." 히스클리프가 흉포함을 억누르며 말했어요. "너의 그 쥐꼬리만 한 기운이라도 내지 않으면…… **망할** 녀석! 당장 일어나지 못해!"

"일어날게요, 아버지!" 린턴이 헐떡이며 말했어요. "그저 잠시만 이렇게 내버려두세요. 안 그러면 기절할 것 같아요! 저는 분명 아버지가 시키는 대로 했어요. 캐서린한테 물어보시면 제가, 제가, 기운찬 모습을 보였다고 할 거예요. 아아! 캐서린, 내 옆에 있어줘. 손 좀 내밀어줘."

"내 손을 잡아라." 린턴의 아버지가 말했어요. "벌떡 일어나! 자, 그래. 린턴 양이 부축해줄 거야. 그렇지, **린턴** 양을 좀 보렴. 이 녀석을 이렇게 겁에 질리게 했으니 린턴 양은 내가 악마나 다름없다고 생각하겠군. 부탁인데 이 녀석을 집까지 바래다주지 않겠나? 나는 손만 대도 녀석이 벌벌 떠니까."

"린턴!" 캐서린이 속삭였어요. "나는 워더링 하이츠에 못 가. 아빠가 가지 말라고 했단 말이야. 히스클리프 씨는 너를 해치지 않을 텐데 왜 그렇게 두려워하니?"

"나는 저 집에 다시는 들어가지 못해." 린턴이 대답했어요. "네가 없으면 다시 못 들어간다고!"

"그만!" 린턴의 아버지가 외쳤어요. "캐서린이 아버지 때문에 양심의 가책을 느끼지 않으려는 걸 존중해줘야지. 넬리, 이 녀석을 집 안으로 데려가줘. 그럼 넬리의 조언에 따라 당장 의사를 부를 테니까."

"알아서 잘 하시겠죠." 제가 말했어요. "그런데 저는 아가씨 곁을 지켜야만 해요. 히스클리프 씨 아들을 챙기는 건 제 일이 아니에요."

"거참 딱딱하게 구는군!" 히스클리프가 말했어요. "그건 나도 알아. 그럼 어쩔 수 없이 이 애를 꼬집어 비명을 지르게 만들어서 넬리의 동정심을 자극하는 수밖에. 자, 이리 오렴, 우리 용감한 린턴. 내가 바래다줄 테니 집으로 돌아가겠니?"

히스클리프가 다시 한번 다가가 그 연약한 것을 붙잡는 시늉을 했고, 그러자 린턴은 뒷걸음질하며 사촌에게 매달리더니 함께 가달라고 애원했어요. 미친 듯이 끈질기게 요구해서 도저히 거부할 수 없을 지경이었죠.

절대 안 된다고 생각하면서도 캐시를 막을 수 없었어요. 캐시로서도 어떻게 린턴을 물리칠 수 있었겠어요? 왜 린턴이 그토록 두려움에 사로잡혔는지는 알 도리가 없었습니다. 어쨌든 린턴은 두려움에 사로잡혀 무력한 상태였고, 조금만 더 심해져도 그 충격으로 백치가 되어버릴 것만 같았어요.

우리는 그 집 문지방에 이르렀습니다. 캐서린은 안으로 들어갔고, 저는 캐서린이 환자를 의자에 앉히고 곧장 나오기를 기다리며 밖에 서 있었어요. 그때 히스클리프 씨가 저를 안으로 떠밀며 외쳤어요.

"우리 집에 전염병이 도는 건 아니니까 걱정 마, 넬리. 그리고 오늘은 어쩐지 손님에게 친절히 대해주고 싶은 기분이로군. 앉아. 문은 닫을게."

히스클리프는 문을 닫고는 잠그기까지 하더군요. 저는 움찔했습니다.

"차 좀 마시고 가지." 그가 덧붙여 말했어요. "집에는 나뿐이야. 헤어턴은 바람을 피할 수 있는 곳으로 소 떼를 끌고 갔고, 질라와 조지프는 놀러 갔어. 물론 혼자 지내는 것에 익숙하긴 하지만, 가능하면 재미있는 사람이랑 함께 있는 게 낫겠지. 린턴 양, **그 녀석** 옆에 앉아. 내가 주는 선물이야. 받을 가치도 없는 선물이긴 하지만 줄 게 그것뿐이군. 린턴 말이야.
눈이 아주 휘둥그레졌군그래! 나를 두려워하는 것들을 보면
아주 사납게 굴고 싶어지니 참 이상한 일이지! 내가 법이 덜
엄격하고 취향이 덜 고상한 곳에서 태어났더라면 하룻저녁
오락거리 삼아 저 둘을 산 채로 천천히 해부했을 거야."

그가 숨을 들이쉬더니 테이블을 내리치며 혼자 욕을 내뱉
었어요.

"이런 망할! 정말 꼴 보기 싫은 녀석들이로군."

"나는 당신이 두렵지 않아!" 히스클리프가 한 마지막 말을
듣지 못한 캐서린이 외쳤어요.

캐서린은 검은 눈을 분노와 결의로 번쩍이며 그에게 바싹
다가섰죠.

"그 열쇠 이리 내놔. 당장!" 캐서린이 말했어요. "굶어 죽는
한이 있더라도 여기서는 먹지도 마시지도 않을 테야."

히스클리프는 테이블에 있던 열쇠를 거머쥐었습니다. 그는
그 대담함에 좀 놀란 듯이 캐서린을 쳐다보았는데, 어쩌면 그
목소리와 눈빛에서 그것을 물려준 사람을 떠올렸는지도 모
르죠.

캐서린은 열쇠를 잡아채려고 달려들어 히스클리프의 느슨
해진 손에서 그것을 빼내는 데 반쯤 성공했지만, 캐서린의 행
동에 다시 정신을 차린 그가 재빨리 열쇠를 빼앗았어요.

"자, 캐서린 린턴." 그가 말했죠. "물러서지 않으면 나가떨어
지게 해주겠어. 그러면 딘 부인이 화가 나서 눈이 뒤집히겠지."

이런 경고에도 캐서린은 열쇠를 쥔 히스클리프의 손을 다

시 한번 붙잡았습니다.

"우린 **갈** 거야!" 캐서린이 그 무쇠 같은 주먹을 펴려고 안간 힘을 쓰며 거듭 말했어요. 손톱으로 할퀴어도 소용없자 이로 꽉 깨물었죠.

저는 그 상황에 개입하려다가 히스클리프가 던진 시선에 순간 멈칫하고 말았어요. 캐서린은 손에만 몰두한 나머지 그의 얼굴을 보지 못했죠. 그가 갑자기 손을 펴더니 문제의 열쇠를 내주었습니다. 하지만 캐서린이 열쇠를 손에 넣기도 전에 자유로워진 손으로 캐서린을 붙잡아 무릎을 꿇리더니 다른 쪽 손으로 캐서린의 양 뺨을 사정없이 후려갈겼어요. 붙잡혀 있지 않았다면 한 대만 맞았어도 그의 위협대로 나가떨어지고 말았을 겁니다.

이 끔찍한 폭행에 저는 미친 듯이 날뛰며 달려들었어요.

"이런 악당 놈!" 저는 외치기 시작했죠. "이런 악당 놈!"

가슴을 한 번 떠밀리자 입이 다물어지고 말았습니다. 저는 뚱뚱해서 금방 숨이 차거든요. 그런 데다가 화까지 치밀어서 현기증이 난 탓에 휘청거리며 뒤로 물러났고, 당장에라도 질식사하거나 혈관이 터져버릴 것만 같았어요.

소란은 이 분 만에 끝났습니다. 그에게서 풀려난 캐서린은 양손을 관자놀이에 대고는 양쪽 귀가 제자리에 붙어 있는지 떨어져 나갔는지도 모르겠다는 표정을 지었어요. 가엾은 캐서린은 갈대처럼 몸을 떨면서 완전히 어리둥절한 표정으로 테이블에 몸을 기댔습니다.

"보시다시피 나는 아이들을 꾸짖는 법을 잘 알거든." 그 악당이 바닥에 떨어뜨린 열쇠를 주우려고 몸을 굽히며 험악하게 말했어요. "이제 내가 말한 대로 린턴 옆으로 가. 가서 안심하고 울도록 해! 내일이면 나는 네 시아버지가 될 테고, 며칠 후면 네 유일한 아버지가 될 텐데, 그러면 정말 실컷 울 수 있을 거다. 다시 한번 그런 사악한 눈빛을 보이다 나한테 걸리면, 너는 약골이 아니니까 날마다 아주 본때를 보여주지!"

캐시는 린턴 대신 저에게로 달려와 무릎을 꿇더니 달아오른 뺨을 제 무릎에 파묻고 큰 소리로 울기 시작했어요. 캐시의 사촌은 긴 의자 구석에 쥐새끼처럼 조용히 웅크리고는 자신이 아닌 다른 사람에게 처벌이 내린 것을 기뻐하는 눈치더군요.

히스클리프 씨는 우리 모두가 어리둥절해하는 모습을 보고는 자리에서 일어나 신속히 차를 끓였어요. 찻잔과 받침 접시가 차려졌죠. 그가 차를 한 잔 따라 제게 건넸습니다.

"이거 마시고 화 풀지." 그가 말했어요. "저 말 안 듣는 녀석들한테는 넬리가 차를 좀 따라줘. 내가 끓였지만 독은 안 탔어. 나는 나가서 너희가 타고 온 말이나 찾아올 테니."

그가 떠나자마자 우리의 머릿속에 가장 먼저 떠오른 생각은 무조건 어디로든 탈출해야 한다는 것이었어요. 우리는 부엌문을 통해 나가보려 했지만 그 문은 밖에서 잠겨 있었습니다. 창문도 살펴봤는데 폭이 너무 좁아서, 심지어 캐시의 작은 몸집으로도 빠져나갈 수 없겠더라고요.

"린턴 도련님." 우리가 완전히 갇혔다는 걸 알고서 제가 외쳤습니다. "도련님은 도련님의 악마 같은 아버지가 뭘 원하는

지 알고 있을 테니 우리에게 말해봐요. 안 그러면 아버지가 아가씨한테 했던 것처럼 제가 도련님의 따귀를 때려줄 거예요."

"그래, 린턴. 꼭 말해줘야 해." 캐서린이 말했어요. "나는 너 때문에 여기 들어온 거잖아. 그러니 말해주지 않으면 그건 정말 사악하고 배은망덕한 짓이야."

"목마르니까 차 좀 줘. 그러면 말해줄게." 린턴이 말했어요. "딘 부인, 저리 가. 그렇게 옆에서 나를 쳐다보고 있지 말라고. 아니, 캐서린, 찻잔에 네 눈물이 떨어지고 있잖아! 그건 안 마실래. 다른 잔에 다시 따라줘."

캐서린은 다른 잔을 린턴에게 내밀고서 눈물을 닦았습니다. 저는 그 비열한 녀석이 자기는 이제 위협받을 일이 없다며 평정을 되찾은 모습에 넌더리가 났죠. 황야에서 보였던 괴로움은 워더링 하이츠에 들어오자마자 잦아들었습니다. 그래서 저는 린턴이 우리를 집 안으로 유인하는 데 실패하면 끔찍한 심판이 뒤따를 거라는 위협을 받았으며, 그 일을 완수했으므로 당장은 두려워할 게 없어진 모양이라고 짐작했어요.

"아빠는 우리가 결혼하길 바라셔." 린턴이 차를 조금 홀짝거린 후 말을 이었어요. "그리고 아빠는 너희 아빠가 지금 당장 우리를 결혼시킬 마음이 없다는 걸 아셔. 그런데 더 기다리면 내가 죽을까봐 걱정하시는 거지. 그래서 우리는 내일 아침에 결혼해야 하고, 그러려면 너는 밤새 여기 머물러야 해. 만일 아빠가 바라는 대로만 하면 너는 내일 집으로 돌아갈 수 있을 거고, 나도 데려갈 수 있을 거야."

"아가씨가 도련님을 데려간다고요? 요정이 바꿔치기한 아이 같은 한심한 도련님을?" 제가 외쳤어요. "**도련님이** 결혼을 한다고요? 아니, 히스클리프 씨는 미쳤거나 우리 모두를 바보로 아나보네요. 그리고 도련님은 저 아름다운 아가씨가, 저 건강하고 쾌활한 아가씨가 도련님처럼 다 죽어가는 원숭이 새끼랑 부부의 연을 맺으리라고 생각하는 건가요? 캐서린 린턴 양은 고사하고, 도련님을 남편으로 맞이할 사람이 이 세상에 **있긴** 할 거라고 생각하는 거예요? 응애응애 우는 악랄한 술수로 우리를 여기 끌어들인 것만으로도 매를 맞을 일인데. 그런 바보 같은 표정은 집어치워요, 당장! 비열한 배신을 하고도 얼간이 같은 표정을 꾸미는 걸 보니 아주 호되게 흔들어주고 싶은 심정이네요."

살짝 흔들었을 뿐인데 린턴은 기침하기 시작하더니 늘 하던 대로 신음을 내며 울었고, 캐서린은 저를 꾸짖었어요.

"밤새 여기 머무르라고? 싫어!" 캐서린이 천천히 주위를 둘러보며 말했어요. "엘런, 나는 저 문을 불태워서라도 여기서 나가고야 말겠어."

이번에도 린턴이 자신의 소중한 몸을 사리며 놀라서 일어나지 않았다면, 캐서린은 당장에라도 그 위협을 실행에 옮겼을 거예요. 린턴은 여린 두 팔로 캐서린을 끌어안고 흐느꼈습니다.

"나랑 결혼해서 나를 살려주면 안 되겠니? 나를 그레인지로 데려가주면 안 되겠어? 아아, 사랑하는 캐서린! 나를 두고 가면 안 돼. 너는 우리 아버지 말에 **반드시** 따라야만 해. **반드시** 그래야만 한다고!"

"나는 우리 아버지 말을 따라야만 해." 캐서린이 대답했어요. "그리고 고통스럽게 조마조마하고 계실 아버지의 불안을 없애드려야 해. 밤새 있으라니! 아버지가 얼마나 불안해하시겠어? 벌써 괴로워하고 계실 거야. 나는 때려 부수든 불태우든 이 집에서 나가고야 말 거야. 조용히 해! 내가 너를 어쩌진 않겠지만, 만일 나를 방해한다면…… 린턴, 나는 너보다 아빠를 더 사랑해!"

아버지가 화낼 거라는 생각에 몹시 두려워진 린턴은 또다시 겁쟁이가 되어 열변을 토했어요. 캐서린은 몹시 흥분한 나머지 거의 제정신이 아니었습니다. 하지만 그러면서도 집에 가야 한다고 계속 주장했고, 린턴에게 이기적인 이유로 고통스러워하는 일은 제발 그만두라고 애원했어요.

둘이 이러고 있는 동안 우리의 교도관이 다시 들어왔습니다.

"너희가 타고 온 말들은 사라져버렸어." 그가 말했어요. "아니, 린턴! 또 칭얼거리는 거냐? 캐서린이 너한테 무슨 짓을 한 거지? 자, 자, 그만하면 됐으니 가서 자도록 해. 한두 달만 지나면 지금 캐서린이 하는 포악한 짓을 힘찬 손찌검으로 갚아줄 수 있을 거다. 너는 순수한 사랑을 갈망하고 있잖아, 그렇지? 그것 말고는 이 세상에서 바라는 게 없잖아. 그러니 이제 캐서린이랑 결혼하게 될 거다! 자, 이제 가서 자거라! 질라는 오늘 밤에 안 돌아오니까 옷은 혼자서 갈아입도록 해. 뚝! 조용히 좀 해! 네가 방으로 돌아가면 나도 가까이 가지 않을 테니 두려워할 필요 없어. 뜻밖에도 일을 웬만큼 잘해냈구나. 나머지 일은 내가 알아서 하마."

히스클리프는 이렇게 말하며 아들이 나가도록 문을 열고서 잡아주었습니다. 린턴은 마치 자신을 돌보는 사람이 앙심을 품고 목을 조르기라도 할까봐 의심하는 스패니얼처럼 그 문을 빠져나갔어요.

문은 다시 잠겼습니다. 히스클리프는 저와 아가씨가 말없이 서 있던 난롯가로 다가왔어요. 캐서린이 고개를 들더니 무의식적으로 손을 뺨으로 가져갔습니다. 그가 가까이 다가오자 고통의 감각이 되살아난 것이죠. 다른 사람이라면 그런 아이 같은 행동에 인정사정없는 모습을 보일 수 없었겠지만, 그는 도끼눈을 뜨고 캐서린을 노려보며 이렇게 중얼거렸어요.

"그래, 너는 내가 두렵지 않다고? 용기를 참 잘도 숨기시는 군. 내가 **보기엔** 지독히 무서워하는 것 같은데 말이야!"

"지금은 **두려워요.**" 캐서린이 대답했어요. "왜냐하면 내가 여기 있으면 아빠가 불행해질 테니까요. 그리고 나는 아빠가 불행해지는 건 참을 수 없어요. 아빠는…… 아빠는……. 히스클리프 씨, 나를 **그냥** 집에 보내주세요! 린턴이랑 결혼하겠다고 약속할게요. 아빠도 좋다고 하실 거고, 나도 린턴을 사랑해요. 내가 자진해서 하겠다는데 왜 억지로 시키시려는 거죠?"

"억지로 시키기만 해봐요!" 제가 외쳤어요. "우리가 외딴 시골에 살고 있긴 하지만, 그래도 이 나라에는 감사하게도 법이라는 게 있다고요! 저는 설령 히스클리프 씨가 제 아들이라고 해도 고발할 거고, 이 죄는 성직자의 특권•도 적용되지 않는 중죄예요!"

"조용히 해!" 그 악당이 말했어요. "정말 더럽게 시끄럽네!

넬리는 입 다물고 있어. 린턴 양, 린턴 양의 아버지가 불행해 진다고 생각하니 정말이지 즐겁군. 너무 만족스러워서 잠도 안 올 것 같아. 린턴 양이 앞으로 스물네 시간 동안 우리 집에 머물게 되는 데 방금 그 말보다 더 확실한 결정타도 없었을 거야. 린턴과 결혼하겠다고 약속한다니, 린턴 양이 그 약속을 지키도록 내가 도와주지. 그 약속을 지키기 전까지는 이 집을 떠날 수 없을 테니까."

"그럼 엘런이라도 보내서 내가 무사하다는 걸 아빠에게 알리게 해줘요!" 캐서린이 비통한 눈물을 흘리며 외쳤어요. "아니면 지금 당장 결혼시켜주든가. 불쌍한 아빠! 엘런, 아빠는 우리가 길을 잃었다고 생각할 거야. 어쩌면 좋지?"

"글쎄, 그럴까? 네 아버지는 네가 시중을 드는 데 지쳐서 잠깐 놀러 나갔다고 생각할 거야." 히스클리프가 대답했어요. "아버지의 명령을 무시하고 자진해서 내 집에 들어왔다는 걸 너도 부정하진 못할 거다. 그리고 네 나이 때는 놀고 싶어 하는 게 너무나도 당연한 일이지. 환자, 그것도 **겨우** 아버지일 뿐인 사람을 간호하는 데 싫증이 나는 것도 당연한 일이고. 캐서린, 네 아버지의 가장 행복한 나날은 네가 태어나면서 막을 내렸어. 네 아버지는 네가 이 세상에 태어난 것을 저주했을 거야(적어도 나는 그랬지). 그러니 **네 아버지가** 세상을 떠나면서 너를 저주하는 것도 썩 괜찮은 일이겠어. 나도 함께 저

● 법정 대신 교회 내에서 재판받는 특권으로, 영국에서는 1827년에 폐지되었다.

주해주지. 나는 널 사랑하지 않아! 내가 어떻게 그럴 수 있겠어? 그래, 실컷 울어라. 앞으로 네가 기분 전환을 위해 가장 즐겨 할 일은 우는 게 될 것 같으니까. 린턴이 다른 상실감을 보상해준다면 또 모르겠지만. 너의 선견지명이 있는 아버지께서는 린턴이 그렇게 해주리라고 생각하는 모양이야. 네 아버지가 보낸 충고와 위로의 편지는 아주 즐겁게 읽었지. 마지막 편지에서는 린턴에게 자신의 보물 같은 딸을 세심하게 돌봐주고 결혼하면 다정히 대해주라고 부탁하더군. 돌봐주고 다정히 대해주라니, 정말 아버지다운 말이야. 하지만 린턴은 그런 돌봄과 다정함을 온통 자기한테 쏟아부어야 하는 녀석이거든. 린턴은 어린 폭군 노릇 같은 건 아주 잘할 수 있어. 이빨이 뽑히고 발톱이 부서진 고양이라면 몇 마리가 됐든 고문을 하듯 괴롭혀줄 수 있다고. 장담하건대 네가 다시 집에 돌아갈 때면 린턴의 **다정함**에 대한 멋진 이야기들을 그 녀석의 외삼촌에게 들려줄 수 있을 거다."

"옳지!" 제가 말했어요. "당신 아들의 성격을 말해줘요. 당신 아들이 당신을 얼마나 닮았는지 알려주라고요. 그러면 캐시 양도 그런 독사와 결혼하는 일을 재고해볼 거예요!"

"이제는 녀석의 그런 사랑스러운 성격에 대해 말해줘도 상관없긴 하지." 그가 대답했어요. "왜냐하면 린턴 양은 녀석을 받아들이거나 넬리의 주인 나리가 죽을 때까지 넬리와 함께 여기서 죄수로 지내야 할 테니까. 나는 너희 둘을 정말 아무도 모르게 여기 붙들어둘 수 있어. 내 말이 의심되면 린턴 양에게 약속을 철회하라고 해봐. 그러면 내 말이 사실인지 아닌지 알게 될 테니까!"

"나는 약속을 철회하지 않을 거예요." 캐서린이 말했어요. "만일 린턴과 결혼하고 나서 스러시크로스 그레인지로 갈 수 있다면 당장 그렇게 하겠어요. 히스클리프 씨, 당신은 잔인한 사람이지만 악마는 아니잖아요. 그리고 당신은 **단지** 악의 때문에 제 모든 행복을 돌이킬 수 없게 망가뜨리진 않을 거잖아요. 만일 아빠가 제가 일부러 당신을 내버려두었다고 생각한다면, 제가 돌아가기 전에 돌아가시기라도 한다면 저는 앞으로 어떻게 살란 말이에요? 나는 이제 안 울어요. 대신 히스클리프 씨 앞에 이렇게 무릎을 꿇겠어요. 그리고 저를 쳐다보실 때까지 일어나지도 않고 히스클리프 씨 얼굴에서 눈을 떼지도 않겠어요! 아니, 외면하지 마세요! **저를** 보세요! 화내실 일은 전혀 하지 않겠어요. 저는 당신을 미워하지 않아요. 저는 당신한테 맞았다고 화가 나지도 않았어요. 고모부는 평생 살면서 **누구도** 사랑해본 적이 없나요? **단** 한 번도? 아아! 한 번만이라도 쳐다봐주세요. 저는 정말 비참해요. 고모부는 저를 불쌍히 여기고 동정하실 수밖에 없을 거예요."

"그 도마뱀 같은 손가락 저리 치우고 물러서. 안 그러면 걷어차버릴 테니까!" 히스클리프가 캐서린을 난폭하게 물리치며 외쳤어요. "차라리 뱀한테 안기는 게 낫겠어. 대체 어떻게 나한테 알랑거릴 생각을 하는 거지? 정말 **혐오스럽군!**"

그는 어깨를 으쓱했어요. 마치 혐오감이 벌레처럼 피부를 타고 올라오기라도 하듯 진저리를 치더니 의자를 뒤로 밀어버리더군요. 그러는 동안 저는 자리에서 일어나 입을 열고 한

바탕 욕을 퍼부어주려 했습니다. 하지만 첫 문장도 끝내기 전에 입을 다물 수밖에 없었는데, 한마디만 더 내뱉으면 방에 혼자 가둬버리겠다는 위협 때문이었죠.

날이 어두워지고 있었습니다. 정원 대문 쪽에서 사람들 목소리가 들려왔어요. 집주인이 즉시 뛰쳐나가더군요. **그는** 빈틈이 없었고, **우리는** 빈틈이 많았습니다. 그는 이삼 분 정도 이야기를 나누더니 혼자 돌아왔어요.

"아가씨의 사촌 헤어턴인 줄 알았는데 말이죠." 제가 캐서린에게 말했어요. "헤어턴이 오면 좋겠어요! 그가 우리 편을 들어줄지 누가 알겠어요?"

"그레인지에서 너희를 찾으러 온 하인 세 명이었어." 히스클리프가 제 말을 듣고는 말했어요. "격자창을 열고 소리를 질렀어야지. 하지만 장담하건대, 저 건방진 것은 넬리가 그러지 않아서 기뻐하고 있을 거야. 어쩔 수 없이 계속 있게 돼서 기뻐하는 게 틀림없어."

우리는 절호의 기회를 놓쳤다는 걸 알고서 둘 다 걷잡을 수 없는 비탄에 빠졌어요. 히스클리프는 9시까지 우리를 울부짖게 내버려두었죠. 그러고는 우리에게 부엌을 통해서 위층 질라의 방으로 올라가라고 말했어요. 저는 캐서린에게 그 말에 따르자고 속삭였죠. 어쩌면 그곳의 창문을 통해 빠져나가거나 다락방으로 가서 천창으로 빠져나갈 수 있을지도 모르니까요.

하지만 그곳 창문은 아래층의 창문과 마찬가지로 폭이 너무 좁았고, 다락방으로 올라가는 구멍은 통과할 수 없었어요.

아까와 마찬가지로 안에서 잠겨 있었거든요.

우리는 둘 다 눕지 않았습니다. 캐서린은 격자창 옆에 자리를 잡고는 아침이 밝아오기를 걱정스레 기다렸고, 잠을 좀 자두라고 제가 몇 번씩이나 애원해도 들리는 대답이라고는 깊은 한숨뿐이었어요.

저는 흔들의자에 앉아 앞뒤로 몸을 흔들며 제가 저지른 수많은 직무 유기에 대해 스스로 가혹한 평가를 내렸어요. 그러자 저를 고용한 분들의 모든 불행은 저의 직무 유기 탓이었다는 생각이 들더군요. 사실 그렇진 않았고, 저도 그렇지 않다는 걸 알고 있었어요. 하지만 음울했던 그날 밤에는 어쩐지 그런 생각이 들었고, 그 모든 잘못이 히스클리프보다는 제 불찰로 벌어진 것이라는 생각까지 들었죠.

7시에 히스클리프가 오더니 린턴 양이 일어났는지 물었습니다.

캐시는 당장 문 앞으로 달려가서 대답했어요.

"네."

"자, 그럼 나와." 그는 문을 열더니 캐시를 끌어내며 말했어요.

저도 따라가려고 일어났는데 그가 다시 문을 잠가버렸습니다. 저는 저도 내보내달라고 요구했죠.

"조금만 기다려." 그가 대답했어요. "조금 있다가 아침 식사를 올려 보내줄 테니까."

저는 벽판을 쾅쾅 두드리며 빗장을 마구 흔들었고, 캐서린은 왜 아직도 저를 가둬두는 거냐고 물었죠. 히스클리프는 제가 한 시간은 더 견뎌야 한다고 대답하고는 캐서린을 데리고 가버렸습니다.

두세 시간쯤 견디자 마침내 발소리가 들렸는데 히스클리프는 아니었어요.

"먹을 걸 가져왔소." 누가 이렇게 말하는 소리가 들렸죠. "문 열어!"

당장 문을 여니 헤어턴이 온종일 먹어도 될 만큼의 음식을 잔뜩 들고 왔더군요.

"받어." 헤어턴이 제게 쟁반을 휙 밀며 덧붙였어요.

"조금만 있다 가요." 제가 말했어요.

"싫어!" 헤어턴은 이렇게 외치더니 제가 잡아두려고 아무리 사정해도 무시하고 자리를 떠버렸죠.

저는 그곳에 그날 내내 갇혀 있었고, 그다음 날에도, 그다음 날과 그다음 날에도 그곳에서 빠져나오지 못했어요. 총 닷새 밤과 나흘 낮 동안 갇혀 있으면서 매일 아침 헤어턴을 한 번 보는 것 외에는 다른 누구도 보지 못했고요. 그리고 헤어턴은 모범적인 교도관이었습니다. 정의감이나 동정심을 자극해보려고 아무리 애써도 무뚝뚝한 표정으로 입을 꾹 다문 채 들은 척도 하지 않았거든요.

제14장

닷새째 아침에, 좀 더 정확히는 오후에 그전과는 다른 가볍고 보폭이 좁은 발소리가 들려왔고, 이번에는 그 발소리의 주인이 방으로 들어왔어요. 질라였습니다. 몸에는 진홍색 숄을 두르고, 머리에는 검은 실크 보닛을 쓰고, 팔에는 버드나무 가지로 짠 바구니를 들고 있었죠.

"아이고, 이런! 딘 부인!" 질라가 외쳤어요. "아니! 기머턴에 소문이 쫙 퍼졌어요. 나도 딘 부인이 아가씨랑 같이 블랙호스 늪에 빠져 죽은 줄 알았는데, 주인 나리가 두 사람을 발견해서 여기로 데려왔다지 뭐예요! 세상에나! 다행히 늪 사이에 발 디딜 데라도 있었나보죠? 얼마나 오랫동안 거기 있었던 거예요? 우리 주인 나리가 딘 부인을 구해준 게 맞아요? 그런데 별로 마르진 않았네. 그렇게 힘들지는 않았나봐요, 그렇죠?"

"당신네 주인 나리는 천하에 둘도 없는 악당이에요!" 제가 대답했어요. "하지만 결국 책임져야 할걸요. 그따위 거짓말은 지어내봤자 헛일이지. 내가 전부 다 까발리고 말 테니까!"

"그게 무슨 소리예요?" 질라가 물었어요. "그건 주인 나리가 한 말이 아니라 읍내에서 떠도는 소문이에요. 다들 딘 부인이 늪에 빠졌대요. 그래서 나는 들어오면서 언쇼한테 이렇게 외쳤죠.

'아니, 헤어턴 씨, 제가 자리를 비운 사이에 괴이한 일이 일어나고 말았네요. 그 앞날이 창창한 아가씨랑 원기 왕성한 넬리 딘이 그렇게 되다니 이런 안타까운 일이 있나.'

헤어턴은 저를 빤히 쳐다보더군요. 아직 아무 이야기도 못 들은 것 같아서 떠도는 소문을 전해줬어요.

나리가 듣더니 혼자 웃으며 말하더군요.

'그 두 사람이 늪에 빠졌었는지 어쨌는지는 모르겠지만 지금은 나왔어, 질라. 넬리 딘은 지금 당신 방에 있지. 올라가거든 나가라고 전해. 열쇠는 여기 있어. 늪의 물이 머릿속에 스며서 완전히 미친 듯이 집으로 달려갈 기세였는데, 내가 정신이 들 때까지 잡아뒀지. 갈 수만 있다면 당장 그레인지로 가라고 말하고, 린턴 양은 그 집 나리의 장례식에 맞춰 갈 거라는 말도 전해줘.'"

"에드거 씨가 돌아가신 건 아니겠죠?" 제가 헐떡이며 말했어요. "아아! 질라, 질라!"

"아니, 안 돌아가셨어요. 일단 좀 앉으세요, 딘 부인." 질라가 대답했어요. "아직 많이 아픈 것 같네요. 에드거 씨는 아직 안 돌아가셨어요. 케네스 씨 말이 하루는 더 살 거라고 하던데요. 길에서 만났을 때 물어봤거든요."

저는 앉는 대신 외출복 등을 챙겨서 아래층으로 급히 내려 갔어요. 저를 막는 사람은 아무도 없었으니까요.

거실에 들어서자마자 캐서린의 소식을 알려줄 사람을 찾아 주위를 둘러보았습니다.

거실에는 햇살이 가득 들이비치고 문은 활짝 열려 있었지 만 주위에는 아무도 없었죠.

바로 가버릴까 아니면 다시 아가씨를 찾아볼까 망설이는데 난롯가에서 약한 기침 소리가 들려왔습니다.

린턴이 긴 의자를 독차지하고 누워서 막대 사탕을 빨며 무 관심한 눈빛으로 저의 움직임을 좇고 있었어요.

"캐서린 양은 어디 있죠?" 린턴이 혼자 있으니 겁을 주면 사실을 실토하겠지 싶어서 제가 엄하게 따졌어요.

린턴은 얼간이처럼 사탕만 빨더군요.

"집으로 돌아갔나요?" 제가 물었어요.

"아니." 린턴이 대답했어요. "2층에 있어. 캐서린은 못 가. 우리가 보내주지 않을 테니까."

"보내주지 않을 거라니, 이런 바보 녀석!" 제가 외쳤어요. "당장 아가씨가 있는 방으로 안내해요. 안 그러면 곡소리가 나게 만들어줄 테니까."

"거기 가려고 했다가는 넬리가 곡소리를 내게 될 거야. 아 빠가 그렇게 만들어줄걸." 린턴이 대답했어요. "아빠가 말하 길, 캐서린한테 너무 물렁물렁하게 굴면 안 된대. 캐서린은 내 아내인데 나를 떠나고 싶어 하는 건 괘씸한 일이랬어! 아 빠가 말하길, 캐서린은 나를 미워하고 내가 죽길 바란대. 그래야 내 돈을 가질 수 있으니까. 하지만 내 돈은 가지지 못하게 할 거야. 집에도 보내주지 않을 거야! 절대로 안 돼! 울든 병이 나든 마음대로 하라지!"

린턴은 다시 사탕을 빨면서 잠을 자려는 모양인지 눈을 감았어요.

"히스클리프 도련님." 제가 다시 말했습니다. "지난겨울, 캐서린 아가씨가 도련님에게 베푼 친절을 전부 잊었나요? 그때 도련님은 분명 아가씨를 사랑한다고 말했고, 아가씨는 몇 번이고 눈보라를 뚫고 와서 도련님한테 책도 가져다주고 노래도 불러줬잖아요. 아가씨는 하루라도 못 오면 도련님이 실망할 거라며 울곤 했어요. 그리고 그때 도련님은 아가씨가 자기한테 백배 과분하다고 느꼈잖아요. 그런데 도련님의 아버지가 도련님과 아가씨를 둘 다 혐오하는 걸 알면서도 이제 와서 그 사람이 하는 거짓말을 믿다니요! 게다가 아버지랑 한패가 되어 아가씨에게 등을 돌리다니. 은혜 한번 참 잘 갚는군요, 안 그래요?"

린턴은 입꼬리를 내리더니 입에서 사탕을 뺐어요.

"아가씨가 도련님을 미워했다면 워더링 하이츠에는 왜 왔겠어요?" 제가 말을 이었어요. "생각을 좀 해보세요! 또 그 돈 이야기 말인데, 아가씨는 도련님이 유산을 물려받게 될 거라는 사실도 몰라요. 그리고 아가씨가 아프다면서 그런 아가씨를 이 낯선 집 위층에 혼자 내버려두다니요! 그렇게 방치되는 게 어떤 기분일지 누구보다 잘 아실 **도련님이** 말이에요! 도련님은 스스로의 고통을 동정했고 아가씨도 도련님의 고통을 같이 동정해주었건만, 도련님은 아가씨의 고통을 동정해주지 않는군요! 나이 든 하녀일 뿐인 저도 이렇게 눈물을 흘리는데, 히스클리프 도련님은 아가씨를 그토록 사랑하는 척했고 아가씨를 숭배해도 모자랄 처지면서 이기심 때문에 눈물을 아끼며 거기 그렇게 편하게 누워만 있군요. 아아! 무정하고 이기적인 사람 같으니!"

"그 애랑은 같이 못 있겠어." 린턴이 뿌루퉁한 목소리로 대답했어요. "나 혼자서는 같이 있지 않을래. 계속 울어서 참을 수가 없단 말이야. 아버지를 부르겠다고 말해도 울음을 그치질 않아. 한번은 정말로 아버지를 불렀더니, 아버지가 조용히 하지 않으면 목을 졸라버리겠다고 캐서린을 위협했어. 그런데 캐서린은 아버지가 방을 뜨자마자 다시 울기 시작했고, 내가 성가셔서 도저히 잠을 잘 수가 없다고 외쳐도 밤새 신음과 비통한 울음을 그치질 않았어."

"히스클리프 씨는 나갔나요?" 그 가증스러운 녀석은 사촌이 겪는 정신적 고통에 공감해줄 능력이 없음을 알고 제가 물었어요.

"아버지는 안뜰에 계셔." 린턴이 대답했어요. "케네스 씨랑 이야기 중이어서. 케네스 씨 말로는 외삼촌이 결국 정말로 돌아가실 건가봐. 그래서 난 기뻐. 내가 그레인지의 새 주인이 될 테니까. 캐서린은 늘 그 집이 **자기** 집이라고 말했지. 그건 그 애 집이 아니야! 그건 내 집이야. 아빠가 캐서린이 가진 모든 것은 내 것이랬어. 캐서린이 가진 좋은 책들도 전부 내 거야. 캐서린은 내가 우리 방 열쇠를 가져와서 자기를 내보내주면 나한테 그 책들이랑 예쁜 새들이랑 조랑말 미니도 주겠다고 했지. 하지만 나는 캐서린한테 네가 나한테 줄 건 하나도 없다고, 그것들은 전부 내 거라고 말해줬어. 그러자 캐서린은 울면서 목에 걸고 있던 작은 초상화를 빼더니 나한테 가지라고 하더군. 금으로 된 로켓에 초상화 두 개가 들어 있었는데, 한쪽에는 그 애 어머니의 젊었을 적 초상화가, 다른 한쪽에는 외삼촌의 젊었을 적 초상화가 들어 있었어. 어제 있었던 일이지. 나는 **그것들도** 내 거라고 하면서 **빼앗으려** 했어. 그 심술 궂은 것은 순순히 빼앗기지 않으려고 나를 밀어서 다치게 했어. 나는 비명을 질렀고, 그러자 캐서린은 겁에 질렸지. 캐서린은 아빠가 오는 소리를 듣고는 경첩을 망가뜨려 로켓을 쪼개더니 나한테 자기 어머니의 초상화를 줬고 다른 쪽은 숨기려 했어. 하지만 아빠가 무슨 일인지를 물어서 내가 자초지종을 설명했어. 아빠는 내 것을 빼앗고는 캐서린에게도 가진 것을 내놓으라고 명령했지. 캐서린이 거부하자 아빠는, 아빠는 캐서린을 쓰러뜨리고 로켓을 목걸이에서 잡아떼더니 그걸 짓밟아버렸어."

"그래서 도련님은 아가씨가 쓰러지는 걸 보니 기쁘던가요?" 저는 린턴을 계속 떠들게 할 생각으로 이렇게 물었어요.

"나는 못 본 체했어." 린턴이 대답했어요. "나는 아빠가 개나 말을 때릴 때면 못 본 체하거든. 너무 심하게 때리니까. 그래도 처음에는 기뻤어. 나를 밀었으니 그런 벌을 받아도 싸지. 그런데 아빠가 가고 나서 캐서린이 나를 창문 쪽으로 불러 입 안을 보여주었는데, 이에 짓눌려서 찢어지고 피가 가득

고여 있었어. 그러고서 캐서린은 찢긴 초상화 조각을 모아서 벽 쪽으로 가더니 벽을 마주하고 앉았고, 그 후로 내게 한마디도 하지 않았어. 가끔은 아파서 말을 못 하는 게 아닌가 싶기도 해. 그렇게 생각하고 싶진 않은데, 그래도 그렇게 계속 울기만 하다니 정말 못됐어. 게다가 얼굴은 얼마나 창백하고 사나운지, 나는 캐서린이 무서워!"

"그럼 도련님은 원하면 언제든 열쇠를 가져올 수 있나요?" 제가 물었어요.

"응, 위층에 가면 가져올 수 있지." 린턴이 대답했어요. "하지만 지금은 위층까지 걸어갈 수 없어."

"열쇠는 어느 방에 있는 거죠?" 제가 물었어요.

"아." 린턴이 외쳤어요. "그게 어디 있는지 **넬리한테** 말해줄 순 없어! 우리의 비밀이거든. 아무도, 헤어턴이나 질라도 알아서는 안 돼. 휴우! 넬리 때문에 피곤하네. 저리 가, 저리 가라고!" 린턴은 얼굴을 팔에 묻으며 눈을 감아버렸어요.

저는 히스클리프 씨와 마주치지 않고 그곳을 떠나 그레인지로 가서 아가씨를 구할 사람들을 데려오는 게 상책이라고 생각했습니다.

제가 그레인지에 도착하자 동료 하인들이 저를 보고는 몹시 놀라며 기뻐했어요. 두세 명의 하인이 아가씨가 무사하다는 말을 듣자마자 서둘러 그 소식을 에드거 씨에게 전하려 했죠. 하지만 저는 제가 직접 전하겠다고 말했습니다.

에드거 씨는 그 며칠 사이에 너무 많이 변해 있었어요! 누워서 죽음을 기다리는 그분의 모습은 슬픔과 체념 그 자체였죠. 너무 젊어 보였습니다. 실제로는 서른아홉이었지만 남들이 봤으면 적어도 10년은 더 어린 줄 알았을 거예요. 캐서린의 이름을 중얼거리는 것으로 봐서 캐서린 생각을 하는 모양이었죠. 저는 나리의 손을 잡으며 말했어요.

"캐서린이 곧 올 거예요, 나리!" 제가 속삭였습니다. "아가씨는 무사히 살아 계세요. 그리고 아마 오늘 밤에는 돌아올 거예요."

저는 소식을 들은 나리의 첫 반응에 몸을 떨었어요. 나리가 몸을 반쯤 일으키더니 방 안을 열심히 두리번거리고는 다시 쓰러지며 기절하셨거든요.

나리가 정신을 차리자마자 저는 우리가 강제로 하이츠에 들어가서 그곳에 붙들렸었다고 말해주었습니다. 저는 히스클리프가 우리를 강제로 집 안으로 들였다고 말했는데, 물론 완전히 사실은 아니었죠. 저는 린턴에 대한 나쁜 말들은 최대한 아꼈습니다. 그 녀석의 아버지가 저지른 잔인한 행동에 대해서도 역시 말을 아꼈죠. 이미 흘러넘치는 나리의 잔에 가능하면 쓰디쓴 고통을 더하고 싶지 않았거든요.

나리는 적의 목적 중 하나가 부동산뿐만 아니라 동산까지도 아들의 것으로, 더 정확히는 자신의 것으로 확보하는 것임을 직감했습니다. 하지만 나리는 조카도 곧 자신의 뒤를 따라 세상을 뜨리라는 사실을 몰랐기 때문에 왜 히스클리프가 자신이 죽을 때까지 기다리지 않았는지 이해하지 못했죠.

어쨌든 나리는 유언장을 고쳐 쓰는 게 낫겠다고 생각했습니다. 재산을 캐서린이 마음대로 쓰게 하는 대신 신탁관리인에게 맡겨 캐서린이 살아 있는 동안 캐서린을 위해 사용하게 하고, 만일 캐서린에게 아이가 생기면 캐서린의 사후에 그 아이들을 위해 사용하게 하도록 바꾸기로 마음먹은 것이죠. 그렇게 하면 린턴이 죽더라도 재산이 히스클리프 씨의 손아귀에 떨어지지 않을 테니까요.

나리의 명령을 받은 저는 사람을 하나 보내서 변호사를 불러오게 했고, 사람 넷을 더 불러서 쓸 만한 무기를 안긴 다음 아가씨를 교도관의 손에서 구해 오라고 했어요. 양쪽 모두 아주 늦게까지 돌아오지 않았죠. 혼자 보낸 하인 쪽이 먼저 돌아왔습니다.

그가 말하길, 자신이 도착했을 때 변호사 그린 씨는 외출 중이어서 두 시간을 기다려야 했으며, 돌아온 그린 씨는 읍내에 급한 볼일이 좀 있다며 다음 날 날이 새기 전에 스러시크로스 그레인지로 찾아오겠다고 했다더군요.

다른 쪽 네 사람도 동행자 없이 그냥 돌아왔습니다. 히스클리프가 캐서린이 너무 아파서 방을 떠날 수 없는 상태라며 만나게 해주지도 않았다는 거예요.

저는 어떻게 그런 이야기를 믿느냐며 그 멍청한 녀석들을 호되게 꾸짖었고, 나리께는 그 소식을 전하지도 않았어요. 해가 뜨자마자 하이츠로 하인들 한 무리를 끌고 가 포로를 순순히 넘겨받지 못하면 말 그대로 맹공격을 퍼부을 작정이었죠.

캐서린의 아버지에게 딸을 **보여주겠다고**, 만일 그 악마 놈이 우리를 막으려 하면 그놈의 집 문지방돌 위에서 죽여버리겠다고 저는 맹세하고 또 맹세했습니다!

다행히도 저는 그곳에 가서 그런 수고를 할 필요가 없었어요.

새벽 3시에 주전자에 물을 담으러 내려갔는데, 주전자를 들고 현관 앞을 지날 때 문을 쾅쾅 두드리는 소리가 들려오는 바람에 펄쩍 뛰고 말았죠.

"아아! 그린 씨로구나." 저는 마음을 가라앉히며 말했어요. "그린 씨면 뭐……." 저는 다른 누군가를 보내 문을 열게 할 생각으로 그냥 가던 길을 갔어요. 하지만 또다시 문을 두드리는 소리가 들려왔습니다. 크지는 않았지만 끈질기게 들려오더군요.

저는 주전자를 계단 난간에 내려놓고 서둘러 문을 열어주러 갔습니다.

바깥에는 중추의 만월이 맑게 빛나고 있었어요. 변호사가 아니었습니다. 우리 사랑스러운 아가씨가 제게 달려들더니 제 목을 껴안고 흐느꼈어요.

"엘런, 엘런! 아빠는 살아 계셔?"

"그럼요." 제가 외쳤어요. "그럼요, 우리 천사 같은 아가씨, 살아 계시고말고요. 하느님, 감사합니다. 무사히 돌아오셨군요!"

캐서린은 숨이 가쁜데도 위층의 린턴 씨 방으로 달려가려 했어요. 하지만 저는 캐서린을 의자에 앉혀서 뭘 좀 마시게 했고, 창백한 얼굴을 씻기고 제 앞치마로 비벼서 희미하게나마 홍조가 돌게 했죠. 그러고는 제가 먼저 가서 아가씨가 돌아왔다는 소식을 전하겠다고 말했어요. 아버지께는 히스클리프 도련님과 행복하게 살겠노라 말씀드리라고 애원하면서 말이죠. 캐서린은 저를 빤히 쳐다보았지만 제가 왜 거짓말을 하라고 했는지 곧장 이해하고는 아버지 앞에서 불평하지 않겠다며 저를 안심시켰어요.

저는 둘이 만나는 자리에는 도저히 있을 수 없었습니다. 그냥 문밖에 십오 분 동안 서 있었고, 침대 근처에는 감히 갈 엄두도 못 냈어요.

하지만 모든 게 평온했고, 캐서린의 절망은 아버지의 기쁨만큼이나 고요했습니다. 캐서린은 적어도 겉으로 보기에는 침착하게 아버지를 부축했고, 아버지는 황홀경에 빠져 더욱더 커진 눈을 치켜뜬 채 계속 딸의 얼굴만 바라보았어요.

록우드 씨, 나리는 더없이 행복하게 돌아가셨답니다. 정말 그렇게 돌아가셨어요. 나리는 딸의 뺨에 입을 맞추며 이렇게 중얼거리셨죠.

"나는 네 어머니 곁으로 간다. 사랑하는 나의 딸아, 너도 우리 곁으로 오게 될 거야!" 그러고는 미동도 하지 않고 다시 말도 하지 않았지만 넋을 잃은 채 빛나는 시선만은 계속 이어졌고, 그러다가 어느 사이엔가 맥박이 멈추고 영혼이 떠나갔어요. 전혀 몸부림 없이 돌아가셨기에 나리가 정확히 언제 돌아가셨는지는 누구도 알 수 없었습니다.

눈물을 다 흘려버렸는지, 슬픔이 너무 무거우면 눈물도 흐르지 않는 것인지, 캐서린은 해가 뜰 때까지 울지 않고 거기 앉아 있었어요. 정오까지 그렇게 있었는데, 제가 가서 좀 쉬라고 우기지 않았더라면 아마 계속 거기 남아서 그 임종을 곱씹고 있었을 거예요.

제가 캐서린을 보내버린 것은 잘한 일이었습니다. 정찬 시간에 변호사가 나타났거든요. 그는 워더링 하이츠에 들러서 어떻게 행동해야 하는지 지시받은 후였어요. 히스클리프 씨에게 매수되었던 것이지요. 나리의 부름에 늑장을 부린 것도 바로 그 때문이었습니다. 다행히 나리는 딸이 돌아온 후로 그런 세속적인 일들을 생각하느라 마음을 어지럽힐 틈이 없었죠.

그린 씨는 집 안의 모든 물건과 사람을 처리할 방법을 손수 지시하기 시작했어요. 그는 저를 제외한 모든 하인에게 해고를 통지했죠. 자신이 위임받은 권한을 휘둘러 에드거 린턴이 아내 곁이 아니라 예배당의 린턴 가문 무덤에 묻혀야 한다고 주장하기까지 했습니다. 하지만 그것을 막는 조항이 적힌 유언장이 있었고, 저도 유언장의 지시를 어겨서는 안 된다고 큰 소리로 이의를 제기했죠.

장례식은 급히 치러졌습니다. 이제는 린턴 히스클리프 부인이 된 캐서린은 아버지의 시신이 집 밖으로 실려 나갈 때까지 그레인지에 머무는 것을 허락받았어요.

캐서린의 말에 따르면, 캐서린의 고통을 보다 못한 린턴이 마침내 캐서린을 자유롭게 풀어주는 위험을 무릅썼다고 하더군요. 캐서린은 제가 보낸 사람들이 문 앞에서 입씨름하는 소리를 들었고, 히스클리프가 뭐라고 대답했는지도 대강 짐작하게 되었죠. 그러자 절박한 심정이 되었던 거예요. 제가 떠나고 곧 그 작은 응접실로 옮겨진 린턴을 겁줘서 그의 아버지가 다시 올라오기 전에 열쇠를 가져오도록 했다더군요.

린턴은 일단 자물쇠를 풀었다가 문을 열어둔 채로 다시 자물쇠를 잠그는 꾀를 썼습니다. 그리고 잘 시간이 되자 헤어턴과 함께 자게 해달라고 애걸했고, 바로 그래도 좋다는 허락을 받았어요.

캐서린은 동이 트기 전에 몰래 그곳을 빠져나왔습니다. 개들이 짖지 않도록 문으로 나가는 대신 빈방을 돌아다니며 창문을 살폈죠. 운 좋게도 우연히 자기 어머니의 옛 방에 들어갔다가 그곳의 격자창으로 쉽게 빠져나와 가까이에 있던 전나무를 타고 땅으로 내려올 수 있었어요. 캐서린의 공범은 그 소심한 책략에도 불구하고 탈출을 도운 죄로 심한 벌을 받았다고 하더군요.

제15장

장례식이 끝난 저녁, 캐서린과 저는 서재에 앉아 있었어요. 돌아가신 분을 애절하게(둘 중 한 명은 절망스럽게) 떠올리기도 하고, 암울한 미래를 조심스레 예측해보기도 했죠.

우리는 캐서린이 앞으로도 그레인지에서 살 수 있도록 허락받는 것이 캐서린에게 최선의 미래가 될 거라는 데 동의했습니다. 적어도 린턴이 살아 있는 동안은 이곳에 와서 함께 지내도 된다는 허락을 받고, 저는 계속 가정부로 남게 되는 것 말이에요. 그런 기대는 우리 쪽에 너무 유리한 듯했지만 그래도 저는 그러길 바랐고, 살던 집에 계속 살면서 하던 일을 계속하고, 특히 사랑스러운 어린 안주인을 계속 모실 수도 있다고 생각하자 기운이 솟기 시작했어요. 바로 그때, 해고되었지만 아직 떠나지는 않은 하인 하나가 급히 뛰어 들어오더니 '그 악마 히스클리프'가 안뜰을 지나오고 있다면서, 그놈의 면전에서 문에 빗장을 질러버려야 할지 묻더군요.

우리가 그렇게 하라고 지시할 만큼 정신이 나간 상태였다고 하더라도 그럴 시간이 없었습니다. 히스클리프는 문을 두드린다거나 자신의 이름을 말하며 도착을 알리는 격식을 차리지 않았거든요. 그는 주인이었고, 그리하여 말 한마디 없이 곧장 들어오는 주인의 특권을 행사했습니다.

우리에게 소식을 전해준 하인의 목소리가 히스클리프를 서재로 이끌었습니다. 그는 들어와서 하인에게 나가라고 손짓하고는 문을 닫아버렸어요.

그곳은 18년 전에 그가 손님으로 안내받고 들어온 바로 그 방이었습니다. 창문으로는 그때와 똑같은 달이 비치고 있었고, 바깥에는 그때와 똑같은 가을 풍경이 펼쳐져 있었어요. 우리는 아직 촛불을 켜지 않았지만 방 안의 모든 것, 심지어 벽에 걸린 초상화(린턴 부인의 눈부신 얼굴과 린턴 나리의 우아한 얼굴)까지 전부 알아볼 수 있었습니다.

히스클리프는 벽난로 쪽으로 다가갔어요. 시간이 흘렀는데도 그의 모습은 크게 달라지지 않았습니다. 그때 그 사람이나 다름없었어요. 검은 얼굴이 약간 누르스름해지고, 마음이 좀 더 차분해졌으며, 체중이 돌멩이 한두 개 정도의 무게만큼 늘어난 것 말고는 그대로였습니다.

캐서린은 그를 보고는 당장 뛰쳐나가고픈 충동을 느끼며 자리에서 일어났어요.

"멈춰!" 그가 캐서린의 팔을 붙잡으며 말했어요. "도망치는 짓은 이제 그만둬! 대체 어디로 도망치려고? 나는 너를 집으로 데려가려고 여기 온 거야. 이제는 네가 순종적인 며느리가 되고, 또 내 아들을 부추겨서 내게 반항하게 하는 일은 없길 바란다. 그 녀석이 이 일에 가담한 것을 알고는 어떻게 벌을 줘야 할지 난감했거든. 거미줄 같은 녀석이라 한 번 꼬집기만 해도 망가져버릴 테니까. 하지만 그 녀석을 보면 마땅한 벌을 받았다는 걸 알 수 있을 거야! 그저께 저녁에 그 녀석을 아래층에 데려와서 그냥 의자에 앉혀놓고는 손 하나 대지 않았지. 헤어턴은 내보내고 우리 둘만 거기 있었어. 두 시간 후에 조지프를 불러서 그 녀석을 다시 데리고 올라가라고 했지. 그 후로 녀석은 나를 보면 마치 유령이라도 본 것처럼 겁을 집어먹더군. 내가 곁에 없을 때도 종종 나를 보는 것 같아. 그 녀석은 밤마다 한 시간 간격으로 비명을 지르며 깨어나 너를 부르면서 내게서 자기를 지켜달란다고 헤어턴이 전하더군. 그러니 너는 네 소중한 짝이 마음에 들든 안 들든 가야만 해. 그 녀석은 이제 네 책임이니까. 그 녀석에 대한 나의 모든 권리는 이제 너에게 양도하마."

"캐서린을 여기 계속 있게 하는 게 어떨까요?" 제가 애원했어요. "린턴도 여기로 보내고요. 당신은 두 사람 다 질색하니까 섭섭할 것도 없을 거예요. 당신 같은 비인간적인 사람한테 두 사람을 매일 보는 건 골칫거리일 **뿐일** 테니까."

"그레인지에 들일 세입자를 구하는 중이야." 그가 대답했어요. "그리고 당연히 나도 내 아들이랑 며느리가 내 곁에 있기를 바라지. 게다가 저 애도 밥값을 하려면 나를 위해 일해야 해. 린턴이 죽은 후에도 사치와 게으름을 부리며 살게 놔두진 않을 거야. 자, 서둘러 떠날 준비를 해라. 강제로 끌고 가게 만들지 말고."

"알겠어요." 캐서린이 말했어요. "린턴은 제가 이 세상에서 사랑해줘야 할 유일한 사람이고, 당신은 린턴과 제가 서로를 미워하게 만들려고 온갖 수를 다 썼지만, 그래도 우리가 서로 미워하게 만들진 **못할** 거예요! 그리고 저는 당신이 제가 있는 데서 린턴을 괴롭히면 가만히 안 있을 거고, 당신이 나를 위협해도 가만히 안 있을 거예요."

"허풍 한번 잘 떠는군!" 히스클리프가 대답했어요. "하지만 나는 그 녀석을 괴롭혀줄 만큼 너를 좋아하지 않아. 고통은 마지막까지 전부 네 몫이 될 거다. 그리고 네가 그 녀석을 미워하게 만들 사람은 내가 아니야. 너는 다름 아닌 그 녀석의 다정한 성격 때문에 그 녀석을 미워하게 될 거다. 그 녀석은 네가 자기를 버리고 떠난 일과 그로 인해 받은 벌로 몹시 억울해하고 있어. 그 녀석이 너의 고귀한 헌신을 감사히 여길 거라는 기대는 하지 않는 게 좋을 거야. 자기가 만일 나처럼 힘이 셌다면 어떻게 할 작정인지 질라에게 유쾌하게 떠들어대는 걸 들었거든. 마음은 이미 정해졌으니, 이제 힘이 약한 대신 기지를 발휘해 그 마음을 실천에 옮길 방법을 찾겠지."

"린턴이 못된 성격이라는 건 저도 알아요." 캐서린이 말했어요. "당신 아들이니까요. 하지만 다행히 저는 린턴보다 나은 성격이라 그것도 용서할 수 있어요. 그리고 저는 린턴이 저를 사랑한다는 걸 알고, 그런 이유로 저도 린턴을 사랑해요. 히스클리프 씨, **당신을** 사랑하는 사람은 **아무도** 없어요. 당신이 아무리 우리를 비참하게 만들어도 우리는 당신의 그 잔인함이 그보다 더 큰 비참함에서 생겨났다고 생각함으로써 복수할 수 있어요! 당신은 **정말** 비참한 사람이에요, 안 그런가요? 악마처럼 외롭고 시샘이 많지 않나요? 아무도 당신을 사랑하지 않아요. 당신이 죽어도 **아무도** 당신을 위해 울어주지 않을 거예요! 나는 당신 같은 사람은 되지 않을 거예요!"

캐서린은 음울한 승리감에 도취해서 말했습니다. 앞으로 들어가 살 집안의 분위기에 맞춰 적의 슬픔에서 기쁨을 얻기로 마음먹은 듯 보였어요.

"만일 조금만 더 거기 서 있으면 네 꼴을 우습게 만들어주겠어." 캐서린의 시아버지가 말했어요. "썩 꺼져, 이 요사스러운 것. 가서 네 물건이나 챙겨."

캐서린은 경멸의 시선을 보내며 물러났죠.

캐서린이 자리를 비운 동안 저는 그레인지의 가정부 자리를 질라에게 양보할 테니 대신 하이츠에서 일하게 해달라고 애걸하기 시작했어요. 하지만 그는 절대 허락하지 않았습니다. 저를 조용히 시키고는 그제야 처음으로 방 안을 둘러보더니 그림에 시선을 멈추더군요. 그는 린턴 부인의 초상화를 빤히 쳐다보고는 이렇게 말했어요.

"저건 내가 집으로 가져가야겠군. 꼭 필요해서 그런 건 아니지만……."

그는 갑자기 벽난로 쪽으로 몸을 돌리더니, 뭐랄까, 굳이 말하자면 미소에 가까운 표정을 지으며 말을 이었습니다.

"어제 내가 뭘 했는지 말해주지! 린턴의 무덤을 파고 있던 교회지기●에게 캐시의 관 뚜껑에 덮인 흙을 치우라고 하고 관을 열어봤어. 캐시의 얼굴을 보자 그 안에 들어가 옆에 있고 싶은 마음이 들었고(얼굴은 아직 예전 그대로더군), 교회지기는 꿈쩍도 하지 않는 나를 밀어내느라 꽤나 애를 써야 했지. 그런데 공기가 닿으면 얼굴이 변할 거라고 교회지기가 말하더군. 그래서 나는 관의 한쪽(망할 린턴 쪽 말고! 그놈의 관은 납땜해버려야 했는데)을 쳐서 헐겁게 만들어놓았어. 그러고는 교회지기를 매수해서 내가 거기 묻히게 되면 그 헐거운 부분을 밀어서 열고, 내 관도 열어달라고 했지. 내 관도 그렇게 한쪽을 헐겁게 만들어놓을 거거든. 그러면 나중에 린턴이 우리에게 와도 누가 누군지 구분하지 못할 거야!"

"정말 악랄한 짓을 했군요, 히스클리프 씨!" 제가 외쳤어요. "고인의 평화를 어지럽히다니 부끄럽지도 않던가요?"

"나는 그 누구의 평화도 어지럽히지 않았어, 넬리." 그가 대답했어요. "나 자신을 좀 편안하게 해주었을 뿐이지. 이제는 훨씬 더 편안해질 수 있을 거야. 내가 죽어서 조용히 묻혀 있을 가능성도 그만큼 커진 거고. 캐시의 평화를 어지럽혔다고? 천만에! 캐시야말로 지난 18년 동안 나의 평화를 밤낮으로, 쉴 새 없이, 무자비하게 어지럽혔어. 바로 어젯밤 전까지 말이야. 그리고 어젯밤 나는 드디어 마음의 평온을 얻었지. 심장이 멈춘 채 나의 얼어붙은 뺨을 캐시의 얼어붙은 뺨에 붙이고 마지막으로 편안히 잠드는 꿈을 꾸었어."

"캐시가 썩어서 흙이 되어 있었다면, 아니 더 나쁜 모습이

● 교회에서 종을 치거나 무덤을 파는 일꾼.

었다면 무슨 꿈을 꾸었을 것 같아요?" 제가 말했어요.

"그러면 캐시와 함께 썩어서 더 행복해지는 꿈을 꾸었겠지!" 그가 대답했어요. "넬리는 내가 그따위 변화를 두려워할 것 같아? 나는 관 뚜껑을 들어 올릴 때 이미 그런 변화를 예상했어. 하지만 그 변화가 나중에 나의 변화와 함께 시작될 거라는 사실에 더 기쁜 마음이 들긴 해. 게다가 캐시의 그 초연한 얼굴에 강렬한 인상을 받지 않았더라면, 그 이상한 느낌은 떨쳐버릴 수 없었을 거야. 그 느낌은 기이하게 시작됐지. 넬리도 알다시피 캐시가 죽은 후 지금까지, 그 영원에 가까운 시간 동안 나는 캐시가, 캐시의 영혼이 돌아오길 새벽부터 새벽까지 거의 미친 듯이 기도했잖아. 나는 유령이 있다고 확신하니까. 나는 유령이 실존한다고, 우리 사이에 존재한다고 믿어!

캐시가 묻히던 날에는 눈이 내렸어. 나는 저녁때 교회 묘지로 갔지. 겨울처럼 찬 바람이 불고 있었고 주위에는 아무도 없었어. 캐시의 바보 같은 남편이 그렇게 늦은 시간에 협곡 위로 올라올 것 같진 않았고, 다른 사람들도 그 위로 올라올 일은 없을 것 같더군.

그렇게 혼자서, 우리를 가로막는 것은 2미터 두께밖에 되지 않는 무른 흙이라는 사실을 느끼며 나는 이렇게 중얼거렸어.

'캐시를 다시 내 품에 안아야겠어! 만일 그 애 몸이 차가우면 그건 **내 몸을** 차갑게 만드는 이 북풍 때문이라고, 만일 그 애가 움직이지 않으면 잠들어서 그런 거라고 생각해야지.'

나는 연장 창고에서 삽을 들고 와서 있는 힘껏 땅을 파기 시작했어. 관이 삽에 긁히는 소리가 나더군. 나는 손으로 파내기 시작했고, 나무 관에 박힌 나사가 덜그럭거리기 시작했지. 막 목표를 이루려던 참이었는데, 그때 위쪽에서 누군가가 무덤 가장자리에 서서 나를 내려다보며 한숨을 쉬는 소리가 들리는 듯했어. '이 관 뚜껑만 열고 나서 누가 우리 둘 위로 흙을 덮어주면 얼마나 좋을까!' 나는 그렇게 중얼거리며 더욱더 필사적으로 관 뚜껑을 떼어냈어. 그때 내 귓가에 또다시 한숨 소리가 들려왔어. 그 따뜻한 숨결이 진눈깨비를 잔뜩 실은 바람을 쫓아내주는 듯한 기분이 들더군. 내 곁에 피와 살로 이루어진 살아 있는 사람이 없다는 사실은 나도 알고 있었어. 하지만 어둠 속에서 실재하는 누군가가 다가오면 보이지 않아도 분명 느낄 수 있듯이, 나는 캐시가 내 아래가 아니라 땅 위에 있다는 사실을 분명 느꼈지.

갑작스러운 안도감이 심장에서 사지로 뻗어나갔어. 나는 극도로 괴로운 노동을 포기하자마자 즉시 위안을 느꼈는데, 이루 말할 수 없을 정도의 위안이었지. 캐시는 내 곁에 있었어. 내가 다시 무덤을 메우는 동안에도 곁에 머무르다가 나를 집까지 데려다주었지. 웃을 테면 웃어. 하지만 나는 분명 캐시가 보이는 듯했어. 캐시가 곁에 있다는 확신이 들어서 캐시에게 말을 걸지 않을 수 없었지.

하이츠에 이른 나는 당장 현관으로 달려갔어. 잠겨 있더군. 그 저주받을 언쇼 놈과 내 마누라가 나를 못 들어오게 하려고 그랬던 거였어. 나는 잠시 바쁜 걸음을 멈추고 언쇼 놈을 숨통이 끊어질 만큼 세게 걷어차고는 다시 급히 위층으로 올라가 예전의 우리 방으로 들어갔어. 나는 조바심을 내며 주위를 둘러보았지. 캐시가 곁에 있다는 걸 느낄 수 있었어. 캐시가 **거의** 내 눈에 보일 듯했는데도 나는 캐시를 볼 수 **없었지!** 그때 나는 분명 갈망의 고통에 못 이긴 나머지 땀 대신 피를 흘리고 있었을 거야. 어렴풋이 한 번만이라도 보게 해달라고 열렬히 애원하며 말이지! 하지만 단 한 번도 볼 수 없었어. 캐시는 살아 있을 때도 종종 그랬듯이 내게 악마처럼 장난질을 했던 거야! 그 후로도 나는 때로는 더하고 때로는 덜한, 견딜 수 없는 고통을 겪으며 농락당해왔어! 지옥과도 같은 고통이었지. 온 신경이 어찌나 팽팽히 긴장했던지, 내 신경이 바이올린 줄처럼 질기지 않았다면 벌써 오래전에 린턴의 신경처럼 맥없이 풀려버렸을 거야.

헤어턴이랑 거실에 앉아 있을 때면 밖으로 나가야 캐시를 만날 수 있을 것 같았고, 황야를 거닐 때면 집 안으로 들어가야 캐시를 만날 수 있을 것 같았어. 외출할 일이 있을 때면 급히 돌아왔어. 캐시가 하이츠 어딘가에 있는 게 **분명하다고** 확신했거든! 그리고 캐시의 방에서 자는 날이면(이제는 그러지도 못하게 되었지만) 가만히 누워 있을 수가 없었어. 눈을 감자마자 캐시가 창밖에 나타나거나, 판자 미닫이를 열거나, 방 안으로 들어오거나, 심지어 어렸을 때 그랬던 것처럼 자기 베개에 그 사랑스러운 머리를 올렸거든. 그러면 나는 그 모습을 보기 위해 눈을 뜰 수밖에 없었어. 그렇게 하룻밤에도 눈을 수백 번씩 떴다 감아도 늘 실망하기만 했지! 고문이나 다름없었어! 내가 큰 소리로 신음할 때가 너무 많으니까, 그 악당 같은 조지프 영감은 내 양심이 마음속에서 악마 노릇을 하고 있다고 믿어 의심치 않게 되었지.

이제 캐시를 보고 나니 마음이 조금은 진정됐어. 무려 18년 동안이나 허깨비 같은 희망으로 나를 속여서 몇 센티미터씩도 아니고 털끝만큼 조금씩 나를 죽이다니, 사람을 죽이는 방법치고는 참 이상한 방법이었지!"

히스클리프 씨는 말을 멈추고는 이마를 닦았습니다. 머리카락은 땀에 젖은 채 이마에 붙어 있었고, 두 눈은 벽난로의 붉은 잉걸불에 고정되어 있었어요. 눈썹은 찌푸리지 않고 관자놀이 옆으로 추켜올려서 인상이 조금은 덜 험악해 보였지만, 대신 그만의 괴로운 표정과 하나의 주제에 몰입했을 때의 정신적 긴장이 느껴지는 고통스러움이 드러났죠. 굳이 저더러 들으라고 하는 말은 아니었기에 저는 침묵을 지켰어요. 저는 그가 하는 말을 듣고 싶지 않았죠!

잠시 후 그는 그림을 보며 다시 생각에 잠기더니, 좀 더 잘 살펴보기 위해 그림을 떼어내서 소파에 기대놓았습니다. 그가 그림에 빠져 있는 동안 캐서린이 들어와서 조랑말에 안장만 없으면 이제 갈 수 있다고 말했어요.

"저건 내일 보내줘." 히스클리프는 제게 이렇게 말하고는 캐서린을 돌아보며 덧붙였어요. "조랑말은 없어도 될 거야. 오늘 저녁은 날씨가 좋은 데다가 워더링 하이츠에서는 조랑말이 필요 없을 테니까. 거기서는 어디를 가든 두 다리만 있으면 충분할 거다. 가자."

"안녕, 엘런!" 사랑스러운 어린 안주인이 속삭였어요. 그러면서 제게 입을 맞추었는데, 입술이 얼음처럼 차갑더군요.

"나를 만나러 와줘야 해, 엘런. 꼭이야."

"그런 짓은 하지 않도록 조심하는 게 좋을 거야, 딘 부인!" 캐시의 시아버지가 말했어요. "할 말이 생기면 내가 여기로 올 테니까. 우리 집을 엿볼 생각은 꿈도 꾸지 마!"

그는 캐시에게 앞서가라는 손짓을 했습니다. 캐시는 뒤돌아보며 제 가슴을 도려내는 듯한 시선을 보내고는 그 말에 따랐어요.

저는 창가에서 그 두 사람이 정원을 걸어 내려가는 모습을 지켜보았습니다. 히스클리프는 캐시가 처음에 분명히 저항했는데도 캐시의 팔을 자기 팔에 옭아맸고, 그러고는 빠른 걸음으로 성큼성큼 걸어가며 캐시를 오솔길 쪽으로 재촉했어요. 두 사람의 모습은 곧 나무에 가려지고 말았죠.

제16장

하이츠를 한 번 방문한 적이 있는데 캐서린을 만나보진 못했어요. 캐서린의 안부를 물으러 갔더니 조지프가 문을 붙잡고는 들여보내주질 않더군요. 린턴 부인은 '공사다망하고' 주인 나리는 안 계신다면서 말이에요. 질라한테 대강 사정을 전해 듣지 않았더라면 누가 죽고 누가 살아 있는지도 모를 뻔했습니다.

질라의 이야기로 미루어 질라는 캐서린을 거만하다고 생각하며 좋아하지 않는 눈치더군요. 캐서린이 처음 그 집에 갔을 때 질라에게 무슨 도움을 청했는데, 히스클리프 씨가 질라에게는 자기 일이나 잘하라고 했고, 며느리에게 자기 일은 스스로 알아서 하라고 했대요. 질라는 속이 좁고 이기적인 여자라 그 말에 기꺼이 따랐죠. 캐서린은 이처럼 무시당하자 아이처럼 짜증을 내며 멸시로 보복했고, 제 정보원이 무슨 큰 잘못을 저지르기라도 한 것처럼 질라의 이름을 원수 명단에 올려버렸어요.

육 주 전쯤, 그러니까 록우드 씨가 오시기 얼마 전에 황야에서 질라와 만나 긴 이야기를 나눈 적이 있어요. 질라는 제게 이렇게 말했죠.

"린턴 부인은 하이츠에 도착하자마자 나랑 조지프한테 인사 한마디 없이 위층으로 뛰어 올라가더군요. 그러고는 린턴 방에 틀어박혀서 아침까지 나올 생각을 하지 않았죠. 그러다가 나리와 언쇼가 아침을 먹고 있을 때 거실로 내려오더니 몸을 떨면서 의사를 불러줄 수 없냐고 했어요. 사촌이 몹시 아프다면서 말이죠.

'그건 우리도 알아!' 히스클리프가 대답했어요. '하지만 그 녀석의 목숨은 1파딩●의 가치도 없고, 나는 그 녀석에게 1파딩도 쓸 생각이 없어.'

'하지만 어떡하면 좋을지 모르겠는걸요.' 린턴 부인이 말했어요. '그리고 아무도 안 도와주면 린턴은 죽고 말 거예요!'

'거실에서 나가!' 주인 나리가 외쳤어요. '앞으로 내 앞에서 그 녀석 얘긴 한마디도 꺼내지 마! 이 집 사람들은 그 녀석이 어떻게 되든 아무도 신경 안 쓰니까. 신경이 쓰이거든 네가 돌봐주고, 아니면 그냥 가두어놓고 내버려둬.'

그러자 린턴 부인은 나를 성가시게 하기 시작했어요. 그래서 나는 내가 그 성가신 것 때문에 이미 괴롭힘을 당할 만큼 당했다고, 우리에게는 각자 할 일이 있는데 부인이 할 일은

● 영국의 옛 청동화로, 1파딩은 1페니의 4분의 1에 해당한다.

린턴의 시중을 드는 것이라고, 히스클리프 씨가 그 일은 부인에게 맡기랬다고 말해주었어요.

그 둘이 어떻게 지냈는지는 나도 모르겠어요. 린턴은 밤낮으로 안달복달하며 끙끙거렸을 테고, 린턴 부인은 잠을 거의 못 잤겠죠. 창백한 얼굴에 흐리멍덩한 눈을 보면 아마 그랬던 것 같아요. 가끔 전혀 갈피를 못 잡겠다는 표정으로 부엌에 들어와서 자발적으로 도움을 청하고 싶어 하는 모습을 보였지만, 나는 주인 나리의 명을 거역할 생각이 없었죠. 나는 나리의 명을 거역할 생각 같은 건 절대 하지 않아요, 딘 부인. 케네스 씨를 부르지 않는 것은 잘못이라고 생각하긴 하지만, 충고나 불평은 내 몫이 아니고, 나는 남의 일에 끼어드는 사람도 아니니까요.

한 번인가 두 번, 다들 잠자리에 든 후 우연히 다시 방문을 열고 나갔다가 린턴 부인이 계단 꼭대기에 앉아서 울고 있는 모습을 본 적도 있죠. 하지만 나는 괜히 마음이 움직여 간섭하고 싶어질까봐 얼른 문을 닫아버렸어요. 그때는 정말 린턴 부인이 가엾다는 생각이 들었지만, 그래도 일자리를 잃고 싶진 않았으니까요!

결국 어느 날 밤, 린턴 부인이 대담하게 내 방에 들어와 이렇게 말하며 나를 소스라치게 놀라게 했어요.

'히스클리프 씨한테 아들이 곧 죽을 것 같다고 전해. 이번에는 정말 죽을 것 같아. 당장 일어나서 그렇게 전하라고!'

린턴 부인은 이렇게 말하고는 다시 사라져버렸어요. 나는 십오 분 동안 귀를 기울인 채 벌벌 떨며 누워 있었죠. 집은 쥐 죽은 듯 조용했어요.

'린턴 부인이 잘못 안 거야.' 나는 혼잣말했어요. '린턴이 고비는 넘겼나보네. 자는 사람들을 깨울 필요는 없겠어.' 그러고서 꾸벅꾸벅 졸기 시작했어요. 하지만 날카로운 종소리가 들려와서 또다시 잠을 깨고 말았죠. 그 종은 우리 집에 있는 유일한 종으로, 린턴더러 쓰라고 달아놓은 것이었어요.

나는 캐서린의 말을 전했어요. 나리는 욕을 중얼거리더니 몇 분 있다가 촛불을 켜 들고 밖으로 나와 부부의 방으로 향했죠. 나도 따라갔답니다. 히스클리프 부인은 두 손으로 무릎을 감싼 채 침대 옆에 앉아 있었어요. 시아버지는 침대로 가서 아들의 얼굴에 촛불을 들이밀고는 아들을 쳐다보고 만져본 후 캐서린을 돌아보았어요.

'자, 캐서린.' 나리가 말했어요. '기분이 어떠냐?'

캐서린은 아무 말도 못 했죠.

'캐서린, 기분이 어떠냐니까?' 나리가 다시 물었어요.

'린턴은 이제 위험에서 벗어났고, 저는 자유의 몸이 되었어요.' 캐서린이 대답했어요. '그러니 기분이 좋아야겠지만……' 캐서린이 비통함을 감추지 못하며 말을 이었죠. '당신은 너무 오랫동안 나를 혼자 죽음과 싸우도록 내버려두었고, 그래서 나는 죽음밖에는 느낄 수 없고 죽음밖에는 보이질 않아요! 나 자신이 죽음처럼 느껴져요!'

내 눈에도 정말 캐서린이 죽음처럼 보였죠! 나는 캐서린에게 포도주를 조금 갖다주었어요. 종소리와 발소리에 잠이 깬 헤어턴과 조지프는 바깥에서 우리 대화를 듣고 있다가 그제야 안으로 들어오더군요. 조지프는 린턴이 없어져서 기뻐하는 눈치였어요. 헤어턴은 살짝 신경이 쓰이는 듯 보였는데, 물론 린턴에 대한 생각보다는 캐서린을 쳐다보는 데 더 몰두해 있었죠. 하지만 주인 나리는 헤어턴에게 다시 잠이나 자러 가라고 했어요. 그가 도울 일은 없다며 말이죠. 나리는 조지프에게 시신을 자기 방으로 옮기라고 시켰고, 나한테는 내 방으로 돌아가라고 말했어요. 그리하여 히스클리프 부인은 홀로 그곳에 남겨졌죠.

다음 날 아침, 나리는 나더러 캐서린에게 아침을 먹으러 내려오라고 전하랬어요. 캐서린은 옷을 벗고 잠을 자려는 듯했는데, 몸이 안 좋다고 하더군요. 전혀 놀랄 일은 아니었죠. 나는 나리에게 그렇게 전했고, 나리는 이렇게 대답했어요.

'흠, 장례식이 끝날 때까지 그냥 그렇게 내버려둬. 이따금 올라가서 필요한 걸 챙겨주고, 좀 나아진 듯싶으면 즉시 나한테 알리고.'"

질라는 캐시가 두 주 동안 위층에 있었다고 전하더군요. 질라는 하루에 두 번 캐시를 찾아갔고, 좀 더 다정히 대해주려 했으나 캐시가 오만한 태도로 단칼에 물리쳐버렸다고 했어요.

히스클리프는 딱 한 번 올라갔는데, 캐시에게 린턴의 유언장을 보여주기 위해서였죠. 린턴은 자기 재산과 캐시의 소유였던 동산을 모두 자기 아버지에게 남겼어요. 그 가엾은 인간은 캐시가 돌아가신 아버지 때문에 일주일 동안 집을 비운 사이에 협박당했거나 감언이설에 속아서 그런 짓을 저질러버린 것이죠. 린턴은 미성년자여서 토지 문제에는 관여할 수 없었습니다. 하지만 히스클리프 씨는 아내와 자신의 권리를 주장하며 토지까지 손에 넣고 말았는데, 아마 합법적으로 그렇게 했겠죠. 어쨌든 돈도 없고 친구도 없는 캐서린으로서는 그가 토지를 소유하는 것을 막을 도리가 없어요.

"그때 딱 한 번 그랬던 걸 빼면, 나 말고는 아무도 캐서린의 방에 접근하지 않았어요." 질라가 말했습니다. "캐서린의 안부를 묻는 사람도 전혀 없었죠. 캐서린이 처음으로 거실에 내려온 건 어느 일요일 오후였어요.

내가 정찬을 들고 올라갔더니 더는 추워서 견딜 수 없다고 고함을 지르더군요. 그래서 나리는 곧 스러시크로스 그레인지에 갈 테고, 언쇼와 나는 캐서린이 내려오는 걸 막을 생각이 없다고 말해주었어요. 그리하여 캐서린은 히스클리프가 말을 타고 떠나는 소리가 들리자마자 모습을 드러냈는데, 상복 차림에 노란 곱슬머리를 퀘이커교도●처럼 소박하게 귀 뒤로 빗어 넘겼더군요. 곱슬머리를 잘 빗을 수 없었던 모양이에요.

조지프랑 나는 보통 일요일에 예배당에 가는데('록우드 씨도 아시겠지만, 우리 교회에는 지금 목사님이 안 계셔서 기머턴에 있는 감리교 교파인지 침례교 교파인지 모를 그곳을 그냥 예배당이라고 부르고 있답니다' 하고 딘 부인은 설명해주었다),●● 그날 조지프는 예배당에 갔지만 나는 집에 머무는 게 좋겠다고 생각했어요." 질라는 이야기를 이어갔습니다. "젊은 사람들은 늘 나이 많은

● 17세기 중엽 영국의 조지 폭스가 창시한 기독교의 한 교파로, 소박한 옷차림과 말투를 중시한다.

사람들이 옆에서 돌봐주는 게 좋고, 헤어턴은 수줍음을 많이 타긴 해도 품행이 단정한 편은 아니니까요. 나는 헤어턴에게 사촌이 곧 내려와 우리와 함께 있을 것 같은데, 사촌은 늘 안식일을 지키는 걸 보며 자라온 사람이니까 사촌과 함께 있는 동안에는 총이나 일감에서 손을 떼는 게 좋겠다고 말했죠.

헤어턴은 그 소식에 얼굴을 붉히더니 자기 손과 옷을 재빨리 훑어보더군요. 어유(魚油)●●●나 화약은 즉시 보이지 않는 곳으로 치워졌어요. 캐서린과 친해져볼 모양이었는데, 하는 행동으로 미루어 그럴듯하게 보이고 싶은 눈치더군요. 마침 주인 나리도 옆에 없겠다, 나는 마음껏 웃음을 터뜨리며 원한다면 도와줄 용의가 있다고 했고, 그 말에 당황하는 헤어턴을 놀려주었죠. 헤어턴은 시무룩해지더니 욕을 내뱉기 시작했어요."

질라는 제가 자기 말을 영 못마땅해하는 걸 보고는 말했어요. "그런데 딘 부인, 딘 부인은 그 어린 안주인이 헤어턴에게 너무 과분하다고 생각할지도 모르고, 그런 딘 부인의 생각이 옳은지도 모르겠어요. 하지만 솔직히 나는 캐서린의 자존심을 마구 꺾어주고 싶은걸요. 그리고 이제 와서 옛날에 배운 것과 사치스러운 취미가 다 무슨 소용이겠어요? 캐서린은 딘

●● '교회'로 옮긴 'kirk'는 '영국 국교회' 혹은 '스코틀랜드 국교회'를 뜻하며, '예배당'으로 옮긴 'chapel'은 영국 국교회의 반대자인 비국교도들이 모여서 예배를 보는 장소를 뜻한다.

●●● 고래나 물개에게서 얻는 기름으로, 총을 닦는 데 쓰인다.

부인이나 나처럼 가난하잖아요. 아니, 더 가난할 거라고 확신해요. 딘 부인은 지금껏 돈을 모아왔고, 나도 조금씩 계속 모으고 있으니까요."

헤어턴은 질라가 자신을 돕는 걸 허락했고, 질라는 듣기 좋은 이야기로 헤어턴의 기분을 좋게 해주었어요. 가정부의 말에 따르면, 그 덕에 헤어턴은 캐서린이 내려왔을 때 전에 당한 모욕은 거의 다 잊은 채 사근사근하게 굴려고 애를 썼다는군요.

"마님이 걸어 들어오시는데 고드름처럼 쌀쌀맞고 공주님처럼 도도하시더군요." 질라가 말했습니다. "나는 안락의자에서 일어나 그 의자를 권했죠. 원, 세상에, 공손하게 대했건만 콧방귀도 안 뀌지 뭐예요. 언쇼도 일어나서 린턴 부인에게 긴 의자로 와서 난롯가에 바싹 붙어 앉으라고 말했어요. 오지게 추웠을 게 분명하다며 말이죠.

'나는 한 달 넘도록 오지게 추웠어.' 부인은 그 말에 최대한 경멸을 담아 대답했어요.

그러고는 의자를 가져다가 우리 두 사람에게서 멀찍이 떨어진 곳에 놓더군요.

앉아 있다가 몸이 따뜻해지자 주위를 둘러보기 시작했어요. 찬장에 책이 잔뜩 꽂혀 있는 걸 발견하자마자 다시 일어나서 책을 꺼내려고 손을 뻗었지만 너무 높아서 닿질 않았죠.

부인의 사촌은 부인이 애쓰는 모습을 한동안 지켜보다가 마침내 용기를 내서 부인을 도와주었어요. 부인은 드레스를 펼쳐 들었고, 헤어턴은 손에 잡히는 대로 책을 꺼내서 거기

가득 담아주었죠.

헤어턴으로서는 큰 걸음을 내디딘 셈이었어요. 부인은 고맙다는 말도 하지 않았죠. 그래도 헤어턴은 부인이 자신의 도움을 받아들였다는 사실에 기뻐하며 부인이 책을 살펴보는 동안 부인 뒤에 서 있는 대담함을 보였고, 책에 자기 마음에 드는 옛 그림이 나오면 몸을 굽히고 그 그림을 가리키기도 했어요. 부인이 심술궂게 책을 홱 끌어당기며 자기 손가락이 닿지 못하게 해도 기죽지 않더군요. 살짝 뒤로 물러나 책 대신 부인을 쳐다보는 것으로 만족했어요.

부인은 계속 책을 읽었죠. 혹은 읽을 만한 데가 있는지 찾는 것 같기도 했고요. 헤어턴의 관심은 점점 부인의 숱 많고 부드러운 곱슬머리를 쳐다보는 데 쏠렸어요. 헤어턴 쪽에서는 부인의 얼굴이 보이지 않았고, 부인 쪽에서도 헤어턴은 보이지 않았죠. 그러다가 헤어턴은, 아마 자기가 무슨 짓을 하고 있는지도 몰랐을 텐데, 촛불에 이끌린 아이처럼 결국 보는 것에 만족하지 못하고 다가가 만지기에 이르렀어요. 손을 내밀고는 새라도 만지듯 부드럽게 곱슬머리 한쪽을 쓰다듬고 만 것이죠. 그러자 부인은 자기 목에 칼이라도 들어온 양 깜짝 놀라며 뒤돌아보았어요.

'당장 저리 가! 감히 나를 만지다니? 왜 그러고 서 있는 거야?' 부인은 혐오스럽다는 듯이 외쳤어요. '도저히 견딜 수가 없어! 가까이 오면 다시 위층으로 올라가버릴 거야.'

헤어턴 씨는 정말 멋쩍은 얼굴로 뒷걸음질하더니 긴 의자에 아무 말 없이 앉아 있었고, 부인은 반 시간 내내 책들을 뒤적거렸어요. 마침내 언쇼가 내게로 와서 속삭였죠.

'가서 우리헌테 책 좀 읽어달라 허면 안 될까, 질라? 암것도 안 하니께 지리해 죽겠네. 글고 난 부인 목소릴 듣고 싶어! 내가 그렸다고 허지 말고 질라가 가서 좀 부탁혀봐.'

'헤어턴 씨가 부인께서 저희한테 책을 좀 읽어주면 좋겠다고 하네요.' 내가 곧장 말했어요. '그런 친절을 베풀어주시면 헤어턴 씨가 정말 감사히 여길 겁니다.'

부인은 얼굴을 찡그리더니 고개를 들고 대답했죠.

'헤어턴 씨, 그리고 너희 모두에게 똑똑히 말하는데, 나는 너희가 위선의 탈을 쓰고 베푸는 가짜 친절은 모조리 사양하겠어! 나는 너희를 경멸하고 너희 중 누구와도 말을 섞고 싶지 않아! 다정한 말 한마디만 들을 수 있다면, 심지어 너희 중 누군가의 얼굴이라도 볼 수 있다면 목숨이라도 내놓을 수 있는 심정이었을 때 너희는 모두 나를 피했지. 하지만 불평하진 않겠어! 나는 추워서 어쩔 수 없이 여기 내려온 거지, 너희를 즐겁게 해주거나 너희랑 어울리려고 내려온 게 아니야.'

'내가 뭘 우쨌다고?' 언쇼가 말했어요. '내가 뭔 죄를 지었소?'

'아! 당신은 예외야.' 히스클리프 부인이 대답했어요. '당신 같은 사람의 염려를 바란 적은 한 번도 없으니까.'

'허지만 난 몇 번이나 돕겠다고 혔소.' 헤어턴이 부인의 건방진 태도에 성내며 말했어요. '히스클리프 씨헌테 부인 대신 밤샘 간호를 허겠다고 혔단 말여……'

'조용히 해! 거슬리는 당신 목소리를 듣느니 집 밖으로든 아무 데로든 뛰쳐나가버리는 게 낫겠어!' 부인이 말했어요.

헤어턴은 '지옥에나 가시든가!' 하고 중얼거리고는 총을 다시 집어 들더군요. 더는 안식일을 신경 쓸 필요가 없어졌으니까요.

그러고서 헤어턴은 거리낌 없이 아무 말이나 해댔고, 부인은 곧 자기 방으로 돌아가서 혼자 있는 게 낫겠다고 생각했죠. 하지만 서리가 내리고부터는 부인도 자존심을 억누르고 우리 옆으로 오는 날이 점점 더 많아졌어요. 그래도 나는 부인이 더는 나의 착한 성품을 멸시하지 못하게끔 조심하고 있답니다. 그 후로는 나도 부인만큼이나 뻣뻣하게 굴고 있어요. 우리 가운데 부인을 사랑하거나 좋아해주는 사람은 아무도 없는데, 그래도 싸죠. 누구든 자기한테 무슨 말이라도 걸면 완전히 무시하고 몸을 돌려버리니까요! 주인 나리한테도 달려드는데, 때릴 테면 어디 한번 때려보라는 식이에요. 당하면 당할수록 더 독이 오르나봐요."

질라에게 이런 이야기를 듣고 처음에는 일을 관두고 오두막집이라도 얻어서 캐서린을 데려다가 함께 살아야겠다고 마음먹었습니다. 하지만 히스클리프 씨가 그것을 허락할 리 없겠죠. 그러도록 허락한다는 것은 헤어턴에게 따로 집 한 채를 마련해주는 거나 마찬가지일 거예요. 지금으로서는 저도 딱히 해결책이 떠오르질 않네요. 캐서린이 재혼한다면 또 모르겠지만, 재혼을 주선하는 건 제 전문 분야가 아니어서요.

이렇게 해서 딘 부인의 이야기는 끝났다. 의사의 예언에도 불구하고 나는 빠르게 회복 중이고, 비록 아직 1월 둘째 주밖에 되지 않았지만 하루나 이틀 뒤에는 말을 타고 워더링 하이 츠로 달려가서 내가 앞으로 여섯 달을 런던에서 지낼 예정이라는 사실을, 원한다면 10월 이후에 들어올 다른 세입자를 찾아봐도 좋다는 사실을 집주인에게 알려줄 생각이다. 나는 결코 이곳에서 다시 겨울을 날 생각이 없다.

제17장

　어제는 화창하고 바람 한 점 불지 않았으며, 또 몹시 추웠다. 나는 예정대로 하이츠에 갔다. 가정부가 내게 짧은 편지 하나를 자기 아씨께 전해달라고 부탁했는데, 그 덕망 있는 부인은 그 부탁을 하며 전혀 이상한 티를 내진 않았기에 나도 거절하지 않았다.

　현관문은 열려 있었지만 경계심이 심한 대문은 지난번과 마찬가지로 잠겨 있었다. 나는 문을 두드려 정원 화단에서 일하고 있던 언쇼를 불러냈다. 언쇼가 사슬을 풀어주었고, 나는 안으로 들어갔다. 이 친구는 시골뜨기치고는 꽤 잘생겼다. 이번에는 그를 특히 유심히 살펴보았는데 한편으로는 그가 자신의 그런 이점을 숨기려고 최선을 다하는 것처럼 보이기도 했다.

　나는 히스클리프 씨가 안에 계시느냐고 물었다. 그는 지금은 없지만 정찬 시간에는 돌아올 거라고 대답했다. 그때가 11시여서 안에 들어가서 기다리고 싶다고 말했더니 그는 당장 연장을 내팽개치고는 나를 따라나섰는데, 주인 역할을 대신하기 위해서가 아니라 감시인 노릇을 하기 위해서였다.

우리는 함께 들어갔다. 안에는 캐서린이 있었는데, 다가오는 정찬 때 먹을 채소를 다듬으며 식사 준비를 돕고 있었다. 처음 봤을 때보다 더 샐쭉하고 기운이 없어 보였다. 나에게는 거의 눈길도 주지 않았고, 예전과 마찬가지로 상식적인 수준의 예의도 무시한 채 하던 일을 계속해나갔다. 목례로 인사를 건네도 조금도 알은척하지 않았다.

'딘 부인이 장담한 것처럼 그리 상냥한 성격은 아닌 것 같군.' 나는 속으로 생각했다. '미인인 것은 사실이지만 천사는 아니야.'

언쇼는 캐서린에게 채소를 부엌으로 치우라고 퉁명스럽게 말했다.

"네가 직접 치우시지." 캐서린은 일을 끝내자마자 채소를 옆으로 밀며 이렇게 말했다. 그러고는 창가의 의자로 물러나서 무릎 위에 순무 조각을 올려놓고 그것을 깎아 새와 짐승 모양을 만들기 시작했다.

나는 정원 경치를 바라보는 척하며 캐서린에게 다가갔다. 내가 생각하기에도 능숙하게 딘 부인의 편지를 헤어턴 몰래 캐서린의 무릎 위에 살짝 떨어뜨렸는데, 캐서린이 큰 소리로 이렇게 묻는 게 아닌가.

"이게 뭐죠?" 그러고는 그것을 내던져버렸다.

"당신의 옛 친구, 그레인지의 가정부가 보낸 편지죠." 나는 나의 배려에도 불구하고 그 일을 폭로해버린 것에 짜증을 내며, 또 그것을 내가 쓴 편지로 오해할까 염려하며 대답했다.

그 말에 캐서린이 기뻐하며 편지를 다시 집어 들려고 했으나 헤어턴이 한발 앞섰다. 헤어턴은 편지를 집어 조끼에 넣으며 히스클리프 씨가 먼저 봐야 한다고 말했다.

그러자 캐서린은 아무 말 없이 고개를 돌려 아주 은밀히 손수건을 꺼내더니 눈으로 가져갔다. 캐서린의 사촌은 마음을 약하게 먹지 않으려고 한동안 애쓰더니, 결국 편지를 꺼내 최대한 불손하게 그녀의 발치에 내던졌다.

캐서린은 편지를 집어 들고는 열심히 읽었다. 그러고서 내게 옛집에 사는 사람들과 짐승들에 대한 몇몇 질문을 던지고는 언덕 쪽을 바라보며 혼자 중얼거렸다.

"미니를 타고 저곳을 달리고 싶어! 저곳에 올라가보고 싶어! 아아! 지겨워 죽겠어, 지리해● 죽겠다고, 헤어턴!"

그러고는 예쁜 머리를 다시 창틀에 기대며 하품인지 한숨인지 모를 소리를 내뱉었고, 우리가 지켜보는 건 신경도 안쓰고 눈치채지도 못한 채 멍한 슬픔에 빠졌다.

"히스클리프 부인." 내가 한동안 말없이 앉아 있다가 말했다. "부인은 제가 부인을 얼마나 잘 알고 있는지 모르시겠죠? 너무 친밀한 사이라 부인이 제게 와서 말을 걸지 않는 게 이상하게 느껴질 정도로군요. 우리 집 가정부는 늘 지치지도 않고 부인에 대해 이야기하고 부인을 칭찬하거든요. 그러니 만일

● 앞 장에서 헤어턴이 사용한 사투리를 흉내 낸 것이다.

제가 부인이 편지를 받고 아무 말도 없더라는 소식 외에는 아무 소식도 전해주지 않는다면 크게 실망할 겁니다!"

캐서린은 이 말에 놀라는 모습을 보이며 물었다.

"엘런이 당신을 좋아하나요?"

"네, 무척 좋아하지요." 나는 서슴없이 대답했다.

"엘런한테 이렇게 전해주세요." 캐서린이 말을 이었다. "답장을 쓰고 싶어도 편지를 쓸 종이가 없고, 책이 한 권도 없으니 책장을 찢어서 쓸 수도 없다고요."

"책이 없다니요!" 내가 외쳤다. "이렇게 묻는 게 실례인 줄은 압니다만, 책도 없이 이런 곳에서 어떻게 사시나요? 그레인지에는 커다란 서재가 있는데도 저는 종종 아주 따분해지곤 하거든요. 만일 누가 제게서 책을 빼앗아 간다면 저는 절망에 빠지고 말 겁니다!"

"나도 책이 있을 때는 늘 책을 읽었죠." 캐서린이 말했다. "그런데 히스클리프 씨는 책을 절대 읽지 않아요. 그래서 제 책을 모두 없애버려야겠다고 생각하고 만 거죠. 지난 몇 주 동안 책은 구경도 못 했어요. 딱 한 번, 조지프의 신학 책들을 뒤진 적이 있는데 조지프가 몹시 짜증을 내더군요. 그리고 헤어턴, 한번은 당신 방에서 우연히 당신이 몰래 쌓아둔 책들을 발견한 적이 있어. 라틴어 책과 그리스어 책 몇 권, 이야기책과 시집 몇 권이 있더군. 전부 나의 옛 친구들이었어. 이야기책과 시집은 내가 들고 온 것이니까. 당신은 까치가 은수저를 모으듯 단지 훔치는 재미 때문에 그것들을 모았어! 그 책들은 당신한테는 아무 쓸모도 없잖아. 아니면 당신은 자기가 책을 못

읽으니까 다른 사람도 못 읽게 하려는 나쁜 심보로 그걸 숨겨둔 걸 거야. 어쩌면 **당신은** 질투가 나서 히스클리프 씨에게 내 보물을 빼앗으라고 조언했는지도 모르겠군? 하지만 그 책들 대부분은 내 머리에 적혀 있고 내 가슴에 새겨져 있으니 그것까지 빼앗아 가지는 못할걸!"

언쇼는 자신이 은밀히 책을 모아둔 사실을 사촌이 폭로하자 얼굴이 시뻘게졌고, 분개한 채 말을 더듬거리며 그런 비난을 부인했다.

"헤어턴 씨는 지식을 쌓고 싶어 하는 겁니다." 내가 헤어턴을 구해주려고 나서서 말했다. "그는 부인의 소양을 **질투하는** 게 아니라 **열망**하는 거예요. 몇 년 후에는 어학에 능숙한 똑똑한 사람이 될 겁니다!"

"그리고 그러는 사이에 **내가** 멍청이가 되어버리길 바라겠죠." 캐서린이 대답했다. "그래요, 헤어턴이 혼자서 철자를 발음하며 책을 읽는 걸 나도 들었는데 정말 서투르기 짝이 없더군요! 어제처럼 〈체비 체이스〉●를 다시 한번 읽어보시지 그래. 정말 웃기던걸! 내가 다 들었어. 어려운 단어를 찾겠답시고 사전을 뒤적이는 소리도 들었고, 사전에 적힌 설명을 읽지 못해 욕을 퍼붓는 소리도 들었지!"

그 젊은이는 자신이 무식해도 비웃음을 당하고, 무식에서 벗어나려고 애써도 비웃음을 당하는 걸 매우 못마땅하게 여

● 15세기 영국의 발라드.

기는 게 분명했다. 내 생각도 비슷했고, 게다가 그가 자신이 자라온 어둠 속에서 빛을 밝히려 했던 첫 시도와 관련해 딘 부인에게 들은 일화도 떠올랐기에 나는 이렇게 말했다.

"하지만 히스클리프 부인, 누구에게나 처음이라는 게 있는 법이고, 누구나 처음에는 문지방에서 발을 헛디며 비틀거리는 법이죠. 그리고 만일 우리의 선생님들이 우리를 도와주는 대신 멸시했다면 우리는 아직도 발을 헛디디며 비틀거리고 있을 겁니다."

"하!" 캐서린이 대답했다. "나는 헤어턴의 공부를 방해할 마음은 없어요. 하지만 헤어턴은 내 것을 몰래 가져가서 용납할 수 없는 실수와 틀린 발음으로 그것을 우스꽝스럽게 만들 권리도 없어요! 그 책들은 산문이든 운문이든 이런저런 이유로 내게 소중한데, 헤어턴의 입으로 천하게 더럽혀지는 건 딱 질색이란 말이에요! 게다가 일부러 나를 괴롭히려는 속셈인지 내가 가장 좋아하는 작품들만 골라서 계속 읽어대지 뭐예요!"

헤어턴의 가슴이 잠시 침묵 속에 들썩거렸다. 극심한 굴욕감과 노여움을 참으려고 무진장 애썼는데, 그것이 결코 쉬운 일은 아니었다.

나는 신사답게 그가 느끼는 무안함을 덜어주어야겠다고 생각하며 자리에서 일어나 문간으로 가서 창밖 풍경을 바라보았다.

헤어턴도 나를 따라 자리에서 일어나더니 방에서 나가버렸다. 하지만 곧 손에 책을 대여섯 권 들고 다시 나타나서는 그것들을 캐서린의 무릎 위에 내던지며 이렇게 외쳤다.

"니 다 가져라! 다시는 듣고 싶지도, 읽고 싶지도, 생각허고 싶지도 않으니께!"

"이제는 필요 없어!" 캐서린이 대답했다. "이제 그 책들을 보면 당신이 떠오를 것이라 생각하니 싫어졌어."

캐서린은 자주 들춰 봤을 게 분명한 책 한 권을 펼쳐 들더니, 글을 처음 배우는 사람이 그러듯 한 부분을 느릿느릿 읽어나갔다. 그러고는 웃음을 터뜨리며 책을 던져버렸다.

"또 들어봐!" 캐서린이 약을 올리기라도 하듯 옛 발라드의 한 구절을 아까와 똑같은 방식으로 읽기 시작했다.

하지만 헤어턴은 자존심에 상처를 입는 것을 더는 용납하지 않았다. 캐서린이 건방진 소리를 내뱉는 걸 손으로 막는 소리가 들렸는데, 전적으로 비난할 일은 아니었다. 그 몹쓸 부인은 세련되지는 않아도 예민한 사촌의 감정을 있는 힘껏 상하게 했고, 고통을 준 부인에게 똑같이 갚아주려면 물리력에 의지하는 수밖에 없었을 것이다.

그는 책을 주워 모아 불 속에 던져버렸다. 나는 책을 그렇게 희생시키는 것이 얼마나 괴로운 일인지를 그의 표정에서 읽을 수 있었다. 책이 타오르는 동안 그는 거기서 얻은 기쁨, 앞으로 얻으리라 기대했던 승리감과 더 큰 기쁨을 떠올렸을 듯싶었다. 그리고 그가 남몰래 공부했던 이유 또한 짐작이 갔다. 매일매일의 노동과 동물적인 기쁨에 만족하던 그의 앞에 캐서린이 나타났다. 캐서린에게 멸시당하며 느낀 수치심과 캐서린에게 인정받고자 하는 마음이 더 높은 가치를 추구하려는 최초의 자극이 되었을 테다. 그런데 자신을 드높이려는 노력으로 멸시에서 벗어나 인정받기는커녕 정반대의 결과만 낳은 것이다.

"그래, 당신 같은 짐승에게 책의 쓸모는 고작 그 정도겠지!" 캐서린이 부르튼 입술을 빨며, 분노한 눈빛으로 활활 타오르는 책을 쳐다보며 외쳤다.

"당장 그 입 다무는 기 **좋을** 거여!" 헤어턴이 사납게 대꾸했다.

헤어턴은 흥분해서 더는 말을 잇지 못한 채 급히 문 쪽으로 나아갔고, 나는 그가 지나가도록 길을 비켜주었다. 하지만 그가 문지방돌을 지나기도 전에 히스클리프 씨가 포석이 깔린 길을 걸어 올라오다 그와 마주쳤다. 히스클리프 씨는 그의 어깨에 손을 올리며 물었다.

"애야, 왜 그러니?"

"암것도 아니여!" 그는 이렇게 말하고는 자신의 슬픔과 분노를 혼자 즐기기 위해 달아나버렸다.

히스클리프는 달아나는 그의 뒷모습을 쳐다보고는 한숨을 쉬었다.

"내가 내 계획을 좌절시키는 건 이상한 일이겠지!" 그는 내가 뒤에 있는 것도 모른 채 중얼거렸다. "하지만 저 녀석의 얼굴에서 자기 아비의 모습을 찾으려 해봐도 나날이 **그 애**의 얼굴만 더 보인단 말이야! 대체 왜 저렇게 닮은 거지? 도무지 보고 있을 수가 없어."

그는 시선을 바닥에 떨군 채 침울하게 걸어 들어왔다. 그의 얼굴에서는 전에는 보지 못한 불안하고 근심 어린 표정이 엿

보였고, 몸도 더 여위어 보였다.

그의 며느리는 창문으로 그가 오는 것을 보고는 곧장 부엌으로 도망쳐버린 터라 그곳에는 나 혼자뿐이었다.

"다시 바깥으로 나오신 걸 보니 기쁘군요, 록우드 씨." 그가 내 인사에 답하며 말했다. "물론 어느 정도는 이기적인 이유로 그런 것이지만. 이 황량한 곳에서는 당신의 빈자리를 쉽게 채울 수 있을 것 같지 않으니 말이오. 록우드 씨가 왜 이곳으로 왔는지 궁금할 때가 한두 번이 아니었소."

"이유 없는 변덕 때문이었겠죠, 히스클리프 씨." 나는 이렇게 대답했다. "그리고 이번에는 그 이유 없는 변덕 때문에 다시 떠나게 되었습니다. 다음 주에는 런던으로 떠나려 합니다. 또 스러시크로스 그레인지에 세 들어 살기로 한 열두 달이 끝나면 더는 그곳에 살 생각이 없다는 사실을 알려드려야 할 것 같군요. 그곳에서 더는 못 살 것 같아요."

"아, 그러시군! 세상과 동떨어져 지내는 데 질리신 모양이오, 안 그렇소?" 그가 말했다. "하지만 집을 비우는 동안 집세를 빼달라고 부탁하러 온 거라면 헛걸음하신 거요. 나는 누구에게서든 받아야 할 돈은 꼭 받는 사람이니까."

"저는 집세를 빼달라고 부탁하러 온 게 아닙니다!" 나는 몹시 화를 내며 외쳤다. "원하신다면 지금 당장 집세를 지급하겠습니다." 그러고서 나는 주머니에서 약속어음을 꺼냈다.

"아니, 됐소." 그가 쌀쌀맞게 대꾸했다. "만일 돌아오지 못하신다고 해도 빚을 충당할 물건들을 충분히 남겨두고 가실 테니. 나야 그리 급할 게 없소. 앉아서 같이 식사나 하고 가시구려. 다시 찾아올 염려가 없는 손님은 보통 환영받는 법이니까. 캐서린! 식탁을 차려야지. 어디로 가버린 거야?"

캐서린이 나이프와 포크가 놓인 쟁반을 들고 다시 나타났다. "너는 조지프랑 같이 먹어." 히스클리프가 나직이 중얼거렸다. "그리고 록우드 씨가 돌아가실 때까지는 부엌에서 나오지 마."

캐서린은 그의 명령에 잘 따랐다. 아마 명령을 어기고 싶은 유혹을 느끼지도 않았던 듯싶다. 촌뜨기들과 염세주의자들 사이에서 살다보니 귀인을 만나도 알아보지 못하는 모양이다.

나는 험악하고 음침한 히스클리프 씨와 입을 꾹 다문 헤어턴 사이에서 불편한 식사를 한 후 일찌감치 작별을 고했다. 뒷문으로 나가서 캐서린을 마지막으로 잠깐 보고 조지프 영감을 귀찮게 해줄 생각이었지만, 집주인이 헤어턴에게 내 말을 끌고 오라고 명한 후 나를 직접 문 앞까지 바래다주는 바람에 나의 바람을 이룰 수 없었다.

'저런 집에서 살면 얼마나 따분할까!' 나는 말을 타고 내려오며 생각했다. '린턴 히스클리프 부인의 착한 유모가 바란 대로 그녀와 나 사이에 사랑이 싹터 함께 떠들썩한 도시로 이사한다면, 그녀로서는 동화보다 더 낭만적인 꿈이 실현되는 것이나 마찬가지였을 텐데!'

제18장

1802년. 올해 9월에 북쪽 지방에 사는 한 친구로부터 황야를 휩쓸어버리자는 초대를 받고 그 친구의 집으로 가던 중 예기치 않게 기머턴에서 25킬로미터 정도 떨어진 곳을 지나게 되었다. 길가의 어느 선술집에서 내 말에게 먹일 물 한 통을 들고 있던 마부는 갓 거둬들인 새파란 귀리를 실은 짐수레가 옆을 지나가자 이렇게 말했다.

"기머턴에서 오셨구먼! 거긴 다른 동네보다 늘 추수가 삼 주 늦으니께."

"기머턴이라고?" 내가 말했다. 그 지역에서 살던 기억은 이미 꿈결처럼 흐릿해져 있었다. "아! 나도 알지. 그곳은 여기서 거리가 얼마나 되는가?"

"언덕을 넘어가면 22킬로미터인디, 길이 험하구먼요." 마부가 대답했다.

나는 스러시크로스 그레인지를 방문하고 싶다는 갑작스러운 충동에 사로잡혔다. 아직 정오도 안 되었을 때였고, 여관보다는 내 집에서 하룻밤을 보내는 게 낫겠다는 생각이 들기도 했다. 게다가 마음 편히 하루쯤 시간을 내어 집주인과 남은 일을 처리하면 다시 그곳을 찾는 수고를 덜 수도 있을 것이었다.

나는 잠시 쉰 후 하인에게 마을로 가는 길을 알아보라고 일렀고, 말들을 몹시 지치게 한 끝에 대략 세 시간 만에 그 거리를 주파할 수 있었다.

나는 하인을 마을에 남겨두고 혼자 골짜기를 걸어 내려갔다. 잿빛 교회는 더욱더 잿빛을 띠었고, 쓸쓸한 교회 묘지는 더욱더 쓸쓸해져 있었다. 황야에 풀어놓은 양 한 마리가 무덤의 짧은 잔디를 뜯어먹는 모습이 보였다. 감미롭고 따스한 날씨였다. 돌아다니기에는 너무 따스했지만, 위아래로 펼쳐진 기분 좋은 풍경을 즐기는 걸 방해할 만큼의 열기는 아니었다. 8월에 더 가까운 때에 그 풍경을 봤더라면, 분명 그 쓸쓸한 곳에서 한 달쯤 허송세월하고 싶다는 유혹을 느꼈을 것이다. 언덕에 둘러싸인 협곡과 깎아지른 듯이 가파른 히스 구릉은 겨울에 보면 더없이 음울하지만, 여름에 보면 더없이 비범하다.

해가 지기 전에 그레인지에 도착해서 문을 두드렸다. 하지만 부엌 굴뚝에서 한 줄기 가느다란 연기가 소용돌이치며 피어오르는 걸로 봐서 집안사람들은 본채 뒤쪽으로 물러난 듯했고, 그래서 그 소리를 듣지 못하는 것 같았다.

나는 말을 타고 안뜰로 들어갔다. 현관 앞에는 아홉 살에서 열 살쯤 돼 보이는 여자애가 앉아서 뜨개질하고 있었고, 한 노파가 승마 발판에 몸을 기대고 파이프를 입에 문 채 생각에 잠겨 있었다.

"안에 딘 부인 계신가?" 내가 노파에게 물었다.

"딘 부인이요? 없구먼요!" 노파가 말했다. "여기 안 살아요. 하이츠에 사는구먼요."

"그럼 자네가 가정부인가?" 내가 말을 이었다.

"네, 내가 이 집 가정을 돌보는 사람이구먼요."

"음, 나는 이 집 주인인 록우드라고 하네. 혹시 내가 묵을 방이 있을까? 오늘 밤은 이곳에서 지내고 싶어서 말일세."

"주인 나리시라구요!" 노파가 깜짝 놀라며 외쳤다. "아니, 나리가 오실 줄 누가 알았겠어요? 전갈이라두 보내시지. 지금은 죄다 눅눅하고 엉망이라 그럴 방은 없구먼요!"

노파가 파이프를 내던지고 바삐 안으로 들어가자 여자애도 따라 들어갔고, 나도 안으로 들어갔다. 나는 곧 노파의 말이 사실임을 알 수 있었는데, 더군다나 노파는 나의 달갑지 않은 출현으로 거의 제정신이 아닌 듯했다.

나는 노파에게 진정하라고 일렀다. 산책이나 다녀올 테니 그동안 저녁 식사를 할 수 있게 거실 한구석을 치워두고 침실만 마련해두라고 말했다. 바닥을 쓸 거나 먼지를 털 필요도 없이 그저 난롯불을 잘 피워놓고 잘 마른 시트만 준비해놓으라며 말이다.

노파는 최선을 다하려는 의지가 있어 보였다. 물론 벽난로솔을 부지깽이로 착각해서 벽난로 안에 밀어 넣기도 하고, 몇몇 살림 도구를 잘못 사용하기도 했지만 말이다. 그래도 나는 노파의 활기찬 모습으로 보아 돌아올 때쯤에는 쉴 곳이 마련되어 있을 거라고 믿으며 그곳에서 물러났다.

예정된 산책의 목적지는 워더링 하이츠였다. 나는 안뜰을 빠져나갔다가 뒤늦게 어떤 생각이 떠오른 바람에 다시 집으로 돌아갔다.

"하이츠 분들은 다들 별고 없으신가?" 내가 노파에게 물었다.

"네, 아마 그럴걸요!" 노파가 뜨거운 잉걸불이 든 납작한 접시를 들고 종종걸음을 치며 대답했다.

나는 딘 부인이 왜 그레인지를 떠났는지 물어보려다가 그런 긴박한 상황에 놓인 노파를 지체하게 할 수는 없는 노릇이어서 그냥 뒤돌아서서 밖으로 나와버렸다. 한가로이 거니는 가운데 뒤로는 석양이 지고 앞으로는 달이 떠올라 은은한 빛을 발했다. 대정원을 빠져나와 히스클리프 씨 집 쪽으로 들어서는 돌투성이 샛길을 오르는 동안 해는 서서히 졌고, 달은 점점 더 밝아왔다.

워더링 하이츠가 아직 시야에 들어오지도 않았는데 남은 낮의 흔적이라고는 서쪽 하늘을 물들인 희미한 호박색 빛이 전부였다. 하지만 환한 달빛 덕분에 길 위의 자갈 하나하나와 풀잎 하나하나까지 전부 볼 수 있었다.

대문을 타 넘거나 두드릴 필요도 없었다. 손을 갖다 대니 바로 열렸으니까.

'꽤 나아졌군!' 나는 생각했다. 나아진 또 다른 점은 코로 느낄 수 있었다. 흔한 과일나무 사이에서 비단향꽃무의 향기가 바람을 타고 전해진 것이다.

문과 격자창이 모두 열려 있었음에도 탄광 지방에서 보통 그러하듯 빨갛게 타오르는 불길이 벽난로 굴뚝을 비추고 있었다. 그 불길이 눈에 전해주는 아늑함이 필요 이상의 열기도 참을 만하게 해주는 것이다. 그리고 워더링 하이츠의 거실은 아주 넓어서 그 열기를 피할 곳이 많다. 그런 이유로 그때 집안사람들은 창가에서 그리 멀리 떨어지지 않은 곳에 자리를 잡고 있었다. 안으로 들어가기 전부터 그들이 보였고 그들이 나누는 이야기 소리도 들렸는데, 호기심과 질투심이 뒤섞인 감정이 생겨나는 바람에 결과적으로 그들을 쳐다보며 그들이 나누는 이야기도 듣게 되었다. 그렇게 서성이는 동안 그 감정은 더욱더 커져만 갔다.

"컨-트러리(contrary)!" 은방울 같은 감미로운 목소리가 들려왔다. "벌써 세 번째잖아, 이 멍청아! 이번이 마지막이야. 제대로 기억해. 안 그러면 머리카락을 잡아 뜯을 테니까!"

"컨트러리. 맞잖아." 굵지만 부드러운 목소리가 들려왔다. "그럼 이제 입 맞춰줘. 말 잘 들었으니까."

"안 돼, 실수 없이 한 번에 정확히 읽어야 해."

남자가 읽기 시작했다. 점잖게 차려입은 그 젊은이는 테이블에 책을 놓고 앉아 있었다. 그의 잘생긴 얼굴은 기쁨으로 빛났고, 그의 시선은 참을성 없이 자꾸 책장에서 자기 어깨에 놓인 작고 하얀 손으로 향했다. 그 손의 주인은 그런 부주의한 시선을 알아차릴 때마다 젊은이의 뺨을 찰싹 때려서 다시 정신이 들게 했다.

손의 주인은 뒤에 서 있었다. 그녀가 공부를 감독하기 위해 이따금 몸을 굽힐 때마다 그녀의 밝게 빛나는 곱슬머리가 그의 갈색 머리카락과 한데 뒤섞였다. 그녀의 얼굴이 보이지 않는 것이 그로서는 다행한 일이었는데, 그렇지 않았다면 그는 절대 그렇게 궁둥이를 붙이고 있지 못했을 것이다. 내게는 그녀의 얼굴이 보였고, 나는 그녀와 잘될 수도 있었을 기회를 내팽개치고 저 매혹적인 얼굴을 이렇게 가만히 쳐다만 보고 있게 된 것이 분해서 입술을 깨물었다.

학생은 결국 제대로 읽는 데 성공했는데, 그 뒤로도 실수가 없었던 것은 아니지만 그래도 상을 요구했고, 적어도 다섯 번의 입맞춤을 받고는 그보다 더 많은 입맞춤을 되돌려주었다. 그러고서 그들은 문 쪽으로 왔는데, 둘 사이의 대화로 미루어 보아 곧 밖으로 나가서 황야를 거닐 모양이었다. 만일 그때 헤어턴 언쇼 앞에 내 불행한 꼴을 드러낸다면 그가 말로 내뱉지는 않더라도 마음속으로 지옥의 구렁텅이에 빠져버리라는 저주를 내릴 것만 같아서, 나는 심술궂고 악의에 찬 기분을 느끼며 살금살금 돌아서 부엌으로 피신했다.

그쪽 문도 열려 있었다. 문간에는 나의 옛 친구 넬리 딘이 앉아서 바느질하며 노래를 부르고 있었는데, 안쪽에서 음악과는 거리가 먼 거칠고 옹졸한 멸시의 말이 들려와 종종 그 노랫소리를 끊었다.

"니 노래를 듣느니 차라리 아침부터 밤까지 욕을 먹는 기 낫겠구먼!" 넬리가 무슨 말을 했는지는 들리지 않았지만, 어쨌든 부엌에 있는 누군가가 넬리에게 이렇게 말했다. "내가 성경을 펼치기만 허면 니가 사탄과 이 세상 온갖 사악함을 칭송허는 노래를 불러대니 이 뭔 저주받을 망신인지! 아아! 니는 아무짝에도 쓸모없는 인간이고, 그건 저것도 마찬가지

여. 불쌍한 도련님은 니들 사이에서 길을 잃고 마시겠지. 불쌍한 도련님!" 그가 신음을 토하며 말을 덧붙였다. "도련님은 홀린 기 틀림없구먼! 오, 주님, 저들을 심판하소서. 이 세상 지배자들헌테는 법도 정의도 없으니께!"

"없고말고요! 만일 있었다면 우리는 지금쯤 활활 타오르는 장작 다발 위에 앉아 있었을 테죠." 노래를 부르던 사람이 쏘아붙였다. "그런데 영감, 기독교인답게 조용히 성경이나 읽고 나한테는 신경 끄시지 그래요. 이건 〈요정 애니의 결혼식〉이라는 유쾌한 노래인데, 춤추면서 부르기 딱 좋거든요."

딘 부인이 다시 노래를 시작하려고 할 때 내가 앞으로 나아갔다. 부인은 나를 곧장 알아보더니 자리에서 벌떡 일어나 이렇게 외쳤다.

"원, 세상에, 록우드 씨! 어쩌자고 이렇게 돌아오신 거예요? 스러시크로스 그레인지는 관리가 안 돼서 들어가실 수 없을 텐데요. 기별이라도 주시지 그랬어요!"

"머무는 동안에는 어떻게든 지낼 수 있게 준비시켜두었소." 내가 대답했다. "내일 다시 떠날 거니까. 그런데 어쩌다 이곳으로 오게 됐소, 딘 부인? 사정이 궁금하군."

"록우드 씨가 런던으로 떠나고 얼마 지나지 않아 질라가 일을 관뒀고, 히스클리프 씨는 록우드 씨가 돌아올 때까지 제가 이곳에 와서 지내길 바랐죠. 어쨌든 어서 들어오세요! 오늘 저녁에 기머턴에서 걸어오신 건가요?"

"그레인지에서 왔소." 내가 대답했다. "그곳 사람들이 내가 묵을 방을 준비하는 동안, 나는 딘 부인의 주인 나리와 볼일을 끝내버리려고. 당분간은 다시 찾아올 기회가 없을 것 같거든."

"무슨 볼일이신지?" 넬리가 나를 거실로 안내하며 말했다. "지금 나가고 안 계신데, 금방 돌아오진 않을 거예요."

"집세 문제요." 내가 대답했다.

"아아! 그 문제라면 히스클리프 부인이랑 해결하셔야죠." 넬리가 말했다. "아니면 저랑 해결하시든가요. 부인은 아직 그런 일을 할 줄 몰라서 제가 대신 처리하고 있거든요. 어차피 저 말고는 아무도 없으니까요."

나는 놀란 표정으로 쳐다보았다.

"아! 히스클리프가 죽었다는 말을 못 들으셨나보군요." 넬리가 말을 이었다.

"히스클리프가 죽었다고?" 내가 깜짝 놀라며 외쳤다. "대체 언제?"

"석 달 전에요. 그런데 우선 좀 앉으세요. 모자도 이리 주시고요. 그동안 무슨 일이 있었는지 전부 들려드릴게요. 잠깐, 아직 아무것도 안 드셨겠군요?"

"지금은 생각 없소. 저녁 식사를 준비해두라고 그레인지에 일러두었고. 부인도 좀 앉아요. 그자가 죽었을 줄은 꿈에도 몰랐군! 대체 어떻게 된 일인지 좀 들려주시오. 그 젊은이들은 한동안 돌아오지 않을 거라고 하지 않았던가?"

"네, 매일 늦게까지 돌아다니다 와서 저녁마다 야단을 치는데도 제 말은 듣질 않네요. 그러시면 우리 집에서 오랫동안 숙성시킨 에일맥주라도 한 잔 드세요. 지쳐 보이시는데 마시면 좀 괜찮아질 거예요."

딘 부인은 내가 거절하기도 전에 급히 맥주를 가지러 가버렸다. 그러자 조지프가 구시렁대는 소리가 들려왔다. "저 나이에 사내헌테 치근덕대다니 이 을매나 낯간지러운 일이여? 게다가 이쟈는 나리의 지하 저장실에서 술 항아리까지 끄집어내고 앉았으니! 나리가 여지껏 살아서 저 꼴을 봤다면 정말 망신스러워허셨을 거구먼."

딘 부인은 그 비난에 응수하기 위해 멈춰 서지 않았고, 곧 반 리터짜리 은잔에 거품이 가득한 맥주를 담아 돌아왔다. 나는 그 맥주를 한 모금씩 마실 때마다 진심으로 감탄했다. 딘 부인은 히스클리프 이야기의 속편을 들려주었다. 부인의 말마따나 히스클리프는 '기묘한' 죽음을 맞이했다.

록우드 씨가 떠나고 두 주도 안 돼서 워더링 하이츠로 오라는 부름을 받았습니다. 저는 캐서린 때문에라도 기뻐하며 그말에 따랐죠.

저는 캐서린을 처음 보고는 슬퍼하며 경악하고 말았어요. 헤어진 뒤로 너무 많이 변해버렸더군요. 히스클리프 씨는 왜갑자기 마음을 바꿔 저를 이곳으로 불렀는지 이유를 설명해주지 않았어요. 그저 제가 필요했고, 캐서린을 보는 게 지겹다는 말만 하더군요. 작은 응접실을 거실 삼아 캐서린과 함께있으라고 하면서 말이에요. 자기는 하루에 한두 번 어쩔 수없이 보는 것만으로도 충분하다고 했어요.

캐서린은 이런 결정에 기뻐하는 듯 보였습니다. 그리고 저는 캐서린이 그레인지에서 즐겨 읽던 책과 아끼던 물건들을 조금씩 몰래 가져왔고, 이 정도면 이제 캐서린과 웬만큼 편하게 지낼 수 있겠다고 자신했어요.

착각은 오래가지 않았습니다. 처음에는 만족해하던 캐서린이 얼마 안 있어 짜증을 내고 불안해하더군요. 우선 캐서린은 정원 밖으로 나가는 게 금지되어 있었고, 봄은 끝나가는데 그 좁은 곳에 갇혀 있자니 몹시 안달이 났던 거예요. 또한 저는 집안일을 하느라 캐서린 곁을 떠나야 할 때가 많았는데, 그러면 캐서린은 외롭다며 푸념을 늘어놓았어요. 혼자 평화로이 앉아 있느니 차라리 부엌에서 조지프와 다투는 편을 택했죠.

저는 그 둘의 사소한 충돌은 신경 쓰지 않았어요. 그런데 주인 나리가 거실에 혼자 있고 싶어 할 때면 헤어턴도 종종 어쩔 수 없이 부엌으로 와야 했죠.

처음에 캐서린은 헤어턴이 다가오면 부엌을 떠나거나 조용히 제 일을 거들었지, 헤어턴을 쳐다보거나 그에게 말을 걸지는 않았어요. 헤어턴도 늘 더없이 시무룩하고 말이 없었죠. 그런데 얼마 후 캐서린이 태도를 바꿔서 헤어턴을 가만히 내버려두려 하질 않더군요. 그에게 말을 걸고, 그가 멍청하고 게으르다고 말하고, 그가 어떻게 그런 삶을 참고 살 수 있는지, 어떻게 오후 내내 벽난로만 쳐다보다 졸 수 있는지 모르겠다고 떠들며 말이죠.

"저 사람은 꼭 개 같아. 안 그래, 엘런?" 한번은 캐서린이 이렇게 말했어요. "아니면 수레를 끄는 말이라고 해야 하나? 끝없이 일하고 먹고 잠만 자잖아! 머릿속이 얼마나 멍하고 따분할까! 자면서 꿈은 꾸니, 헤어턴? 만일 꾼다면 무슨 꿈이려나? 하긴 어차피 너는 나한테 말을 못 하지!"

캐서린은 헤어턴을 쳐다봤지만 헤어턴은 입을 열지도 않고 캐서린을 쳐다보지도 않더군요.

"아마 지금 꿈을 꾸는 중일 거야." 캐서린이 말을 이었어요. "주노가 어깨를 씰룩거리는 것처럼 저 사람도 어깨를 씰룩거렸거든. 한번 물어봐, 엘런."

"얌전히 굴지 않으면 헤어턴 씨가 주인 나리더러 아씨를 위층으로 보내버리라고 할 거예요!" 제가 말했어요. 헤어턴은 어깨를 씰룩거렸을 뿐만 아니라 주먹을 쓰고 싶기라도 한 듯 꽉 쥐었어요.

"나는 내가 부엌에 있으면 왜 헤어턴이 절대 입을 열지 않는지 그 이유를 알고 있어." 또 한번은 캐서린이 이렇게 외쳤어요. "저 사람은 내가 자기를 비웃을까봐 두려운 거야. 엘런, 어떻게 생각해? 저 사람은 한때 혼자 공부를 시작한 적이 있는데, 내가 비웃었다고 책을 다 태워버리고는 공부를 관둬버렸지 뭐야. 바보 같지 않아?"

"아씨가 못된 게 아니고요?" 제가 말했어요. "대답해봐요."

"어쩌면 그런지도 모르지." 캐서린이 말을 이었어요. "하지만 나는 저 사람이 그 정도로 바보일 줄은 몰랐단 말이야. 헤어턴, 만일 내가 책을 주면 이제는 받을 테야? 한번 시험해봐야지!"

캐서린은 자기가 읽던 책 한 권을 헤어턴의 손에 올려놓았어요. 헤어턴은 그 책을 내던져버리고는 그만두지 않으면 모가지를 꺾어버리겠다고 중얼거렸죠.

"흠, 책은 여기 둬야지." 캐서린이 말했어요. "이 테이블 서랍 안에. 그럼 나는 이제 자러 간다."

캐서린은 헤어턴이 그 책에 손을 대는지 잘 지켜보라고 제게 속삭이고는 나가버렸어요. 하지만 헤어턴은 서랍 근처에도 가지 않았고, 그래서 다음 날 아침에 그렇게 말해줬더니 캐서린은 크게 실망하더군요. 헤어턴이 계속해서 골을 부리며 나태하게 지내는 걸 안타까워하는 것 같았어요. 자기가 겁을 줘서 헤어턴이 공부를 때려치우게 된 것에 양심의 가책을 느꼈던 것이죠. 아주 제대로 공부와 담을 쌓게 만들어버렸으니까요.

캐서린은 잘못을 만회하기 위해 창의력을 발휘했습니다. 제가 응접실에서는 하기 힘든 다림질이나 다른 정적인 일을 부엌에서 하고 있을 때면, 캐서린은 재미있는 책을 들고 와서 큰 소리로 읽어주곤 했어요. 헤어턴이 거기 있을 때면 보통 흥미로운 부분에서 읽기를 멈추고는 책을 그대로 놓아둔 채 밖으로 나가버렸죠. 그런 일을 되풀이했어요. 하지만 헤어턴은 노새처럼 고집을 부리며 캐서린의 미끼를 물지 않았고, 대신 비가 오는 날이면 조지프와 함께 담배나 피웠어요. 두 사람은 벽난로 앞자리를 한쪽씩 차지한 채 자동인형처럼 앉아 있었는데, 늙은 쪽은 다행히 귀가 먹어 자신이 사악한 헛소리라고 부르곤 하던 캐서린의 말을 알아듣지 못했고, 젊은 쪽은 그 말을 무시하느라 최선을 다하는 듯 보이더군요. 날씨가 좋은 날 저녁이면 헤어턴은 사냥하러 나갔고, 그러면 캐서린은 하품하고 한숨을 쉬며 제게 이야기를 해달라고 졸라댔는데,

이야기를 시작하려고 입을 떼는 순간 안뜰이나 정원으로 뛰쳐나가버렸어요. 그리고 최후의 수단으로 눈물을 보이며 사는 게 지겹다고, 자기 인생은 아무짝에도 쓸모없다고 말하곤 했죠.

히스클리프 씨는 점점 더 사람들과 어울리길 꺼리면서 사실상 언쇼를 거실에서 내쫓고 말았습니다. 언쇼는 3월 초에 사고를 당해 며칠 동안 부엌에 붙박이처럼 눌어붙어 있었어요. 혼자 언덕에 사냥하러 나갔다가 총이 터지는 바람에 파편이 튀어 팔에 상처를 입었고, 집으로 돌아오는 길에 피를 많이 흘렸거든요. 그리하여 회복될 때까지는 강제로 벽난로 앞에 조용히 붙어 있을 수밖에 없었습니다.

캐서린은 헤어턴이 거기 있는 게 좋은 모양이었어요. 어쨌든 그 어느 때보다 위층의 자기 방에 있는 걸 싫어했습니다. 그리고 저를 따라 내려올 수 있게 저더러 아래층에서 할 일을 찾아보라고 강요하곤 했죠.

부활절 다음 날인 월요일, 조지프는 소를 몇 마리 끌고 기머턴 장터로 갔고, 저는 오후에 부엌에서 침대 시트와 베갯잇을 다리느라 바빴습니다. 언쇼는 평상시처럼 시무룩한 얼굴로 벽난로 구석에 앉아 있었고, 우리 어린 안주인은 유리창에 그림을 그리며 한가한 시간을 보내다가, 그것마저 질리면 숨죽여 노래를 부르거나 조용히 뭐라고 외치거나 짜증과 조바심 어린 눈길로 사촌이 있는 쪽을 힐끗 쳐다봤어요. 사촌은 한결같이 담배를 피우며 벽난로만 들여다봤죠.

더는 빛을 가리지 말아달라는 저의 말에 캐서린은 벽난로 바닥돌 쪽으로 자리를 옮겼어요. 저는 캐서린이 무엇을 하는 지 크게 신경 쓰지 않았는데, 머지않아 캐서린이 이렇게 말하는 소리가 들려왔습니다.

"헤어턴, 만일 네가 나한테 그렇게 짜증을 내거나 거칠게 굴지 않는다면, 나는 이제 네가 내 사촌이라는 사실을 마음에 들어 할 수도 있을 것 같고, 기뻐할 수도 있을 것 같아."

헤어턴은 아무 대답도 하지 않았어요.

"헤어턴, 헤어턴, 헤어턴! 내 말 듣고 있어?" 캐서린이 말을 이었죠.

"저리 *끄지라*!" 헤어턴이 한 치의 양보도 없을 만큼 무뚝뚝한 목소리로 으르렁거렸어요.

"그 파이프는 나한테 줘." 캐서린이 조심스럽게 손을 뻗어 그의 입에서 파이프를 빼내며 말했어요.

헤어턴이 다시 빼앗으려고 하기도 전에 그 파이프는 두 동강이 난 채 불 속에 던져졌습니다. 그는 캐서린에게 욕을 퍼붓고는 다른 파이프를 집어 들었어요.

"그만 좀 피워." 캐서린이 외쳤어요. "우선 내 말 좀 들어봐. 담배 연기가 내 얼굴로 오니까 말을 할 수가 없잖아."

"*끄지라니께*!" 헤어턴이 사납게 외쳤어요. "날 걍 내버려둬!"

"싫어." 캐서린이 고집을 부렸습니다. "그럴 수는 없어. 내가 어떻게 해야 네가 나한테 말을 할지 모르겠어. 너는 내 말은 듣지 않기로 작정했으니까. 널 바보라고 부른 건 그냥 별생각 없이 그런 거야. 너를 경멸해서 그런 게 아니라고. 자, 나를 좀 쳐다봐, 헤어턴. 너는 나랑 사촌 사이잖아. 너는 그 사실을 인정해야만 해."

"나는 니랑 아무 사이도 아니니께, 추잡한 자존심이나 세우면서 나를 놀려먹고 골탕 먹일 생각일랑 집어치워!" 헤어턴이 대답했어요. "내가 니를 한 번만 더 곁눈질허면 내 몸과 영혼은 지옥에 떨어지고 말 거여. 당장 저리 끄지라고!"

캐서린은 얼굴을 찡그리고는 창가 자리로 물러나 입술을 깨물었어요. 그러고는 별스러운 곡조를 흥얼거리며 흐느끼고 싶은 걸 애써 참더군요.

"사촌이랑 친하게 지내셔야죠, 헤어턴 도련님." 제가 끼어들었어요. "건방지게 군 걸 뉘우치고 있잖아요! 아씨랑 친구로 지내면 도련님한테 큰 도움이 될 거고, 도련님도 완전히 새사람이 될 거예요."

"친구는 무슨!" 헤어턴이 외쳤어요. "저 가시나는 나를 미워허고, 나 같은 건 지 신발 닦아줄 자격도 없다고 생각허는구먼! 왕을 시켜준대도 저 가시나헌테 호감을 사려다 망신당허는 꼴은 이쟈 못 보는구먼."

"내가 너를 미워하는 게 아니라 네가 나를 미워하는 거야!" 캐시가 더는 괴로움을 숨기지 못하고 울음을 터뜨렸어요. "너는 히스클리프 씨만큼이나 나를 미워해. 아니, 더 미워해."

"니는 망할 거짓말쟁이여." 언쇼가 말했어요. "그럼 내가 왜 니 편을 들다 히스클리프 씨를 골백번이나 화나게 혔단 말이여? 니가 날 비웃고 깔봤을 때도 난 그리혔구먼. 계속 날 괴롭히면 난 저짝으로 가서 니 때문에 짜증 나서 부엌에 못 있겄다고 할 거여!"

"네가 내 편을 들어준 줄은 몰랐어." 캐서린이 눈물을 닦으며 대답했어요. "나는 모두에게 성질을 부리며 지독하게 굴었지만, 이제는 너에게 감사하고 너의 용서를 구하고 싶어. 내가 그것 말고 또 뭘 할 수 있겠어?"

캐서린은 벽난로 쪽으로 돌아와 진솔하게 손을 내밀었습니다.

헤어턴은 시커먼 먹구름을 드리운 듯 얼굴을 찌푸렸고, 주먹을 꽉 쥔 채 바닥만 응시했죠.

캐서린은 헤어턴이 그렇게 버티는 것은 뒤틀린 외고집 때문이지 자기를 싫어해서가 아니라는 것을 본능적으로 알아차린 게 분명했어요. 잠시 망설이는가 싶더니 몸을 굽혀 헤어턴의 뺨에 부드럽게 입을 맞추었거든요.

장난꾸러기 아씨는 제가 못 봤다고 생각하고는 다시 물러나 어지간히 얌전을 피우며 아까 있던 창가 자리로 돌아갔어요.

저는 나무라듯 고개를 가로저었고, 그러자 캐서린이 얼굴을 붉히며 속삭였어요.

"아니! 달리 방법이 없잖아, 엘런? 악수도 하지 않으려 하고 쳐다보려 하지도 않는걸. 내가 좋아한다는 걸, 친구가 되고 싶어 한다는 걸 어떻게든 보여줘야만 해."

헤어턴이 그 입맞춤에 넘어갔는지는 저도 모르겠어요. 헤어턴은 얼굴을 보이지 않으려고 한동안 매우 조심스럽게 굴었고, 고개를 들었을 때는 눈을 어디 둬야 할지 몰라 몹시 어리둥절해하는 표정이더군요.

캐서린은 멋진 책 한 권을 흰 종이로 깔끔하게 싸서 리본으로 묶더니, 거기에 '헤어턴 언쇼 씨에게'라고 쓰고는 제게 자기 대신 그 선물을 좀 전해달라고 했어요.

"만일 이 선물을 받는다면 내가 가서 제대로 읽는 법을 가르쳐주겠다고 전해줘." 캐서린이 말했어요. "만일 받지 않는다면 나는 위층으로 올라갈 거고, 앞으로 헤어턴을 괴롭힐 일도 없을 거라는 말도 전해줘."

저는 캐서린이 불안한 표정으로 지켜보는 가운데 그 선물과 말을 전했습니다. 헤어턴이 손을 펴려 하질 않아서 책은 그냥 무릎 위에 두었어요. 손으로 쳐버리진 않더군요. 저는 다시 하던 일로 돌아갔어요. 캐서린은 고개와 팔을 테이블에 기대고 있었는데, 살짝 바스락거리며 포장을 푸는 소리가 들려오자 슬그머니 일어나 사촌 옆으로 가서 조용히 앉았습니다. 헤어턴은 전전긍긍하며 얼굴을 붉혔죠. 늘 보이던 무례하고 거친 태도는 온데간데없었어요. 처음에는 캐서린이 궁금해하는 눈빛으로 쳐다보며 뭐라고 중얼중얼 애원하는 말에 한마디 대답할 용기도 내지 못하더군요.

"용서해준다고 말해, 헤어턴. 어서! 그 말 한마디면 나는 정말 행복할 거야."

헤어턴은 들리지 않게 뭐라고 중얼거렸어요.

"그럼 내 친구가 되어주는 거지?" 캐서린이 미심쩍다는 듯 말을 덧붙였죠.

"싫다! 니는 매일 내가 챙피스러울 거여." 헤어턴이 대답했어요. "글고 날 알면 알수록 더 챙피스러울 긴데, 나는 그런 건 참을 수가 없구먼."

"그래서 내 친구가 되지 않겠다는 거야?" 캐서린이 꿀처럼 달콤한 미소를 지은 채 바싹 다가앉으며 말했어요.

대화가 들리지 않아 더는 엿듣지 않았는데, 그러다 다시 돌아보니 두 사람이 환한 얼굴로 아까 그 책을 들여다보고 있었습니다. 그래서 저는 양측 간에 조약이 맺어졌으며, 그때부터 둘은 적이 아니라 동맹 관계가 되었다고 확신했죠.

두 사람이 살펴보던 책은 호사스러운 그림으로 가득했어요. 두 사람은 그렇게 앉아서 그 그림을 보는 게 좋은 모양인지 조지프가 돌아올 때까지 꼼짝도 하지 않았죠. 가엾은 조지프는 캐서린이 헤어턴 언쇼와 같은 의자에 앉아 그의 어깨에 손을 올리고 있는 광경에 완전히 경악했고, 자신이 특별히 귀여워하는 헤어턴이 캐서린과 가까이 있으려 한다는 사실에 어리둥절해했어요. 너무 큰 충격을 받은 나머지 그날 밤에는 그 문제에 대해 아무런 말도 꺼내지 않더군요. 테이블에 커다란 성경을 엄숙하게 펼쳐놓더니 돈지갑에서 그날의 거래로 벌어들인 낡은 지폐를 꺼내 그 위에 올려놓고는 큰 한숨만 쉬어댈 뿐이었어요. 마침내 조지프는 앉아 있던 헤어턴을 불렀습니다.

"도련님, 이거 나리께 전해드리고 걍 거기 계쇼." 조지프가 말했어요. "난 내 방으로 올라갈 테니께. 이 방은 우리헌테 적당치도 않고 어울리지도 않으니께 우린 그만 끄지는 기 좋겠구면요. 나가서 딴 방을 찾아봐야겠소!"

"자, 캐서린." 제가 말했어요. "우리도 그만 '끄지는 기 좋겠구면요'. 이제 다림질도 마쳤으니 올라갈까요?"

"아직 8시도 안 됐는걸!" 캐서린이 마지못해 일어나며 대답했어요. "헤어턴, 이 책은 벽난로 선반 위에 둘게. 그리고 내일 책을 몇 권 더 들고 올게."

"여기 두는 책은 내가 다 거실로 들고 갈 거구먼." 조지프가 말했어요. "그럼 다시는 못 볼 거여. 그라니께 맘대로 혀!"

캐시는 그러면 조지프의 서재도 무사하지 못할 거라고 위협했죠. 그리고는 헤어턴을 지나치며 미소를 지었고 위층으로 올라가며 노래를 불렀는데, 처음에 몇 번 린턴을 방문했을 때를 제외하면 캐시가 이 집에서 그렇게 유쾌한 모습을 보인 건 그때가 처음이었어요.

이렇게 시작된 둘의 관계는 급속도로 가까워졌습니다. 물론 일시적으로 중단된 적도 있었어요. 언쇼가 소망만으로 교양인이 되는 것도 아니었고, 아씨가 철학자나 인내하는 인간의 전형도 아니었으니까요. 하지만 두 사람의 마음은 같은 곳을 향해 있었어요. 한 사람은 사랑하며 존중해주려 했고, 다른 한 사람은 사랑하며 존중받고자 했죠. 결국 두 사람은 그곳에 이르고야 말았습니다.

록우드 씨, 히스클리프 부인의 마음을 얻는 건 그렇게 쉬운 일이었답니다. 하지만 지금으로서는 록우드 씨가 그러려고 애쓰지 않았다는 사실이 기쁘네요. 제가 지금 무엇보다 바라는 것은 그 두 사람이 결혼하는 것이니까요. 그 둘이 결혼하는 날에는 세상 그 누구도 부럽지 않겠죠. 영국에서 저보다 더 행복한 사람은 없을 거예요!

제19장

　그 월요일 다음 날, 언쇼는 여전히 평소에 하던 일들을 할수 없는 상태였으므로 집에 남아 있었고, 저는 곧 캐서린을 이전처럼 제 곁에 잡아두기란 불가능하다는 걸 알아차렸죠.

　저보다 먼저 아래층에 내려간 캐서린은 사촌이 정원에서 뭔가 가벼운 일을 하는 걸 보고는 밖으로 나갔어요. 아침을 먹으라고 부르러 나가보니, 캐서린은 이미 헤어턴을 설득해서 까치밥나무와 구스베리 덤불을 뽑아 넓은 빈터를 마련하게 하고는 함께 그레인지에서 가져온 식물을 심으려고 바삐 계획을 세우고 있더군요.

　저는 불과 반 시간 만에 황폐해진 땅을 보고는 몹시 겁이 났어요. 까막까치밥나무는 조지프가 애지중지하는 것인데, 하필이면 캐서린이 그곳 한가운데에 화단을 만들려고 했으니까요!

　"저런! 조지프가 보면 당장 나리한테 일러바치겠네요." 제가 외쳤어요. "제멋대로 정원을 파헤쳐놓고 대체 무슨 변명을 늘어놓을 셈이죠? 이제 이 일의 책임을 두고 불호령이 떨어질 거예요. 두고 보세요! 헤어턴 도련님, 아씨가 시킨다고 얼씨구나 하고 이 난리를 쳐놓다니 대체 생각이 있는 건지 없는 건지 모르겠군요!"

"조지프 거라는 걸 깜빡했구먼." 언쇼가 살짝 당황하며 대답했어요. "조지프헌테는 내가 그랬다고 혀야겄어."

우리는 늘 히스클리프 씨와 함께 식사했습니다. 저는 차를 끓이고 고기를 자르는 등 안주인 역할을 도맡았기 때문에 식사할 때 없어서는 안 될 사람이었어요. 캐서린은 보통 제 옆에 앉았는데 그날은 슬그머니 헤어턴 옆으로 가더군요. 저는 곧 캐서린이 적개심을 드러낼 때와 마찬가지로 친밀감을 드러낼 때도 전혀 신중할 줄 모른다는 사실을 깨달았죠.

"자, 사촌이랑 이야기를 너무 많이 하거나 사촌을 너무 많이 의식하는 일은 삼가도록 하세요." 함께 거실로 들어가며 제가 속삭였어요. "안 그러면 분명 히스클리프 씨가 짜증을 내며 두 사람 모두에게 화낼 테니까요."

"안 그럴게." 캐서린이 대답했어요.

잠시 후에 보니 캐서린이 헤어턴 쪽으로 옆걸음질을 쳐 가서 그의 귀리죽 그릇에 프림로즈를 집어넣고 있더군요.

헤어턴은 거기서는 감히 캐서린에게 말을 걸거나 눈길을 주지 못했어요. 하지만 캐서린은 계속 장난을 쳐댔고, 헤어턴은 두 번이나 웃음을 터뜨릴 뻔했죠. 제가 눈살을 찌푸리자 캐서린은 나리 쪽을 힐끗 쳐다봤는데, 그 표정으로 봐서 나리는 우리가 아닌 다른 문제에 골몰해 있는 듯 보였어요. 캐서

린은 잠시 진지해져서 매우 엄숙한 표정으로 나리를 뚫어져
라 쳐다봤죠. 그러더니 고개를 돌려 다시 허튼수작을 부리기
시작했어요. 마침내 헤어턴은 참았던 웃음을 터뜨리고 말았
습니다.

히스클리프 씨는 흠칫 놀라며 재빨리 우리의 얼굴을 살폈
어요. 캐서린은 평상시의 불안한 표정, 그러면서도 그가 질색
하는 반항적인 표정으로 응수했지요.

"나한테서 떨어져 있어서 다행인 줄 알아." 그가 외쳤어요.
"너는 대체 무슨 악령에 들렸기에 그런 악독한 눈빛으로 나
를 계속 쏘아보는 게냐? 당장 그 눈 아래로 깔아! 그리고 다
시는 네가 여기 있다는 사실을 내게 떠올려주지 마라. 그렇게
웃어대는 병은 내가 이미 고쳐준 줄 알았더니!"

"내가 그랬어요." 헤어턴이 중얼거렸어요.

"뭐라고?" 나리가 따져 물었어요.

헤어턴은 자기 접시만 쳐다볼 뿐 자백을 되풀이하진 않았죠.

히스클리프 씨는 잠시 헤어턴을 쳐다보더니 말없이 다시
식사하며 아까 하던 생각을 이어갔어요.

식사는 거의 끝나가고 있었고, 두 젊은이는 신중하게 좀 더
떨어져 앉았습니다. 그래서 저는 이제 식사 시간 동안 더는
소란이 없을 거라고 예상했어요. 그때 조지프가 문 앞에 나타
났는데, 떨리는 입술과 성난 눈빛으로 미루어보아 자신의 소
중한 딸기나무에 어떤 난폭한 짓이 행해졌는지 알게 된 모양
이었어요.

조지프는 사건 현장을 살펴보기 전에 이미 그 근처에 있던

캐시와 헤어턴을 본 게 분명했어요. 되새김질하는 소처럼 턱을 움직여대는 바람에 제대로 알아듣기 어려웠지만, 그래도 이렇게 말했거든요.

"이쟈 받을 돈 챙겨서 그만 떠나야겠구먼! 60년 동안 몸 바쳐 일혀온 이 집에 **뼈를** 묻을 생각이었는디. 그라고 내 책이랑 물건은 전부 다락방에 올려놓고 저것들이 부엌을 차지허게 혀줄 생각이었구먼. 집안 조용허게 말이여. 난롯가의 내 자리를 포기허는 건 내키기 않았지만서도 까짓 그라지 못헐 것도 **없다고** 생각했구먼! 그런디 저것이 내 정원까지 빼앗아버렸으니, 나리, 이쟈는 참말로 참을 수가 없구먼요! 남들이야 열심히 멍에를 매건 말건 내 알 바 아닌디, 우쨌든 **나는** 그런 일은 익숙지도 않고, 이 늙은 몸뚱어리로는 당장 새로운 짐을 감당허는 것도 무리구먼요. 차라리 길에서 망치나 두드려서 밥벌이허는 기 낫겠구먼요!"

"워, 워, 이런 얼간이 같으니!" 히스클리프가 끼어들었어요. "짧게 말해! 대체 뭐가 불만이야? 넬리와 다툰 것 때문이라면 나는 참견하지 않겠어. 넬리가 영감을 지하 석탄고에 밀어 넣었다고 해도 그건 내 알 바 아니야."

"넬리 때문이 아니구먼요!" 조지프가 대답했다. "암만 넬리가 끔찍허고 형편없는 인간이어도 그래서 지가 떠나진 않습죠. 하느님 맙소사! **저 여자는** 남의 영혼까지 빼앗지는 않습죠. 넬리는 보기 좋았던 적이 한 번도 없었고, 저 면상은 누가 어쩌다 봐도 금방 고개를 돌려버릴 면상이니께요. 뻔뻔한 시선을 보내고 계속 들이대면서 우리 도련님을 홀린 건 저 지독허고 품위 없는 가시나구먼요. 원, 세상에! 가슴이 뻥 터져 버릴 것 같네! 도련님은 그동안 지가 혀드린 걸 몽땅 다 잊고 정원에서 가장 멋진 까치밥나무를 죄다 뽑아버렸구먼요!" 그러더니 조지프는 대놓고 큰 소리로 울음을 터뜨리고 말았어요. 억울한 마음에 언쇼의 배은망덕함과 위험한 처지에 대한 걱정이 보태져 남자답지 못한 모습을 보이고 만 것이지요.

"저 바보가 취했나?" 히스클리프 씨가 물었어요. "헤어턴, 저 바보가 비난하는 게 너냐?"

"내가 나무 덤불 두세 개를 뽑았거든요." 헤어턴이 대답했어요. "하지만 다시 심어놓을 거예요."

"그런데 왜 뽑았지?" 주인 나리가 말했죠.

캐서린이 현명하게 입을 놀렸어요.

"거기에 꽃을 좀 심으려고 그랬어요." 캐서린이 외쳤어요. "헤어턴한테 그러라고 한 건 나니까 순전히 내 잘못이에요."

"대체 어떤 자식이 **너한테** 거기 손을 대도 된다고 허락하던?" 시아버지가 몹시 놀라며 따졌어요. "그리고 누가 **너한테** 저것의 말을 들으라고 하던?" 그가 헤어턴을 돌아보며 덧붙였어요.

헤어턴은 입을 꾹 다물고 있었어요. 대신 헤어턴의 사촌이 이렇게 대답했죠.

"내 땅을 다 빼앗았으면서 내가 땅 한두 평에 꽃을 좀 심는 걸 아까워하면 안 되죠!"

"네 땅이라니, 이런 무례한 년! 네년한테 땅은 하나도 없었어!" 히스클리프가 말했어요.

"그리고 내 돈도." 캐서린은 그의 부릅뜬 성난 눈을 쳐다보며 이렇게 덧붙이면서 남은 빵 한 조각을 먹었어요.

"시끄러워!" 그가 외쳤어요. "어서 먹고 꺼져버려!"

"그리고 헤어턴의 땅이랑 돈도요." 그 무모한 것이 계속 말했어요. "이제 헤어턴과 나는 친구 사이니까 헤어턴에게 당신에 대해 전부 다 말해줄 거예요!"

나리는 잠시 당황한 듯 얼굴이 파랗게 질렸고, 극도의 증오가 담긴 표정으로 줄곧 캐서린을 쏘아보며 자리에서 일어났어요.

"당신이 나를 때리면 헤어턴이 당신을 때릴 거예요." 캐서린이 말했어요. "그러니 그냥 앉아 있는 게 좋을걸."

"만일 헤어턴이 너를 여기서 안 쫓아내면 내가 헤어턴을 때려죽이고 말 테다." 히스클리프가 고함쳤어요. "망할 마녀 같은 것! 네가 감히 헤어턴을 부추겨서 나에게 대들게 하겠다고? 저년을 쫓아내! 내 말 안 들려? 저년을 부엌으로 내팽개쳐버리란 말이야! 엘런 딘, 저년이 다시 내 눈에 띄면 확 죽여버릴 테니 그렇게 알아!"

헤어턴은 숨죽인 목소리로 캐서린을 설득해서 나가게 하려고 했어요.

"저년을 끌어내!" 히스클리프가 무지막지하게 외쳤습니다. "계속 그렇게 이야기만 나누고 있을 거냐?" 그러고는 직접 그 일을 처리하기 위해 앞으로 다가갔어요.

"헤어턴은 이제 당신 같은 사악한 인간이 시키는 대로 하지 않을 거야!" 캐서린이 말했어요. "그리고 곧 나만큼이나 당신을 혐오하게 될걸!"

"쉿! 쉿!" 헤어턴이 책망하듯이 중얼거렸죠. "히스클리프 씨한테 그리 말하면 못써. 그만해!"

"하지만 저 사람이 날 때려도 가만히 있진 않을 거지?" 캐서린이 외쳤어요.

"알았어, 가자!" 헤어턴이 진지하게 속삭였어요.

하지만 한발 늦었습니다. 히스클리프가 캐서린을 붙잡고 말았죠.

"이제 **너는** 저리 꺼져!" 그가 언쇼에게 말했어요. "이런 저주받은 마녀 같은 것! 안 그래도 견디기 힘든데 약까지 올리다니. 평생 후회하게 해주마!"

그가 캐서린의 머리채를 붙잡았습니다. 헤어턴은 이번 한 번만은 캐서린을 가만히 내버려두라고 애원하며 히스클리프의 손을 풀려고 애썼어요. 히스클리프의 검은 눈이 번뜩였죠. 그는 당장에라도 캐서린을 갈기갈기 찢어버릴 기세였고 저도 당장 캐서린을 구하러 뛰어들 참이었는데, 그때 갑자기 그의 손이 스르르 풀렸어요. 그는 머리채를 붙잡았던 손을 캐서린의 팔로 가져가고는 캐서린의 얼굴을 골똘히 쳐다보더군요. 그러고는 손으로 두 눈을 가리고 잠시 서서 마음을 가라앉히는 듯 보이더니, 다시 캐서린에게 돌아서서 짐짓 침착한 척하며 말했어요.

"나를 화나게 하지 않는 게 좋을 거야. 안 그러면 언젠가 정말 내 손에 죽게 될 테니까! 딘 부인이랑 같이 나가서 부인 옆에 붙어 있어. 건방진 소리 하려거든 딘 부인한테나 하고.

헤어턴 언쇼한테 말을 걸다가 나한테 걸리면 녀석을 빈손으로 내쫓아버리겠어! 너의 사랑이 녀석을 부랑자에 거지로 만들고 말 거다. 넬리, 얘를 데리고 나가. 전부 나가! 나가라고!"

저는 아씨를 데리고 밖으로 나왔어요. 아씨는 빠져나오게 된 것이 너무 기뻐 저항하지 않았죠. 헤어턴도 따라 나왔고, 히스클리프 씨는 정찬 시간까지 거실을 독차지했어요.

저는 캐서린에게 위층에서 식사하는 게 좋겠다고 조언했습니다. 하지만 히스클리프 씨는 캐서린의 자리가 비어 있는 걸 보자마자 저를 보내 캐서린을 불러오게 했어요. 그는 우리 중 누구에게도 말을 걸지 않았고 거의 먹지도 않더니, 저녁 전까지는 돌아오지 않을 거라고 넌지시 알리며 곧장 나가버렸어요.

친구가 된 두 사람은 히스클리프 씨가 없는 동안 거실에 자리를 잡았는데, 캐서린이 자기 시아버지가 헤어턴의 아버지에게 어떤 짓을 했는지 알려주겠다고 제안하자 헤어턴이 단호하게 저지하는 소리가 들리더군요.

헤어턴은 히스클리프 씨를 헐뜯는 말은 한마디도 들어주지 않겠다고 했고, 만일 그가 악마라고 해도 자신은 상관없이 그의 곁을 지키겠다고 했죠. 캐서린이 그를 욕하는 소리를 듣느니 차라리 예전처럼 자기가 욕을 먹는 게 낫겠다고도 했어요.

이 말에 캐서린은 점점 짜증을 냈습니다. 하지만 헤어턴은 **자기가** 캐서린의 아버지를 나쁘게 말하면 기분이 어떻겠느냐고 묻는 것으로 캐서린의 입을 다물게 했어요. 그러자 캐서린은 언쇼가 히스클리프의 평판을 자신의 평판처럼 생각한다는 것, 둘이 이성으로는 끊을 수 없는 강력한 유대 관계로 맺어져 있다는 것, 습관의 힘으로 벼려진 그 쇠사슬을 풀려는 시도는 너무나 잔인한 짓이라는 것을 이해하게 되었죠.

그때부터 캐서린은 히스클리프에 대한 불평과 반감을 드러내지 않는 착한 마음씨를 보였습니다. 저에게는 히스클리프와 헤어턴 사이를 틀어지게 하려고 애쓴 게 후회된다고 털어놓기도 했죠. 아닌 게 아니라 그 후로 캐서린은 헤어턴이 듣는 데서 자신의 압제자를 적대시하는 말은 한마디도 하지 않았던 것 같아요.

이런 사소한 의견 충돌이 끝나면 두 사람은 다시 친구 사이로 돌아왔고, 한 사람은 학생 노릇을 하고 다른 한 사람은 선생 노릇을 하느라 정신없이 바빴어요. 저도 일이 끝나면 거실로 가서 그 두 사람과 함께 앉아 있었는데, 그들을 지켜보고 있노라면 마음이 아주 차분해지고 편해져서 시간 가는 줄도 모를 지경이었답니다. 록우드 씨도 아시겠지만, 그 두 사람은 어느 정도 제 자식처럼 여겨졌어요. 한 사람은 오랫동안 저의 자랑이었고, 이제 다른 한 사람도 그와 똑같은 자랑거리가 되리라는 확신이 들었죠. 헤어턴의 솔직하고 따뜻하고 총명한 천성은 그동안 드리웠던 무지와 타락의 구름을 재빨리 몰아냈고, 캐서린의 진실한 칭찬은 헤어턴의 노력에 박차를 가했어요. 정신이 환해지니 얼굴도 환해졌고, 이목구비에 활기와 고귀함도 더해졌죠. 페니스턴 절벽으로 떠난 아씨를 워더링 하이츠에서 발견한 날 봤던 바로 그 사람이라고는 도무지 상상도 할 수 없었어요.

두 사람이 공부하는 모습을 감탄하며 바라보는 동안 어둠이 내렸고, 어둠과 함께 나리가 돌아왔습니다. 뜻밖에도 앞문으로 들어왔기 때문에 우리가 고개를 들어 그를 보기도 전에 그는 우리 셋을 모두 한눈에 보고 말았죠.

'흐음.' 저는 생각했어요. '이보다 더 기분 좋고 악의 없는 광경도 없고, 그러니 이들을 야단친다면 매우 창피한 일일 거야.' 붉게 타오르는 난롯불이 두 사람의 어여쁜 머리를 비춰서 아이다운 열렬한 호기심으로 생동하는 얼굴을 드러냈습니다. 비록 헤어턴은 스물셋이고 캐서린은 열여덟이었지만 두 사람 다 새로이 느끼고 배워야 할 게 너무 많았고, 엄숙하고 시큰둥한 어른의 감정 같은 건 경험해보지도 못했으며 드러낼 줄도 몰랐거든요.

두 사람은 동시에 고개를 들어 히스클리프 씨와 눈을 마주쳤습니다. 아마 록우드 씨는 알아차리지 못하셨겠지만, 두 사람의 눈은 똑 닮았어요. 바로 캐서린 언쇼의 눈이죠. 캐서린 아씨는 그것 말고는 자기 어머니를 닮은 데가 거의 없어요. 넓은 이마와 너무 높아서 약간 휜 콧대 때문에 본인의 의지와는 상관없이 살짝 거만하게 보인다는 걸 빼면 말이죠. 헤어턴은 캐서린 언쇼와 닮은 데가 훨씬 더 많았습니다. 볼 때마다 신기한데, 그때는 특히 더 놀랍게 느껴졌어요. 평소에 하지 않던 일을 하면서 그의 감각이 기민해지고 지성이 깨어났던 것이죠.

히스클리프 씨의 분노가 누그러진 것도 이런 닮은 얼굴 때문이었던 것 같아요. 딱 봐도 흥분한 얼굴로 벽난로 앞으로 걸어갔지만 헤어턴을 보면서 차차 흥분을 가라앉히더군요.

아니, 여전히 흥분한 상태이긴 했으니 흥분의 성격이 바뀌었다고 말해야 할지도 모르겠군요.

그는 헤어턴의 손에서 책을 빼앗아서 펼쳐진 책장을 획 쳐다보고는 아무 말 없이 돌려주었습니다. 캐서린에게는 나가라는 손짓만 할 뿐이었죠. 헤어턴도 곧 따라 나갔고, 저도 곧 나가려던 참인데 그가 제게 가만히 앉아 있으라고 말했어요.

"형편없는 결말이야, 안 그래?" 그가 방금 목격한 장면을 한동안 곱씹더니 이렇게 말했어요. "지독히도 애를 썼건만 이렇게 우스꽝스럽게 끝나버리고 말다니? 두 집안을 무너뜨리려고 지렛대와 곡괭이를 준비해놓고, 헤라클레스처럼 일할 힘을 기르기 위해 스스로를 단련했는데, 정작 만반의 준비가 끝나고 모든 걸 내 마음대로 할 수 있는 때가 되니 어느 한 집 지붕에서 슬레이트 한 장 들어내고 싶은 마음조차 사라져버렸어! 나의 옛 적들은 아직 나를 이기지 못했고, 지금이야말로 그들의 후손들에게 복수해줄 때야. 나는 그럴 수 있고, 누구도 나를 방해하지 못해. 그런데 그런다고 무슨 소용이 있지? 나는 때리고 싶지 않아. 굳이 손을 들어 올릴 필요도 못 느끼겠어! 이렇게 말하니 마치 그동안 내가 관대함이라는 미덕이나 드러내려고 애써온 것처럼 들리는군. 전혀 그렇지 않아. 나는 저들의 파멸을 즐길 수 없는 사람이 되어버렸고, 헛되이 남을 파멸시키기에는 너무 게을러져버렸어.

넬리, 이상한 변화가 일어나고 있어. 나는 지금 그 변화의 그림자 속에 있지. 나는 일상생활에 도무지 관심이 가질 않아서 먹고 마시는 일조차 거의 잊을 지경이야. 내 눈에 뚜렷한

형체를 띠고 있는 것이라고는 방금 거실을 나간 저 두 사람이 전부지. 그리고 저 형체는 나에게 극도의 고통을 안겨줘. **캐서린에** 대해서는 말하지 않겠어. 생각하고 싶지도 않은데, 솔직히 내 눈에 보이지 않으면 정말 소원이 없겠어. 캐서린이 있으면 미쳐버릴 것만 같으니까. **헤어턴은** 좀 달라. 그래도 만일 미친 것처럼 보이지 않고 살 수만 있다면, 나는 녀석을 다시는 보지 않는 편을 택하겠어! 넬리는 아마 내가 미쳐가고 있다고 생각할지도 모르겠군." 그가 애써 미소를 지으며 덧붙였어요. "만일 내가 저 녀석이 구체적으로 떠올려주는 과거의 수천 가지 기억과 생각에 대해 말해주면 말이야. 하지만 넬리는 내가 해주는 말을 다른 사람에게 옮기진 않겠지. 그것들을 너무 오랫동안 마음속에 꼭꼭 숨겨두었더니 이제는 다른 누군가에게 털어놓고 싶어졌어.

오 분 전에 헤어턴은 한 명의 인간이 아니라 내 젊은 날의 화신처럼 보이더군. 녀석을 보고 너무 복잡한 감정이 들어서, 다가가 말을 걸었어도 이성적으로 말하기란 불가능했을 거야.

무엇보다도 저 녀석은 깜짝 놀랄 만큼 캐서린을 닮아서 지독히도 그 아이를 떠올리게 해. 넬리는 그런 점이 내 상상력을 가장 크게 사로잡는다고 생각하겠지만, 사실은 정반대야. 왜냐하면 내게 캐서린을 떠올리지 않게 하는 건 아무것도 없고, 캐서린과 관련되지 않은 것 또한 아무것도 없으니까. 안 그래? 바닥을 내려다보기만 해도 깔린 돌 하나하나에서 그 아이의 얼굴이 보여! 모든 구름에서, 모든 나무에서 그 아이의 얼굴이 보이고, 밤이면 공기를 가득 채운 그 아이의 모습,

낮이면 모든 것에서 엿보이는 그 아이의 모습이 나를 온통 둘러싸고 있지! 더없이 평범한 남자와 여자의 얼굴, 심지어 나의 얼굴까지도 캐서린의 얼굴을 떠올려주며 나를 조롱해. 온 세상이 캐서린이 존재했었고 내가 캐서린을 잃고 말았다는 사실을 알려주는 끔찍한 비망록이야!

그래, 헤어턴은 내 불멸의 사랑의 유령, 나의 권리와 수모와 자존심과 행복과 비통함을 지키려던 난폭한 노력의 유령이었어…….

그런데 넬리한테 이런 생각들을 되풀이하여 말해주다니 내가 미쳤나보군. 그래도 왜 내가 늘 혼자 있기 싫어하면서도 헤어턴과 함께 있으면 도움을 받기는커녕 늘 지금껏 겪은 고통보다 더한 고통을 겪는지 그 이유는 알게 됐을 거야. 그리고 내가 헤어턴이 사촌이랑 함께 놀건 말건 개의치 않는 것은 어느 정도 그런 이유 때문이기도 하지. 나는 저 녀석들에게 더는 신경을 쓸 수가 없어."

"그런데 **변화**라니, 그게 무슨 뜻인가요, 히스클리프 씨?" 물론 겉으로 보기에 그가 당장 실성하거나 죽을 것 같진 않았지만, 그래도 그의 태도에 깜짝 놀라며 제가 물었어요. 그는 꽤 강하고 건강한 사람이었습니다. 그의 정신적인 면에 대해 말하자면, 그는 어린 시절부터 사악한 생각을 즐겼고 이상한 환상에서 재미를 느꼈죠. 세상을 떠나간 우상에 대해 편집증 증세를 보였을지는 모르겠지만, 다른 문제에 있어서는 저만큼이나 정상적인 분별력을 지니고 있었어요.

"변화가 완전히 일어나기 전까지는 나도 모르지." 그가 말했어요. "지금으로서는 어렴풋이 느낄 수 있을 뿐이야."

"어디 아프신 건 아니고요?" 제가 물었죠.

"아니야, 넬리. 아픈 데는 없어." 그가 대답했어요.

"그럼, 죽음이 두렵지는 않으세요?" 제가 계속 물었어요.

"두렵냐고? 전혀!" 그가 대답했어요. "나는 죽음에 대한 두려움도, 불길한 예감도, 희망도 없어. 내가 왜 그래야 하지? 몸은 튼튼하고 생활 방식은 온건하고 아주 위험한 일도 하지 않으니, 나는 머리에 검은 머리카락이 하나도 남아 있지 않을 때까지 살아야 마땅하고, 또 **아마** 그렇게 될 거야. 하지만 이런 상태로는 더 이상 살아갈 수 없어! 나는 나 자신에게 숨을 쉬라고 일러줘야만 하고, 심장에게 뛰라고 일러줘야만 할 지경이야! 팽팽한 용수철을 뒤로 당겨놓은 상태나 마찬가지지. 그 한 가지 생각에서 촉발된 게 아니라면 아무리 사소한 행동이라도 억지로 해야만 하고, 나를 사로잡은 그 한 가지 생각과 관련된 게 아니라면 산 것이든 죽은 것이든 억지로 봐야만 해. 내게는 단 한 가지 소망뿐이고, 내 모든 존재와 능력이 그 소망을 이루길 열망하고 있어. 정말 오랫동안, 정말 변함없이 열망해온 그 소망이 **반드시**, 그리고 **곧** 이루어질 거라고 나는 확신해. 그 소망이 내 존재를 삼켜버렸거든. 그 소망을 이루겠다는 기대가 나를 완전히 삼켜버렸어.

다 털어놓아도 마음이 편해지질 않는군. 하지만 그러지 않았다면 설명할 수 없었을 나의 이런저런 상태들이 조금은 설명되었을 거야. 오, 신이시여! 참으로 긴 싸움이구나. 얼른 끝나버렸으면!"

그는 끔찍한 욕설을 중얼거리며 거실을 서성이기 시작했는데, 저로서는 양심이 그의 마음을 생지옥으로 바꿔놓았다는 조지프의 말을 믿게 될 지경에 이르렀어요. 그 일이 어떻게 끝날지 몹시 궁금해지더군요.

전에는 그가 자신의 마음 상태를 표정으로라도 드러낼 때가 거의 없었는데, 실은 늘 그런 기분이었던 게 틀림없었어요. 본인이 그렇다고 주장했으니까요. 하지만 평소 모습을 보고 그런 사실을 추측할 수 있는 사람은 아무도 없었을 겁니다. 록우드 씨도 그를 봤을 때 그런 사실을 모르셨죠. 제가 말하는 당시에도 그는 록우드 씨가 봤을 때랑 똑같았는데, 달라진 게 있다면 혼자 있는 시간이 더 길어지고 사람들 앞에서 말수가 훨씬 더 줄었다는 것 정도겠군요.

제20장

　그날 저녁 이후 며칠 동안 히스클리프 씨는 식사 시간에 우리와 마주치는 걸 피했어요. 그렇지만 헤어턴과 캐시를 정식으로 식탁에서 쫓아내진 않았죠. 그는 자기가 느끼는 감정에 완전히 굴복당하는 걸 몹시 싫어해서 차라리 자신이 식탁에 나타나지 않는 편을 택했어요. 스물네 시간에 한 번 먹는 것으로도 충분한 모양이더군요.

　어느 날 밤, 식구들이 모두 잠자리에 든 후에 그가 아래층으로 내려가더니 앞문으로 나가는 소리가 들렸어요. 다시 들어오는 소리는 들리지 않았고, 아침에 보니 아직 돌아오지 않았더군요.

　그때는 4월이었습니다. 날씨는 상쾌하고 따뜻했고, 잔디는 소나기와 햇살을 흠뻑 맞아 더없이 푸르렀으며, 남쪽 담 근처의 키 작은 사과나무 두 그루는 꽃을 활짝 피우고 있었죠.

　아침 식사 후에 캐서린은 저더러 의자와 일감을 갖고 집 한쪽 끝에 있는 전나무 아래로 와서 앉으라고 고집을 부렸어요.

그러고는 상처가 완전히 다 아문 헤어턴을 구슬려서 자신의 작은 정원을 만들게 했습니다. 정원은 조지프가 불평하는 바람에 그 구석으로 옮겨진 터였죠.

제가 주변의 봄 향기와 머리 위의 아름답고 부드러운 푸른빛 하늘을 편안히 즐기고 있었을 때, 화단의 경계에 심을 프림로즈를 뿌리째 구하러 대문 근처까지 달려 내려갔던 우리 아씨가 바구니를 반만 채운 채 돌아와 우리에게 히스클리프 씨가 집 안으로 들어갔다고 알려주었어요.

"그런데 나한테 그렇게 말하지 뭐야." 캐서린이 당황한 얼굴로 덧붙이더군요.

"뭐라고 했는데?" 헤어턴이 물었어요.

"당장 눈앞에서 꺼지라고 했어." 캐서린이 대답했어요. "그런데 평소와는 전혀 다른 모습이라 잠시 서서 쳐다볼 수밖에 없었어."

"어떤 모습이었길래?" 헤어턴이 물었어요.

"글쎄, 거의 밝고 명랑한 모습이었어. 아니, 거의가 아니라 **몹시** 흥분한, 미친 듯이 기뻐하는 모습이었어!" 캐서린이 대답했죠.

"밤새 산책해서 기분이 좋아졌나보죠." 제가 짐짓 무심한 척 말했어요. 하지만 속으로는 캐서린만큼이나 놀랐고, 캐서린의 말이 사실인지 몹시 확인해보고 싶어졌죠. 주인 나리가 기뻐하는 모습은 매일 볼 수 있는 광경이 아니었으므로, 저는 핑계를 꾸며내서 집 안으로 들어갔어요.

히스클리프는 열린 문 앞에 서 있었는데 창백한 얼굴로 몸을 떨고 있더군요. 하지만 눈만은 분명 이상한 기쁨으로 반짝이고 있어서 전혀 다른 사람처럼 보였어요.

"아침 식사 좀 하시겠어요?" 제가 말했죠. "밤새 돌아다녔으니 배가 고프실 텐데요!"

저는 그가 어디를 다녀온 것인지 궁금했지만 단도직입적으로 묻고 싶진 않았습니다.

"아니, 배는 안 고파." 그가 고개를 돌리며 살짝 경멸하듯 대답했어요. 자신이 쾌활한 이유를 알아내려고 제가 애쓰고 있다는 걸 아는 듯한 눈치였죠.

저는 당혹스러웠어요. 충고를 한마디 해주기 적당한 때인지 아닌지 알 수가 없었죠.

"밤에 잠자리에 들지 않고 밖을 싸돌아다니는 건 옳은 일이 아닌 듯싶네요." 제가 말했어요. "어쨌거나 이런 습한 철에 그러고 다니는 건 현명하지 못해요. 그러다 독감이나 열병에 걸리고 말 거라고요. 지금도 온전한 상태는 아니잖아요!"

"그래도 견디지 못할 정도는 아니지." 그가 대답했어요. "그리고 넬리가 나를 가만히 내버려두기만 한다면 아주 기쁜 마음으로 견뎌줄 수 있어. 어서 들어가. 나를 귀찮게 하지 말라고."

저는 그 말에 따랐어요. 그런데 지나가다 보니 그가 고양이처럼 가쁜 숨을 쉬고 있더군요.

'그러면 그렇지!' 저는 속으로 생각했어요. '한바탕 병을 앓겠군. 대체 뭘 하고 다니는 건지 알 수가 있나!'

그날 정오에 히스클리프는 우리와 함께 앉아서 식사했는데, 그동안 굶은 것까지 벌충하려는 듯 제게서 음식이 산더미처럼 쌓인 접시를 받아 들었어요.

"넬리, 나는 독감이나 열병에 걸린 게 아니야." 제가 아침에 한 말을 넌지시 꺼내며 그가 말했어요. "그리고 나는 넬리가 주는 음식을 마음껏 먹어줄 준비가 되어 있어."

그는 나이프와 포크를 들고 식사를 시작하려 했지만 갑자기 그럴 마음이 사라진 듯했어요. 나이프와 포크를 내려놓고 창문 쪽을 열심히 쳐다보더니 자리에서 일어나 밖으로 나가 버리더군요.

우리는 그가 정원을 왔다 갔다 하는 걸 보면서 식사를 마쳤습니다. 언쇼는 나가서 그에게 왜 식사하지 않는지 물어보겠다고 했어요. 우리가 어떤 식으로든 그의 신경을 거슬렀다고 생각했던 것이죠.

"그래서, 들어온대?" 사촌이 돌아오자 캐서린이 큰 소리로 물었어요.

"아니." 헤어턴이 대답했어요. "그런데 화가 난 건 아니야. 실은 대단히 즐거워 보이던걸. 그저 내가 똑같은 물음을 되풀이하는 것에 짜증을 낼 뿐이었는데, 그러고는 나더러 너한테 가버리랬어. 내가 어떻게 너 아닌 다른 사람이랑 있길 바랄 수 있는지 의아해하더라."

저는 그의 접시가 식지 않도록 벽난로 앞 난로 망에 올려두었어요. 한두 시간 후에 거실이 비었을 때 그가 다시 들어왔는데 조금도 진정되지 않았더군요. 그의 검은 눈썹 아래로는 여전히 비정상적인(비정상적이었다는 표현 말고는 적당한 표현이 없네요) 기쁨이 서려 있었고, 여전히 핏기가 없었으며, 이따금 미소 비슷한 것을 지을 때마다 이가 슬쩍 드러났어요. 몸을 벌벌 떨고 있었는데 춥거나 쇠약해져서가 아니라 마치 팽팽히 당겨진 줄이 진동하듯 떤다기보다는 강렬한 전율에 휩싸인 듯했죠.

저는 무슨 일인지 물어봐야겠다고 생각했습니다. 저 아니면 누가 물어보겠어요? 그래서 이렇게 외쳤어요.

"무슨 좋은 소식이라도 들으셨나보죠, 히스클리프 씨? 유난히 활기가 넘쳐 보이네요."

"나한테 좋은 소식을 전해줄 데가 어디 있어?" 그가 말했어요. "배가 고파서 활기가 넘치는 거야. 아무래도 먹지를 말아야 하나봐."

"음식은 여기 있어요." 제가 대꾸했어요. "좀 드시는 게 어때요?"

"지금은 생각 없어." 그가 급히 중얼거렸어요. "이따가 저녁식사나 좀 해야겠군. 그리고 넬리, 마지막으로 한 번 더 부탁하는데 헤어턴이랑 그 아이한테 내 앞에 나타나지 말라고 꼭 좀 일러줘. 나는 아무에게도 방해받고 싶지 않아. 나는 여기 혼자 있고 싶어."

"그 아이들을 내쫓아버릴 만한 새로운 이유라도 생긴 건가요?" 제가 물었어요. "히스클리프 씨, 왜 그리 이상하게 구시는 거죠? 어젯밤엔 어딜 갔던 거예요? 쓸데없는 호기심 때문에 묻는 게 아니라……."

"순전히 쓸데없는 호기심 때문에 묻는 거 맞잖아." 그가 웃음을 터뜨리며 제 말을 가로막았습니다. "그래도 대답은 해주지. 어젯밤에 나는 지옥의 문턱에 서 있었어. 오늘은 나의 천국이 보이는 곳에 와 있고. 지금 나는 그 천국을 보고 있어. 내게서 불과 1미터도 떨어져 있지 않은걸! 이제 넬리는 가보는 게 좋겠어. 자꾸 들추어내려고만 하지 않으면 무서운 말을 듣거나 무서운 꼴을 보게 되는 일은 없을 테니까."

저는 벽난로 앞을 쓸고 식탁을 치운 다음, 그 어느 때보다 당혹스러운 심정으로 거실을 나왔습니다.

그는 그날 오후 내내 거실을 떠나지 않았고, 아무도 그의 고독을 방해하지 않았죠. 그러다가 8시가 되었고, 저는 비록 부름을 받지는 않았지만 촛불과 저녁 식사를 갖다주는 게 마땅하다는 생각이 들어서 그렇게 했어요.

그는 격자창을 열어둔 창턱에 몸을 기대고 있었는데 밖을 내다보고 있진 않더군요. 그의 얼굴은 방 안의 어둠을 향해 있었어요. 벽난로에는 재만 남아 연기가 피어오르고 있었고, 방 안은 흐린 저녁의 습하고 훈훈한 공기로 가득 차 있었죠. 어찌나 고요하던지 기머턴 쪽에서 흐르는 작은 시냇물 소리가 들릴 뿐만 아니라 그 시냇물이 일으키는 잔물결 소리며 시냇물이 자갈 위를 흐르는 소리와 물 위로 튀어나온 커다란 바위 사이를 지나며 콸콸 흐르는 소리까지 분간할 수 있을 정도였어요.

저는 어두운 벽난로를 보고 불만에 찬 탄식을 내뱉고는 여닫이창을 하나씩 닫기 시작했고, 그러다가 그가 있는 곳까지 이르렀습니다.

"이 창문도 닫아야겠죠?" 그가 미동도 없었기에 정신을 차리게 하려고 이렇게 물었어요.

제가 말하는 순간 촛불에 그의 얼굴이 비쳤습니다. 아아, 록우드 씨, 그 순간 제가 얼마나 깜짝 놀랐는지는 이루 말로 표현할 수 없어요! 그 푹 파인 검은 눈! 그 미소와 송장같이 창백한 얼굴! 히스클리프 씨가 아니라 꼭 마귀 같더군요. 저는 겁에 질린 나머지 초를 벽 쪽으로 떨어뜨렸고, 어둠 속에 남겨지고 말았어요.

"그래, 닫아." 그가 친숙한 목소리로 대답했어요. "아니, 그렇게 서툴러서야! 왜 초를 똑바로 들지 않은 거야? 얼른 가서 다시 가져와."

저는 두려움에 얼이 빠져 허둥지둥 뛰쳐나가서 조지프에게 말했어요.

"나리가 초를 들고 오고 난롯불도 다시 지피라고 하시네." 그때는 감히 다시 들어갈 엄두를 못 내겠더군요.

조지프는 부삽에 숯불을 조금 떠서 들어가더니 그것을 그대로 든 채 곧장 다시 나왔고, 다른 손에는 저녁 식사가 담긴 쟁반이 들려 있었어요. 히스클리프 씨는 이제 잠자리에 들 것이며 아침까지는 아무것도 먹지 않겠다고 했다더군요.

우리는 그가 곧장 계단을 오르는 소리를 들었어요. 그런데 자기 방으로 가지 않고 판자 미닫이가 달린 침상이 있는 방으로 가더군요. 전에도 말씀드렸듯이 그 방의 창문은 누구든 드나들 수 있을 만큼 폭이 넓고, 그래서 그가 우리 몰래 또다시 한밤중의 외출을 계획하는 거라는 생각이 들었어요.

"저자는 사람 시체를 먹는 악귀 아니면 흡혈귀인가?" 저는 생각에 잠겼습니다. 사람의 탈을 쓴 그런 흉측한 악마의 이야기를 읽은 적이 있었거든요. 그러다가 그가 어렸을 때 제가 보살펴준 일, 그가 청년으로 자라나는 것을 비롯해 그의 거의 전 생애를 지켜본 일을 곰곰이 생각해보니 그런 공포에 굴복하는 건 정말이지 어처구니없는 일이라는 생각이 들었죠.

'하지만 그 아이, 착하신 나리께서 품어주었다가 불행을 자초하게 한 그 거무스름한 아이는 어디서 온 거지?' 저는 꾸벅꾸벅 졸다가 잠에 빠져드는 동안 이런 미신적인 이야기를 중얼거렸어요. 그리고 저는 비몽사몽간에 그에게 어울릴 만한 혈통을 지칠 때까지 상상해보았습니다. 그리고 깨어 있을 때 했던 생각들을 되풀이하며 그의 삶을 이런저런 암울한 방식으로 다시 추적해보았죠. 마침내 그의 죽음과 장례식까지 상상해보게 되었는데, 지금 기억나는 것이라고는 그의 묘비에 새길 말을 정하는 일 때문에 몹시 골치가 아파서 교회지기와 상의했던 일뿐이에요. 성도 없고 나이도 알 수 없었기 때문에 '히스클리프'라는 글자만 새기는 것으로 만족할 수밖에 없었죠. 실제로도 그렇게 되었습니다. 우리는 그것으로 만족할 수밖에 없었죠. 교회 묘지에 가서 그의 묘비를 보시면 이름과 죽은 날짜 뿐일 거예요.

새벽이 되자 저는 상식적인 인간으로 돌아왔습니다. 앞이 보일 만큼 밝아지자마자 자리에서 일어나 정원으로 가서 그의 방 창문 아래에 발자국이 있는지 확인했어요. 없더군요.

"집에 있었구나." 저는 생각했어요. "그러면 오늘은 상태가 괜찮겠군!"

저는 평소에 하듯이 식구들을 위해 아침 식사를 준비했는데, 헤어턴과 캐서린에게는 나리가 늦잠을 자는 중이니 나리가 내려오기 전에 먼저 먹으라고 말했습니다. 두 사람이 음식을 밖으로 들고 나가서 나무 아래서 먹길 원한다기에 작은 식탁 하나를 내주었어요.

다시 들어가니 아래층에 히스클리프 씨가 있더군요. 그는 조지프와 어떤 농장 일에 관해 이야기를 나누고 있었습니다. 그 문제에 대해 분명하고 상세한 지시를 내리긴 했지만, 말이 너무 빠르고 계속 고개를 옆으로 돌렸으며 전날보다 훨씬 더 심하게 흥분한 모습이었어요.

조지프가 거실을 나가자 그는 평소에 앉던 자리에 앉았고, 저는 커피가 담긴 대접을 그의 앞에 내놓았어요. 그는 대접을 끌어당기더니 양팔을 식탁에 올리고 맞은편 벽을 쳐다봤습니다. 반짝이면서도 불안한 눈으로 벽의 특정 부위를 위아래로 살피는 듯 보였는데 어찌나 골똘히 쳐다보는지 한 삼십 초 동안은 숨도 쉬지 않더군요.

"자, 어서요." 제가 빵을 그의 손에 밀어주며 외쳤어요. "뜨거울 때 드세요. 차려놓은 지 거의 한 시간이 지났잖아요."

그는 저를 쳐다보지 않았지만 그러면서도 미소를 짓고 있었어요. 그가 그렇게 미소를 짓는 걸 보느니 차라리 이를 가는 걸 보는 게 낫겠다 싶더군요.

"히스클리프 씨! 나리!" 제가 외쳤어요. "제발 이 세상 것이 아닌 환영이라도 보는 것처럼 그렇게 노려보지 좀 마세요."

"제발 그렇게 큰 소리로 외치지 좀 마." 그가 대답했어요.

"주위를 한번 둘러보고 말해줘. 여기 우리뿐이야?"

"물론이죠." 저는 대답했어요. "물론 우리뿐이죠!"

그러면서도 저는 확신할 수는 없다는 듯 무심결에 그의 말에 따라 주위를 둘러봤습니다.

그는 아침 식사로 차려놓은 것들을 손으로 밀어 자기 앞에 공간을 만들더니 좀 더 편하게 지켜보기 위해 몸을 앞으로 기댔어요.

그런데 알고 보니 그는 벽을 쳐다보는 게 아니더군요. 그만 따로 떼놓고 보니, 그는 분명 2미터 거리에 있는 무언가를 응시하는 듯 보였어요. 그리고 그것이 무엇이건, 극도로 강렬한 기쁨과 고통을 동시에 전해주는 것 같았습니다. 적어도 고뇌하면서도 황홀해하는 그의 얼굴을 보니 그렇다는 생각이 들었죠.

그 상상의 존재는 고정된 것도 아니었습니다. 그의 눈은 지치지도 않고 열심히 그것을 좇았고, 심지어 저랑 이야기를 나누는 와중에도 그것을 절대 놓치지 않았어요.

저는 그에게 오랫동안 먹지 못한 상태라는 사실을 상기시켜주려 했으나 허사였어요. 저의 애원에 응해 무언가를 집으려 손을 움직이고, 손을 뻗어 빵 한 조각을 집으려 하다가도 집기 전에 손을 꽉 움켜쥐고는 원래의 목적을 잊은 채 식탁에 내려놓더군요.

인내심의 표본이라고 할 수 있는 저는 자리에 가만히 앉아서 골똘히 생각에 빠진 그의 주의를 끌어보려 애썼습니다. 마침내 그는 짜증을 내며 자리에서 일어나더니, 왜 가만히 혼자서 식사하게 내버려두지 않는 거냐고 물었어요. 그러고는 다음부터는 식사 때 시중들 필요가 없으니 식사를 차려놓고 그냥 가버리라고 말하더군요.

그는 이렇게 말하고는 집 밖으로 나가 정원의 오솔길을 느긋하게 거닐더니 대문 밖으로 사라져버렸습니다.

시간은 불안하게 느릿느릿 지나갔고, 그렇게 다시 저녁이 되었어요. 저는 늦게까지 잠자리에 들지 않았고, 잠자리에 들고 나서도 잠을 이룰 수 없었습니다. 그는 자정이 지나서야 돌아왔는데 올라가서 잠을 자는 대신 아래층 거실에 들어앉더군요. 저는 귀를 기울이며 몸을 뒤척이다가 결국 옷을 챙겨 입고 아래로 내려갔습니다. 온갖 쓸데없는 걱정으로 골치를 썩이며 거기 누워 있는 것에 진저리가 났거든요.

히스클리프 씨가 안절부절못하며 이리저리 걸어 다니는 소리가 들렸고, 신음 같은 깊은 한숨 소리가 종종 침묵을 깨뜨리기도 했습니다. 그는 드문드문 어떤 말들을 중얼거렸는데, 제가 알아들을 수 있는 유일한 말은 애정이나 고통을 담아 열렬히 불러대는 캐서린의 이름뿐이었어요. 눈앞에 있는 사람에게 말하듯 나직하고 진지한, 영혼의 밑바닥에서 쥐어짠 듯한 말이었죠.

저는 곧장 거실로 들어갈 용기는 없었어요. 하지만 그를 몽상에서 깨우고 싶은 마음에 부엌의 벽난로와 실랑이를 벌이며 재를 휘젓고 잉걸불을 긁어내기 시작했죠. 그러자 그가 예상보다 빨리 몽상에서 깨어났습니다. 그는 당장 문을 열더니 이렇게 말했어요.

"넬리, 이리로 와봐. 아침인가? 촛불 들고 이리로 들어와봐."

"4시를 치네요." 제가 대답했어요. "위층으로 들고 갈 촛불이 필요하실 텐데, 이 촛불로 불을 붙여드릴게요."

"아니, 위층에는 가고 싶지 않아." 그가 대답했어요. "들어와서 **나한테나** 불을 붙여주고, 거실에서 할 일이 있거든 뭐든 하도록 해."

"무슨 일이든 하기 전에 석탄에 불부터 붙여야겠네요." 저는 의자와 풀무를 가져오며 대답했어요.

그러는 동안 그는 정신착란을 일으키기라도 할 듯이 방 안을 왔다 갔다 하더군요. 몹시 무거운 한숨을 연달아 내쉬느라 정상적인 숨을 쉴 틈도 없을 지경이었어요.

"동이 트면 사람을 보내서 그린 씨를 불러야겠어." 그가 말했어요. "아직 법률적인 문제에 대해 생각할 능력이 있고 차분하게 행동할 수 있을 때 그에게 궁금한 점을 문의해두고 싶거든. 나는 아직 유언장을 쓰지 않았고 재산을 누구에게 물려줄지도 정하지 못했어! 내 재산이 모두 땅속으로 꺼져버리면 좋겠군!"

"그런 말씀 마세요, 히스클리프 씨." 제가 끼어들었어요. "유언장은 나중에 쓰셔도 돼요. 그동안 저지른 수많은 잘못을 뉘우칠 시간이 아직 남아 있을 테니까요! 히스클리프 씨가 정신착란을 일으킬 거라고는 생각도 못 했는데, 믿기 어렵지만 지금 보니 그렇게 되고 말았네요. 물론 그건 거의 전적으로 본인이 잘못한 탓이겠지만요. 히스클리프 씨처럼 사흘을 보냈다가는 티탄•도 쓰러지고 말 거예요. 뭘 좀 드시고 잠도 좀 주무세요. 거울을 한 번만 봐도 그래야 한다는 걸 알 수 있을 거예요. 뺨은 홀쭉하고, 눈에는 핏발이 섰다고요. 굶어 죽을 것 같고 잠을 못 자서 눈이 멀어가는 사람처럼 말이죠."

"먹지도 자지도 못하는 건 내 잘못이 아니야." 그가 대답했어요. "분명히 말하건대, 나는 일부러 그러는 게 아니라고. 그럴 수 있게 되자마자 식사도 하고 잠도 잘 거야. 하지만 넬리가 지금 하는 말은 팔만 뻗으면 강기슭에 이를 수 있는 거리에서 허우적대는 사람한테 쉬라는 거나 마찬가지야! 나는 먼저 강기슭에 이른 다음 쉬겠어. 음, 그린 씨 얘기는 없던 걸로 하지. 그리고 나더러 잘못을 뉘우치라는데, 나는 잘못한 게 없으니 뉘우칠 것도 없어. 나는 너무 행복하지만 충분히 행복하려면 아직 멀었어. 내 영혼의 지복은 내 육신을 죽이고 있으면서도 도무지 만족할 줄을 모르거든."

"행복하다고요?" 제가 외쳤어요. "정말 이상한 행복이네요! 제 말을 듣고 화내지 않겠다고 하시면 더 행복해질 수 있게 조언을 해드릴 수도 있어요."

"그게 뭔데?" 그가 물었죠. "말해봐."

"본인도 알고 있겠지만, 히스클리프 씨는 열세 살 때부터 이기적이고 기독교도답지 않은 삶을 살아왔죠." 제가 말했어요. "아마 그동안 성경은 손에 들어본 적도 거의 없을 거예요. 성경의 내용을 다 잊었을 게 분명하고, 이제 와서 성경을 뒤

● 그리스 신화에 등장하는 거인족.

적거릴 여유도 없겠죠. 교파와 상관없이 목사 한 분을 불러서 성경 말씀을 듣고, 자신이 성경의 가르침에 얼마나 위배되게 살아왔으며, 죽기 전에 변하지 않으면 천국에 들어갈 수 없다는 사실을 알게 된다고 해서 해될 건 없지 않을까요?"

"화가 난다기보다는 고맙군, 넬리." 그가 말했어요. "그 말을 들으니 내가 어떻게 묻히고 싶은지 다시 한번 떠올리게 되었거든. 시신은 저녁에 교회 묘지로 옮겨. 원한다면 넬리와 헤어턴도 내 시신과 동행해도 좋아. 그리고 교회지기가 두 개의 관에 대한 내 지시를 잘 따르는지 특별히 잘 살피도록 해! 목사는 부를 필요 없어. 나에 대해 무슨 말을 할 필요도 없고. 분명히 말하건대, 나는 **나만의** 천국에 거의 이르렀으니까. 남들의 천국은 전혀 가치 있게 생각되지도 않고 탐나지도 않아."

"그런데 그렇게 계속 끼니를 거르다가 굶어 죽어서 교회 묘지에 묻히지 못하게 되기라도 하면요?" 저는 하느님을 믿지 않는 그의 무심함에 어안이 벙벙해져 말했어요. "그러면 어떻게 하시겠어요?"

"그렇게 되지는 않을걸." 그가 대답했어요. "설령 그렇게 되더라도 넬리가 나를 몰래 이장해줘야지. 만일 내 시신을 그대로 방치하면 망자가 인간 세상을 떠돈다는 이야기를 몸소 경험하게 해주겠어!"

다른 식구들이 움직이는 소리가 들리자마자 그는 자신의 소굴로 물러갔고, 저도 한숨을 돌렸어요. 하지만 오후에 조지프와 헤어턴이 일하러 나가자 다시 부엌에 오더니 미친 듯한 모습으로 제게 거실로 와서 앉으라고 하더군요. 누군가 옆에 있어줄 사람이 필요하다면서 말이에요.

저는 솔직히 그의 이상한 말과 태도가 무섭고, 그와 단둘이 있을 용기도 마음도 없다며 거절했죠.

"넬리는 나를 악마로 생각하나보군!" 그가 음울한 웃음을 터뜨리며 말했어요. "훌륭한 집에 살기에는 너무나도 끔찍한 존재라고 생각하는 거야!"

그러더니 부엌에 있다가 그가 들어오자 제 등 뒤로 숨은 캐서린 쪽으로 고개를 돌리며 살짝 조롱하듯 덧붙였어요.

"**네가** 와주겠니, 귀여운 것아? 해치지 않으마. 아니야! 나는 너한테 악마보다 더한 짓을 했어. 흠, 나를 피하지 않을 사람이 **하나** 있지! 하느님 맙소사! 정말 끈질긴 여자야. 아아, 망할! 피와 살로 이루어진 존재, 심지어 나 같은 사람도 도저히 감당할 수 없을 정도라니까."

그는 함께 있어달라고 더는 졸라대지 않았습니다. 해가 지자 자기 방으로 돌아가더군요. 밤부터 아침 늦게까지 그가 혼자서 신음하고 중얼거리는 소리가 끊이질 않았어요. 헤어턴은 들어가보고 싶어 했죠. 하지만 제가 헤어턴에게 케네스 씨를 불러오라고 일렀어요. 거기 들어가야 할 사람은 헤어턴이 아니라 케네스 씨였죠.

케네스 씨가 와서 들어가도 되냐고 말하고는 문을 열려는데 잠겨 있더군요. 히스클리프는 우리에게 지옥에나 떨어지라고 말했습니다. 몸은 좀 나아졌으니 혼자 내버려두라면서 말이에요. 결국 케네스 씨는 그냥 돌아갔습니다.

다음 날 저녁은 날이 몹시 궂었어요. 아닌 게 아니라 동틀 무렵까지 비가 쏟아졌죠. 저는 아침 산책 삼아 본채를 한 바퀴 돌고 있었는데, 그러다가 주인 나리의 방 창문이 활짝 열려 있고 그 안으로 비가 들이치는 걸 보았습니다.

'나리가 침대에 누워 있진 않을 거야.' 저는 생각했어요. '그렇다면 소나기에 흠뻑 젖었을 테니까! 일어나 있거나 밖으로 나간 게 틀림없어. 하지만 더는 이렇게 고심하지 말고 용감하게 들어가서 내 눈으로 직접 확인해보는 게 좋겠군!'

여분의 열쇠로 문을 열고 들어가는 데 성공한 저는 방이 텅 비어 있는 것을 보고는 판자 미닫이를 열러 달려갔습니다. 미닫이를 재빨리 열고 안을 들여다보았죠. 히스클리프 씨는 그 안에 반듯이 누워 있었습니다. 제 눈과 마주친 그의 눈이 너무 날카롭고 사나워서 흠칫 놀라고 말았는데, 다시 보니 미소를 짓고 있는 것 같기도 했어요.

그가 죽었다고는 생각하지 못했습니다. 하지만 얼굴과 목이 비에 젖고 침대 시트에서 물방울이 뚝뚝 떨어지는데도 그는 조금도 움직이질 않았죠. 앞뒤로 열렸다 닫혔다 하는 격자창 때문에 창턱에 놓인 한쪽 손이 까졌는데도 긁힌 피부에서 피가 흐르지 않더군요. 거기 손을 대보자 마침내 의심할 여지가 없어졌습니다. 그는 죽어서 완전히 뻣뻣해져 있었거든요!

저는 창문을 닫아걸고 그의 이마에 드리운 검고 긴 머리카락을 넘겨주었어요. 그러고는 그의 눈을 감겨주려고, 가능하면 그 끔찍하고 살아 있는 듯 승리를 뽐내는 눈빛을 누가 보기 전에 없애주려고 애썼습니다. 그러나 눈은 감기질 않았어요. 그 눈은 저의 시도를 비웃는 듯 보였고, 그의 벌어진 입술과 날카롭고 하얀 이도 저를 비웃는 듯 보였죠! 저는 또다시 덜컥 겁을 집어먹고는 조지프를 외쳐 불렀어요. 조지프는 발을 질질 끌며 올라와 큰 소리로 투덜거렸지만 히스클리프 씨와 관련된 일에는 관여하기를 단호히 거부했습니다.

"악마가 저놈 영혼을 가져간 거여." 그가 외쳤어요. "어차피 내 알 바 아니니, 덤으로 저놈 시체도 가져갈 것이지! 아이고! 뒈졌는디 사악한 면상으로 히죽거리고 자빠졌다니!" 그 죄인 영감은 조롱하듯 히죽거리더군요.

저는 조지프가 침대 주위를 깡충깡충 뛰어다니기라도 할 줄 알았습니다. 그런데 그는 갑자기 흥분을 가라앉힌 채 무릎을 꿇고 두 손을 들어 올리더니 적법한 주인과 그의 유서 깊은 가문이 권리를 되찾게 된 것에 대해 하느님께 감사드렸어요.

저는 이 끔찍한 사건에 망연자실했고, 어쩔 수 없이 옛 기억들이 떠오르며 숨 막힐 듯한 슬픔을 느꼈어요. 하지만 진정으로 고통스러워한 사람은 가장 많은 학대를 당한 불쌍한 헤어턴뿐이었습니다. 헤어턴은 밤새 시신 옆에 앉아 진심으로 쓰라린 눈물을 흘렸어요. 시신의 손을 꽉 잡았고, 다른 사람은 쳐다보기도 꺼리는 그 냉소적이고 사나운 얼굴에 입을 맞추기도 했죠. 그리고 단련된 강철처럼 강인하면서도 너그러운 마음에서 자연히 우러나온 열렬한 슬픔으로 그를 애도했어요.

케네스 씨는 나리가 어떤 병으로 죽었다고 말해야 할지 몰라 당혹스러워했습니다. 저는 그가 나흘 동안 아무것도 먹지 않았다는 사실을 숨겼어요. 혹시 문제가 될까 두려웠기 때문이기도 하지만 지금도 그가 일부러 굶었다는 생각은 들지 않아요. 그것은 그가 걸린 이상한 병의 결과였지 원인은 아니었거든요.

우리는 마을 전체를 떠들썩하게 하며 히스클리프를 그의 바람대로 묻어주었습니다. 언쇼와 저, 교회지기와 관을 나르는 인부 여섯 명이 장례식에 참석한 인원의 전부였죠.

인부 여섯 명은 묘혈에 관을 내려놓자마자 떠났고, 우리는 남아서 관에 흙이 덮이는 걸 지켜봤어요. 헤어턴은 눈물을 줄줄 흘리며 직접 푸른 잔디를 떠서 흙구덩이에 부었죠. 지금 그 무덤은 옆에 있는 무덤들만큼이나 부드럽고 파릇파릇한데, 저는 그 무덤 속에 있는 그도 옆 무덤 속에 있는 그들만큼이나 곤히 잠들었길 바란답니다. 그런데 물어보면 아시겠지만, 이 고장 사람들은 그가 **배회한다고** 성경에 대고 맹세하고 있어요. 교회 근처에서 봤다는 사람도 있고, 황야에서 봤다는 사람도 있고, 심지어 이 집 안에서 봤다는 사람도 있죠. 록우드 씨야 근거 없는 이야기라고 말하실 테고, 그건 제 생각도 마찬가지예요. 하지만 부엌 난롯가에 앉아 있는 저 영감은 히스클리프가 죽은 후로 비 오는 날마다 그의 방 창밖을 내다보는 두 사람을 봤다고 주장하고 있어요. 그리고 한 달 전쯤에 제게도 이상한 일이 일어났죠.

어느 날 저녁, 금방이라도 천둥이 칠 듯한 어두운 저녁에 그레인지로 가던 길이었어요. 하이츠에서 길이 막 꺾어지는 곳에서 어미 양 한 마리와 새끼 양 두 마리를 앞세운 소년 한 명과 우연히 마주쳤죠. 소년은 요란하게 울고 있었고, 저는 새끼 양들이 변덕을 부리고 말을 잘 안 들어서 그러는 것이 겠거니 생각했어요.

"얘야, 대체 왜 그러니?" 제가 물었어요.

"언덕 바로 아래에 히스클리프랑 어떤 여자가 있어요." 소년이 엉엉 울며 말했죠. "도저히 지나갈 엄두가 안 나요."

제게는 아무것도 보이지 않았습니다. 하지만 양들도 소년도 가려고 하질 않기에 아랫길로 내려가라고 일러주었죠.

아마 소년은 혼자 황야를 가로지르다가 부모와 친구들에게서 거듭 들었던 터무니없는 이야기를 떠올리고는 헛것을 본걸 거예요. 그래도 저는 요즘 어두워지면 밖에 나가고 싶지 않더군요. 그리고 이 음침한 집에 혼자 남겨지고 싶지도 않고요. 그런 기분이 드는 건 저도 어쩔 수가 없어요. 두 사람이어서 이 집을 떠나서 그레인지로 가면 좋겠어요!

"그럼 두 사람은 그레인지로 가는 거요?" 내가 물었다.

"네." 딘 부인이 대답했다. "결혼하자마자 바로요. 결혼식은 새해 첫날에 열릴 거예요."

"그럼 여기는 누가 살고?"

"글쎄요, 조지프가 집을 관리할 텐데, 아마 젊은이 한 명을 들여서 같이 있을 거예요. 부엌에서만 지낼 거고 다른 곳은 닫아둘 겁니다."

"이곳에 와서 살고 싶어 하는 유령들을 위한 배려군요." 내가 말했다.

"아니에요, 록우드 씨." 넬리가 고개를 내저으며 말했다. "저는 죽은 이들이 고이 잠들어 있다고 믿는답니다. 그리고 그들에 대해 그렇게 경솔하게 말하는 것은 옳지 않아요."

바로 그때 정원의 대문이 활짝 열렸다. 산책하러 나갔던 이들이 돌아온 것이다.

"저들은 두려울 게 없겠군." 내가 창문 너머로 다가오는 그들을 지켜보며 투덜거렸다. "둘이 함께라면 사탄이 군대를 모두 끌고 와도 용감히 맞서 싸우겠어."

그들이 문지방돌에 올라서서 마지막으로 달을 보려고, 더 정확히는 달빛에 비친 서로를 보려고 걸음을 멈췄을 때, 나는 이번에도 그들을 피해야겠다는 생각을 억누를 수 없었다. 나는 성의의 표시로 딘 부인의 손에 돈을 좀 쥐여주고, 나의 무례함을 나무라는 부인의 말을 무시한 채 그들이 거실 문을 여는 순간 부엌을 통해 빠져나갔다. 조지프가 자기 발치에 1파운드짜리 금화가 떨어지며 내는 감미로운 소리를 듣고 나를 점잖은 사람으로 생각했기에 망정이지, 안 그랬으면 자기 동료 하인이 방탕하고 지각없이 군다는 그의 생각이 더욱더 굳어졌을 것이다.

집으로 갈 때는 교회 쪽으로 돌아가느라 더 지체됐다. 담장 아래에서 보니 교회는 불과 일곱 달 사이에 꽤 퇴락해 있었다. 여러 창문에는 유리창 대신 검은 구멍만 남아 있었다. 지붕의 슬레이트도 제자리를 벗어난 채 여기저기 튀어나와 있어서 다가오는 가을 폭풍에 하나둘 떨어져 나갈 운명이었다.

나는 묘비 세 개를 찾아보았고, 곧 황야 옆 비탈에서 그것들을 발견했다. 가운데 묘비는 회색이 되어 히스에 반쯤 파묻혀 있었다. 에드거 린턴의 묘비는 잔디와 묘비 아랫부분을 타고 올라온 이끼와 조화를 이룬 정도였다. 히스클리프의 묘비는 여전히 헐벗은 상태였다.

나는 그 자애로운 하늘 아래에서 묘비 주변을 어슬렁거렸고, 히스와 블루벨 사이를 날아다니는 나방들을 바라보았으며, 풀잎 사이로 불어오는 부드러운 숨결 같은 바람 소리에 귀를 기울였다. 그리고 어느 누가 그 고요한 땅속에 잠든 사람들의 잠이 고요하지 못할 거라고 상상할 수 있을까, 하는 생각이 들었다.

부록

1850년판 편집자 서문[•]

    방금 《폭풍의 언덕》을 다시 읽고서 작품의 결점이라고 부를 만한 것(어쩌면 실제로 그러한 것)이 무엇인지 처음으로 분명히 자각했고, 이 작품이 다른 사람(작가에 관해 아무것도 모르던 낯선 이들, 이야기가 펼쳐지는 배경 지역에 익숙하지 않은 이들, 요크셔 웨스트 라이딩[••]의 외딴 언덕과 작은 마을의 주민들, 풍습, 자연적 특징을 이질적이고 낯설게 느낄 이들)에게 어떻게 보일지 확실히 깨달았다.

    그러한 이들 모두에게 《폭풍의 언덕》은 분명 저속하고 이상한 작품으로 보일 것이다. 잉글랜드 북부의 황야 지대는 그들에게 전혀 흥밋거리가 못 될 것이다. 그런 독자들에게 그

[•] 에밀리 브론테의 언니이자 이 책의 편집자인 샬럿 브론테(1816~1855)가 1850년 판에 붙인 서문.

[••] 옛 요크셔주의 행정구 중 하나로, 현재의 노스요크셔 및 웨스트요크셔의 일부 지역.

지역에 흩어져 사는 주민들의 언어, 관습, 집들과 가정의 풍습 자체는 분명 몹시 이해할 수 없는 것일 테고, 이해가 되는 부분도 반발심을 불러일으킬 것이다. 아마도 아주 차분한 천성과 온화한 감정에 눈에 거의 띄지 않는 성격을 지녔으며, 요람에서부터 극도로 차분한 예절과 조심스러운 언어를 교육받아온 남성과 여성 독자들은, 자신들만큼이나 거친 스승들에게 배우고 저지당한 것을 제외하면 아무것도 배운 게 없고 저지당하지도 않고 자라난, 글도 모르는 황야 지역 시골 뜨기들과 무뚝뚝한 대지주들의 거칠고 강한 언사, 냉혹한 열정, 억제되지 않은 혐오감과 무분별한 편애를 어떻게 받아들여야 좋을지 좀체 알 수 없을 것이다. 마찬가지로, 많은 독자는 첫 글자와 마지막 글자만 표시하는, 그 사이는 공백으로 남겨두는 게 관례인 단어들이 온전히 인쇄된 이 작품의 도입부에서부터 이어지는 장들을 읽어나가기가 무척 괴로울 것이다. 이런 상황에 대해 사과하는 것은 내 능력 밖의 일이라고 당장 시인하는 편이 낫겠다. 나로서는 단어들을 온전히 적는 게 합리적인 방식으로 여겨지니까. 불경하고 난폭한 사람들이 말을 꾸밀 때 사용하곤 하는 비속어들을 하나의 글자로 암시하는 관행은 그 의도가 아무리 선하다 한들 나약하고 헛된 행위로 느껴진다. 나는 그게 무슨 소용인지, 그렇게 해서 다치지 않게 해야 할 감정이 무엇인지 모르겠고, 그로 인해 무슨 끔찍함이 가려지는지도 모르겠다.

《폭풍의 언덕》이 시골풍이라는 주장에 관해서는 나도 그 혐의를 인정하는 바다. 나 역시 그런 성격을 감지하기 때문이다. 이 작품은 시종일관 시골풍이다. 이 작품은 황야를 닮았고 거칠며 히스의 뿌리처럼 뒤엉켜 있다. 그렇지 않았다면 그 또한 자연스러운 일은 아니었을 텐데, 작가 자신이 황야에서 태어나 자랐기 때문이다. 만일 그가 도시와 운명을 함께했더라면 그의 글은, 만일 그가 뭐라도 썼다면, 분명 다른 성격을 지니게 되었을 것이다. 설령 우연과 취향이 그가 유사한 주제를 택하도록 이끌었더라도, 그는 그것을 다른 식으로 다루었을 것이다. 만일 엘리스 벨●이 소위 '세상'에 익숙한 숙녀나 신사였다면, 교화되지 않은 외딴 지역과 그곳 주민들에 대한 그의 견해는 세상 물정 모르는 시골 소녀가 실제로 품었던 견해와는 크게 달랐을 것이다. 분명 그 견해는 더 넓고 포괄적이었을 것이다. 그것이 더 독창적이거나 더 진실했을지는 확신할 수 없지만 말이다. 경치와 지역성에 관해 말하자면, 그것은 결코 그렇게 동정적이지 않았을 것이다. 엘리스 벨은 자기 눈과 취향으로만 경치를 즐기는 사람이 아니었다. 그에게는 고향의 언덕이 인상적인 풍경보다 훨씬 더 중요했다. 그 언덕들은 그곳에 사는 들새들과 그곳이 만들어낸 헤더 못지않게 그가 의지해서 살았던 곳이다. 그러니 자연경관에 대한 그의 묘사는 그러해야 하며, 그러할 수밖에 없다.

　인물 묘사와 관련해서는 사정이 다르다. 분명 맹세하건대, 그는 자신이 사는 곳의 소작농들을 수녀가 가끔 수녀원 정문

● 에밀리 브론테의 필명.

을 지나는 시골 사람들에 관해 아는 정도밖에는 알지 못했다. 내 여동생은 타고나길 사교적인 성격이 아니었다. 주어진 상황이 그의 은둔 성향을 키우고 장려했다. 교회에 갈 때나 언덕으로 산책하러 갈 때를 제외하면, 그는 거의 집 밖으로 나가지 않았다. 주변 사람들에게 호감을 품고 있었지만 절대 그들과 교류하려 들진 않았다. 몇몇 아주 적은 경우를 제외하면, 아예 교류한 적도 없다. 그런데도 그는 그들을 알았다. 그들의 생활 방식, 그들의 언어, 그들의 가족사를 알았다. 그는 관심을 가지고 그들의 소식을 들었고, 그들에 대해 상세히, 자세히, 생생히, 정확히 이야기할 수 있었다. 하지만 그들**과는** 거의 한마디도 주고받지 않았다. 결과적으로 그의 정신이 그들과 관련해 실제로 수집한 것은, 모든 저속한 이웃의 비밀스러운 연대기에 귀를 기울이다보면 때로 기억에 강하게 남을 수밖에 없는 저 비극적이고 끔찍한 특성들에 너무 지나치리만치 한정되어 있었다. 쾌활하기보다는 음울하고, 명랑하기보다는 강렬한 그의 상상력은 그런 특성들에서 히스클리프, 언쇼, 캐서린 같은 인물을 빚어낼 재료를 발견했다. 그는 이러한 존재들을 만들어낸 뒤에도 자신이 무슨 일을 했는지 알지 못했다. 만일 누가 그의 작품이 낭독되는 걸 듣고는 너무나 집요하고 완강한 특성에, 너무나 절망하고 낙담한 정신에 괴로워하며 몸서리친다면, 만일 어떤 생생하고 무시무시한 장면의 낭독을 듣는 것만으로도 밤에 잠을 못 이루고 낮에 마음의 평화를 어지럽히게 되었다고 불평한다면, 엘리스 벨은 그 말이 무슨 뜻인지 이해하지 못할 것이고, 불평하는 사람이 일부러 그런다고 의심할 것이다. 그가 살아 있었더라면 그의 정신은 튼튼한 나무처럼 자라서 더 우뚝하고, 더 똑바르고, 더 넓게 퍼졌을 것이며, 그 성숙한 과일은 그윽하게 무르익고 햇빛처럼 밝은 혈색을 띠었을 것이다. 하지만 그런 정신에 영향을 미칠 수 있었던 것은 시간과 경험뿐이었다. 그의 정신은 다른 지식인들의 말은 잘 듣지 않았다.

《폭풍의 언덕》이 대체로 '거대한 어둠의 공포'에 뒤덮여 있다는, 폭풍우로 달아오르고 전기가 흐르는 대기 속에서 우리가 때로 번개를 호흡하는 듯하다는 사실을 솔직히 인정하면서, 구름에 덮인 햇빛과 가려진 태양이 여전히 그 존재를 증언하는 지점들에 대해 언급해보고자 한다. 진정한 자비심과 따뜻한 신의의 표본을 찾는다면 넬리 딘이라는 인물을 보라. 지조와 다정함의 예로는 에드거 린턴을 주목하라(어떤 이들은 이런 자질들이 남성을 통해 구현되면 여성을 통해 구현되는 것만큼 크게 빛을 발하지 못하리라고 생각하겠지만, 엘리스 벨은 이런 생각을 절대 이해하지 못할 것이다. 이브의 딸들의 덕목으로 여겨지는 신의와 관용, 인내와 자애로움이 아담의 아들들에게는 결점이 된다는 암시보다 그의 마음을 더 움직인 것은 없다. 자비와 용서는 남성과 여성을 둘 다 만드신 위대한 존재의 가장 신성한 속성이며, 신을 영광스럽게 하는 것은 그 어떤 형태의 연약한 인간에게도 수치가 되지 않는다고 그는 생각했다). 조지프 영감의 묘사에는 건조하고 무뚝뚝한 유머가 있고, 언뜻 보이는 우아함과 유쾌함이 어린 캐서린에게 생기를 불어넣는다. 심지어 첫 번째 여주인공으로 등장하는 캐서린조차도 그 사나운 성격에 어떤 기이한 아름다움을, 혹은 그 괴팍한 격정과 격정적인 괴팍함 가운데 정직함을 품길 잊지 않고 있다.

히스클리프는 실로 구제 불능의 상태로 남는다. '악마의 선물처럼 거무스름한 검은 머리의 아이'로서 둘둘 말린 외투를 빠져나와 본채 부엌에 처음 발을 들였을 때부터, 넬리 딘에 의해 '눈을 감겨주려는 시도를 비웃는 듯 보였고, 벌어진 입술과 날카로운 하얀 이도 비웃는 듯 보였던' 눈을 크게 뜬 채 판자 미닫이가 닫힌 침실에 반듯이 누운 시체로 발견되는 순간까지, 그는 지옥으로 날아가는 화살처럼 똑바른 길에서 한 번도 방향을 틀지 않는다.

히스클리프는 단 하나의 인간적 감정을 저버리는데, 그것이 캐서린에 대한 그의 사랑은 **아니다**. 그가 캐서린에게 품은 감정은 거칠고 비인간적이다. 그런 열정은 어떤 악령의 사악한 정수 속에서도 끓어오르고 빛날 것이다. 고통의 중심(지옥의 왕의 끝없이 고통받는 영혼)을 만들어낼 불. 그리고 그 꺼지지 않는 불로 인한 끊임없이 파괴는 그가 어디를 배회하든 늘 지옥과 함께하는 운명이라는 판결을 집행한다. 아니, 히스클리프를 인간과 이어주는 유일한 연결 고리는 그가 무례하게 고백하는 헤어턴 언쇼(그 자신이 파멸시킨 젊은이)에 대한 관심과 넬리 딘에 대해 그가 살짝 내비치는 존경심이다. 이런 유일한 특성이 제외된다면, 우리는 그가 동인도인 선원이나 집시의 아이가 아니라 악마가 생명을 불어넣은 인간의 형상을 한 귀신, 시체를 먹는 악귀라고 말해야 할 것이다.

히스클리프 같은 존재를 만들어내는 게 옳거나 바람직한

일인지는 나도 모르겠다. 아마 그렇진 않을 것이다. 하지만 나는 이것만은 분명히 알고 있다. 창조적인 재능을 소유한 작가는 자신이 늘 통달한 것은 아닌 무언가를, 때로 기이하게 의지력을 발휘해 스스로 작동하는 무언가를 지닌다. 그는 아마 규칙을 정하고 원칙을 고안해낼 것이고, 아마 그 규칙과 원칙에 여러 해 동안 복종하며 지낼 것이다. 그러다가 우연히 아무런 반란의 경고도 없이, 더는 '골짜기 같은 골을 써레로 고르거나 무리와 함께 고랑에 구속되는' 데 동의하지 않는 때가 찾아온다. '도시의 군중을 비웃고 운전사의 울음을 무시하는' 때가, 바닷모래로 새끼를 꼬는 일●을 전적으로 거부하며 조각상을 만드는 데 착수하는, 운명이나 영감이 지시하는 대로 하데스나 제우스, 티시포네●●나 프시케, 인어나 성모 마리아를 만들어내는 때가 말이다. 작품이 암울하든 장엄하든, 끔찍하든 신성하든, 당신으로서는 조용히 받아들이는 것 말고는 다른 선택의 여지가 별로 없다. 이름뿐인 예술가로서 당신이 거기서 차지하는 몫은, 당신이 그에 대해 의견을 말하지도 이의를 제기하지도 못했던, 기도 중에 말해서도 안 되었고, 변덕으로 인해 억압되거나 변해서도 안 되었던 명령에 따라 수동적으로 작업하는 것이었다. 만일 결과가 매력적이라면 세상은 칭찬받을 자격이 거의 없는 당신을 칭찬할 것이고, 만일 결과가 혐오스럽다면 바로 그 똑같은 세상이 비난받을 이

● '불가능한 일'을 뜻하는 관용구.

●● 그리스 신화에 등장하는 '복수의 여신' 중 하나.

유가 거의 없는 당신을 비난할 것이다.

《폭풍의 언덕》은 거친 작업장에서 간단한 도구와 가정적인 재료로 깎아 만든 작품이다. 그 조각가는 외딴 황야에서 화강암 덩어리 하나를 발견했다. 그것을 응시하며, 그는 그 울퉁불퉁한 바윗덩어리에서 어떻게 야만적이고 거무스름하고 사악한 머리 하나를 이끌어낼지를 보았다. 적어도 하나의 장엄한 성분(힘)으로 주조될 형상. 그는 아무런 모델 없이 자신이 명상하는 가운데 본 것을 투박한 끌로 작업했다. 노동하며 시간이 흐르는 동안, 그 화강암 덩어리는 인간의 형상을 띠게 되었다. 그리고 그것은 그곳에 거대하고 어둡게, 눈살을 찌푸린 모습으로, 반은 조각상이고 반은 돌덩이인 모습으로 서 있다. 전자의 의미에서 보면 소름 끼치는 마귀 같고, 후자의 의미에서 보면 그윽한 잿빛과 황야의 이끼가 입혀진 색으로 인해 거의 아름다울 지경이다. 그리고 히스가, 종 모양의 꽃을 활짝 피우고 온화한 향기를 가득 내뿜으며, 그 거인의 발치까지 충직하게 자라나고 있다.

커러 벨●

● 샬럿 브론테의 필명.

폭풍의 문장이 지나간 자리

《폭풍의 언덕》은 영국 요크셔 지방에서 거의 평생을 보낸 에밀리 브론테가 남긴 유일한 장편소설로, 1847년에 '엘리스 벨'이라는 필명으로 출간되었다가 에밀리의 사후인 1850년에 언니 샬럿 브론테의 편집과 서문을 통해 '에밀리 브론테'의 이름으로 재출간된 작품이다. 출간 당시에는 빅토리아 시대의 보수적인 도덕성과 종교적·사회적 가치에 반하는 난폭하고 격정적인 성격으로 비평가들의 비난을 받았고 독자들의 반응도 미미했지만 지금은 명실상부하게 영문학을 대표하는 작품 중 하나로 자리 잡은 지 오래다. 또한 당시에 비난하던 이들로서는 상상도 못 한 일이었겠지만, 오히려 강렬한 인물과 사건 덕분에 수차례 영화화됨으로써 오늘날까지 책 밖에서도 꾸준히 생명력을 이어나가고 있는 몇 안 되는 소설 중 하나이기도 하다(이 기회에 잠깐 부연 설명 하자면, 우리나라에서는 흔히 《폭풍의 언덕》이 윌리엄 셰익스피어의 《리어왕》, 허먼 멜빌의 《모비 딕》과 함께 '영문학 3대 비극'으로 소개되는 경우가 많다.

마치 전 세계의 영문학자들이 투표를 해서 이런 결론에 이르기라도 한 것처럼 말이다. 이렇게 주장한 사람은 영국의 시인이자 비평가인 에드먼드 블런던이었는데, 일본 도쿄 대학의 방문 교수로 있던 그가 학생들에게 이런 용감한 주장을 펼쳤고(그때는 1920년대 초로, 소위 '멜빌 부흥기'이기도 했다), 이런 주장을 곧이곧대로 받아들인 학생들은 훗날 《폭풍의 언덕》과 《모비 딕》의 첫 번역자이자 연구자들로 성장하며 그의 주장을 여기저기로 열렬히 전파했다. 그리고 그것은 일본어 번역본의 영향이 지대하던 당시 우리나라 대학들의 영문과에도 전해져 지금까지 이렇게 출처 없이 유령처럼 떠돌고 있는 것이다. '워더링 하이츠'라는 원제가 한국에서 '폭풍의 언덕'으로 자리 잡게 된 것도 일본어판 제목 '嵐が丘'의 영향이다).

《폭풍의 언덕》은 원제이자 작품 내 중요한 배경이기도 한 '워더링 하이츠'라는 이름에 걸맞게 시종일관 몹시 거센 바람이 휘몰아치는 작품이다. 소설에서의 설명을 빌리자면, "'워더링'은 이 지역에서 의미심장하게 사용되는 방언으로, 폭풍이 휘몰아치면 위치상 그대로 노출되고 마는 이 집이 겪는 대기의 소란을 나타낸다." 전반적으로 인물들의 목소리가 큰 것은 물론이고, 음색 또한 날카롭기 그지없다. 쉴 새 없이 소리를 질러대는 인물들로 가득한 폭풍과도 같은 소설이어서, 그 끝없는 외침들이 책을 덮고 난 후에도 한참 동안 귓전을 울리며 환청을 듣게 할 정도다.

소설은 "세상의 소란으로부터 완벽히 동떨어진 곳"을 찾아 요크셔 지방으로 숨어든 록우드가 불친절하고 과격한 집주인 히스클리프에게 큰 관심을 보이는 장면으로 시작된다. 집 안의 기묘한 분위기에 궁금증을 느낀 록우드는 가정부 넬리로부터 그간의 사정을 상세히 전해 듣는다. 넬리에 따르면, 히스클리프는 워더링 하이츠의 옛 주인인 언쇼 씨가 리버풀 길거리에서 데려온 고아인데, 언쇼 씨에게 친자식들보다도 크게 사랑받다가 언쇼 씨가 세상을 뜬 후로는 그의 아들 힌들리에게 심한 학대를 당했다는 것이다. 결국 히스클리프는 힌들리에게 어떻게 복수해주어야 분을 삭일 수 있을지만을 고심하며 하루하루의 어울함과 아픔을 달랜다.

힌들리가 히스클리프에게 불구대천의 원수라면, 언쇼 씨의 딸 캐서린은 히스클리프가 세상에서 유일하게 곁을 줄 수 있는 인물이다. 하지만 캐서린이 우연히 스러시크로스 그레인지에 찾아갔다가 인연을 맺게 된 에드거 린턴과 급격히 가까워지고, 급기야 그와의 결혼까지 선언하자 히스클리프는 에드거를 질투의 대상이자 "연적으로 여기며 증오"한다. 히스클리프는 캐서린이 자신을 멸시하고 배반했다며 캐서린에게도 그녀에 대한 애정에 비례하는 만큼의 엄청난 원망과 분노를 품게 된다.

한동안 워더링 하이츠를 떠났다가 어느 날 성인이 되어 돌아온 히스클리프는 오랜만에 만난 캐서린에게 자신이 "힌들리에게 복수해준 다음 스스로 형을 집행해서 법의 손길을 피할 계획"이었으나 캐서린이 자신을 환영해주니 "이런 생각들이 머릿속에서 싹 사라져버렸"다고 말한다. 하지만 이런 말이 진심이든 아니든 그는 결국 힌들리에게 복수를 감행하는데,

우선 힌들리를 도박으로 빈털터리로 만들고 완전히 타락시킨 다음 그의 집인 워더링 하이츠까지 차지해버린다. 그리고 거기서 한발 더 나아가 힌들리의 아들 헤어턴을 완전히 무지렁이에 야만인으로 기르며 잔뜩 뒤틀린 쾌감을 느낀다. 히스클리프는 넬리에게 이렇게 고백한다. "나는 저 녀석에게서 기쁨을 맛보고 있어. (……) 저 녀석은 천함과 무지의 심연에서 절대 빠져나올 수 없을 거야. 나는 저 녀석의 악당 같은 아버지가 나를 옭아맸던 것보다 녀석을 더 단단히, 더 저열하게 옭아맸어. 저 녀석이 자신의 야수성에 자부심을 느끼게 되었을 만큼 말이야. 나는 저 녀석에게 짐승 같지 않은 것은 죄다 시시하고 나약한 것으로 경멸하도록 가르쳤지. 힌들리가 저 녀석을 본다면 자랑스러워할 것 같지 않아?"

한편 에드거에 대한 복수로, 히스클리프는 우선 에드거의 동생 이저벨라와 마음에도 없는 결혼을 한 다음 그녀를 더없이 못살게 군다. 그리고 자신과 이저벨라 사이에서 태어난 린턴 히스클리프를 에드거와 캐서린의 딸 캐시와 결혼시킴으로써 스러시크로스 그레인지와 그 집의 후손들을 차지하려는 계획을 세운다. 히스클리프는 자신이 아들을 경멸하면서도 챙겨주는 유일한 이유를 이렇게 설명한다. "내 아들은 장차 네가 있는 그 집의 주인이 될 몸이고, 그러니 나는 이 녀석이 그 집의 계승자가 되는 게 확실해지기 전까지는 이 녀석이 죽는 걸 바랄 수 없어. 게다가 이 녀석은 **내 것**이고, 나는 **내** 후손이 공정하게 그 집 재산의 주인이 되는 걸 보는 승리감을 누리고 싶거든. 내 아이가 그 집 아이들을 일꾼으로 고

용해서 그들 아버지의 땅을 경작하게 하고 싶단 말이지. 오로
지 이런 이유로 내가 이 강아지 같은 것을 참고 견딜 수 있는
거야."

하지만 복수만을 위해 살아오던 히스클리프는 결국 허망
하게도 복수할 의지를 완전히 상실하고 마는데, 그것은 헤어
턴이 "자기 아비의 모습"을 닮기는커녕 "내 젊은 날의 화신처
럼" 보였을 뿐만 아니라 "깜짝 놀랄 만큼 캐서린을 닮아서 지
독히도 그 아이를 떠올리게" 했기 때문이다. 캐시도 헤어턴만
큼은 아니지만 적어도 그 눈만은 자기 엄마 캐서린을 쪽 닮
았다. 이런 상황에서 복수는 당연히 불가능해지고 만다. 히스
클리프가 악인으로 그려지긴 해도 자신이 사랑하던 사람의
분신에게, 또 자신의 어린 날의 분신에게 복수할 만큼 악인은
못 되는 것이다. 히스클리프는 이를 두고 "형편없는 결말"이
라고 자평하며 이렇게 덧붙인다. "지독히도 애를 썼건만 이렇
게 우스꽝스럽게 끝나버리고 말다니? 두 집안을 무너뜨리려
고 지렛대와 곡괭이를 준비해놓고, 헤라클레스처럼 일할 힘
을 기르기 위해 스스로를 단련했는데, 정작 만반의 준비가 끝
나고 모든 걸 내 마음대로 할 수 있는 때가 되니 어느 한 집
지붕에서 슬레이트 한 장 들어내고 싶은 마음조차 사라져버
렸어!"

소설을 읽다보면 어느 순간 깨닫게 되는 것이 있는데, 바로
히스클리프는 헤어턴이고, 헤어턴은 캐서린이며, 캐시도 캐
서린이라는 사실이다. 그리고 "내가 **곧** 히스클리프야"라고 거

듭 외치는 캐서린, 교회지기를 시켜 나중에 자신의 시신과 캐서린의 시신의 얼굴을 구분할 수 없게 만들어놓고 말 거라는 히스클리프의 말 등에서 알 수 있듯이 히스클리프는 캐서린이고, 캐서린은 히스클리프다. 비극이 발생하는, 혹은 증폭되는 것도 실은 애초에 '하나의 문장'이나 마찬가지인 히스클리프와 캐서린이 둘로 쪼개지면서부터, 히스클리프가 캐서린이 하는 말을 반만 듣고 오해해 집을 뛰쳐나가면서부터다. 하나가 하나 되지 못하는 상황에서 이후의 온갖 잡음과 굉음이 발생하게 된 것이다.

《폭풍의 언덕》의 비극은 한마디로 하나가 하나 되지 못함으로써, 하나가 둘로 찢겨나감으로써 발생하는 존재론적 비극이다. 마치 플라톤의《향연》에 등장하는, 인간이 원래 원형(圓形)에 가까운 모습이었으나 제우스가 반으로 쪼개놓는 벌을 내리는 바람에 반쪽이 다른 반쪽을 그리워하게 되었다는 이야기를 떠올리게도 하는 내용은, 그러므로 하나에 대한 아름답고 도착적인 강박증에 가깝다. 우리는 소설을 읽어나가며 점점 이들이 '여럿'이었다가 결국 '하나'로 합쳐지는 듯한 기이한 감각에 빠져들게 된다.

복수의 의지를 상실한 히스클리프는 유령으로 나타난 캐서린과 죽음으로 결합하고, 캐시와 헤어턴은 어디까지나 산 자로서 결합하는 것으로 소설은 평화로이 막을 내린다. 한 쌍은 죽음으로 땅 아래에서, 또 한 쌍은 생명으로 땅 위에서 하나가 되는 것이다(물론 소문에 의하면 히스클리프와 캐서린의 유령은 아직도 그곳 인근을 배회하고 있다고 하지만). 어쨌거나 반으로 잘린 두 문장이 어떤 식으로든 결국 하나로 이어지며 소설은 막을 내린다.

《폭풍의 언덕》은 그 강력한 비극적 요소 때문에 어쩔 수 없이 비극으로 부를 수밖에 없지만, 종국에는 무한한 평화가 찾아온다는 점에서 비극이라고만 부를 수도 없는 작품이다. 인생에서든 문학에서든 진짜 정적을 맛보려면 반드시 소란을 통과해야 하고, 진짜 평화에 이르려면 어쩔 수 없이 모진 싸움을 치러야만 한다는 것을 《폭풍의 언덕》은 알려준다. 그리고 여기서 방점은 어디까지나 '정적'과 '평화'에 찍힌다. 마지막 문장에 등장하는 황야의 풍경이 지옥이 아닌, 히스클리프와 캐서린이 어느 아름다운 장면에서 각자 이야기하던 천국과 겹쳐지며 우리 마음에 오래도록 머무는 것도 그 때문일 것이다.

《폭풍의 언덕》에 대해 마지막으로 한마디만 덧붙이자면, 소설의 진짜 주인공은 작품의 배경이 되는 요크셔의 '무어(moor)', 즉 잡초와 히스로 뒤덮인 고지대의 황야라고 할 수 있다. '히스클리프'라는 이름이자 성도 '히스(heath)'와 '절벽(cliff)'이 합쳐진 형태로, 실은 이 황야를 달리 부르는 명칭이나 마찬가지다. 틈만 나면 황야로 뛰쳐나가는 캐서린과 캐시가 히스클리프라는 인물과 어떤 식으로든 유착 관계를 형성할 수밖에 없는 것은 이런 의미에서 필연적이라고 하겠다.

소설 속 황야는 소설 자체가 그러하듯 그 거친 성격에도 불구하고, 아니 오히려 그 거친 성격 때문에 온갖 매력과 마법으로 넘쳐난다. 이를테면 병든 캐서린이 "베개에서 깃털을 꺼내 종류별로 시트 위에 늘어놓는 유치한 장난"을 치는 장면을 보라. 그 "깃털은 황야의 무성한 히스 사이에서 주운 거지, 새를 쏘아 죽여서 얻은 게 아"닌데, 베개 하나에 들어 있는 깃털만 해도 칠면조 깃털, 들오리 깃털, (죽어가는 사람의 베개에 넣으면 영혼이 육신을 떠나는 일을 막을 수 있다는) 비둘기 깃털, 붉은뇌조 깃털, 댕기물떼새 깃털 등으로 하나하나가 모두 우리의 상상력을 자극한다. 넬리가 어린 시절에 힌들리와 함께 돌기둥 아래 구멍에 "그보다 더 깨지기 쉬운 것들과 함께 재미로" 넣어두었던 "달팽이 껍데기와 조약돌"이 여전히 거기 가득 들어 있는 것을 발견하며 과거를 회상하는 장면은 또 어떤가. 이외에도 소설 속 황야의 장면들은 "살면서 한 번 꾸고 나면 그 후에도 마음에 남아 생각을 변화시키는 꿈"과도 같아서 "마치 포도주가 물속에 퍼지듯 (……) 내 안에 퍼지고 퍼져 마음의 빛깔을 바꾸어놓"는다.

황야가 이 소설에서, 또한 에밀리 브론테의 세상에서 얼마나 중요했는지는 이번에 처음 번역해 소개하는 샬럿 브론테의 '서문'을 읽어봐도 잘 알 수 있을 것이다. 《폭풍의 언덕》은 온갖 감정의 폭풍이 모두 가라앉고 난 평온한 황야의 묘비 주변을 보여주는 것으로 끝을 맺고 있으며, 샬럿의 '서문' 역시 《폭풍의 언덕》을 '외딴 황야의 화강암' 조각상에 빗대어 말하며 그 황야의 정겨운 풍경을 보여주는 것으로 끝을 맺는다. 샬럿은 서문을 이런 문장으로 마무리한다. "히스가, 종 모양의 꽃을 활짝 피우고 온화한 향기를 가득 내뿜으며, 그 거인의 발치까지 충직하게 자라나고 있다." 글을 쓴 샬럿 본인도 미처 예상하지 못했겠지만, 이 히스는 그동안 《폭풍의 언덕》을 사랑했고 앞으로도 사랑할 여러 독자이기도 하다. 히스는 앞으로도 온화한 향기를 가득 내뿜으며 미지의 황야 여기저기서 활짝 꽃을 피우리라.

황유원

휴머니스트 세계문학 011

폭풍의 언덕

1판 1쇄 발행일 2022년 10월 31일
1판 3쇄 발행일 2025년 2월 10일

지은이 에밀리 브론테
옮긴이 황유원

발행인 김학원
발행처 (주)휴머니스트출판그룹
출판등록 제313-2007-000007호(2007년 1월 5일)
주소 (03991) 서울시 마포구 동교로23길 76(연남동)
전화 02-335-4422 **팩스** 02-334-3427
저자·독자 서비스 humanist@humanistbooks.com
홈페이지 www.humanistbooks.com
유튜브 youtube.com/user/humanistma **포스트** post.naver.com/hmcv
페이스북 facebook.com/hmcv2001 **인스타그램** @boooook.h

편집주간 황서현 **편집** 이은서 이성근 김대일 김선경 **디자인** 김태형
조판 이희수com. **용지** 화인페이퍼 **인쇄·제본** 정민문화사

ISBN 979-11-6080-919-0 04840
　　　979-11-6080-785-1 (세트)

휴머니스트 세계문학